读客® 知识小说文库

读小说，学知识

暗黑神探

《藏地密码》作者何马悬疑巨著

何马 著

河南文艺出版社
·郑州·

图书在版编目（CIP）数据

暗黑神探 / 何马著 . -- 郑州 : 河南文艺出版社，
2018.3
（读客知识小说文库）
ISBN 978-7-5559-0656-8

Ⅰ . ①暗… Ⅱ . ①何… Ⅲ . ①长篇小说－中国－当代
Ⅳ . ① I247.5

中国版本图书馆 CIP 数据核字（2018）第 026617 号

著　　者　何　马
责任编辑　王　宁
特邀编辑　杨　陈
策　　划　读客图书
版　　权　读客图书
封面设计　读客图书　021-33608311
出版发行　河南文艺出版社
印　　刷　三河市龙大印装有限公司
开　　本　680mm x990mm 1/16
印　　张　31
字　　数　497 千
版　　次　2018 年 3 月第 1 版　2018 年 3 月第 1 次印刷
定　　价　59.90 元

如有印刷、装订质量问题，请致电 010-87681002（免费更换，邮寄到付）

目 录

引子

凌晨一点，大街上空无一人，只有几盏昏黄的路灯忽明忽暗地闪着。吴志光眼皮直打架，却还得硬撑着，没办法，谁叫他拖了一卡车钢材呢。货很急，必须在明天早上七点前送到，可偏偏碰到个好哥们儿，没办法，说什么也要去喝半斤酒。

货车驶进城里，此刻街上空荡荡的，开多快也没有问题，吴志光就在半醉半醒间将油门一踩到底。蓦然，前面跳出一个黑影，横在路中间，吴志光虽然有几分酒意，却还能看清，那是一个人。他心中一惊，酒也醒了一半，左边有条小巷，他想也不想就拐了进去。

进了小巷，吴志光更是大惊，小巷里也有个人急急走来，刹车，紧急刹车！吴志光只感到车身微微一震，好像一个东西被撞得飞了出去。吴志光下车一看，一个人血肉模糊，已经躺在了地上。吴志光伸手一探，没气了！他慌了，手忙脚乱地把手机摸出来，一看，哎呀，喝醉酒，竟然把自己的手机和兄弟的手机拿错了。管他呢，先报120吧。一按键，没电了！

吴志光气得直跺脚，今天是不是撞了鬼，怎么就这么倒霉啊。他突然想起，刚才转角处有个公共电话亭，马上朝转角跑去……

第一部

骗保案引发惊天大案

第一章

懒穷第一 侦探韩峰

冷镜寒虽然才五十左右年纪，头发却有些花白，不知道是不是平时动脑过多，未老先衰。但黑道上的人都知道，这位刑侦处处长可不是未老先衰，他办案一向雷厉风行，谁要是落在他手上，准讨不了好处去。此刻，这位人称“白额金睛虎”的刑侦处处长正朝一条小巷走去，他身形很高大，走路也比常人快了许多，此时赶得急，更是走路带风。

小巷中间，有处干净门面，挂了发廊招牌，现在是午后，生意不怎么好，几名小姐懒洋洋地坐在沙发上等客人。冷镜寒门也没敲就径直走了进去，看来是这里的常客。哎，刑侦处处长也来这种地方，听上去有点匪夷所思，可他进去了，而且里面的小姐似乎还对他很熟，一看他来了，都冷冷应道：“冷处长，又来啦。”

一名正在洗头的小青皮全身的毛发都立了起来，昨天他才在街上打过群架，没想到刑侦处处长找上门来了。谁知道，冷镜寒不是找他，而是问了坐西侧叼烟的中年女人：“他在吗？”

这女人是老板娘，姓屈，单名一个燕字，她悠然地吐出烟圈，无奈道：“在，还没起床呢。”

冷镜寒“哦”了一声，就准备向里屋走去，屈燕却提醒他道：“冷处长，他可有好一段日子没付房租了。”

冷镜寒尴尬地笑笑，从皮夹里数出三百元，递到老板娘手上，道：“先垫上，其余的以后付。”

老板娘收过钱，就不再说什么了。冷镜寒这才走进去。小青皮问道："燕姐，冷处长来这里做什么？以后我们可不敢常来了。"

屈燕道："放心吧，只要你们到我们这里，这位冷处长是不敢对你们怎么样的。我们这里可是有大人物罩着。"她说到"大人物"三个字时，所有的小姐都笑了。

青皮疑惑道："什么大人物，连冷处都要亲自来……"

冷镜寒从厨房后面上了小楼梯，第二层全是木板架起来的，老式的木门木窗，看上去就像随时会塌的样子。冷镜寒熟门熟路地来到左边第三间木屋，这屋的门没锁，木柱上钉了巴掌大小的一块木板，上面用蝇头小字写着："韩氏侦探所"，这几个字也都被灰填满，不仔细看根本无法辨认。

冷镜寒推开破旧的木门，老木门发出"吱嘎"的声音，十分难听。屋里一股扑鼻的臭味，只有很长时间没打扫的房间才有这种味道。冷镜寒心道："中午都过了，还没起床吃饭，看来他混得不怎么好啊。哎，这小子。"

冷镜寒拨了拨头发上的蜘蛛网，来这里次数多了，也就习惯了。肮脏的被褥下初现人形，床上满满全是书，都被翻得像废品收购站里的扎捆旧报纸了。冷镜寒用脚踢了踢被子里的人，他实在是不敢用手去揭被子："喂！起来了！有案子！"

"唔——还要睡一下。"被子一角被拉下，露出一个鸡窝似的头。

"兄弟，我说，你随便做点什么好不好，何必这样懒呢？你随便做点什么，现在早都是亿万富翁了。你看看你现在这个样子，连饭都吃不起，我看你迟早要去街上做乞丐。"冷镜寒用脚把被子勾走。

被子下的人袒胸露乳，只穿了一条内裤，身体又长又瘦，可见肋骨，蓬头垢面，不用化装也是个标准的乞丐。他伸了伸懒腰，坐了起来，小心地抖了抖墙角的铺盖，几只蟑螂一哄而散。他拾起地上的一双拖鞋，底板对底板地拍拍拖鞋上的灰，同时拍掉几只蜘蛛，随即穿上拖鞋，站了起来。冷镜寒身高一米八三，算中等偏上的高度，可这个瘦人，比冷镜寒只高不矮，两只手臂加起来还没有冷镜寒一只手臂粗，腰身还没有冷镜寒大腿粗，但那邋遢的面容，一双剑眉下，却有一双明澈的眼睛。他摸着薄得像纸的腹部，对冷镜寒道："饿了。"

冷镜寒点头道："走走走，穿好衣服，我请你吃。"

瘦人眨巴眨巴眼睛，一脸睡意惺忪的样子，对冷镜寒道："等等，哈——”说着又打了个哈欠。一双破拖鞋，“啪嗒啪嗒”走下楼去了。

冷镜寒走了几步，木地板发出“吱呀”的声音，好像随时都有破个大洞的危险。冷镜寒推开木窗户，一股热浪袭来，这里可以清楚地看到小巷内的情况。阳光透进来，冷镜寒环视着木屋，老木床，破的，一只床脚下用几本厚书垫着；一张木茶几，破的，茶几上的大洞用一卷书塞着；三条木凳子，没有一条可以坐人。

冷镜寒心痛地想：“本来是个天才，就是因为太懒了，才落得这般光景，这何苦呢。真搞不懂这小子。”

那个瘦瘦的人洗了把脸，露出少年青春的气息，怎么看也不会超过二十岁，那双漆黑的大眼睛更是闪烁着神秘莫测的光芒，只是洗过的脸是白的，身体其他部位却透着一股泥灰色。他横揩着鼻涕，走出来，问屈燕道：“燕姐，我的衣服？”

那青皮横眼看过来，倒吸一口凉气，这就是冷处来找的大人物啊，怎么看上去这样像乞丐呢？发廊小姐们都见怪不怪，也没人去理他。屈燕道：“韩峰，有案子了吗？你终于有案子了吗？肯定是大案吧？祝你开业顺利！”

韩峰，这个又瘦又高的大头男孩，有气无力地说道：“去他妈的，有什么大案子，有大案子他冷镜寒会来找我？他不知道自己解决？每次找我，都是些鸡毛蒜皮的小案。”

青皮怀疑自己耳朵出了问题，就这尊容，还能破案？屈燕向里屋走去，这小走廊上有三间按摩房，她进了其中一间，暗道：“人家肯来找你就不错了。哎，这懒小子。”韩峰是没有自己的衣服的，每次发廊来按摩的客人，他便拿了人家的衣服去穿，次数多了，居然找到几件合身的衣服。

屈燕特意给他留着，否则这小子又不知道会把衣服弄成什么样。

西餐厅，韩峰嘴里塞满了汉堡包，才问：“什么案子？”

冷镜寒道：“昨天晚上，有人驾车撞死一个人。”

韩峰含混不清道：“你脑袋长草啊，这是交警部门的事，关你们刑侦处什么事？”

冷镜寒知道韩峰的脾气，道：“你别急，别急，慢慢听我说。”

韩峰拍拍肚子，道：“饱了。”站起身来，拍屁股准备走人。

冷镜寒忙拉住他的衣服，道：“你想不想干？”

韩峰道：“我说过，除非是惊天大案，否则别来找我。这是原则问题，我对普通案子一点兴趣都没有。”

冷镜寒道：“这次不是案子，你都没听我说完。是这样的，那名司机撞人后，自己报了警，现在问题来自那个被撞死的人。那人叫梁兴盛，是一家私企的老板，他的企业刚刚申请破产。”

韩峰冷笑道：“噢，这样说来，那名老板刚刚给自己买了巨额保险咯？”

冷镜寒搓搓手道：“正是，梁兴盛的企业破产前，他给自己买了一千多元的意外伤害险。”

韩峰失声道：“一千多元？”

冷镜寒道：“别小看一千多元，发生意外身故时，最高赔付额可以达到五十万。”

韩峰抖了抖衣领，道：“哦，原来是这么回事。保险公司是怀疑他故意制造意外骗保？”他向门口走去，走过了付款柜台。

冷镜寒在后面问道：“喂，你去不去看看？”说完抄起手，一副你不答应我就不替你付钱的样子。

韩峰摇头哼道：“小案。不去！”

冷镜寒跟了出来，柜台小姐连忙喊道：“喂，先生，你们还没付钱呢。”她也跟着追了出来。冷镜寒不吱声，谁都看见了，进了快餐店，叫吃的是韩峰，吃东西的是韩峰，他只是跟着韩峰进去了而已。

小姐拦住韩峰，问道：“先生，你还未付钱呢。”

“钱！”韩峰白眼一翻，仿佛从来不知道钱是个什么东西。

冷镜寒在一旁冷眼斜睨，心道：“看你小子怎么收场。”

说到这里，就不得不说一说韩峰的穿着。他从老板娘那里拿到一件大风衣，就往身上一裹，里面什么都没穿，露出两条长满毛的细腿，看上去倒十足像从精神病院逃出来的人。此刻他被小姐拦在快餐店门口，口袋里又空空如也，他想了想，突然做出个惊人举动，吓得那位小姐尖叫一声，用手捂住了眼睛。冷镜寒也惊出一身冷汗。

韩峰没做什么特别的事，他只是突然把风衣张开了，那小姐尖叫之后，韩峰又把风衣合上。他看到服务员小姐满面窘色，得意地仰天哈哈大笑，对小姐道：“我吃了你的汉堡包，你也看了我的身体。现在我们扯平了，谁也不亏欠谁。”

冷镜寒忙递给小姐一张五十元钞票，急急说了句：“不用找了。”拉着韩峰就开跑，他这才骂起自己来，明知道韩峰这小子从不讲道德，还敢带着他上街，真是自作自受。

韩峰跑了几步，停下来，道："如果没有别的事，我先回去睡觉了。哈——"又是一个哈欠。

冷镜寒无奈道："唉，看来只有辜负潘小姐所托了。"这是他最后的杀手锏。

韩峰停了停，问道："潘小姐？"

冷镜寒这才慢吞吞道："不错，潘小姐就是负责这起保单的经理人，也是我朋友的女儿，我一直把她当亲侄女。这次她怀疑梁兴盛骗保，就特意来找我，但是你知道，我不好直接出面，所以就转托你了。本来他们保险公司有自己的调查员，潘小姐只是想，由我们出面，将调查得更细致些。"

韩峰嗫嚅道："潘小姐——多大年纪了？"

冷镜寒忍住笑，知道已经奏效了，才道："人家刚刚大学毕业，今年二十一，那么水灵的一位姑娘，居然还没找男朋友，可真是有些奇怪。"

韩峰的眼睛放出夺目的光彩，反复问道："漂亮吗？很漂亮吗？"

冷镜寒道："绝对的美女。"

韩峰沉吟道："那可以考虑考虑。"也不知道他考虑什么。

冷镜寒道："你的原则呢？"

韩峰道："唉，这不是我的错。雄性的荷尔蒙总是让我无法克制。这是生理上的问题，这是自然的规律，任何人都不能抗拒大自然的。这不是违反原则，这是顺应自然。"

他们先去了现场。韩峰要是得到案子，第一时间去现场是最重要的，虽然已经很晚了，但能早一分到现场，就有早一分的好处。这也是韩峰的至理名言。

因为是城中交通要道，车辆早已恢复通行，只有地上依稀残留的一摊血迹。韩峰左瞟一眼、右瞟一眼地四处打量起来，看上去漫不经心。但冷镜寒知道，就是这些不经意的一瞥之间，韩峰往往便能发现许多工作人员数日勘查也无法发现的细节。这，就是天才与普通人的区别。

韩峰看看四处地形，取了些混有血迹的灰尘，又爬上街角的电灯杆张望，最后来到街对面。这里一家服装店，正在换门口玻璃橱窗上的玻璃。韩峰问道："怎么？被砸烂了？"

一个胖胖的老板回答道："是啊，那些小偷太可恶了，半夜把我的橱窗砸烂了。这些玻璃可贵了。”

韩峰问道：“衣服有没有丢？”

老板挠挠头道：“衣服倒是没有少，多半是惊动了别的人，把小偷吓跑了。”韩峰小心地把一块带有血迹的玻璃碎片包好，收了起来。

韩峰又问了几句，对冷镜寒道：“好了，我们走。”

冷镜寒道：“去哪儿？”

韩峰道：“去看看那个卡车司机啊。”

吴志光还在二十四小时拘留中，整个人都像蔫了的皮球，真是倒霉透了，半夜开车居然会碰到两个人，更糟糕的是，警方从他的呼吸残留物中查出酒精超标。这事故恐怕就将他下半生赔进去了。

冷镜寒给交警部门的同志打了个招呼，带着韩峰进去了。

记录员陈思是个年轻小伙子，听说刑侦处要来人调查，还是冷处亲自带人来，可没想到冷处带来这么一个人，看上去让人觉得很不舒服。

韩峰把审讯笔录粗粗一看，就扔在一旁，道：“我要重新问。”陈思只好去安排。

韩峰问道：“你说昨晚事故发生时是凌晨一点至两点，到底是一点还是两点呢？”

吴志光神情颓然地说道：“我怎么知道，我离开酒店是十一点，已经开了很长时间的车了。”

陈思补充道：“120是一点四十九分到车祸现场的。”

韩峰眼一横，道：“我又没问你！”陈思脸色一青，那时他不知道，韩峰问问题时，连冷镜寒都不敢插嘴，更何况一个小小记录员。吴志光倒是对韩峰有了好感，昨天晚上到现在，自己都被这个记录员折磨着，早就想找个机会骂骂这小子了。

韩峰又问道：“你说看到一个人突然从角落里跳出来，你已经来不及刹车，你才拐弯进了小巷的？”

吴志光点头。韩峰道：“那么你进小巷撞了人之后，那个突然跳出来的人肯定是第一目击证人，他到哪里去了呢？”

吴志光仔细地想了想，道：“对啊，我当时没注意，现在想想，那人就是突然出现，后来就不见了。”

韩峰又拿起审问报告，看了看，问道：“你拖了一车钢材，从哪里拖来的？”

吴志光道：“从天涯市成安钢厂运来的。我赶着送到恒安矿业有限公司去。”

韩峰掐指算道：“天涯市过来的，那你不是已经开了近十个小时的车了，就你一个人？恒安矿业公司，是个矿场吧？送到那里去做什么？”

冷镜寒道：“恒安矿业公司有个特种钢加工厂，生产提炼高等钢材的。”

吴志光道：“是啊。因为赶得快，所以在天黑前碰到我那朋友，我才有时间去喝一杯嘛。”

韩峰转动眼珠，又问道：“你那个兄弟，就是陪你喝酒的那位，你们有多久没见面了？”

吴志光道：“很久了，我都没想到，居然会突然遇到他。”一说起他的老朋友，他便兴奋起来。

韩峰又道：“他也是开车的？”

吴志光道：“是啊，我们很早就认识了。”

韩峰道：“你们喝了多少酒？”

陈思皱眉，心想：“这和案情已经扯远了。”可又不敢说出来。

吴志光道：“不知道，少说也有一打啤酒，而且每人还喝了半斤二锅头。说酒量，我可不输给任何人，那家伙也是厉害。说出来你们可能不相信，我们曾一人一瓶剑南春对饮。”

韩峰道：“哦。”他饶有兴致地听下去，到后来就成了跟吴志光话家常了，从衣食起居，到交第一个女友，什么都谈。谈了足足一个小时，韩峰认为了解够了，才和冷镜寒动身去找潘小姐。

韩峰在冷镜寒那里拿了一件新衣服，每次与女士见面，他总是会穿得很正式，不过衣服从哪里来的就说不清了。冷镜寒自然心痛不已，要是跟韩峰在一起，他一个月的工资不用两天就泡汤了。

潘小姐双眉如柳，一双大眼睛，那张脸只能用天使来形容，韩峰没见过，这样纯洁的脸，简直就是上帝完美的杰作。潘小姐身材也很不错，就是身高稍微矮了点，估计不到一米六，韩峰和她比起来就显得太高了。还有，她的头发短短的，韩峰也不太喜欢短头发的女子。

三人在咖啡厅见面，冷镜寒介绍道：“潘可欣，潘小姐。这位是名人侦探韩峰。”

潘可欣腼腆地低了低头。韩峰盯住她胸部不放，好家伙，至少有双D罩杯，三十八码少不了。这潘小姐可是很懂得选择文胸的，比自己的胸部大四分之一的文胸，下面有钢丝向上衬托，将双乳完全圆满地放入罩杯中，既保持了双乳的娇挺和突出，又可以对双乳进行舒适的按摩。韩峰盯着潘可欣的胸口，看着那一双白皙的肉球，心中考虑着它们什么时候才能像白兔那样自己跳出来呢。

潘可欣已经是第五次低头了，稍有常识的人都应该知道那意思，自觉地收起自己的目光。可韩峰不，他的眼睛像狼，盯住的猎物就绝不放过，更像剪刀，潘小姐在他眼中早已被咔嚓几刀剪掉了衣物。

“咳咳。”冷镜寒实在看不下去了，咳嗽两声让韩峰注意影响，没有姑娘会喜欢这样的目光的。冷镜寒作为潘可欣的长辈，实在不知道该怎么处理，他寒暄几句，就准备撤退，道：“嗯，你们都认识了，我还有点别的事。可欣啊，如果是那梁兴盛骗保，这位韩大侦探一定会发现他使用的花招的。这点你放心，伯父就先走一步了。你们慢慢聊。”他大步离开咖啡厅，感觉是把潘可欣交到了狼嘴里，略微有些歉意。

潘可欣问道：“不知道韩大侦探发现了什么破绽没有？”

韩峰道：“你可以叫我韩峰，或者叫我阿峰就好，我也可以叫你欣儿。大家谈话不用那么拘束。说实话，我对这起事故的了解不是很多，还需要更多更详细的信息，或许你能帮我。”

潘可欣道：“哦，你需要我提供什么帮助吗？”

韩峰道：“我想去看看被害者的家属！”

潘可欣霍然站立起来，声色一变，严词道：“难道现场没有什么破绽吗？难道那卡车司机说得不够详细吗？其实，我们自己的调查员也能查到线索，只是考虑到你们进出警方获取资料方便些才请你们来帮忙的。若梁兴盛要骗保，这完全是他个人的事，与他家属有什么关系？”

韩峰看着潘可欣的身体曲线，该丰盈的地方奇峰凸现，该纤瘦的地方玲珑毕现，但他心里却能想别的事，心中疑惑：“奇怪，为什么一提被害者家属这潘小姐就如此激动？好像我一看见被害者家属就一定不会帮她了一样。”

下湾开发区，原本是市里最大的一片规划开发区，被某巨型开发商承包规划修建。谁知道，房子修至一半，便有人举报，施工方大量使用劣质钢材和水泥。这件事被记者曝光后，开发集团的首脑携巨款潜逃，开发区里只留下了大片大片的烂尾楼，有的楼房已经竣工，只差墙面的装修和粉刷了。市里也想重新开发，可是一直没有人敢接，一方面要大量的投资，而另一方面要将原来的楼房全部爆破，算完这笔费用，就没有多少利润可图了。市政府换届，于是开发区的事就拖了一拖，这一拖便是六年。

这六年里，那些房屋就成了流浪汉、拾荒者、乞丐们的栖身之所。人越聚越多，很快楼房便住不下了，楼房周围就有了木板的小房间，一进开发区，这里便弥漫着恶臭，腐朽而令人作呕的气息。

他们到下湾开发区时，那路几乎就不能通车。他们下车时，不少衣衫褴褛的人好奇地打量着他们，韩峰还以为自己到了丐帮的地盘。果然，韩峰第一眼看到梁兴盛的家属心就软了。他惊叹于这座城市里，居然还有可以和他睡觉的地方媲美的处所。不足十平方米的破败木屋，放了一张床后就放不下什么别的东西了。梁兴盛的妻子卢芳和她的儿子梁小童就挤在这破落的小屋内。

韩峰大吃一惊，就算是再不济，梁兴盛毕竟也是一家公司的老板，他的家怎么会破落到这样的地步。询问后才知道，原来，梁兴盛早年得意时，养了个情人，回家对妻和儿子经常打骂。梁妻一怒之下，带着儿子离开了梁家。没多久，梁的公司就处于亏损边缘，梁变得身无分文。而他的情人把他最后的积蓄挤干后，不辞而别，梁兴盛真的变得一无所有了。

梁妻文化不高，城里也没有亲戚，只好靠捡拾垃圾为生。梁小童今年十岁，平日便与妈妈一起捡垃圾，靠微薄的收入，还要继续读书。

韩峰被感动了，没想到他们的情况如此糟糕，也难怪潘可欣会怀疑梁兴盛骗保，因为梁兴盛或许最后良心发现，保单上受益人写的是卢芳的名字。

五十万数字不大，但是无疑足够改变这母子的生活。潘可欣愤愤道："虽然他们的遭遇很值得同情，但一桩是一桩。我私人都可以拿出一部分钱资助他们的生活，但是如果确认梁兴盛是骗保，我们公司是一分钱都不会赔付的。"

韩峰看着破败的四壁，又看看卢芳，她虽然三十多岁年纪，衣服也有些旧了，但是很干净，而且风韵犹存，三十多岁的女人，正有股成熟女人的味道，身材绝不比潘可欣差。谈话中，卢芳一直嘤嘤抽泣，不过这种娇弱的样子倒也令人爱怜。梁小童是个头发黑而浓密的小孩，那短发就如钢针披在头上，眉毛几乎连成一字，尘埃遮不住稚气的脸庞，他咬着牙一直没哭，眼睛里透着与年龄不符的成熟。当韩峰问他时，他答道："他不是我爸爸，我没有这样的父亲。"卢芳就一面骂梁小童，一面又抱着小童哭。

韩峰看了梁小童一眼，觉得这个小孩很不寻常。“或许，这就是命运对一个人的改变吧。拥有这样一个童年，今后会变成什么样呢？”韩峰这样想着。

离开时，韩峰叹息道：“唉，人死不能复生，不管他犯了多大的过错，都随着他而去了，何况，说不定，他还为你们留下一些惊喜。”

卢芳还想问什么，韩峰与潘可欣又匆匆走了。潘可欣道：“现在你见过死者家属了，说吧，你都查到些什么？”

韩峰扁嘴道：“很抱歉，潘小姐，我觉得这确实是一场事故，意外事故。”

潘可欣咬牙切齿道：“好！我们会派自己的调查员去查的。”说完，不再理韩峰，径直走了。韩峰回味着，卢芳身上的体香很清新很纯朴，这可是潘可欣身上那些香水味比不上的。

事后冷镜寒又来找过韩峰一次，韩峰一口咬定没有什么发现，就是意外事故。冷镜寒走后，他才微微一笑，他喜欢做决策者，这起事故有破绽，有大大的破绽，可是只要他不说，那些调查员什么也查不到。那对孤儿寡母太可怜了，保险公司有的是钱，赔人家一点有什么不可以呢？韩峰又想了想，对自己的做法非常赞同，他满意地笑了。

韩峰以为，自己得罪了潘小姐，这潘小姐可不会再来找自己了。可是没想到，第三天潘小姐通过冷镜寒，邀请韩峰去参加一个酒会，说是赔礼道歉。本来韩峰不愿意去，可是一想潘小姐的身姿，而且酒会后还不知道有什么发展，他也就欣然接受了。

韩峰没想到居然是一个高档晚宴，他从冷镜寒那里拿来的那套西服实在不入流，还没有人家侍者穿得好。来来往往都是贵宾，那些常在电视上出现的人物，还有不少老外，韩峰站在堂中，没有一个认识的人，也没有人理他。潘可欣穿了套紧身绸缎晚礼服，露背至腰，更将身体的曲线勾勒如画，一双高得不能再高的高跟鞋，使她勉强能与韩峰肩头平齐。她手执香槟，来到韩峰身边，微微笑道：“韩大侦探，好像有些不知所措的样子哦。”

韩峰本来是个不讲礼仪的豪放浪子，来到这种地方确实有些不知所措，被潘可欣点破，别过头去，不与她搭话。潘可欣道：“好了，那天我对你的态度不好，是我错了。今天是我特意向你道歉呢，韩大侦探可不可以赏脸喝一杯啊？”

韩峰接过酒杯，问："你怎么能参加这么高级的宴会？"让他更奇怪的是，潘可欣不仅可以参加这样的宴会，而且还可以邀请自己也参加这样的宴会，这个保险经理人的身份很不一般啊。

潘可欣笑道："冷伯伯没告诉你吗？我父亲——"

韩峰马上在脑海中搜索了一遍，在这座城市里，姓潘的，哦，他嘴一张，潘可欣用手指封住了他的嘴，点头表示他猜对了。韩峰心中一动，难怪潘可欣可以参加这样的晚宴，别说这样的晚宴，就算是国宴，她也能参加的吧，因为她的父亲，不仅是商界名家，而且也是政界要人。韩峰好奇地问道："为什么你要去做保险经理人？"

潘可欣嘴一噘，道："很多人都问我这个问题。按你们的想法，我该去当大公司的CEO，该去支配数以亿计的财务才对，是吗？哼，我只是不想让别人认为，我是生活在父亲的庇荫下，我要靠自己的能力生活。"

韩峰笑了，道："看来我得重新估计你才对，还是个自强的女孩呢。"

潘可欣浅浅一笑，道："我们的调查员去查过了，确实如你所说，没有丝毫迹象表明这是一起策划过的事故。你是对的，我那天还以为你袒护那对母子呢，我错怪你了，对不起。"

韩峰反而不好意思了，那起事故，很明显是梁兴盛故意骗保，他只是没有说破而已。

潘可欣继续道："明天，我们就与那对母子签署赔偿协议，他们的日子很快就会好起来的。"

韩峰支吾道："这样很好，这样很好。"

"Miss！"一名外国绅士唤了潘可欣过去，韩峰又是一个人了。他的眼睛开始搜索，这里的客人，男的不说，女子都是性感尤物。那名亚洲天使，有着魔鬼的身材；那名欧洲女郎，身高一米八以上，金发碧眼，肌如凝脂，润如白玉。

韩峰选中目标，借机向那欧洲女郎靠去，走到一半时，突然闻到一股奇异的体香，很纯，清淡，但是对男性有说不出的吸引力。韩峰头皮一麻，心道："不对，这件事有些不对！"

韩峰连招呼都没和潘可欣打，就急忙退出了宴会，趁着夜色，他第二次来到事发现场。这次他在撞人的地方停留了很久，反复地观察。这是个丁字形路口，街角便是路灯，从小巷正对出去便是卖衣服的小店，小店有个大大的玻璃橱窗。

事发的那晚，橱窗的玻璃被人打碎了。梁兴盛可以用橡皮绳，一头结在对面屋顶，垂下来系个橡皮人，将橡皮人放在橱窗里。橡皮绳绕过路灯高处的横梁，听声音可以判断车辆的大小，看车灯可以知道车辆离路口的距离，然后时机成熟，他一拉橡皮绳，便造出有人跳到路心的假象。在近距离时，任何稍有经验的司机都会选择拐进小巷，他就可以自己撞上去，他手一松，那橡皮绳就能带着假人飞上屋顶，若他有同谋或是告诉了妻子，将假人收拾一下，便天衣无缝了。

路灯横段有橡胶擦过的黑色痕迹，这是韩峰最先发现的证据，他没有说破，是因为那对母子的命运太悲惨了，可现在他改变主意了。因为韩峰发现，这件事情，比他想象的要复杂，其中的蹊跷之处太多了，他不住提醒自己，太大意了，太大意了。

第二天下午，保险公司营业厅内，潘可欣与一名中年男子面对面坐着，商谈赔付协议，似乎已经商谈妥当，潘可欣将文件夹往那中年男子面前一推，微笑道："林先生，你签了字，这份协议就正式生效了。你可以跟我到指定银行领取赔款。"

那姓林的中年男子满意地点点头，握起了笔，韩峰赶到了。他一个箭步迈过去，抓住了姓林男子握笔的手，道："对不起，你恐怕还不能签字。"

姓林的男子一脸茫然，问道："你是什么人？"

潘可欣也是十分不解，问道："发生什么事了？韩峰？"

韩峰道："如果我没猜错，你就是代理梁兴盛事故案的全权律师吧？"

姓林的男子自我介绍道："不错，我叫林国强，是卢芳女士委托我全权代理她先生的索赔事宜。请问你是什么人？"

韩峰大大咧咧地坐下来，道："侦探。韩峰。"

潘可欣给他倒了杯水，韩峰咕噜咕噜一口气喝完。林国强问道："韩侦探，你认为这份协议，有什么问题吗？"

韩峰拿起文件夹，道："协议没有问题，不过，梁兴盛是骗保，所以，这五十万不能给卢芳女士了。真是非常抱歉。"

林国强望着潘可欣，道："这是怎么回事？我需要你们给我个解释。"

潘可欣望着韩峰，她也不知道是怎么回事，韩峰不是明明说没有问题吗？

韩峰便将梁兴盛的作案手法复述了一遍，林国强听后哈哈大笑道：“大侦探，这都是你的一种臆想，只是凭空猜测而已，你有什么证据，证明我的当事人用这种手法骗保呢？”

韩峰点头道：“不错，我这一上午，就是找证据去了。你看这个——”他拿出一个塑料口袋，里面装了几件小物什。一个带长钉的铁环，一些石屑，一截不知是什么东西。

韩峰解释道：“这些都是在车祸发生现场的正对面，也就是衣店的正上方楼顶发现的。这个铁环用来拴橡皮绳的一端，我发现它的时候它被深深地钉在楼顶阳台壁。由于假人向上时速度极快，肯定与墙端有摩擦，这些石渣上有木屑。而这个，是梁兴盛的同伙解不开橡皮绳，用刀切割留下的一截橡皮。”

林国强笑了，道：“你我都知道，这些东西不足以证明我的当事人骗保。”

韩峰道：“这些只是辅助材料。梁兴盛用手紧握橡皮绳，他的手心肯定留下了勒痕，你想不想跟我去验尸啊？还有！他将衣橱打破，将假人放进衣橱里，脚底会有玻璃碴，而玻璃也划破了他的身体，真是不巧得很，我有一块带血迹的玻璃，在衣服店外面发现的，若是血型相同，这可很难解释吧。虽然每一种证据都微不足道，不过加在一起，那就很有说服力了。当三件以上的巧合指向同一件事时，这件事便是蓄谋。”

林国强脸色变了变，道：“这件事，我要和我的委托人商量一下，我们保留起诉权。”

看着林国强急匆匆地走了，潘可欣道：“你怎么突然又发现了这么多疑点？”

韩峰歉意道：“本来，我是打算帮助那生活困难的母子的，所以没有把发现的破绽说出来，而你们的调查员也找不到什么有力证据，实在是抱歉得很。”

潘可欣道：“可你怎么又改变主意了？”

韩峰道：“或许是你昨晚请我参加了晚宴，让我良心有所发现吧。呵呵，我要先去警局，证实自己的想法，你要不要来？”韩峰笑着说，一阵风似的走了。

潘可欣摇头道：“我还要忙别的事呢，看尸体？还是你自己去吧。”

韩峰先找了冷镜寒，两人一同到警局停尸库。冷镜寒十分不理解，一路追问："你不是说没有问题吗？现在怎么又有问题了？你是不是对可欣有意见？你是怪我没有告诉你可欣父亲的身份吗？你到底发现了什么？说出来啊！"

韩峰道："看了尸体再告诉你。"

尸体已经被领走了。没有办法，亲属有领走尸体的权利，而且这只是普通车祸，现在尸体恐怕已经化成一捧灰了。

韩峰只能看到尸检报告。幸运的是，死者遗物没有被领走，据说来领尸体时，梁兴盛的家属很急，等把遗物拿出来时，那些人已经搬着尸体走了。

这一看不要紧，却发现了大问题。尸检报告写得很明白，尸体肋骨断了三根，一根刺穿脾脏，大出血而亡。

韩峰疑惑道："怎么会这样？"

冷镜寒问道："怎么？有什么问题？"

韩峰摇摇头，道："当时吴志光开的可是载满钢材的东风卡车，净载重十五吨，他超载到了四十五吨。一辆四十五吨的大卡车与一个不足五十公斤的人相撞，只断了三根肋骨？难道这人的骨头都是钢筋做的？"

韩峰仔细看了梁兴盛的身高，又道："这人身高一米七三，而撞他的东风车是平头的，车前有个档，那档的高度只有一米一二左右。人与车撞，首先发生碰撞的部位应该是最突出的部位，也就是说，那最重的撞击该在这儿——"韩峰指了指自己的腰部，然后道："不管是正面相撞还是背面相撞，这人脊骨不断裂变形是很难的。"

冷镜寒摊开手，道："可是，这尸体就是这样。"

韩峰看着死者的衣物，道："据吴志光说，死者被撞飞，而现场的血迹也表明，死者落地后，至少滑行了五米距离。你看这衣服，除了背部一团血渍外，连一点磨损也没有，这不是很奇怪吗？"冷镜寒摇摇头，表示无法理解。

韩峰在死者的衣物里用镊子取出一块破布样的东西，问冷镜寒道："这是什么？"

冷镜寒看了半天，道："好像是——烂菜叶？"

韩峰放下手中的东西，以拳击掌道："好家伙，走！我们再去现场！"

冷镜寒无奈道："你到底搞什么名堂？又看见什么啦？"

韩峰一边走一边说道："这次是我失算了，从一开始，我就没正眼瞧过这起骗保案。"

现场，在梁兴盛倒下的地方，旁边就是一条极窄的小弄，这种小弄不是让人进出的，是老式的民房，两堵墙中间，供居民倒垃圾用的。韩峰开始在垃圾堆里仔细地寻找起来，冷镜寒远远地看着，不知道他找些什么。韩峰在小弄里仔细查看每一个墙角，终于，他发现了，血迹！

血迹很少，隔了很远才有一滴，但是几乎隔相同距离便能发现一滴，很有规律，而且，血迹干涸很久了，若不是因为小弄没有人走，很难保存下来。韩峰从小弄里走出来时，两眼开始发光。冷镜寒吃了一惊，因为他知道，韩峰通常只在两种情况下眼睛会发光：一种是看见了绝世美女，他的眼睛贼亮贼亮的；另一种就是有了奇怪的案件，越棘手的案子，他就越兴奋。而此刻，他是靠墙站的，身后不可能有美女，那么只能是韩峰发现了重大案情。

果然，韩峰拍着冷镜寒的肩道："老兄，准备成立个专案组吧！"

冷镜寒脸色一变，问道："有这么严重？这不就是一起普通的骗保案吗？"

韩峰摇头道："不！这是谋杀，一起精心策划的谋杀！"

冷镜寒追问道："你到底发现了什么？"

韩峰道："血迹！我马上回去准备我的实验，如果我得出的结论与我的推理相同，那么，我可以告诉你，一起罕见的谋杀案将慢慢浮出水面。若这是真的，那么，很快便有更多的谋杀案出现，你先去准备一下，调派精英，准备迎接大案的到来吧。哦，对了，卢芳和那孩子，现在估计已经不在原住地了，你帮我查一下。"

冷镜寒目瞪口呆。

韩峰借用了刑侦科的实验室，他面前放着两个玻璃试管，试管里分别装有玻璃碎片上洗下的血迹和地上残留的血迹。他用试剂调和试验着，很快结果出来，玻璃上的是O型血，地上的血迹是B型，而报告上死者的血型却是AB型的！三处不同的地方取到三种不同的血型，与韩峰的推论完全吻合，韩峰仰天长吁一口气，叹道："太精彩了！"

国道上，一辆奔驰正急速前进。林政坐在后座，架着二郎腿，正满意地欣赏窗外的风景。他今年四十五岁，刚当选海角市十佳杰出青年，那丹奴牌金丝眼镜和一身名牌西服彰显着他的地位和财富。恒福银行海角分行行长、恒福银行董事会董事、海角市书画协会副会长、海角市爱婴慈善基金会主席、华人富豪榜排名第六百七十三位，这些称号足以让他满意。年富力盛，正值壮年，金钱、地位，该拥有的他都拥有了，可他眼镜里的眼神，却多少有些忧郁。

奔驰突然颠簸起来，林政怒道："怎么回事？"

司机小王无辜道："前面路上，不知道被谁撒满了碎煤渣，好长一截。"

林政道："每次都给你说了，别把汽车轮胎的气加那么满，你就是不听，开慢些！"

"是。"小王减慢了车速。林政的心情本来就不好，这一颠簸，心情就更恶劣了，心道："究竟又是什么事呢？为什么要让我走这条路啊？他们到底想做什么？"蓦然，他觉得真皮坐垫变得炙热起来，他问道："小王，是不是空调坏了？怎么这么热？"

小王回答道："我没有感觉到热啊。"

"轰！"一声巨响之后，远远看去，一辆小轿车就像一朵鲜花一样绽放。

第二章

重案组成立 明察暗访

在冷镜寒的办公室，韩峰坐他对面，潘可欣坐在一旁。冷镜寒道：“说吧，成立个专案组可不是件小事，告诉我们，你发现了什么，怎么就从一起骗保案，变成一起谋杀案了？”

韩峰看看潘可欣，她是来找韩峰的，因为骗保案还没有结论。韩峰道：“我们从开头说起。深夜，一个醉酒的司机，驾车时突然发现前面有人在路中。那种情况下，稍有经验的司机都会拐向一旁，而正巧一旁有条小巷，这样司机就有足够的时间来刹车了。谁知道，小巷里有另一个人，不巧被撞了个正着。那人当场殒命，卡车司机报了案。现在的问题是，那个先出现在路中迫使卡车司机改变方向的人，到哪里去了？”

冷镜寒道：“或许那人是背对着卡车的，所以没有注意身后发生的事。”

韩峰道：“除非那人又聋又瞎，否则不会不知道身后有大卡车冲来。那种情况下，正常人都会去事发现场看一看的，可事实是，那人突然出现后，就再也没露面了。”

潘可欣道：“原来这就是疑点。”

韩峰道：“不错，我就是从这个人想到梁兴盛的骗保手法的。我到现场第一眼，就在梁兴盛可能站立被撞的地方，一条线望过去，可以看见路灯的横杆，对面的衣服店，以及对面五层的楼顶。这样，利用假人制造车祸的骗保手法就很清晰了。而事后我去楼顶，也发现了我想要的东西，我几乎已经认定这就是一起骗保案了。”

潘可欣道："可你当时并没有说什么。"

冷镜寒也道："是啊，你只告诉我说没有发现啊。"

韩峰吐吐舌头，对潘可欣道："你还记得我让你带我去看死者亲属的事吗？"

潘可欣点点头。韩峰道："当时你那么紧张，就是怕我知道那母子俩的窘境吧？"

潘可欣道："梁兴盛出事后，我们需要第一时间找到受益者，了解他们的基本情况。我见过卢芳后，感觉别人恐怕也会同情这母子俩，这对我们的骗保调查取证很不利。"

韩峰道："我正是被他们的情况所感染，五十万对你们保险公司来说，只是小数字，可对那母子二人来说，就是改变一生的转折。"

冷镜寒道："那你为什么又反悔了呢？"

韩峰看着潘可欣道："还是因为潘小姐。昨晚她向我致歉，邀请我参加了一个盛大的晚宴。我第一次见卢芳时，她身上有一股清新的体香，那种香味很能吸引男性。我当时没有在意，可是昨晚，我在一名外籍女士身上，闻到了同样的味道。我当时就回忆起来，这是法国的巴蒂斯香水，市场售价已高达四十九美元一毫升，试想，一位用比黄金还贵重的香水的女子，怎么可能是居住在贫民区的弱势群体？"

冷镜寒与潘可欣面面相觑，没想到韩峰是从这样的细微处发现了破绽。韩峰继续道："虽然她身上的香味很淡，但是还没有完全消散，我断定，她停止使用那种香水，不会超过三天，也就是梁兴盛死后，他们才去到那小破屋的。而在他们身上发生的一切，我们都是听卢芳告诉我们的，事实上没有任何取证，对不对？"

潘可欣道："这样的事，谁也没理由去怀疑呢。"

韩峰道："他们正是利用了我们同情弱者的心理，好让我们不去怀疑。而今天上午，我再去那里时，已经人去楼空了。我马上赶到保险公司，正好看到了那位林律师与潘小姐商谈协议。试问，一名文化程度不高的女士，靠捡垃圾为生，她怎么知道并且能聘请一位资深律师来帮她办理交接协议呢？这又是另一处破绽。"

冷镜寒道："这只能说明他们精心设计了一起骗保案，也不能与谋杀扯上关系啊？"

韩峰道："若不是我去再看尸体，恐怕我也想不到这是一起谋杀。尸检报告上，与实际撞车的情形有很大出入。从死者的遗物中发现的烂菜叶，使我想到了路旁的垃圾胡同，我去现场时，在那小弄里发现了血迹。这说明什么问题？”

冷镜寒想了想，怒道：“好小子，你有话就一次说完，干吗老吊人胃口！”

韩峰道：“看看这个！”他将三份血型报告单摆在桌上。冷镜寒又问：“怎么回事？”

韩峰道：“三份血型，分别来自衣服店的碎玻璃，死者躺过的地面，以及死者本人。”

冷镜寒眉毛拧在一起，韩峰道：“这只说明，砸碎衣服店的是一个人，在地上留下血迹的是另一个人，而梁兴盛，只是在那里躺过一次。”

潘可欣一脸苦恼相，嘟囔道：“都说的什么啊？听得我头都大了。”

韩峰快语连珠道：“从这一点，就可以推翻我前面的所有推论，这是一起精心设计的谋杀。我甚至可以追溯到吴志光与他的好朋友见面。如果凶手事先就知道吴志光要运钢材，而且知道他走的路线，那么事先安排他一名好朋友与他见面，让他醉酒，然后在丁字路口安排个人突然出现，让司机改变方向，将小巷里的人撞死。这样推论的话，那么这名凶手必须准确地把握司机出现的时间，以及小巷里的人刚好走到那路口的位置。任何一个环节出了差错，都无法进行得如此精确，这与计算导弹航线相比，丝毫不差。”他扳着指头道：“疲劳驾驶，酒后驾车，开夜车，超载，这些都是容易出现事故的因素，这样就会让事故发生起来更自然，更不容易引起人怀疑，这个计划很巧妙啊！”

冷镜寒疑惑道：“为了五十万的保额，至于吗？”

韩峰咬牙切齿道：“你怎么还没听明白，那天晚上被撞的是另一个人。当时吴志光返回路口，去公共电话亭打的电话，那时他是看不到出事这个地方的。而这一段时间，尸体被人换了。这就是小弄里出现血迹的原因，而地上的血迹与尸体不符，也是这个原因。五十万的保额，他们根本就不放在眼里，他们这样做，只是让我们以为吴志光所撞死的，是一个想骗保的人。而我也被他们留下的线索误导了。”

冷镜寒道：“他们这样做的目的是什么？”

韩峰道：“现在还不知道。不过我知道，要设计这样一个完美的计划，需要的人力物力，他们所图，绝不会只五十万这个数。若这一切如我所说，那么我们看到的这个简单的骗保案，只是冰山一角，一定还有事故发生，大事故！对了，你准备的专案组怎么样了？”

冷镜寒道：“我已经成立六人专案组，把三名在休假的骨干人员也调回来了。现在我还没说是什么事，要是这只是一起普通的骗保案，他们回来了，我就让他们找你。”

韩峰摇头道：“相信我，能组织这么精密的谋杀，他们肯定还会有更大的行动。”

冷镜寒思索道：“不对啊！他们为什么处处留下线索呢？在领尸体时，为什么故意留下死者的衣物，卢芳为什么又故意派姓林的律师去与可欣交涉，她自己为什么不去，难道她知道你已经有所怀疑？”

韩峰道：“这是他们在挑衅。幕后的凶手很狡猾，一方面不让我们抓到任何把柄，另一方面向你们警方宣战。他就是要告诉你们，这次的所有线索，都是他故意留下的，而下一次，你们将抓不住任何线索。”

冷镜寒道：“既然确定了是谋杀案，那我们得马上着手调查。”

韩峰道：“基础的你做，去查梁兴盛的公司和他身边的人际关系。我去查被车撞死的是谁，以及他被杀的原因。”

潘可欣兴奋起来，道：“原来这是个大案子，那可太好了，这次你们一定要请我做独家专访。我要亲自参加你们查案，取得第一手资料呢。”

冷镜寒尴尬地笑笑，明显碍着潘可欣父亲的面子，不好意思直接拒绝她，只是向韩峰道：“忘了告诉你，可欣也是华新社的兼职记者。”

潘可欣噘起嘴道：“现在不身兼数职，怎么能体现新青年的时代特性。冷伯伯，你就答应我嘛。”

冷镜寒看看韩峰，询问他的意见，韩峰道：“我同意。”冷镜寒心想：“是你同意的，以后有什么事可与我无关。”接下来韩峰又补充了一句，他问潘可欣道：“事成后，可不可以陪我上床？”

潘可欣正举着茶杯，突然身体就僵住了。而冷镜寒则“噗”的一声，喷了一桌茶。他知道，韩峰的老毛病又犯了，忙起身道：“你出来，我有话对你说。”

门外，冷镜寒小声道：“你知道她父亲是谁吗？”

韩峰道：“知道啊。”

冷镜寒道：“知道你说话还这样——你这样——你……”

韩峰道：“这有什么问题？”

冷镜寒痛苦地抱着头道："这不是什么问题的问题，而是你这个思维，你这家伙，没有人像你这样追求女孩子的。"

韩峰看着刑侦处一旁的犬舍，道："你看那些狗狗，相互见了面，就闻对方的生殖器，要是到了发情期，就可以交配。这很正常吧。"

冷镜寒道："那是狗，我们是人！"

韩峰一脸茫然道："有什么区别呢？"

冷镜寒指着韩峰道："我跟你说不通，但是我要告诉你，绝不可以打可欣的主意，否则有你好瞧的。"

韩峰道："不可能，美女在前，让我不为所动，绝不可能。我管她是谁的女儿，她是雌性，我是雄性，我只认这一条。你要阻止我，除非杀了我。"

冷镜寒哭笑不得，道："我不杀你，我阉了你！"

韩峰倒吸冷气，退了一步道："这怎么可以，这是我智慧的源泉，没有它，我什么灵感都没有了。"

冷镜寒还待说什么，一个人大步走来，行礼立正道："报告冷处长！侦查员李响前来报到！"

李响身体很健硕，身高有一米八八，从特种部队退役后，成为刑侦所骨干侦查员。他有刀削一样坚毅的脸庞和铁铸一般结实的肌肉。韩峰看着李响，发出惊叹道："哇，肌肉！"冷镜寒道："回来啦，在北戴河玩得可好？有没有遇到生命中的另一半？"

李响扔下包，黝黑的脸庞露出健康的微笑，给冷镜寒来了个拥抱。在处里，每个侦查员都像尊敬父亲一样尊敬冷处，只有韩峰，时常惹各种麻烦。

韩峰拍拍冷镜寒的肩膀，道："你把专案组搞定，我去把那个小姐搞定。"

李响看着韩峰高而瘦的身影，问道："冷处，他是谁啊？新来的？"

冷镜寒苦笑道："韩——峰——"

李响斜睨一眼，道："韩峰？"

李响想了想，他觉得在哪里听说过这个名字。他忽然想起，冷镜寒曾推崇过韩峰，他说："咱们海角市又多了一名侦探，有了韩峰那小子，以后我们可就没多少不能破获的案子了。"李响再看看韩峰，一身灰土色皮肤，头发杂乱，除了一双眼睛尚有神外，别的地方，根本就像流浪汉嘛，他不由怀疑道："他就是韩峰？"

冷镜寒带李响到另一间办公室，道："好了，这次你休假半个月，却提前把你叫了回来，成立这个专案组。我还通知了刘定强和林凡，加上原留的张艺三人，我们共有六名成员。"

李响动容道："什么案子？这样大阵仗。"

冷镜寒道："这个……"心中却道，"事实上，案子还没发生呢。"

"冷处长，有大案。"侦查员张艺扬了扬手中的便条。他是个相貌极其普通的小个子侦查员，身高只有一米六五，似乎时时都在微笑着。

"啊！"冷镜寒没想到来得这样快，忙问，"什么案子？"

张艺道："刚接到报案，林政在去天涯市的路上，发生了车祸。"

"林政？哪个林政？"

"恒福银行那个啊。"

"啊！"冷镜寒一声惊呼，道，"走，马上去现场。"

李响道："冷处，你可真是未卜先知啊。"将包一放，跟着冷镜寒出了门。

冷镜寒心中不安道："可别给韩峰那小子说中了，那事情可就严重了。"二人走出来，正好碰到韩峰与潘可欣也走出来，两人有说有笑，看来他已经搞定了。

冷镜寒招呼道："又有一起事故，要不要去看看。"

韩峰道："什么事？"

冷镜寒道："刚刚得到消息。林政死了。"

韩峰道："林政？去年被评为十大杰出青年那个？"

冷镜寒道："就是他。"

潘可欣道："那太好了！我也要去！"三个男人同时盯着这位娇姑娘，又同时无奈地摇摇头。

警车在路上飞驰，冷镜寒让张艺简单地说说情况后，问韩峰："你说，这件事与那件事有没有关系？"

韩峰道："现在还不能定论，不过我很奇怪，去天涯市的路路况平稳，怎么他就出了事故呢？"

张艺道："还不清楚，现场的交通被阻断了，据目击者称，发生了大爆炸。"

李响道："说不定是被人安置了炸弹。"他在特种部队待过，对炸弹十分熟悉。

韩峰不以为然地撇撇嘴，要是炸弹做的，那这件案子就普通之极，也没有什么好查的了。

冷镜寒见路程还远，话锋一转，问韩峰："你是怎么摆平那个丫头的？"他特意安排潘可欣与另一名女警龙佳坐后面一辆警车，这辆车只有他们四人。张艺开车，冷镜寒坐了副驾，韩峰和李响坐在后面。

韩峰失望道："很简单，我答应她跟进那起骗保案。只是上床改作了亲一下，我可亏大了。"

冷镜寒一竖大拇指，道："很好。"

李响不知道他们聊什么，问韩峰道："听冷处说以前你破了不少大案，是不是？"

韩峰睨视冷镜寒，没好气道："是啊，我是做了不少大案。"他说的是"做"而不是"破"，但在车上，除了冷镜寒，李响和张艺都没听出来。

李响明显来了精神，反复追问都有哪些大案，韩峰有一句没一句跟他搭讪。离事故现场只有一公里了，韩峰突然开始注意车窗外，向李响道："你看，这条路是不是很奇怪？"

李响看了半天，道："也没有什么好奇怪的啊？"

冷镜寒也马上看向窗外，回头道："是有些不一样，到底哪里不对呢？"

韩峰指着马路道："你们不觉得，这条路太干净了吗？连一条车辙都没有，就像刚刚扫过一样。"

这时李响才注意到，果然，灰色的马路十分干净，只有他们的车开过留下了车辙，前面的路却十分干净。他不解道："这说明什么问题呢？"

韩峰露出了他一贯的坏笑，道："这说明，现场的情况一定出乎我们的意料。"

车祸现场，已被封锁。自从有了高速公路，国道上的车就少了，封锁也很容易。刘定强居然先他们一步赶到现场，他本就在天涯市休假，回来的路上正好这里堵车。他稍微有些矮小，身体微微有些发福，戴着金边的眼镜，但他的检验检查技术，绝对是刑侦处的第一把手。韩峰与他站在一起，一个高而瘦，一个矮而胖，正好一对。潘可欣从另一辆车里风风火火地出来，一下车就问："怎么样？你们有什么发现？"

冷镜寒道："可欣，我们都还刚刚开始，你在一边去喝点水，让我们检查完了再过来好吗？"

潘可欣嘟着嘴道："我知道，你们是怕我破坏了现场。"但她还是停在了路旁，远远观望。

另一名女警从车上下来，韩峰的注意力马上被那女警完全地吸引了过去：那笔挺的警服下，有着近乎完美的身材，一头黑色的长发盘曲在警帽内，螓首皓额，娥眉凤眼，挺直的鼻梁，两片红唇。那女警陪着潘可欣，潘可欣立刻就给比下去了，她每走一步都精神抖擞，她的一颦一笑，都洋溢着青春的气息。韩峰手肘撞击着冷镜寒道："喂，我不要潘可欣了，我要那名女警。"

冷镜寒顺着韩峰的手指一看，怒道："什么要不要的？你怎么说得这么难听？"

韩峰道："那好，我换一个说法，我可以，和那位漂亮的警察姐姐，认识认识吗？"

冷镜寒没好气道："她叫龙佳，前年调到我们这里来的，武警干校毕业，是个电脑专家。你知道，现在什么都离不开电脑的。"韩峰马上就要朝龙佳那边走去，冷镜寒一把拉住他，道："别慌！看了现场再说！"

现场检测的结果果然让人感到意外，别说炸弹，连一颗子弹的痕迹都找不到，唯一的解释便是，这奔驰自燃自爆了。

车身完全变形，车中有两具人形的尸体。刘定强拿着变形的车牌号，这是证明林政身份的唯一东西了。冷镜寒问道："有没有可能是别的人，坐了林政的车呢？"要知道，林政的死，在海角市的影响会十分巨大。

刘定强摇头道："电话证实了，林政是坐这辆车离开海角市的。开车的是司机小王。"

冷镜寒喃喃道："这次麻烦大了。政界、新闻界、商界，都将掀起惊涛巨浪。"

李响奇道："居然没有任何痕迹，这样的现象倒是少见。"

冷镜寒苦笑道："汽车出了意外，自己爆了，说出去谁信啊？"

韩峰问刘定强："你就可以肯定，一定没有爆炸装置吗？"

刘定强道："只是一个初步判断，许多具体细节还要拿回所里研究，比如这汽车的油缸、刹车、点火塞。但是我有个疑点，我乘车从大涯市来的时候，有一辆警车从海角市方向开来，从时间算，它应该看到了爆炸现场。”

冷镜寒道：“是什么时候？”

刘定强道：“大概是我抵达现场前半个小时。”

冷镜寒道：“那不一定，国道上天涯市的巡警车，只开到市区边界就会折返。”

韩峰突然出现在两人中间，举起手来，道：“帮我查查这个。”

刘定强奇怪地看着韩峰，他手里拿着一撮黑色的灰迹，像一撮煤渣。刘定强问道：“这是什么？”

韩峰将这些煤渣装在塑料袋里，道：“还不知道，不过我可以肯定，这是谋杀。”

韩峰话音一落，所有人的目光全都集中过来，冷镜寒颤声问道：“你可不要乱说，你知道这话的分量有多重吗？”有人谋杀了林政，这和谋杀了海角市市长几乎没有区别。

韩峰冷冷道：“还记得我告诉你们在来路上的奇怪事情吗？”

冷镜寒和李响同时道：“马路？”

韩峰道：“这犯罪现场，已经被人打扫过了，所以才一点证据都没有留下。林政是什么时候离开海角市的？”

刘定强道：“上午十一点以后。”

韩峰道：“谁第一个接到报案？”

刘定强道：“是我，我报的案。因为这车牌我很熟悉。我是乘从天涯市到海角市的公交车走这条路的，因为便宜。”

韩峰道：“那你到这里是什么时候了？”

刘定强道：“下午两点。”

韩峰道：“这种奔驰的车速，最快时速二百四十公里，若按平均时速六十公里计算，他们从海角市到这里，也只需要一个小时，也就是说，爆炸发生在下午一点左右，这中间有一个小时现场无人，他们可以做很多事情。”韩峰举目看看，马路两边是低洼的沟渠，远处是连绵的山丘，他马上道：“派人去远处的山头看看，每个山头都仔细检查，如果发现大量的烟头或足印，那就说明我的想法没有错。”

冷镜寒派出人手，问道：“这是怎么回事？”

韩峰道：“这条路被人扫过，扫地的范围——”他左右望望，道：“至少三公里，这样大范围的劳作，不是一两个人就可以完成的。他们是一群人，就躲在山头，一旦汽车爆炸，马上就清理现场。他们到底扫掉了什么呢？”

冷镜寒道：“你是说？”

韩峰道：“我现在怀疑，他们或许是先用其他手法杀了林政和司机，然后再放了汽油，点火炸车。要是他们这样做的话，就不知道他们在路上做了什么，让车停下来。”韩峰想了想道：“他们怎么敢如此明目张胆？难道他们就不怕路过的汽车和人发现他们吗？”

冷镜寒无奈道：“他们不怕，因为这条路现在走的车少极了，只有从海角市到天涯市的老公交车还在走这条路，每三小时一班车，他们若是有意行动，有非常充裕的时间。但是我不明白，林政为什么要走这条路呢？”

韩峰道：“有两种可能。第一，他本来就是要来这条路的某个地方；第二，有人命令他走这条路。”

冷镜寒道：“命令？有谁能命令林政？他为什么要命令林政走这条路？”

韩峰笑笑，道：“因为他才好在这条路上杀了林政啊。”

冷镜寒问：“你说这件事，与骗保案有没有什么关系呢？”

韩峰道：“这个不好说，不错，骗保案的幕后凶手是暗示了我们，他第二次下手，就不会留下什么证据了。而且，调动大量人力物力，算无遗策，手法似乎也很像，可是，我们不能就认定这两起案子便是同一伙人做的。现在的问题是，我们对他们的目的毫不知情。若是绑架林政，或许是为了钱，那么杀了林政，又是为了什么呢？你可以去调查一下，林政死了对哪些人有好处。杀了梁兴盛，又是为了什么呢？真正被车撞死的那个人，尸体又去了哪里呢？我们的疑问实在太多了。凶手完全躲在暗处啊。”

冷镜寒看见，韩峰的眼睛，又开始发出像狼一样的光芒，也只有这种毫无头绪的案子，才能让他的眼睛亮起来。没多久，张艺带着一队警察回来了，手里拎了一大袋烟头，用手指着山头道：“我们至少在四个山头，发现了大量烟蒂。真不可思议，他们藏身的地方，距离这里至少有一两里远。寻常搜查，不会查这么远的，范围太大了。”

韩峰看着袋中烟头，道：“全是四块钱以下的普通烟，看来像民工抽的烟。这个凶手有自己的厂，手下有一大批工人。”

冷镜寒喃喃道：“真是有预谋的谋杀吗？这太可怕了。我们必须马上报告上级。你跟进这个案子吗？”

韩峰一脸怪笑，他是想查大案，可也没想过查这么大的案子啊，破这样的大案，太容易露脸了，他却是个不想露脸的人。他拍着冷镜寒道：“现在这个案子，有几点需要确认：第一，死者是否确实是林政；第二，他们的车究竟是怎么爆炸的；第三，他为什么要走这条路；第四，他死了哪些人会有好处；第五……”

冷镜寒道：“够了，我们会处理的。你要不要参加？哦，对了，卢芳和那小孩，同你说的一样，失踪了，就像从空气中蒸发了一样。”

韩峰道：“不如这样，我们分作两批，你给我一个人就够了，我去查骗保案，你和你的专案组来查这个炸车案。如果我们的线索碰了头，再把它们合并为一个案子来处理。”

冷镜寒道：“也只好这样了，你要谁帮你，哦！你该不是想让龙佳帮你吧？”

韩峰大力拍着冷镜寒的背部道：“知我者，冷处也！”

“放屁！”冷镜寒脸色一沉，道，“龙佳是我们的调查骨干，不能给你，其余五名男同事，你随便选一人吧。”

韩峰手指着冷镜寒道：“姓冷的老头儿，算你狠。老子一个人去查，我带我的可欣去，这回不碍你的事了吧。”他后退着走去，同时道：“告诉那个胖胖的调查员，那堆煤灰查出什么来，马上通知我。”

冷镜寒看着韩峰的背影，摇头道：“这个乌鸦嘴，真被他说出一个大案来。”转而又想到报告不知道该怎么写，头都大了。

一名警员开车送他们回市里。潘可欣自然又问了一长串问题，韩峰一一作答，潘可欣忙用随身携带的笔记本电脑记录在案。最后，她问道：“现在我们该做什么？”

韩峰道：“我要找吴志光再问问，还有很多问题。你可不可以帮我一个忙？”

潘可欣满口答应道：“说吧，什么事？”

韩峰道：“你去火葬场帮我查查，最近五天所有火化的尸体资料。”

“啊！”潘可欣张大了嘴，半天说不出话来。韩峰鼓励道：“你不是记者吗，你知道该怎么去查的。”潘可欣都快哭出来了，韩峰还得寸进尺道：“对了，最好你能给我弄一份资料出来，怎么？你该不是想告诉我，连这点小事你都办不到吧？我的大小姐。”

这最后一句话很管用，潘可欣都快掉下的眼泪突然止住了，哼道：“谁说我不行，明天就把资料给你。”

韩峰独自与吴志光取得联系，这名取保候审的倒霉司机还在抱怨那天真不该报警，酒后驾车、超载、人命官司，这些够他受的了。

韩峰问道：“我想，你不是和你那名哥们儿把手机拿错了吗？你们有没有再联系过啊？出了这种事，他总该安慰安慰你吧？”

吴志光哭丧着脸道：“别提了，那天我们不是都喝高了吗？我驾车撞了人，还算运气好的，我那兄弟，他驾车翻山下去了。哎，酒害人啊，我一定要戒酒，一定要戒！”

韩峰告辞后，暗自佩服起这幕后凶手来：太完美了，要完成这样的案子，必须事先就调查吴志光的行车路线，半路用他的旧友拦住他，灌酒灌得半醉，乘机用没有电的手机换掉他的手机，等他撞人后，发现手机没电，必须用公用电话拨打，才有机会换掉尸体，人在那种情况下根本不会注意到尸体的相貌的。整个计划，就像计划导弹轨迹一样精确。不过，他想：你既然碰到我韩峰，只要你留下一根头发，我便要让真相大白于世。

韩峰想了想，再次向那片贫瘠的待拆房屋走去。随后，他又通知冷镜寒，帮忙重新查看梁兴盛的所有亲属资料和社会关系。

冷镜寒的专案组正忙得焦头烂额，又要对付社会媒体，又要对付上级，而上级也承受着各方的压力。最关键的是林政的家属认定林政是被人谋杀的，要是找不出凶手，后果可想而知。冷镜寒表示，会请派出所帮忙调查梁兴盛的。

晚上，他们交换了相互得到的信息。冷镜寒的手下查出，梁兴盛在发迹前，与妻子关系不错，发迹后，就变得和大多数暴发的男人一样，酗酒、聚赌、找新欢，这就是他前妻离开他的原因。而他的前妻并不是卢芳，另有其人，因为数年前便带着儿子与梁分居了，所以一时还查不出是谁。而卢芳，则是梁兴盛一年前新认识的情人，两人一见面就好得如胶似漆，也难怪梁兴盛会在保单上填卢芳的名字。

两人探讨后，都觉得掌握的信息太少了，还需要更深入的调查。

第二天，在保险公司办公室。潘可欣真的把一份五天内的火化尸体资料放在了韩峰面前。韩峰每一份都仔细查看。潘可欣问：“这里面会有什么发现？”

韩峰道：“梁兴盛既然不是被车撞死的，那么被车撞死的那个人呢？”

“啊”，潘可欣道，“你不是认为，凶手傻到要把被车撞死的人的尸体火化吧？他们难道不会随便找个地方，挖个坑把尸体埋掉？”

韩峰道：“这件事很蹊跷。首先，要是死者有亲属，那么亲属为什么这么久都不报案？如果死者没有亲属，他们为什么要用这样的手法杀害死者？他们这样做，想掩盖什么？如果想掩人耳目，最好的办法不是挖坑埋掉，而是火化，如果我是凶手，我一定会这样做的。正规渠道，合情合理，谁也不会怀疑，而且烧成灰以后，什么证据也查不到。”

潘可欣吐吐舌头，道：“你这人想法真够古怪的，好像你能猜到凶手在想什么一样。”

韩峰笑笑，道：“你怎么不怀疑我就是凶手呢？咦——”

潘可欣从他的脸色中，知道他已经发现了什么，忙凑上头来看，材料上写着：曲明生，男，五十四岁，死亡原因，车祸，生前是彗星理财公司的一名老员工，做的是会计。后面是亲属和普通简历。

潘可欣奇道：“死于车祸的材料有七八份，你怎么就选中了他呢？”

韩峰道：“你知道理财公司是做什么工作的吗？”

潘可欣道：“帮助银行和别的公司理财的啊，就是一个中间投机商嘛……银行！你是说他和林政——”

韩峰摇头道：“不对，我选他出来不是因为林政。因为理财公司是替别人管理财务的公司，对他的员工要求是十分严格的，一位在理财公司工作多年的老员工，肯定会养成处处谨慎小心的习惯。你看他的照片，这是他生前的照片，看到他的牙齿了吗？这人不抽烟，不饮茶，看他的眼睛，这人也不喝酒，而且，身体健康，精神不错，容易满足现状。这样的人，就是人们平时所说的老好人，为人老实、勤恳。一个连烟酒茶都不沾的男人，又在理财公司做理财工作，这样一个谨小慎微的人，居然会死于车祸，你说这不奇怪吗？”

潘可欣眼睛都瞪圆了，韩峰是怎样从这普通的资料中，看出这样多信息来的？不过她仍不服气道：“这是他生前的照片，那你知道是他什么时候照的？他以前不喝酒，说不定后来就喝了呢；他以前身体健康，说不定后来身体就虚弱了呢。资料上只说过他在理财公司工作，又没说他是否犯过错误，你凭什么断定他又是谨小慎微呢？”

韩峰笑道：“我又没说他就是被撞死的那人，只是他有疑点而已，我们可以去登门拜访他的家人啊。问一问就知道了嘛，而且，我本来是打算选出几个有嫌疑的人，但其他人的可能性都不是很大。我们不妨去试试。”

曲明生的家里，他的老伴和一双儿女还未从悲痛中清醒过来，对韩峰他们的来访很是奇怪。他们把韩峰和潘可欣当记者了，十分不配合。当韩峰诈说他们是警察后，曲明生的家人顿时就慌了，他的老伴聂夫人道：“我们可什么事都没犯，我们家老曲该不是犯了什么事吧？我们可一点都不知道啊。”

韩峰淡淡说道：“别着急，我们只是问些简单的情况。我相信，曲先生是没有问题的。聂夫人，我们想知道，曲先生是什么时候出事的？”

聂夫人一惊，迟疑道：“这个……”

潘可欣问道：“怎么？”

聂夫人道：“这个……”

韩峰道：“如果你知道情况而没有说出来，被我们查实后，那事情就很严重了。”

聂夫人这才道：“其实，我们一直觉得这件事很蹊跷。那天晚上，都十二点了，突然有人打电话来，把我们家老曲约出去。那一晚我都没睡安稳啊，第二天早上——”

韩峰打断道：“哪天晚上？”

聂夫人道：“前……前天。”

韩峰点头道：“请接着说。”

聂夫人道：“第二天早上，就来了一群人，说是……说是我们家老曲……他……他……”说到伤心处，聂夫人又抽泣起来。

曲明生的儿子曲正接着道：“第二天，来了四五个人，称是理财公司的经理和高管人员，说我爸爸出了车祸，当时就不行了。他们怕我们伤心，所以没有打电话，而是特意来告诉我们，并带我们去医院看了爸爸的遗体。他们说，晚上在公司开了一夜的紧急会议，因为我爸爸是公司骨干人员，所以请他也去参加。没想到我爸爸身体不好，开了一夜会后精神有些恍惚，早上一出公司就被车撞了，当场死亡。我们去看了爸爸，他……他被撞得好惨！”曲正说到这里，声音也有些激动了。

韩峰忙问道：“那几个人什么样子？”

曲正大概描述了一番，韩峰失望地摇摇头，他说的那些人，闭上眼睛在街上一指，也有十来个。

韩峰又道："哦，这么说，你们见到你们的父亲时，他已经死了。你们为什么没有追查肇事司机呢？"

聂夫人哭道："他们公司的人已经说得很清楚了，是我们家老曲自己撞到车上去的，要追查责任，与司机没有什么关系。而且，他们给了我们三十万抚恤金，又答应资助正儿五年大学的全部费用，并且表示，今后可以接纳正儿去他们公司工作。我们还能要求什么呢？"

韩峰点头道："是啊，这样已经很不错了。好了，我们已经了解到很多情况了，你们请节哀。"说着，带着潘可欣离开。

聂夫人独自送他们到门口，韩峰这才突然问道："夫人，你是早就知道这件事有问题的，对吧？"

聂夫人一惊，道："我不明白……不明白你的意思。"

韩峰道："其实，我们了解一些情况，我们需要你的协助，因为，你们家老曲，很有可能是被人谋害的。"

聂夫人瞪大了眼，道："谋害？什么人？他们为什么要谋害我们家老曲？我们家老曲平时可什么人也没得罪啊。"

韩峰道："这正是我们要问你的啊。难道你们家老曲在出事前就没有什么异常的举动吗？"

聂夫人与韩峰对视片刻，才低下头道："我想，有些信息，或许对你们有用。老曲在出事前几天，有些反常，我看得出，他有心事。可问他，他却什么也不肯说，再问他，他就烦我。在睡着后，我有好几次听到他说，'这是违反规定的'，就只有这么一句。"

韩峰道："你别急，再好好想想，你先生，他有记日记的习惯吗？他还有没有可能告诉别的人这事？他在公司里有比较要好的同事吗？"

聂夫人沉思。韩峰道："不用慌，你可以慢慢想，想起什么就告诉我们。这是我们的联系方式。"他把冷镜寒的电话号码写了下来。

聂夫人道："我们家老曲没有写日记的习惯，他也是很能保守秘密的。有什么心里话只会对我说。要是连我他都不肯说，那他也不会对别的人说。在公司里，他好像和一名叫胡金诚的员工关系不错，他好几次提到那人。其他情况我就不太清楚了，他们公司里的事，你是知道的，对家人也要保密。警官先生，你们一定要找到害我家老曲的凶手啊。"

韩峰道："你也这么认为吗？聂夫人。"

聂夫人点头道："老曲那公司一向很抠门儿，平时在公司用点纸都要从员工工资里扣，这次怎么会突然这样大方。而且这么多年来，他们也从来没有深夜开会的习惯，哪会有这样的事情。”

韩峰道：“你们为什么没有去他的公司确证，他们公司那天晚上是不是在开会呢？”

聂夫人一愣，道：“我向来不过问老曲公司里的事，我想，既然经理都来了，而且钱也送来了，应该没有什么问题吧？”

韩峰道：“好了，如果你家老曲是被人害死的，我们一定会查个水落石出。记住，想起什么或是找到什么，给我们打电话。”

路上，潘可欣道：“我算服了你了。那曲明生是晚上十二点离开家的，而车祸发生在一点后，时间上完全能做到，而事后理财公司举动异常。那个被撞死的人，不是曲明生又是谁。”

韩峰道：“只是运气好罢了。”

潘可欣道：“可是临出门的时候，你怎么知道聂太太还有隐情没有说呢？”

韩峰道：“这很简单，她一听到我们说是警察，马上就说他们不知道他们家老曲的事。这说明，她是知道一些事情的，这就叫欲盖弥彰。我用言语套一套，她就自己说出来了。再做几个简单的调查，就可以证实那天被撞死的人是不是曲明生了。现在的问题是，老曲所做的违反规定的事，到底是什么呢？说不定正是那件违反规定的事，要了他的命。”

潘可欣正想说什么，手机响了，拿起接听，随后道：“冷伯伯说，让你过去一下。”

韩峰道：“肯定没线索。你呢？你不去了吗？”

潘可欣道：“我还要回保险公司，然后整理今天的材料。冷伯伯查的大案子，他没说让我去，肯定有什么秘密情况。”

第三章
蛛丝马迹 黑网之谜

刑侦处，韩峰拿着潘可欣买的矿泉水喝个不停，根本没仔细听冷镜寒说什么。

冷镜寒道："现在各种技术细节处理都已经完成了。我们可以排除任何外力引爆的可能，现场没有任何形式的炸药物质，而你说的那种情况，也可以排除。因为从技术角度说，当时他们的车还在行驶中，保持一百公里的时速没有减慢，爆炸发生前窗户都是关上的，怎么可能有人袭击他们。我们可以设想这样一幅画面，一辆奔驰在快速行驶中，突然气缸起火，数秒钟后，火势变大，发生了爆炸！"

韩峰道："唔。"

冷镜寒道："我们已经对过齿模，终于确认死者就是林政和他的司机。现在上级把各方的压力都往我们头上推，林政的家属一口咬定他是被谋杀的。而那天你又去现场找到那么多烟头，你说说，这件事该从什么地方下手？我们根本连调查的线索都没有。"

韩峰皱眉道："是啊，这件事实在太神秘了，根本没有留下任何可追寻的线索。现在唯一的线索，就是那一大袋烟头，可是，那些烟头又告诉了我们什么呢？难啊，实在是难。"

冷镜寒点头同意道："对了，你查的那边查到什么线索没有？"

韩峰道："我这边也是线索全断了，我也正发愁呢。"

冷镜寒怒目道："胡说，可欣明明告诉我，你们有了很多发现。"

韩峰一愣，道："是吗？哎呀，你看我，一个人忙得乱七八糟，很多事都想不起来了。”

冷镜寒终于明白了，道：“你在威胁我。”

韩峰喝口矿泉水，道：“什么？我哪里敢啊？你可是刑侦处处长，我拿什么来威胁你？”

冷镜寒咬咬牙，道：“明天，龙佳去协助你查案。”

韩峰道：“哦。你们是不是还没有帮我化验那些像煤灰的东西的成分？马上去化验，看看是什么结果。还有，你们可以去调查调查海角市和天涯市的交通系统，看看昨天中午有没有警车私自出勤。其他的常规询问，我就不多说了。”

冷镜寒道：“你小子，说，去查警车私自出勤是什么意思？”

韩峰笑道：“什么时候我看到龙警官，你就什么时候知道那是什么意思。我还要去派出所，看看梁兴盛的家庭状况。先告辞了。”

冷镜寒看着韩峰的背影，狠狠道：“死性不改。”

韩峰去派出所前，先去了一趟彗星理财公司。

理财公司非常专业，进出公司大门全要刷卡进入，而其他人要进公司，必须在门口警卫处说明来意，登记在案。韩峰说是胡金诚的朋友，门卫让他等等，随后才告诉他可以在休息室与胡金诚见面。进了休息室，韩峰先问了几个公司员工。

公司人员告诉他：“前几日，有两个年轻人，自称是曲明生的儿子，说他们的父亲出车祸死了，公司还派了人去看望。”至于什么三十万抚恤金，保证他儿子的工作，根本没有。而韩峰知道，曲明生只有一个儿子，另一个是女儿。韩峰问了问两个年轻人的相貌，也没有什么收获。案情渐渐露出眉目，只是曲明生公司里没有人注意到。韩峰问曲明生出车祸前有什么异常表现，公司的人都说曲明生老实，不大爱说话，但办事认真，从来没出过差错，公司的大件，领导都交给他经手。

胡金诚戴副眼镜，年纪也在五十左右，看来快退休了。韩峰说明来意，问道：“你没有去参加他的葬礼吗？”

胡金诚道：“那时我正忙着业务，实在抽不出时间去。而且，我们的关系也很普通，只是平时业务上有交集。”胡金诚趁在休息室，点燃一支黄果树牌香烟，并向韩峰递来，韩峰摇手表示拒绝。

韩峰问道：“他出事前有什么异常举动吗？”

胡金诚道：“那时我们已经是各做各的了，我不是很清楚，不过，他出事前几天，似乎帮助别人做了一笔大的转账，刚开始他有些兴奋，后来就有些失落，我以为是投资方没有足额兑付理财金吧。”

“哦，”韩峰眼珠一转，问道，“他去世后，他的电脑与他所做的理财都交由谁管理了？”

胡金诚道：“现在是小金在管理。”

韩峰道：“我可以去看看吗？”

胡金诚道：“公司管理很严格，恐怕你要出示证件，向有关领导请示后才行。”

韩峰道：“好，我明天再过来。”他得想办法让冷镜寒给他搞一个证件。

韩峰随后来到派出所，得到关照的小李接待了他，并帮他调出了他想要的资料。梁兴盛，男，四十四岁，老家在兴文镇文江村六组，二十年前来到海角市发展，由小做大，最后有了一家自己的企业，叫兴盛文化发展有限公司，两周前宣布破产。他有个老婆，叫唐青霞，但是关系不好，早在六年前就分居了，他老婆曾提出离婚，但梁兴盛一直没同意，法院也没有判定。他有个儿子梁小童，被他老婆带着，可他老婆五年前就因为忧郁成疾，病死了，梁小童不愿回到梁兴盛身边，进了孤儿院。梁兴盛的父母都是老实巴交的农民，一辈子没进过城里，父亲梁大柱，母亲林素华，因为他母亲先天心脏不好，所以只有梁兴盛这么一个儿子。父母都已经病死了。

韩峰看完了，问道：“就只有这么一点资料？”

小李道：“你还想知道什么情况？”

韩峰道：“我还想知道，梁小童在哪个孤儿院，梁兴盛老婆的资料，梁兴盛的父亲有几个兄弟姊妹，他的母亲有多少兄弟姊妹，和有关他们的资料，另外帮我查一个叫卢芳的女人，谢谢。”

小李吐舌道：“我的妈呀，你要调查他祖宗十八代啊？”

韩峰站起身来，道：“不错，我就要查他祖宗十八代。”

小李看韩峰要走，最后问道：“对了，你和冷处什么关系？他特意嘱咐我们全力帮你。”

韩峰似笑非笑道：“我玩弄过他。”

看着韩峰的背影，小李大惑不解，重复道：“玩弄过他？”

韩峰没有吃午饭，就急急赶到冷镜寒他们的办公室，在这种大案时，他们通常中午加班是吃工作餐的。韩峰进去，六名骨干正在用餐，韩峰招呼道：“哟，在吃饭啊？”

冷镜寒礼貌地回应道：“哟，来蹭饭啊？”

韩峰在冷镜寒身边坐下，道：“怎么能这样说呢，我本来就是你们的一分子。”说着，毫不客气地喊了一份午餐，反正掏钱的人找到了。

冷镜寒问：“你那边有什么新进展？”

韩峰道：“找到那个被车撞死的人了。是个理财公司的，里面的问题很多，不知道涉及多少金额。”

冷镜寒低声道：“龙佳的工作已经做通了，你小子不要乱来。”

韩峰白了他一眼，道：“我什么时候乱来过？”

冷镜寒道：“吃过饭，我们再讨论。”

饭后，冷镜寒让韩峰在办公室等着，不一会儿，龙佳进来了。这名女警一身警装，进门便敬礼道：“刑侦科一级侦查员龙佳，编号10683，前来报到。”她眼圈似乎还有些红，本来是在专案组查大案的，现在调来跟韩峰查什么骗保案，确实满心不服气。

韩峰脸上笑开了花，忙道：“坐，请坐。其实，我知道你心里一定不服气，但是很快你就会发现，这个案子，不会比你们正在调查的那个案子小。”他眼睛一扫，这名女警，身高应该足有一米七五，要是不穿平底警制皮鞋，而换上高跟鞋的话，跟自己站在一起，那就很配了。

韩峰的眼睛就像精致扫描仪，很快有了新的发现：龙佳气质很佳，笑一笑谁也不能说她不美丽，身材绝不比潘可欣差，只是穿着太古朴，除去外面的警服外，穿的是最普通的吊带文胸，想来就是街面上五元钱一个那种劣质布做的，下面的警裤比较宽大，不过这位女警官想必不会穿三角内裤，很有可能是花布平角内裤。

韩峰打量龙佳时，龙佳也正打量韩峰。这个冷处口中的探案奇才，长得棱角分明，身体微微有些瘦弱，但是很高，身上的衣服不太合体，脚下却穿了一双烂拖鞋，看上去很不协调。她哪里知道，韩峰全身上下，只有那双拖鞋是他的私人物品，那衣服是冷镜寒的，当然不合身。

韩峰笑道：“这是我们第一次合作，我叫韩峰，你好。”他伸出了右手。

龙佳盯了他一眼，终于还是伸出右手，道：“早听说过你的名字，你好。”

韩峰马上两只手都伸出来，道：“你好，你好。”

韩峰双手紧握龙佳的手，使劲地摇晃。龙佳想收手了，韩峰紧紧拉住不放。

龙佳一看他那古怪的笑意，突然一收手，转身，将韩峰的手扛在背上，就势一抛，一个过肩摔，只听韩峰叫道："呀，呀，呀。"就倒贴在门上了。

龙佳没想到韩峰如此不堪一击，抱歉说道："对不起，听冷处说你破案很有方法，我以为你身手不错。真是不好意思，忘了告诉你，我是柔道黑带五段。"

韩峰哼哼唧唧站起来，道："我是黑带十段，只是久了没练，生疏了。"龙佳忍不住一笑。

冷镜寒进屋，道："看来你们都彼此熟悉了。"

韩峰一把拉过冷镜寒，问道："怎么是柔道五段，你可没告诉我。"

冷镜寒笑道："这不是很好嘛？好了，现在龙佳分配给你的案子，你可以告诉我为什么要去查天涯市的交警系统了吧？"

韩峰正正衣冠，道："还记得刘……刘什么？"

冷镜寒道："刘定强。"

韩峰道："哦对，刘定强说过，他去现场的时候发现有一辆警车开过，当时你还仔细地询问过他。"

冷镜寒道："是啊，这和案子牵连重大吗？"

韩峰道："如果按你的说法，那么就毫无牵连，如果这辆警车恰恰在现场，那么它在那里的作用是什么呢？"

冷镜寒考虑后道："保护现场。"

龙佳恍然大悟道："它可以制止别的车去现场！"

韩峰道："不错。如果假定它是案件的其中一环，那么警车的作用便是，防止意外发生。它将制止其他闯进陷阱路段的车辆，以保证只让林政的车炸毁。"

冷镜寒道："如果去天涯市交警部门，查一查当天派出勤的警车，哪辆出城向我们海角市方向开来，那么就有可能追查到犯罪嫌疑人的线索。"

韩峰道："事不宜迟，当心被灭口。"

冷镜寒马上走向门口，边走边喊道："李响，今天下午去一趟天涯市，我们查一查……"

龙佳看着冷镜寒的背影，好像很着急，本来她也是负责查这个案子的。韩峰道："龙警官，你就不用跟着出去了。我们来，来好好谈谈。”

龙佳这才坐下道：“说吧，要我做什么？”

有了过肩摔经历，韩峰老实多了，他道：“把你的证件带齐，我们去查一查彗星理财公司。”

理财公司，下午公司的门口警卫又换了个人。这次是崔经理亲自接见，韩峰心道：“早知道他们刑侦处的证件这么管用，叫冷镜寒也给我办一个。”

崔经理矮胖，一米六不到，秃顶，圆圆的脑袋像皮碗上顶了个球。

韩峰说明来意，崔经理马上带他们去看曲明生使用的电脑。现在的操作员叫金敏，染了一头金发，一身喷得像薰衣草一样。韩峰不喜欢太过装扮的女孩，连看她的兴趣都没有。

金敏嗲声道：“老曲共给三家公司做财务管理，另有两家委托理财，这里有他操作的所有记录，你们看吧。”

韩峰问龙佳：“你懂不懂电脑？”

龙佳好像第一次认识韩峰般看着他，现在不懂电脑的人已经不多了。韩峰似乎知道龙佳想什么，马上补充道：“我是问你对电脑精不精通。”

龙佳微微一笑，道：“我专攻电脑的。”

龙佳笑起来，非常甜美。韩峰痴看了一会儿，才道：“我说嘛，我就没选错人。你能不能调出电脑里的删除记录？”

龙佳坐下，指头在键盘上飞掀起来。很快，一份删除清单便出现在电脑里，有不少是垃圾信息，但是一个月前，有一份“股份转让协议”，后面打上了重点保密记号。韩峰问道：“这份文件，可不可以恢复？”

龙佳摇头道：“不行，他删除得非常干净，就算备份硬盘重新修补，也无法恢复。”

韩峰又让龙佳进行了别的操作，没有什么新的发现。他喃喃道：“股份转让协议？是谁把股份转让给谁呢？这和梁兴盛的死又有什么关系呢？”

龙佳问道：“还需要怎么做？”

韩峰回过神来，道：“哦，不需要了，我们走吧。”他又对崔经理说：“谢谢你们的配合，如果你们有人记起曲明生死前有什么异状，记得第一时间通知我们。”

龙佳全神贯注开着警车，韩峰却呆呆出神，他把整个案情全回忆了一遍：那天晚上，曲明生被一个电话骗了出去，在精密的计划下，被吴志光的车撞死，随后又用梁兴盛的尸体换下曲明生的尸体。将曲明生送到医院，并且骗了他的家人，又骗了他的公司。这样一来，梁兴盛死后演变成骗保案，曲明生的车祸则根本没有进入执法人员视线，吴志光的老友又死于车祸，而吴志光看来毫不知情，整个实施手法完美、精确，几乎没有留下任何线索，如果不是运气，这个案子根本不会有任何进展。现在梁兴盛火化了，根本无法查出他的具体死因，曲明生的公司里也没有找到什么线索，唯一知道的，就是他曾帮人做过一份股权转让，而且是秘密进行的。

韩峰突然灵光一闪，那些凶手为什么敢如此大胆，一面骗曲家人，又一面骗曲明生的公司呢？要是他们一对质，那不就全露馅了吗？韩峰回想进彗星公司的每一处细节，要是曲家人进公司，也必须在门口警卫处说明来意吧？“该死！”韩峰突然道，“快，掉头，我们回彗星公司！”

韩峰问这名警卫：“今天早上，不是你值班。早上是谁值班？”

警卫姓古，答道：“早上是傅凯值班，好像是突然家中父亲病重，所以请假走了。”

韩峰道：“他来了多久了？”

古警卫道：“他是新来的，我看，刚好一周。”

韩峰气急败坏，怎么没早点想到，可是那警卫怎么会知道自己在查这件事呢？韩峰马上又去了经理办公室，问道：“今天有几个人告假离开？”

崔经理道：“两个，怎么，有问题吗？”

韩峰道：“是谁？告诉我。”

崔经理道：“一个是警卫小傅，一个是会计胡金诚。他们都是家中有事。”

韩峰道：“谢谢。”便愤愤地走出了经理办公室。真是失败，韩峰明白了，胡金诚骗了自己，他跟曲明生的关系肯定非同一般，他是知道曲明生帮助做转让协议的，说不定删除电脑协议的人就是他。而警卫也是他们的人，要是曲家的人找到公司，他们就可以唤出一名假经理，也好里应外合。而上午自己一问，已经打草惊蛇，他们同时逃了。

龙佳看他气色不好，问道：“怎么啦？”

韩峰道：“没什么，被人玩弄了。是我自己失误造成的，现在这一头线索已经中断了，我们只有查梁兴盛那边的情况。走，去派出所。”

韩峰手指在汽车前台敲击着，脑海里重复想着：“转让协议，梁兴盛的死；转让协议，梁兴盛的死；转让协议，梁兴盛的死。这转让协议到底和梁兴盛的死有没有关系？如果是，那么是什么人转让给梁兴盛的呢？梁兴盛的公司是两周前宣布破产的，也就是说，转让协议后才宣布破产的。梁兴盛的小公司哪来什么股票，要转让，肯定是别人转让给他，可要是他突然得到一份股权，怎么还会宣布公司破产呢？不行了，信息不够。”韩峰转念一想：“冷镜寒那里，还有一个案子更没有头绪，这都是怎么了，突然来这么多离奇的案子？”

龙佳停下车，道：“到了。”

天涯市中区。

一辆警车呼啸而过，喇叭吼道：“停下，前面那辆摩托车，停下！”

一辆摩托被迎面拦了下来，警车上下来一个警察，指着摩托车道：“你不知道这是单行道吗？你的摩托车反方向开，是很危险的。把证件拿出来。”

骑摩托那名男子显得很委屈，他确实不知道这是单行道，这时，警车里喇叭又吼起来了：“坐后面去！把车开走！”

很快路边就有一群人围观，一名警察坐到了摩托车前面，骑摩托的人坐到了后面，看来这辆车要被开进警局去了。可那警察，不知怎么的，突然就伏倒在摩托车上了，后面那人，稍稍碰了他一下，警察就倒下了，身上还带有明显的血迹，顿时人群骚乱起来！

韩峰推门进入，小李道：“这次都查好了。这位是？”

韩峰道：“刑侦处的龙警官。”

龙佳有礼貌道：“你好。”

小李忙道：“你好，你好。”

韩峰已在电脑前坐下，小李在他右手边，龙佳在他左手边。小李道：“海角市叫卢芳的七十三人。”

韩峰点点头，他在照片中逐一查找他认识的那个卢芳。还真巧，韩峰见过的卢芳真叫卢芳。卢芳，女，三十四岁，初中文化。

资料继续往下翻，是卢芳的简历，韩峰看着，疑惑道：“她来海角市前在哪里？是做什么的？”

小李挠挠头道：“这个倒是不知道，我还要查一查。”

韩峰又向下看，小李道：“这是梁兴盛的原妻，唐青霞。”

韩峰仔细辨认了唐青霞的面部特征，摇头道：“梁小童可能是假的。”他已经看过梁兴盛的照片，而他所看到的那个梁小童与梁兴盛和唐青霞都不像。后面便是梁小童的资料，五岁时梁小童进了海角市的天赐孤儿院，两年前被人领养，没有照片。韩峰问道：“被谁领养了？”

小李笑笑，显然又没有查。韩峰笑着往下看，后面便是梁兴盛的父母情况，他父亲有五个兄弟姐妹，母亲有六个。这次小李倒是把资料准备得很详细，连梁兴盛父母的上一辈资料也准备了，梁大柱父母分别叫梁国强和魏芬，而林素华的父母叫林成龙和张秀清。再往上就没有备案了，否则他或许还会准备好的。

韩峰看了看，起身道：“谢谢你。这些资料很有用处，要是能再详细点就更好了。”

小李道：“下次一定查得更详细。很高兴和你们合作。我查到卢芳的来历和梁小童的收养者，就通知你们。”

韩峰他们和他握手告别。出了派出所，龙佳问道：“这些资料里含着什么信息呢？”

韩峰苦笑道：“那个小李，我想知道的他都没查出来，其余不重要的信息倒是查了一大堆。”

龙佳道：“下次可以直接利用我们所里的资料库查，我们那里的资料库与所有民事部门都联了网。”

韩峰道：“有这事？冷镜寒怎么没说过？”

龙佳道：“这联网的事是我近几天才做好的，冷处还不是很清楚。现在我们去哪里？”

韩峰道：“我们去下湾开发区。”

龙佳道：“去那里做什么？”

韩峰道：“那里是我第一次同卢芳和梁小童见面的地方，那里是他们临时租住的地方，现在他们人走了，但是我可以去找租他们房子的房东。你开车，在路上我把这案子从头跟你说一遍，你就知道这案子多有意思了。”

他们正说着话，龙佳的手机响了，她听了一会儿，拿给韩峰道：“冷处找你。”

韩峰道：“怎么了？”

冷镜寒的声音从手机另一头传来，道：“找到人了。”

韩峰一听，声音里一点喜悦之情都没有，笑道：“找到人了还这么垂头丧气？该不会是找到一具尸体吧？”

冷镜寒骂道：“你这个乌鸦嘴，每次都被你说中。拜托你什么时候说两句好听的。”

韩峰道：“从案子一开始，我就知道，你碰到那个案子不可能有什么好消息。现在还只是开始，你慢慢熬吧。那人怎么死的？”

冷镜寒道：“职业杀手做的，干净极了，现在子弹和尸体已经送回天涯市警局了，很快就有结果出来。李响说，凶手共开了两枪，第一枪正中胸口，而他还不放心，又在额头补了一枪。现在可以说线索全断了。”他又大致说了说现场情况。

韩峰道：“第一枪是不是从左胸穿入，打穿心脏后又穿入右胸？第二枪却是正中脑门儿？”

冷镜寒道：“你怎么知道？”

韩峰又问道：“有没有交通录像？”

冷镜寒道：“又不是十字路口，又不是事故频发地段，哪来什么交通录像。你快说，你又想到什么？”

韩峰道：“你去查交警部门，事发前的全部交通录像，注意查低底盘的小轿车，或许比较旧，注意牌照或许不是很清楚，看看有没有什么线索，然后再联络。”

冷镜寒道：“好吧。我去看看。对了，可欣在到处找你，我已经告诉她联系你的方法了。人家的专访可是你答应了的。”

韩峰道：“一天到晚，忙得晕头转向的，早把这事忘记了。好了，就这样。”

冷镜寒收起手机，笑道：“他就是这点好，一旦有案子，连女人都不想了。要是案子不复杂，还不知道他会怎么样呢。”

李响问道：“他怎么说？”

冷镜寒道：“他让我们去查交警部门附近路段的交通录像。”

李响一拍脑袋道：“对啊，我怎么没想到！”

冷镜寒道：“你想到什么了？”

李响道：“冷处，你看，子弹是这样进入体内的，凶手开枪这么准，一定是架在什么地方瞄准的。从子弹穿透的路线看，凶手肯定是在低底盘的小轿车里开的枪，第一枪之后，这个警察自然地把目光朝向感受伤痛的地方，所以第二枪打得这样正。”

冷镜寒道：“原来是这样。我知道了，凶手的车一直跟着警车，只是没有机会下手。直到他们发现一违章骑摩托的人，下车来处罚时，凶手才有机会下手。我们去查警车走过的路线，看看有多少辆车始终跟在警车后面，就有答案了，走吧。”

潘可欣拨通了龙佳的手机，他们在路上接了潘可欣上车，潘可欣一上车便问道：“怎么样？有什么新进展？”

韩峰和龙佳坐前排，韩峰回头道：“这么明显的进展，你难道就一点没看见？”

潘可欣奇怪道：“明显的进展？我一点都没看出来啊？”

韩峰笑着，指指汽车道：“现在有专车接送了。”又指指龙佳道：“还配了这么一位貌美如花的女警官，这不是大进展吗？”

龙佳脸微微一红。潘可欣嗤鼻道：“少在那里得意洋洋。不是冷伯伯，你还不是两条腿走路？也不知道冷伯伯怎么这样看得起你。”

韩峰正言道：“因为我长得帅。”

龙佳又笑了，潘可欣更是笑得前仰后合。

潘可欣问道：“我们这是要去哪里？”

韩峰道：“找卢芳。”

潘可欣奇道：“找卢芳？为什么找她？到哪里去找？”

韩峰道：“卢芳就是梁兴盛的情妇，而她参与骗保案，说明她是知情者，现在她是我们唯一破案的希望了。她虽然可以搬家，但是信息是搬不掉的，我上次去问过，他们的破房子是租的，上次我没找到出租房子的人，这次希望不会落空。”

龙佳问道：“你们见过卢芳？”

韩峰道：“是，你看，一直没有时间告诉你具体的案情。如果你不怕出车祸，我现在就给你说说。”

龙佳道：“这个没问题。你说吧。”

韩峰便从第一次去车祸现场开始，一直说到第一次去彗星理财公司。潘可欣在一旁补充。

龙佳听完，道：“那你们现在除了卢芳和梁小童两人，岂不是线索全断了。吴志光的哥们儿死了，胡金诚和那个警卫跑了，而梁兴盛和曲明生都火化了，他们的手法可真干净啊。”

韩峰道："是啊，这手法以前从没见过，就像有个策划公司，专门有人提供信息，有人研究对手，有人提出计划，有人实施，他们酝酿这个计划，不可能是一天两天时间。所以当我看到他们第一个破绽，发现这是一起谋杀案时，马上意识到，这将不是个普通案子，耗费这样大的人力物力，他们所求不小，一定还有别的案子发生，只是现在我们还不知道是什么。所以我让冷镜寒事先成立一个专案组，刚成立就发生了林政被害案，现在我们还不知道这两件案子有没有联系。"

龙佳道："哦，原来是你提醒的冷处，我们都还以为冷处未卜先知呢。"

韩峰道："他能未卜先知！别让我笑掉大牙了，他那种一步一步按着程序来的性子，一个小案也要一年半载才破得了。"

龙佳辩解道："哪有你说的那么慢，冷处都是按正规办案过程来的。"进入无路区，车开始颠簸起来。

潘可欣插口道："韩峰，你怎么能确信可以找到租房的人？"

韩峰道："很简单，他们不需要租用多长时间，和我们见一两次面，这破屋的使命就算完成了。而本来住在屋里的人，才是真正的穷人，虽然这次他能得到一些钱，可穷人肯定是舍不得花的，他会在一旁等着，卢芳他们一走，他就会搬回去住。"

龙佳道："他们为什么不杀了那人灭口呢？"

韩峰道："没有必要，首先，租房子的人只是租出房子，他什么都不知道，而且，他们认为我们也不能在租房子的人那里得到什么信息，没有必要增加无谓的杀戮，他们不是杀人狂，而是一群有计划有目的的高智商犯罪分子。就像小说中那些用剑高手，杀人就划破喉咙，不多一分，也不少一分，刚刚致命就好，多余的力气，一点也不出，这才是高手。"

潘可欣道："既然他们都认为我们不能得到什么信息，那你还能查到什么呢？"

韩峰道："只要做过，就肯定会留下痕迹，很多信息看起来是没有用的，不过聚集得越多，就越有用。"

终于到了。韩峰奇道："你看，我们上次来，好像没有这样冷清。"

龙佳突然想起什么，问道："我记得你在派出所说你见过的那个梁小童是假的。"

韩峰道："是啊，你想到了什么？"

龙佳道："我只是奇怪，你以前又没见过梁兴盛的家人，凭什么说梁小童就是假的呢？"

韩峰道："他既不像他老爸，也不像他妈，我就是这样判断的。"

龙佳捂着嘴一笑，道："这样的判断法，好像不大可信吧。这可不是你精确推理的作风。"

潘可欣也道："就是，有的孩子像他爹，有的像妈，可谁说过除了像爹就一定要像妈，他或许是遗传了他父母的优点，又或许是缺点呢。"

韩峰道："我又没肯定地说，你们干吗就抓住我一点口误不放呢。这梁小童是不是梁兴盛的儿子，又有什么大问题呢？深入一步调查不就清楚了嘛。看，到了。"

小破屋已经换了主人，是一个白胡子消瘦老头儿，只剩皮包骨了，韩峰自忖和这老头儿比起来，身上还是有不少肉的。老头儿姓黄，韩峰他们说明来意后，黄老头儿回忆道："一周前，那天刚刚下了一场大雨，我记得很清楚，天气一下子就凉快了。那雨可真大……"

韩峰忙打断道："黄老伯，你不用说天气，直接说，找你的都是哪些人，他们要你做什么。"

黄老头儿道："你看你，小伙子就是这么急，你慢慢听嘛。他们来了三个人，都是黑衣服黑裤子的，还戴着墨镜，可别认为我老人家不认识，那墨镜，戴上那个叫酷啊。"

韩峰急得受不了，道："他们是男的吗？有多高？你能看清他们的脸吗？长什么样？"

黄老头儿道："废话，女的谁戴墨镜啊，他们大概，比你矮一点吧。你看我这屋子里，能看清人家什么样子吗？你这小伙子，他们抢了你的钱啊？这么急——"

潘可欣忙笑道："黄老伯，你别生气，他就是个急性子，你接着说，我们听着呢。"

黄老头儿这才道："他们说，要租我的房子，租一个星期，那简直就是天上掉馅儿饼的事。你说，我这样的房子，也有人要租，而且给的租金还不低，你说，我能不租吗？我说把房间收拾一下，他们说不用，就要这样破的样子。他们给了我钱，让我去住旅馆，我哪舍得住啊，就在大马路上睡了一个星期。他们说是拍戏，到底做什么，只有天晓得。

我知道的就这么多，别的我就不知道了。”

韩峰问道：“黄老伯，为什么外面这样安静啊？”

黄老头儿没好气道：“屁话，现在这时候，人家不出去捡垃圾，到时候吃什么。穷人也是人，也要过活嘛。今天要不是我刚回来要整理家里，我也早出去了。对了，你们想知道什么，等他们回来后再去问啊，反正他们又不止租我一家。”

“什么！”韩峰突然高喊，吓了所有人一跳，他问道，“你是说，他们租了不少房间？”

黄老头儿点头道：“是啊，当时这一片的房子，他们都租了过去，你们不知道啊？”

韩峰出了小破屋，事情的发展大大出乎他的意料，如果黄老头儿没有说谎，那么他们第一次来这片开发区时，所看到的人全是凶手布下的，他们向自己演了一出完美的戏。韩峰疑惑极了，布下这么多人做什么呢？是怕自己向旁人打听卢芳的事情，以至于计划露馅吗？

韩峰走出小破屋，开发区里冷冷清清的，没有了上次来的热闹。韩峰叹了口气，潘可欣一言不发跟着出来。韩峰道：“他们不是来这里拍戏，而是来演戏的，给我们演了一出好戏啊。”

潘可欣道：“嗯。”

韩峰道：“你看见梁兴盛保单上留下的姓名是卢芳，所以认定她便是梁兴盛的妻子，对吗？”

潘可欣道：“嗯。”

韩峰道：“通常人们都这样认为，总是把财产留给家人嘛。而你第一次到这里后，便向周围的人打听卢芳的下落，对不对？”

潘可欣道：“嗯。”

韩峰又道：“而那些人便告诉了你卢芳的住处。卢芳又告诉了你她和梁兴盛之间的故事。这一切，你一点都没有怀疑，从来就没怀疑过，对吧？”

潘可欣欲言又止，还是“嗯”了一声。

韩峰道：“这是人之常情，听到他们的故事后，除了感动，哪里还容我们去怀疑故事的真实性。因为他们蓄谋很久了，而我们根本就毫不知情，所以才会如此轻易被骗了，别说你，我又何尝不是如此呢。”

这时，龙佳也拿着手机出来了，对韩峰道：“冷处。”

冷镜寒道：“我们已经去天涯市交警部门查过了，确实有一辆桑塔纳出租车一直跟着巡警车，可凶手很狡猾，每到有摄像头的地方他便遮住了头脸。我们依然毫无线索。”

韩峰道：“可你听上去很担心的样子？难道有什么新发现？”

冷镜寒道：“是的，我们虽然没有看到凶手的相貌，但是却发现了另一件事，黑网。”

韩峰从没听说过，不由得重复道：“黑网？什么东西？”

“啊！”却是龙佳在另一旁惊呼起来。

黑网是什么？为什么龙佳那么恐惧？为什么冷镜寒那么恐惧？

韩峰奇怪地打量龙佳一眼，只听冷镜寒又道：“你对黑网一无所知吗？”

韩峰道：“你知道，我常常睡觉，已经很久不过问世事了。”

冷镜寒马上问道：“那现在你那边调查得如何了？”

韩峰道：“刚完成一个段落。”

冷镜寒道：“那好，你马上和龙佳回处里一趟，我必须马上让你认识到，什么是黑网。”

车上，韩峰问潘可欣：“你知道什么是黑网吗？”

潘可欣正在电脑上做记录，头也不抬道：“管他黑网白网，做坏事的网，我们就要扯破。”

龙佳道：“到了处里你们就知道了，我们有很多有关黑网的资料。没想到这件案子会有黑网介入其中，冷处他们的破案难度增加了不止十倍。”

韩峰他们赶到刑侦处时，冷镜寒他们也刚刚风尘仆仆地赶回来。冷镜寒对李响道：“把录像带拿到技术科去分析。”拉起韩峰向里走，直拉到电脑前坐下，才道：“黑网是个杀手组织，职业杀手组织。”

韩峰笑道：“是吗？不是只有电影里才有杀手组织吗？”

冷镜寒面若严霜，道：“我没有跟你开玩笑，你自己看看吧。龙佳，把资料调出来。”

龙佳打开电脑，道：“黑网最可怕的地方就是，任何人一上网，都能找到它。”

龙佳的电脑登录一家网站，韩峰看着，电脑屏幕变成一片黑色，里面用幽蓝的字写着：“黑客网络联盟——中国联盟。”

韩峰道：“这就是黑网？”

冷镜寒道：“不错，这只是他们表面的伪装，龙佳。”

龙佳在网站里左点右点，进分栏，再进分栏，进论坛，论坛又细分，最后进入一个名叫“高手进阶”的帖子。进入后，屏幕上提示“你还未登录，请输入你的会员账户和密码”。

冷镜寒在一旁解释道：“这张帖子，永远都在这个分论坛的顶端。你进入后，一切就变了。”

韩峰看看屏幕，幽蓝色的发光字体闪烁着，显得说不出的神秘。他问道：“进入后，会怎么样？”

冷镜寒道：“里面是一份名单，不知道有多少人，全是职业杀手。每个名字后面都有那名杀手的简介，他擅长什么武器，杀了哪些人，怎么杀的，都详细地记录在案。每个杀手的要价是多少，也都分类列表。作为黑网的贵宾，你只要将钱打入指定账户，然后在黑网上留下你要杀的人的资料，那个人一定会在你想让他们死去的时候死去。”

韩峰道：“有这么神吗？就没有失手的时候？”

冷镜寒严肃道：“黑网的杀手，从没有失手。三年前，震惊世界的前非洲领导被暗杀；还有两年前，那个俄罗斯高官、菲律宾外长；还有阿富汗武装领袖……”

韩峰打断道：“不会吧，这些人难道都是被黑网里的杀手暗杀的？”

冷镜寒道：“据我们掌握的情况，是这样的。世界各国都派出了特警，还有联邦警察、联合国特工、国际刑警，无一不在追捕这个杀手集团。只可惜，到现在依然是一点线索都没有。”

韩峰指着电脑道：“可是你们好像很了解这个机构的样子？”

冷镜寒苦笑道：“因为前不久，我们刚破获了一起买凶杀人案，幕后主使者是一位富翁，在被抓捕后他交代了黑网。现在这个信息我们已经跟全世界警方力量共享了。”

韩峰道：“以你们的能力，好像追查这样一个网站很容易嘛。”

冷镜寒道：“是啊，我们开始也是这样想的。以世界警方的能力，查找一个网络地址，看它是从哪里发出来的，本来是很容易的一件事。可惜，无论我们怎么努力，黑网只能登录，却无法查找它的信息发出源，而且，也无法关闭这个域名，仿佛它天生就是存在于互联网络之中的。”

龙佳补充道：“因为是世界黑客网络联盟，所以他们有隐蔽自己的能力，可是我们反黑的力量也不可小视，我就是不明白，到底那些黑客用了什么手法，让我们始终无法破获。”

潘可欣饶有兴致道：“登录上去看看？”

冷镜寒道：“以前可以，可是最近那个富翁的会员号被锁了，我们进不去了。”

韩峰道：“别告诉我你们连破译这个黑网的密码都做不到吧？”

龙佳脸一红，道：“我们确实做不到。”

冷镜寒道：“现在网络上通用的密匙一千零二十四位数，可他们设定的密匙比这个还要复杂。通常我们登录密码设置为数字或英文，或者英文加数字，对吧。”

韩峰道：“对，他们难道设定汉字吗？”

冷镜寒道：“比汉字还要复杂，他们设定了五国文字，中、俄、德、韩、日，要知道，这些文字加上数字，英文和标点的组合，那是个天文数字。现在最快的超级电脑每秒仅能运行一千亿亿次，用这个速度来运算，要破译他们的密码，得八十年后去了。”

韩峰道：“我不是很懂。算了，不提这么专业的知识了，告诉我，你们怎么知道那个杀手便是来自黑网的呢？”

冷镜寒道：“我们曾在网里看到过，杀手们的蒙面穿衣相，他们穿的衣服，就是录像带上这种，你过来看。”他又把韩峰带到另一旁录像播放机前。

韩峰看见，绿色的轿车里，一个戴棒球帽的人，始终看不到他的脸，穿了一身类似牛仔服的衣裳，右臂上有军队一样的徽标。冷镜寒指着徽标道：“这就是黑网，他们有编号，李响正在利用电脑处理图像，很快我们就可以看到更清晰的画面。”

李响道：“好了。”

三人又到李响的电脑旁。徽标被放大，图像很模糊，李响在键盘上一按，清除了毛刺和不需要的花纹，编号很快就出现了，全是说不出名的符号。冷镜寒道：“把符号记录下来，同国际刑警得到的符号作比对，只要我们收集的符号越多，就越能破译它里面的内容。”

冷镜寒拍打着韩峰，道：“现在你知道事情的严重性了吧。”

韩峰道：“我想，黑网里的要价一定很高吧？”

冷镜寒道：“我知道你想说什么，不过，他们对付的是林政这样的大人物，所以一定要万无一失。现在刘定强和夏末在研究现场残留物，张艺和林凡被派往恒福银行调查，顾医生正做尸体鉴定，我们的人就只有这么多，我都分不出人去做别的调查了。上面的电话，每半个小时催促一次，你可别光顾着你的骗保案，有时间也多帮我参考参考。对了，刚才你在电话里说取得了阶段性成果，怎么样了？”

韩峰道：“还能怎么样，越查越乱，越查越头痛。一开始，凶手企图让我们以为是一起意外事故，你们相信了。我表示怀疑。而后，他又试图把我们引入骗保案的谜团，我们都相信了。结果到后来，发现是谋杀案，一开始我确信有两个死者，现在是三个，而参与行动的人员也由几个增加到几十个，这起案子比我想象中的还要大，而且越调查，就发现它越不可思议。现在我也是一团乱麻呢。”

冷镜寒提示道：“有没有去梁兴盛以前的公司查过？”

韩峰道：“我也想啊，从发现它是一起谋杀案到现在，我一刻也没停过，向你要个人吧，你还叽叽歪歪的。梁兴盛的公司在城南，驱车要一个半小时。嗯，对了，龙佳，你不是说你的电脑能调出户籍资料吗？”

龙佳道：“哦，我马上就查。”

潘可欣则一有时间就半蹲着，把她所听到的事记录在电脑上，这些可都是第一手资料。

韩峰看看龙佳，对冷镜寒道：“你们呢？有没有新的线索？”

冷镜寒道：“只有等张艺和林凡的消息，我这头的线反正是断了。黑网，到哪里去查？”

韩峰道：“你有没有想过他们为什么突然就下了杀手？”

冷镜寒一愣，道：“这个我倒是没有想到，他们怎么能这样快就知道我们可以追查到天涯市交警部门去呢？”

韩峰道：“有两种解释：第一，那个警察，是早就计划好让他永远闭嘴的，他在案子中扮演的角色并不重要，就像吴志光那个哥们儿一样，用完了就可以丢了。”

冷镜寒点点头，道：“那第二种解释呢？”

韩峰道：“第二种，我们内部有敌人的人，要么你打电话通知天涯市时走漏了风声，要么是从你刑侦处泄露出去，凶手急了，所以灭口。现在我们与凶手是在做时间的赛跑，谁抢先一步，谁就能拿到主动权。”

冷镜寒道：“从我刑侦处泄露，不太可能吧。不过通知他们天涯市交警部门时，倒有可能走漏了风声，当时没有注意到这方面的问题。”

韩峰道：“如果是第二种情况，那你们可得小心了，被逼急了，凶手会有惊人举动的。对了，你们有没有去林政家？”

冷镜寒摇头道：“我也是马不停蹄，一刻都没休息过。而且，去林政家，没有完整的手续，恐怕不好办。”

韩峰奇道：“为什么？”

冷镜寒道：“林政的太太章玉玲夫人，是个大户人家的女儿，有很高的教养，她虽然让我们警方全力追查凶手，但是如果我们贸然进他们房间搜查，这就侵犯了她的隐私。你要相信，这个女人可动用的社会力量，绝不比她的丈夫小。因此，在得到她的同意前，我们必须申请正规的合法程序，然后才能够进入她的家中。”

韩峰不满道：“切，你们一个合法程序批下来，都不知过了多少天了。”

冷镜寒摊开双手，道：“没有办法，我们一直在试图和章玉玲夫人进行沟通，如果她同意我们做调查，那就省事多了。”

韩峰摸着下巴道：“现在我们两个案子有个共同的问题，就是我们都不知道凶手的真正目的是什么，只要我们知道了凶手的目的，对把握案情和掌控全局的主动权都是转折性的。现在我们只能像被牵着鼻子的牛，凶手在哪里出现，我们就得跟着去哪里。哎——”

两人交换着各自的调查信息，并相互提醒着对方。

半晌后，冷镜寒的手机响了，他拿起手机，道：“喂！什么！真的吗？那可太好了。”

接着抱着韩峰的双肩道：“林夫人同意我们去林政家中调查取证了。”

同时龙佳也欢呼起来，道：“找到了。”

韩峰他们来到电脑前，卢芳的资料跃然屏幕上。卢芳是从内地来的打工妹，户籍上显示的那个地方小得没有人听说过，但是，在她来海角市的前几年，似乎突然失踪过一段时间，那段时间，履历表上什么都没有。韩峰看了看，问道：“能不能查到天赐福利院的资料？”

龙佳道：“我已经查过了，不行，这家福利院只是在网上有登记，但它本身是没有建立自己的网络资源的。所以，它的档案都用传统的保存方式，要查，得亲自到他们那里去一趟。”

韩峰道：“好，我们就去一趟天赐福利院。”

“不行！”冷镜寒道，“你得跟我走一趟林政家。”

韩峰道：“为什么？”

冷镜寒笑笑，道：“你去福利院不过是拿拿资料，这样的事，交代给别人做就可以了。而林政家，你说不定能发现什么别人发现不了的线索。”

韩峰想了想，道：“也是，那——”

“我去！”龙佳几乎和潘可欣同时喊出声来。韩峰惊讶道：“咦！我的队员还很积极嘛。这样，潘小姐去吧。”

潘可欣一脸乐意，龙佳似乎不太高兴。韩峰道：“你要去做另一件事。你开车，去梁兴盛的公司看看，把了解的情况带回来，你知道该了解什么。”

看着二人的背影，冷镜寒问道：“你让可欣去取资料，放心吗？”

韩峰道：“你别小看这位大小姐，她的记者也不是白当的。”说着，就告诉冷镜寒潘可欣去拿火葬场资料的事。冷镜寒笑笑，道：“那我们也该动身了，李响，一起去。”

李响道：“好。”

第四章
别墅贵妇 林夫人

车上，冷镜寒道：“有李响在一起，我总是很放心。这小子，是我见过的最能打的人了。”

“是吗？”韩峰看看李响的大块头，又摸摸自己的骨头，发出轻轻的叹息。

李响客气道：“有机会我们切磋切磋。”

韩峰猛摇头道：“我是动口不动手的，你下次想切磋，不如直接说想扁我。”

李响爆发出爽朗的笑声，看韩峰的身形就很清楚了，一阵风都吹得倒的人。冷镜寒微微一笑。

林政家是双层小别墅，自带后花园与游泳池，家中一个管家，两名女仆，有点像欧洲的中世纪家庭。管家余陆给三人开了门。章玉玲夫人一身黑礼服，肃穆地坐在欧式全皮沙发上，表情有些悲恸，但她所受的教养却不允许她在外人面前表现出过度悲伤。

韩峰仔细看看章玉玲夫人，他知道她才四十岁左右，看上去却已经有五六十岁了，脸上的皱纹更显衰老。她一张脸说不出的严肃，看上去就像狼外婆的形象，皮肤虽然做过保养，但却仍显粗糙、干枯，像枯萎的老树丫。林政夫妇有二子一女，都在外留学，两个留美，一个留英，现在还不知道是否已经得到他们父亲的消息。

房子装饰很堂皇，处处显露着帝国般的贵族气势。韩峰进屋后脑袋就没停止过转动，冷镜寒和李响则很绅士地向章玉玲夫人慢慢解释他们的目的，他们要在屋里做些什么，希望得到夫人的支持。

韩峰看管家余陆站在一旁，就和他聊起天来。余陆进林家已经六十年了，是名老管家，另外两名女仆负责打扫卫生和照顾生活起居，也都在林家工作了三四年了。韩峰很快排除了对他们的怀疑，要是凶手布内线布了三四年之久，那他采用的爆炸方法也就太显眼了，何况林政出门时家里人并不知道情况，他是从银行直接去天涯市的。

那边，冷镜寒与章玉玲夫人已经谈判好了，章夫人同意，在她的陪同下让警方人员四处走动走动，可以问她问题，她知道的都会回答。冷镜寒问了些常规问题，章玉玲夫人如实作答，韩峰听都懒得听，他四处打量，心想有钱人就是享受啊。

随后，冷镜寒和李响很有礼貌地跟在章玉玲夫人后面，章玉玲夫人让他们看哪里，他们便去哪里看看。

韩峰东一晃，西一溜，早在老管家的陪同下把房间每个角落扫视完了，只有林政的书房和他们的卧室没有去看过。余陆道："书房也是老爷在家办公的地方，常人不能入内的。"

韩峰道："这也是与他的死关系最密切的地方，看来，得去问过你们夫人了。冷镜寒！冷镜寒！"

韩峰拉长了声音大叫，很快，冷镜寒与章玉玲夫人他们都过来了。章玉玲夫人一脸不快，因为韩峰太没礼貌了。韩峰道："夫人，这里是你先生的办公地方，对吧？"

章玉玲夫人道："是的。"

韩峰不顾冷镜寒的眼色，道："我们要进去看看。"

章玉玲夫人脸色变了变，很快又压住心中的怒气，恢复了平和口吻，道："可是，我先生办公的地方，有许多是机密的文件，不适合你们查阅。"

冷镜寒忙打圆场道："我们可以理解，可以理解。"

韩峰不吃这一套，继续威胁章玉玲夫人道："夫人，在现场第一个提出，你先生是被人谋杀的人，是我。而第一个发现线索的人，也是我。现在的情况是，你的先生死了，是被人杀死的，而我们所不知道的是，那些人为什么要杀死你先生！我相信，这也是夫人你很想知道的事吧。现在这道门里，说不定就记录着你先生的死因，你难道想把它封存起来，任由你先生死得不明不白？"

章玉玲夫人脸色终于掩饰不住，开始难看起来，冷镜寒和李响只能面面相觑，不知道说什么好。

韩峰一鼓作气，道："刑侦处的冷处长在这里，夫人你怕什么呢？怕我们泄露了你先生的商业秘密，成为他商业对头的重点收购对象？你也太小看我们警方的素质了，我还从来没把金钱放在眼里过。"韩峰这句话倒是实话，他从来就没有把钱放在眼里。

章玉玲夫人看着冷镜寒，心中很奇怪，这个高高的小伙子是什么来历？为什么他们刑侦处的处长对他这种行为不加以制止呢？难道这是他们事先商量好的计策？可看冷处那尴尬的表情，又不像啊。

终于，章玉玲夫人妥协道："好吧，我可以打开门，不过为了保持房间的原貌，我只能让你一个人进去。"

她说着，拿出钥匙打开书房门。

韩峰也不用向冷镜寒请示，直接进了房间，章玉玲夫人就更奇怪韩峰的身份了。章夫人跟着韩峰进了书房，门微掩，冷镜寒和李响就只能等在书房外面。韩峰进书房前，递给冷镜寒一张小纸条，冷镜寒打开一看，纸条上写着："书房外面，随便翻。"

冷镜寒赶紧把纸条销毁了，这样的事他可不敢做。同时他也疑惑，韩峰那小子，好像早就知道章夫人只同意他一个人进书房一样，他是怎么知道的呢？

书房正中被一张仿古的玉茶几占据，电脑在醒目位置，舒服的电脑椅全鳄鱼皮包制。电脑椅的右手边是一个可升降的大书架，大部头书伸手可及。桌上放满文件，韩峰戴上白手套，以极快的速度全翻阅了一遍，合同、规划、章程、计划，没有什么发现。书架上的书又太多了，他不可能每一本都翻阅，只剩下电脑了。韩峰吐气道："夫人，我需要一个帮手，我不懂电脑。"

章玉玲夫人大吃一惊，看这小子，像是高级技术人员，每个动作都很专业，看完桌上的文件，居然没有一份文件被移动位置，可他自称不懂电脑，这可有些说不过去。章夫人想了想，才道："他们谁懂电脑啊？"韩峰就喊道："喂，我知道你们在外面没有动，谁懂电脑，进来！"

李响进来了，冷镜寒在外面道："他也是受过专门训练的。"

李响打开电脑，问韩峰："找什么？"

韩峰道："删除记录！"

李响道："这倒不好找，没经过专门训练还真找不到。"

韩峰道:“知道不好找，这才叫你来的。”

李响开始在电脑上操作。章玉玲夫人发现，韩峰始终背对着电脑，却不断地发出指令，不仅知道李响操作到电脑的哪一处了，还知道怎么解决。很快，李响道:“找到了。”韩峰回头看，无数的信息中，一眼就锁定一封邮件，并对李响道:“复原它。”

李响道:“不少电子邮件用户觉得，在邮件中点击永久删除，就绝对删除了，他们哪里知道，在硬盘中，他们看过的每一封信都有备份。”

李响操作的时候，韩峰问道:“章夫人，你丈夫的生活有规律吗？最近有没有什么与平常不同的地方？”

章玉玲夫人道:“没有，他的生活一直都很规律，每周上六天班，周末去总部，一个月只有两天休息，但他通常也不休息。”

李响道:“搞定。”

邮件恢复出来，内容是:“协议已经签订，转让百分之五给梁。”

邮件的时间是一个月前，而发信者的信箱正是“曲明生”的拼音缩写加电子信箱地址。韩峰道:“把这个邮件地址抄下来，回去查一查，会有重大发现的。”

李响一脸疑惑:“这封信说得这么含糊，从里面能查出什么来呢？”

韩峰拍着李响的肩道:“你不知道，是因为你一直只查了林政一个案子，而我却同时在查两个案子。谢谢林夫人了，我们出去了。你可要看清，我们没有拿什么东西。”

章玉玲夫人点点头。韩峰走出去，对余陆道:“余管家，我有些渴。”余陆笑一笑，去泡茶水了。韩峰想了想，却又一头扎进人家卧室里去了。冷镜寒低声道:“人家夫人没同意，你怎么可以随便进去。”

韩峰道:“趁现在没人，我们才好在里面搜查，待会儿她出来了，就不好找东西了。”

冷镜寒道:“她在清理文件，就要出来了，你要找什么？”韩峰说:“你去拖住管家。”

韩峰几乎是要掘地三尺，在卧室里翻箱倒柜，找得一屋大乱。章玉玲夫人出来时，整个卧室已经变了样，李响都呆住了。

章玉玲夫人气得脸色发青。可这还没完，只见韩峰笑嘻嘻地站起身来，手里拎着一条丁字裤，对章玉玲夫人道:“没想到夫人还喜欢穿这么性感的内裤啊，这种黑色真丝罗伯特，采用折边处理技术，暗纹压花，质地柔软，舒适贴身，刚好遮住最性感最神秘的部位，实在是闺中情侣的精品佳选。”韩峰如数家珍，连李响都佩服他，居然知道这么多知识。

还从来没有人敢这样直白地对这位涵养极高的夫人说这些话，章玉玲夫人脸色一白，指着韩峰道："你——你——"

韩峰又在衣箱里掀了几掀，取出一条透明的塑料丁字裤，惊叹道："哎呀，这种型号的我还从没见过，林夫人真是新潮。"

章玉玲夫人一口气接不上来，竟然晕了过去。正好管家端来茶水，一看夫人晕倒，赶紧上前一扶，同时厉声问道："你们对夫人说了什么？"

李响不知道该怎么回答。余管家又道："现在夫人身体不适，请你们离开！"冷镜寒站在管家身后，完全不知道发生了什么事。

韩峰挠挠头，一言不发地和李响一起走了出去。冷镜寒忙问道："发生了什么事？为什么林夫人会晕倒？"

李响一指韩峰道："他——"又不便当着余管家说，只得拉了冷镜寒和韩峰出门而去。

一出大门，李响就质问道："他去人家卧室，找了条内裤出来，当着林夫人的面评价内裤如何性感，那林夫人受不了，一听就晕过去了。"

冷镜寒眼睛都快突出来了，问道："这是怎么回事？你到底干什么去了？"

韩峰笑道："我们发现了重要线索，回去再说。"

冷镜寒叹道："唉，下次再要来收集信息，恐怕是不可能了。"

韩峰道："我们已经有了足够的信息，不用来了。"

冷镜寒道："那是你说的，下次让你一个人来。"

汽车上，韩峰坐副驾驶座，车身颠簸，冷镜寒眼尖，一眼看见，一件黑色的东西从韩峰衣袋里露出一角，忙问道："这是什么？"

韩峰低头一看，从口袋里取出来，奇怪道："是条内裤啊，怎么到了我的口袋里？"

李响道："就是这条，他在人家卧室里偷来的。"

冷镜寒问道："你什么时候多了这个癖好？"

韩峰道："什么癖好！这是怎么回事？我也不知道啊。既然拿了，就带回去检验一下嘛。”说着，把内裤很正经地放进保存证物的塑料袋里，密封上。

冷镜寒奇道：“你看起来好像很高兴？”

韩峰掩饰不住笑意，每次有重大收获便是这样，他心中盘算着：“如果确信是曲明生发给林政的邮件，那么这两起案子就可以确定是同一伙人作的了。而信中的内容就是梁兴盛和林政的真正死因。百分之五转让给梁？梁是不是梁兴盛呢？百分之五是什么呢？”

韩峰喜道：“有个好消息。”

冷镜寒坐直了身子，道：“哦，在林家有什么发现？”

韩峰道：“林政的工作电脑里，有一封被删除的信，极有可能是曲明生写给林政的。”

冷镜寒和李响惊呼道：“曲明生，就是你怀疑被车撞死的那个曲明生？”

韩峰点头。冷镜寒从后面激动得勒住韩峰的脖子，道：“我就说不可能每个案子都这么奇怪。果然是一伙人作的，又被你这个乌鸦嘴说中了。那我们两个案子就可以并为一个案子处理了。”

韩峰道：“其实，让我高兴的还不是这件事。现在我们的问题有两个，那邮件里的梁，是不是指梁兴盛呢？而且，那从林政处转让给梁的百分之五到底是什么呢？如果我们查到了这个百分之五，说不定我们就知道凶手策划这一系列行动的最终动机了。”

李响道：“你是说，那百分之五直接导致了林政、曲明生和梁兴盛三人的死亡？”

韩峰道：“不管怎么说，这百分之五有重大嫌疑。”他喃喃私语道，“林政，梁兴盛，百分之五，彗星理财公司，四者结合在一起，可以做什么呢？一个是一家破产公司的老板，而另一个却是恒福银行的行长，他们怎么会扯上关系呢？恒福银行，恒福银行，恒福银行！”

韩峰与冷镜寒同时用手指着对方。冷镜寒马上摸出手机，通知在恒福银行总行的张艺，直接道：“张艺，你马上给我询问，林政有多少恒福银行控股，最近有没有大的股权转让或资金调度？”

韩峰则催促李响道：“开快点，我们要回去借用龙佳的电脑，我要查一查林政的档案。”

李响苦笑：“油门儿已经踩到底了，再快轮胎都要融化了，你也看看现在是什么天。”

“啊！”韩峰猛地一击掌，道，“我想我明白了。”

冷镜寒忙问：“你又明白什么了？”

韩峰道：“还需要回去验证，如果我的猜测没错的话，一做比较就能得到答案。”韩峰盯着冷镜寒，一字一顿道，“他、们、杀、死、林、政、的、方、法！”

这次连冷镜寒也跟着催促起李响来。

回到刑侦处，韩峰看看还在忙着化验分析的刘定强和另一个小伙子，问道：“有什么新发现？”

刘定强遗憾地摇摇头。韩峰道：“先停一停，帮我查一查这个。”说着，把塑料口袋扔给刘定强，自己径直向龙佳的电脑走去，冷镜寒和李响紧跟在后面。

刘定强也没见过塑料透明的丁字裤，一愣道：“这是什么东西？喂，查什么？”

韩峰道：“查指纹，看看上面都有谁的指纹。”说话时，他已经迫不及待地打开龙佳的电脑了，转身对李响道：“你来操作。”

李响道：“这很容易嘛，调户籍资料就可以了，这个都要我来？”

韩峰道：“我按键不快，手移动不是很灵活。反正你做吧。”

冷镜寒在一旁道：“既然现在我们的案子连在一起了，我们可以并案了吧？”

那边实验室听到消息，一个人探出头来，问道：“什么？两个案子的线索连在一起了？”他是个小伙子，看上去跟韩峰差不多大，精瘦，一脸机灵相。

冷镜寒道：“臭小子，你掺和什么，做你的检验去。”

那小伙子招招手，道：“有新发现。”

韩峰问道：“那是谁啊？”

冷镜寒笑道：“夏末。他既是我们实验室里可以帮刘定强的检验人员，又是研究炸弹的专业人员。”

韩峰道：“刚才我看他做实验时，用左手拿玻璃棒，右手端烧杯，他是左撇子吗？”

冷镜寒道：“不是，这小伙子，从小就喜欢捣鼓易燃易爆品，小时候做实验时，不小心烧杯炸开了，划伤了左手肌腱。后来伤是好了，可变得害怕用左手拿烧杯了，就习惯右手拿烧杯，左手拿玻璃棒了。”

韩峰嘿嘿笑道：“有意思，那他就不怕右手也被炸伤吗？”

冷镜寒道："我又不是心理学家，我怎么知道。"

韩峰和冷镜寒又走进实验室，刘定强在里面深处查指纹，夏末拿着一截橡胶，道："这是爆炸现场发现的，汽车轮胎残留物。本来爆炸发生后，轮胎燃烧起来，烧焦变形，肯定少不了。可是你们看，这一处，这是在轮胎外延，汽车自中心向四周辐射炸开，可为什么轮胎外壁也和内壁一样，被火焰烤变形了呢？"

冷镜寒接过变形的橡胶，问道："会不会是爆炸发生后，因为燃烧所以变形了呢？"

夏末肯定道："不可能，这是新型合成橡胶，不着火的。爆炸发生后，汽车解体，散落的轮胎应该保持原样，再不济也只该是靠近油箱的一面烤焦变形。可这个轮胎，两面都烤焦变形了。"

韩峰道："应该是这样的。现在你去查一查，零件上残留的油样，我要知道他们的车加的什么油，几号油。"

夏末奇怪道："为什么应该是这样？"

韩峰笑道："你去查出来是什么油，我就告诉你为什么会是这样的。"

冷镜寒见夏末查零件去了，问道："快告诉我，你发现了什么？林政究竟是怎么死的？"

韩峰道："还没到揭秘的时候，你等着看吧，我会把证据都找出来。"

李响在外面又叫起来，道："资料查到了。韩峰你看看，是不是你要的。"

韩峰看了看，道："查林政的上两代。"

李响掀动键盘，道："这个容易。"

林政的父亲林克福，母亲詹容，他是家中独子，父母早亡。他的祖父林克强，祖母……

韩峰突然在林政祖父的五个儿子中一个叫林成龙的名字上重重一点，道："这实在是没有想到，我们早该查出来。"

冷镜寒疑惑道："这又怎么了？"

韩峰回头道："你还有印象吗？这个名字，我曾向你提起过。"

冷镜寒想了想，恍然大悟道："我记起来了，你当时笑着对我说，那个小李工作可认真了，把梁兴盛的父母的父母都调查清楚了，是他父亲——不，是他母亲的爹叫林成龙。你确定是他吗？"

韩峰道：“我看过照片没有错。”

冷镜寒道：“那这案子就更可以确定为同一起案子了，林政和梁兴盛原来是远房表亲。”

李响道：“可是我们还是有太多疑问没有解决。第一，那百分之五是什么；第二，林政和梁兴盛到底是什么关系，他们早就认识吗？还是后来才认识的？林政为什么要在这个时候把那百分之五给梁兴盛呢？”

韩峰道：“提得好，而我们现在正要解决的便是这些问题。”

“我回来了！”潘可欣像快跑断气了似的站在门口，脸上却露着喜滋滋的笑容。

韩峰笑道：“怎么样？有什么重大收获？”

潘可欣笑道：“查清楚了，有一件事你可没猜对，梁小童就是我们看见的那个梁小童。而且，收养梁小童的那个人，你一定猜不到是谁。”

冷镜寒笑道：“这城里虽然只有几百万人口，但他韩峰又不是神，自然不能猜出是谁收养了梁小童。”

韩峰道：“且慢！你要这样说，我还就能猜出是谁收养了梁小童！”

“是谁？”冷镜寒、潘可欣、李响，加上实验室里的夏末和刘定强都竖起了耳朵，几乎是同时发问。

韩峰说出了让大家意想不到的答案：“卢——芳！”

李响口快，抢着道：“卢芳在两年前便收养了梁小童？可她与梁兴盛是一年前才认识的啊。那时她什么都不知道，自己也只是个打工者，怎么会去领养梁小童？从她的经济实力和文化素质看，都不可能是她。”

其余的人，则都看着潘可欣，期待着她的答案。潘可欣喘息够了，才直起腰来，对韩峰道：“难怪冷伯伯那么推崇你，你真是个鬼，这都能猜得到。”

“啊！”冷镜寒张大嘴巴，道，“真是卢芳？”

潘可欣点点头，递过复印文件，上面清楚地显示着，卢芳两年前领养了梁小童。

这次，所有人像看着个怪物一样看着韩峰，有几百万人口的海角市，他怎么知道是卢芳领养了梁小童。韩峰解释道：“我不是神，我只是猜的。”

冷镜寒冷冷道："如果你没有合理解释，你将被列为最有嫌疑的幕后主使者。"

韩峰指着潘可欣道："其实很简单。可欣进来后，那样的神情，说我们绝对猜不到是谁时，眼神很得意。她这样一问，无异于告诉我们，收养梁小童的是我们都知道的人。现在我们知道的人中，除了卢芳，还有谁嫌疑更大？"

冷镜寒道："这道理说不通。这个案子涉及面非常广，照你的说法，梁兴盛、曲明生和林政三个家庭的成员都可以成为怀疑对象。"

韩峰道："你别忘了，我是见过梁小童和卢芳在一起的。梁小童绝不会跟梁兴盛走的，曲明生只是负责林政与梁兴盛之间转让股权的理财工作，除此之外他一概不知。林政好像有领养梁小童的可能，但他没有这个时间，像他那样能把一天忙成两天的人，还有闲心领养？"

韩峰说完，房间里的人都愣住了，短短的一瞬间，他能想到这么多？只有冷镜寒知道，这就叫天才，不然他也不找韩峰了。冷镜寒问："那你怎么看卢芳领养梁小童这件事呢？"

韩峰道："还不是很清楚，我隐约感觉领养与这次的用计谋杀有一定联系，但是还不能连成一条线。"他摇着头，从冷镜寒手里接过潘可欣带回的文件。梁小童两年前和现在几乎没有变化，那双眼睛看起来很灰暗，不知道他的内心有什么想法。这样的童年，搁在谁头上也是一辈子的打击吧。

冷镜寒喝道："该干什么干什么去，你们在这里看什么！"

夏末向韩峰竖起拇指，转身回实验室去了。韩峰突然道："对了，我叫你们帮我查的那种煤渣呢？"夏末愣了愣，才回想起韩峰在林政的车爆炸现场带回来的那些黑色粉末，他又看看正忙着检查内裤的刘定强，道："我们查了，实在查不出那是什么东西，现在转交给电脑分析它的分子式了。但是那东西不燃、不爆，与别的物体混合不会有易燃易爆的效果。我们现在怀疑，它真的是一撮煤渣，已经烧过的那种。"

韩峰用手指他一下，道："去查汽油。"

潘可欣道："怎么样，我带回来的资料对你们有什么帮助？"

韩峰道："这份资料对我们帮助太大了，只是还缺少关键的几环，不能联系起来。对了，给我说说福利院的情况。"

潘可欣便简短地说了一下福利院的情况。天赐福利院是所教堂改建的，很古旧，但是很宽大。梅院长是位慈祥的老夫人，潘可欣说明来意后，她便亲自带着潘可欣去档案库取出梁小童的资料，还带着潘可欣到处参观，希望潘可欣能报道一下这所福利院，让更多的人能来福利院做慈善事业。

韩峰静静地听着，问道："梁小童在学校里是怎么样一个孩子？"

潘可欣愣了愣，道："梅院长说，小童在学校里表现很好，从不和同学争执，但是性格十分内向，不愿与同龄人接触，常常一个人坐在福利院一处发呆。"

冷镜寒叹息道："唉，这个小孩子经受了比同龄人更多的打击。"

李响愤怒道："这个梁兴盛，简直是个混蛋，他早该死了。"

韩峰向李响一望，眼睛又开始闪光，冷镜寒不失时机问道："你又想到什么了？"

韩峰摇头道："现在还不知道，不过这位李大哥可真是厉害，比我想得都远。"

李响茫然不知。这时，冷镜寒的手机响了，他接听后，喜道："龙佳正在返回途中，她又有了新的发现。"

韩峰迫不及待地问道："她有什么发现？"

冷镜寒道："她说要回来再告诉我们。"

韩峰笑道："我想，我们已经突破了瓶颈，现在各种有用的信息纷至沓来，真正的凶手和他们想要达成的目的就快浮出水面了。对了，黑网那面的情况呢？"

冷镜寒双手一摊，道："我们把掌握的情况移交国际刑警组织了。黑网是个大的国际组织，我们没有这个能力也无法对它展开调查。"他的手机还未放进机套，又响了。

冷镜寒一面听电话，一面皱眉，面色阴晴不定。听完电话，他面色沉重，对韩峰道："我想——"

韩峰疑惑道："怎么了？"

冷镜寒面色一变，喜道："我想，我们已经找到答案了！"那兴奋劲，如果没有旁人，他恐怕要抱住韩峰转两圈。

"怎么回事？冷处？""到底是怎么啦？冷伯伯？"李响和潘可欣同时问道。

冷镜寒道："张艺打来电话，恒福银行总部查过林政的账户了。他们说，林政账户上有百分之五的恒福银行股权被转，这样大的股权转让却没有经过董事会同意，属于秘密交易。他们正在进一步查明，那笔股权到底转到哪里去了。”

李响和潘可欣却好像并未听明白，潘可欣问道：“那和这起案子关系密切吗？”

韩峰道：“这就是他们布置一系列阴谋，杀害这三个人的动机。也可以说，是一切大的刑事案件的根本动机。”

潘可欣瞪着大眼睛道：“还是不明白。”

冷镜寒笑道：“你当然不明白，对于你这种巨富人家的千金，很难明白这一点的。我告诉你，现在恒福银行的股价在每股十七块六，这百分之五的股权，表示了三十二亿的市值。三十二个亿，这样的诱惑，足以让大多数人杀妻弑母，不顾一切地参加这个计划。”

韩峰道：“现在我们的线索就很清楚了。林政转让了百分之五的股权给梁兴盛，而这起转让是通过曲明生秘密完成的，所以，他们三人都必须死。而曲明生的死和梁兴盛的死，让他们用李代桃僵的计策想蒙过去。如果不是冷兄莫名其妙地请我调查骗保案，他们很可能已经混过去了。而我们至今也不会知道林政为什么会死，是怎么死的。”

冷镜寒笑道：“如此说来，还要感谢可欣才对。如果不是她非要我这个做刑侦的伯伯帮她查这起骗保案，根本就没有人能查出车祸有什么问题。没有怀疑到梁兴盛的死，也就不知道曲明生这个人，没有曲明生，我们打破脑袋也想不出林政的死是怎么来的。”

李响道：“可是，凶手把他们三人都杀死了，他又能有什么好处呢？难道股权就到了他的手上不成？”

这时，刘定强含笑走出来，对四人道：“实在不可思议。黑色真丝内裤上没有什么发现，不过在那条塑料内裤上留有明显指纹。指纹比对已经出来了，一些是林政的，而另一些，是你们的熟人。”

韩峰、李响、冷镜寒三人同时道：“卢芳！”

潘可欣奇道：“这又是怎么回事？你们又查到什么了？”

刘定强肯定地点点头，道：“虽然第二代身份证还在试运行，不过每个申办新身份证的人都留有指纹备案，恰巧他们都有备案。”

冷镜寒突然暴跳起来，抓住韩峰的衣领道：“快说，你怎么知道林政的房间里会有带卢芳指纹的内裤？你到底还有多少知道的信息没有告诉我？你是在林政家就知道这内裤有问题了吧，所以你才偷偷把内裤带出来，这一点，你敢否认吗？而且，当时你已经查到林政与曲明生之间的联系，有了这样人的线索，你还要去翻查他们的卧室，你是知道了什么才这样做的，快老实交代！”

韩峰苦笑道：“我真不知道是卢芳，这只是意外巧合而已。”

李响道：“哪有这么多巧合？你第一次猜到是卢芳，还可以说是巧合，可这次，我也不信你的话。”

韩峰道：“好吧。我告诉你们。我第一眼看到章玉玲夫人时，你们知道那种感觉吗？谁会说她是四十来岁的女士，如果说她是六七十岁的巫婆一点都不为过。这种人阴刻、严厉，不苟言笑。我相信，不管什么男人，一看到这样的女人，吃睡都成问题，更别说一起生活了。可林政却和她生活了几十年。而林政是什么人？企业的成功人士，长得高大、英俊，绝对具备成熟男人的魅力。在海角市，有多少女性都把他当作梦中情人，又有多少女孩愿意不顾一切地投怀送抱。在这样的情况下，林政还能和章玉玲夫人相敬如宾，这不奇怪吗？”

李响道：“情人眼里出西施，这只是你个人的观点而已。”

韩峰反驳道：“你看那夫人挺顺眼吗？为什么她一说话你就吓得连头也不敢抬？”

李响喉咙里咕咕两声，却没说什么话，心想章玉玲夫人确实面色很阴沉。

冷镜寒道：“别打断，让他说下去。”

韩峰接着道：“我第一眼看到这位夫人，马上得出这样一个结论，林政是靠他夫人爬起来的，而在家中完全是章玉玲夫人说了算。这也是他能忍受夫人的容貌，还和她生下子女的原因，各取所需嘛。”韩峰顿了顿，接着道：“但是，这也是问题的症结所在，现在的林政，已经不是默默无闻的小人物了，他是大红大紫的风云人物。这样一来，他就再也无法忍受夫人那丑陋的身体，可他还必须依靠他的夫人，他知道，他的夫人能把他扶上去，也能一脚把他踹下来。这样的可怜男人，在浪漫激情与残酷现实之间，通常只有一个选择，那就是——偷情！”

冷镜寒等人都露出圆口形，发出“哦”的声音。

韩峰道：“我第一眼看到章玉玲夫人，想到了偷情。于是，我就不得不想到林政的死，是否与他偷情有关。章玉玲夫人是三个孩子的母亲，是林政几十年的妻子，她或许知道林政偷情，但却绝不会让丈夫死的，你们也应该知道是什么原因。所以，我就想，有没有可能，是林政在无意中告诉了他的情人什么事情，而导致了他的死亡。在林政的电脑里查出重要证据后，我只是想去他的卧室找找，看看有没有什么新发现，要是能找到他偷情的证据，也就多了一条线索。当时，我并未抱多大希望，因为这样的男人，通常很胆小，是不敢把偷情的证据带回家的。没想到林政真的带回来了，他藏得很小心，在木箱的夹层中，看来他对他的情人很是迷恋，已经痴迷到色胆包天的地步了。”

冷镜寒这次忍不住自己打断道：“等等，你怎么知道那就是他情人的东西？就因为那东西藏在夹层中吗？”

韩峰道：“道理很简单，听说过士可杀，不可辱吗？像章玉玲夫人那样的人，她所受到的教育，她宁可让你杀了她，也绝不会穿这样的内裤。所以，当我拿出内裤时，章玉玲夫人气急攻心，竟然昏厥了过去。一是没想到丈夫这样大胆，竟然把情人的东西带到家里；二是光天化日之下，有陌生人从她卧室里发现了这个东西，还一口咬定是她的，她受不了这样的误会，就倒下了。所以，当时我确实不知道这东西会是卢芳的。”

冷镜寒看看李响，道：“这样说来，确实有些道理。”

李响道：“我不明白，卢芳不是梁兴盛的情人吗？怎么又和林政搅到一起去了？”

韩峰道：“你没见过卢芳，她本人的魅力比照片上更吸引人。上次我见她时，她穿的乞丐装，我都被她吸引住了。这样的女人，就是狐狸精转世，专门为勾引男人而生的。像林政这样自命风流，却又不敢明目张胆地和别的女人在一起的男人，那还不是一勾就被勾住了。”

第二部

高智商律师和神秘工厂浮出水面

第五章
深夜来袭 拜见丁律师

冷镜寒道："卢芳，她到底在这个案子中扮演什么角色呢？先是梁小童，然后是梁兴盛，最后是林政，看来她就是串起整件事的关键人物。"

李响悟道："我明白了，这个阴谋的设计者就是卢芳。"

所有的人都看着李响，听他有什么高见，李响道："卢芳……卢芳，卢芳在整个案件中都有出现，不是她是谁？"

冷镜寒道："应该这样推论，这是起精心设计了两年的案子。首先，卢芳打听到梁小童在孤儿院，随后她去领养了梁小童，而后再接近梁兴盛，通过梁兴盛与林政的关系，色诱林政，说服了林政把百分之五的恒福银行股份转让给梁兴盛。随后将林政和梁兴盛都杀死，这样一来，梁兴盛得到的股份就到了她手中，完美的计划啊。"

潘可欣不解道："梁兴盛的股份怎么会到卢芳手中呢？"

韩峰笑道："如果父亲死了，他又没有立遗嘱的话，他的财产由谁继承呢？"

潘可欣道："家人啊。"

韩峰道："如果继承者年纪太小，该怎么办呢？"

潘可欣道："呃，通常是法定监护人代管吧。"

韩峰道："那你还是不笨啊。"

潘可欣恍然大悟，道："哦，原来是这样。那这样说，你们都认可卢芳就是幕后凶手了？"

韩峰道："我可从来没这样说过。"

冷镜寒道："为什么？"

韩峰在卢芳的资料前重重一点，道："你们相信一个初中文化的打工妹有能力调动几十甚至数百人来完成一个无懈可击的计划？"

李响道："你的意思是？"

韩峰道："卢芳是工具，充其量就是公关小姐，用来打通关节的。策划者另有其人。他必须拥有几个条件：第一，他是了解林政和梁兴盛，并且知道他们的关系的；第二，他熟悉梁兴盛的家务事，知道梁兴盛的人品，也知道他老婆和儿子的下落；第三，他必须有自己的一群手下，不然无法完成如此精密的计划，人员从哪里来呢？他要么有自己的保安公司、物业、建筑工地，不然就是黑社会。也就是说，他在海角市很多年了，有一定的产业，和梁兴盛与林政接触也不是一年两年了。这些条件，卢芳一个都不具备。"

冷镜寒道："那那个人会是谁呢？"

韩峰道："现在我们还不知道。我们现在面临的问题是，林政为什么会走老国道，他的车是怎么爆炸的，他为什么要把百分之五的股份转让给梁兴盛？他们为什么现在才动手？唉，问题太多太多，而那个凶手是谁，倒不用紧张，很快就会有结果的。"

冷镜寒道："这又是怎么回事？"

韩峰道："凶手和梁兴盛与林政都有密切联系，只要我们不断深入调查梁兴盛和林政的社会关系，他迟早会浮出水面。"

"哇，太酷了！"潘可欣蹲下，举相机道，"来，笑一个，大侦探！"

"我回来啦！"龙佳一脸笑容站在门口。韩峰刚摆好姿势，眼睛突然一亮，冲上去就抱了龙佳一下，高兴道："你回来啦！"

龙佳猝不及防，被抱个正着，等她回过神来，韩峰已经放开了，看他的高兴劲，似乎没有特别用意。其他的人也都用奇特的眼光打量着韩峰，不知道他为什么突然这样高兴，殊不知，这是韩峰特有的手段，看似无意的身体接触将越来越多，直到把猎物捕获。韩峰解释道："如果我没猜错，你带回来的信息，将让幕后凶手浮出水面。"

龙佳疑惑地笑道："我不知道谁是凶手啊？"

韩峰道："不用急，慢慢来，把你打听到的消息都说出来，让我们先听听你带回的有用信息。"

龙佳在办公桌旁坐下，端起水杯道："我先喝口水。"

刘定强继续研究那煤渣去了，其余四人围着桌子坐下。

龙佳又喝了一大口水，才道："梁兴盛的公司破产后，被法院查封了，定在下个星期举行抵押拍卖，这家银行正是恒福银行。梁兴盛是二十年前来到海角市，当时他……"

韩峰打断道："说有用的。"

龙佳白了他一眼，道："有一件事很奇怪，我寻访了梁兴盛公司的工人，他们是个器械生产企业，对钢材进行加工处理。而几乎所有的工人都说，在公司宣布破产前一周，他们都还在进行正常生产，而据说，去年的效益还不错。而那些工人，也百思不得其解，好好的公司，怎么说破产就破产了呢？"

冷镜寒看看韩峰，道："这件事是有些奇怪。"

韩峰问道："你调查到有什么线索吗？"

龙佳道："我问过公司管理人员，据他们说，公司有一大笔欠款无法收回，最近有一笔大订单，而又有一条生产线停产了，无法按期交货，到时他们无法承受巨额赔付。而恒福银行的贷款到期，一直催促公司还贷，公司无法去别的银行重新借贷。终于，所有的订货企业都催促要货，而供货商一定要见现钱后才发货，一夜之间，公司便已无法正常运作。进行资产评估后，宣布破产。"

韩峰点头道："落井下石，这本来就是商场的常事。不过，若是有人故意为之，那又是另一回事了。"

龙佳并不知道韩峰他们新查的线索，问道："怎么会是有人故意为之呢？这样谁都不能得到好处啊？"

冷镜寒也道："不错，公司宣布破产，那是万般无奈的事，应该可以用共亏来形容。首先是梁兴盛，失去了财产和公司，恒福银行也无法收回定额钱款，一点好处都没有。最惨的还是那些工人，失业在家。这样的事，谁会故意去做呢？"

潘可欣也道："梁兴盛的公司破产，我们是去做过调查的，千真万确，这个假是做不来的。"

韩峰微微一笑，道："可是你们没有发现吗？这起公司破产事件，正是所有圈套中的一环。没有梁兴盛的公司破产，便没有梁买保险这件事吧？"

潘可欣想了想，点头道："这倒也是，我们就是因为他买保险后不久便宣布公司破产，而后竟然出车祸死了，对他才满心怀疑的。”

韩峰道：“对他们的计划之精密，我们已经不是第一次领教了。那么，让我们来设想是什么让梁兴盛的公司突然破产的吧。”

李响道：“我认为，首先，恒福银行对梁公司的大笔贷款，这就是给破产埋下伏笔，而事实上，导致梁公司破产最直接的原因，也正是这笔贷款。也可以说，从那个时候开始，梁兴盛与林政，已经开始接触了，而牵线搭桥的人，正是卢芳。至于接下大笔订单，想来是计划中另一环，这里我们还未调查，暂不作说明。总之，通过一系列行动，他们成功让梁的公司破产了。梁兴盛突然从高空被抛到地狱，那种心情，自然可想而知。但在这种情况下，他还念念不忘自己的情人，买的保单上填下了卢芳的名字，他一定不会想到，导致他公司破产的人，正是这个丽人。”

冷镜寒看看李响，拍拍他的肩膀道：“小子，还行啊。”

韩峰摇头道：“不对，有件事无法解释。若说梁兴盛不知情，那么林政给梁兴盛那百分之五的股权转让是怎么回事呢？”

这个问题，突然让冷镜寒和李响哑口无言。

韩峰笑道：“唯一的解释就是，梁兴盛是知情者，破产的计划，并不是为了让梁兴盛去买保险，而是为了那百分之五的股权。”

冷镜寒道：“具体说说。”

龙佳和潘可欣她们并不知道全部的线索，插不上嘴，看上去很是焦急。韩峰道：“还是把整个线索说出来，让大家一齐想吧。”他慢条斯理地把整个事件重复一遍，让在场的人对案子都有了重新了解。

韩峰这才道：“我说说我的想法。按我们所掌握的线索，卢芳是先认识梁兴盛而后认识林政的，她这样做的目的，就是将两人联系起来。至于她用了什么手法说服林政把百分之五的股权转让给梁兴盛，我们还没有确切线索，所以也猜不出来，只能说是知道了有这么一件事，而曲明生就是帮着转让股权的人。然而，这股权是转让给梁本人，还是给梁的公司呢？现在我们知道了，是转让给梁本人，因为公司已经破产了。”

韩峰在谈论案情时，一分钟会做十几个不同的手势，而且面带微笑，显得无比自信，这时的韩峰，与那个蓬头垢面、精神不振的蔫小子判若两人。他双手扬向两边，道：“刚才我们假定，梁公司的破产是人为事故，那么破产后好像对谁都没有好处，那为什么要选择破产呢？”

韩峰将手向冷镜寒一指，道："刚才冷处有句话说得很有道理，破产后，真正受损失最大的是工人，根据受损失大小计算，先要收回损失的是银行，接着是大客户和大供货商，最后才是工人，那些工人，或许一分钱也拿不到。梁兴盛表面上看起来是直接受损者，但是和价值几十亿的股份比起来，这家破公司就算不上什么了。"

冷镜寒一直静静地听着，这时忍不住插嘴道："等等，你的意思是说，梁兴盛和林政联合起来，让自己的公司破产？"

韩峰道："是的。"

冷镜寒道："这样对他有什么好处？"

韩峰微笑道："这好处可大了。银行会把破产的公司从地皮到每一颗小螺钉都拍卖成现钱，因为是抵押拍卖，所以底价相对会很便宜。如果他们另外成立一家公司，将自己的公司全买过来……"

韩峰不说了，每个人都知道他想说什么，李响不解地喃喃道："买过来还是自己的公司，和不破产有什么区别呢？"

韩峰道："想知道区别吗？区别就是银行的大笔贷款不见了，而他也不需要为失业的工人付出一分钱，而他自己的财产却一点损失都没有。更重要的是，这个新公司可以掩护转让股权的事情，没有人可以怀疑一个破产公司的老板与恒福银行股份有什么关系。"

李响这次张大了嘴巴，说不出话来，这样的经济诈骗，不是一般的人能想出来的，需要极高明的头脑，可韩峰就像是随口说出来的，好像他每天都做着同样的事情一般。可他们都知道，韩峰是个穷鬼，现在李响才知道，为什么冷处时时说如果这小子想发财，随时都可以成为亿万富翁，那话不是没有道理的。

韩峰道："而梁兴盛去买保险，只是一个掩人耳目的做法，目的就是让人相信他真的破产了。卢芳的名字当然也是随手填的，他根本没想过自己会死，或者他还想着如何享受巨富的生活呢。如果他真的破产了，第一个离开自己的便是情人，这点相信梁兴盛这样的花丛老手会很清楚。所以，他要填肯定会填上自己的亲人，至少，他知道自己还有个儿子在世。"

潘可欣道："照你这样说，梁兴盛填保单时只是做做样子，他根本没想过自己会死？"

韩峰道："本来这已经是一起高明的经济诈骗，可是梁兴盛和林政都不知道，他们只是落入别人大圈套的小人物而已，真正的凶手在幕后操控着全局，他的智商比我们想象的还要高。至于林政为什么要把百分之五的股权转让给梁兴盛，这才是我们需要去了解的问题。”

龙佳道：“还有条线索，或许对你们了解林政和梁兴盛的关系有帮助。”

韩峰道：“哦，说说看。”

龙佳道：“梁的公司虽然是一家不大不小的公司，但他却聘请了全市最好的律师作为公司代理事务的律师。”

冷镜寒和李响等都大惊，潘可欣更是失声叫道：“丁法官？”

只有韩峰，他常年蜗居在小木屋里，才不知道丁法官，他斜眼一睨，问道：“丁法官是个什么人物？”

潘可欣一听，就更吃惊了，叫道：“你不知道？连丁氏律师事务所的丁一笑你都没听说过？”

李响道：“丁法官是个戏称，因为他做辩护律师太厉害了，不管什么案子，只要你有钱请到他，那你基本上就稳胜了。因为他已经代理行使了法官的职权，所以人们都戏称他丁法官。”

韩峰露出一个夸张的表情，道：“哦，还有这么厉害的人物？”

冷镜寒道：“他出名时，在两年前，那时你还没有到海角市来，所以你不认识他。”因为韩峰是从另一个地方到海角市来的，而冷镜寒也是在那个地方与韩峰结识的，所以冷镜寒特意向韩峰介绍。（至于在那个地方发生的故事，将在以后的故事中有记述，这里就不详述了。）

韩峰想了想，道：“如此说来，作为本市较为有名的企业，都会请丁律师做代理律师吧？”

冷镜寒道：“虽然请他很贵，但是大抵是这样的。”

韩峰看向龙佳，道：“你是想告诉我们，恒福银行也是请丁律师做代理律师的，而林政作为恒福银行的行长和梁兴盛之间的关系，我们可以从丁律师那里了解到一些情况，对吧？”

龙佳点头道：“是的，我已经电话联系过丁律师了，他告诉我一些很有用的信息，并且我和他约好，明天去他的事务所拜访他。”

韩峰凝眉沉思一瞬，随即道：“先告诉我，他告诉了你什么有用信息。”

龙佳回忆道：“丁律师说梁兴盛他不是很熟悉，但是林政却是他的大客户，最近几次，林政到他那里，向他咨询股权转让的合法途径和相关事宜。而就在同一天，梁兴盛也到他那里问同样的问题，所以他比较有印象。他说，事情是在一个月前发生的，与你们刚调查到的时间也很吻合。”

冷镜寒道：“从这点看来，梁兴盛和林政关系并不是我们所想象的那么密切，他们仍相互提防着对方。”

韩峰道：“丁律师还说了什么没有？”

龙佳道：“呃，在电话里谈不方便，所以我们只是简短地聊了几句，具体情况我没来得及询问。只有明天去律师事务所当面询问了。”

韩峰道：“好，明天我和你一起去。”话音一落，觉得没把其他人放在话里，他环顾了一周，又笑笑道：“可欣明天也去吗？”可那脸色，分明就是说，你最好别去了。

潘可欣怎会读不懂，愤愤道：“查了这么多天，我要把资料整理一下，去事务所的人多了，丁律师一定会不高兴的。你们俩去就行了，回来把信息告诉我们吧。”

韩峰笑道：“有道理，我就是觉得，人去多了，丁律师一定会不高兴。”他这样一说，其他人也只能缄口不言了。

天色已暗，饱餐之后，韩峰拍拍肚子，道：“我回去了。”

冷镜寒一把拉住他，道：“不忙，现在我们把两个案子合并成一个案子了。你也别老回你那个狗窝去了。到时候找人都找不到。你跟我回我的单身公寓去。”

“单身公寓？你……你老婆呢？”韩峰疑惑道。

李响解释道：“你难道不知道？我们冷处一碰到大案，就习惯一个人住单身公寓。他说要保持思路的清晰，不能受干扰的。”

冷镜寒用手纸擦嘴，道：“龙佳开车送我们去。可欣也上车吧。”

龙佳把他们送到目的地，又开车送可欣回家。韩峰眼望着北京吉普改的警车，对冷镜寒道：“龙佳挺不错的。是吧？”

冷镜寒道：“还用你说，人家是警校的校花呢。”

韩峰问道：“那她男朋友一定很多吧？”

冷镜寒道：“说来也奇怪，她好像没有男朋友。”

韩峰脸上就像笑开一朵花，痴痴道：“不会吧？怎么我碰到的女孩子都没有男朋友啊？该不会你在骗我吧？”

冷镜寒看着韩峰邪邪的笑容，他已经很了解韩峰了，当然知道这个色狼的心里在想什么。他道：“说来也奇怪，她们还真都没有男朋友，可欣是我看着长大的，拿到新闻系新闻学和经贸系金融学双学位后回到海角市，一直没见有异性朋友交往。龙佳是两年前分配来我市刑侦处的。刚来时，夏末、张艺、李响那几个小伙子都蠢蠢欲动，可后来不知道为什么都败下阵来。”

韩峰捻着下巴，虽然还没长出胡子，他叹息道：“或许是害怕过肩摔吧。”

“什么？什么过肩摔？”冷镜寒一面掏钥匙一面问。

韩峰道：“没什么。就是这里啊。”

冷镜寒道：“比你那里好一百倍。”

韩峰摇头道：“你没在那里住过，你怎么知道我那里的好处。”

单身公寓很小，一室一厅，带厨房厕所，还有个小阳台。韩峰站在阳台上，已是满天夜色。冷镜寒端来两杯冰柠檬，道：“我不喝酒，我想你也不喝吧？”

韩峰接过酒杯，道：“怎么不买冰镇矿泉水？”

冷镜寒没好气道：“有什么就喝什么，瞧你那样，要求还蛮高的。明天去重新换一件衣服，你看你把我的衣服穿成什么样了。”

韩峰流里流气道：“哈呀，你别忘了，是你请我出来的。你不高兴，我明天就回去。窝在被子里睡大觉，怎么也比跟着你晒太阳强。”

冷镜寒道：“算了，我服了你了。看你今天胸有成竹的样子，说吧，你还知道多少内容没有说出来？”

韩峰微微一笑，道：“如果一切顺利，我将知道凶手是谁，还将知道林政的车是怎么爆炸的。”

冷镜寒大跌眼镜，惊道：“你说什么！你小子，居然不显山不露水的，把这么重要的信息藏起来不说。”

韩峰沉吟道：“现在我们不知道的，就是林政为什么会走那破路，还有，他为什么放心把几十亿的股份随便送人。为什么凶手要选在这个时候下手？若卢芳两年前接走了梁小童，说明他们两年前就开始这个计划了。怎么会拖了这么久呢？还有一个疑点就是，那天他们怎么敢放心地让我见梁小童呢？是梁小童毫不知情还是别有用意，梁小童至少该知道卢芳不是他母亲吧？”

冷镜寒没有心情听韩峰说不知道的事情，他问道：“那些问题迟早会调查清楚，我先问你，你说这幕后凶手是谁？”

韩峰瞟了他一眼，懒洋洋道：“以我们现在掌握的信息，可以推测出他的几个特点：高学历，高智商，男性，心狠手辣，很可能练过健身，本身身体素质很佳。”

冷镜寒道：“高学历、高智商我能理解，为什么一定是男性？”

韩峰道：“男性，本身身体素质很好，因为他要命令一大批手下，要让这样一批人替他卖命，没有过人的手段是做不到的。若是女性，肯定不服众，而且，你注意没有，他能让别的女人为他牺牲一切呢，这点，通常是男性的专利。”说到这里，韩峰得意地大笑起来。

冷镜寒道：“那你说，到底是谁？”

韩峰道：“我说我将知道，并没说我已经知道，这个都分不清楚，你怎么当刑侦处长的。”

两人又讨论了一些细节，直到深夜才去睡觉。在冷镜寒不大的床上躺了两个小时后，韩峰实在睡不着，只得又起身来到阳台。以前他睡觉的那发廊，本来就是色情场所，到了晚上，时常会有小姐的娇吟声飘到他的小木楼上，伴他入眠，现在这些娇吟声变成了冷镜寒的打呼声，韩峰如何还能入睡。

韩峰在阳台上还能听到冷镜寒的呼噜声，实在想冲进去把冷镜寒的鼻子塞住。冰箱里什么吃的都没有，还好，他发现了冰镇矿泉水，拿了一瓶，先往头上浇了半瓶退热，一边喝，一边看城市夜景。

韩峰开始整理思路，现在所有的线都串联起来了，其实案情很简单，就是卢芳先收养梁小童，随后接近梁兴盛和林政，并通过不知道什么手段骗得林政肯把手中持有的恒福银行股份转让百分之五给梁兴盛。然后把林政和梁兴盛一杀，这股份就落入梁小童手中，自然就归她这位监护人使用了。只是凶手用非常奇特的手法，将整件事分割开来，让人无论如何不能联系在一起。可是，他们为什么不出售或转让股权，随后把梁小童一杀，携款潜逃呢？

中间梁兴盛的公司破产，买保险而后死于车祸，都是大计划中的小计策，办得十分干净，就是追查下去，最后线索到吴志光那里也就断了。而关于林政的死，连线索都没留下，更是稀奇，居然还有个什么黑网，也牵扯其中。想到这里，韩峰心中咯噔一下，突然想起，那日和冷镜寒调侃时说道，如果那个交警被杀，是他们早计划好的，所以黑网的出现，并不奇怪。而第二种情况，却是他们得到消息，被逼急了，才赶紧借刀杀人。他们得到消息，也就是刑侦处有内鬼，如果是第二种可能，那么今天线索如雪花般飘来，凶手不是就更急了吗？

韩峰还记起，那天对冷镜寒说，兔子逼急了，是会咬人的。现在的情况，若凶手得知，那他会怎么做呢？韩峰叹道：“要是那样的话，兔子该咬人了。”他又垂头凝思道：“可是，兔子咬的第一个人，会是谁呢？”

正想着，突然听到一种蜂鸣声，就像一大群马蜂在头顶飞翔，韩峰忙抬起头四下张望，什么也没看见，这时他发现，声音是从两侧传来的。韩峰自然地向左右望去，在右边转角处，他便看到了，一架直升机。确切地说，是一架直升机模型，约有半张书桌大小，在黑夜中，就像一只巨大的苍蝇，面目狰狞地突然出现了。而苍蝇脚下，还有两个蛋和一块平整的蛋糕。

直升机模型飞到距韩峰不足十米处时，他才看清，那哪里是什么蛋，分明是两个手雷，而手雷只是引信，为的是引爆中间那一块蛋糕——压缩烈性炸药。

“哇靠！”韩峰一声怪叫，扔掉矿泉水，想也不想，转身回跑，他的身形突然变得前所未有的迅捷，身体很瘦，可就像猎豹一般，每一寸肌肉都将力量蓄积到极致。飞机到屋里不用一秒钟，就在这一秒钟时间内，韩峰冲过了近八平方米的客厅到卧室，奔跑中抬起一脚把打鼾的冷镜寒踹到床下，另一条腿也迈过床，伸手一掀，将整张床倒扣过来，把自己和冷镜寒扣在床中。刚做完这一切，就听到惊天动地的巨响，伴随巨响的，是整个公寓的颤抖、摇晃，像要被撕裂般。声音持续了近十秒，热浪涌进床来，想挤进全身各处，随后便是各种味道。塑料烧焦的味道，墙烧过后的味道，还有炸药残留味，各种味道混在一起。

韩峰用力推开床，火苗还在燃烧，整个公寓只剩下残破的三分之一。巨大的响声把冷镜寒惊醒，他嘴里叫着：“好热啊，你是不是把空调关了？”

韩峰又补了他一脚，道：“快起来，我们差点成烤猪了。你这个衰鬼，跟你一起我就倒霉。”

“怎么啦？天哪！怎么回事？”巨大的响声不仅惊醒了冷镜寒，而且把附近的人家全都惊醒了。冷镜寒这才看清自己的处境，唤了声：“我的天哪！”

单身公寓在六楼，而上面还有一层，冷镜寒家中的墙一塌，上面一层楼失去支撑，就像积木翻转过来，盖在冷的公寓上。韩峰对冷镜寒道：“再不出去，我们会被压死在这里的。”

韩峰就穿了条内裤，第一个冲出变了形的防盗门。冷镜寒还用被单裹了一下，临走未忘拿上他的手机，那手机本放在一旁的衣柜上，也被压在了床下，居然还没坏。两人刚走出房门，只听“轰”的一声，六楼的斜面已经无法承受上面的压力，第七层房屋顺着斜面滑了下去，让深夜的小区又是一声巨响。

一时间，119、120、110全呼啸而来。小区一夜沸腾。

韩峰和冷镜寒，作为当事人，自然到了公安局的现场记录处，所不同的是，接待他们的，是公安局局长。局长姓郭，叫小川，据说和冷镜寒是同学，看样子比冷镜寒胖一些，也更亲和一些。冷镜寒不知道到哪里弄了条裤子，叫韩峰也注意点影响。韩峰手作蒲扇，摇晃道：“这么热的天，还穿什么裤子，假模假样。”他那两条细腿，毛又长又粗，那位记笔录的小女警，都不敢正眼看他。

郭局长道：“老冷，怎么这么大动静？”

冷镜寒叹道：“可能与我最近查的那件案子有关，喂，你不是看到案发全过程吗？给郭局长说说。”

郭局长看看韩峰，笑道：“这位是？”

冷镜寒介绍道：“韩峰，这位是——”

韩峰道：“不用，我不想以后常常和你们打交道，我知道他叫郭局长，他知道我叫韩峰，就行了。”他把事情经过大略说了一遍。

郭局长道：“据你所说，是凌晨两点，你怎么还没睡，还独自一人去阳台？”

韩峰一指冷镜寒道：“别看他一把老骨头，睡觉打鼾比打雷还大声，叫人怎么睡得着。”

冷镜寒哭笑不得，那记录员小雅捂着嘴笑。连郭局长也不禁哑然，他知道，冷镜寒办案雷厉风行，手下动作稍微慢点就要被骂，所以刑侦处的人对冷镜寒都是又敬又怕，可这小伙子，居然敢指手画脚对冷镜寒开玩笑，不知道是什么来历，会不会是老冷的亲戚？

郭局长道：“你说是遥控飞机来的？”

韩峰点头。郭局长道：“这样说来，是高科技犯罪分子。”

冷镜寒道：“是啊。他们的计划之精密，你听都没听说过。”

郭局分析道：“如此说来，是你的查案触及了他们的利益，他们开展的报复行为。”

冷镜寒道：“是啊。现在看起来是这样的。”

郭局道：“可是他们怎么知道你的住所，而且来得这样快？”

韩峰道："早调查过了呗。"

郭局道："哦，怎么说？"

韩峰道："要布置这样精密的计划，当然要查可能负责办这件案子的主要领导人物的底细，这叫知己知彼。"

郭局点了点头，表示赞同，同时对韩峰重新相看，越来越觉得他的身份来历十分神秘，不知道冷镜寒到哪里找来这么个小伙子，同时道："这批凶徒的胆子也太大了，居然敢对刑侦人员下手，我们一定会把这件事查个水落石出。"

冷镜寒不同意道："不会吧，这个地方平时我从来不来住的，连刑侦处都只有李响知道而已。如果他们连这个也查到了，那他们也太……"

韩峰将头扭到一边，笑了笑，对冷镜寒这样的说法表示十分怀疑。他又对郭小川道："我们可以走了吧，我实在是困了。"

郭局握手道："那好。你们继续查你们的大案，我们查我们的小案，保持联系，有什么新线索一定要通知我们。有什么需要的，我们都会全力配合。"

韩峰这时睡意蒙眬，道："走，回处里睡觉。早说不跟你走了，害得我一夜没睡好。"刚经历一场生死劫难，还能安然入睡，恐怕也只有韩峰和冷镜寒两人能做到了。

冷镜寒想了想，摸出手机来，道："给夏末那小子打个电话，让他去现场看一看，说不定会有发现。"

韩峰道："他具体负责什么的？"

冷镜寒道："那小子，他对炸弹可谓精通。"

冷镜寒一边走一边打电话，韩峰看着冷镜寒，不由得想起一个人来。那人对炸弹的了解，才真正算得上精通，因为他制造的炸弹，是无法拆除的，很多年没见了，不知他现在怎么样。

第二天，冷镜寒早上一起来，就看见韩峰在那里捣鼓电脑，不由得提醒道："那是警局的内部电脑，都是最高机密，你别乱动。"

韩峰看了冷镜寒一眼，道："狗屁机密，我在上网。"正说着，有人来了。

最早到刑侦处的居然不是夏末，而是龙佳，她破天荒地穿了一身素色连衣裙、高跟凉鞋，将玲珑的身形突兀得更加淋漓。韩峰看得眼都直了，有这样的丽人做伴，别说见律师，就算见阎王都行。

冷镜寒也算通情达理，道："你们早点去吧，去晚了丁律师会很忙。"

龙佳看见韩峰，却怎么也高兴不起来，一看韩峰那样，她脸突然红了，马上背过身去。韩峰才发现，自己还是只穿着一条内裤，这四周也没有什么可穿的衣裤啊，他目光一扫，落在冷镜寒身上。冷镜寒马上向后退去，道："你……你想干什么！"

韩峰不答，只是笑，笑得冷镜寒直发毛，忙道："你不要乱来，我已经打电话叫人拿衣服来了。"他又向后退了几步，已经退到办公室门口，无路可退了。

韩峰道："我已经等不及啦！"向前扑去，和冷镜寒一齐跌进了办公室。

一小会儿，韩峰衣冠楚楚地从办公室出来，对龙佳道："我们可以走了。"龙佳想起躲在办公室里的冷处，不知道被剥光了衣服是什么样，就忍不住好笑。

龙佳开着警车，带韩峰去丁一笑的律师事务所。在车中，韩峰的眼睛不看窗外，却一直盯着龙佳的大腿，修长的大腿从连衣裙中露出一截，白皙而柔滑，肌肤如雪。龙佳看在眼里，突然一个急刹车，韩峰来不及防范，"砰"的一声，再抬起头来时，鼻梁骨中间已经黑了一块，像个唱戏的丑角。韩峰气道："你做什么呢？"

龙佳嫣然一笑，道："刚才你没看见吗？前面的车急刹车，我也不知道怎么回事。好了，现在又开始走了。"韩峰遂不敢不看车外。

到了一处大厦，韩峰抬眼一看，大厦二层写着"天元大厦"，人在楼下，抬头看不到楼顶，不由得叹道："好高啊。"

龙佳道："当然了，天元大厦虽然不是本市最高的，但绝对可以跻身本市第一流的大厦之列。你知道这里租的写字楼多少钱一平方米吗？"

韩峰摇头："不知道。"

二人走进大厅，龙佳道："三千八一平方米的租金。"

韩峰道："每年啊？"龙佳一声嗤笑："每个月。"二人已经进了电梯，现在在十六层。

韩峰看着电梯中的摄像头，道："电梯里也装摄像头！为什么不装个电视机？"

二十四层，龙佳道："到了。"

二人步出电梯，正面就是一方接待台，左右两排靠椅，已经坐了五六个人，个个焦急不安。龙佳向接待小姐说明来意，那小姐和善地道：“哦，丁律师已经等了两位一会儿，左手第五个房间。为了见两位，丁律师已经推迟了工作时间，你们看这些人，都是等丁律师的呢。”

龙佳说了声“谢谢”便领韩峰朝左走去，韩峰却向那位年轻的接待小姐大打眼色，惹得那接待小姐捂着嘴直笑。

这一层楼装修华丽，仅说地板，全是橡木铺成，韩峰的皮鞋踏在上面嗒嗒直响。二人先敲门，门开了，二人却没有看见开门的人。低头一看，开门的原来是个小矮人，也就是人们常说的侏儒。

门一开，韩峰就看到了正坐在工作台前的那人，三十四五岁，戴着金丝眼镜，精神饱满，鹰鹫般的眼中精光乍现，看起来很是文雅的一个人，穿了套休闲西服，里面是件黑色纯丝T恤，T恤里面的肌肉轮廓却分外明显。不用说，谁都会相信，这就是那位可以代替法官行使职权的丁一笑丁律师了。韩峰稍一低头，又看了看给他们开门的侏儒，这个人身材矮小，四肢粗短，头颅看上去就稍显硕大，眼中却有股令人生寒的杀气。

韩峰在打量这两人的同时，那丁一笑也正打量着韩峰二人，看到龙佳，自然是眼前一亮，很少见的标致的女警官，可这女警官身后那人更引人注目。韩峰穿着从冷镜寒身上扒下来的西服西裤，都要短上一截，露出手腕和脚踝来，穿双皮鞋，却又没穿袜子。整个人瘦高瘦高，和那侏儒站在一起，显得更是突兀。

龙佳为二人作了介绍。韩峰鼻子用力吸了口气，与丁一笑握手，丁一笑的手很大，很有力，而且手上的肉很厚实。韩峰笑道：“丁律师的身材真棒，若不是在这里见到你，一定以为你是搞健美的呢。”

丁一笑也笑道：“律师本来就是很累人的行业，若没有好的身体，怎么也吃不消的。对了，这是我表弟，叫阿八，现在做我的助手。阿八，这位是龙警官和韩峰——”丁一笑望向韩峰。

韩峰道：“私家侦探。”

丁一笑继续介绍道：“韩侦探。”

阿八伸出手来与韩峰相握，韩峰要稍弯腰才握得到，他道：“你好。”

阿八并不答话，但是手掌一紧，韩峰怪叫道：“哎哟，好痛，痛痛痛痛……”

丁一笑面色一寒，道：“阿八，不得对客人无礼。”又转向韩峰他们道：“我表弟是哑巴，力气稍微大了点，希望二位不要介意。好了，我们长话短说，你们希望知道什么，都提出来吧。只要是我知道的，一定告诉二位，你们知道，我时间比较紧，所以——”他看了一下表，“我们有二十分钟谈话时间。”

韩峰与龙佳在丁一笑对面的两个位置坐下，中间隔着办公桌。丁一笑给二人倒了两杯水，韩峰却问有没有咖啡，丁一笑只得让阿八给韩峰换了个咖啡杯，倒了杯咖啡。

丁一笑右手边是一摞法律知识书，左手边是电脑液晶显示屏，阿八站在丁一笑左侧，虎视眈眈地看着二人。

韩峰第一个问题却是：“丁律师这么早就约了客人啦，真是忙啊。”

丁一笑不能领会韩峰这句话的用意，只是道：“没办法，也是急人所需嘛，我通常是八点上班，今天把时间推后了二十分钟，现在客人都在门外等着呢。”

韩峰又摸着衣服的口袋，问丁一笑：“抽烟吗？”

丁一笑忙道：“不，我们都不抽烟。”

韩峰自摸了一会儿，把身上的口袋都摸遍了，才道：“哦，我也不抽烟。丁先生妻子一定很漂亮吧？”

丁一笑眉头皱了一下，随即舒展开来，微笑道：“实不相瞒，我还没结婚呢。”

龙佳横了韩峰一眼，这都是些什么问题啊，然后问道：“请你具体说说，林政是什么时候到你的律师事务所来询问有关股权转让的问题？”

丁一笑答道：“是上个月十六号，那天本来我的案程已经安排满了的，林政一定要我在这里等他，说他有极重要的事找我。所以，我派了律师小郭出庭一个案子，自己留在这里等他。没想到，先等到了另一个人，就是梁兴盛。他来询问股权转让的法律程序，并且要求我帮他看一份转让协议，我看了那份协议，也是专业人士写的，没有什么破绽，也没有圈套，告诉他后，他很高兴地走了。后来林先生也来了，他竟然也是问我股权转让的事宜，我就觉得奇怪，这样的大事，应该询问银行里的专职律师才对，而且，像他们那么大的公司，要进行股权转让，是必须召开股东大会和董事会的。后来我也一直奇怪这个问题，林先生他该不是私下进行股权转让吧？”

龙佳道：“这是警方的机密，不宜透露。我们还想问问，如果他们没有通过公司的股东大会，或是董事会，那么转让协议是否无效呢？”

丁一笑道：“事实上是，那笔股份属于林先生的私人财产，他高兴给谁就给谁，不过，若是大规模地转让股权，而不通过董事会和股东大会的话，会引起整个集团内部的不协调，可能导致公司信贷程度降低，严重的还有可能导致公司破产。这些情况，通常公司内部会有明文规定，我想，林先生应该比我知道得更清楚才对。”

龙佳问道：“你和林政认识多久了？”

丁一笑道：“五年前就认识了，我一直都做恒福银行在海角市的常务顾问，但是，他们集团内部的事件，都由他们内部的专职律师来处理。”

“那，梁兴盛，你对这个人有多少印象？”龙佳又问。

丁一笑想了想，道：“说实话，还真没多少印象，若不是那天他和林先生先后来问股权转让问题，我都不记得代理过他的企业了。”

龙佳奇道：“不是专业代理吗？怎么会没有印象呢？”

丁一笑笑道：“看来龙警官不是很了解这里的办事程序。所谓的专业代理有两种类型：一种就是半托代理，你在我这里挂一下公司的名字，若你公司出了什么问题，要打官司，我可以替你出面受理，并且给予优惠的价格，但平时你公司的事务、账目，以及其他情况，我概不过问；还有一种就是全托代理，像与恒福银行的合作，他们公司每次要签署一个大的合约，我要参与合约的修订，以及法律程序的审核。而梁先生，是属于前一种，所以，他的企业没有出现什么大的问题，我是不会过问的。”

龙佳点点头，“哦”了一声，又问道：“林政最后一次与你联系，是在什么时候？”

丁一笑回忆道：“他问过我股权转让的事宜后，就再也没有和我联系过。我也一直奇怪这件事呢，要知道，恒福银行是本市的一家大银行，通常每周总会有几个大的合约要签订，可这一个多月，我没有收到任何出席的邀请，我也不知道是他们没有洽谈业务了呢，还是把我排斥在外了。”

龙佳探了探身，道：“你是说，他们恒福银行这一个多月来，没有进行什么大的业务洽谈？”

丁一笑道："我只能说或许，因为不知道出于什么原因。也有将我排除在外，寻求别的代理律师的可能。"

龙佳道："难道他们寻求别的代理律师，你会不知道？"

丁一笑笑道："事实上，我每天的案程都是安排满了的，而且，还有别的很多事要做，所以，当接到邀请后，唯一可做的，就是调整案程的编排，而没有接到邀请呢，我也没有时间去查原因。"说到这里，丁一笑抬腕看了看表，二十分钟时间剩下不多了。

韩峰一直坐在一旁，当了回很认真的听客，不时地喝咖啡，他的眼睛却好像一直瞄着下面。丁一笑身边的阿八一直看着韩峰，对他古怪的眼神很是不解。

龙佳又问："那么梁兴盛破产之后，他的公司处理程序，是不是有你参加？"

丁一笑道："事实上，梁兴盛的公司破产后，按破产保护法规定，由贷款银行指定律师进行法律审核，而正如我前面所说，我这么久一直没有接到恒福银行的任何邀请。"

龙佳道："哦，那么你是否……"说到这里，突然她全身一颤，显得极不自然，随后才接口道，"是否知道，恒福银行在本市，除了你，还请了哪几位律师呢？"

原来，就在龙佳问这个问题的时候，双手去取水杯，韩峰的手突然伸向了她的大腿。龙佳自然全身一震，可是又不好直接做出反应。韩峰的手放在桌子下面，丁一笑和那阿八自然是看不到的。

丁一笑道："我知道，恒福银行在本市共有七位常任代理律师，但是出于商业机密，这不是我能透露的范围。希望二位谅解。呃，龙警官，你，不舒服吗？是不是冷气太大了，阿八，把空调关小点。"

龙佳的面部表情极不自然，连双肩都微微抖动起来，显然是在极力克制自己。韩峰却似笑非笑，眼睛也没看丁一笑，而是在房间里到处打量起来。

龙佳道："不，不用了，我没事。"她的表情也自然一些了，她已经察觉出来，韩峰的手在自己的大腿上，并不是简单的摸摸，而是用手指敲出了摩尔斯密码。龙佳的脸渐渐红了，心思紊乱，暗想："这古怪的家伙，他到底想干什么啊。"

韩峰敲第三遍的时候，龙佳明白了，意思是"待会儿起身走我前面，不管发生什么情况，绝不能回头"。龙佳虽然不知道韩峰这样做是什么意思，但她还是暗中用手在韩峰的手背上敲出了“明白”的意思。韩峰喝完最后一口咖啡，道：“非常感谢丁律师的大力支持，我想，我们已经获得了足够的信息，也感谢你的咖啡。”

丁一笑道：“哪里哪里，与你们合作，是我们市民的义务，如果还有需要，随时欢迎你们来调查，只要我知道的，绝无隐瞒。”

三人站起来握手，龙佳在前，韩峰在后。韩峰站起来的时候，西服不小心带到了咖啡杯，咖啡杯直掉向地面，就在落地前一瞬，一只手把咖啡杯接个正着。是阿八，他接到咖啡杯，向韩峰他们看了一眼，可韩峰和龙佳二人，头也没回，径直走出了事务所。在外面等候的，已经有八九人了，一见韩峰他们出来，马上有人向前挤，一面挤一面道：“该我了，该我了。”

接待小姐却很客气地说道：“对不起，请你们多等几分钟，现在是丁律师的早餐时间。”

进了电梯，龙佳才没好气地问韩峰：“你什么意思？啊——”

龙佳刚问过，韩峰又是一巴掌，打在龙佳的屁股上，龙佳自然大叫一声。韩峰拍了这一巴掌，就翻着白眼，看着天花板，龙佳本想发作的，可看了韩峰的白眼后，又忍住了，因为韩峰看的天花板上，一台摄像机正对准了他们。直到出了天元大厦的大厅，龙佳开车门时，韩峰才道：“丁一笑撒谎，没有一句可信的。”

龙佳关上车门，系好安全带，疑问道：“为什么这么说？我不觉得他哪里有问题啊？”

韩峰也关好车门，道：“昨天晚上，我才对冷镜寒分析过了，这个案件的幕后主使者，他的几个特点是，高学历、高智商、男性、心狠手辣，很可能练过健身，本身身体素质很佳。”

龙佳发车，同样也问了冷镜寒的问题，韩峰又得意地给她解释了一番。龙佳道：“你这样说，那么就是怀疑丁一笑就是幕后主使人了？”

韩峰道：“他的可能性很大。”

二十四层窗口，丁一笑和阿八看着韩峰他们的警车开走，丁一笑冷笑道：“还以为有多厉害呢，结果只是个好色的小流氓而已。我们不用这样怕他吧。”

阿八却冷冷地摇头，示意不可轻敌，同时，电脑“嘀”地响了起来。丁一笑和阿八都是一震，马上回到办公桌前。电脑里传出声音，问道：“和他已经接触过了，丁一笑，你觉得那个人怎么样？”

第六章
抓不住证据的凶手 来自天涯市的报告

丁一笑道："不怎么样，我还没看出来，那个像小流氓一样的私人侦探，究竟有什么厉害的？我们为什么要怕他？"

电脑显示屏里，摄像头拍到一处极高的大厦办公楼，靠外的墙壁全都换成了落地玻璃，之所以说它高，是因为墙外只有蓝天白云，看不到别的高层建筑。说话的声音，是从一张电脑椅后发出的，电脑椅背对着摄像头，所以根本看不到说话的人是谁，而那声音，带着金属腔调，明显也是用变声器发出来的。

电脑沉默了片刻，发出一声长叹道："唉……我最初见他时，也感到十分失望，与我想象中的大不相同，更是离那个传说相差十万八千里。但是很明显，当他对这个案子真正开始感兴趣的时候，我们会看到一个很有趣的人。"

丁一笑道："会不会太高估他了？我认为，按照我们原有的计划行动就好了，没必要为了一个不相干的人专门弄一些玄虚，实在是浪费人力和财力。"

电脑里的人说道："哼哼，你太小看他了，如果等你知道他的厉害的时候，他已经让你陷入万劫不复了。告诉你一件事情，韩峰已经从林政那里，知道卢芳和林政的关系了。而且，连曲明生扮演的角色，也让他搞清楚了。"

丁一笑大吃一惊，道："这怎么可能！卢芳和林政的关系，连林政的家人朋友都不知道，他怎么会知道的？"

电脑里的人道："现在你知道他的本事了吧。而且，就他掌握的线索来看，从他见你之前，他就开始怀疑你了。说不定，他今天的表现，只是演戏给你看，好让你放松警惕，等你明天一觉醒来，就看见大批的警员在你家门口了。"

丁一笑开始擦汗，道："他还知道了什么？"

电脑那头传来得意的笑声，道："他很快就会知道你与梁兴盛公司的关系，还有你名下那几个企业，我们得提前做好准备。昨天晚上，我已经启动B计划了，今天他一定是带伤前来找你的吧？"

丁一笑道："没有，我看得出，虽然他一直懒洋洋的，可绝不是受伤的样子。"

"啊！"电脑那头声音变了调，道，"不可能，那样威力的炸药，在那样小的房间里，不可能伤不到他。"

丁一笑道："我相信我的判断力。"

"既然这样，"电脑道，"那么，你一定要尽快拿下梁兴盛的厂，我们只有一条生产线可不够用啊。"

丁一笑道："梁兴盛的厂近期拍卖，但现在已经在我们的掌控之中。不过我觉得，我们没有必要做这么大阵仗啊。"

电脑里面道："这些都只是烟幕弹，我就是要让警方疲于奔命。他们无论如何也想不到我们的最终目的。韩峰，他也不是万能的，我想，单是我们如何烧掉林政的车，就够他想好几天了。"电脑呵呵一笑，随即又道："你也不用太紧张，游戏，才刚刚开始呢。好了，让我和哑巴说两句。"

"是。"丁一笑乖乖地走出房间。房间里只有哑巴一人后，哑巴才"阿八阿八"叫了两声，那电脑里的人转过身来。与哑巴说话，是要打手语的，可那人是谁呢？只有哑巴知道。

龙佳道："你是一开始就怀疑丁一笑，知道他不会说实话，才保持沉默的吗？"

韩峰道："不是，我一开始不问了两个问题吗。"

龙佳没好气道："你那种问题，也能叫问题吗？"

韩峰道："正是这两个问题，证实了我的想法，进屋的时候，你有没有闻到什么味儿？"

龙佳回想了一下，道："没有啊。"

韩峰道："是烟味儿，我先问丁一笑是否有人来过，他否认了，我又问他抽不抽烟，他又否认了，很明显，就在我们进屋前一刹那，还有第三人待在屋里。"

龙佳奇道："还有一个人？我们进去那么久，他能不露痕迹？"

韩峰道："看到放柜式空调那里了吗？后面有个帘子，帘后是一道门。这样的大型建筑，都有安全通道的，那帘子后面就是钢梯通道。"韩峰摸摸鼻子，又道："那烟的味道，和胡金诚抽的烟味道很相似，但我忘了是什么牌子的了。"

龙佳道："不是有道帘子吗？你怎么看到的？"

韩峰道："刚才来的时候，在拐角我就看到了，待会儿我指给你看。"

龙佳道："既然怀疑他，为什么不直接审问，要是他跑了怎么办？还有，我们走的时候是怎么回事？你想告诉我什么吗？"

韩峰却把头别向一边，看着一辆加长奔驰道："哇，加长商务奔驰，好华贵的车。"

龙佳道："是丁一笑的，本市只有三辆，另两辆都是我市大企业的。"

韩峰道："他做律师究竟能收取多少费用，能坐这么豪华的车？"

龙佳道："忘了告诉你，丁一笑这个人，很有本事，他不只是专职律师而已，还有许多别的副业，他自己拥有两个矿产，一家炼钢厂，我想想，还有一家建筑公司吧，还有许多。他只是不喜欢商务运作，那些都让他的助手去管理，而他只爱替人打官司。对了，我刚才问的话呢，你说不说？"

韩峰笑笑，道："没什么特别的意思，就是想摸摸你。"

龙佳恨恨地看了他一眼，道："如果你真是这样想的话，我马上把你从车上扔下去。"

"别啊，"韩峰马上道，"你刚才不是也问了吗，为什么不把他逮起来，我告诉你好了，是因为，我们不是他的对手。若是闹翻了脸，我被打没关系，要是把你的脸也打花了，可就不好看了。"

龙佳道："什么意思？你是说我打不过他？你就这么小看我？"

韩峰道："我不是那个意思。我知道，丁一笑虽然练过几天健身，但和我们的柔道五段龙警官相比，还是嫩了点，他本来不可怕，就是他旁边那个哑巴，恐怕比较难对付。"

龙佳怒道："你说我打不过那个侏儒？"

韩峰冷静道："你听我说完。你告诉我，一个陶瓷的咖啡杯掉在橡木地板上，会怎么样？会碎，还是会响呢？"

龙佳道："就算不摔碎，也会响。"

韩峰道："可刚才我们出门的时候，我碰巧把那个咖啡杯碰掉了。"

龙佳道："可我什么也没听见啊——"她马上醒悟过来，那是有人用极快的速度，在咖啡杯落地前，将其接住了，难怪韩峰让自己不要回头，是怕引起怀疑。

龙佳释然道："原来是为了这个啊，那你的手也不应该……"说到这里，她的脸竟然微微有点红了，同时想："我怎么看不出来那矮子厉害，他为什么能一眼看出来呢？"

这时候，韩峰又说了句特不该说的话，他带着那种坏坏的笑容，说道："不过，你的腿摸起来真的好滑。"

韩峰话音刚落，龙佳就踩了急刹车，韩峰还没回过神来，龙佳已经伸出一脚。这一脚力量好大，直接把韩峰从副驾驶座踢到车外去了。龙佳恨恨地猛力关上车门，扬长而去。韩峰好半天才爬起来，对着自己的右手说："她明明穿成那样，难道不是叫我摸吗？我摸错了吗？"

韩峰看着街上，龙佳的车已经开得没影了。正暗叹又要走路回去时，龙佳又把车倒了回来，收起手机，只为韩峰开了后面的车门，冷冷道："冷处找你回去呢，上车吧。"

回到刑侦处，冷镜寒对韩峰道："昨天晚上袭击我们的炸弹分析出来了，你听听。"

夏末道："我去过现场了，从现场勘测结果看，炸弹的威力不算很大，从留在现场的屑末看，像是普通三硝酸甘油酯，有雷管的成分。就是人们平时说的，开山用的炸药。"

韩峰指着龙佳道："你说他有矿产。"龙佳点头，表示知道韩峰说的是丁一笑。

夏末又道："分析结果也是如此，而那个遥控装置，用了信号扩大器，在半径五公里范围内都可以控制，我们也就无法排查凶手的作案地点了，你们知道的，半径五公里。"

冷镜寒补充道："也就是说，要查出谁是半夜袭击我们的凶手，一时半刻是不会有什么进展的。"

夏末道：“对了，你让我查的汽油成分，也得出结果了。很奇怪，他们用的是重柴油，而且加入了催化剂。”

韩峰道：“起什么作用？”

夏末道：“降低油的燃点。”

韩峰道：“那么，他们的油燃点是多少度呢？”

夏末道：“一百五至两百度左右。”

刘定强拿过一张纸条，道：“我这边的分析结果也出来了，这是那些煤渣的化学方程式，看来是种新型合成材料，我还不知道是用来干什么的。”

韩峰大声道：“好极了！和我想的完全符合，我很快就可以告诉你们，林政的车为什么会突然爆炸了。”

潘可欣这时候拎着笔记本电脑进来了，一进来就听见韩峰在大叫，她问道：“我错过了什么吗？”

韩峰道：“恰恰相反，你来得正是时候，我正要揭开林政的死亡之谜。龙佳，借用你的电脑。”

龙佳打开电脑，韩峰键入刘定强提供的化学方程式，在网上搜索，不一会儿，出现一家外国公司的名字。大家你看我，我看你，因为这家公司，不知道用的哪国文字，总之不是大家所熟知的中文和英文。韩峰委托龙佳道：“这家公司，你负责查。”

龙佳道：“我们是不是该先把丁一笑监视起来？”

冷镜寒这才问：“你们查出什么了？”

韩峰道：“个人想法而已。”接着就把对丁一笑的怀疑说了一遍。

李响道：“好家伙，以他的智商，实施这样精密的犯罪，倒是完全有可能。我们马上对他进行二十四小时监视。”

冷镜寒冷静道：“可是，我们手中没有什么确凿的证据，那丁一笑，不管怎么说，也算是本市的知名人物。更重要的是，他本身就是律师，要是一个不小心，我们还会被他所牵制。”

韩峰道：“是啊，如果丁一笑真是幕后指使者的话，他本身的反侦查意识一定很强，而且，他身边还有个厉害的帮手。人为跟踪，可能很难办到，若是装监视器呢？会不会好一点？”

夏末反对道：“如果你们看了昨天晚上那个遥控装置的残渣，就知道用监视器，一点好处都没有。造那个遥控器的人，绝对是个高手来着。”

冷镜寒道："既然不能二十四小时跟踪监视，那么就只有暗中定点监视了。"

韩峰道："我想，丁一笑不会想到，我们这么快就怀疑到他头上的，在他没有防备的时候，监视起来比较容易一些。"

冷镜寒道："好，李响安排人，马上着手进行。"李响对夏末和刘定强道："两位器械专家，跟我一起去挑选监视器材吧？"

刘定强道："机械专家还没回来呢，张艺那小子，在外面吃香的喝辣的，累得我们到处跑，还要给他顶班。"三人一同去了。

冷镜寒又对韩峰道："你叫我帮忙查的那两个人，傅凯和胡金诚，他们都没回老家，不知道跑哪里去了。"

韩峰道："对方收线收得好快，找不到那两个人，就又少了条线索。不过最让我疑惑的是，他们控制着梁小童，却又不杀他，他们转让了股权，却又不携款逃跑，他们到底要干什么？"

冷镜寒道："会不会是对金额分配出现了分歧，导致内部不和？"

韩峰摇头道："不可能。现在我们还没有查的地方，就是恒福集团总部的消息，还有梁兴盛的工厂那边。你这边有什么新的线索提供吗？"

冷镜寒道："查过林政办公室里座机的通话记录，林政最后一次通话时间有三分钟，打电话的人是一名女性，现在想来，应该就是卢芳。其电话的内容，大意就是让林政从老的公路去总部，至于林政为什么要听那女人的，就不知道了。"

韩峰道："卢芳是个关键人物，可她到哪里去了呢？从目前的情况看，第一次与我会面后，卢芳就离开了本市。"

冷镜寒道："我们又没有任何确证，不可以发通缉令，不然就要好办多了。卢芳家里竟然没有亲人在世，这种孤身一人的，最难找。"

韩峰道："现在好像可以轻松一下了吧？我们去喝咖啡。"

冷镜寒看着韩峰，瞪眼道："你还有心情喝咖啡？你知道上级把这件案子压得多重吗？我想，限定破案的最后时限，很快就要下来了，各方的舆论都在关注这件事情，一天没破案，我一天就吃不下，睡不香。"

潘可欣也道："是啊，报社天天催我交稿，不过这案子没破，我也不方便把稿子交出去。对吧，冷伯伯。"

冷镜寒道："当然不能交，这是先商量好了的。"

韩峰一摊手道：“你们瞧，我们除了要对丁一笑作定点监视，似乎就没有别的事可以干了。而他们已经拿到那股权，这段时间也不会有什么进一步动作。我看不出来还有什么地方需要着急的。”

冷镜寒瞪大了眼睛，道：“你看不出来！还有那么多问题没有解决，你竟然会看不出来？其一，林政的死，我们就一直没有任何进展，如果说对方调动了几百人的队伍，我们为什么一点线索都没有？其二，那百分之五的股权，到底去了哪里？他们是否已经兑换为现金？若是已经兑换成现金，他们下一步会怎么样？其三，卢芳、梁小童、傅凯、胡金诚，这些人都去了哪里？还有，向我们送炸弹的人，他们的目的、企图何在？这次失败了，还会不会有下一次？这么多问题，你居然说没有问题了，若是那批人再次向我们发动袭击，你连怎么死的都不知道。”

韩峰嘿嘿一笑，道：“人家可只是针对你大名鼎鼎的冷处发动袭击，好像和我没什么关系吧。”

这时，龙佳如释重负，道：“查出来了。”

在场的三人，韩峰、冷镜寒、潘可欣，一齐看着显示屏。龙佳道：“这是他们发布在一家英国网站上的广告宣传。他们是家德国公司，生产电器产品，主要是家用电器。”

韩峰凝眉道：“家用电器？那我们查出的那个化学方程式呢？”

龙佳又道：“我们查的这种物质，是他们新开发出来的一种保温材料，用于太阳能热水器，是涂在太阳能真空管内胆上的一种涂料。”

韩峰道：“说具体些。这家公司有没有详细说明？”

龙佳道：“有，这是种高分子聚合材料，它可以聚合太阳能，提高真空管的吸热性，最高可以达到每平方米每小时提供八百卡的热量，它后面还有说明，要将一百升十五度的水加热到六十度，需要大约六百卡热量。”

“呵——”韩峰突然伸了个大大的懒腰，长出一口气道，“原来是这样。”

冷镜寒似乎也有些眉目，但他依然问道：“你说是怎样的？”

韩峰道：“你们不是想知道林政的车为什么会爆炸吗，请这边来。”

韩峰在实验室取出小部分煤灰，拿了一些东西，然后走出刑侦处，仰头看看天，喃喃道：“这鬼天，太阳可真毒啊。”他将小部分高分子聚合材料平铺在地上，然后就蹲在那里看。

冷镜寒等不知道他要干什么，只能跟着看，从空调房间里出来，被晒得汗流浃背。韩峰早就把上衣脱了，赤身裸体地享受阳光浴。

冷镜寒实在受不了了，擦着额头流下的汗水道："到底还要等多久？"

韩峰抬起头来，惬意道："急什么，你不觉得晒太阳是一种享受吗？"

潘可欣和龙佳也都热得不行，可谁都不愿离开，就想看看韩峰到底搞什么鬼。

过了十来分钟，韩峰淡淡道："或许差不多了。"他拿出一根火柴，放在聚合物上轻轻一触，火柴头自己燃了起来。

"哈——"潘可欣发出一声轻呼，龙佳也问道："这是怎么回事？"

冷镜寒沉思道："难道是这样？"

韩峰站起身来，道："事实胜于雄辩，很明显，凶手就是这样做的。走吧，去实验室，我告诉你们汽车爆炸之谜。"

实验室

韩峰拿起那个轮胎残片，道："这是两面都被烧焦的汽车轮胎，现在我告诉你们，林政的车是在一条公路上，被灼热的道路生生给烤化爆炸的。"

冷镜寒等人都倒吸一口冷气，冷镜寒道："具体说说。"

韩峰道："凶手用的方法，真是太隐蔽了。他们事先在林政的专车中，加入低燃点的重油，并且给重油加入催化剂，进一步降低其燃点。夏末提供的这种重油，燃点本身就只有二百度左右，加入催化剂，更可以降低到一百度，或者更低。由于车本身的设计，安全性能很好，所以纵使用这样低燃点的重油，汽车也不会发生自燃自爆现象。于是，凶手再设定一个外力因素，他将这种德国的高分子聚合物质铺在马路上，铺上一公里，或者更长。林政出事的那天，天气预报显示，室内温度三十九度，而正午的室外温度，已经接近六十度了，铺上这种高分子物质的马路，其地表温度不下两百度。所以，当林政的车开上这条漆黑的马路时，就像开进了一个烤炉，汽车的性能再好，也无法将低燃点的重油控制在安全的范围内燃烧。那么，轰！整辆车被烤爆了。由于整个铺路工程浩大，所以凶手不得不动用上百人来完成这项工作。而从林政开车路过这段路面，到他的车被路烤爆，中间必须有一个聚热的时间过程，在这一过程中，不能有别的车经过，幸而这条老公路没有多少车走，只需要将路的两头用警车拦起来，只放林政的车通过就可以了。这就是他们实施犯罪的全过程。”

韩峰拿起燃烧过的火柴梗，笑道：“火柴头要燃烧，其热度要达到两百度以上，而柴油的燃点，不过二百二十度，加入催化剂，肯定不耐热。”

冷、龙、潘三人全都目瞪口呆，如听天书。半晌，冷镜寒才道：“天哪，竟然有这样的杀人方法。”

韩峰眼里又闪起狼一样的光芒，冷冷道：“凶手就像在同我们玩游戏，他故布迷阵，想考验我们的智商来着。我也是第一次，想到还可以用这种方法制造汽车的爆炸。丁一笑，他真的有这么厉害？”

龙佳道：“我觉得有疑点，丁一笑平时就是个大忙人，他哪有时间来策划和组织这么大规模的行动呢？”

潘可欣表示赞同道：“是啊，他自己的事都忙不过来，再说了，他也是知名人士，并不缺钱花啊？”

韩峰不置可否，道：“时间是可以挤出来的。如果他真的要谋划一件大事，完全可以把心思放在上面，而别的事情，只是做做样子，打个掩护。要知道，丁一笑符合我们提出的所有假设。第一，他有工厂，有自己的企业，完全可以召集几百人做一件事情；第二，他的学历和智商，使他有可能想出这样的犯罪方式；第三，他是林政和梁兴盛两家公司的代理律师，他是了解内情的人；第四，他拥有矿产，而袭击我们的炸药来自开矿的炸药；第五，他的消费水准，迫使他必须拥有大量的金钱。就凭这几条，他就可以列入第一号嫌疑犯。”

龙佳喃喃道：“消费水准？”

韩峰打哈哈道：“龙警官，你的观察水准，也太差了吧！还记得刚才丁一笑的穿着吗？他的西服，戈尔丁的；T恤衫，休斯坦的；戴的是黄金链，镶钻表壳的表；眼镜是变色水晶镜片；香水是香奈儿的。再看看周边环境，地板，橡木的；桌子，紫檀木的；电脑显示器，飞利浦的；就连他那些法律书籍，也是精装版本；给我那个咖啡杯，是十六世纪的工艺产品，严格地说，应该算是古董；还有他的汽车，我就不用说了吧。这个人，一身上下，包括起居饮食，我相信，全都是名牌。如果不信，我们去查查他的具体收入情况吧，我可以断言，他的收入，是供不起他的消费的。”

龙佳这才不得不服韩峰，他在丁一笑那里没有说几句话，可他掌握的信息，竟然不知比自己多了多少倍。冷镜寒拍了拍发怔的龙佳，安慰道：“现在知道我为什么找他来了吧。”

潘可欣飞快地打着电脑，激动道：“不得了，我真的看到大侦探的风范了，我得全都记下来。”

这时，冷镜寒的手机响了，他接听道：“是我，已经到了车站？好，马上回来。”他放下电话道：“张艺他们回来了，他们在天涯市那边受到了挫折。”

韩峰道：“什么挫折？”

冷镜寒道：“等他们回来再说吧，现在我必须马上作一份报告，先将林政的死因调查通知上级，不然电话都快把我逼疯了。龙佳，我还需要你去帮我查一下，林政的……”

“哎——”韩峰笑着打断道，“龙佳不能走，她可是我的队员。”

冷镜寒愣住了，无可奈何道：“你看，我这里实在没有人手了，现在你不是没什么事做吗，算我借用一下好不好？”

韩峰坏笑道：“我怎么没事做了？待会儿我要和龙佳去看看梁兴盛的工厂。你的队员马上就回来了，叫他们去。”

冷镜寒急道：“龙佳昨天不是已经去看过了吗，你还去？”

韩峰慢条斯理道：“我高兴。”

潘可欣道：“我也去。”

韩峰道：“那当然。”但他坐在办公桌前，看着冷镜寒打报告，丝毫没有要走的意思。

冷镜寒心急火燎地打着报告，却看韩峰坐在椅子上闭目养神，打了两行字，不由得怒道：“你不是要去看梁兴盛的厂吗！还不快去！”

韩峰闭着眼睛，道：“不着急，我要等林凡和张艺回来后，听听他们在天涯市遇到的情况再走。龙佳，先查丁一笑的资料，越详细越好。”

冷镜寒气得七窍生烟，却又毫无办法。韩峰又道：“对了，林夫人，那个老巫婆，没有把你怎么样吧？”

冷镜寒道：“她倒是没有说什么，咦，奇怪呀？”

韩峰不紧不慢道：“有什么好奇怪的，意料之中。那个老巫婆最好面子，她是断然不会将丈夫偷情的事情到处宣扬的。最多就是说有个警员态度不好而已，呵呵。”

听韩峰管林政的夫人叫老巫婆，龙佳和潘可欣都忍不住好笑，她们还从来没见过这么胆大妄为的人。龙佳暗想：“韩峰这个人，说他正派吧，实在是下流得紧，可说他究竟有多坏，又不觉得，整个人邪里邪气的，不知道什么来头，但他的思维之敏捷，确实让人佩服。”龙佳不禁问韩峰道：“你以前是干什么工作的？”

潘可欣也把目光聚焦在韩峰身上，表示非常关注。韩峰哈哈一笑，露出本性来，阴阳怪气道：“工作？你看我像有工作的人吗？”

龙佳不信，像韩峰这样思维缜密的人，必定都是经过专业训练的，否则，不可能有那种洞察力和推理能力。她望向冷镜寒，可冷镜寒埋头打字，不再理会她们的问题。

潘可欣道：“那你以前做什么呢？”

韩峰懒洋洋道：“以前啊，呃，睡觉啊。”

潘可欣追问：“睡觉以前呢？”

韩峰挠挠头，道：“在街上玩呗。”

潘可欣不依不饶，道：“玩些什么呢？”

韩峰掰着指头，数道：“吃、喝、嫖、赌、坑、蒙、拐、骗……”韩峰看着最后剩下的两个指头，最后补充道：“打架！这样就十全十美了。”

龙佳不禁暗自好笑，心想：“打架？人家不打你就算好的了。”

潘可欣追根问底道：“那你在街上玩以前，又是做什么的呢？”

韩峰道：“在学校读书啊。”

潘可欣知道问不出什么来了，再问，韩峰就会说在读学前班，读幼儿园。她转向冷镜寒，不依不饶道：“冷伯伯，你看他，胡说八道，你知道他以前是做什么的吧？”

冷镜寒想了一下，答道：“国家机密，不能奉告。”

潘可欣讨了个没趣，正要发作，龙佳敲击着电脑，道：“看看这个。”

韩峰却一步也懒得动似的，道：“念出来吧，这几天累得我，本来我就够瘦了，还要跟着你们东跳西跳。”

龙佳道：“丁一笑，一九七一年生，父亲叫丁伟中，母亲穆晋平，两人都是教师，籍贯是山东平阴县，五岁进入县城小学，十岁读县一中，考入中国政法大学时，刚满十五岁，一直攻读到博士生，二十三岁留法深造，二十五岁完成双博士学位回国，并在北京的一家律师事务所任职，二十八岁开始成立自己的律师事务所，并移居上海，五年前，来到我们海角市。他拥有法律博士学位和经济学博士学位，在大学曾是校足球队的队员，曾著《法律认知度与犯罪心理学的必然联系》一书，在法国的修特斯杂志上发表过两篇论文，曾是美国莱夫斯杂志的封面人物。”

韩峰咂舌道：“这么厉害？”

潘可欣道：“这么好的教育背景，又有份不错的工作，没理由去做这种事情吧？”

韩峰道：“查！查他父母，查他家庭情况，这也是我想知道的问题。”

龙佳掀动键盘，不一会儿道：“咦？两人都去世了，死于车祸。时间是一九八六年。”

韩峰算道：“那时他刚好十五岁。”

龙佳道：“我看看，有备案的。奇怪，是我们海角市的案子，这是怎么回事？”龙佳看着电脑，嘴里喃喃有词，潘可欣忙凑上前去看。

“我想起来了！”冷镜寒突然道，“是我到刑侦处的第一起案子，当时还不叫刑侦处，叫海角市特别侦查大队。肇事司机是当时海角市长的儿子，我们本来已经有了确凿的证据，但上面给压下来了，后来不了了之。受害者留下一名孤儿，就叫丁什么的！因为心里过意不去，我们还捐了款给他读大学呢。我记得，当时他也是因为这个原因改报政法大学的。”

韩峰惊呼道：“山东和海角，可差了十万八千里呢，他们怎么会在这里出车祸？来旅游啊？”

冷镜寒道：“差不多。事实上是，他们家好像有个什么亲戚在这里。而丁一笑的父母，是很有远见的人，他们听说我们这里在搞改革开放，认为今后很有发展前途，所以也准备把工作调动到我们市来。那次就是来走走亲戚，看一看海角市的发展状况，没想到就出了这事。当时是白队长负责的案子，我是跑腿的，负责调查取证。”

韩峰叹息道：“黑暗从哪里开始，邪恶就从哪里滋生。”

龙佳问道：“还查吗？”

韩峰道：“想办法，把丁一笑在海角市的那个亲戚查出来，从旁边了解丁一笑的成长经历。另外，我们要查他名下的企业，以及企业经营状况，都由哪些人负责，从事什么项目，都要查。”

潘可欣举起数码相机，给韩峰来个特写，赞道：“专业人士，果然不同。”

龙佳摊手道：“这个没法查，企业资料不在我们这里。”

冷镜寒道：“待会儿，我和工商局长联系一下，让他们把丁一笑的公司资料传真过来。”

话音刚落，林凡二人回来了。林凡将行李往桌子上一放，叹息了一声，一屁股坐在了椅子上，再也不想动了似的。张艺环顾四周，问道：“刘哥他们去哪里了？”

冷镜寒站起来道：“你们别急，先说说你们在天涯市碰到的情况。”

张艺扔下包，摇头道：“第一天我们去的时候，那家公司的员工倒是挺配合，也为我们查了林政的记录和一些档案，后来他们说事态严重，要提交董事会，让我们静候消息。谁知道，他们召开董事会以后，竟然不理我们了，一名董事告诉我们，这件事他们集团内部会查处，我们只需要把我们市的事情处理好就行了。”

冷镜寒道：“你们没有让当地警方协助吗？”

林凡苦笑道：“协助有什么用，我们连集团总部的大门都不让进！而当地警方给我们的答复是，这家企业是国家重点扶持对象，在天涯市享有特权，若无上级领导批准，就连天涯市市长与市公安局都无权过问，更别提我们两个外来办事人员了。”

张艺道：“不让进门还算好的，他们还警告我们不要将消息随便外泄，否则，引起公司的损失，要我们全权负责呢。”

冷镜寒道：“这件事确实应该引起重视，我马上给上级写份报告，请上级批准我们调查恒福银行。”

龙佳奇道：“不能深入调查，就回来啊。那这几天，你们在天涯市都干了些什么？”

林凡忙道：“别误会，我们一直都在等他们召开董事会的结果。而且，这几天我们也没闲着，我们通过别的途径，调查了一下恒福银行的基本资料。”

张艺道：“恒福银行，成立于一九九五年，是国内第一家非国有的股份制银行，一九九六年挂牌上市，发行总股本为四十三亿股，当年的董事长是刘天鹤，现在已经是江永涛董事长了，共有十一名董事。林政在十大股东里排名第六，是一九九七年入驻该集团公司的，现在拥有百分之七点五的股权，负责沿海城市的业务开发与拓展，后来一九九九年调任我们海角市分行的行长。”

张艺一口气说下来，冷镜寒叹道：“一次就转让了百分之五，他可真下得去手。”

张艺补充道：“现在恒福银行的分行，已经遍及全国各地，总储户存款额超过一万亿元，公司运作一切正常，公司的股价也年年攀升，可是不知道这次的事件，会对公司造成多大影响。”

林凡道：“恒福集团里的人，个个都厉害，那个女董事的嘴很是犀利，我们两人被她说得哑口无言。那么年轻就能成为董事，真不是一般的人。”

张艺道：“还不是靠相貌吃饭，多半攀上了哪位大老板。”

“欸！”韩峰一下就坐直了，问道，“你们说，他们公司有位女董事很年轻漂亮？”

张艺道：“何止是年轻漂亮，是很年轻，很漂亮。”

韩峰瞪着眼想了想，突然道：“嗯，这家公司很可疑，我觉得，有机会我要亲自去查一查。镜寒兄，你一定要和上级搞好关系，把调查权拿到手。”

张艺和林凡都不明就里，冷镜寒低声骂道：“狗改不了吃屎！”

韩峰笑着起身，对林凡和张艺道：“你们提供的消息很有价值。我现在要去查另一件案子了，先告辞。走吧，两位女士。”

林凡和张艺看着韩峰出门，问道：“现在你们这边有什么进展？”

冷镜寒道：“现在李响在负责跟踪监视丁一笑，你们马上和他取得联系，他会告诉你们的。我这里有两份报告要写。还有，林凡，你去查一下，林政在他们集团公司内部的社会关系。另外，听说恒福集团派出了新的银行行长，与他取得联系，我们要林政在海角市当行长时的更多资料。”

第七章

C计划序章

还是龙佳开车，但她说什么也不让韩峰坐副驾驶座了，韩峰只得一人坐后面。但他眼珠一转，将潘可欣也推上了后座。一路车上，龙佳就听到韩峰和潘可欣在车后面嬉笑怒骂。

潘道："哎呀，讨厌！"

韩贼兮兮道："我不是故意的。"

过了一会儿，潘又道："嗨！你的手。"

韩道："咦？它怎么跑过去了？"

龙佳觉得心中不忿，像一口恶气堵在胸口似的，只得大力踩油门儿，警车呼啸而去。

梁兴盛的工厂距刑侦处有一小时车程，在郊区，很是僻静，叫"兴盛机械加工有限责任公司"。现在被银行查封了，只留下一名老头儿看门。龙佳介绍，是葛守义老伯，已经替梁兴盛守了四年大门了。

葛老头儿听说是公安局的同志，非常热情，又是端茶倒水，又是递烟，一包揉捏得不成形的软红梅，葛老头儿却双手递到韩峰面前。韩峰微笑着拒绝了，但还是觉得心头一热。

听说韩峰他们要看看工厂，葛守义忙在前面带路。他微曲着背，一面走，一面道："好端端的厂，这说垮就垮了，五六百号人等着吃饭呢，真是可惜啊。"

韩峰问道："葛老伯，这厂以前是做什么的？"

葛守义道："我只是个看大门的，我怎么知道是做什么的。每天一车车的钢锭、铁锭拉进厂了，又把做好的东西一车车地拉走，他们说是零件嘛。”

龙佳道：“我告诉过你们了，是配件加工。”

韩峰撇撇嘴，思索道：“配件加工？”

“咔咔咔……”大铁门打开，厂房空荡荡的，各种零件散落一地，几台大型车床放在厂房正中，一股油腻味扑鼻而来。

韩峰打量四周，道：“好大的厂房啊，咦，这是怎么回事？”

韩峰手指的地方，空出一大块，也没有油污的痕迹，很明显有什么大型器械被移走了。

葛守义道：“是一条生产线，这坏事就坏在那条生产线上。你说它早不坏，晚不坏，偏偏在生产最要紧的关头坏掉了。”

龙佳皱着眉道：“我也听说了，梁兴盛在供货商不供货、下级代理商不付款的情况下，突然又有条生产线坏掉了，直接加速了厂方的破产。”

葛守义道：“是啊，先是叫师傅来修，没有修好，又找来那些洋人，也没修好，说要送回厂方去，刚送走，这不就宣布破产了吗。”

龙佳道：“我查过了，那是台法国产的电控机床，若真的坏了，我们国内确实没有能力修复。”

韩峰想了想，没有再说什么，突然问道：“这个厂，还有多久开始拍卖？”

葛守义一听，马上显得无比悲哀，道：“就在下个星期，到时候，不知道新老板会不会继续雇我。”

韩峰看了看葛守义，随后安慰道：“放心吧，看好这些机器，新老板来了，说不定还会给你加工资呢。”

葛守义不无伤感道：“唉，这年头，像我们这样的人，找工作难啊。虽然不知道梁老板犯了什么事，但他对我还算不错，每月五百块工钱，还包我吃住，就算新老板来了，也不太可能有这么好的待遇了啊……”

葛老头儿喋喋不休地念叨，韩峰也不计较，在工厂里四处走动，有一句没一句地和葛老头儿搭话。闲聊中得知，葛老头儿老伴死得早，扔下两个孩子，葛老头儿又当爹又当妈地把两个孩子带大。农村人，没有什么文化，两个孩子也还争气，都到了海角市打工，后来政府兴建工程，把他们家的地征用了，葛老头儿就搬到了城里。两个儿子，大的二十八，小的二十五，都成家了，儿子孝顺，说好老头子在两家屋里，一家住几个月。可老葛总觉得不习惯，自己也才五十多一点，总想找点活干，于是两个儿子一合计，就给他找了这么一份不累的活。本来工厂查封了，他可以离开，可他觉得已经干了这么久了，要守就守到新工厂开工的那天吧，正好政府又需要一个守门人，他便留了下来。

“葛老伯倒是挺尽责的。”韩峰最后看了一眼散落满地的零件，遗憾道，“人都走光了，没有什么线索可查，我们走吧。”

走出工厂大铁门时，韩峰发现，远处人影一晃，他转身问道：“葛大爷，我觉得你也不必守了。这荒郊野外的，要是生点病，你也没个照应不是？”

葛守义道：“有。这附近有几户人家，前面再走几分钟路程就有个小场镇，那里什么都有。我身体还行，那两个娃也常来看我，没事的。”

韩峰微微一笑，道：“好的，那我们告辞了，如果你发现有什么情况，尽量不要惹人注意，悄悄地给我们打电话，或者打110，记住了。”

三人离开兴盛企业，潘可欣道：“现在去哪里？回刑侦处吗？要是回刑侦处，我就不和你们一路了。”

龙佳看着韩峰，韩峰拉长声音道：“回什么刑侦处啊！我们去吃饭，回去就只能吃盒饭泡面，那多无味。”

潘可欣立马赞成，道：“好啊，好啊，我正是不想去吃盒饭呢。我带你们去一个地方，包管满意。”

车上，韩峰下巴枕在龙佳的座位靠背上，向前面的龙佳打趣道：“我们这也算出差公干吧，伙食报不报销？”

龙佳冷冷道：“不行。”

韩峰疑惑道：“为什么？”

龙佳面无表情道：“因为你是非编制人员。”

韩峰索然无趣，撇撇嘴，又逗潘可欣去了。

在潘可欣的指引下，龙佳将车开到“大龙门”酒楼的停车场，里面全停的是宝马、奔驰、法拉利，就看着这辆警车，非常不入格，连门口的迎宾人员对他们的热情度也不高。

潘可欣倒是这里的老熟客，带着韩、龙二人找了张安静一点的大堂桌，将菜谱递给了韩峰。很快过来一位表情淡漠的服务小姐询问，韩峰也不管三七二十一，拿着菜谱一口气点了十来个菜。韩峰菜名一报完，那服务小姐的表情马上就变了，脸上笑开一朵花，因为韩峰点的菜，不论好坏，全是最贵的。

服务小姐刚离开，潘可欣就叫道："看来你不像冷伯伯说的那么穷嘛，你点菜的样子，好像一名大老板哦。"

韩峰理了理他那件穿着不合身的西服，笑道："是吗？嗯，龙警官，你觉得呢？"

一路行来，龙佳少言寡语，显然对这样的消费不太适应，她只淡淡地应了句："嗯。"

大鱼大肉上桌，韩峰又叫了酒水，龙佳称自己不会喝酒，韩峰就和潘可欣喝得面红耳赤，又是划拳，又是唱歌，闹得不亦乐乎，反倒把龙佳冷落在一旁。龙佳匆匆吃过，便想离开，韩峰却把脸一沉，道："慢着。你是我的队员，要服从安排，吃完饭大家一起走。"

龙佳没喝酒，可眼眶却有些红了，潘可欣与韩峰两人不知出于什么原因，全当没看见。

等韩峰他们吃完，已经过去一个半小时了。吃完了，韩峰和潘可欣擦着嘴，龙佳双手搭在椅子上，三人开始你看看我，我看看你。终于，韩峰起身了，但他只抛下一句话："看什么看？谁有钱谁付啊，我先出去等你们。"竟然拍屁股走人了。

龙佳和潘可欣都坐在座位上，不知所措，韩峰提议出来吃饭，韩峰点的菜，而他又是三人中唯一的男士，二人都没想到，这位男士竟然……

两人又坐了半晌，潘可欣才挤出笑容道："我……我有卡，我去刷卡。"这一顿，韩峰他们吃了三千二。

潘可欣在柜台结账，龙佳先一步步出酒楼，刚一到门口，就看见韩峰站在酒店门口，眯着一双小眼睛，打量着过往女性的胸部。龙佳刚走到韩峰身旁，就听见他说了句："哇，这个好大！至少要38C的罩杯才装得下。"

一听这话，龙佳特别反感，连对韩峰分析推理时那一点点好感，也荡然无存了，她不禁回了句："这都是什么人哪？"

韩峰扭头，先往龙佳胸部看了一眼，才道："羡慕吗？天生的。"目光马上又被另一个胸部吸引过去了。这时，两个夹着公文包的中年男子从酒楼里走出来，左边穿黑西装的道："唉，又跌了，我这次是亏惨了。”

右边戴眼镜的说：“是啊，我也亏了不少，你想，以前都是非流通股占总股本的百分之七八十，还有占百分之九十以上的，现在要改成全流通，股价不跌才怪。”

二人从韩峰身边很快地走过去了，韩峰眉头一皱，对这二人的谈话记在心上。潘可欣出来，三人上车后，龙佳问道：“送你上哪儿？”

潘可欣道：“我要去爷爷那里一趟，正好顺路。”又对韩峰道：“我带你去看我爷爷的新大楼啊。”

韩峰道：“新大楼？有多大？”

潘可欣咂咂嘴道：“天威大厦，如果全部竣工的话，它将取代金威大厦，成为本市最高的建筑物。”

韩峰惊讶道：“哦，原来你家里这么有钱啊！”

潘可欣抿嘴一笑，道：“我也不知道，你看了就知道了。”

韩峰想了想，道：“好，下次我还带你出来吃饭。”

潘可欣一愣，还未答话，龙佳在前面道：“厚颜无耻！”韩峰又回了句：“羡慕吗？天生的。”逗得潘可欣呵呵直笑。

韩峰在后面，不知做了个什么动作，只听潘可欣道：“嗯，你好坏啊，坐过去点，我怕了你了。”龙佳听在心里，总觉得很不是滋味。

一会儿，潘可欣又问道：“你家住在哪里？什么时候也带我们去看看啊。”

“哈，哈。”韩峰干笑两声，随即不出声了。

潘可欣又柔声道：“到底好不好吗？”

韩峰思索良久，才道：“好啊，我就带你去，到时候我们……嗯，嘻嘻，哈哈。”

龙佳听得已经有些咬牙切齿了，好在潘可欣说的地方已经到了。透过车窗，韩峰看着摩天大厦高耸入云，也不禁发出“哇”的一声惊叹。大楼的主体框架已经搭好，正在进行紧张的施工，据潘可欣介绍，这座楼高八十一层。

送走潘可欣后，车厢里的空气似乎凝结了许多，韩峰龙佳都不说话了。可过了一会儿，韩峰的手又搭在龙佳的肩头了，龙佳一耸肩，怒道：“拿开你的狗爪！”

韩峰道：“我只是想问问你，你知道股市吗？”

龙佳连口都懒得张，用手指了指贴在汽车上的标语“请勿和驾驶员交谈”，韩峰发出一声低鸣，终于不再说话。

回到刑侦处，冷镜寒他们正一人端一个饭盒，韩峰进门就道：“哈哈，我就知道你们又吃盒饭。”

林凡和李响，一看韩峰他们回来了，忙端着饭盒站起来道：“查得怎么样？我们刚听说了林政的死因，太精妙了，你是怎么想到的？”

冷镜寒同时也问道：“你吃过啦？”

韩峰扬扬眉，向肩后一竖大拇指道：“当然，我们在大龙门吃的。”

刘定强刚夹了一根肉丝送进嘴里，惊呼道：“哇！这么奢侈！”同时扭头道：“冷处，他们是不是太过分了？”

冷镜寒却不再理韩峰，直接问龙佳道：“谁付的钱？”

龙佳一愣，暗道：“冷处果然了解这个家伙，就知道他不会付钱。”她答道：“可欣付的。”

冷镜寒扒拉着饭，点点头道：“嗯，该她出，也只有她才想得到去那些地方吃。”又道：“工商局的传真过来了，就在我办公桌上，韩峰，你看看。”

韩峰去拿资料，林凡还跟在他后面追问：“怎么样？你们在梁兴盛的企业有什么发现？”

李响也跟在他后面，问道：“我们已经开始定点监视了，刚给冷处说了下，现在你看看……”

龙佳奇道：“冷处，你怎么知道韩峰不会付钱的？”

冷镜寒头也不抬，含混不清道：“他……你把他全身榨干，也榨不出一块钱来。要他付钱，比要太阳从西边出来还难！”

刘定强也感兴趣了，问道：“那他靠什么吃饭？”

冷镜寒道：“他呀，他就是到处蹭饭吃，通常都有上顿没下顿，实在饿得不行了，就吃霸王餐呗。”

龙佳和刘定强越听越奇怪，龙佳问道：“那……那他靠什么过活呢？总不能成天吃霸王餐吧？他……他真的没工作？”

冷镜寒抬起头来，看了龙佳和刘定强各一眼，道：“谁说的。他就是私家侦探嘛。只是没有人找他，他当然就没有钱吃饭了。你们……你们也别问我，我也不是十分清楚，要问问他自己去吧。”

龙佳与刘定强面面相觑，觉得韩峰这个人实在有太多不可思议的谜团了。

韩峰拿着资料走出来，将资料往桌子上一摔，道："丁一笑的企业，从前年开始，一年之间，登记在他名下的企业有了五家：其中两座矿山，恒安矿业有限公司，福安矿业有限公司；两个建筑施工队，福兴建筑有限公司，龙建建筑有限公司；一个小钢厂，成安钢材有限公司。就算他完成了资本的原始积累，怎么可能突然想起兴建这么多企业？而且，又到哪里去找人管理，他又根本就没有经商的经历。真是太奇怪了！就算他是经商狂，可是他的企业在本市也只有三家，另外两家，却离这里挺远的，哪里有人会这样做生意的？这是一种什么感觉呢？"

冷镜寒道："什么感觉？"

韩峰凝眉沉思，果断道："不想这个问题，你们查丁一笑那亲戚的资料怎么样了？"

冷镜寒道："丁一笑他们家在海角的亲戚，只有他叔父。他叔父没有娶妻，一直一个人过。但是早在六年前，他的叔父便去世了，丁一笑便是在一年后，来到海角市，继承他叔父的房产，并开始在海角市发展的。有一件事很有意思，我想你会感兴趣的。你等着，我给你拿。"冷镜寒端着饭盒，朝屋内走去。

冷镜寒一走，韩峰眼睛睁得老大，问林凡道："喂，给我说说，你们在天涯市看见的那名董事，究竟漂亮到什么程度？"

林凡道："我还以为你要问林政的社会关系调查得怎么样了呢，怎么想起问这个？"

"因为他没什么品行！"只见龙佳柳眉倒竖，脸如挂霜。

林凡笑道："哦，我懂了。这个该怎么说呢？大概一米七八吧，身材很好，染了一头金发，有卷曲的那种，今年比较流行的发型。据说今年好像二十四，还是二十五？反正挺年轻的，但是已经做到集团经理一级了，厉害吧！"

韩峰眼睛放光道："她叫什么？"

这时，冷镜寒拿着一沓资料，道："你看看这个。这是丁一笑这几年在我们海角市接过的案子，我考考你，看看你能在里面发现什么问题。你们每人都可以看看，也看你们能发现什么问题。"

韩峰用手量了量，不到一寸高，每个案子都只有简单的判决书，他信手一翻，懒洋洋道："这还用考吗？"

龙佳第一个从韩峰面前抢去了资料，心道："也没什么了不起，你能看出来的，我也能看出来。"她翻阅了每份判决书，道："丁一笑在这几年中，总共接受了一百七十三起案件，其中历时最长的半年，最短的三天，案值最大的一千六百万，有商业诉讼三十六起，民事纠纷四十二起，刑事案件八十九起，还有六件分属劳动仲裁、环境污染、旅游投诉、医疗纠纷等。其间，他一共胜诉一百五十二场，接受调停二十一起，无一起败诉。”

“哟嗬！”韩峰鼓掌道，“果然是搞电脑的，数据统计和电脑一样精准。但是，里面有什么问题呢？又不是让你做统计。”

龙佳脸一红，这里面有什么问题呢？她确实没发现啊。

刘定强接过判决书，看了一遍后道：“这里面，有六十五起案件都是一个叫程自力的法官审理的，而有四十三起，记录员都叫刘翠平，会不会丁一笑事先收买了法庭里的人？”

韩峰竖起拇指道：“高手，这种细节你也注意到了，听说你是法医，果然细致入微。”

刘定强微笑道：“真的是他们有问题？”

韩峰摇头道：“不知道，反正我看不出他们哪里有问题。”

林凡道：“法院里就那么几位法官，丁一笑接的案件又大多发生在本市，当然就是那几个人的签名了，这能算什么问题。”他把文件接了过去，瞪大了眼睛仔细看。

韩峰忍不住提醒道：“问题很明显，只要你想到了，就一定能看到。”

林凡把眼睛瞪得更大了，并和李响一起研究起来。冷镜寒喝着开水，问道：“你真的看到了？你是怎么想到的？”

韩峰笑道：“很简单，你拿出来的既然是判决书，那么就不可能是某个案件的细节问题，乍一看，各种案件都有，也不可能是系列案，那么，首先就从大范围入手，无非两个条件，时间、地点。地点大多在海角，也有别的地方，但是没有规律，时间就不同了，呵呵。”

韩峰刚说完，林凡和李响等人同时发出“咦”的声音，将两份判决书来回翻动着，似乎不太相信。他们翻动的那两张判决书，前一张日期是一月五号，后一张却是十月九号。

冷镜寒道：“不用找了，并不是中间缺了几页，而是这段时间，确实就是一个空白。”同时他对韩峰道：“我是无意中发现的，应该是半年多一点，丁一笑没有接一个案子。”

韩峰道：“从时间上看，丁一笑正是在那半年空白时间后，突然开始开办企业的。他在那半年里做什么呢？莫非是被外星人抓去洗了脑？”

冷镜寒没好气道：“开什么玩笑。总之，我觉得，如果能找出丁一笑那半年时间做过什么，与什么人有过接触，对破获这起案件大有帮助。”

韩峰打个哈哈道：“现实点吧，老兄，调查一个普通人几年前做过些什么普通事，而且，如果他有意躲避的话，那几乎是不可能的，还不如从另一头做起。”

韩峰问李响道：“监视布控得怎么样？”

李响道：“丁一笑的律师事务所、家里、他常去的娱乐场所，我们都安排了专门人手，应该没问题。”

韩峰道：“这五家企业和这五家企业的负责人，都要监视起来。”

“啊！”李响惊呼道，“已经没有人手了，我们请的派出所同志协助监控。可人家毕竟也有人家的事啊，总不能所有的人都来监视这一个案子吧？”

冷镜寒道：“张艺和夏末在想办法安装监视设备，到时候可以省出一部分人力。”

林凡道：“我觉得，没有必要大张旗鼓，这样反而会惊动嫌疑犯。不如顺其自然，现在监视丁一笑是第一要务，到时候事态有了新的变化，再随机应变。”

韩峰斜睨冷镜寒，道：“真的派不出人来啦？”

冷镜寒道：“可以向周边地区请求协助。”

“哎……”韩峰叹了口气，向门口走去，道，“那我还是先去看看监视人员那边的情况。”

李响道：“我带路。”

林凡道：“我也要过去看一看，冷处，我们先走了。”

走到门口，韩峰又道：“对了，龙佳，去查一查记在丁一笑名下那五家企业的动向，它们的经营情况、人员调动、财务收支，越详细越好。”说着，露出那一贯坏坏的笑容，跟李响走了。

监视中心在丁一笑律师事务所对面的二十五楼，正好看到律师事务所里的全貌。一名监视人员，正小心地用帷幔遮住望远镜，监视着事务所里的一举一动；几名监视人员，专门负责与定点监控人员进行通信联络。而夏末和张艺，两人无精打采地坐在座位上。

林凡进屋后，问道："怎么了？你们这么快就回来了？"

夏末无力地挥挥手，道："别提了，任务失败。"

李响奇道："任务失败？"

张艺摇头道："我们没有办法在丁一笑的办公室和家里安监视系统。"

韩峰也奇道："为什么？"

夏末一摊手，道："在丁一笑的家里和办公室里，还有另一套监控系统，而且，是二十四小时不间断监控。你说，我们用什么办法能避开一套监控系统，而再去安一套。"

李响惊讶道："还有一套监控系统？难道还有别的部门也在调查丁一笑？"

夏末道："不像，那些监视器都摆放在显眼的位置，我看，倒像是丁一笑自己安装的。"

张艺道："或许是防止别人偷盗，但我们还很少看到防范得这么严密的。我们准备在他车里也安装窃听器和跟踪器，可他的车进车库前竟然要经过反探听监测，也没法安装。现在他的办公室监视器只有一台，监视范围有限，我们可以请高手给他装一个监听器。"

李响若有所悟道："他居然自己安装监视器，那更说明他肯定有问题。"

韩峰默不作声，那几台通信设备响个不停，定点监视人员不断将丁一笑的行踪向这里汇报。"他和那小矮人从咖啡馆出来了，上了车，向定南门方向驶去。"

"收到，六号，目标向你方向驶来，注意跟踪。"

"收到。"

"已经发现目标，重复一遍，已经发现目标，现在目标正朝华东路驶去。"

"收到，跟踪至西环，然后掉头，九号准备，目标正向你方向接近。"

"九号收到。"

夏末道："他正在回律师事务所呢。"

"不对！"沉思了片刻的韩峰突然道，"必须查一查那五家企业。"

所有的人都看着他，韩峰缓缓道："以丁一笑的日常作息，根本没有时间管理那些企业，他安排下这五家企业，一定有他的目的，一定要查清楚。”

韩峰对李响道：“问问龙佳，她那边查到什么。”

李响拨通电话，问道：“喂，龙佳吗？你那边查得怎么样了？”

“不知道！还在查！你急什么！”龙佳的声音连远离手机的人都听到了。

李响一惊，折起手机，一脸无辜道：“吃炸药啦？我又没招她惹她，这怎么啦这是？”

韩峰却露出得意的笑容，道：“哼，生气了。”

“炸药？”韩峰又想起什么，问夏末道，“你说昨晚袭击我们的炸药，是开山用的炸药？”

夏末道：“我只是根据残留物判断，并没有经过检验，具体是郭局负责的专案组在调查。”

“梁兴盛的死，林政的死，丁一笑的反监视设备，他的五家企业。”韩峰抱着头，痛苦地道，“这些所有的事情，明明都有某种联系，可是竟然串不到一起，反而越来越远了，我们到底遗落了什么呢？”

夏末等安慰道：“算了，案情这么复杂，你想在短时间内把它破解开来，是不可能的。”

张艺道：“毕竟现在还只是个开始。而且，破译了林政的死因，压在我们头上的压力，就已经减轻了许多。说实在的，这点，我倒是挺佩服你的。”

李响、林凡等人齐声附和。

但韩峰高兴不起来，这不是他要的结果，案子从一开始，本来是一条线，后来是两条线，再后来，自己把两条线并为一条线。本来以为，到了丁一笑，就已经到了收线尾的时候了，可现在看起来，丁一笑这条线，总有什么地方不尽如人意，究竟是什么地方出了岔子，而不能将所有的线拧在一起，导致案情的散乱呢？韩峰突然想到：难道，他们还有什么我们所不知道的目的？可是，如果几十亿的资金都不是他们的目的，那么他们的目的又会是什么呢？

监视一直进行着，冷镜寒除了向上级汇报进展外，还同附近几个城市的有关部门进行了一次沟通，以便在需要应急时得到全面的帮助。龙佳憋了一肚子闷气查五家企业的资料，直到吃过晚饭都没和韩峰搭过一句话。

晚上，冷镜寒做了一天的工作汇报后，大家各自解散。冷镜寒又找了处住所，又把韩峰拉着。韩峰道：“这次，我们不会挨炸弹了吧？”

冷镜寒道：“放心，这次我们去的地方是保护政府要员时用的秘密住所，保证没有人来打扰我们的睡眠了。”

秘密住所，离刑侦处很近，看起来就和普通民宅没什么不同，只是藏身于楼宇之中并便于把守严密罢了。入睡前，韩峰对冷镜寒说道：“冷兄，有件事情我得提醒你。”

冷镜寒道：“你说。”

韩峰道：“我觉得，只是我个人的猜想，好像我们的对手，知道我们的一举一动。”

冷镜寒本来已经躺下，韩峰这一说，他马上翻身起来，道：“你这话什么意思？你是想说，我们这里有了内鬼？”

韩峰道：“我只是觉得……”

冷镜寒又翻身睡下，扯过毛巾，道：“睡觉。我相信我的队伍，你也该相信他们。”

韩峰嘟囔道：“对不对，以后才知道。”

同时，监视中心的夏末也在嘀咕：“丁一笑搞什么名堂，这么晚了还不回家。”

张艺道：“看看，他拉上窗帘了，估计快走了。奇怪，怎么没关灯？”

因为，丁一笑和阿八在屋里，又听到了嘟嘟的蜂鸣声。电脑屏幕上，还是白天在那高层建筑里的办公室，此时，电脑那头的天色也是漆黑一片。依然只看见一张电脑椅。

电脑椅的声音很急促，道：“有件事情，必须马上告诉你。警方目前已经查明了林政的死因。”

丁一笑失声道：“你说什么，你不是说不可能查得到吗？”

电脑椅道：“是我低估了他的实力。他们的进展比我们预期的要快多了。而且，他们正在调查你。”

丁一笑跌坐在椅子上，电脑椅继续说道：“如果此时，你关上灯，拉开窗帘的一角，说不定你对面大楼上，就有警察正监视着你呢。”

丁一笑诚惶诚恐道：“那我们现在该怎么办？”

“嘿嘿。”电脑椅发出阴恻恻的笑声，“你怕什么，一时三刻，他们还找不到证据，不敢拿你怎么样。还有，他们虽然知道了林政是怎么死的，但是，林政为什么要死他们却不得而知。而我们的目的，他们更是一头雾水，计划依然在有条不紊地进行，不会受到丝毫干扰。但是，为了争取更多的时间，我将在近日回到海角，还有，你可以启动C计划了。”

“啊！”丁一笑脸色惨白，面部肌肉痉挛在一起，颤声道，“现……现在？现在就启动C计划吗？”

电脑椅笑道：“怕什么。训练了那么久，也该让他们上战场了。况且，他们本来就是准备为我们牺牲的，不是吗？”

丁一笑看看阿八，犹豫道：“可是，我们还没有足够的……”

电脑椅不耐烦地打断道：“先制造两起小的骚乱，随后才是更大的。我要让警方疲于奔命，不知道到底发生了什么事。我倒要看看，他是不是有三头六臂。还有，下周的拍卖会，你准备得怎么样了？可不要让我失望哦。”

丁一笑擦汗道：“不会，不会。”

电脑屏幕闪过之后，已经什么图像都没有了，丁一笑兀自不住地擦汗，嘴里喃喃道：“C计划，启动C计划，到底还是启动了。”

第二天清晨，严格地说应该是凌晨，四五点钟，是冷镜寒的手机响了，韩峰接听的，龙佳的声音很急迫，道：“是韩峰吗？快起来。”

韩峰迷迷糊糊答道：“才一天没说话，你就想我啦？”

龙佳叫道：“笨蛋！叫冷处接电话。”

韩峰把冷镜寒捶醒，道：“你的部下找你。”

冷镜寒也是睡眼惺忪，可一听电话，马上坐起，对韩峰道：“走吧，这是你那条线出了岔子。”

韩峰这才清醒点，问道：“怎么啦？”

冷镜寒一面穿衣服一面道：“龙佳说，你们白天去看的那个兴盛加工厂，守门的那老头儿死了。我们去现场看看。”

“你说什么？”韩峰一翻身爬起，穿衣服的动作不比冷镜寒慢。

警灯闪烁，最先接到报案的是当地派出所的同志，龙佳比韩峰他们先一步到现场，给韩峰他们解释道：“是附近的居民早出时发现的。当时是四点半，因为门卫室的灯一直亮着，所以就过去看看。接着就发现了尸体。后来他马上想到了报案，派出所的同志知道我们正在调查梁兴盛的厂，所以就给处里打了个电话，我接到了。”

韩峰奇道：“这么晚，你在刑侦处里做什么？”

龙佳冷冷道：“查资料。”

韩峰皱眉道：“这么尽责？”

龙佳却将头扭向一旁，道：“去看看现场吧，派出所的同志正在取证。”

原来，她查了一下午那五家企业的资料，都没有进展，脑子里却全是韩峰与潘可欣打情骂俏的场面，心中直骂韩峰流氓气十足，竟然是来者不拒；又觉得自己哪点不比潘可欣好，她只是有钱嘛；时而静下心来，暗想自己干吗这么着急，跟韩峰又不是很熟，干吗为这个小流氓生气啊，不值得嘛，可思前想后，竟然是越想越伤心。无心睡眠的龙佳，一怒之下，只想快些查出资料，尽快了结了这个案子，绝不再和这个好色的侦探有什么来往。这些想法，她永远不会告诉韩峰。

韩峰远远看了一眼，马上道：“不行，他们这样怎么行，通知刘定强，或者夏末，带工具来。”

龙佳上车道：“他们已经在路上了。我去路口等他们一下，这里不好找。”

韩峰他们走到门卫室，只见里面狭小的空间已有四五个人了，其中一个，看到冷镜寒，忙打招呼道：“冷处，你们来得可真快啊。”

不是别人，正是昨晚的那位郭局长，他用手指着道：“这位是小张，第一个接到报案的就是他。那边那位叫朱大明，是他报的案。”冷镜寒和郭局长寒暄上了。

韩峰透过窗户看了一眼，葛大爷仰面躺在地上，满地都是干涸的血迹，一些警察在拍照，收集证物。韩峰只看了一眼，便去询问旁边的朱大明。朱大明是位当地农民，担了一担菜，对韩峰道：“我早上四点起床，本想赶个早集，走到这儿时，就看见这里亮着灯。我知道，守这厂的是名老头儿，可当时周围一个人影儿都没有，这灯亮着吧，特刺眼。我以为是谁忘了关灯，就过去一看，可吓了我一跳。”

韩峰道：“你四点起床时，没有听到什么特别的声响？”

朱大明道：“没有，一切都跟平常一样，这条道，我也不知走过多少回了，今儿个赶上这事儿，警官，你说……”

韩峰又道：“这厂封了后，你可看见有什么车辆出入这厂？”

朱大明道：“没有，那政府封了的，谁敢啊。”

韩峰看了看从厂门延伸出来的两道车辙，又问：“你通知警察后，到警察赶来时，这中间一段时间，可还有别的人来过？”

朱大明道：“没有。别看我一卖菜的，这出了人命，要保护现场，我懂。我打电话后，就一直守着这儿，直到那名警官来。”说着一指刚才郭局长说的小张。

韩峰道：“你用什么打电话？”

朱大明道：“喏，门卫室里有一部电话。我可没敢进去，我是在窗户上拿电话打的。”

韩峰点点头，暗叹道：“懂是懂，可还是破坏了现场。”

朱大明道：“我说警察同志，我可以走了吧？我这儿已经赶不上早集了，再去晚点，这菜可就不新鲜，卖不出去了。”

韩峰点点头，就擅自同意了。那朱大明挑着菜，飞快地走了。

韩峰再走到门卫室外，对郭局长道：“我要看看尸体。”

郭局长道：“好的。呃，那个小刘，你出来一下，这位同志要进去看一下。你，贵姓？”

韩峰道：“韩峰。”说完便进了门卫室。

“韩峰。”郭小川重复了一遍，指着韩峰对冷镜寒道，“小伙子，挺能干的。”

冷镜寒笑笑。

韩峰看了看，门卫室墙上、地上，都是血迹，地上从门口到门卫室里，有一道明显的拖动痕迹。葛守义双手都握成拳头，右手横在地上，左手屈在胸前，仿佛死前还想抓住什么东西。他睁大了双眼，脸上表现出一种不甘心，真正的死不瞑目。韩峰还想看看葛守义的穿着，可他的目光，被蹲在他前面的一名民警挡住了，那名民警，连手套都没戴，就这么蹲在那里。

韩峰想让他挪挪，伸手在那民警的肩头一拍。那民警的反应竟是十分强烈，全身猛地一震，同时发出“啊”的一声低呼，险些就瘫软在地。韩峰也被吓了一跳，因为他知道，通常在人极度紧张或恐惧时，才会出现这样的反应，可现在这屋里就有四名警察，而且灯火通明，就算是普通警察，也不该有这样的反应。

那民警转过身来，韩峰首先看到一双惊恐的眼睛，带着惴惴不安的表情，脸色被吓得苍白，随后才看见，是一名女警，非常的年轻。

那女警看见韩峰后，确信他是一个活人，才舒了一口气，不住地抚自己胸口，声音清脆道：“人吓人，会吓死人的。”

韩峰道：“你在看什么？手套也没戴，双脚正好踩在血迹上面，想破坏现场吗？”

那女警显然没有注意自己站的位置，听韩峰这么一说，忙起身让开，可血迹已经沾在脚上了，这么一动，地上又多了两个血足迹，她的脸又突然一下子红了，手足无措道：“对不起，对不起。我……我不是故意的。”再一看地上，眼圈一红，竟似要哭出来。

韩峰道：“你哪个部门的，新来的吗？”

那女警委屈道：“我是法医，不……我是学法医的。我……我……我来见习的。”

韩峰握住那女警的手，那女警的手心冰凉，沁出冷汗，看来是紧张极了。他安慰性地拍了拍那女警的背部，道：“第一次见到死人？”

那女警将韩峰的手紧紧握住，像抓住了一丝希望，随后用力地点了点头，“嗯”了一声。

韩峰道：“不用太紧张，人死了，身体就化为一堆有机物，没什么可怕的。你叫什么名字，你师傅呢？”

那女警道：“我……我叫雷婷婷。我师傅，我师傅……他，他还没来，让我先来看看。”

韩峰“哦”了一声，道：“他是想让你先练练胆吧，来，戴好手套，我来教你观察第一现场。”门外车鸣声响起，是两辆车，看来龙佳他们回来了。

韩峰让雷婷婷戴好手套，将她揽过来，让她的背部紧贴着自己的胸口，左手握左手，右手握右手，对她说道：“慢慢蹲下，去摸一摸，不要怕。这是你必须克服的第一个心理障碍，如果连最基本的触碰都不敢的话，你也就不可能做一名成功的法医。”

郭小川和冷镜寒正谈得愉快，龙佳和刘定强、张艺他们几乎同时打开车门，同时下车，蓦然，大家都看见，韩峰将那名新女警抱在怀中，就蹲在门口。

郭小川道：“冷处，你的队员正在调戏我的手下啊？”

冷镜寒气急败坏道：“他、他不是我手下，我也不知道他从哪里冒出来的。”

刘定强扶正眼镜，脖子伸向前，道：“不是这么夸张吧！”

龙佳更是捏紧了拳头，她已经无法忍受这个行径卑劣的不良侦探。

韩峰将雷婷婷的手压在尸体上，自己也在葛守义脸上触碰了一下，评判道："已经死了十四个小时。"

雷婷婷只感到韩峰的气息喷着自己，心猿意马，迷糊问道："为什么？"

韩峰盯了她一眼，自己先站了起来。雷婷婷想了想，道："哦，我知道了，教科书上说过，人死后三十分钟至一个小时内尸体开始僵硬，随后的二十四小时到三十小时尸体又会渐渐软化，尸斑是较早出现的尸体现象之一，通常是在死亡后二至四小时出现，经过十二至十四小时发展到最高度，二十四至三十六小时固定下来不再转移，一直持续到尸体腐败。可是，不对啊，你都没看到他身体受压部位的尸斑，你是怎么判定他已经死了十四个小时呢？"

韩峰笑笑，轻声道："回去多看看书，知道吗？"

雷婷婷也站了起来，身体一时失去平衡，为了不踏到尸体，整个人就靠向韩峰，韩峰自然将她搂住。雷婷婷道："对不起，不好意思。"

韩峰道："没什么不好意思的。人总要犯错误。你学了很多知识，只是还不知道怎么用而已。"

雷婷婷道："我还有个问题，刚才我就在看这个痕迹，这个血痕是怎么形成的呢？"

韩峰顺着雷婷婷的手指方向看到，葛守义后脑，血迹先分作三股，后又形成一股，在中间留下两个眼睛似的扁形空洞。韩峰将头搭在雷婷婷的肩上，指着从门口到尸体旁的血痕道："看见了吗？死者被人从门外拖进来。凶手站在前面，两手架着死者的肩膀，拖到这个位置，手一放，死者躺下，而死者头部的渗血流出，你看到这两处没有血迹的位置，就是凶手脚站的位置。血淌不过去，所以分成了三股，凶手离开，血又向没有覆盖的地方流过去，但是却没有完全遮住，所以留下这么一个痕迹。哎哟！"

韩峰最后叫的那一声，却是因为龙佳已经站在他们身后，用右手指关节在韩峰头上狠狠敲了一记。雷婷婷脸色一红，赶紧离开韩峰。韩峰揉着脑袋，问道："干吗打我？"

龙佳厉声道："你别做得太过分了！是可忍，孰不可忍。"

雷婷婷羞答答地道："对不起，姐姐。我不知道他是你男朋友。"

这番轮到龙佳脸红了，支吾道："别……别瞎说。他，他这个人，反正不是什么好东西。我和他，根本就没有关系，总之你不要乱想就可以了。这种人，离他越远越好。"但她也知道，这种事情，往往越描越黑，所以说不到两句，也就住口不说了。

韩峰得意地走出门去，对刘定强道："胖子，该你上了。"

刘定强拎着工具箱，趾高气扬地走进门卫室，里面几个警务人员对刘定强都很熟悉，纷纷叫道："强哥，强哥。"

刘定强道："非专业人士，都请出去。"

张艺问道："看出什么蹊跷没有？"

韩峰摸摸下巴，道："凶手是两个人，一个在前面扛着一大包东西，门卫出来阻止，另一个从后面用钝器击打门卫头部，两次。门卫因颅骨粉碎性骨折而死。持械杀人者把死者从门口拖进门卫室，随后两人驾车逃离现场。扛东西的身高大概一米七五，身体很健壮，善用左手。杀人的身高在一米六五至一米七之间，使用的凶器是……一把铁榔头。后来开着五十铃皮卡逃逸的。"

韩峰说话的声音并不大，但是当场所有的人突然就安静下来了。最吃惊的是龙佳和雷婷婷，龙佳知道韩峰到现场的时间，她去路口来回不超过五分钟，而雷婷婷明明没看见韩峰做什么，大家都不知道，韩峰到底是怎么知道得如此清楚的，就像他也参与了凶杀一般。

冷镜寒是见惯不惊，郭局长则是经历了大风大浪的人，所以他第一个开口，冷若冰霜地对韩峰道："如果你不能说出你的推论理由，你将成为第一嫌疑人。"

其余的人也都竖起耳朵，听韩峰到底是怎么知道这事的。韩峰指指地面，道："这是松软的泥地，虽然天气炎热，但依然留下了足迹。你们看，从工厂里往外走的足迹只有两个人的，这个足迹吃力很深，从地面的松软度来衡量，八十公斤的人，在地面上留下五毫米深的印记。"他指了指郭小川脚踩的地方，又道："而这个脚印入泥足有一点五厘米，他身上扛着的东西超过一百公斤。你们看他脚印的位置，这是车辙的位置，很明显，他直接上了驾驶室，而上驾驶室，又是面向车的方向，所以是右手开门，那么他扛的东西就是放在左肩的，所以说他善用左手。在门卫室的墙角有另一个人的足迹，很明显，他事先是躲在暗处的。关于他们的身高、体重，都可以从足印作出大致的判断，至于凶器嘛，看了死者伤口就自然明白了。车的轮胎花纹，可以作为分析车型的一个标记。"

郭小川也注意到了，"看这些脚印来来回回，他们搬了很多次啊。"

韩峰道：“是啊，从车辙的痕迹来看，车上载重不少。”

郭小川突然醒悟道：“他们来回这么多次，不会没有人看到的。我们可以去前面的居民区调查取证。”

冷镜寒也提醒道：“前面有个高速路口，也应该有摄像。”

郭小川与冷镜寒握手道：“既然如此，那现场就交给你们了，你们是专家。我去负责排查工作。”

冷镜寒道：“好的，我们就分头调查。有什么消息及时联络。”

郭小川道：“两天接连发生两起涉及杀人的案件，这很少见，而且这两起案件都和你们有关系，看来这次你查这个案子，哼哼，不大妙啊。”

冷镜寒道：“这次或许是巧合了，因为首先不是针对我们来的，我认为只是一件偷盗案。”

郭小川道：“总之你小心点，连林政他们都敢对付，如果有什么需要帮忙的，说一声。”

冷镜寒挥手道：“保持联系。”

郭小川最后在车上问道：“韩……韩峰？你以前在什么地方工作？我怎么没见过你？”

韩峰没有回答郭小川的问题，却看着紧闭的厂房，喃喃道：“他们究竟偷走了什么呢？”

郭小川又指着冷镜寒道：“冷处，你不地道啊，有这么好的队员都没给我们介绍过。”

冷镜寒只是笑笑，也不知该如何作答。郭局带着他的队伍分为两路，一路向南去查居民小区，一路向北查高速路口摄像去了。雷婷婷还想问韩峰什么，可是看到龙佳的目光也集中在韩峰身上，终于没有开口，跟着队伍走了。

韩峰道：“我要去厂里看看。”

冷镜寒道：“我和你去。”

张艺道：“别落下我。”

冷镜寒分配好任务，龙佳负责对脚印、车辙以及现场的其余痕迹拍照取证，刘定强在现场作初步验尸，冷、韩、张三人进入了厂房。

三人各拎一盏强照灯，灯柱在厂房中四处扫射，各式车床张牙舞爪，三人如同来到了外星人的飞船内部。厂房幽深而空旷，回声很大，张艺仔细观察了地面，道：“到处都是脚印，看来他们忙活了大半天呢。”

厂里的大型机床没有被毁坏的痕迹，只是地上一些散落的零件不见了，那些装好箱的也不见了。韩峰道：“他们偷了零件。”

张艺问韩峰：“你们上午不是来过吗？你还记得那些不见的零件是什么样？”

韩峰一瞪眼，道：“你以为我是神仙啊。那些零件各自不同，什么样的都有，我哪里还记得住。”良久，他又道：“当时，我们只是粗略地看了一下，这次就要更仔细地搜查了。”

厂房里没有发现什么异常，依然很凌乱，韩峰让张艺在厂房继续查找，他又来到厂长办公室。门一打开，一股霉味扑鼻而来，办公室里积尘甚厚，但脚印很多。冷镜寒道：“看来已经有人进来了。”

韩峰道：“我们找找吧。”

冷镜寒问道：“我们找什么呢？”

韩峰道：“找……找该找的东西。”韩峰和冷镜寒一人拿着一个探照灯，在办公室里翻找起来。

冷镜寒捂住口鼻，闷声道：“好大的灰尘，看来自从这厂宣布破产之后，这里就再也没有人来过了。”他拉开柜子和抽屉，又道：“文件都被人拿走了，这里应该不会有什么发现了。”

韩峰“嗯”地应了一声，指着废纸篓的灰烬道：“不是被拿走了，是被烧掉了。”他将探照灯放在桌上，用镊子从废纸篓里夹出一张纸片，并小心地放进了证物袋中。冷镜寒问道：“是什么？”

韩峰道：“不知道。”冷镜寒欺身过来，在探照灯下看清，这是片被烧过的纸，看起来比普通纸更为厚实，纸剩下的部分用蓝色的笔极其规范地画着一些图案。由于烧得只剩下一小部分了，所以看不出纸上画的是个什么东西，只是图案的一角写了个“1”字，后面的字母似乎是英文里的“n”的一部分。韩峰收起证物袋，随后二人差点将地板也翻过来，也没有找出什么有价值的东西。

二人回到厂房里，张艺正十分仔细地查看地面和那些机床，看到二人出来，问道：“有什么发现？”

冷镜寒道：“有张破纸片，还不知道是什么，你呢？你有什么新发现？”

张艺道：“很奇怪，到处都是脚印，但是他们没有留下——”

韩峰接口道：“指纹？不用找了，零件上很多油污，他们拿那些零件时肯定戴了手套的。”

张艺道：“另外就只找到这个了。”他举起证物袋，韩峰看见，是一个烟蒂。

韩峰仔细地看了看烟蒂，烟嘴上印着品牌——黄果树。

冷镜寒道：“没有什么新发现，我们走吧。明天白天再派人来调查。”

三人走出工厂，只见龙佳正忙着拍照，刘定强一见三人，便招呼他们过去，他又有了新的发现。

刘定强举起一个证物袋，对他们道：“你们先看看这个。”

证物袋从冷镜寒手里传到韩峰手里，再从韩峰手里传给张艺，但三人都不知道这是什么东西。那是一块钢制品，像个螺丝，但是又没有丝口，而且中间一截平面明显很粗糙，应该说是某个零件的一部分。

刘定强道：“这是死者右手死死拽住的，或许是与凶手搏斗时抓住的。另外左手还抓下一些纤维物。还有就是衣服的双腋下有油污的痕迹，应该是凶手拖动尸体时留下的。其余要等到回实验室才能得出结果。”

韩峰想起中午时才和葛老头儿谈过话，晚上人就死了，真是世事无常，不无感慨。

龙佳拍完最后一张照片，对韩峰道：“好了，取证完成了，后面的事交给我们就可以了。你和冷处先回去吧，看你一副无精打采的样子。”

张艺在一旁大惊失色道：“不可能吧，龙警官也会关心人啦？”

龙佳朝他一瞪眼，道：“你乱嚼什么舌头，我是……我是担心冷处年纪大了，身体不比我们……”说着说着，声音就小了。好在冷镜寒打圆场道：“我是准备回去，但不是去睡觉，韩峰，你走不走？”

韩峰打了一个大大的哈欠，但故意不瞧龙佳，一面拍着嘴，一面向车走去，说道：“有觉不睡，枉自为人。我当然要睡。”

冷镜寒道：“你开车还是我开车？”

韩峰懒散地哼了一声，道：“我来吧，不开车我会睡着的。”

冷镜寒虽然知道韩峰语出惊人，但还是吓出一身冷汗，这也算是开车的理由？

车上，冷镜寒双手枕着头，道：“怎么看也像是小偷进厂偷东西，被发现后才行凶杀人的吧？”

韩峰询问道：“普通偷盗杀人案？”

冷镜寒道：“至少目前我是这样认为。”

韩峰道：“可梁兴盛死时，不也像普通车祸吗？就算不像普通车祸，也像普通骗保案啊，对吧？”

冷镜寒道：“会不会考虑得太多了？梁兴盛的厂破产很久了，里面还有器械和钢材，而看门的只是一个老头子，这附近的人都知道。所以普通的偷盗案可能性很大啊。”

这时，有一辆小轿车跟在了他们的警车后面，这样的公路上，偶尔也有夜车经过，两人谁都没在意。

韩峰驾驶着车，对冷镜寒道：“有一点我不是很明白。”

冷镜寒道：“你说。”

韩峰道：“如果我推断的时间没有错的话，凶手应该是在中午行凶，可为什么那卖菜的老农说，他是看见亮着灯才被吸引过去的呢？”

冷镜寒道：“对呀，你说会不会是有人晚上找过那门卫，但开灯后发现死人了，因害怕而逃走了？”

韩峰道：“不会。你想想尸体的位置，如果当时是关上门的，开灯必须开门，开门的话尸体肯定不在那个位置。”

冷镜寒道：“你这样说，那凶手杀人后，只是将尸体拖入门卫室里，却没有关门，而且还打开了灯？这不是故意引起人注意吗？”

冷镜寒话音刚落，韩峰突然坐直了身体，说道：“我明白了，你下去吧！”他说完，就像白天龙佳踢他那样，用力一脚，将冷镜寒踢下了车，而自己也从另一个方向跃出车门。

冷镜寒无缘无故被韩峰一脚踢出车外，滚落路边田里，正怒火冲天，想爬起来找韩峰算账，突然“轰”的一声，他们的警车四分五裂，紧接着又是“轰”的一声，熊熊大火冲天而起，冷镜寒完全呆住了。这时，跟在他们后面的小车才加足马力，扬长而去。

第八章
神秘的矿场 韩峰的家

火光中，韩峰拍拍头上的零落物，看了看那一堆燃烧的废铁，向冷镜寒走来，笑道："如何，冷兄，我那一脚踢得你可舒坦？"

冷镜寒爬起来，看着远处的那小车尾灯，问道："这是怎么回事？刚才那辆车？"

韩峰道："不用看了，没有车牌。"

冷镜寒道："刚才，你看见他们使用武器了？"

韩峰傻愣愣道："没有啊。"

冷镜寒道："那我们的车是怎么爆炸的？"

韩峰道："我也不知道。刚才，我只是感觉到危险了。"

冷镜寒一把抓住韩峰，道："胡说八道，快说，到底是怎么回事？"

韩峰道："你先打个电话，让他们开车来接我们，我慢慢告诉你。"

冷镜寒打完电话，韩峰才道："你刚才在车上说了，凶手故意引起人们注意，我才突然想到的。"

冷镜寒急迫地问道："你想到了什么？"

韩峰道："如果凶手故意引起人们注意，其目的是什么呢？从另一个角度想，如果凶手知道我们在办梁兴盛的案子，那么这里死了人，我们会不会来查看呢？"

冷镜寒点头道："肯定会。"

韩峰道："那么凶手躲在暗处，是不是正好向我们下手呢？这里是穷乡僻壤，得手后也好逃跑，而且你无法追查。"

冷镜寒道："你是说，凶手故意留下疑点，让别人注意，就是想把我们引出来。"

韩峰道："哦，就是这个意思。"

冷镜寒道："可是你怎么知道刚才那辆车要对我们下手呢？"

韩峰道："本来，在这样的公路上，碰到一辆夜行车也不奇怪。可是，那车却跟着我们走了十分钟之久，它的性能明显比我们的车好，却只是跟在我们后面，我就开始起疑心了。刚才，就在我想通了凶手为什么要开灯的时候，那辆车，突然开始减速，拉开与我们之间的距离，那自然是有了问题，不管那车怎么动作，我觉得都有必要跳车。"

冷镜寒道："你真的没看到他们使用武器？"

韩峰摇头道："没有人拿武器，没有人将躯干任何部位探出车身，他们从我身边经过时，连车窗户都没开呢。车里有一个还是两个人，看得不是很清楚。"

冷镜寒道："那他们是怎么让我们的车爆炸的呢？这车可一直在我们的视力范围内啊，也不可能安装了炸弹吧？"

韩峰道："我不知道，等他们勘查了现场再说吧。哎，跟你坐车也倒霉，下次不和你坐同一辆车了。"

郭小川他们第一个到，看着灰头土脸的冷镜寒，郭局关切道："老冷，你没事吧？"

冷镜寒道："还好，没有大碍。"

另一辆警车也呼啸而来，却是龙佳他们到了。张艺道："冷处，你没事吧？"

龙佳看了看韩峰，那小子，好像也没有什么问题。冷镜寒道："你们也来啦，那现场呢？"

张艺道："刘定强在和另一组警员收拾现场，死者家属也赶来了，但看情形，估摸要做尸体解剖。就看刘定强怎么给那些家属做工作了。"

冷镜寒这才道："从他们的举动来看，这绝不是一起普通的偷盗案，他们偷走的东西，肯定有某种意义。"

郭小川问道："他们用的什么装置爆破了你们的车？"

冷镜寒一摊双手，道："不知道啊。"

郭小川命令道：“勘查现场，哦，还有，我们在高速路口拿到了录像带，喏。”

冷镜寒道：“好，我们去实验室整合信息。韩峰，韩——”

天色已蒙蒙亮，韩峰躺在地上，喃喃道：“凌晨四点就把人吵醒，我还从来没这么早起来过，我不行了。”

同时，丁一笑刚从梦中醒来，洗了把脸，书房的电脑就响了。阿八第一时间打开电脑，丁一笑看着高楼建筑窗外和那电脑椅靠背，惴惴不安地问道：“怎么样？成功了吗？”

电脑椅低声道：“没有，看来那家伙和传说中一样，有着狼一样的本性，能在危险发生之前预先感知。不过，他们已经拿走了我留下的诱饵，加上接连的暗杀，我相信那个家伙会对这场游戏认真的，我真的好期待，他能拿出点真本事来。”

丁一笑问道：“为什么你一定要盯上他呢？”

电脑椅淡然道：“那不关你的事，最近警方开始严盯你了，你在日常交际中小心点，别露出什么破绽。警方拿不出什么证据，不敢把你怎么样。”

实验室，刘定强的结论是：“死者胃内发现大量食物残渣，从消化程度上看死亡时间在十四至十六个小时，而且刚吃过午饭不久。因为天气炎热，所以死后僵硬程度及软化程度都变化得更快。其致死原因是，后脑遭到重击，用于袭击死者的工具是横截面四厘米见方的金属榔头，一共两击。死者指甲缝里留下的纤维来自工业棉手套。但是系统分析后得出结论，死者生前并没有发生激烈搏斗，从电脑的足迹分析，凶手身高一米六八，击打的力度达到了一百九十公斤，通常是受过专业训练或是长时间从事体力劳动者，才有这么大的臂力。现场还留有麻性纤维和木屑，看来他们是用麻袋和木箱装走的零件。”

冷镜寒道：“做得不错。”

刘定强却叹息道：“我们不靠这些仪器，就无法得出这样的结论，可那小子，他只看一眼就知道了。”

冷镜寒道：“如果从小就训练观察各种伤口和痕迹，那么他看到现场时得出结论，就和我们呼吸空气一样自然，也没有什么神秘的地方。”

刘定强惊道："冷处，他以前究竟是——"

冷镜寒微笑道："天机——不可泄露。"

夏末也得出结论了："你们在厂长办公室找到的纸屑，是A8标准设计图纸，这种纸张厚，纤维匀净，适合精细描绘，多用于各种建筑施工设计和零件设计。从墨迹分析看，是蓝色的绘图墨，也就是说，这是一张设计图纸的残片。还有，我们在纸灰中分离出棉制品灼烧后留下的成分，其成分与尸体上的棉制品纤维可以做同一认定。由残纸片留下的痕迹看，其标尺以毫米为单位，这种零件不会太大。厂房里的烟蒂，从唾液分析，可以肯定是案发后在厂房留下的，没有指纹。不过，你们从现场带回来那半个零件很是奇怪。它并不是纯钢材料，含镍含铬，还有塑性材料在里面，硬度好，强度大，轻便，耐腐蚀耐磨，据我所知，飞机制造才需要这样的材料吧。"

冷镜寒疑惑道："飞机制造？他们自己造飞机？做什么用呢？"

龙佳也道："录像分析结果出来了，可以肯定，是这辆车。五十铃皮卡TFS30H，你看，驾驶室有两个人，他们经过摄像头时都做了很好的掩饰动作，面部暴露部位不足百分之三十，电脑无法作成型分析。"

冷镜寒道："他们的车上装了不少啊。"

龙佳道："是的，这车载重零点八吨，五座的，他们连后座也装满了，至少有两吨以上。而且，没有车牌。"

冷镜寒道："不知道郭局他们的走访工作做得怎么样了。"

刚说着，手机便响了，冷镜寒接过手机，道："是我，冷镜寒。什么，已经有了人物素描？马上传真过来？好的，好的。我等着你。"

刚挂机，手机又响了，冷镜寒打开手机，道："李响吗，你那边有什么情况？"

李响道："一切正常，他没有任何动向。冷处，昨晚那个案子查得怎么样了？"

冷镜寒道："正在查，你负责守好监控工作，定时汇报就可以了，别的事情暂时不用太关心。"

那边李响有气无力道："知道了。"

等韩峰在冷镜寒的办公室里醒来，已经是上午十点了，他耷拉着眼皮，穿着破拖鞋，在刑侦处里踩得"嗒嗒"响。冷镜寒将一沓报表扔给他，道："你看看，这是我们的分析材料。"

韩峰审度着材料，看到李响的报告时，冷镜寒在一旁道："你会不会怀疑错人了？丁一笑没有时间来制造这起针对我们的暗杀，李响一直盯着他呢，他哪儿也没去过。”

韩峰懒洋洋地答道：“现在的通信手段太先进了，根本就没有办法完全监控。他用手机，你不能每次通话都查到内容吧，用电脑，网络终端，怎么查？他随便上个论坛发个什么帖子，就把命令发出去了，那我们当然不知道。”

刘定强道：“从心理学的角度说，丁一笑这个人思维缜密，巧舌如簧，敏而精辩，做事情势必小心谨慎，不露微小破绽，绝不会那样明目张胆地向警方发起袭击。至少这两起针对你和冷处的袭击，我个人认为，不是丁一笑部署的。能造出这么大动静的袭击行为，其人必定有非常张狂的个性，而且，有着被鄙视过的经历，他对社会有一种强烈的报复心理。”

“哼！”韩峰不置可否道，“心理犯罪学，心理画像吗？我也会，没什么了不起的。你要知道，他的少年经历突变，这会导致人心与人性的扭曲，可以改变一个人的心性。有时，这一类人的行径不能以常理断定。”

夏末也探出头来道：“而且，袭击你们的炸弹，我觉得丁一笑不会有那么精深的专业知识来迎接不断的案件，并且在熟知各种法律文书的同时，要把炸弹研究到这个地步，那他可就真是一个天才了。要知道，法律是强记忆项目，必须要求律师有着惊人的记忆力，而炸弹研究是一个注重实验的项目，除了对化学方程式和电子线路有过人之处，还需要在不断的实践中实验，才能做到尽善尽美。一个是文科精深之学，一个却是理科专业之专业，这两门学科都能精通到这份儿上，绝对是天才中的天才呢。”

韩峰反驳道：“谁说什么事都要他自己做。杀天涯市的警察，他不就请了黑网的杀手吗，他也可以请一个专业人士来制造炸弹啊。”

“可是——”林凡把一份材料递给冷镜寒，也插嘴道，“我做过林政的周边关系调查，发现丁一笑这个人和林政的私交并不是很好。另外，我又专程做了一个丁一笑的周边关系调查，他只是出于业务与恒福银行有往来，平日便是忙着接各种案子。而他交游广阔，却没有一个深交，这个人对周围的人防范都很严密，而且，我认为他十分怕死，所以有可能出于自我保护，才会聘请保镖，并且安装监视器，自己监视自己。”

韩峰转动着眼珠，翻阅到林凡做的林政的关系调查，用左手拇指关节抵住了下巴。

龙佳也道："有一定的道理，丁一笑既然是名律师，那么他参与过的案件很多，得罪的人肯定也不少，为了怕人家报复，有可能为自己装上监视系统，不能单凭这一条就认定丁一笑是嫌疑人。"

韩峰压着材料，环视一周，发现每个人脸上都带着质问的神色，意思是你怀疑丁一笑究竟正不正确呢。

刑侦处瞬间安静了下来，韩峰将文件翻得沙沙响，支吾道："怎……怎么，都看我干什么啊！"

冷镜寒叹了口气，说道："如果丁一笑不是我们这次案件的嫌疑人，那么跟踪监视他，不仅要花费我们很多人力和时间，而且，让那个真正的凶手有了更充裕的时间撤离。所以，把大量的精力都放在他一个人身上，究竟值不值得？"这正是大家所关注的问题。

韩峰突然灵光一闪，释然道："哦，这样啊。对呀，你们说的都对，很有道理。"

龙佳笑道："如果我们说的都对，那你——"

韩峰道："我也没错啊。丁一笑这个人，是一定要怀疑的。"见大家都不明白，他又解释道："我现在怀疑，丁一笑的身份和卢芳一样，只是棋盘上的一枚棋子。"

冷镜寒霍然起立道："你的意思是，丁一笑还不是真正的幕后主谋？"

韩峰指着材料，道："还记得昨天我看到丁一笑的企业时说的话吗？他的企业给我一种感觉，我当时不是很清楚这种感觉。现在我突然感觉到了，那几家企业根本就不像是丁一笑为自己开办的，而是为了别的什么人开办的。那就是为什么企业分散并同时开办了五家的原因。"他把丁一笑的企业资料提出来，道："看看这些企业，这是典型的傀儡操控法。只有要扶持一个前台傀儡，帮忙出面办理那些不可见人的勾当时，才需要给傀儡许多好处。如果出现什么异常情况，将由傀儡吸引所有的目光，而自己可以全身而退。"

冷镜寒迟疑道："可是——"

韩峰竖起食指道："这是其一；其二，丁一笑自家的监视系统，还记得那天安装的情况吗？监视器或许是丁一笑自己安装的，但监视者并不一定是丁一笑。"

刘定强笑道："笑话，哪有自己装了监视器让别人来监督自己的？"

冷镜寒和林凡却有所悟，林凡道："你是说，是那个幕后操控者让丁一笑这么做的？"

韩峰点头道："知道提线木偶吗？要让木偶动，那线可得在自己手中。"

夏末吐舌道："连丁一笑这么厉害的人物都甘心俯首，那幕后人到底是个什么人物？"

韩峰又道："其三，丁一笑身边那个人，除了保护他之外，还有可能起监视的作用。而且，从我们目前掌握的资料来看，丁一笑本身有很多疑点：其一，他失踪的半年，去了哪里，在做什么；其二，他的资金来源与流向；其三，他开办的企业背后的目的与缘由。为什么他失踪的那半年恰好是卢芳领养梁小童的时候？为什么林政和梁兴盛死前他又恰好与林政和梁兴盛都有过接触？为什么林政转让股权这样的大事不交由他们公司的专职律师来做而要找到丁一笑来询问？"

刘定强道："我的妈呀，这究竟是个什么案子，怎么越查越复杂了。"

冷镜寒沉思片刻，道："丁一笑确实很有可疑之处，不过……"

韩峰手指着冷镜寒，突然展露笑容道："退一万步说，所有的事情都是巧合，那么丁一笑的背后，一定还隐藏着别的什么事情，那案件，不一定会比现在这个小嘛。所以，监视他是一定有必要的，就不用再犹豫啦！"说着，他像亲兄弟一般拍了拍冷镜寒的肩，示意他放松。

冷镜寒环顾一周，严肃道："看什么，都干活儿去。你们都没事干了吗！"

刘定强和夏末的头马上缩回了实验室窗口，林凡低头整理文件，龙佳在电脑前忙活起来。

韩峰翻阅着刘定强的尸检报告，翻了几页，沉眉瞬目，突然放下资料，走到黑板前，用粉笔画起画来，一边画一边道："现在，我们基本上可以把整个案情串联起来了。三根线，分别是卢芳和梁小童；胡金诚和那保安；丁一笑和那矮子。卢芳的作用是让梁兴盛和林政上钩，丁一笑作为中间的法律顾问给他们牵线搭桥，胡金诚则负责拉拢曲明生为他们的股权转让协议做账，一旦转让百分之五的股权成功，那么，杀了曲明生、梁兴盛、林政这三名当事人，因为法律关系，那股权被梁小童自动继承，并通过卢芳而成功转入了他们手里。而我们目前所看到的，全是明面上的东西，这三条线的背后，有一只无形的手操控着。一个完美的计划，不留一丝明显的痕迹。现在的情况是，卢芳和梁小童、胡金诚和那保安，都已经失踪了，该死的人都死了，现在只留下丁一笑这一条线了，如果他再跑掉的话，我们就真的是什么线索都没有了。”

韩峰将六个人的名字写成了一个圆圈，圆圈的中间打上一个大大的问号，将粉笔折成两截，潇洒地抛了出去，又拿起分析材料细细地看了起来。冷镜寒看着黑板，半晌没有作声，心想：“这小子，这个圈竟然让他画得这么圆。”

韩峰最后看到夏末的结论，笑道：“飞机材料？他们造飞机来做什么？飞机可是大家伙，躲在哪里造飞机啊？这种材料肯定还有别的用途。现在有一个问题，既然结论是死者生前没有和人做过搏斗，那他手里的半个零件哪里来的？”

冷镜寒道：“或许，是无意中抓住的？”

韩峰摇头道：“偶然性很小，算了，暂时不想它。你们现在在做什么？”

冷镜寒道：“借你的龙佳用用，正在做图像比对。”

龙佳老远横着一眼过来，冷镜寒忙改口道：“借你的队员用用。”

韩峰揉揉眼，半睡半醒道：“图像对比？谁的图像？”他走到电脑旁，突然眼睛就鼓大了，道：“是他们！”

冷镜寒道：“你认识？”

韩峰道：“还记得那个理财公司吗？我去调查的时候上当了。左边一个是胡金诚，右边的是那个保安，叫……叫……”韩峰用手撑着额头，最后道：“想不起来了。”

冷镜寒道：“据当地居民说，两人都在搬东西，左边的个高，右边的劲大。”

韩峰道：“应该再派人去调查胡金诚。”

冷镜寒道：“你不去吗？”

韩峰道：“我打算去看一看丁一笑在本市开的那五家企业，我去不容易引起怀疑。”

冷镜寒道：“那好，龙佳去查吧。张艺要去监控丁一笑的行踪。我还要去和郭局联系，他们在勘查现场，或许会知道昨天晚上我们的车是怎么爆炸的。”

韩峰点点头，随即伸手道："拿钱来，吃饭去。"

冷镜寒冷眼一横，接着叹息一声，又无可奈何地掏出了钱包。办公室的其余人都不可思议地看着他们。韩峰接过钱，也不管是多少，便向门口走去，在门口碰到了做时事跟踪的潘可欣。潘可欣道："今天又去哪里？"

韩峰道："去做一件没有任何意义，却又不得不做的事情。"

潘可欣拎着电脑，跟冷镜寒打了声招呼道："冷伯伯，我走了哟！"接着道："嗨！等等我！"

看着潘可欣与韩峰一道出门去，龙佳又是一阵心烦意乱。

冷镜寒看着韩峰的背影，摇头发出一声长叹。林凡刚整理完材料，忙问道："冷处，怎么了？"

冷镜寒遥望韩峰去的方向，道："那个家伙，我看他还没睡醒呢。"

刘定强插话道："哇，一天睡十二个小时，他还没睡醒？"

冷镜寒道："我不是这个意思。那家伙，根本就没有认真对待这个案子。否则，也不会在我们的逼问和质疑下对他自己的推理进行补充和反思了。"他仰望天窗，又喃喃自语道，"到底什么样的案子才能引起你的兴趣呢，韩峰？"

"啊！"刘定强张大了嘴，半天也合不拢。

韩峰买了两个馒头，让潘可欣驱车到五花台。一路上，潘可欣又照例询问昨天的收获，当听到昨天晚上韩峰他们险些丧命时，不禁咋舌道："好阴险的连环计。"

韩峰嘴里塞着馒头道："连环计？我怎么看不出来？"

潘可欣拍打着车座椅道："很明显嘛。他们先是去偷梁兴盛厂里的东西，并且杀了看门那老伯，随后又利用这起凶杀案引你和冷伯伯到现场，制造普通偷盗案的假象，趁你们不防备在回程途中袭击你们，这还不是连环计是什么？"

韩峰道："我不认为他们是事先那样准备的，只是我们临时探访梁兴盛的公司，引起了他们的注意罢了。"

潘可欣疑道："你这样说是什么意思？"

韩峰道："这个幕后操纵者很有头脑，他的每一步安排都有其独特的用意：利用卢芳控制梁兴盛及他的儿子还有林政，用丁一笑来协调二者之间的关系，达成股权转让协议，控制了恒福集团百分之五的股份。

在理财公司收买胡金诚，安排自己人做保安，成功实施移花接木的人为车祸。丁一笑名下有五家企业，他可以用这个幌子培养自己的力量，从而可以实施一场调动几百人来完成的车祸陷阱。每安排一颗棋子，都有其独立的用处，而且，用处都不止一个。你看，现在林政死了，死前他交出了自己的部分股权，并且凶手用了一种非常奇特、十分隐蔽的杀人手法，所以他的死给警方带来不小的压力，凶手成功地制造了社会舆论，让警方疲于和记者周旋而没有时间去调查林政的死因和背后隐藏的秘密。丁一笑一方面负责梁、林二人的法律协调工作，一方面又是五家企业的法人代表。卢芳一面是林政的情人，一面又是梁小童的监护人。每个人的作用都不止一处，那么梁兴盛也死了，但他的使命似乎还没有完成，他留下一个厂子，这东西对操纵者似乎也很有用。”

潘可欣道：“一个破产的零件加工厂，会有什么用呢？”

韩峰道：“现在还不知道，但是有一点比较肯定，那工厂是暗中被人监视起来了的，所以我们一去查探，监视人员马上就作出了反应，在我们去详细调查前将加工好的一些东西运走，销毁我们可能发现线索的东西。还——连看门的老人都不放过。”

潘可欣叹道：“说得好复杂，我真想停下车来把这段话敲进去。对了，你以前究竟是学什么的？可以告诉我吗？告诉我嘛。”

韩峰突然卡着脖子，号道：“噎……噎住了！水——”

潘可欣递过瓶子，冷哼一声道：“哼，不想说就算了，也用不着做这样夸张的动作吧。”

韩峰喝了水，一个劲地捋胸口，但是不说话。好一会儿，才王顾左右而言他道：“现在我唯一不太明白的是，如果他已经得到那百分之五的股权，就应该尽快转移成现金并向国外转移才对。”

潘可欣沉默了很久，还是忍不住问道：“你又怎么知道他不是这样做的呢？”

韩峰道：“如果是这样做的话，那么丁一笑、胡金诚这些人都没有用了，而且他在我们海角市也就不会有什么动作了。可事实完全不是这么回事，他一直在做出举动让我们知道，他还在操控着整个局面，他派人暗杀我和冷处，派人监视着梁兴盛的工厂，而且控制着丁一笑；还有，他设立在丁一笑名下的五家企业，不是全然没有用处吗？所以我认为，他要么是还有别的想法，要么是——他根本就没有拿到一分钱！”

潘可欣笑道：“笑话！他费了这么大劲儿，制造了那么轰动的案子，一分钱都没拿到，这怎么可能？”

韩峰道：“里面一定还有我们所不知道的情况。关键就在于，卢芳带着梁小童去了哪里？如果凶手已经得到钱款，那么以他的手法，卢芳和梁小童多半也已经遇害了；如果他还没得到钱，那么卢芳和梁小童就是关键，谁都知道，谁控制了梁小童，谁就控制了那百分之五的股份。咦？”韩峰突然思索道：“会不会是卢芳破坏了计划，独自带着梁小童离去？”

潘可欣表示赞同道：“有这个可能，卢芳这个女人，从她前面的表现来看，她也不是省油的灯。极有可能是因为分赃不公，卢芳独自带着梁小童躲了起来。”

韩峰愁眉苦脸道：“不像啊，要真是那样，凶手第一要做的就是大规模寻找卢芳和梁小童，就算是很隐秘地进行着，也会有迹象泄露出来的，可他没有这样做。到底是什么地方不对呢？还有什么是我们所不知道的呢？”

两个小时车程，五花台到了，群山连绵，苍翠幽幽，给炎热的天气平添了几分凉意。潘可欣下车，站在一处断崖边道：“五花台山是一条大的山脉，在海角市外围环城，可以为我们海角挡住南下的冷空气袭击。每次到这里来，我都觉得特心旷神怡。”

韩峰也来到断崖旁，极目远眺，深深地呼吸，然后看了潘可欣一眼，道：“你还蛮了解这一带的嘛。”

潘可欣道：“那当然，我曾经给五花台山写过专稿。我第一次来这里时，就觉得这里远离了城市的喧嚣，积淀了风吹的浮尘，空气中弥漫着一种大自然的味道。你呢，这里给你的第一感觉是什么？”

“第一感觉？”韩峰闭上眼睛，深吸一口气，“啊——”地长叹一声，又睁开眼赞道，“这里山高林密，人迹罕至，确实是实施强奸的极佳场所啊！”

话音刚落，他的屁股上已经吃了潘可欣一脚，潘可欣怒道：“这就是这里给你的第一感觉啊！刚才那一脚怎么没把你踢下去，这样我就为民除害了。”

韩峰假装委屈道：“人家说心里话嘛，你却……”

潘可欣道：“算了，没工夫跟你瞎闹，下午我还谈好一个车险合同，等着去跟人家签约呢。我们现在要做什么？”

韩峰手向前一指，道：“看见前面那山头了吗？那里就是我们的目的地。”

潘可欣极目望去，只见林木茂盛，郁郁葱葱，不由得问道：“那里有什么？”

韩峰道：“那里是丁一笑名下的一个矿藏，我想去看看，他们究竟是在采矿还是在做别的什么。”

潘可欣道：“会不会被发觉？那不就打草惊蛇了吗？”

韩峰道：“所以我们才要从这里绕过去，顺道看看附近有没有居民，问问这矿山的情况。”

潘可欣质疑道：“那么茂密的树林，怎么会是矿山呢？”

二人翻过小山头，本想直接看看矿山，没想到，在半路就被拦截下来。不是被人拦截，是铁丝网，一层的铁丝网，从山脚下一直牵到山顶，每隔十步距离，便有一个醒目的标记：“高压电，请勿触摸！”

韩峰不太相信，找潘可欣借了个钥匙扣，向网上一扔。“噼啪”几声，钥匙扣再落回地面时，已经变了形。韩峰瞪着眼道：“不会吧！竟然可以这样，政府也不管管？”

潘可欣摊开手，耸肩道：“没办法，看来我们的调查注定失败。”

韩峰道：“走，绕去大门看看。”

从矿场大门向里看，居然有三道铁门，每道门有两名警卫，从表面看，谁也不知道他们是否有武器。潘可欣举起相机道：“我给他拍下来，回去发表一篇报道，就说城郊有个神秘厂矿。”

韩峰一把拉住潘可欣，道：“小心。那里！”

韩峰手指的地方，一台旋转摄像头正晃了过来，两人伏低身子躲避。一会儿，韩峰探出头来，道：“防范得这么严密，一定要调查调查。”

潘可欣道：“你看，那边开来一辆车。”

韩峰看着潘可欣指的方向，果然一辆面包车从远处驶来。开到近处，车身部分没有车窗，上半身银灰色下半身是蓝色的，韩峰低声道：“奇怪，这是辆运钞车啊，运钞车到这里做什么？”

潘可欣道：“你怎么知道是辆运钞车？”

韩峰道：“你看车头，车头的玻璃是防弹的，所以反光弧度与普通挡风玻璃不同，驾驶员旁边的车窗上有个小孔，那是通气孔，从这个孔可以看到车窗玻璃的厚度，而后面的车身也是加厚钢板的，轮胎是防扎破的，还有后面那道门的把手，如果里面锁上，外面是打不开的，而这些设计，都是为了保证运钞车的安全。”

运钞车在门口停下，车里下来一个人，拿着证件交给警卫，警卫看了后放行；到第二道门时，车里又下来另一个人，拿着另一份证件；然后是第三道门。韩峰看了看，道：“看来，今天我们是进不去了，那么，我们先回去，让冷兄他们来查。”

在回程路上，他们却碰到一位锄田的大爷，韩峰过去打声招呼，就问道：“大爷，那山上拉上铁丝网干吗？”

老大爷双手搁在锄头上，道：“你们是来爬山的？没有去碰那网吧？那可是带电的。那山的周围，都是政府设定的禁入区，你们不知道吗？”

潘可欣道：“那里面是什么秘密基地啊，防范这样严密？”

老大爷道：“什么基地啊，就是一矿山。以前是荒山，种啥都不好长，满山石头疙瘩。谁知道，人家说那山里有宝呢，那些石头疙瘩，都是宝贝。”

韩峰回望大山，道：“矿山不用拉电网吧？”

老大爷道：“可不是呢，当时政府下令村民不能进那山，大家心头都纳闷儿呢，后来一打听，那山上的矿可不是一般的矿，都是稀有矿石，什么采集技术、提取技术都是外国引进的，还有什么国家级机密的技术，怕被间谍偷去，才保护起来的。嗨，那些什么技术，我们也不懂，也就是大家瞎闹闹，也不知是真是假。”

韩峰道：“这山已经被围了好几年了吧？”

老大爷道：“是前一年吧，不然就是大前年，反正不出这两年，我记得是我家阿旺刚读完小学那一年来的，进山的车可多了，那架势都赶上发射火箭了。”

韩峰一笑，道：“大爷，那这两年可听说山里有什么特别奇怪的动静？”

老大爷愣了愣，道：“你说那矿山？没有没有，只是听说去年二娃家的狗不知怎么的，撞到电网上给烧死了，二娃还找矿山的管理部门闹过，那哪能敌得过人家啊，最后还不是不了了之。”

韩峰摸摸鼻子，道：“大爷，你再想想，你天天都在这个山头种菜，难道就没有听到那边有过什么响动？”

大爷看了韩峰一眼，道：“响动？哦，我知道了，你问有没有什么声音吧？人家要开山，自然会放炮了，只是这山大，声音挺小的，就像放鞭炮一样，一点都不吓人。每天总是要放几炮的，大多是早上和中午，那会儿地里的人不多。我想人家是怕我们种地时被吓着，我也是因为起得特早，有时中午又不回家才听到，跟乡里人说，他们都不信呢。”

大爷停了停，好像突然想到什么，打量了二人一眼，问道：“你们不是我们本地人吧？”

韩峰和潘可欣一听就明白了，老大爷已经怀疑他们俩的身份了，潘可欣忙道：“咋不是哩，我家搁东汉桥那儿呢，我们就是出来玩玩儿，没想到竟然封山了，唉……”

老大爷仍然很怀疑地看着两人，韩峰马上将手搭在潘可欣的肩头，潘可欣也伸手环抱住韩峰腰身，将脸贴在韩峰身上，表示两人确是情侣。

两人找了个借口，离开了那老大爷，韩峰紧紧搂着潘可欣，道：“你看嘛，早该这样的，才不会引起别人怀疑。”

潘可欣马上松开韩峰，闪到一旁，娇嗔地横了韩峰一眼，道：“你这人，就知道占点小便宜。”说完，自己脸先红了。

韩峰心中大动，暗想：“她这样说，是不是说我胆子太小了，还可以占更大的便宜？哈哈！”

韩峰正了正衣冠，清咳一声道：“我这人，一向比较老实胆小，从来也没有过什么不规矩的行为，你这样说我，我很容易害羞的。”

韩峰说完，满脸堆笑，一点都没有害羞的意思，倒是潘可欣的脸，更加红了。

韩峰略带欣赏地看着潘可欣，心想：“若不是她太矮了，倒也确实是个美人坯子。”他上车后道：“既然他们防范这么严密，看来另一座矿山也是如此，我们就不用去看了。”

潘可欣“哦”了一声。韩峰坐在车上，来回搓手，邪邪地笑道：“现在时间还早，你的合同要下午才签，难得出来一次，上次你带我去看了你爷爷的新大楼，这次，不如去我家看看吧，怎么样啊？”

潘可欣也正想多知道一些韩峰的情况，忙道：“好啊。”但是扭头一看，那家伙正不怀好意地怪笑，突然觉得这样贸然答应，有些太轻浮了，又补充一句道：“我只在门口看看就走，不会待太久的。”

韩峰乐不可支道：“明白，明白。”

潘可欣想到，这样说有些“此地无银三百两”之嫌，又是红到耳根子去了。

奥迪开进小巷，潘可欣停车下车，不由得发出一声惊叹：“哇！”她实在没想到，韩峰会是住在这样的地方。

那小巷，长不足三百米，土墙瓦房，和高楼林立的城市风气格格不入，倒与他们第一次去见卢芳那样的贫民窟有些相似，但又比那里要好许多。街道两旁都是赤膊裸胸的男子，一些车夫，一些挑夫，大家没事干，聚在一起打牌，玩些小棋子游戏，给人感觉仿佛时光倒退了三四十年。街道上的门店都挂着匾额一类的招牌，全是什么老字号。二楼全木质结构，古老的门窗好像随时都会掉下来砸在行人头上，窗户还有用纸糊的，那些破了的窗户纸，与蜘蛛网一起随风飘荡，被虫蛀过的窗户在风吹动下，不怎么光滑的户枢发出“嘎吱嘎吱”的声响。

韩峰走在前面，得意地介绍道：“别看白天没什么人，到了晚上，这里可热闹了，街两旁都是大排档，四川的麻辣烫、重庆的火锅、新疆的烤羊肉、本地的炒田螺、北京烤鸭，太多了，什么都有。”韩峰说得津津有味，还忍不住咽了口口水，仿佛那就是人间至美的食物。

潘可欣想象了一下，一大群人袒胸露乳，大声吆喝，吃得额上直冒汗，不时还有打斗发生，这样的地方，她可是从来不愿意光顾的。

韩峰带着潘可欣到了发廊，潘可欣不愿意进去，站在门口道：“这……这……这是你家吗？”她怎么看也像是那低价的色情场所。

韩峰把潘可欣拖进去，道：“当然是啦！我干吗骗你，你不信问屈姐去。”

发廊里，有几位小姐在打牌，还有位在替客人做按摩，看见韩峰回来，都向他打招呼。

潘可欣见韩峰真认识这里的小姐，不由得皱眉，心中想道：“怪不得他一身流气，原来是在这样的环境中熏陶出来的。”

屈燕叼着那长滤嘴烟，问道：“这么快就回来了？他找你做什么去了？”

韩峰牵着潘可欣的手，一边走一边道：“他啊，在外面养了个二奶，请我去鉴赏鉴赏。”

屈燕大笑，问道：“那这位姑娘是？”

韩峰道：“我给他撬回来了。”

发廊里所有的小姐都笑个不停。只有潘可欣不明就里，因为她不知道韩峰他们口中的“他”就是冷镜寒。

一名发廊小姐看着韩峰的背影，问道："燕姐，冷处真的养二奶啊？不知道我够不够资格啊？"

屈燕笑道："别听他瞎说，那小子满嘴胡说八道。不过，那小姑娘倒是蛮正点的，也不知道那小子从哪里拐骗来的。"

潘可欣问道："刚才你们说的是谁啊？"

韩峰道："哦，我们说的是一位老朋友，我就住二楼，我们上去吧。"

潘可欣踏在木楼梯上，听着"吱嘎吱嘎"的楼梯声音，那木楼梯踩上去也是软软的，像随时会断掉似的。

楼上灯光更昏暗，老式的木料已经斑驳如面目狰狞的鬼怪，潘可欣的手紧紧握住韩峰的手，丝毫不敢放松。

"到了！"韩峰声音不怎么大，可潘可欣却心头一跳，感觉韩峰不是说他家到了，倒像是说地狱到了一样。韩峰微笑着，推开了地狱之门，昏暗的房间里，几道光柱透过破了洞的纸窗户射进来，尘埃弥漫着，在光柱中，就像烟雾涌动。潘可欣不由自主地捂上了嘴巴，因为房间那味儿，实在是——

韩峰却大大咧咧往尘埃落定的床上一躺，手脚摊开呈"大"字形，舒服地呻吟道："还是自己的床睡得舒坦啊。"

潘可欣扯着衣袖，蒙着嘴道："你真的住这里啊？"

"是啊。"韩峰突然感悟道，"虽然房间简陋点，但是在这里，自由。"

潘可欣皱着眉，哭笑不得道："可也太简陋了吧？"

韩峰的房间，除了一张床、一张破桌、三条烂板凳，还有就是那数不清的灰尘了。大热天，还垫着被褥，还是破的，棉絮露在外面；枕头，油腻油腻的，有黑漆漆的一层；被子，从床上耷拉到地板上，不仔细看根本分不出来哪是地板，哪是被子。

潘可欣想找条凳子坐，可三条凳子，有两条瘸腿的，剩下一条，中间有个大洞，坐上面就跟坐马桶似的。不过，这样破烂的屋子里，竟然有不少破烂的书籍，随意地扔在床上、墙角、各个角落，潘可欣就随便堆了两本，叠着坐了。她再次环顾，脑海中闪现出一个绝佳的形容词"家徒四壁"，用这个词来形容韩峰的陋室真是再适合不过了。她问道："我还是不太相信你是住这里的，你以前到底是做什么的？这里就我们两个人，你告诉我好不好吗？"

韩峰翻身爬起，微笑道：“我去给你倒杯水。”说完就往门外走。

潘可欣道：“嘿，不用了，嘿——你回来！我问你呢！”韩峰已经噌噌噌下楼去了。

潘可欣噘起嘴，自言自语道：“还藏得挺深的。”她不顾灰尘蒙蒙，猛烈呼吸几口，下定决心道：“我就不信我问不出来！”

她起身开始搜索，打算在这个破烂的房间里发现韩峰的蛛丝马迹。她看了看自己坐过的那两本书，竟然是一本《菲洛·凡斯探案精选》和一本《希腊棺材之谜》，她用数码相机拍下，作为证据，这就已经开始正式调查韩峰了。韩峰的房间很不干净，但是线索很干净，除了书和床上的东西，实在是很难发现别的东西了。很快潘可欣就发现，这里干净得太奇怪了些，连一件衣服都没有，连一双鞋也没有，更别说其他的生活用品，潘可欣暗想：“这和大街上的乞丐有什么区别？他怎么能在这样的环境中生活下去呢？不，乞丐还带着一大套家当，他简直连乞丐都不如，可冷伯伯是怎么认识他的呢？冷伯伯又偏偏守口如瓶，咬紧牙不说，真是急死人了！”

潘可欣一面想，手中的相机可没有停下，她听得韩峰上楼来了，也没有停止，心想：“韩峰自己不说，可不能怪我。”

蓦然，一只花斑大蜘蛛出现在相机取景框中，潘可欣吓得大叫一声，扔了数码相机，转身向门口跑去，与韩峰撞个满怀，“呀呀！”韩峰手里一纸杯的水，洒了潘可欣一身，还好是凉水。

潘可欣紧紧抱着韩峰，两只脚像跳踢踏舞那样蹬着，不住地叫：“蜘蛛！蜘蛛！蜘蛛……”

韩峰不好意思地去擦潘可欣身上的水渍，那薄纱裙被水浸过，等若虚无，韩峰手指触及，皆是细腻柔滑之感。他看着天花板憨笑道：“蜘蛛有这么可怕吗？”心中却道，“早知如此，养条蛇岂不是更好！”

潘可欣将头埋在韩峰的胸口，偷偷回头看了一眼，根本什么都还没看到，马上又将头埋回韩峰的胸口，问道：“它走了没有？它走了没有？”

韩峰眼珠转动，答道：“那只是走了，可有一只，落在你背上了。”

“啊！”潘可欣又是一声惊叫，一只手不住地胡乱挥舞，急得都快哭了，央求道，“赶它走，快赶它走！”

韩峰抚摸着潘可欣的背脊，轻轻道：“好啊，我帮你赶它走。”韩峰心想，“原来你这么怕蜘蛛啊，要是弄一只在你裙子里，你不是要脱衣服？”他越想越得意，竟然忍不住笑出声来。笑声一起，潘可欣马上警觉，她推开韩峰，仔细看看地面，又在自己身上拍打了一番，确实没有发现蜘蛛，才恨恨地对韩峰道：“你要死啦！知道人家害怕，还故意作弄人家。”

韩峰挥手道：“对不起，对不起，我只是看你刚才害怕的样子，实在太可爱了，又把我抱得那么紧，好像太需要一种安慰了，就忍不住想配合你一下。小心！”

韩峰话音刚落，潘可欣就感觉到了，自己踩到了什么东西，她连看都不敢看，哭丧着脸问道：“是什么？”

韩峰道：“不是蜘蛛！”他不说还好，这一说，潘可欣跳起来，那么远的距离，居然一跃扑入韩峰的怀中，两只手紧紧钩着韩峰的脖子，两只脚架在韩峰右手臂弯中，远离地面，同时将头深埋。韩峰呢，也乐得怀香抱玉，附在潘可欣耳边道：“你早说你这样怕蜘蛛嘛。”

潘可欣不明其理，迷惑地看着韩峰，韩峰接着笑道：“早说了我就好多找几只放在房间里啊。”

潘可欣圆睁杏眼，可在韩峰坏坏的笑意目光注视下，又不敢与韩峰对视了，声如蚊呐道：“你——你这个坏蛋！”

韩峰笑嘻嘻道：“我从来就没说过我是好人。”

潘可欣欲言又止，突然挣脱韩峰的怀抱，跑了出去，又突然折返，在韩峰脸颊上亲了一口，甜甜笑道：“你可真是个坏蛋。”说完又跑了。韩峰道：“你的相机！”

潘可欣下楼道：“明天我到刑侦处来取，这里我实在待不下去。”

韩峰摸着自己被潘可欣亲过的脸庞，不由得一笑，又看看那能被称作床的地方，暗想：“如果床稍微干净些，她会不会躺上去呢？”顿时思绪起伏，绮梦联翩。

第三部

恐怖C计划引发城市暴乱

第九章

C 计划

下午，韩峰慢悠悠地走回刑侦处，这次居然没有迷路，倒是一个奇迹。可他一进门，就发现所有的人眼神都不对，全都是一副“你竟然敢那样做”的表情。韩峰挠挠头，心道：“奇怪了，我可没怎么啊，大家这都是怎么了？”

“嗨，胖子，干吗那么奇怪地看着我？”韩峰问道。

刘定强“嘿嘿”一笑，道：“你自己做的好事。”拿着不知什么仪器，匆匆走了。

韩峰嘟囔道：“我做了什么好事？我怎么不知道呢？唉，夏末，我做了什么好事？”

夏末摇头笑道：“你这个人啊，这样也太过分了吧，我现在去分析一下这材料。你自己小心点，你是故意让我们龙警官看见的啊？你瞧，她多生气。”

韩峰愣了半晌，疑惑道：“我就不明白，我怎么了？龙——”他没有说下去，已经看到龙佳一脸怒气走过来，把材料往韩峰手里一塞，道：“你什么都不用说，自己看材料，这是我在彗星理财公司访问整理出来的，没事别烦我。”

韩峰拿着材料走到冷镜寒桌前，扇动着材料，问道：“这都怎么啦？”

冷镜寒没好气地看了韩峰一眼，从抽屉里拿出一面镜子，举到韩峰面前，道：“吃完了东西，记得擦嘴。”

韩峰一看，潘可欣不知道用了什么口红，自己竟然没擦掉。韩峰擦着脸道："我当什么事呢，原来是这事儿。哼，羊没叼着，反惹了一身臊。"

冷镜寒道："我说，嗯……这个，龙佳和潘可欣，你到底更喜欢哪个？我看，人家对你都不错。"

韩峰将头微微向后一仰，凝神道："我说，怎么突然扯这个？我都喜欢，两个模样都不错。怎么啦？"

冷镜寒想了想，又坐下来，耐心地解释道："是这样的，在我们中国人眼中，不，在全世界范围内，现在都实施一对一的终身配偶制，有些事情呢，我觉得你——"

韩峰霍然站起，手撑着桌子道："屁话！那是一种法律制度，我怎么不知道，现在案子这么急，你跟我说这些道理，说了有什么用？跟这个案子没关系吧？"

冷镜寒一想，自己也觉得好笑："是啊，跟这小子说这些有什么用，难道还能把他当普通人一样看待？"他随即改口道："好吧，龙佳那份报告我看过了，没有什么有价值的情况，你是不是早就知道问不出什么，才不去问的？"

韩峰道："那个保安才去了一个星期，能有什么情况，至于胡金诚嘛，那人很深沉，我想也不会有太多秘密被别人发现的。"

冷镜寒道："公司里的人都说胡金诚为人老成持重，几乎没有出岔子，也很老实，所以和曲明生走得很近。傅凯嘛，了解他的人不多。就是那个保安，叫傅凯。"

韩峰翻动材料，问道："胡金诚住哪里？家里还有什么人？"

冷镜寒道："不知道。你应该知道的，这样的人，平时很低调，周围的人对他了解也不多，存在时也像透明似的，现在突然不见了，大家反而慢慢想起来，他们周围还有这么一个人。你调查了一天，有什么发现？"

韩峰笑了笑，压低声音对冷镜寒道："我发现，潘可欣很怕蜘蛛。"

冷镜寒道："你没有去丁一笑名下的矿山啊？"

韩峰道："去了，但是没有查到什么，人家拉了电网，根本进不去，所以我们就去我家了。"

冷镜寒大跌眼镜，惊呼道："什么！你带可欣去你家！你今天一天什么都没干？”冷镜寒凝眉沉声道：“还是你今天一直都在干别的什么？”

刑侦处的几名人员全部都将头转了过来，冷镜寒咳嗽着掩饰两声，又低声道：“你怎么能带她去那种地方！你那里是人待的地方吗？要是她在你那里染上什么疾病，我怎么跟她老爸交代？”

韩峰得意非凡，一副“那关我什么事”的表情，然后飞快地翻动材料，一面看一面摇头，慢慢道：“别太多心，她在我那里，五分钟都没有待足就走了。对了，由你们出面去查一查那矿场，何必防范得这么神秘呢，我觉得，里面肯定有问题。”

冷镜寒叹口气，又道：“好吧，我派人去查。对了，夏末去过现场了，你要不要听听我们的车是怎么爆炸的？”

韩峰道：“好啊。”

正说着，夏末拿着报告单过来，道：“和上次一样的，TNT，车载炸弹，在油箱下引爆，随后第二次爆炸是汽车油箱的自爆。”

“什么？”韩峰道，“车载炸弹，在油箱下引爆？怎么弄下面去的？”

冷镜寒道：“你是不知道，夏末说的载炸弹的车，不是我们开的车，是玩具四驱车。据现场勘查，炸弹是在一辆玩具四驱车上，开到我们车下面引爆的。”

韩峰沉思道：“我记得当时车的时速保持在八十公里，玩具车是怎么追上我们的？”

冷镜寒道：“有一种叫相对运动，你不知道吗？”

韩峰一愣：“相对运动？”夏末以为他真的不知道，解释道：“如果一个人站在一辆时速八十公里的公车上，那么相对地面来说，那人就是以每小时八十公里在运动。同样，如果四驱车是从另一辆时速八十公里的车里启动跑出来的，那么你们的车就等于没动，停在那里让人家来炸。”

韩峰问道：“可是四驱车是怎么从另一辆车里跑出来的呢？打开车门，把四驱车放地上？如果那样，由于摩擦力，四驱车跑不了多少米，它的时速就恢复了本来时速。”

夏末道：“事实上是，另一辆大车的车头部分做过改装，在车头有个一尺长、三寸高的孔洞，从驾驶室一直通到车前的保险杠，四驱车就是从那小孔中跑出来的。那时大车离你们很近，当四驱车冲出后，有几秒的时间比你们的车速快，随后有一段时间与你们的车速是相同的，最后才会比你们的车速慢。一放出四驱车，大车就迅速后退，也就是你看到那车远离你们的过程，随后引爆，用这个方法，就可以弥补四驱车不能长时间保持高速运行的缺陷。”

韩峰惊讶道：“你怎么知道得这么清楚？”

夏末笑道：“因为那辆车，我们也找到了，在清水湾一家废车回收厂里找到的。是一辆广州本田，我们已经和冷处讨论过了，根据那辆车的形状得出这个结论。”

韩峰道：“车上还有别的线索吗？”

冷镜寒摇头道：“没有，一辆车，全身被淋上汽油，烧成车架子了，还能有什么别的线索。”

夏末道：“有一条，车身虽然被完全烧毁了，但是痕迹并没有完全烧毁，车的发动机编号还在。如果这车是原装车，那么通过发动机编号，我们就可以查到它的出厂时间，它被送到哪家公司组装的，被哪个进货商买走，由此可以具体到车的销售点，知道车是哪位买主买的。”

韩峰眼睛一亮，道：“查出来第一时间通知我。”

这时，李响也兴冲冲地跑回来了，一进门就问道：“怎么样？那个炸你们汽车的家伙找到没有？”

夏末简单地说了一遍情况，李响满腹狐疑道：“你说凶手费这么大劲儿，把你们引出来，就为了用玩具四驱车炸你们？他当时在工厂附近派两个杀手，不就省事了吗？”

韩峰道：“你说的有几点不对。”

“啊！”李响不明白，就这么一句话，还有几点不对。

韩峰道：“第一，凶手费这么大劲，并不是为了把我们引出来，只是一个巧合，他们真正的目的，是要运走厂里的一批零件，至于做什么用，现在还不能肯定，而把我们引出来，只是一个临时安排。第二，他不安排杀手，是因为我们还不知道他们是否拥有长距离杀伤性武器，而且，在工厂附近有太多警察，他就算得手，也不容易脱身，而只要有一个犯罪分子落网，就有可能暴露出凶手的全盘计划，幕后操纵者总是要求万无一失的。第三，他用玩具四驱车对付我们，是一种挑衅，我早就说过，我们努力侦查的一切，在凶手看来，都只不过是一场猫捉老鼠的游戏，而在这场游戏中，我们扮演的是——老鼠！”

冷镜寒一拍桌子起立道：“好嚣张的气焰，竟然把我们警方当作老鼠！”

夏末道：“第一次是玩具直升机，第二次是四驱车，若按空陆海来算，下次该用遥控小航模了。”

冷镜寒突然问道：“李响，你不是在监视丁一笑吗，怎么跑到这里来了？”

李响道：“丁一笑那边，正常得不能再正常了，林凡守着呢，我是过来了解了解进展，顺便代郭局传个话。”

冷镜寒道：“什么话？”

李响道：“人家派出所的同志问起来了，我们要监视到什么时候，现在他们那边也出了点问题，为了维护社会治安，需要增加人手，他们人手不够了。”

冷镜寒道：“出了什么事？”

李响道：“有个精神病人，不知道从哪里搞到支枪，在一辆公交车上开了火，打伤了两人，现在是极度危险人物。警方要缉捕，又要疏散群众，还要做安慰工作。现在城里有些地方已经传开了，消息传播得很快，相信不久，全市都会沸腾起来。你想，一个精神病人，拿支枪，你身在这城里，走到哪儿也不安全啊。”

冷镜寒问道：“有没有线索？”

李响摊开双手道：“这不就是没有线索吗，也不知道那个精神病人藏到哪里去了。郭局都急了，说他这几天也不知道犯了什么邪，接二连三地出事情，都两天没合眼了。”

冷镜寒看着韩峰，问道：“要不，我们就撤一部分跟踪人员？”

韩峰道：“不行，除非你给我找出来卢芳和梁小童的下落，就可以不用跟踪丁一笑了。”

冷镜寒不解道：“这又是哪一码事？卢芳和梁小童是否还活着我们都还不能确定，你叫我们到哪里去找人？”

韩峰将手上的材料向桌上一摔，自信道：“他们一定还活着。我想，我已经知道幕后那操控者为什么一直没有行动，而且恒福银行也没有大批股票换作现金被取走的原因了。”

韩峰此语一出，办公室里的人都放下了手中的活儿，全盯着韩峰，看他又有什么新发现。

韩峰坐在冷镜寒的办公桌上，敲打着桌面道：“今天下午，我去网吧了，在网吧待了一下午。”

李响奇怪道："你不是说不会上网吗？"

韩峰吐吐舌头，别的人都瞪着李响，都怪他打断韩峰说话。韩峰停了片刻，又道："不会上网不表示就不能去网吧，同样，去网吧也并非都要上网。我去的那个网吧，是一个股民俱乐部，里面都是炒股的。我向他们打听了一下，知道了一些关于股票的知识。"

冷镜寒急道："你倒是快说啊，到底这和恒福银行的股票没有被换作现金有什么关系？"

韩峰诡异地笑道："这话说起来就长了，要从中国的股票机制说起。"

冷镜寒立即道："那就长话短说。"

韩峰做了个"遵命"的表情，道："其实很简单，因为中国的股票市场与世界上任何一个国家的都不一样。中国的股票，分作两种：一种叫作流通股，用于股民买卖；另一种叫非流通股，也叫法人股，是不能在市场交易买卖的。非流通股不能在市场做现金交易，但是又可以在法人之间转让，以股权转让的方式，或者以发行价格，总之不能以市场上的价格进行转让。"

说到这儿，韩峰停了一下，观察各个人的表情，看大家是否听得懂，然后才继续道："一家国内的上市公司，流通股通常只占总股本的百分之三十不到，而绝大部分是不能买卖的非流通股。像林政私下签署的协议转让，就是转让的这种非流通股，他转让给梁兴盛，梁兴盛死了，股权自动过继给梁小童。"

夏末愣道："照你这样说，他们不能把股票变为现金，那他们拿来做什么？"

李响道："怎么不能变成现金，他们只是不能按市场价卖出股票而已，就算按发行价转让给其他公司，他们依然有几千万的入账。"随即又问韩峰道："对不对？"

韩峰道："对，但不全对。几千万还不够他们那些精密行动的开支呢。所以说，我们都不了解股票，就在今年四月，政府正式宣布，股权分置条件已经成熟，并在五月实行股票试点，也就是将以前的半流通形式转变为全流通形式，所以这几个月，股票一泻千里，甚至出现了一度的恐慌。你们想想，以前的非流通股占了绝大部分，而且人家全是以发行价购进，而市场上的股票已经被股民们炒到了一个高点，哪里经得住那些低价的非市场股冲击。"

冷镜寒道：“你是说，如果恒福银行被选作试点，那么他们那些原本不能在市场上交易的法人股，就可以上市场交易了？”

韩峰点点头，龙佳道：“如此一来，他们还是可以卖出几十亿的资金。”

韩峰道：“所以我说卢芳和梁小童一定还在，卢芳控制着梁小童，那是个小孩子，自然好控制，他们在等的就是试点这个机会，所以他们现在不需要有什么举动。要想知道幕后的策划者是谁，我们就必须在恒福银行被选作试点股票前找到梁小童，而现在唯一的线索就只剩下丁一笑了。”

李响道：“那么我们还要加大搜查力度，拿着梁小童的照片，采用寻访制搜查。”

冷镜寒道：“收效不大，他们既然费了这么大心思把股权弄到手，自然有一套极隐秘的方法把梁小童藏起来。现在还有个关键的问题有待我们调查，那就是林政怎么会把自己的股权转让给梁兴盛，他是出于何种目的？”

韩峰指着冷镜寒道：“同意！现在我们可以猜测，梁小童说不准就在丁一笑名下的五家企业之中，但是你没权搜查，而且，也查不到，只会打草惊蛇。”

冷镜寒道：“严密监视丁一笑，同时，我们要进一步深入调查林政的人际关系，他死前与哪些人有过十分钟以上的接触，他的通话记录，他的文件备案，他的秘书提供的情况，他的助理提供的情况，以及他的秘书和助理同哪些人做过接触，都要查一查。”

李响挠头道：“那我只好回复郭局，请他见谅了，案子也有轻重缓急嘛。”

韩峰苦笑道：“你那样查，要查到猴年马月去了。调查量太大，人手又不够，案件太复杂，是我们没找到突破口，他怎么就能把线索擦得这么干净呢？”

龙佳问道：“你怎么想到股市的动向与这件案子有这么大关联？”

韩峰笑笑，道：“昨天吃饭时，我听人家说，股市一直在跌落，我就想，不知道他们一直没有将股票换现金，是不是和股市下跌有关，所以就去查一查。”龙佳暗叹：“韩峰竟然能从路边听说的一句话，联系到这纷繁的案件之中，若非他那些流氓习性，他真的可以算一个大侦探了。”

吃过晚饭，冷镜寒又邀韩峰去秘密公寓同住，韩峰却说什么也不答应了，他道："和你在一起，我一点安全感都没有。"

第二日，天蒙蒙亮，韩峰还在美梦之中，就仿佛感到有两个人探头探脑地走进了他的陋居。韩峰睁开惺忪的睡眼，眯着眼问道："干什么？"

其中一人惊叫起来："他在这儿，他果然住这里。"

韩峰视力稍微增强了一点，才看清，李响和夏末找上门来了。

韩峰看清来人后，背过身去，拉拢被单，继续睡觉，喃喃道："天都还没亮，你们怎么找到这儿来的？"

李响道："是冷处告诉我们的，我还不相信呢，你居然会住在这种地方，你怎么能忍受得了啊？"

夏末道："还睡什么啊，快起来了。"

韩峰一脸惺忪，疲惫道："又有什么重大发现？"

夏末道："没有重大发现，但是你的处境不大妙。"

韩峰迷惑道："我的处境不大妙？"

李响笑道："是章玉玲夫人，把你告了。"

韩峰跳将起来，吼道："那个老巫婆，她居然敢告我！她告我什么，非礼吗？"

夏末道："你去了就知道了，警车在外面，李响和你都要去。市公安局的郭局长可是在那边亲自等着你们呢。"

韩峰去了才知道，竟然是另一个案子，那个案子，与这件案子毫无关系，但那案子却和韩峰切身相关，所以他和李响，在章玉玲夫人那大别墅里，一同待了三天。三天后才回到刑侦处，这里的案子竟然还是毫无进展（详见《古堡失窃之谜》）。刑侦处冷冷清清，居然只有冷镜寒和张艺两个人。

冷镜寒问道："回来了，发生了什么事情？"

韩峰道："别提了，那老巫婆，早就知道她没安什么好心，这个案子怎么样？"

冷镜寒又望望李响，李响尴尬地笑笑，看看韩峰道："还是等日后他自己告诉你吧，总之，与他品行不端有关系，否则人家也不会把我们告了。"

冷镜寒点头道："好吧，我也告诉你们，我们这边一点进展都没有，线索全断了，调查了不少人，还是没有满意的结论，到现在我还是不知道，林政为什么要把百分之五的股权转让给梁兴盛。”

韩峰问道：“那丁一笑呢，他有什么动向？”

冷镜寒指着张艺道：“他一直负责跟踪中心的，他来告诉你吧。”

张艺眨眼道：“我只能这样告诉你，丁一笑的生活作息，正常得不能再正常了，每天早上——”

韩峰道：“正常的不说，说不正常的地方。”

张艺望向冷镜寒，他不明白，韩峰怎么会知道他们有情况。冷镜寒做了个“说吧”的手势，张艺才道：“确实有点小问题，我们跟丢了一次。”

韩峰惊得差点跳起来，呼道：“什么！”

张艺道：“本来丁一笑每天都和那小矮人形影不离，生活极有规律，可是有一天，他们参加一个宴请，丁一笑独自从后门出去，我们的人守在前门，直到那小矮人一个人出来，他们才发现丁一笑跟丢了。”

韩峰呆道：“为什么没有四面布防？”

张艺叹息道：“人手不够啊。你们走后，那个疯子大闹海角市，共制造了三起车祸、五起入室抢劫，胁迫居民，两次在闹市区引起恐慌，派出所的同志不得不抽派人手过去，所以我们人手不够了。而且，别的案件也明显增多，大家都不知道发生了什么事，好像这几天海角市的治安特别混乱，甚至有人传出了鬼闹城的说法。”

韩峰道：“丁一笑什么时候重新被跟踪到的？”

张艺道：“他们是中午吃饭，到了下午五点，丁一笑才重新回到办公室。”

韩峰摇头道：“有三到四个小时，他可以做很多事情了。”

张艺道：“但是很奇怪，丁一笑走失后，那个阿八似乎也一直在找丁一笑，后来两人还在办公室发生了一点小摩擦。”

韩峰思索道：“那当然，阿八的地位应该在丁一笑之上，是负责监督丁一笑行踪的，丁一笑失踪长达三个小时，他自然要询问。不知道阿八是否与幕后操控者有直接的联系。”

冷镜寒道：“这可就难办了，就算抓住了阿八，他也不会说话，也不知道是不是那个幕后主使故意安排的。”

韩峰道：“那是自然，他每走一步棋都非常小心的，这个人算计真深啊。对了，我的队员呢？”

冷镜寒道：“龙佳、刘定强和夏末都负责林政的外围调查去了，他们调查量很大，这几天就没歇过，现在，我们人手也不够了。可欣来找过你几次，我只能说你外出调查去了，或许过一会儿她还会来。”

韩峰对李响道：“我说那个人是夏末吧，你还不信！”

冷镜寒道：“怎么，你们碰到他了？”

李响道：“我们只是在成安路上远远看到一个人，和夏末长得很像。但我们喊他，他没理睬我们，不过我们隔很远，他或许没听见。”

冷镜寒道：“成安路，那或许是他了。这几天，实在是忙得有些昏了头吧。对了，你让我们去查的那家矿场，人家是经市里审批的，还由田副市长特意带队参观过。它确实是在生产特种钢，里面的生产工艺属于保密级，所以防范严密一点，别的，我们也没有查出什么线索。”

韩峰冷笑道：“是碍着副市长面子，不好继续深入追究吧？”冷镜寒不语。

张艺道：“对了，我们还监听了丁一笑的谈话录音。”

韩峰睁圆眼，道：“不是没有机会安装监听器吗？你们怎么做到的？”

张艺道：“请高手做的，这里不好说，你去看看就知道了。”

冷镜寒道：“我们一起过去。林凡已经连续监听三十多个小时了，李响去接班。”

丁一笑办公室的对面十九层，韩峰轻轻掀开窗帘的一角，看见丁一笑正同一人交谈，随即又轻轻地放下。张艺按下一个电话键，道：“你们听。”

电话里立刻传来了丁一笑与那人的对话声，丁一笑道：“明天下午三点开庭，你必须把这份文件带上，到时候，我会让法官对他说不的。”

另一人道：“丁律师，谢谢啊，真是太感谢你了……”

张艺站在韩峰旁边，从窗帘缝隙给韩峰指道：“就在他们的窗户上面，我们安装了个拾音器。”

韩峰道：“不怕被监视器发现吗？”

张艺道：“我们是夜里从上一层倒吊下去的，而那个拾音器做成长条形，与窗户周边的橡胶带一模一样，在那里是监视器盲区。”

韩峰又问道：“效果怎么这么好？”

张艺道：“房间里人说话发出的声波引起的窗户震动，被拾音器接收，在墙缝里有两根头发粗细的铜线，直接接到上面某块瓷砖，那块瓷砖被我们替换了，那是一个放大器，在我们这边就可以接收到信号了，通过电脑技术的处理，滤出车流声和空气流动等杂音，就得到这效果。”

韩峰道：“安装多久了？”

冷镜寒道：“两天。”

韩峰马上道：“放出来听听，我要听……他拉上窗帘之后的录音！”

张艺笑道：“我们已经准备好了，这张碟就是专门挑选出来的、我们觉得可疑的对话录音。”

韩峰听了三遍，道：“丁一笑都是一个人在讲话？”

冷镜寒道：“相信是与阿八在交流，但是就这样听，我们还是听不出什么秘密。”

韩峰道：“丁一笑五次提到四合院，你们觉得那会是什么地方？”

张艺道：“不知道，我们市没有四合院这样的建筑。而他提到的码头，我们市又有十六个，仅十万吨级货运码头就有五个，吞吐量相当惊人，我们不可能每个集装箱都去查看。”

冷镜寒道：“他们的谈话内容，有很多隐晦的内容，外人根本就听不懂。不过从谈话性质来看，他们确实在我市进行某项秘密的活动。”

韩峰道：“那就可以抓他啊！”

冷镜寒苦笑道：“不可以，我们的证据还不能证明什么，而且，丁一笑本人就是学法律的，我们去抓他，他还会反过来控告我们。”

韩峰嗤鼻道：“切，这样说，非得他再制造什么事故才能抓他呢。”

这时，李响走过来道：“林凡走了，我们已经交接好了。你们商量着有什么线索？”

张艺刚张嘴，突然又不说了，摸出手机来，接了个电话：“喂，我是。什么！好的，我马上来！”

张艺收线道：“那名疯子，已经找到了。我要马上赶过去。”

韩峰道：“走，去看看。”

冷镜寒道：“挟持了人质吗？”

张艺点点头。李响追至门口，喃喃道：“又没有我的份儿。”

张艺三步并作两步，飞快地向楼下跑去，韩峰在后面喊：“跑慢点！我跟不上！”

冷镜寒道：“你跟得上的，现在不是玩的时候，快点。”

韩峰道：“找到个疯子，关他什么事？他那么拼命做什么？”

冷镜寒道：“你没听到我们说吗，那疯子劫持了人质。在这种情况下，就和张艺有关了，他不只是对机械精通，他是我们市第一批获得合法资格的谈判专家，也是我市首席谈判专家。”

韩峰做了个夸张的表情“啊！”了一声。三人上车，警车呼啸而去。

灵河小区，警笛长鸣，警灯闪烁，韩峰他们赶到那里时，小区已经被警车里三层外三层围了个结实。封锁线拉到三条街以外，荷枪实弹的警察高度戒备。韩峰惊叹道：“哇！打仗啊！”

核查证件后，三人才被放行通过。

一名全身特警装备的魁梧大汉向冷镜寒敬礼道：“特警队向天齐。”他旁边是公安局副局长刘云青，那也是冷镜寒的老相识，只给大家打了个招呼，就拿着对讲机继续下达命令。

冷镜寒伸手道：“刑侦处冷镜寒。”

向天齐忙握手道：“原来是冷处，久闻大名。”

张艺道：“别啰唆了，马上给我换衣服吧。”

向天齐命令道：“小吴，给他准备衣服。”

韩峰调侃道：“谈判还换衣服啊。”

冷镜寒道：“谈判需要给人平和心态，谈判专家的首选，相貌不能出众，随机应变力要极强，穿着要朴实，穿警服肯定不能谈的。”

向天齐道：“这位是？”

冷镜寒道：“嗯……韩峰，　位私家侦探。”

韩峰道：“他在什么位置？劫持了多少人质？提出什么要求？”

向天齐道：“七单元C座三层，有三名人质，他就是要求谈判，没有什么别的要求。”

韩峰疑惑道：“可我听说，那人是个疯子？”

向天齐一怔，结巴道：“唔，是，这个，到处都布置了狙击手，凶徒稍有异动，马上，击毙！”

韩峰伸手取过向天齐的军用望远镜，朝向天齐指的方向看去。看了半天，才把望远镜交给冷镜寒，同时道：“什么也看不到啊？”

向天齐道：“那凶徒非常狡猾，他躲避得很好，我们所有狙击手能达到的命中率，加起来还不足百分之十。”

冷镜寒看了看，放下望远镜摇头，韩峰又拿起望远镜，问道："他在什么位置？"

向天齐道："他背靠窗户下的墙根儿，在他背后有一名人质，他面朝门口，在他前面还半坐着一名人质，挡在他胸口，另一名人质在房间另一道门口，堵着门的。"

韩峰惊讶地瞪着冷镜寒，说道："这是什么疯子？怎么听起来像受过专业训练的特警队员？"

向天齐面色一变，马上道："我们没受过这种训练。"

张艺已经穿戴整齐，看上去像一名下了岗的教师，说道："准备好了，送我上去吧。"

向天齐道："你小心点，已经有两名谈判专家被抬下来了。"

张艺道："他们与绑匪沟通了多久？他们出来后说什么没有？"

向天齐道："去了十几分钟，后来就是枪响，他们直接被打晕了，一个被击中左腿，一个被击中右肩，现在在医院。"

张艺道："好的，我知道该怎么应付了，我上去了。"

冷镜寒做了个"祝你好运"的手势。韩峰凝眉道："如果真是疯子，还谈什么谈？"他转向向天齐，问道："在确保人质最低伤害的情况下，你们能不能击毙他？"

向天齐道："不……不行，有一名人质在楼下被劫持，而后他们才冲进那户居民房中。那名人质是……是，是田副市长。"

韩峰讶异道："这么巧？"

向天齐道："田副市长家住这里，我们也没想到那疯子竟然会闯进来。"

冷镜寒沉着道："那你们有没有做好保护措施，如果那疯子突然逃脱的话。"

向天齐道："我们已经疏散小区内的所有居民，小区周围五百米戒严，不会出现更大的平民伤亡了。"

韩峰又问："他用的什么武器？"

向天齐道："他有一支MP5微冲和一把伯莱塔M92手枪。"

韩峰看着特警突击队配备的95式微冲，质疑道："不是说那疯子只有一把枪吗？"

向天齐略有所思，看看刘云青，直到刘云青点头，他才黯然道："是这样的，我们在追捕的过程中，有一名队员被……被那疯子打伤了，抢了武器。”

韩峰倒吸一口冷气，道：“这绝不是一般的疯子啊，那现在他的武器还有多少弹药？”

向天齐道：“能确定的，他的伯莱塔M92已发了七枪，据那位队员回忆，MP5打了两次三连发，就是六发子弹。我们配备的是三十发的弹夹，那疯子还从队员那里抢走两个满弹夹。”

韩峰嘴张成“O”形，道：“那不是有近百发子弹？消灭一个排都没问题。不……不大妙吧，张艺已经上去了吗？”

向天齐道：“已经上去了。”

韩峰道：“可不可以通知门口的特警，叫张艺下来。”

向天齐道：“恐怕——”话还没说完，又听到“噬”的一声枪响。

韩峰道：“完了，game over（游戏结束）。”

冷镜寒急忙道：“快，快去看看。”

而刘云青也同时发出同样的指令。

不多时，张艺就被担架抬了下来，他左臂血流如注，几名特警正在用特殊的方法给他止血。韩峰走上前去，在张艺臂弯掀了几掀，出血情况明显好转。张艺嘴唇苍白，翕动嘴角，低声说着什么。韩峰俯身下去，将耳朵贴在张艺的嘴边，听后点点头，道：“我知道了。”

张艺说完，就因失血和疼痛晕了过去，被车送走了。

刘云青跺脚道：“连首席谈判专家都被打伤了，这次是真的出了大纰漏了。”

向天齐道：“绑匪很狡猾，每次都打没有防弹背心保护的地方，而且都是大动脉附近，没有受过特殊训练的人，是决计做不到的。我一早就说过，他不是普通的疯子。”

冷镜寒道：“为了避免造成更大的伤亡，看来只能强行突破。”

刘云青道：“不行，田副市长在里面，我不能做主。”说着，他摸出手机，看来是要向什么人请示。

向天齐和冷镜寒都皱起了眉头，因为他们知道，请示的结果不会太好的。

冷镜寒道：“时间拖得越久，对我们越不利。最后的结果，极有可能是人质没有保住，而事态被扩大了。”

向天齐道：“是啊，现在各路记者都在朝这里赶呢，而且也不能将居民疏散太久了。”

韩峰撇撇嘴，看着向天齐的一身特警装，舔嘴道："如果实在想不出好办法，不如让我去和他谈。"

"你去！"冷镜寒摇头道，"不行，你太高了，在这种情况下，会给绑匪心理造成极大的压力，往往会使事态更加激化。"

韩峰歪着头道："听你说得一套一套的，你懂怎么谈判啊？"

冷镜寒严肃道："是的，我也接受过培训，但是在这方面，却远远及不上张艺，而且身体条件也不符合。"

韩峰"啧啧"道："看不出来嘛，可你别忘了，楼上那个是个疯子。和疯子谈，就要用疯子的方法，你可曾学过怎么和疯子谈条件？"

冷镜寒一愣神，他倒确实没学过如何和疯子沟通。韩峰得意地对向天齐道："你给我准备好衣服，我上去和他谈。"

向天齐道："不行，这是专业人员的事，我不能让你上去。"

韩峰道："你们也总不能这么耗着，时间可不等人哦。"

向天齐无可奈何地看看刘云青，刘云青正打着电话，说道："对，现场基本已经得到控制了，对，对，但是……但是田副市长在他手里。现在三名谈判专家都谈判失败了，我们这里已经没有人了。哦，有一名私家侦探，他要求上去谈判，郭局，你看——"

郭小川在手机另一头，问道："私家侦探？叫什么名字？"

刘云青看着韩峰，道："韩？韩什么……和老冷一起来的。"

郭小川马上道："韩峰！那个小流氓！让他去，他总会有出人意料的收获，出了事情我负责。好，就这样，我这边安顿妥当了，马上过来，还有，注意保护居民安全，一定要切记！"

刘云青收线道："郭局同意让你去，你上去吧。"

冷镜寒道："你们到底在章夫人家里做了什么？连老郭都肯信你了。"

韩峰昂首道："那算什么。好了，向队长，给我准备一套衣服。"

冷镜寒道："你本来就穿的便服，你还要换什么衣服？"

韩峰道："待会儿你就知道了。"说着，拉起向天齐走向一旁。

韩峰再次出现时，冷镜寒差点没认出来。韩峰穿了一整套特警服，头戴钢盔，防弹眼镜，毒气面罩，里面双层防弹背心，中间夹铝板，更夸张的，身上的武器也是全套配备，一把MP5挂榴弹发射器插在背后，腋下各插一把80式自动手枪，左右腰畔挎着五四手枪，腰带上被七枚手雷和四个弹夹插得满满的。冷镜寒足足愣了半分钟，才道："你是去谈判吗？”

韩峰的声音在面罩下，显得沉闷瓮气，他道：“当然！不穿成这样，被那家伙打伤了，谁负责。”

冷镜寒道：“可是你这样去，不是制造危机吗？你看，你带这么多武器，又不是去打仗。”

韩峰道：“你不懂，要穿当然就要穿一套，这样才气派嘛。好了，不跟你说了，我上去先。”

冷镜寒呆呆道：“这小子，总是出人意表。”

刘云青问道：“这私家侦探，是个什么人啊？郭局和您老好像都很推崇他。”

冷镜寒道：“是个坏人，也是个怪人。”刘云青摸不着头脑。

三楼，门口左右都各有一排特警，但是谁也没敢靠近门口，突然上来一位全副武装、比他们穿戴还要齐全的人，所有的人都吃了一惊，瞪大眼睛看着那人。本来每人的神经都绷紧如弓弦，可那人上楼后，却挥手向大家打招呼，嘴里叫道：“同志们好啊，同志们辛苦了。”

也只有韩峰，才会有如此举动，他就在众目睽睽之下，手里玩着一颗手雷，随意走向了那敞开的大门。他对一名像小队长身份的特警道：“待会儿里面会发生爆炸，你们一律不准动，这是你们局长的意思。”说着，他指了指那小队长的耳机，意思是“不信，你可以问问”。

韩峰到了门口，这时才看清，那女人质被绑在窗棂上，背抵着窗户，绑匪是个中年男子，背靠在那女人质身上，把另一名中年男子捆在自己面前。这样，在两名人质中间，绑匪只露出半个头来。而另一名年轻男子，也被反绑着，背抵住了通往另一间房的门，这样，无论特警队员从什么地方进入，最先受伤害的都是人质。韩峰快速把房间里每一个角落探视一遍。

那绑匪看见韩峰，也是愣住了，但很快反应过来，举枪就射。“当、当、当”三声枪响之后，发现伤不了韩峰，全打在铝板上了，他立马狂吠道：“我要谈判！我要谈判！”

韩峰刚到门口就中了三枪，虽说没打进衣服，却也怒道：“谈个屁，大家都不活了。我这儿——”说着，手中的手雷插销就被拔了出来，脚下一滑，手雷脱手而出。

绑匪和几名人质都看着手雷在空中划出一道弧线，“嗒”的一声落在沙发后面，紧接着“轰”的一声巨响，烟雾，碎屑，被轰得满屋都是。人质和绑匪，也都不同程度地受了伤。韩峰看了看，又摸出一个手雷，喃喃道："刚才没扔准，重新来一次。"

插销拔开，韩峰一抛。这次，手雷非常准确地落在了那名中年男人质的怀里，那中年男人质手一抖，人就晕了过去。那绑匪却以惊人的速度，一把推开身后的女人质，想也没想，从三楼窗户跳了下去。那女人质浑身筛糠一样地抖着，那年轻男人质却完全傻愣住了，一点反应都没有。韩峰转身出门，一面让特警进屋救人，一面抓着那名小队长的袖珍话筒道："要活的！一定要活的！"而那第二枚手雷，却一直没爆炸。

韩峰下楼时，已经摘掉了头盔眼镜和面罩，冷镜寒和那刘副局长就像热锅上的蚂蚁，正团团乱转呢。见到韩峰下楼，冷镜寒和刘云青马上迎了上去，冷镜寒质问道："怎么回事？刚才怎么发生了爆炸？你在里面做了什么？"

刘云青同时也问道："田副市长怎么样？田副市长没事吧？"

韩峰道："没事儿，我就是扔了两颗手雷，吓唬吓唬那家伙。第一次，我扔在了角落里，有沙发挡着，虽然大家都受了惊吓，但是都只是轻伤；第二次，我直接扔给了那中年男人质，那家伙，果然被吓得跳窗户逃走了。"

刘云青忙问："那中年男人质怎么样了？"

韩峰满不在乎道："吓晕过去了。"

刘云青一拍大腿，道："哎呀！那就是田副市长！你——"

这时，向天齐跑了过来，带着笑道："报告！抓住那疯子了！他从三楼跳窗，跌折了右腿，我们的狙击手怕他逃走或是开枪射击，所以在他左腿补了一枪。那家伙，很快就被我们制伏了。"

刘云青斥责道："你怎么搞的？你怎么可以让他带着武器上去呢？这实在是太激进、太冒险了！真的出了问题谁来负这个责？"

向天齐立正道："报告，他对实地进行了详细的观察，并计算了爆破的威力，而且准备了两手方案，我个人认为，这次行动，是经过精密策划，而且算得上成功实施。"

冷镜寒指着韩峰道："别急，你慢慢说，他到底做了什么工作？"

向天齐道："他先在狙击点观察了屋内摆设，而后在四楼同样规格的居民屋内计算步数、方位、爆破的控制范围，然后将一枚手雷的炸药倒掉，填入河沙，从一开始就进行了心理战，如果不能在第一时间吓退绑匪，他说他能在第一时间进行精确射击，直接击毙绑匪。"

刘云青道："他说他能在第一时间击毙绑匪！如果他不能呢？你们是在拿人质的生命开玩笑！"

向天齐道："刘局，你没有看到他勘测现场时的精确计算，他对武器的熟悉程度，我没有理由不相信他，而且，事实证明……"他看了刘云青一眼，继续道："他是对的。"

刘云青向韩峰看去，韩峰吐舌头，做了个鬼脸。冷镜寒道："可是，若是疯子开枪向人质射击呢？这样的方法还是太冒险了。"

韩峰道："你知道刚才张艺对我说什么吗？他说，那人不是要谈判，他是要制造事端，想尽办法把事情闹大。他思维敏锐，答辩如流，那是受过非常严格训练的特工人员，绝不是什么疯子！我相信他的判断能力。而且，一个警方追缉好几天，尚且能从容逃脱，还能打伤特警队员，知道劫持人质，他的所作所为早已经超出疯子的能力，你们又怎么会认为他是疯子呢？"

向天齐和刘云青面面相觑，半晌向天齐才道："他是从中鼓山精神病医院逃出来的，我们调查过他的资料。此人名叫洪阿根，现年三十八岁，四川眉山县熊周区青水村七大队的村民，五年前来到我们海角市打工，在福兴建筑工程公司做搬运，一年前与公司解除了聘用关系，原因就是他有暴力倾向，经第三人民医院确诊，患有妄想型精神分裂症，后转到中鼓山精神病医院，治疗至今。我们也很奇怪，他就是名普通打工者，在精神病医院里怎么突然就变成经过特殊训练的人了。"

韩峰凝神道："福兴建筑工程公司？这个名字怎么有点熟悉，好像在哪里看过。"

冷镜寒眼睛越瞪越大，最后突然道："是丁一笑……"

向天齐道："对，福兴建筑公司后来被丁律师收购了。"

韩峰张大了嘴，惊讶得说不出话来，冷镜寒也发呆，刘、向二人看着他们，不知道发生了什么事情。韩峰道："他们把农民工训练成特工，他们到底想做什么？"

冷镜寒则面无人色道："还记得林政的死亡现场吗？当时你说过，他们动用了好几百人，估计是民工。"

韩峰也是一惊，道："你是说他们——"

冷镜寒道："如果那几百民工，都被他们训练成这个样子，那就太可怕了！"

刘云青道："怎么回事？老冷，这个人和你们的案子有关吗？"

冷镜寒道："是的，这个人是我们案子中的关键人物，我们要提审他，你通知郭局，就说我们先审，审完再还给你们。"

韩峰对向天齐道："马上封锁消息，对外你们一定要宣布嫌疑犯逃走了，并且继续保持全城戒严，我们会在最短的时间完成审问，如果事态闹大了，这座城市会变成战场。"

向天齐道："这个我们不好做主吧？什么事态会这么严重？"

冷镜寒开始部署，他打通了手机："我是冷镜寒，马上通知刑侦处所有成员，放下手中工作，回处里待命，三级预警，是的，启动三级预警。"

冷镜寒又开始拨另一个号码，他一边拨手机号码，一边对向天齐道："你们佯装戒严就可以，所有精锐部队，请二十四小时待命，我现在联系你们郭局。"

韩峰道："你没听冷处说吗，城里或许还有好几百像这疯子一样的人，如果他们都有武器的话，你说会怎么样？"

手机通了，冷镜寒又道："老郭吗？我已经启动三级预警，希望你能全力配合。"

郭小川道："我正在路上，事态怎么发展得如此严重，好的，我知道了，需不需要其他部门配合？"

冷镜寒道："暂时还不需要，但是，请你通知到你下属的所有部门，我们随时需要增援。我还要联系海事部门和其他相关部门。"

冷镜寒又打了几个电话，对刘云青道："那人我们就带走了，注意保密。请尽快将你们调查洪阿根的所有资料传送到刑侦处。"

向天齐道："欸，冷处。"

冷镜寒道："什么事？"

向天齐道："我是353部队转业的，编号45782，请代我向队长问好。"

冷镜寒道："哦，原来是李响的队员，知道了，我会转告他的，说不定今天你们就可以见面。"

韩峰道："哇，李响还是你的队长啊，他好像还没有你混得好哦。"

向天齐道："你错了，能进刑侦处，那才是一种荣耀，里面都是精英中的精英。"韩峰不屑一顾。

第十章
韩峰式审讯

车上，韩峰不安道："别那么严肃嘛，冷兄，你搞得我都紧张起来了。"

冷镜寒板着脸道："绝不允许重大犯罪组织在海角市猖狂。"

回到刑侦处，潘可欣等在门口，看见冷镜寒他们回来，笑着迎上去，但是冷镜寒不容她说话，先开口道："可欣，今天事态紧急，你就不要采访了，待我们处理完这件事情再让你做专访。你先回去吧。"

潘可欣道："冷伯伯，这是——"冷镜寒已经进了刑侦处，同时对警卫道："戒严，任何人没有证件禁止入内。"

韩峰从潘可欣旁边经过，不失时机在她脸上摸了一把，笑道："真是没办法，你的专访要中断了。"说着也走了过去，留下潘可欣呆呆地站在门口。

冷镜寒走了几步，想起了什么，又回头指着韩峰对警卫道："这个家伙，可以不带证件。"

队员都在十分钟内到位，李响问道："发生了什么事？我们那里人手本来不够，现在撤出，丁一笑做了什么我们可就全不知道了。"

冷镜寒道："龙佳，打开你的电脑，准备接收公安局传来的资料。林凡，我给你签一张武器提取单，你和李响去取武器。那个，定强，你是法医，现在你暂时去监控丁一笑，一旦发生什么情况，向我汇报。夏末，刚才那名嫌犯已经关押，先去审讯，我已经打电话请公安局的老金头来审，他一会儿就到。"

夏末摊开手道："没问题，要看嫌犯的资料。"

冷镜寒道："你要小心，他的暴力倾向很明显，而且，曾经对抗过普通特警，还略占上风，张艺也被他打伤了。"

龙佳道："资料已经传过来了。"打印机开始"咔咔"地响起来。

冷镜寒看着韩峰，道："你——是不是帮忙去拿一下武器？"

韩峰道："你看我像提得动武器的样子吗？"

冷镜寒道："现在不是玩的时候了。"

韩峰道："急是急不起来的，如果真是他们，那免不了要混战一场。"

冷镜寒道："我是担心消息封锁不了多久，他们若是提前分散开来，或是做出什么行动，那我们就非常被动了。"

韩峰不理他，走向龙佳道："龙……佳！我看看资料行不行？"

龙佳淡然道："自己看吧。"

韩峰拿起打印好的资料，道："还在生气啊？"

龙佳冷冷道："谁在生气啊，谁敢生你韩大侦探的气啊。"

韩峰一撇嘴，随意翻了一下，拿给夏末道："拿去审吧，祝你成功。"

刘定强来到监控中心时，丁一笑的办公室却拉上了窗帘，监听器里传来"沙沙"的声音，却没有人说话。刘定强问道："大白天的，拉什么窗帘？里面还有人吗？"

监控人员甲道："我们也不知道，丁一笑常常不定时拉窗帘，但是又不像知道我们在监视的样子，从一开始他就这样了。现在他们还在里面，两个人都在。"

刘定强道："这是一种习惯，也是反监视的常用方法，就凭这一点，他丁一笑就有问题。"

窗户中，丁一笑没有说话，却在和阿八打电脑，他们用的是MSN，正与另一人做文字联系。电脑那头打字道："警方已经抓到三号了，我们的C计划正式启动了。"

丁一笑看了阿八一眼，打字道："可是我们这边城里依然戒严，而且有消息说三号已经逃走了。"

电脑另一头道："那是警方的烟幕弹，这种小把戏，玩不过我的，你记住，事情闹得越大，对我们就越有利，时间很快就要到了，最多还有十来天，我们想要的一切，就要到手了。"

刑侦处

冷镜寒来回踱步，道："已经审问很长时间了，好像没有什么突破。"

龙佳道："查出来了，福兴建筑公司注册是一九九九年，但是当时受理的法律顾问就是丁一笑，两年后被丁一笑收购，而这期间，洪阿根一直是这家公司的合同工。"

韩峰看着福兴建筑公司营业执照上那几个大字"法人代表丁一笑"，摇头道："他们处处小心，好像随时准备着等我们去调查，从这里查下去，得到的资料可能不多。对了，这几天你不是一直在做林政的外围调查吗？有什么新线索？"

龙佳道："恒福银行管理层反映，林政除了商业接触，几乎少有与人来往，没有什么特别要好的朋友，但是在出事之前一个月内，他总是有电话联系，每次通话时间不超过十分钟，但是联系很频繁。那个手机号我们也查了，但是那个号码申请比较早，加上电信局的系统有过几次升级，所以现在还没查出来，最后一次与那个号码通话时间，距离出事只有十来分钟。"

韩峰道："那个电话是在车上打的，那人会是谁呢？有时间把你整理的调查报告给我看看。"

龙佳想了想道："对了，丁一笑以前和他们公司一位同事有过矛盾，那人叫于成龙，现在是恒福银行总部的客户经理，但是那已经是好几年前的事了，只是当时闹得比较凶。虽然与我们现在的调查思路相去比较远，他人也远在天涯市，但是我个人觉得，还是有必要调查一下，排除仇杀的可能。这是他的照片——"

冷镜寒有些不耐烦道："现在已经是关键时期，我们不能分散太多精力，现在首要关注的是那个疯子的问题。如果我们海角市内真的有一个几十至数百人的暴力团伙，而他们还有武器的话，那无异于在城里埋了颗会移动的原子弹，一旦爆炸，将震惊全国。"

韩峰接过照片一瞥，照片上那人尖嘴猴腮，五官还算端正，但怎么看怎么觉得这人特虚伪。

林凡李响二人来回四五趟，才把武器全部提取到位，韩峰撇嘴道："还没有特警的装备好啊，你们还是精英中的精英呢。"

李响道："正因为我们是精英中的精英，所以才不需要那么好的配备。”

韩峰指着武器道：“这，这什么枪嘛，QSZ92式，这是什么？05式冲锋？不会吧，还在用84式碰炸手榴弹？”

林凡道：“怎么，看不起国产啊？”

韩峰道：“我不是说它性能不好，国产的主要是相貌不好，怎么看都有股乡土味道。”

李响道：“一把好枪，首先是它的性能要好，外观设计符合力学原理，握着称手就可以了，不必追求华美。”

韩峰道：“哦，你这样说，选老婆只要能生儿子就可以了，不用看她漂亮不漂亮。不过据达尔文的进化论，人和母猪或是雌性大猩猩交配，同样可以产生下一代的，有没有兴趣啊？”

李响说枪，韩峰却说到婚姻去了，他被韩峰一阵抢白，一时说不出话来。龙佳欲笑又止，林凡倒是笑出声来。冷镜寒拿起冲锋枪，问道：“你天天睡大觉，怎么知道这是05式的？”

韩峰道：“以前没见过嘛，肯定是今年产的了。”

这时，老金头满头大汗地走出来，摇头道：“不行，我拿他一点办法都没有。”

冷镜寒道：“怎么会这样？”

老金头道：“我审了不少嫌犯，还从来没见过这样的，他看起来，就真是一名疯子。疲劳审讯法、心理审讯法、催眠审讯法，都试过了，他的心智，比常人坚强很多，不知道接受过什么训练。这样说你们也不明白，你们去看看就知道了。”

冷镜寒对韩峰道：“去看看？”又对李响道：“把武器清整一下，每人一套，不要有纰漏。”

三人来到审讯室外，隔着玻璃，只见洪阿根目光呆滞，嘴角挂笑，不管夏末如何问，如何做身体动作，他只是“呵呵”傻笑，不时胡言乱语。冷镜寒道：“装傻装得这么像？”

老金头道：“可不是吗，如果不是你们告诉我，我就会认定他是傻子。”

韩峰冷哼一声，道：“不管受过什么训练，不管身体机能被练得多强壮，可他骨子里的东西不会变。如果他真是农民出身，那么本性还是没变的。”

冷镜寒道：“你有什么好办法？”

韩峰笑道："对付疯子，当然就要用对付疯子的办法。"

冷镜寒提醒道："你要搞清楚，我们不可以刑讯逼供的。"

韩峰道："放心，既然他是农村里出来的，那么他一定不会知道大城市里都有些什么机构，他又没坐过牢，那他也不知道监狱是什么样的，嘿嘿，我们只要这样就可以了……"

"哐！"铁门被重重地打开，韩峰站在审讯室门口，对夏末道："有结果吗？"

夏末无奈地摇摇头，韩峰道："那你先出去，我们带来了精神科医生，对他进行智力评估。"

夏末眼睛瞪得大大的，看着龙佳穿着一身白大褂进来，韩峰已经把他推出去了，同时又重重地把铁门关上，对龙佳道："龙大夫，你请开始吧。"

龙佳白了韩峰一眼，把一些奇怪的仪器连接在洪阿根身上，在阿根身上又是敲又是听，鼓弄了老半天，看着仪器打印出一张张根本看不懂的图谱，最后下结论道："可以确诊，他是一名精神病患者。你看他的脑电图，这一段，极不规整，还有这里，这是神经脉冲图谱，这样紊乱，通常是精神分裂症患者才有的结果。"

韩峰叹息道："唉，看来我们得到的资料是正确的，这真是个疯子。他是今年第几号了？"

龙佳道："三十三号。"

韩峰道："竟然是第三十三名因精神失常而杀人的犯人了，怎么今年比去年还多啊。"

韩峰道："那这名嫌犯，只能移交到你们精神病监狱了。"韩峰说完，洪阿根眼睛突然转动了一下，显然从来没听说过有这么个地方。

龙佳道："这些因精神上有问题而杀人的犯人都在我们那儿，现在都快满员了。"

韩峰道："其实，我也从来没去过你们精神病监狱，这次我陪你送他过去吧。"

龙佳道："那里可不是什么好地方。"说着看了洪阿根一眼，摇头道："全都是这些疯子。"

洪阿根被戴上头套，手脚都铐着，也不知转了多少次车，感觉终于停下了。头套揭开那一瞬间，光亮照得人睁不开眼来，这是一条长长的走廊，两边都是铁栅栏分开的一间间的小房间，白色的日光灯一盏接一盏，白色的墙壁，银色的铁栅栏，看起来就像动物实验室。两名警员押着洪阿根，韩峰和龙佳走在前面，不时有里面穿警服、外套白大褂的人员在各个房间穿插走动。

第一间房里，犯人穿着蓝白相间的病服，正用木制小刀专心致志地雕刻萝卜。龙佳问一名工作人员："给007打镇静剂了吗？"那工作人员点点头。

韩峰道："看上去没什么大毛病嘛，这不挺正常的？"

龙佳道："如果你知道他是怎么被关进来的，就不会这样说了。"

韩峰问："他是怎么被关进来的？"

龙佳道："他用雕刀将自己的女友整整雕小了一寸。"

韩峰道："那岂不是剥皮？"

龙佳道："比剥皮还要可怕些，是整整雕小了一寸。"

第二间房，犯人也是安静地坐着，看着头顶一扇极小的天窗出神。龙佳对工作人员道："怎么能让他背向坐着呢，把他转过来，一定要正面看着他。"工作人员马上进房间工作。

韩峰又问："为什么要让他正面坐呢？"

龙佳道："你不知道，他有自残倾向。他杀了三个人，都将其剖腹挖心，内脏扔得到处都是。"

一路走过，韩峰一直问个不停，龙佳慢慢解说。里面的每一个犯人所犯的事都是触目惊心、闻所未闻的，一个比一个可怕。走到一半，龙佳停下来问道："还有没有空房间？"

工作人员道："哎呀，没有了，这新来的？让他住23号房吧，那大个儿本来就是最温柔的一个，现在又打了针，应该没问题。"

洪阿根就被送到第23号房间，龙佳对韩峰道："跟我出来，登记一下。"

两名工作人员把洪阿根放在床上，就自行离开。洪阿根看着周围的环境，干净，有两张床，自带卫生间，其余就没有什么东西了。正看着，旁边爬过来一大块头，两块胸肌上下抖动着，却用儿童似的目光打量着洪阿根。洪阿根向外一瞅，没人，再看看周围，没有摄像头，他冷笑一声，猛地一拳，那大块头似乎躲闪不及，被正中额头，打得退了好几步。洪阿根道："离我远点！"

没想到，那大块头就像愤怒的公牛，退后马上扑了上来，洪阿根又是一拳迎上，那大块头也是一拳打过来。洪阿根非常自信，他一拳有三百多斤的力量，曾经打碎过石板，常人根本受不起他一拳。两个拳头碰到了一起，洪阿根先是吃惊，随即钻心的疼痛从拳头传来，他知道，自己至少有一根掌骨断了，对方的拳，比自己的拳更有力、更可怕。在痛楚的刺激下，洪阿根飞快地变换着拳术，左拳又向那人小腹挥去。没想到，对手动作也比自己快，没两个回合，洪阿根就吃了七八拳，接着大块头手一紧，掐住洪阿根的脖子，单臂将洪阿根举离了地面。洪阿根面色发紫，无法呼吸，好在这时候，一名工作人员经过，发现了状况，马上吹哨，大叫道："快来人，131号攻击新来的，快拉开他们。"

几名手持电棍身穿警服的人员马上赶到，对着那131号拳打脚踢，棍棒相向，好容易把两人拉开了，洪阿根心有余悸，只能大口呼吸。韩峰和龙佳也赶来了，龙佳问道："怎么回事？"

一名工作人员道："131不喜欢他。"

龙佳道："那换别的房间呢？"

工作人员道："131就是最好相处的了，还刚打了针，要是换别的房间，我怕他……"工作人员说到这里，停了停，问道："对了，他是犯什么事进来的？不是什么大事就不住这里吧？"

韩峰道："知道最近城里出的疯子杀人案吗？就是他。"

龙佳态度一变，虎着脸道："就是他！把他关到9号舱去！"

工作人员脸色一变，面部肌肉僵硬道："真的要关到9号舱去？"

龙佳点点头，同时，另外两名工作人员道："131号比往常兴奋，看来药效出了问题，我们要带他去做个血液分析。"

龙佳点头道："好。"

工作人员却并不行动，而是看着龙佳道："可是，要经过9号舱门前，我们怕131号因为害怕而有什么举动。"

龙佳道："多几个人擒着他走过去。还有这个家伙，给我关到9号舱里面去。"

洪阿根又被两名警员押着，韩峰和龙佳还是走前面。韩峰问道："那个131号，为什么害怕走过9号舱？"

龙佳道："这里的犯人，没有谁不害怕从9号舱门前过的，里面关着那人，他犯的事，比我前面告诉你的所有人所犯的事加起来都还要可怕。"

韩峰奇道："哦，是什么事？"

龙佳道："不要提了，想起来就浑身发冷。"

韩峰又问："这些都叫房间，那里为什么要叫9号舱呢？"

龙佳道："你看了就知道了。"

韩峰、龙佳、洪阿根和两名押送人员，一共五人来到了9号舱门前。别的房间都是铁栏杆围着，可9号舱却是一整块平整的玻璃砖，上面开了几个出气孔，房间又大又深，没有电灯，中间坐了个人，身材很高大，长发蓬乱，看不清脸。而9号舱与别的房间不同之处，就在于它什么都没有。别的房间有床，有生活洗漱用品，有卫生间，可9号舱就只有中间坐着那高大的人影，除外什么都没有。

韩峰问道："怎么里面什么都没有？连灯都没有，那人长什么样都看不清楚。"

龙佳道："别说灯，就是给他一根蜡烛，那人都可以杀人越狱。而且，他极其凶残，喜生食人肉，这里面好几名重刑犯，都是不小心就被他吃掉了，后来，才给他隔离了这么一间房，谁也不能接近他。"龙佳说着，身体不由自主抖了一下，洪阿根也跟着抖了一下。

这时，四名工作人员押着131号走过来了，洪阿根看见，他方才还像狂暴的雄狮一般，现在在工作人员押送下，就乖得像只绵羊。可是距9号仓还有五十米时，131号就放慢了脚步；还有三十米时，他走着走着就自己向后转，是工作人员把他顶回来的；还有十五米时，131号说什么也不再往前走一步了。工作人员又是哄又是威胁，131号才挪了一小步，全身已经开始瑟瑟地抖起来。不知哪位工作人员大力推了131号一把，131号向前移动了一大步，他马上反身回跑，被工作人员擒住，他开始挣扎。131号每一次动作，就让洪阿根想起刚才的痛，那大块头是那样厉害，竟然这么害怕9号舱里的人，连从门口过都吓成这样。

几名工作人员喊道："快来帮把手，他力气太大了，我们擒他不住。"很快又来了几名工作人员，最后八人扛着131号过来了，131号全身缩成一团，大声尖叫："我不过去，我不过去！魔王，是魔王！啊——我不过去！啊——啊——啊——"

洪阿根脸皮不受控制地跳动起来，131号经过时，他浑身一颤，腿也不痛了，只是发软。

龙佳看着131号经过，面无表情道："把门打开，把他押进去。"

9号舱的门是开在侧面的，门里还有门。洪阿根听着开门的工作人员握钥匙的手，抖着钥匙哗啦啦直响，半天也没捅开一道门看着玻璃墙里面那神秘的身影，他从来也没有这样害怕过。里面那人看起来一动不动，但给人的感觉比那些大吼大叫的精神病人更加可怕，那人闭着眼睛，可嘴角好像在笑。“吱呀！”厚重的第一道大铁门打开了，工作人员道：“门！门打开了，押进来吧！快点！”

洪阿根本来就是警员架着在走路，自己无法选择方向，可他还是感觉得出，架着他的警员的腿，站得不十分稳。洪阿根再看看那玻璃后面的人，天哪，那人哪里闭着眼睛，他分明看着自己，嘴角挂着诡异的微笑。每走一步，洪阿根心跳加快一倍，他浑身上下，没有一处不在抖着，就在迈进铁门的前一步，他终于大叫起来：“不要！不要进去！我不是疯子！”

韩峰一愣，叫道：“等一等，他说什么？”

洪阿根就像溺水者抓住了救命草一样，快速道：“我不是疯子，我真的不是疯子。你信我，你要相信我，警官，我什么都告诉你们，我知道很多情报，对你们很有用处。你……你，你们一定会感兴趣的，我有很多情报，我有很多情报。我不要和这个疯子待在一起，快离开这道门。快离开这道门！”

韩峰还不依不饶地问龙佳：“你看他这种举动，算不算是一种病症的激发现象？”

龙佳道：“不知道，要问过情况才清楚，先带下去吧。”

洪阿根被架走了，他兀自慌乱地呼吸着，从龙佳身边过时，龙佳忍不住捂住了嘴。韩峰看着洪阿根被带下去，也皱眉对龙佳道：“小便失禁了，吓得够呛。”

这时，那魔王站起来，自己从房间里面把门打开，走了出来。

冷镜寒把假发朝地上一摔，气急败坏道：“为什么要我扮魔王！”

韩峰用手比画比画，道：“你才够高大威猛嘛，你瞧，唬住了不是？”

131号也过来了，那发达的肌肉，那高大的块头，不是李响又是谁。李响问道：“你这法子行得通吗？”

韩峰道：“不管行不行得通，也是让你打了他一顿，替张艺出了口恶气。”

李响指着韩峰道：“冷处，这不算刑讯逼供吧？都是他一手安排的，我不会受处分吧？”

龙佳也道：“你们还好，只是做做样子，他非要我记那些听着都起鸡皮疙瘩的台词，你脑子里怎么那么多稀奇古怪的杀人方法？”

韩峰搓着手笑道："这是我的专长。"

冷镜寒道："还没到高兴的时候，先看看那家伙招了些什么。"

洪阿根头上戴着插满电线的头盔，手里端着热水杯，兀自不住地发抖，他拼命喝水，直喝了五盅，才开口道："我本来是到这里来打工的，三年前，我与一位朋友去喝酒，喝醉之后，与别人发生了一些纠葛，不小心把那人杀死了。我被抓到了公安局，后来……后来被判死刑。"洪阿根说到这里，眼睛分外凸出，好像回忆起被宣判死刑时的场景，仍心有余悸。他又猛喝水，然后道："我没有亲戚，在三个月后就被执行枪决了，我听到枪响了，自己也倒了下去，可我醒来后，发现自己在一间特殊的房间里，他们替我检查身体……"

洪阿根时断时续地说着，韩峰他们在审讯室外越听越奇怪，韩峰道："他说的过程怎么听着都熟悉，在什么地方听说过呢？"

李响道："这是美国大片常用的情节，利用死刑犯组成一支特别行动队，因为里面的人都死过一次，所以特别卖命，常起到出奇制胜的效果。"

韩峰看着冷镜寒道："原来你们搞这一套啊？"

冷镜寒忙道："胡说，我们怎么可能这样做呢。分明是凶手用这种方法迷惑这名劳工罢了，一场故意制造的事故，或者是演了一出戏，他不是说，杀人的时候他喝醉了吗。"

龙佳道："不过——这情节也太老套了吧，你们说他会不会还在说谎，以图混淆我们的视听。"

冷镜寒道："连着测谎仪呢，你看，绿灯一直闪烁，说明他的脑电波没有异常波动，应该不是说谎。"

韩峰道："机器最不可靠了。"

洪阿根说他的人生从此改变，他加入了训练营，接受地狱一样的训练。林凡道："那么你三年前就离开福兴建筑公司了？"

洪阿根道："是啊，我们一直在别的地方接受训练。"

林凡道："你们在什么地方接受训练？有多少人？"

洪阿根道："不知道，我只知道我们在大山中，我们训练时共有九个人，大家不能说话，训练后各自回到自己的房间。"

林凡一敲桌子，洪阿根浑身一震，林凡道："胡说，你们怎么去的训练地方，怎么会不知道在什么地方训练的？"

洪阿根道："我们坐在顶上开窗的密封铁皮车里，只看得见天。"

林凡记录下来，道：“接着说。”

洪阿根道：“训练结束后，我先执行了半年任务，前几天被安排到疯人院，说是等到了用我的时候，自然会用我。五天前接到通知，并给了我一把武器，让我闹事，我可是什么都不知道，只是执行命令，我一直以为，我是在为政府工作。我们牙里都安着一种剧毒的药物，我们被告知如果被抓，就要马上拨动牙齿，咬破胶囊。可是我——”

韩峰道：“听听，怎么说的还是像疯话？真以为自己是特工啊？”

李响道：“看美国大片看多了吧？而且，在疯人院待了大半年，多少会受到点影响。”

林凡问道：“你说你在执行任务，是什么任务？”

洪阿根继续道：“我们一共十八个人，我只知道我是三组成员，我们的任务是负责看守一名孩子。我也不知道为什么要二十四小时看着那孩子，有一个女人，常常来看那孩子，据说是那孩子的妈妈。”

审讯室外的人都是一愣，他们都联想到了一个女人和一个孩子，而那名女人和孩子，正是整个案件的重中之重。冷镜寒马上按下键钮道：“你们在什么地方执行任务？”

洪阿根一惊，四处张望，想看到谁在说话，林凡敲着桌子道：“回答问题。”

洪阿根道：“我，我们只负责看守，不能独自外出，我们出门时都由封闭的大车运输。”

韩峰挤开冷镜寒，问道：“你们所处的地方，大概是什么样子的？说一说周围的地形，你能看到的地方是什么样子，你能听到哪些特殊的声音？”

洪阿根道：“我们在一栋大楼里，我所知道的是四栋大楼紧紧挨着，围成一个正方形，每栋大楼都一样高矮，一种样式，门是开在正方形里面的，每栋大楼有一道门，可大楼内部的走廊又是连上的，在大楼里看得到……看得到一座大钟楼，别的建筑就看不到了。我可以听到火车经过的声音，还感到地在震动，还……还听得到船的汽笛声。对了，每天中午和晚上十二点，都有钟声打点的。”

韩峰又问道：“你能看到的大钟楼，在哪个方向？”

洪阿根回忆道：“太阳从东边升起，左西右东，上北下南，是西南方向。”

冷镜寒看着韩峰道：“能找到吗？”

韩峰一摊手道："试试。"

冷镜寒急迫道："要快，刻不容缓！"

韩峰道："准备海角市地图，要大一点，地名详细点的，还有，给我圆规和尺。"

李响拿来了地图，龙佳不知在什么地方找来了圆规和直尺。韩峰将地图横放桌案上，手一拨，展开地图，指着地图道："海角市的钟楼有三座，是景恒、福岳和耀阳大钟楼，而只在零点报时的钟楼，就只有福岳一座，我们就有了坐标中心点，在……在这里！"

韩峰用圆规点住了地图上的福岳钟楼，然后道："在天气晴朗无云的环境下，人的视力最远可及十公里外的巨大事物，比如大山，而像大钟楼这样的建筑，必须在三千米以内才能看清楚；而钟楼的声音频率低钝，传播有限，直线距离不超过两千五百米，否则将不能引起人的听觉；那么，既然洪阿根看到的钟楼在西南方，他们所处的地方就在钟楼的东北方向，不超过两千五百米。"

韩峰说着，用尺标出两千五百米的比例直线，并以直线为中心画了个椭圆，道："只有在这个范围内，才能看到西南方向有打整点钟的大钟楼。听到汽笛声，那是海上的船，离陆地最近的船是靠码头的船。我们海角市有十五个码头，船上的汽笛声频较高，但声音传播仍不超过五公里，能够把汽笛声传到这个范围的，只有这个——清水湾码头。"

韩峰说着，又以清水湾码头为圆心，以五千米比例尺为半径，画了个圆，圆和椭圆交界出一个区域。韩峰从桌案一头走到另一头，笑道："我们的目标就在这个区域中。现在，再让我们看看，铁路线所穿过的地方，火车开过能感到震动的，必须在铁路线两边五十米范围内。那么，铁路线与这个区域交叉处，五十米内，就只有这个地方！"

韩峰用圆规将地图钉在了桌案上，冷镜寒一看，圆规钉着的地方，清楚地写着"开源建筑公司"。

冷镜寒摸出手机，最后问道："他们会不会换了地方？"

韩峰道："不会。首先，建立一个基地不是短时间所能做到的；第二，他本人根本不知道自己在什么地方，也就是说，这个地方是极度保密的，若内部没有大的变故，什么机构会轻易更改自己的地址，而且还是非法的；第三，为了监控梁小童，他们必定为这建筑装备了大量器械，轻易转移，梁小童走丢了到哪里去找？从洪阿根说的情况来看，梁小童在那里已经居住了一年多，至少他就看守了半年，现在时机还没成熟，股票还不能变现，梁小童应该还是安全地待在那个地方。”

冷镜寒不再怀疑，马上联系道：“各单位注意，各单位注意，马上包围新舰路的开源建筑公司，十分钟内全部人员都要到位，从开源建筑公司内出来的人，一个也不能放走，对方人数不详，估计都配备有武器，重复一遍，估计都配备有武器。”他放下手机，马上道：“所有人员，关掉手机，打开第三频道，无线联系。通知林凡，我们出发。夏末，分发武器，人手一套。”小队成员以最快的速度全副武装起来，只有韩峰没有份儿，只给了他一套防弹背心，连把小枪都没给他，冷镜寒怕他拿着武器又不知道会干出什么事来。

天色已晚，警车呼啸而过，为夜色增添了紧张的气氛。而城市的另一头，却分外平静，经过一天工作的疲惫，大家都享受着轻松休闲的夜生活。

在拉上窗帘的办公室里，丁一笑独自一人坐在电脑前，继续他的MSN对话。电脑打字道：“忙碌了一天，看来警方终于从三号嘴里掏出点什么了。各分局的警方力量都像潮水般涌来呢。我原本还担心他们什么都问不出来，看来这种担心是多余的，韩峰那小子，真有两下子。”

丁一笑打字道：“不要玩得过火了，当心他们迟早查到你头上。”

电脑打字道：“哈哈，怕什么，等他们查到我的那一天，我早带着属于我的钱远走高飞了，只要有钱，哪个国家不欢迎我。一些穷困的小国，都是敞开国门等我去呢。”

丁一笑道：“明天我就可以为C计划多增加一点力量了，他们查案的速度很快，我们在海角市的布置恐怕维持不了十天。”

电脑道：“我知道，不然专门准备一个C计划做什么，今天晚上，就是C计划的开幕典礼，可惜，你不能亲自来现场观摩了。”

丁一笑道：“我被监视得很严，很多行动都受到了限制，真麻烦，连与代理人对话都要小心点，生怕被人抓到把柄，还要假装没有发现他们那帮笨警察安装的劣质装备。”

电脑“呵呵”一笑，道：“不和你聊了，我要去看好戏了，我仿佛都听到警车的哀号声了。”

丁一笑道：“88，小心。”他身边那个形影不离的阿八呢？谁也不知道他去了哪里。

第十一章
陷阱

韩峰坐在车里，看着窗外霓虹灯闪烁，总觉得事情进展太顺利。一名从疯人院逃出的疯子竟然与丁一笑的公司有关系，而他竟然说出了他们一直苦苦寻找的梁小童的下落。如果不是张艺接到那个电话，他们可能与这名疯子一点关系都没有，这是巧合吗？可若不是，问题又出在哪里？韩峰想不出，只能到了地方再看情形了。

李响看着韩峰发呆，问道："怎么？有点紧张？我也是，还从来没见过这么大的阵仗呢，全市的警务力量都出动了。虽然一直都进行反恐训练，但真正派上用场的机会并不多。"

冷镜寒在前排道："你不了解他，这样的阵势还不足以让他紧张。是吗，韩峰？你在想什么呢？还有什么地方没想明白？"

韩峰道："是的，有些事还没想通，因为时间太短了，疑点又太多了，一时理不清头绪。"

冷镜寒问道："什么事？"

韩峰一反平时嬉皮笑脸的态度，冷冷道："如果不是好事，就是大坏事。"

警方迅速布控，特警车封锁了现场，狙击手第一时间占据近处制高点，韩峰他们的车也到了。韩峰下车，随后他就看到了洪阿根口中说的那个四栋楼房围成的正方形建筑。

各路人马齐聚，向天齐很高兴地给李响问好，郭小川也到了。冷镜寒分配道："李响、林凡，你们配合向天齐的特警队进行封锁，我要这建筑中的一只苍蝇也飞不出去。”李响道：“保证完成任务。”

冷镜寒又道：“老郭，你的部下多，你就在外面负责现场总调度，我带人进去。”

郭小川道：“放心，还有两架直升侦察机正往这边赶来，保证一只蚊子都不放过。你小心点，那个小流氓也小心点。肖强，你的队伍跟上去，听冷处指挥。”

韩峰又恢复了本性，怪叫道：“不是吧，我哪点像小流氓了？”

大楼的保安，正被几名警务人员带走，他疑惑道：“这是怎么了？我犯了什么事啊？”

郭小川指着韩峰道：“祝你成功，臭小子。”

他们进入大门，现在已经下班，建筑内空荡荡的，好像一个人也没有。他们穿过甬道，来到建筑物中间，四幢大楼围成一个天井，高十二层，人如站在井底。夏末喃喃道：“怎么修成这个样子，倒像北京的四合院呢。”

韩峰和冷镜寒同时望了夏末一眼，夏末道：“怎么了？我说错了什么吗？”

韩峰道：“没有，你说得太好了。”

冷镜寒环顾四面，每栋楼都有上楼的楼梯，而楼梯后面都有道后门，楼正中是水池假山，大门西侧停着一辆桑塔纳2000，紧靠着桑塔纳的，就是一辆摘掉了牌照的五十铃，车上面布满了灰尘。龙佳道：“没有动响，好像里面没有人。”

韩峰抬头道：“你们看，有微光。”

大家顺着韩峰的手指望去，东南面一栋楼，第五层，门缝里微微有光透露。龙佳心中疑惑：“这么昏暗的环境下，这样淡的光，他是怎么发现的？”

冷镜寒道：“分作四队，沿路搜索上去，一个房间也不能漏过。我们直接去五楼。”

他拿出对讲机道：“我们已经进去了，所有小分队注意，恐怖分子随时会开火还击。”

房间门没锁，打开门，就看到一张石台办公桌、电脑，以及背向他们的高大的电脑椅。后面是窗户，旁边有道后门，左手是铁皮文件柜，右手是饮水机、矮组合家具和电冰箱。

“唔唔——”推开门后的一声呼声，让冷镜寒他们小队成员都吃了一惊，全举枪喝道："别动！举起手来！转过身来！"声音正从电脑椅传来。

韩峰三五步跨上前去，冷镜寒和龙佳同时道："小心！"

韩峰将电脑椅旋转过来，大家都吸了一口凉气。

一个孩子，眼睛被蒙上，身体被绳索牢牢固定在电脑椅上，胸口的电子仪器，谁都看得出，那是一个定时炸弹，而嘴被胶带封着，两根电线从嘴里牵到胸口的定时炸弹上。这个孩子十岁左右，大家都看着韩峰，而韩峰也说出了那个大家期待的名字："梁小童！"

韩峰揭开蒙着梁小童的眼布，再准备去揭开梁小童嘴上的胶带，夏末惊呼道："别动。"韩峰停下来，夏末收起武器，小心地走到前面，从胶带上小心地捏起一根发丝细的铜线，道："看到没有，这线一断，炸弹可就炸了。"他一边说着，一边从自己的口袋中取出装备，将发丝铜线与从嘴里接出的电线接驳在一起，再剪断胶带外面的细丝，揭开胶带，从梁小童嘴里取出一个圆形器械，道："这是个拾音器，声音超过六十分贝，就会引爆炸弹，这孩子也就不能大声叫喊。"

梁小童被揭开眼布和胶带时，一脸惊惶，竟然说不出话来。韩峰小声道："别怕，我们见过的，还记得吗？你和卢芳阿姨，在那小屋。告诉我，他们从哪里走的？"

梁小童没有说话，却朝后门看了一眼。韩峰摸了摸桌上的烟灰缸，道："他们刚走，我们追吧。"

夏末道："我留下来拆弹，你们快追。"

冷镜寒点出两名警察道："他们两人留下来帮你，我们追。"

出了后门，韩峰直接向楼上跑去，龙佳道："怎么是在上面？"

韩峰道："他们怎么会不知道楼下没路，他们是上天台了，可能有直升机。"

冷镜寒紧随其后，道："不怕，我们有两架武装巡逻直升机正朝这边赶来，他们跑不掉。"

五层楼高度说高不高，但是全速爬上去确实让人够呛，谁上去都微微有些喘。楼顶也是四座大楼相连，平台楼顶。韩峰站在楼顶，环顾四周，却连一个人影都没看到。他喘息道："这是怎么回事？"

冷镜寒道："人呢？"只听到刺耳的旋翼响，探照灯打来，却是警局的直升机赶到了。

韩峰突然看到，楼顶周边栏杆上贴着白色字条，一尺见方，他快步走上前去，黑夜的灯光下，字条上写着四个字："请君入瓮！"

韩峰手里拿着纸条，这才注意到周围的大环境，在这高楼林立的城市中，这座十层高的建筑，就像一个盘子，四周的每一座高楼，都有潜伏杀机的可能。

韩峰道："陷阱来着，我们上当了，撤下去，马上撤。通知夏末，叫他小心！"

"嘀嘀嘀"的声音将所有人的目光重新吸引回天台，只见天台角落里突然爬出一个机械动物，一个圆头，伸出十数只金属脚，头上一排红色小灯闪个不停，左边角落里有，右边也有，肉眼可见有四个。

冷镜寒在进入楼道前一瞬问道："这是什么？"

韩峰刚刚踏入楼道，突然一惊，抢过冷镜寒的对讲机，吼道："直升机驾驶员，跳机，执行命令，跳机！跳机！"

话音未落，听见细微的"腾"的一声，紧接着是惊天巨响，两架直升机先后如礼花开放。所幸的是，直升机爆炸后，韩峰和冷镜寒看到，四叠大伞，向远处飘去。

这边爆炸声还没结束，就听到一人惊呼，好像是夏末的。接着，四合院大楼里乱作一团，有枪声，有呵斥声。而大楼外面也接上了火，一时之间，好像到处都在开火。

韩峰道："快回去，看看梁小童！"

房间里已经不见了梁小童的身影，夏末俯面倒地，脑后有血。韩峰一探他的颈部动脉，道："还活着。"另两名警员却牺牲了。

冷镜寒道："快，送他去医院。"

梁小童身上的炸弹还放在电脑椅旁边，显然夏末刚拆完炸弹就受到了袭击。韩峰道："从后门袭击的，对三人同时发起的袭击，两人从门口进来，还有一人却是——"韩峰一捶自己的大腿，看着被打开的文件柜，狠狠道："却是躲在文件柜里的！"

再看文件柜，里面有个文件箱，一尺长，八寸宽，两寸高，锁口是密码锁，黑黝黝的不是很起眼，韩峰看着那皮箱，似乎有些眼熟。冷镜寒道："这个皮箱带回去，搜查房间。"

就在警员快碰到皮箱时，韩峰咋呼一声："别碰！"警员连忙缩回手去。

冷镜寒道："又怎么了？这是什么？"

韩峰将耳朵贴在箱面上，仔细地听着，随后用手指在箱子表面轻轻抚触，果然，箱子下缘有字。韩峰将身子跪下，从下往上看，箱子下缘有枚蓝色的月亮印记，后面是一排小刀刻出的钝字，“一九九五年，八月十九日晚三点”。

韩峰站起身来，冷笑一声，退了一步，道：“撤退吧，也不用再搜索什么了。叫郭小川也撤，所有人都撤！”

冷镜寒道：“是什么？”

韩峰道：“炸弹。”

冷镜寒道：“那我马上叫拆弹组进来。”

韩峰道：“这是个不能拆的炸弹，不要小看这一皮箱的威力，说不定它可以把整座大楼夷为平地。”

一名警员不识好歹，问道：“为什么不能拆？”

韩峰高声道：“我说不能拆就是不能拆，撤退吧！里面的仪器已经启动，谁也不知道什么时候会爆炸。”

冷镜寒道：“老郭，马上后撤，大楼里有不明威力的炸弹，那臭小子说，或许整栋大楼都会被炸掉。将封锁范围从方圆五百米提升到一公里，请你务必做到。”

这时，楼里的枪声已经停了，郭小川从对讲机里道：“老冷，有一小股持枪匪徒，似乎通过了北面大门逃走了，我又调了两支小队去追击，直升机已经爆炸。你们那里发生了什么？”

冷镜寒道：“我们暂时损伤很小，先追击匪徒要紧。”

郭小川道：“知道。”

大家跟在抬夏末的人员后面，从楼道往下走，其余几个小队分别在对讲机里报告消息：“没有发现可疑人员。”“没有发现可疑分子。”“没有发现……”“没有……”“报告！第七小分队全部受伤了，请求支援！”

大楼的走廊全是通的，夏末被送走了。冷镜寒他们从东北方的大楼下到两层，再绕到西南方的大楼走道里。第七小队的五名成员，全躺下了，枪伤。冷镜寒又指挥着把他们全送医院。

韩峰道：“枪声是突然响起的，他们连报告都没来得及，就被突然袭击了。”

冷镜寒看了看伤口，道：“他们都是受过特殊训练的，不至于这么措手不及。”

韩峰在楼道里道：“这是一个陷阱，先撤再说，以后再分析。”

走到楼底的时候，韩峰看着两名警员抬着伤员从自己旁边经过，他也看了看伤口，突然停在楼底门口，不再前进，似乎在想什么。其余警员都从他身边经过，龙佳大力拍了他一下，道："已经没有发现了，撤吧，就快爆炸了。"说着从他身边走过。

韩峰突然一把把龙佳拦腰抱起，龙佳没想到他竟然在众目睽睽之下做出这种举动，马上肩部一沉，做出一个肘击，重重落在韩峰的肩头，还险些击中韩峰的面部。韩峰"哎哟"一声，将龙佳往后一放，痛苦道："有危险，不能出去。"话音刚落，"当"的一声，就像玻璃珠子落入钢盆发出的声音，韩峰不禁一缩头，旁边的桑塔纳腾起一阵烟雾，接着又是"哎哟，哎呀"声此起彼伏，走到正方形大楼正中空地的警员们纷纷倒地不起。

冷镜寒脸色一变，问道："怎么回事？哪里在开火？"

韩峰将头抬起，周围的高楼大厦围成一个盆子，这四楼相连的小楼又围成一个处在大盆子里的小盆子，而此刻，他们就站在小盆子的底部。韩峰冷冷道："远程，夜视，狙击手！"

那些在空地中的警员，有些开始找掩护，还有些傻站着不动，越来越多的人开始受伤，倒地，呼喊。

冷镜寒面色愈发难看，问道："他们在哪里？他们在哪里？"

韩峰看着又有三名警务人员倒下，他们却无能为力，他眼睛越眯越小，几乎细成一线，又突然一睁眼，道："好家伙，只有一名狙击手。"他拿过冷镜寒的对讲机，道："所有狙击手注意，西南方向，仰角三十四度，查找高层建筑，锁定狙击手。重复一遍，西南方向，仰角二十四度，查找所有高层建筑，锁定狙击手！"

不足十五秒，就有报告传回："六号狙击点，这里是六号狙击点，已经发现敌方狙击手，但是在我们的射程之外。"

韩峰道："报告你的具体位置。"

回答道："我在你们东面，高腾大酒楼顶层，目标距离我一千三百八十九米，在西偏南23度27分位置，仰角33点14度。"

韩峰道："你用的狙击枪型号。"

回答道："KUB88式5.8毫米狙击步枪。"

韩峰沉默了好一会儿，每个人都没敢说话，心都提到了嗓子眼儿，前方有狙击手，后面有炸弹随时会爆炸，如果韩峰说不能消灭狙击手的话，大家也就只有冒死冲过去了。韩峰沉默之后，突然道："仰角提高三度，开枪射击！”

不一会儿，又有消息传来：“这里是十三号狙击点，已经发现目标，没有看见狙击手，只留下了武器。”

韩峰道：“快走，马上！”

所有的人才开始飞奔，还要扶持受伤的队员。可大家走到中间时，又听到了“嗖嗖”的声音，又有人受伤了，韩峰骂道：“妈的，还有备用狙击点，大家靠西北墙角走！狙击手，寻找，东南方向，仰角27度！大家快走，不要停，没有时间啦！”

所有的人总算都撤出了开源建筑公司，但伤员人数很多，大家撤离开源建筑公司三百米范围后，才稍感安全。第二处狙击地点也被找到，但也只发现了武器，狙击手已经不见了。

冷镜寒惊魂未定道：“那炸弹会爆吗？”

韩峰笑笑，道：“你说呢。”他疑惑地看着大楼，也喃喃道：“怎么这么久了，都还不爆炸啊？”

突然左右两翼的高楼，各有一朵火花闪出，冷镜寒道：“那是什么？”

韩峰道：“他们炸毁了重型狙击枪，不给我们留下任何证据。”

冷镜寒道：“我们马上派人去追？”

韩峰无奈道：“太远了，来不及的，他妈的，精心设计的陷阱。”他突然跳起来，质问冷镜寒道：“他们哪来那么先进的武器？这座城市怎么这么危险？”

这时李响回来了，面色惨白，龙佳问道：“怎么了？你没事吧？要不要叫救护车？”

李响咬牙道：“没事，不是枪伤。”

向天齐和林凡在后面，向天齐道：“李队长是被击打伤的。”

韩峰听了倒不觉得有什么，冷镜寒却惊讶得站了起来，问道：“他没用武器？对手什么样子？”

李响道：“没有武器，对手是一个矮子，我从来没见过那么快的拳。”

“阿八！”韩峰和林凡同时道。李响也道：“不错，身形很像，我真没想到，他竟然有那么厉害。”

向天齐补充道：“李队长走后，我们这一线就遭到了猛烈的袭击，我看见，好像有几名匪徒架着一个孩子从我们的防线突围而去。我们想追击，却遭到狙击手的袭击，一时不敢贸然出动。”

韩峰恨道：“一个陷阱，真是岂有此理！”

龙佳替李响擦去额头上的汗，李响只是咬着牙，显然他所承受的痛苦比他表现出来的更大。韩峰却看着龙佳替李响擦汗的认真和仔细，他想了想，走到一旁，两名警员正抬着一名伤者往救护车上送。韩峰打招呼道：“你好，你不要紧吧？”

那名警员看过韩峰，知道他竟然能对刑侦处处长发号施令，不知道他是多大的来头，心里觉得被他关怀，真是感激涕零啊，忙道：“我还好，谢谢关心。”

韩峰又道：“哦，还好啊，那行，我借你的血用一用。”

那名警员莫名所以，韩峰已在他伤处用手摸了一下，虽然有点痛，但那名警员忍得住，还觉得非常光荣，虽然不知道这名年轻警官要自己的血干什么用。

韩峰将血抹在自己脸上，步伐踉跄起来，向龙佳靠去，嘴里叫道：“哎哟，我中弹了，我中弹了。哎哟，哎哟，不行了，不行了。”说着，将头斜搭在龙佳肩上。

龙佳没想到韩峰也受伤了，不由得心中大乱，一面擦着韩峰脸上的血，一面道：“你不会有事的。你伤到哪里了？伤到哪里了？救护车，快来人！”她心中想道，“如果不是自己打伤韩峰，说不定他就不会受伤，他救护了自己，却被自己——”想着想着，越想越是心慌意乱，竟然急得快掉出眼泪来。

李响和林凡等人，也都大为关切，纷纷询问韩峰的伤势。韩峰靠在香肩上，觉得心情舒畅，哪里还管他们说什么、问什么。但是这一切，全被冷镜寒看在眼里，他气得暴喝道：“韩峰！你在搞什么！”

冷镜寒一声炸喝，地动山摇，一时间众人惶恐，不知所措，更多的抱头四窜。韩峰反应快，一把揽过龙佳，两人同时倒地，将她压在身下。再起身时，四栋十层高楼已经轰然坍塌，只留下残垣断壁。韩峰突然又恢复了精神，哪里是受伤的样子，他向冷镜寒道：“叫你不要发那么大脾气嘛，你看，把人家楼震塌了，你拿什么来赔。”

冷镜寒道：“这里危机四伏，我们伤员甚多，你都不收敛收敛，我们还有很多问题需要分析整理。”

龙佳这才知道，韩峰假装受伤，不过是想占占便宜，心情不由得大坏，挥拳向韩峰击去。韩峰叫道：“哎哟。我说，你下手不要那么重嘛，就跟打仇人似的，没有伤也被你打伤了。”

郭小川指挥着撤退，过来道：“老冷，怎么会弄成这个样子？这次报告该怎么写？”

冷镜寒道：“等我们整理清楚了，报告我们一起写，现在的问题是，怎样把记者摆平，这是你的工作，我回去总结这次行动去了。”

郭小川道：“希望你的报告能早点拿出来。”

韩峰看着爆炸后剩下的废墟，喃喃道：“真让人担心呢，事态比想象的还要严重。”

冷镜寒惊道：“什么！”

韩峰肯定道：“有第一支枪，就有更多的枪；有一个疯子，就有更多的疯子。”

刑侦处，原本趾高气扬地出去的队员，全都无精打采地回来了，夏末去了医院，和张艺在一起。李响道：“我先说说我的情况吧。你们进入后十分钟，我看见有一道身影从三楼跃到街旁广告栏上，又走另一大楼的阳台逃窜，因为我们没想到他会从三楼窗户跃出来，所以都失去了射击的最佳机会。我马上留下一半人员继续守卫，我带了一半人去追击。那身影逃得太快了，只过了三个街区，我带去的人都被甩在了后面，只有我一个人还能跟上他。”

韩峰道：“你上当了。”

李响道：“什么？”

韩峰道：“调虎离山。”

李响道：“我当时没有想到这么多，我在拐角处截住了他，我发现是一名矮子，我用枪瞄着他的后背，命令他举起手来，他也照做了。我正准备用对讲机通知后面的人来，他突然就转身一脚，踢飞了手枪。我准备取另一支枪时，他一手压我手，一手挥拳。”

韩峰道：“等等，他是怎么踢你的，你还记得吗？”

李响道：“当然。是这样的……”

李响将他与那名矮子的战斗演示了一遍，一招一式，记得十分清楚，末了说道：“说实在的，从一开始有些轻敌，才导致我落了下风。”

冷镜寒道：“你们打斗了那么久，你都没看清楚那人的长相？”

李响道：“小巷里很暗，他出手又太快了，力量也很可怕，我只顾接他的拳头去了，没有留意到他的相貌。不过，我还是伤到了他，就在他用这个姿势的时候，我用擒拿手抓伤了他的手背，并且在他左臂上方踢了一脚，我想也够他受的。”

龙佳暗想：“又让他说中了，竟然连李响都不是那矮子的对手，这家伙。”

韩峰道：“八极。”

“什么？”有三四个人发问。

韩峰道：“是八极拳。李响用的是散打格击术，没有固定的招式和手法，讲究的是如何有效地击倒对手，在最短时间内制伏匪徒；可那人用的却是套路拳法，八极拳。中国武术众多分流中的一支，其实现在学习这种拳法的人也算是很多，只不过不为武术界其他拳师所认可而已。”

李响道：“为什么？”

韩峰道：“八极拳，是一种技击性非常强的拳法，练八极的人，往往出手就要伤人，这与习武强身健体的宗旨不符合。但是八极拳却是非常实用，不是练来看的，它就是练来打的。据说是一位吴姓老者开创的拳法。”

李响关切道：“八极拳到底是种什么样的拳法？说来听听。”他对将自己击败的拳法十分有兴致。

韩峰道：“八极者，取意拳打八方极远之地也。八极拳的习练尤其注重各种劲力的发放练习，特别讲究‘十字劲’和‘沉坠劲’的发放，以崩撼突击为准。八极拳法的主要核心理论是‘六大开’和‘八打招’。六大开即：顶、抱、单、提、胯、缠；分指在拳法演练和应用中不同的发力方法。八打招即人体的头、肩、肘、手、胯、膝、足、尾等八个部位。从八极拳练功口诀中就可看出，一练拙力如疯魔，二练软绵封闭拨，三练寸拿寸接寸吐露，四练自由架势懒龙卧，五练心肝脾胆肾，六练筋骨皮肉合……这是一种讲究实战技击的拳法。”突然他看见每个人都怪异地看着自己，又道：“我也就随便说说，你们自己可以去网上查查资料，不过照李响所说，这人是个八极的高手。你接着说，后来怎么样了。”

李响也就随便一问，没想到韩峰真的说得头头是道，他愣了好一会儿，才道：“唉，后来，他打中我前胸，还有这儿，这儿。就在我快坚持不住的时候，那家伙突然后摆一腿，没入黑暗了。后来才知道，原来是后面的队员赶来了。说实在的，我当时，当时想过去追，可一是负伤无力，二是……怕了！”

韩峰点头道：“敢于说出自己心中所想，这才是真正的勇敢，远比强逞能的粗人强多了。人的痛楚是有界限的，如果超过某个范围，人的身体会自动害怕，不是人的意识想着不怕就不怕的。后来呢？”

李响道：“后来？后来就没有啦。我回来后向天齐才告诉我，在我们追出去后，又有一队人从我负责守护的缺口冲了出去，有四五人，他们伤了我们几个队员，行动异常迅速，等向天齐他们赶到时，已经失去了踪影。”

韩峰道：“狙击手呢？”

李响道：“布置在西南方的狙击手最先受到攻击，不知道什么时候被发现的。”

韩峰道：“如果把李响引开的是阿八，那么丁一笑那边怎么样了？”

冷镜寒道：“林凡已经去替刘定强了，他一会儿就回来，让他说说怎么样了。”

短暂的沉默，冷镜寒道：“现在该你说了。”

韩峰左看看，右看看，道：“我吗？我说什么？我有什么好说的？”

冷镜寒道：“难道你就没有什么要说的？”

韩峰做冥思状，但想了半天，摇了摇头。冷镜寒一拍桌子，站起来道：“那好，我来问你！你先说说，那个炸弹是怎么回事？”

韩峰道：“我以前见过那种炸弹，知道它不能拆，所以就不能拆了。”

李响道：“为什么不能拆？”

韩峰反问道：“你以为，炸弹既然是人设计安装的，那么就一定能拆除吗？”

龙佳道：“不是吗？”

韩峰叹息道：“你们这样的基本观念，是错误的。诸如一栋大楼，建好以后，你们还能分开水泥是水泥，砖是砖？很多炸弹都是一经开启，就不能终止，更谈不上拆卸。”

冷镜寒道：“举个例子。”

韩峰道：“有一种炸弹，在密闭的容器内，里面有一根金属线连通电路回流，外部的开关负责把那根金属线剪断。金属线一断，电路回流受阻，开启另一套密闭容器内的开关，炸弹开始启动，或许用定时装置，或许用别的，总之机关都在密闭容器里面。而剪断金属线的同时，里面的一个光敏感应仪同时打开，只要密闭容器内出现一点光亮，炸弹自动引爆，这种光敏炸弹，你怎么拆？”

众人想了想，要制造一个完全无光的环境，在密闭容器内容易，要拆除确实不易。冷镜寒道：“那可以把炸弹放到安全的地方去，将破坏程度降至最低。”

韩峰道：“是啊。可还有种炸弹，设计的时候，中间有一块小木板，木板正中挖一个孔，四面用铁皮包裹，将一粒钢珠放入孔中，炸弹开启之后，有一根圆木棍会将小钢珠顶起，直到与木板平齐，形成一个平面，稍有动弹，小钢珠滚动，接触到四面的铁皮，炸弹引爆。这就是平衡炸弹，其精确性比地动仪还高，炸弹开启后，别说人不能移动炸弹，就是机器也很难做到啊。不能拆的炸弹还有很多种，诸如热敏炸弹、液压炸弹、触碰式炸弹等，我只是简单介绍一两种，这够了吧。”

三人若有所思，显然韩峰说的炸弹，已在他们的知识范围之外了。

龙佳道：“我们刚进大门时，天色黑暗，大楼里又没有一点声音，你是怎么看到那从五楼发出的一点点光亮的？”

韩峰道：“洪阿根说了，他看到大钟楼在西南方，那么他所驻守的楼肯定在钟楼的东北方，而要看到钟楼，必须在五层以上，所以一进门，首先考虑东北方向大楼的五层以上，视力稍微好点就看到啦。”

龙佳问道：“我们刚进那房间时，你知道他们刚离开，那是……”

韩峰道：“这很简单，我看见梁小童时，他身上的定时炸弹刚过了二十秒，屋内烟气犹存，烟蒂虽然灭了，但烟灰缸还留有热度，很多迹象都表明他们刚刚离开。我只是没有想到，那是一个精心布下的圈套，所以才以为他们上了天台。现在想来，其实他们根本就没有走远，只是等着我们犯错误。第一，梁小童继承的股权他们并没有转移，那需要按程序办理，他们知道我们已经在调查这件事了，容易露出马脚，所以梁小童对他们还有用，断然不会弃梁小童于不顾的；第二，他们没有必要蒙上梁小童的眼睛，目的就是让梁小童丧失方向感后，以为他们从后门跑了，其实他们走的是前门；第三，梁小童身上的定时炸弹捆绑得很简单，容易拆卸，给我们以他们慌乱逃窜的感觉，也方便我们留下的人拆卸，他们这叫置之死地而后生，引开我们的人后，再回头抢走梁小童。从当时的现场看，应该有三个凶徒，有两个从前门进入，突然向两名警务人员发起偷袭，用的是铁制硬器。梁小童发现后必然做出警示，夏末本能地回头去看，而躲在文件柜里的凶手对他下了手。因为要藏身在柜子里，而不能弄出声音，所以藏在柜子里的凶手带的是木制凶器或橡胶制品，如警棍这一类的东西，夏末才逃脱一死。”

李响道：“武器呢？他们为什么不用武器？他们又不是没有武器。”

韩峰道：“为了不弄出声音，以免惊动搜寻人员。而且，他们逃走时，都只遭遇了一支小队，不是吗？”

龙佳道：“对了，说起那支小队，就是他们让你觉得在大门口有危险的吧？你是怎么发现的？”

韩峰道：“我们看过那小队成员受的伤，不合逻辑，武器造成的弹孔比普通枪械的要大，我只是一时想不起来是什么武器打出来的子弹，而且，冷镜寒说，那些队伍都受过特训的，不会如此措手不及。那么，是什么原因让他们与敌人一照面就全军覆没了呢？走到门口的时候，我突然想起那种武器来了，仅此而已。”

冷镜寒颓然道：“狙击枪。”

韩峰更正道：“远程狙击枪。普通狙击步枪，其有效射程，多在五百米至一千米间，最高可达一千五百米，而你们警方配备的KUB88式5.8毫米狙击步枪，只有八百米。远程狙击枪，有特殊的助推发射器，加上大口径子弹，射程在一千五至两千五百米，它能使狙击手埋伏在更远的位置。其不足之处就在于体积过于庞大，不便于携带，所以他们撤退的时候不能带走，只有把枪炸了，才能不留下证据。”

冷镜寒突然道：“那我们在天台上看到的是什么？”

韩峰道：“地雷。反直升机地雷。美、英、法、德等国都有制造，它可以探测直升机翼震荡空气的频率，一旦接近它的攻击范围，它会自动伸出触角，那是一组有高弹性的钢钎，自动对准目标，可以弹射一百二十米至两百米的距离。”

冷镜寒道：“他们怎么会有这么先进的武器？”

韩峰苦笑道：“那该问你啊，这是你的辖区呢，为什么他们的武器比你们还先进呢？看来海角市的走私活动太猖獗了。”

冷镜寒道：“不要小看海关边防缉私人员，他们是很尽职的，这些武器的来源还不好说。”

韩峰低着头，凝视前方道：“这次他让我栽了个大跟头，我总会叫他来还的。”他看到刘定强在门口了。

刘定强也十分失落，道：“我回来了。”

冷镜寒道：“坐。说说监视丁一笑的情况，阿八，那个矮个子，有没有离开过丁一笑？”

刘定强喃喃地，像做检讨般道：“上午十一点，丁一笑和阿八，在清贸市场跟丢了一次，下午两点二人回来。下午四点，丁一笑独自外出，我们在旺山立交桥跟丢了他，他七点回家。八点半又去了一趟办公室，九点在胜利大影院失踪，这期间，阿八一直没出现过。”

韩峰紧紧握住刘定强的手，高兴道：“祝贺你啊，强哥，你太厉害了，人交到你手里，不到十二个小时，你跟丢了三次。”

刘定强脸涨成紫肝色，却说不出话来。冷镜寒道：“算了，不怪你，你本来是法医。我们也在监控部门抽调了很多人走，监视一个老谋深算的狐狸并不容易。”他看着韩峰道：“现在，我的报告该怎么写？”

韩峰道：“看明天的报纸啊，新闻上怎么写，你就怎么写。”

冷镜寒道：“我们是否需要再审洪阿根？”

李响愤慨道：“对，就是这家伙，串通起来合谋欺骗我们，害得我们掉进这个陷阱中。”

韩峰道：“可以去看看那家伙死了没有，如果死了，表示他知情；如果没死，表示他不知情——两种情况，都审不出什么结果来。人家早就设计好了，一个高明的——决策者！”

冷镜寒看看表，已经是凌晨一点半，起身道：“今天的讨论就暂时到这儿，大家散会。”

冷镜寒对韩峰道：“今天晚上，跟我走。”

韩峰道：“当然跟你走，这么晚了，你让我到哪里去。”

冷镜寒的秘密公寓里，冷镜寒道：“你还有什么话想对我说？”

韩峰道：“肚子饿了，快泡面吃。我虽然穷，但一天两餐还是保证得了的，跟着你，一天都没吃饭。”

冷镜寒泡了两桶方便面，一面吃一面道：“我看得出来，在刑侦处，你说话都是遮遮掩掩的，还有什么隐情没说，老实交代。”

韩峰道：“老问题，我给你提过的。”

冷镜寒想了想，猛然道：“你还是怀疑我们内部有——”

韩峰道：“我说给你听，就算他们一年前就准备好了这个计划，可是怎么能在那么短时间内布置得那么完美，毫无缺陷。要知道，洪阿根制造事端，我们去插手，那是极偶然的事情，而且在一天内审出详细的地址，我们又对外封锁了消息，他们却连远程狙击手都布置好了，等着我们去钻，消息只有可能从我们这边透露过去。他们甚至知道我们出发的时间和到达的时间。”

冷镜寒道：“他们的重型狙击枪是早就布置好了的吗？”

韩峰没好气道：“谁没事把两挺重型狙击枪放在高楼里，展览啊？还有，洪阿根说他们一组有十八个人，可这次没有那么多，早撤离了，只留下该留的。更重要的，他们知道你们每一个人的细节、专长，甚至性格、兴趣爱好都了如指掌。”

冷镜寒一震，问道：“怎么说？”

韩峰道：“如果他们不知道张艺是谈判专家，就不会让装疯的人要求谈判，没有谈判，就没有我们对洪阿根的调查和审讯。要做到这点，他们首先考虑到，我们在调查丁一笑，而洪阿根与丁一笑有某种联系，可以引起我们的兴趣，所以利用张艺的专业，把我们引过去。其次，他们也知道我们重点在找梁小童，所以洪阿根所说的内容，必定引起我们的兴趣，那么，就利用洪阿根，将我们引到开源建筑公司去。洪阿根或许没有说谎，他的经历就是那样，而实情他根本就不了解，所以审问的结果也不容易让我们起疑。他们正是利用巧妙的布置，一步一步把我们引入早就设好的陷阱中去。不过从洪阿根的口里我们还是得到了有用的信息，但是我还没想明白，以后再告诉你。”

冷镜寒稀里呼噜喝完面汤，道：“你有没有感觉，那个幕后操纵者，和你以前的手法很像。我们一直被他牵着鼻子走。”

韩峰用指甲剔着牙道：“我知道，是迷宫路标。”

“迷宫路标？”冷镜寒又犯糊涂了。

韩峰解释道：“尽量将案情制造复杂，遍地开花，好像每一起案件都有一条线索通向终点，看着这个案子，好像查下去就会查出幕后主谋，再看看那个案子，好像线索很明朗；实际上，有些案子，查来查去，最后绕回原点，而有些案子，根本就是死胡同，你查到最后，什么证据都没有，线索全断。但是所有的案子，又都能用一条线串起来，让你知道，这些案子都是一个组织策划的，这就是迷宫，每一起小的凶杀案，都是一条支路。由于小的凶杀案越堆积越多，负责办案的人往往疲于奔波，上一起案件还没有查出线索，下一起又接踵而至，办案的人员就在迷宫中迷失了方向，不知道哪一条是主线。现在，我们就正陷于这样的迷宫之中。知道迷宫这两个字的含义了吧？”

冷镜寒舔着嘴，道：“那路标呢？”

韩峰道：“当一个人在迷宫中丧失了方向感，正一筹莫展时，突然看见墙上出现了标志，写着这里是出口，跟着箭头走，那么人们的第一反应就是，跟着路标走，而且满心欢喜，以为要找到方向了。而跟着路标绕了一大圈之后，看到前面是道密码门，旁边写着计算密码的公式，并告诉你，打开这道门，就是出口，那么你自然就会倾你的全力去计算密码。可是，谁知道那密码门打开后里面是什么？现在，梁小童就是我们的一个路标，我们把所有问题都放在他身上，以他为中心进行的案件调查和追踪，所以，我们轻易就上了他们的当。”说到这儿，韩峰一拍桌子，道：“竟然敢嘲弄我，岂有此理！”

冷镜寒道：“怎么嘲弄你了？”

韩峰道：“看到天台上的字条了吗，请君入瓮，太可恶了！”

冷镜寒道：“那可不是在嘲弄你，是在嘲弄我们警方，说实在话，我探案这么多年，从来没有遇到过组织这么严谨、案情这么重大的案件。短短十几天时间，从制造车祸开始，随即是几起谋杀，到现在公开和警方宣战，他们太嚣张了。”

冷镜寒顿了顿，又道：“不过我不是很明白，这样公开地与警方宣战，激化矛盾，对他有什么好处？”

韩峰道：“你还记得张艺说过的话吗？他们要制造事端，想尽办法把事情闹大，制造新闻，一旦新闻界插入，制造出舆论，那可就有你们受的了。轻则记过，重则停职，上面换人来调查，这一查，又可以给他们省出多少天时间啊。而我们现在又没有任何证据表明，恒福银行内部出现重大变故，让人家的股权改制暂停。要知道，股权改制是国家既定的一个大方针，那是不可动摇的，所以，时间多过去一天，对他们就更有利一天。就算现在出现一点小的纰漏，等到我们查出来，他们已经逍遥去了。”

冷镜寒道：“既然你知道他们用的迷宫路标，那我们该怎么办？”

韩峰道：“在迷宫中迷了路，那么我们就得回到岔路口，把我们经历过的案件倒回去，看看那个案子还有没有别的路可以走通。”

冷镜寒道：“你是说我们先不管今天晚上的枪战，先回过头去，看看以前的案子，还有哪些没有理出来的线索？”

韩峰道:“不是不管，而是分一个轻重，要在迷宫中找到出路，这很重要。”

冷镜寒道:“那照你这样说，我们就该先继续详查几天前夜袭我们车的那件案子。”

韩峰道:“车是特殊改装过的，使用后被烧毁，深夜作案，车上的人毫无线索，这是个死胡同，不行，再往前推。”

冷镜寒道:“那是梁兴盛工厂被盗杀人案?”

韩峰道:“那是案中案，只是他们计划的一部分，不是主路，要从这个案子查起，得走很多弯路，再往前退。”

冷镜寒想了想，道:“那是从丁一笑下手?”

韩峰道:“丁一笑是他们安插了多年的人物，本人又是个高学历而极其精明的人物，从他下手，恐怕是回纹路啊。”

冷镜寒不解道:“回纹路?”

韩峰道:“画过迷宫吗?里面有一种迷惑人的线路，它的终点和起点是相通的，在里面绕来绕去，结果从终点又绕回起点，你根本就前进不了一步。”

冷镜寒道:“那要从何查起?再退，就退回林政被汽车炸死的案子了。”

韩峰道:“谜题总有解开的一天，但问题是我们现在在和那个幕后操纵者赶时间，他在等待，我们必须赶在他的计划实施之前阻止他，我们没有时间慢慢地理线索，只要恒福银行一进行股权分置，他随时会携款潜逃。而他给我们制造的麻烦越来越多，留下没有解决的问题也越来越多，哎呀，我的头痛啊。”韩峰敲打着自己的脑袋，随后道:“拿纸笔来。”

冷镜寒取来纸笔，道:“想到什么了?”

韩峰道:“当线索理不清，案情太复杂，仅仅依靠想象不能得出结论的时候，我们就需要用到纸笔，把没有想明白的问题记录下来，一件件解决。”

韩峰想了想，道:“问题是从这里开始的。”他在纸上写下:“第一，梁兴盛出车祸，疑为骗保。”随后在后面打上一个钩，表示问题已经解决，后面用括弧写上:“死于他处，目的:将他所拥有百分之五的恒福集团股票转移到其子梁小童身上。”

“第二，林政死于车祸，疑为谋杀。”后面打个钩，加括弧道:

“掩埋证据，拖延时间，制造谜题，实是被聚热材料引爆汽车。”又写上，“天涯市交通局内部人员参与，被黑网杀手做掉，不可查。”画上波浪线。

“第三，林政之死与梁兴盛之死，疑为相关。”后面打个钩，括弧，“远房亲戚，卢芳搭线，私下股权交易，查出人物丁一笑。”

“第四，林政转移股权的意图？”后面打个叉，“不明白。”

“第五，第一次被暗杀，遥控直升机作案。”后面打个叉，“没有线索，没有结果。”又写上，“怀疑目的，杀调查案件的主要领导，拖延查案时间？”并用波浪线画上。

“第六，梁兴盛工厂被盗，看门人惨死，零件丢失，图纸烧毁，目的不明确。”后面打个叉，“怀疑，其工厂一直处于被监视状态，一旦警方涉入调查，马上转移东西。”

“第七，第二次被暗杀，遥控四驱车作案。”后面打个叉，“同第五。”

“第八，丁一笑名下五家企业，防范严密。”后面打个叉，“未能深入调查。”

“第九，丁一笑亲戚阿八，来历不详。”后面打叉。

“第十，洪阿根制造骚乱，引出陷阱，其受训地点，与上级的关系。”一个叉。

“第十一，警方内部有奸细，待查。”一个叉。

“第十二，梁小童得而复失，卢芳下落不明。”叉。

“第十三，对方武器先进，来源、数量不明确。”叉。

“第十四，与洪阿根同训者，人数、位置……”叉。

…………

冷镜寒看不下去了，韩峰的问题提了满满一页，全是叉，都是未能找到答案的。韩峰自己看着密密的一纸叉，也道：“从梁兴盛的死亡不是简单骗保开始，我觉得我是刚接触到这个案子，到现在，我还是觉得我是刚接触到这个案子。”他将纸揉作一团，扔掉，倒在床上，伸个懒腰道：“实在是困了，先睡一觉。”

冷镜寒上床后，久久不能入睡，他轻拍韩峰，韩峰马上做出反应道：“嗯？干什么？”

冷镜寒道：“你还是没有睡着啊？”

韩峰道：“想不明白，就睡不着。”

冷镜寒道："你提出我们内部有人透露消息，这个问题，我想来想去，只有一个人可疑。"

韩峰精神道："谁？"

冷镜寒支吾半天，犹豫道："龙——佳。"

韩峰一拍大腿，道："这不可能啊，怎么会怀疑她呢，你说来听听。"

冷镜寒道："我们刑侦处都是老队员，最后进的夏末、张艺、李响他们都有四五年了。只有龙佳，是两年前来的，正是卢芳收养梁小童那年。而且，龙佳也是孤儿院出身，你想想，梁小童是在孤儿院被领养的，丁一笑虽然没有去孤儿院，可他也算是孤儿，他们之间，会不会有某种联系？而且，龙佳是专攻电脑的，她要透露消息非常容易。"

韩峰想也不想道："胡扯，居然敢怀疑我的龙佳。"

冷镜寒没好气道："什么时候成了你的龙佳了？"

韩峰道："其实，现在我们没有任何怀疑的对象，也就是任何人都可以怀疑。凭什么说龙佳嫌疑最大啊？照我说，你的嫌疑最大。因为你掌握的消息最全面，你是这个案子的总指挥，你对每一个细节都有可能了解。而且，你没事总是摸出个手机在那里按呀按的，你透露消息的机会比龙佳大多了。"

冷镜寒为之气急，道："那么那两次暗杀呢？我会三番五次地找人来暗杀自己吗？"

韩峰指着冷镜寒道："切，那只是你想洗脱自己的嫌疑而已，故布疑阵。这样一来，就没有人会怀疑到你头上了，而你再命令手下制造新闻，好让你的上级开除你，到时候，你就可以拿着那笔钱远走高飞了。"

冷镜寒憋了一肚子气，拉过被单，转过身去，不再理睬韩峰。韩峰笑道："开个玩笑，不要那么认真嘛。"见冷镜寒没反应，他又道："其实，并不是只有你们内部人员才有嫌疑的，周边与我们相关的人也有嫌疑嘛，像潘可欣，她也可以被怀疑啊。我情愿怀疑她都不愿怀疑龙佳。"

冷镜寒铁青着脸道："她？我首先不会怀疑的人就是她。"他侧过身来，道："你想想，那个凶手策划这么精密，为了什么，无外乎就是为了钱嘛。那个透露消息的人，不可能是无足轻重之辈，他透露消息，也就是想在那几十个亿里面分一杯羹，他最多又能分到多少？你知不知道潘家的家产有多少？她会为了几十亿而与凶手合作？”

韩峰道：“我是有理由的。”

冷镜寒板着脸道：“什么理由？说来听听。”

韩峰道：“第一……”他想了好半天，终于道：“说不定人家钱多了，想和你们警方玩这个游戏呢，很多有钱人，都这么无聊的。”

冷镜寒“哼”道：“可欣既是保险推销员，又是报社记者，她自己的事都忙不过来，哪会无聊得像你说的那样，这个理由不成立，第二条呢？”

韩峰挠挠头，道：“第二……第二……龙佳比她漂亮。”

冷镜寒怒目道：“这也算是理由吗？哦，你怀疑人，就是丑的便多疑，漂亮的便肯定不是嫌疑犯。还有没有？”

韩峰正言道：“还有，还有，这条很重要，她……她不止一次地想要勾引我，你看，那天还亲了我一下。”

冷镜寒终于忍俊不禁了，笑道：“是人家要勾引你，还是你要勾引人家？你有多少油盐，我还不知道？”

韩峰忽然问道：“对了，他们家这么有财力，到底是干什么的？”

冷镜寒道：“什么都做，只要是有利润的正当生意，潘氏企业就有涉猎。不过，他们还是以旅游业为主，整个东南亚的旅游市场，潘氏集团要占一半份额。”

韩峰见冷镜寒不再生气，又转了个话题道：“这样说来，可欣的嫌疑也不大，那我就放心了。唉，冷兄，你每次遇到什么复杂的案子，就出来一个人睡，把嫂子一个人留在家里，你放心吗？”

冷镜寒道：“关你什么事？你又动什么歪脑筋？”说完，忐忑不安地睡下了。

韩峰头枕着手，暗想：想来嫂子也是四五十岁的人了，我还能动什么歪脑筋呢？倒是该想个什么办法，把我们中间透露消息的那个人引出来才好。

深夜，一个身影打开了刑侦处的门，轻轻地走着，对房间里的设施很熟悉，在微微的月光下，可以看见一头长发和警服下凹凸的曲线，是个女警。她蹑手蹑脚走到微机室，摸出钥匙，插入锁孔，一点声音都没发出，随后转动门锁，打开了微机室的门。

第十二章
韩峰身份之谜 新线索

门一打开，光亮就从门缝里透出来，微机室里的电脑竟然被开启了，而电脑旁还有两个身影，门被突然打开，两人都是一惊，同时低声道："什么人？"

开门的人道："是我，龙佳。李响，你们在这里干什么？"

电脑旁的两个人，竟然是李响和刘定强，李响反问道："这么晚了，你不去睡，你到这里干什么来了？"

龙佳悄声道："今天发生了那么多事，睡不着。我想来查一个人的资料。你们呢？"

刘定强笑道："是吗？我们也在查一个人的资料。"

龙佳走上前来，只见电脑屏幕上，滚动显示着名叫"韩峰"的人的相片、资料，她不禁微笑道："你们也在查他！"

李响道："你也是来查他的？哟，该不是动了春心，想人家了吧？"

龙佳道："别瞎说，我只是觉得，这个人太神秘了，有必要调查一下。"

刘定强道："是啊，他从哪里来，以前是做什么的，为什么有那么丰富的专业知识，更不可思议的是，他知道许多在我们这些专业人士所掌握的专业知识以外的专业知识。"

李响悻悻道："只有冷处知道这个人的来历，可他又守口如瓶，怎么问都问不出来，没办法，我们只有自己动手查了。"

龙佳问道："但我们掌握的信息太少了啊，查出来什么没有？"

刘定强摇头道："我们查过了，仅在海角市，叫韩峰的人就有六百多，但没有一个是这个韩峰。我们又查了一下全国户籍系统，有九十多万个韩峰，现在我们把年龄设置在一九八〇年后、一九九〇年前这个时间段，依然有近二十万个韩峰。"

龙佳道："哇，那要查到什么时候去了？"

李响道："我们已经比对了一半多了。"

龙佳微笑道："这样不行，我们需要更多信息，首先，我们连他究竟是不是叫韩峰这个名字都不能确定，祖籍何处，这些都是最基本的信息。"

刘定强扭头道："对呀！要是他只是用了一个化名，那我们不是瞎忙活了吗？"

龙佳道："你们注意到没有，他说话的口音带有湖南、四川一带的语调，而且还有种怪怪的声调。"

李响道："还有闽浙一带的方言口味。"

刘定强道："他体长而颀瘦，骨关节比常人细一点，肌肉与骨骼的比例偏低，这有云贵一带少数民族的特征。"

李响道："这不是好办法，说来说去，哪个地方的人都有可能。对了，我觉得他说话还带有另一种口音，德国口音。我在德国特训时就记得，教官的发音有一个后弹舌音，在说助音词的时候十分明显，韩峰也是这样，他在说'呢''啦'时就有这种发音。"

龙佳道："我没有你们想得这么复杂，我本来想，既然冷处说他是侦探，那么他就登记注册，办有执照，所以在网上查一查有这个侦探没有就可以了。"

刘定强道："你来查，我让你。"

龙佳在电脑上查询，三个头六只眼睛齐盯着电脑屏幕，他们还真查到一个侦探证，就是本地公安系统发放出去的，可他们看到了什么呢？电脑屏幕上只有韩峰两个字而已，连照片都没有一张，别的性别、年龄，全都是空的。李响讶道："这是怎么回事？"

刘定强笑道："我觉得那小子倒像某国的特工，什么资料都没有。"

李响道："有这种可能，如果不是特工，他在什么地方接受的训练？他住的地方在老城区一排危楼之中，环境极其恶劣，真想不到他怎么会住在那地方。”

龙佳奇道:“他住在什么地方?”

李响道:“他住在环华路前面，过了白玉立交桥，在乡牌坊往里走……”

第二天，韩峰和冷镜寒先去医院看望夏末和张艺。

海角市知名医院宜兴人民医院，是一座有近百年历史的综合性医院。副院长张绍东是外科主任医生，他给二人介绍道，张艺只是受点轻伤，子弹没有伤到神经组织，只需要休息就可以了，恢复后与正常人一样，但是夏末后脑受到重物钝击，有脑震荡史，可能会有后遗症，是间歇性遗忘，或逆行性遗忘。

韩峰问道:“什么什么?间歇性遗忘?逆行性遗忘?”

张绍东笑着解释道:“所谓间歇性遗忘，就是患者会突然忘记一些本该熟记的事情，诸如刚吃过饭，他可能突然就忘了，认为还没有吃过;而逆行性遗忘呢，是指患者对最近发生的事情，极容易忘记，而只对幼年时的事情留有记忆。”

冷镜寒深思道:“张院长，这种病能不能治愈?”

张绍东道:“这很难说，而且，我们也不确定是否会留下这两种后遗症。你们要知道，人的大脑是人体组织中最复杂、最精细的器官，它主管我们全身的器官，而且制造思维，产生记忆，它受碰撞后，会产生什么样的损伤，我们医学上也没有明确的划分。除非是很明显的出血、脑疝，或者外物损伤了某一区域，否则，否则很难下诊断啊。”

韩峰道:“张院长，那也就是说，他有可能是完全正常的?”

张绍东道:“现在我们只能让他留院观察，而且那些后遗症，也不是短时间内就能表现出来的。你看起来他是正常的，可是说不准就出什么问题了。”

这时，一名年轻医生拿着一张表单进来，道:“张院长，梁清儒医生要领两套器械包，进行院外手术，请你签个字。”

张绍东不耐烦道:“不是通知了器械科，梁医生自己签字可以同时领两套器械包吗?这种事还要来找我。”

年轻医生拿了签字，马上退出去了。

韩峰和冷镜寒在张副院长带领下，来到了病房，医院特意安排张艺和夏末两人住同一间病房。医院里接收了很多昨天的枪伤警员，张副院长也忙得很，送二人到病房后，便独自走了。张、夏两人都醒了，看上去精神还不错。寒暄之后，两人虽然都有伤在身，但依然对案子的进程表现出极大的兴趣。冷镜寒向他们讲他们受伤后的情况，又聊了几句，便离开了医院。

路上，冷镜寒问道："接下来你打算做什么？"

韩峰道："我认为，该再去拜访拜访丁一笑了。洪阿根说他三年前就离开了福兴建筑公司，可福兴建筑公司却是在一年前才因洪阿根精神上有问题而与他解除聘用合同，我要看他怎么解释。也顺便看看阿八，李响不是说他打伤了对手吗？"

冷镜寒道："好，我还要和老郭交流交流，商讨报告如何写。你只有自己去了。"

韩峰道："怎么说也给我分配一个人啊，我一个人去，我不认识路啊。"

冷镜寒无奈道："我们确实没有人手了，监视丁一笑的那边人手也不足，李响和林凡要轮流监视，刘定强要做昨天爆炸现场的案后分析，龙佳要查开源建筑公司的背景资料，还要负责整理来的报告。你说，派谁跟你去？"

"嗯——"冷镜寒说到这儿，两人同时想起一个人来。冷镜寒道："我打电话帮你问问，看她有没有时间，让她送你去。"

冷镜寒停下车，打了个电话，对韩峰道："你就在这里下车，这里离天元大厦近些，可欣她马上来接你。不要到处乱跑，迷了路可没人管你。"

韩峰一声冷笑，打了个大大的哈欠。

潘可欣几分钟后便驱车赶到，载韩峰到了天元大厦，一路上不断追问案情发展如何，韩峰说案情已经发展到关键阶段，不是每个细节都可以与闻。潘可欣大为不满，由韩峰上车时的热情转变为冷漠，韩峰逗她，说不上两句，她便翘起小嘴发小姐脾气。

到了天元大厦，丁一笑竟然不在，阿八也出去了，接待服务员让韩峰他们等着，排在几十名客人之后去了。韩峰本是不安分的人，他坐了几分钟，让接待小姐记下潘可欣的手机，便开始在大厦里到处游荡。

天元大厦占地宽广，每一层都有不少企业租赁，韩峰让潘可欣给他说说各家公司都是做什么的，潘可欣恼他不告诉自己案情进展，有一句没一句给他搭话。

两人从二十四层看到十六层，韩峰突然被身后一个匆忙走路的人撞了一下。那人戴着金丝眼镜，是一个三十左右年纪的男士，给人十分儒雅的感觉，手里拎了个大箱子，撞了韩峰后，忙道歉道："对不起，对不起。"

韩峰点点头，那人走掉了，韩峰问潘可欣："怎么，这大厦里连医院也有？"

潘可欣道："没有啊，你想说什么？"

韩峰想了想，道："没什么，既然你说里面有这么多公司，人员又多，怎么不设一家诊所呢。所以想问问。"他看着那撞过他的人远去，很明显，那人拎的箱子是医生使用的专用医疗器械箱，通常只有120或医生出急诊时才要用到。

潘可欣察觉韩峰没说实话，又噘嘴道："故作神秘。"韩峰笑笑。走了一大圈，整个大厦都逛完了，两人从二十四楼下到大门口，韩峰倍感无聊，忽然前面有人问路。一个中年男子问门口警卫："请问，民政局是在这里吗？"

警卫道："这里不是，你找错了，前面左转。"

韩峰心中一动，对潘可欣道："民政局离这里很近吗？"

潘可欣道："对啊，就在旁边。"

韩峰道："那好，我们去看一看吧。"

潘可欣道："去看什么？"

韩峰神秘一笑，道："去查失踪人口啊。"

半小时后，接待员打来电话，说丁一笑已经回来了。韩峰他们马上到丁一笑的办公室，里面只有丁一笑独自一人。丁一笑穿了一身皮尔卡丹的最新款西服，系了条金利来领带，换了副黑边小框眼镜，看起来更加严肃。他坐着，做了个请坐的手势，停了停，和蔼道："有点事情出去了一下，听说警方要找我了解信息，我让别的客人先等等，请说吧，想问我什么。"

韩峰道："既然丁律师如此爽朗，我也不绕弯子了，实话告诉你，昨天我们抓住了从钟鼓山精神病医院逃出来的疯子，也就是最近在市里闹得沸沸扬扬的那人。"

丁一笑凝眉沉思一下，惊讶道："就是那人啊，已经抓住啦！可报纸上不是说还在戒严，让居民晚上不要独自外出吗？"他说着，指了指桌上的报纸。

韩峰注意到，丁一笑左手边，靠近电脑显示器旁放了一份今天早上才送来的海角市日报。韩峰道："那是因为警方还在审讯，尚不确定是否还有持有武器的非法人员，所以不能向大众泄露消息，希望丁律师也能保守秘密。"

丁一笑一愣，随即点头道："一定一定，感谢警方如此信任我。不过，你们今天是想了解什么情况呢？"

韩峰道："事实上，这人是福兴建筑公司员工，据他交代，他是三年前离开福兴建筑公司的，而公司却是一年前才与他解除劳务合同的。这点，我们希望丁律师配合调查一下。"

丁一笑像想不起来，半晌才一拍脑门儿道："哦，原来是这事啊！哎，我说什么事呢，该查，该查。"

这时，一人猛然撞开门，冲了进来，不是别人，正是阿八。他本来怒气冲冲，可进门一看，发现韩峰他们坐在那里，马上就平静下来，还替丁一笑倒了杯水，将手背在背后，像保镖一样站得笔直。丁一笑又是沉默了片刻，笑道："我这表弟，就是火暴脾气，做什么事都风风火火的，你看，进门连门都不敲。"又对阿八道："教过你很多遍了，进门要先敲门，你就是不听。"又扭头道："唉，我们说到哪儿了？哦，对，韩侦探，对吧，是这样的，我呢，你知道，我一直很忙，但是对开公司又很有兴趣。所以我喜欢收购那些濒临破产的公司，并把它们拯救起来，这样我就会觉得很有成就感。事实上，收购那些公司后，我本人并不怎么管理，我依然做我的本职工作，我都是请原单位的管理人员帮我打理，只是重要的决策方针由我制定而已。"

他停了停，道："是不是太啰唆了？可我不这样说，害怕你们听不明白。而那名疯子就是这样一个例子，上次公安局的同志来调查时我都告诉过他们了。我收购那家公司，正好是三年前，而那人正好也是那时候走的，可交接的时候，清理人数的人员就出了岔子。你看，那人根本就没来上过班，可我们不知道啊，每个月还照常帮他交保险，而他的工资，则被部门经理暗中扣了，足足贪了两年。后来我们查出来了，马上把部门经理辞退，并要他退还公款，而那时候我们就是在精神病院找到那名员工的。"

韩峰道："这样说，是公司管理层出现的小问题，这次他持枪杀人和你们一点关系都没有了？"

丁一笑低头冥思，旋即道："当时在医院看到他时，我们还是很体恤他的，作为一名老员工，我们替他交付了部分医疗费用，但是以后，我们之间确实没有发生任何关系。至于他如何逃出了精神病院，怎么持枪杀人，我们更是毫不知情啊。这一点，欢迎警方随时调查，我可以通知福兴建筑公司的部门经理，要他全力配合你们调查。”说着，他看了看表。

韩峰笑道：“好的，既然如此，我们保持联系，放心，我们一定会查个水落石出的。这份报，你看过了吗？”

丁一笑道：“我看过了，你拿去看吧。”

韩峰起身，伸出左手来和丁一笑握手，丁一笑却在第一时间伸出了右手，韩峰坚持了一下，最后也伸出了右手。

他们告辞后，在天元大厦门口，韩峰迟疑道：“我想，独自……”

潘可欣会意，马上道：“现在你们办案那么忙，而我最近也要到上海做一个展览会的访问，这样，你们把这个案子结案后，我再来做独家专访，好吗？”

韩峰道：“这样好啊，到时候你不来找我，我都要去找你呢。”

潘可欣微微一笑，道：“贫嘴。要不要我开车送你回去？”

韩峰道：“不用，我……去这边看看。”

潘可欣道：“那好，记住，结案时要第一时间通知我。我先走了。”

韩峰突然想到什么，道：“唉，等等。”

潘可欣道：“还有什么事吗？”

韩峰道：“是的，如果你有时间，可以帮我留意一下那矿场吗？就是上次我们去的那里。”

潘可欣道：“那里啊？”

韩峰道：“对，如果你有时间，常去那里看看，都有什么东西从里面运出来，如果发现什么异常的话，就告诉我，只告诉我一人，别人谁都别说。”

潘可欣想了想，道：“好吧，我会替你留意的。到时候我在哪里找你呢？”

韩峰笑得很诡异，道：“到我家里来吧，我等着你。”

看着潘可欣开车离开，韩峰才漫不经心地绕了一圈，从街道另一头上了天元大厦对面的高楼，李响他们也就在这楼里。

通过暗卡，韩峰进入监控室，对李响道：“你身体还好吗？看来他下手不重啊。”

李响道："怎么样？那矮子的手上有伤口吗？"

韩峰道："没有，也许你记错了，如果是扭伤或挫伤，表面又是看不出来的。从他倒开水的姿势看，他很小心，若有小的伤痛，也看不出来。"

李响叹了口气，对昨晚的失利很是灰心。

韩峰劝道："那没有什么，就算他身上有明显的伤痕，他们也可以推托到其他事上。像洪阿根，丁一笑说的不就很有道理，交接时疏忽大意，部门经理想多领一份工资，便将这事按下了，你还能说什么？"

李响道："那小子，推得蛮干净的，这样一来，这事和他们就一点关系也没有了。"

韩峰问道："对了，早上我去之前丁一笑是什么时候离开的？"

李响道："他是八点同阿八一起离开的，就是你和冷处在医院的时候。但是据监视人员汇报，他们确实没看到丁一笑和阿八离开天元大厦，也没有看到他们回来。"

韩峰道："这样说来，近一个小时时间，他们都在天元大厦内，在天元大厦他除了办公室，还租有其他写字楼吗？"

李响道："没有。如果有，我们也就不会只监视这里了。"

韩峰道："可他和阿八并不是同时回来的。"他掀开窗帘一角，道："把声音打开，让我听一听，他们在说什么。"

丁一笑道："我只是离开一会儿，你何必一直跟着我呢。""你急，你急什么？""我没有做什么，真没有！"

韩峰拉上窗帘，道："看得出来，阿八一直在找丁一笑，而且很着急。可丁一笑独自一人，他想做什么呢？"

李响道："表面上看起来还是很正常的。"

韩峰道："那只是表面，他说谎。而且，掩饰着什么。"

李响道："什么？"

韩峰敲着手中的报纸，道："他明明没有看今天的报纸，可他却说看了，阿八闯进门，这点不用说，他自然要掩饰；还有就是，我一进门就发现他左手摆放的位置不对，他的左手一直藏着，难道害怕我看见什么？"

李响道："这我们倒没有注意。"说着他也向望远镜里看了一眼，道："从这个地方看去，也看不到。"

韩峰道："这次去看丁一笑与上次见他，感觉很不一样，到底有什么问题呢？”他猛地抬头，对李响道：“把这几天监控的录音都调出来，对，是全部，不仅仅是那些需要特别关注的。”

韩峰将录音反复地听着，突然站起来，对李响道：“这两张碟我要带回刑侦处去。找个人，开车送我回去。”

李响笑道：“哟，还挺有大侦探架子的。可不可以问你一个问题？”

韩峰道：“说。”

李响问道：“你是什么地方的人？”

韩峰笑道：“我从地狱来的。”

李响知道问不出来，摇了摇头。

韩峰在车上，看着报纸，看着看着，他的眼睛又亮起来，他在报纸上，又发现了不可思议的消息。

刑侦处，冷镜寒正忙着交接文件，韩峰闯进他的办公室，将报纸往桌上一摔，问道：“这是怎么回事？”

冷镜寒看到，报纸上头版大标题，写着“昨天夜里我市对一栋危楼成功实施定向爆破”，而后面又有一条大消息，题目是“我市执勤直升机因机械故障失事，驾驶员及时跳机”。冷镜寒看着韩峰道：“怎么？我们能做的就只有这么多，难道你还想让媒体大肆宣传，说公安系统与恐怖组织交火？”

韩峰道：“我说的不是这个。”

冷镜寒将报纸翻了一面，只见报纸第二版头条，也是大幅标题，写着：“副市长状告执法部门，以暴制暴，行为极端，完全不顾当事人人身安全。”冷镜寒指着道：“你说这个？”

韩峰嗤鼻道：“这碍我什么事？”

冷镜寒道：“那你说的什么？”

韩峰将手指按在大标题上，道：“我说的是——这个！”

顺着韩峰手指移动，冷镜寒看到，是报纸角落一个小方框，这是一条公告，里面写的内容是“兴盛机械加工有限责任公司经过激烈竞拍，已被成安钢材公司收购”。这是条毫不起眼的小公告，就算买了报纸，不仔细看也容易忽略，可经韩峰指出，冷镜寒也大跌眼镜，成安钢材公司，正是丁一笑名下的五家企业之一！

冷镜寒道：“他们不是已经偷走兴盛公司的钢材零件了吗？为什么还要把它买下来？”

韩峰掌握成拳，道："很简单，他们买下工厂，不是就可以生产更多的零件了吗？问题是，他们究竟要生产什么呢？我们只有一小半零件而已，是个残品。我觉得，应该查一查这次交易的全过程。"

冷镜寒叫龙佳去查兴盛公司的拍卖情况，龙佳看了韩峰一眼，后者全神贯注地看着报纸，陷入深思，龙佳悻然退出。冷镜寒又道："我吃惊的地方还不在这里，丁一笑一直都在我们的全力监视下，他竟然能指挥手下公司去收购另一家公司，可见我们的监视是多么的不力。"

韩峰道："这不怪谁，不一定就是丁一笑指挥的，我们假设过了，丁一笑不是第一主谋人，而是一个前台小丑而已。对了，还有这个。"韩峰把那两张光碟拿了出来，放入冷镜寒的电脑之中，道："这两张光碟，一张是安好监听器那天上午的录音，这一张是下午的录音，你仔细听听，有什么问题。这里是上午和下午的分界线，就听这里。"

冷镜寒听了五遍，奇道："还是同一个人在说话啊，没有什么区别啊？"

韩峰嘴角浮出冷酷的笑意，道："你再听听，最好看着你的表，注意听他说话的时间。"

冷镜寒又听了一遍。韩峰道："今天我去找丁一笑谈话，就感觉不大对，可是又不知道是什么地方出了问题，后来找到李响，把录音放出来一比对，才知道答案。"

冷镜寒最受不了韩峰知道答案又不说，急道："你知道了答案，就快说啊。"

韩峰竖起三根指头，道："从安装上监听器那天下午起，丁一笑不管与谁说话，先停留三秒钟，而在此之前，他是个答辩如流、思维敏捷的家伙。"

冷镜寒马上回放一遍录音，用表一对时间，果然如韩峰所说，他醒悟道："他说话之前，先要想上三秒！害怕说错话或是说漏嘴！"

韩峰道："从安装上监听器，他们只用了半天时间就知道了，这半天时间，都有哪些人知道这个事情？"

冷镜寒道："不对，监听器是晚上安装的，只是第二天才开始投入使用，泄露消息的人，有一天的时间。"

韩峰道："那好，这一天时间内，监听器已经安装好了的消息，究竟有多少人知道？"

岂料，冷镜寒摊开手，道："我们刑侦处成员都知道，那天可欣也来过。”

韩峰鼓眼道：“这样说，除了我和李响，你们都有嫌疑？”

冷镜寒道：“那天上午，好像李响打过一个电话来，他也一直都跟着案子的进程。”

韩峰嘟囔道：“说来说去，弄了半天，原来只有我一个人没有嫌疑啊。”

冷镜寒直视他，道：“我不排除李响曾把消息向你透露过。”

韩峰神情又萎靡下来，道：“我还以为有新发现会有新突破，原来还是没有帮助。”

冷镜寒道：“不，安装的人员说过，那监听器在常规下，根本是不会被发现的，你这一发现，更加印证了你的想法，我们内部确实有人透露了消息。那么我们还需要继续监视吗？”

韩峰道：“当然要继续监视，最起码让丁一笑不敢妄动，盯死他，就等于扼住了幕后操纵者的一只手臂。还有，有内鬼的事情，暂时不告诉他们。”

冷镜寒又道：“对了，可欣刚才打电话来说，你不要她追踪报道这个案子了？”

韩峰道：“我什么时候说过不让她追踪报道了？是她自己提出来的，等我们结了案，再告诉她全部细节。”

冷镜寒道：“人家女孩子嘛，当然不好意思直接告诉你，刚才她在电话里说得可委屈了。”

韩峰道：“我是这样想的，少一个人参与其中，就少一个嫌疑人。而且这个案子，已经到了不能做追踪报道的程度，否则昨天你也不会将她拒之门外了，要是昨天晚上的大爆炸，她给你拍一个大特写，今天海角市就会天翻地覆。”

冷镜寒心有余悸地点点头，道：“这几天为这案子我忙昏了头，没想这么周详。”

韩峰道：“这也是没有办法的事，我们的对手想要不断地制造新闻，我们就只能掩盖新闻，因为舆论导向对这个案子极其不利，用你们的话说，这叫善意地欺骗公众，哈哈。”

冷镜寒凝重道：“但是让公众生活在一个随时都有危险发生的地方，确实是我们警方的失职。我们必须尽快地查清他们想要实施的一系列计划，昨晚的事情，无论如何不能发生第二次了。对了，还有个关于你的消息。”

韩峰道：“什么？”

冷镜寒道：“就是刚才报纸上那条大消息，昨天你解救的人质，包括田副市长，把你告了。他们要求你赔偿医药费、误工费、精神补偿费和受惊吓费。”

韩峰起身道：“这种小事情，你帮我摆平就行了。现在，我们该看看我们队员的工作成绩了。”

一个小会议，刑侦处里五人，刘定强靠在检验室门口，林凡坐在他的桌前，龙佳坐在她的电脑前，冷镜寒坐在正中办公桌的椅上，韩峰坐在办公桌上。

冷镜寒道：“龙佳先说吧，她还要查昨天拍卖会的情况。”

龙佳道：“开源建筑公司成立于一九九三年，其实一直是福兴建筑公司的竞争对手，昨天我们到的现场是公司旧址，公司大部分设施和员工都已于两年前迁往新大楼，这旧大楼是作为租赁建筑在使用。公司的老板已经接受了公安部门的审问，他坚称对大楼里长期拘押有儿童的事毫不知情。有关开源公司的信息资料都打印在这里，不过我认为对我们帮助并不大。”龙佳说完，将材料扔给韩峰。

林凡道：“昨天晚上丁一笑一直在家睡觉，没什么情况。”

冷镜寒道：“好，你和龙佳一起去调查一下恒福银行昨天拍卖兴盛机械公司的情况。”

韩峰向龙佳挥挥手，道：“早去早回。”龙佳白了他一眼。

刘定强道：“我这里或许有你们感兴趣的东西。”

韩峰从桌上跳下来，坐在龙佳的电脑椅上，道：“哦，说来听听。”

刘定强道：“昨天现场，那颗炸弹的威力相当大，当然，我一直对只有一颗炸弹表示怀疑。现场完全被破坏了，可以说没有留下什么证据。但是，我们在现场发现了人体残骸。”

冷镜寒一惊，道：“什么！人体残骸？不是说全都撤离了吗？”

而韩峰则惊呼道：“会不会是梁小童或者是卢芳？”

刘定强道：“或许是被恐怖分子早先杀死的人，或者是在楼内来不及逃离的人，因为你们毕竟没有清点现场啊。不过，全炸成碎末了，最大的人体残骸也不过十二克重，除了能判断是人体组织，别的就什么都判断不出来了。另外两处，炸毁狙击枪的现场呢，也处理得比较干净，完全看不出枪械的痕迹，只留下一堆合金物，不过合金质量超过十五千克，从爆炸留下的玻璃碎片弧形复原来看，它配备的光学瞄准镜起码达到十六倍，是普通八倍镜的两倍。”

韩峰打开电脑道：“做那么精确，看星星啊？”

刘定强道：“而从废墟里发现的子弹残留和伤员的枪伤口，试验结果是，子弹口径12.7mm甚至更大，用的应该是脆性弹。”

韩峰开始在电脑上搜索，道：“心可真黑啊。照你这样分析，他们用的像是匈牙利的M1，还有比这个更大的枪吗？”

刘定强道：“查电脑资料库里，好像是，但是无疑他们用的枪更大，射程更远，准确度更高。这次出现场，我遇到了只是听说过的高烈性炸药和没有听说过的超重型狙击枪。”

韩峰发牢骚道：“最让人头疼的是，他们怎么弄到这些武器，而且，他们到底还有多少武器？”

刘定强道：“对了，狙击枪爆炸现场，还有我们狙击手的弹痕，一颗打在外墙上，一颗打在了玻璃上，而现场没有证据表明有人受伤。”

韩峰滚动着鼠标，道：“不错了，能够打中墙壁已经不错了，当时我只是想吓跑狙击手。”

刘定强道：“还有件武器，就是洪阿根的手枪，指纹取样后，只有洪阿根的指纹。型号应该是意大利92F-9毫米手枪。系伯莱塔M92手枪系列中的最新型号，枪长217毫米，枪重0.96公斤，初速375米/秒，有效射程50米，双排弹匣容量达15发。”

韩峰道：“又是最新款？”

刘定强道：“这个不是，这是二十世纪八十年代的产品。”

韩峰道：“洪阿根怎么说？关于这把枪。”

刘定强道：“审讯结果是，他说接到通知暗号，让他去医院里某一处取的，别的情况就不清楚了。其实该让李响回来，他对枪械很有研究。”

冷镜寒无奈道：“策划精密的陷阱，昨天晚上那么大动响，他们也能做到滴水不漏。”

韩峰道：“主要是靠炸弹，将现场变成废墟，要在废墟里找出有用的痕迹，实在是太困难了。真是处心积虑，实在是一石数鸟之计。”

刘定强道：“怎么是一石数鸟？”

韩峰道：“第一，让我们不敢轻易相信得到的信息，先存惧心，对以后的行动会有很大影响；第二，让警方人员大量伤亡，削弱我们的力量；第三，制造新闻，让警方疲于应付记者和来自各方面的压力；第四，将陷阱设计在竞争对手的楼层里，这样下来，不仅和丁一笑毫无关系，还可以帮他们在商务上打击对手。”

冷镜寒补充道：“第五，打击我们的自信心，影响我们对自己结论的理性分析；还有，第六，让我们不得不去查，拖延我们的查案时间。”

刘定强道：“如果没有什么事，我还要去做模拟爆炸现场和弹道痕迹实验。”

冷镜寒挥挥手，只剩下韩峰和他两人守在空落落的刑侦大厅里，冷镜寒肃穆道：“现在案子已经陷入了僵局，每一起案件都有没理出来的线索，而我们还要顶着各方压力，准备应对随时可能爆发的记者潮。现在我们完全是被动挨打的局面啊！”他看着韩峰，问道：“你怎么看？”

韩峰道：“我的看法与你恰恰相反，我认为，这正是案件的局面即将打开的时候。我们已经将迷宫中每一道胡同都走过了，每条路的尽头都有扇门，现在我们缺乏的就是开门的钥匙而已。”

冷镜寒道：“那么，钥匙是什么呢？”

韩峰道：“以前我认为，卢芳和梁小童，就是我们要寻找的钥匙，可现在看来，他们只是赝品，用来迷惑我们的视线的。而真正的钥匙，我们还没有找到。”韩峰说完，低下了头，一副病恹恹的模样。

冷镜寒鼓励道：“怎么啦？我从来没看你这么失落过，你不是一向都信心十足吗？这只是一个小案，你会被这样小的车祸案难倒吗？你……”这时候，冷镜寒办公室里一台从未响过的电话响了起来，冷镜寒第一时间接起电话。刘定强也从实验室跑了出来，韩峰关闭电脑，起身道：“怎么了？这么紧张？”

刘定强悄悄道：“是专线电话，这平日不响的，一响，准是上级领导。”

“哦。”韩峰看看冷镜寒，冷镜寒的面色果然严肃起来，回话无外乎“知道，是”。韩峰拍拍刘定强的肩膀，也低声笑道：“昨天晚上，你、李响、龙佳，你们三人在电脑上做什么了？别以为我不知道。”

刘定强憨厚一笑，道：“真是什么事都瞒不过你啊。”冷镜寒接完电话，刘定强忙回了实验区。

冷镜寒道："省公安厅的领导打电话来，对我们这个案子非常重视。上面的定义，这是一起有组织、有预谋、破坏性极大、案情极其严重的恐怖暴力事件，领导希望我们尽快破案，他们会给我们全力支持。"

韩峰道："唉，那是希望你们尽快破案，与我无关。他是针对昨天晚上的爆炸事件吧，叫他们把最好的装备都发过来，我们要坦克！我们要飞机！我们要大炮！"

冷镜寒没好气道："又不是打仗，你以为玩游戏啊。好了，我要把最后一点报告赶出来，人家老郭都已经交上去了。"

吃过午餐后，龙佳他们才回来，还没有进餐，各泡了一桶方便面，一边吃一边汇报工作。

龙佳道："我觉得，我们今天所调查的结果，只能用一句话来形容。那就是，丁一笑通过合法的途径，合法地竞拍到了兴盛机械加工公司。银行方面的底价是三十万，而成安钢材公司出价已达到五十五万，差不多是底价的两倍，而其他参与竞拍的公司，想买下兴盛公司的没有实力，有实力的公司对兴盛的兴趣又不是很大，他们认为花这么多钱买一个破产企业不值得，当然归成安钢材公司了。"

韩峰道："你们就调查到这么点问题？"

林凡道："你还想知道什么？"

韩峰道："这样，我来问，你们回答。成安钢材公司参与竞拍的人是谁？他的背景资料，大概的该有一个吧？"

龙佳道："叫胡银信，是成安钢材公司新任命的公司经理，年纪快五十岁了，但精神很好，桂林财务大学毕业，有多年管理经验，曾在海天公司任高管，又在贸昌公司当了几年总经理助理，据说，是丁一笑特意从南方聘来的。"

韩峰道："南方？是海南吗？"

龙佳道："这个，也许吧？我们没想到要查这么详细的，那下午我再去一趟。"

韩峰道："不用了，哼，胡银信？胡银信？哼哼。"他嘴角浮现古怪的笑意，又道："成安钢材公司，远在天涯市，你们查了它的资料没有？"

龙佳道："查过了，它是以丁一笑的名义成立的新型钢材公司，短短三年时间，但是却成为市场上杀出的一匹黑马。业内人士都说，它的钢材质量好，价格合适，我们走访了几家大型的钢材交易市场，成钢的货一直都销得不错。但是由于它是个小钢厂，所以产量不大，年平均产量仅几十万吨，以建材钢为主。”

韩峰道：“这次竞拍兴盛公司，它是现金付清，还是分期付款？”

龙佳道：“现金一次性付清，否则就不会把价格压得这么低了。”

韩峰又问道：“成安公司这次共来了多少人？他们住在哪里？”

龙佳道：“就胡银信一人，说来奇怪，他为人很低调，就住在龙华旅店，那是车站旁一个小旅店，二星级都算不上。”

韩峰闭上眼睛想了想，突然问道：“你们查清楚了？胡银信真的是用现金一次性付清款项？他是独自拎着大皮箱还是银行转账？转账用的什么方式？他真的是一个人来的？坐什么交通工具来的？什么时候到的？竞拍结束后他和什么人接触？这次竞拍的主要负责人是谁？他们的关系如何？胡银信是否已经离开海角市？什么时候离开的？与他一起的都有哪些人？”

韩峰一口气问出一堆问题，问得龙佳和林凡面面相觑，瞠目结舌，龙佳向林凡询问道：“胡银信是一个人来的，是吧？”

林凡道：“唔，这个，是的啊。”

龙佳又道：“这次负责竞拍的，恒福银行是业务部门主管高戴胜，他与胡银信有没有关系，这个我们就——”

林凡三下五下吃完泡面，道：“我们再去查，一定会调查清楚。”

龙佳道：“你也一起去吧，还有什么问题，可以马上查清楚。”

韩峰道：“不行，我想起一个很严重的问题，要去审问洪阿根。你们去，记住多找几个参加过竞拍的其他公司人员，了解竞拍的详细过程，听听他们对这次竞拍有什么看法。如果胡银信还没有离开本市的话，一定想办法留住他，如果他不配合，把他强制带回来。”

林凡在门口道：“什么理由呢？”

韩峰道：“涉嫌谋杀！”

冷镜寒道：“这理由也能乱定？你凭什么说人家涉嫌谋杀？”

门外汽车已经响了，韩峰道：“他是老刑警了，这还问我，我当然随便一说。”

冷镜寒道：“为什么要他们再去查一遍？你有什么样的考虑？”

韩峰道：“里面有很大问题，不得不查。”

冷镜寒道：“可我听他们说的都很正常啊，说说你的问题。”

韩峰恢复了一贯的自信，道："问题一，胡银信是独自一人，而且深居简出，这种竞拍活动，几十万资金，不是儿戏，哪家公司会总经理独自一人去参加竞拍？这不合乎常情，也说不通。一旦竞拍成功，需要签订合约，那得有个资深律师陪同，需要验收厂房，那需要有关专业技术人员陪同，需要账务结算，那需要财务人员带在身边，总经理外出，需要应酬和有日常生活计划，每天的时间安排，那就需要一个秘书。出行在外，进行商务往来，至少需要有着四种专业技能的人才陪同，当然，有的人能身兼数职，但总经理不能。"

冷镜寒一愣，插口道："为什么？"

韩峰一笑，道："如果总经理把这四种技能都掌握了，那他就当不了总经理，最多只能当个秘书，其中的道理，你慢慢想吧。第二个疑点，是成安公司的账目问题，虽然龙佳说了，成安的产品销路很好，但是她也说了，年产量不过几十万吨，而问题就在这里。现在的钢铁市场价，从去年的高位已经跌至谷底，每吨钢材至少下跌了百分之三十，除去成本，几乎没有利润可言，而生产企业又不能停顿，必须保持高速运转。成钢公司目前正在吃紧的时候，别说五十多万，我看，就连三十万周转资金他们也未必拿得出来。"

冷镜寒口吃道："你……你怎么知道？"

韩峰道："新闻都报道了，你不看吗？那么，还有第三个疑点。"

冷镜寒吃惊道："还有第三个疑点？"

韩峰道："第三，就是这个人，成钢公司总经理，他不该姓胡。"

冷镜寒不解道："姓胡又怎么样了？"

韩峰冷笑道："还记得吗，案子刚刚开始的时候，可有一位姓胡的先生出现过，还把我骗了过去，那家伙抽一种有古怪香精味道的烟，我至今记忆犹新。"

冷镜寒失声道："胡金诚！胡金诚，胡银信；胡金诚，胡银信。你是说他们两人……"

韩峰接口道："希望不是一个人。"

冷镜寒沉思道："五十多岁，年纪也比较吻合，如果真的是他——"

韩峰道："如果真的是他，那么成钢公司就没有专门派人到海角市来，而是他一直在海角，等着被任命为成钢公司经理后，才接手竞拍，一旦竞拍成功，他马上就可以到天涯市去当他的经理了。而他本身就是财务人员，相信这时候去成钢，对成钢的财务状况是很有帮助的。”

冷镜寒道：“如果真是胡金诚，他在这个案子里担当什么角色？”

韩峰道：“应该是后来加盟的，这个人看起来很老实，其实城府很深，成钢公司，大概就是给他的报酬吧。他在这个组织里的地位很低，能得到成钢公司就算顶天了。起初他只是负责撒一个善意的谎言，看来现在，他又有了新的用处。我说过，我们的对手，用人是很讲究的，每一颗棋子，他都要让它发挥出最大的功效。”

冷镜寒皱起眉头道：“这样一来，案件不是更复杂了吗？这里面绕来绕去的，他究竟想要做什么？”

韩峰冷酷道：“如果我们知道他想做什么，那这场游戏他就输了。说到这里，我想起了昨天晚上和你讨论过的事情。”

冷镜寒道：“什么？”

韩峰道：“还记得昨晚我说当迷宫走不通路的时候，就该原路退回，你一直退到了哪里？”

冷镜寒道：“我一直退到林政死的时候，如果再退，就是梁兴盛的死了，再退就没有了。”

韩峰道：“对，就是林政的死，这是你们成立这个专案组的初衷，也是对手给我们设置的第一道解不开的谜题。首先林政的死因就被他精心设计过，让我们查得毫无头绪。而林政与梁兴盛的关系却是在非常偶然的情况下暴露出来的，而我们在那个案子中遇到的两个谜题是：一、林政为什么要将百分之五的股权转给梁兴盛；二、林政死前与谁通的话，他为什么要走老公路。我相信，揭开这两个谜团，对整个案子都大有帮助。”

冷镜寒道：“说得很轻松啊，我们根本一点线索都没有，就像现在一样，我们明明掌握了很多线索，可我们依然不知道那个幕后操纵者到底要干什么。每次都是等他做了，我们才来分析案情，收拾残局。”

韩峰道：“不，昨天晚上我想了一夜，你的话启发了我。我们在林政之死的问题上，一直有一条重要线索，却因为种种原因而没有进行下去，我不知道那些原因，是否到现在还困扰着你。”

冷镜寒道：“你说的是？”

韩峰道：“张艺和林凡，他们曾——”

冷镜寒省悟道：“调查恒福集团设在天涯市的总部！”

第四部

天涯市惊现“七宗罪”杀人案

第十三章
天涯海角

韩峰道："不错，因为林政只是恒福银行总行下一分行经理，而天涯市距离我们又比较远，加上各方面的因素，所以我们并没有十分重视对天涯市恒福集团上层进行调查。现在所有的线索都走到了头，只剩下这一条线索了，我才想起来，去天涯市调查，才有可能揭开林政为什么要把百分之五的股权转让给梁兴盛和林政为什么要走那条老路的谜。而且，天涯市出现在我们视野中的次数越来越多，第一次，我们怀疑是天涯市交警部门的人拦截来往车辆，可他们被黑网的杀手杀掉了，线索就此中断；第二次，林夫人告诉我们，林政每周要去天涯市一次；第三次，是丁一笑名下的五家公司中，他的成安钢材有限公司是设立在天涯市的，因为时间原因，我们还一直没能调查到那边去；第四次，就是这成安公司的总经理出现在竞拍现场，这也是完全出乎我们意料的事情。现在，我们不能按照老规矩，老是调查他们想做什么，而要转换思维，应该问问我们可以做什么，还有哪些是我们没有做的。"

韩峰说着，走过去拍拍冷镜寒的肩膀，道："上次林凡他们回来，我就提出，让你设法获得对恒福银行的调查权，你办了没有？"

冷镜寒道："已经提交了报告，可是没有什么有力的说辞，这件事就这么拖着。你别以为每个人都和你一样，只需要耍耍嘴皮子，我们要做大量的实际工作。像这个事件，我要申请，先要填报表，说明原因，然后上级审批，上级的上级再审批，你没有有力的证据表明他们公司有重大变故或是公司某领导人有重大嫌疑，这些受国家扶持的航母级企业，不是说动就能动的。恒福银行，在我国银行界的排名，已经进入前十，是国家重点培养企业，已经是民营股份制银行的领头羊，而且离我们隔了八百公里，我怎么说服上级让我们去调查？”

韩峰道：“我有个办法，我们就说掌握了足够的证据，这家公司的某高管侵吞公司资产。”

冷镜寒咂舌道：“什么！你胡扯什么！你有什么证据？这不是张嘴瞎说吗？要是调查下来，没有发现公司高管有嫌疑，而林政的死也与集团总部没有关系，你让我怎么说，信息错误？”

韩峰道：“你怕什么？要进入恒福集团内部，并让他们配合调查，总得找个理由吧。你看美国打伊拉克，还不是说它有核武器。”

冷镜寒摇头否定，韩峰眼睛一闪，他已经有了好的主意。他笑道：“你负责想办法，我去审问洪阿根了。”

韩峰开始独自审问洪阿根，他和洪阿根单独待在房间里，面对面地谈，没有人知道他们在谈论什么，他不允许任何人进入，甚至连冷镜寒也不让进。他们谈了很久，龙佳他们调查结束了，韩峰都还没出来。等韩峰出来时，他整个人全变了，就像一位掘金者，已经准确地找到了金脉，眼中的火苗，又开始燃烧起来。

冷镜寒问道：“你问到了什么？怎么审了这么久？龙佳他们都等你半天了。”

韩峰道：“我想，我已经得到我想得到的东西。现在，我们和对手是站在同一起跑线上。哼，既然知道了游戏规则，那么游戏的主动权就在我们自己手上了，不必再听命于人。”

大家都傻眼了，没有人知道韩峰在说些什么。韩峰像是自言自语，又道：“小瞧我，会给你厉害尝的。”他似乎突然回过神来，道：“哦，龙佳他们都回来啦，带回什么好消息？”

龙佳道：“果然有问题，刚才我们都与冷处讨论过了，事情实在太离奇。胡银信在昨天下午就离开了我市，他的确是一人来的，但是没有查到他的行程记录，要么是坐公车来的，要么就如你和冷处推论的那样，他根本就一直都在我市。最奇怪的还不是这个，据竞拍参与者的透露，说这是暗箱操作，兴盛公司根本不值那么多钱，成安钢材公司之所以出到那么高的价格，完全是恶性抢拍。而且，他们一分钱也不用出。成安公司以丁一笑的名义，在恒福银行贷款来着，他们用贷来的钱，来竞拍兴盛公司，这实在是太滑稽了。”

冷镜寒道："谁都知道，兴盛公司是欠了恒福银行的钱，宣布破产后恒福银行才要将它拍卖来抵押坏账，可它又贷款让别的公司来收购这家破产企业，这不是搬起石头砸自己的脚吗？用自己的钱买自己要卖的公司，这算怎么回事？"

龙佳道："恒福银行新任行长是总行调过来的，叫汪玉国，今年四十三岁，祖籍广西，一直在总部任业务经理一职，似乎与丁一笑从未发生过任何关系。我们就不明白，他怎么会贷款给丁一笑？而且是无利息无抵押贷款。"

韩峰冷冷笑道："狐狸尾巴露出来了。命令来自恒福银行上层，是恒福银行的上级与丁一笑有联系。就在刚才，我突然想明白一件事情，那个幕后操控者，极有可能真的是恒福银行的高管层。"

冷镜寒面色一变，道："为什么会突然联系到那里去？"

韩峰道："第一，能逼着林政把股权转让并且想办法让他走老公路的，恒福银行上层有这样的机会；第二，拿到梁小童的那部分股权，无论是谁，要想出手抛售都必然引起怀疑，除了……"

冷镜寒接道："除了恒福银行高管本身，因为高层管理人员有不少都是大股东，他们就是持有公司股票最多的人，所以等到恒福银行一进行股权分置，他们出售部分股票丝毫不会引起别人怀疑！"冷镜寒将手压在额头上，道："竟然没有早想到。"

韩峰道："第三，也只有他们才明确知道恒福银行什么时候进行股权改革，所以才会信心十足地与我们打时间战；第四，以银行作后盾，那么他们自然可以财大气粗，别说以丁一笑名义开设五家企业，就是开办五十家企业也没有问题。对了，现在是六家公司了。"

冷镜寒道："我要马上再拟一份报告，一定要说服上级给我们开绿灯，这件案子关系重大，不查不行。"

韩峰笑道："早该如此了，呵，听林凡说那集团公司里的女董事相当漂亮，一定要去拜访拜访。"

龙佳本来很高兴地听着，突然脸色一沉，哼了一声。韩峰做了个鬼脸，道："如果不出意外，明天我们就可以去天涯市了，现在，我们应该好好吃一顿，然后舒舒服服地睡上一觉。"

龙佳道："案子这么紧张，你还只想着吃了睡，小心撑死你。"

冷镜寒一笑，他知道，韩峰只有在胸有成竹时，才会是这个样子。

韩峰嗤鼻道："可惜，龙佳太穷了，不然倒可以交往交往。"

龙佳咬牙切齿道：“谁稀罕！”

韩峰又道：“唉，这样看来，只有和我的欣儿在一起，才能有饭吃啊。”

龙佳捏起拳头，道：“你存心想挨揍，是吗？”

韩峰道：“不要——”已经晚了一步。

龙佳看着韩峰头顶好像高出来一块，无辜道：“你怎么不躲？”

韩峰龇牙咧嘴道：“我躲了，可是没躲过嘛。叫你不要每次都以打仇人的力量来打我，还打我头，打坏了怎么办？”

龙佳道：“对不起啦，我不是故意的。谁叫你不躲的。”

韩峰大声道：“我躲啦！”

林凡在一旁道：“他是躲了，可刚有躲的动作，你已经敲下去了。你出手也太狠了些。”

龙佳：“……”

冷镜寒听着这几个年轻人打打闹闹，不禁释然，旋即又想：“应该怎样写这份申请呢？”

是夜，韩峰不知道出于什么考虑，非要自己回那破落小木楼去，理由是，冷镜寒脚臭。冷镜寒气得七窍生烟，又没法，只能替韩峰叫了辆出租，详细地告诉了出租车司机韩峰那位置，才看着车开走了。

晚上，韩峰睡得迷迷糊糊，感觉什么东西冰凉冰凉的，在被单里蠕动。他伸手一摸，抓出一条蛇来，他喃喃自语道：“好大一条蚯蚓，怎么能在我床上睡，你下去吧。”把蛇扔床下去了。

第二天，九点韩峰还没起床，冷镜寒亲自找上门来，他十分激动，踢开门就大声道：“好消息，好消息！上面批复下来了！”

韩峰从被单里探出头来，惺忪道：“什么批复下来了？”

冷镜寒来回踱步，摩拳擦掌道：“我们调查恒福银行的要求，已经被批准了，今早上电传过来的。”

韩峰道：“那吃了饭就走呗，这样的小事情，不用这么激动吧？”

冷镜寒微笑道：“我没有想到来得这样快，真可谓是天意，我们刚刚想查什么地方，马上就开了绿灯。不过现在不行，我还要先回刑侦处布置一下任务。”

韩峰虚着眼道：“怎么？你和我去？让龙佳和我去就行了，你留下来主持大局吧。”

冷镜寒脸色一沉，道：“想得美。这次案子这么重大，我不亲自去怎么行。不过我还是没想明白，上面怎么突然对这个案子又重视起来了？”

韩峰伸了懒腰，爬起来，似笑非笑道：“过几天你就明白了。”

蓦然床下有声响，冷镜寒惊讶道：“什么东西？”

韩峰看也不看，将手伸到床下去，摸呀摸，摸出昨天晚上那条蛇来。这时看清，是一条尺余长的小蛇，浑身透着一种翡翠的碧色，淡淡的，三角头，吐着信子，有股神秘的恐怖。不过韩峰并不怕它，用手指拨弄着蛇头，举起蛇对冷镜寒道：“看，我捉住条绿色的黄鳝。”

冷镜寒脸都绿了，道：“快，快弄死它，什么黄鳝，这是蛇！毒蛇！”

韩峰看看蛇头部分，又将蛇嘴掰开，道：“真是毒蛇，还有毒牙的。”他手指将蛇盘绕几圈，却不杀它，道：“留着，养来玩儿呗。”

冷镜寒惊出一身汗来，却也不明白，那蛇从哪儿来的，为什么不咬他呢？他惊道：“你还留着玩儿！这毒蛇肯定是有人故意放进来的，看来他们也想对付你！”

韩峰用几摞书围成一个四方圈，将绿蛇放入其中，又用一本厚书盖上，让蛇无法逃出，道：“下去问问，不就知道了，这蛇颜色很好看，我先留下了。”

楼下，屈燕道：“昨天是有一人来过，一位女警啊，她说你委托她来拿什么东西，我就让她上去了。”

冷镜寒一愣，问道：“长什么样啊？”

屈燕道：“不知道啊，戴着警帽呢，帽檐压得挺低的，短头发。”

韩峰指着冷镜寒的鼻子道：“潘可欣，我说是她吧。我的龙佳可是长头发的。”

冷镜寒道：“别瞎说，没凭没据的，哦，就短头发能断定是她？”

韩峰道：“她才知道我住这里啊。”

屈燕又用手比了比，道：“这么高。”

冷镜寒和韩峰都将头往后一仰，谁都知道啊，潘可欣没这么高，身高和龙佳倒差不多。韩峰又指着冷镜寒的鼻子道：“高跟鞋，肯定穿了高跟鞋。”

冷镜寒苦笑，问屈燕：“你可看清楚了，真是女的？”

屈燕道：“哟，冷处长，瞧你说的，我屈姐也混了这么多年了，你说我连是男是女都分不出来啊。”

冷镜寒道："这件事，我们回来再查，现在根本就没有什么具体线索，如果真是我们那儿有他们的人，他们随便派一个人乔装警察就可以了，何必非派我们认识的人呢。你无非就是想替龙佳洗脱嫌疑吧，我还不知道你！"

路上，冷镜寒疑惑道："不过，这次他们怎么会专门来对付你呢？"

韩峰得意一笑，道："如果按照我的内奸说，那么就很好解释了。看来，他们已经把握住我插入这个案件的重要性了，你已经不再是他们的第一目标了。哈哈！"

冷镜寒面色一变，怒道："你还笑得出来！就你那副大大咧咧的模样，说不定真的会中招啊。哎，话又说回来，知道你住在这里的，又在我们刑侦处里的，会是谁呢？"

韩峰侧目笑道："你呀！你常往这里跑，地皮早就踩熟了，连燕姐都知道，你经常光顾她的生意。"

冷镜寒顿道："你——"韩峰哈哈一笑，跑远去了。

回到刑侦处，冷镜寒刚进门就听到专线电话响了，赶忙去接。这次，他的神色比上次还严肃，明显对方已经挂了电话，冷镜寒还握着话筒，半天说不出话来。

冷镜寒放下电话，沉着道："是商务部长亲自打来的电话，他说，恒福银行是国家重点扶持的民营企业，现在已经不再是普通的银行了，它已经发展壮大到可以左右人民生计的程度了，让我们调查这件案子时要小心，要低调，不要有过大动静，这是牵一发而动全身的案件。他还说已经和天涯市公安部门、检察部门联系过了，要求他们全力配合我们调查，尽可能多地给予我们方便。"他看着韩峰，喃喃道："这件案子，怎么会惊动到商务部长的？这到底怎么回事？"

韩峰咧嘴一笑，道："管他那么多呢，人家让你查，你就查呗。快，把你要安排的事都安排了，我们就出发！"

冷镜寒将剩下的组员召集起来，分配道："李响，你和林凡继续监视丁一笑，有什么情况电话联系，你负责通知到林凡。定强要继续他的分析和试验，对了，定强，医院说如果再观察一两天，夏末没什么大碍就可以出来帮你了。但是如果他有什么地方忘记了，你一定要有耐心，他可能有间歇性遗忘。龙佳，龙佳！你在做什么呢？"

龙佳回过头来，道："我在北京的朋友给我发来一个木马，他们告诉我，昨天深夜至今天凌晨，就是这个木马在网站发布虚假消息，说恒福银行的董事长携巨款潜逃，恒福银行濒临破产；我在北京的同事足足花了两个小时才把木马删除，虽然及时关闭了服务器，但是消息还是传了出去，现在网上开始闹腾了。他们发了个样本过来，让我帮着研究，这木马是怎么通过防火墙把文本文档给粘贴上去的。”

冷镜寒一愣，好像明白了点什么，他声音一变，冷冷叫道：“韩——峰——”

韩峰在刘定强的实验室里看着仪器，扭头道：“我在这儿，走了吗？”

冷镜寒道：“少跟我装作没听见，刚才龙佳说的，是不是你做的？”

韩峰傻眼道：“你说什么？什么是我做的？我不懂电脑。”

冷镜寒鼻息一哼，暗自好笑，摇头心道：“这小子，总是不按规矩办事，却又总能办成，哼。”

龙佳也帮着韩峰道：“不可能是他，这是个专业高手做的。这是我见过的用最简单的程序破解最复杂的防火墙。”

冷镜寒心道：“那是你还不太了解这个家伙。哎。”随着心中叹息，冷镜寒又道：“龙佳，你上次对丁一笑的企业只有一个初步调查，现在你去调查取证，可能花的时间要长一些，不过不要急，要多走访，细细询问，相关部门我已经打了招呼了。”

龙佳道：“是。”

冷镜寒道：“那，我们走吧。”

韩峰走向龙佳，含情脉脉地看着她，突然想伸手去摸龙佳的脸，他的手缓缓伸出，说道：“这次去天涯市，凶多吉少，前途渺茫，可能，以后我们见面的机会就不多了。你……”他凑近了些，道：“能不能让我亲一下？”

龙佳脸一红，怒视韩峰，也不答话，待韩峰手伸近了，突然双手一架，反身用肩一顶，同时脚向后一靠，双手一沉，这样一拉一掼，韩峰就不用走路出刑侦处了。龙佳拍拍手道：“你好像忘记了，我是柔道五段。”

韩峰爬起来道：“每次都欺负我，小心我一定报复。”

冷镜寒拍着他的肩道：“走吧，在你眼里，这案子已经破了，是不是？又开始玩世不恭了吗？”

韩峰“嘿嘿”一笑，道：“没破，也快了。”

天涯市，比海角市更大，也更繁华，大街上车水马龙。韩峰趴在车窗前，就像个乡下孩子刚进城一般，四处张望，不住发出惊呼声，不过他看的，多半是街上短裙薄衣的妙龄女子。他不住叫道：“哦！这个正点！哇，那个不错，那个不错！”激动时，指挥司机道：“朝那边开，朝那边开，我看不太清楚。”司机哪里听他的，径直向天涯市车站驶去。冷镜寒闭目养神，只当没听见。

天涯市公安局内，局长姓陈，名勇军，也是五十岁开外了，一头银发，神采奕奕，眉目严肃，不怒自威，是冷镜寒的同级同学。副局长江浩却只有三十左右，看上去肌肉仿佛要从文化衫里胀裂出来，虽然面慈目善的，但却是局里的笑面虎，对部下非常严格。这两位局长亲自接见了冷镜寒和韩峰。

陈勇军笑道：“哈哈，老冷，好久不见啊！你的精神还是那么好啊。”

冷镜寒握手道：“老啦，现在是年轻人的世界，我们啊，都是在退休第一线的喽！”

陈勇军道：“今天早上，沈厅就打电话找我，说你们要来，让我们准备准备，还让我们不要过多地过问案情，只是给你们方便就行。我冒昧地问一句，这个案子，究竟是涉及哪些方面？”

冷镜寒道：“涉及很多，金融、武器、非法组织、走私，还不知道有没有毒品和贿赂在里面。”

陈勇军道：“涉及面这么广，难怪沈厅要我们严格保密。哦，这位是我们局的江浩，就是破‘3・11’毒品案那位，现在已经是副局了，后生可畏啊。”

冷镜寒道：“这位是韩峰，我的……助手。”他只能这样介绍了。

江浩伸手笑道：“早听说海角市有一位刑侦典范，曾破获不少重案大案，只可惜一直无缘得见，上次冷处到我们市讲学，我也因在云南追击毒枭而错过了，一直为平生憾事。今天能与冷处携手合作，实在是非常荣幸。”

冷镜寒道：“哪里哪里，大家相互学习，这次就要靠你们大力支持了。”

韩峰也伸手与江浩握在一起，也笑道：“我早听说过，天涯市美女如云，以前卫时尚著称，今日一见，才知所言非假。哎，早知道我就在天涯市安家了。”

江浩与陈勇军不由得互望一眼，均想：“老冷处事干净利落，对下属也是要求极严，他在哪里找来这么一位助手？”再看韩峰面色稚嫩，身体单薄，怎么也不像一名干警，也许是新人吧？

江浩道：“听说冷处手下强将如云，特警的教员李响，炸弹方面的专家夏末，曾经拒绝了中科院邀请、我国第一批经培训的谈判专家张艺，知名法医刘定强，电脑天才女专家龙佳，还有微机械加工研究员林凡，都是冷处的干将，不知这位韩兄弟又是什么专业的才子？”

韩峰不待冷镜寒说话，便道：“我是研究人性的专家。”

“研究人性的专家？”陈勇军重复了一遍，好像自己从来没听说有这么个专业。

韩峰侃侃而谈道：“不错，不管女人穿什么型号的内衣裤，我一眼就能分辨出来。”

陈勇军尴尬道：“这……这种专业，倒是比较冷僻。”

冷镜寒忍不住暗骂道：“这个家伙！”他知道不能再待下去了，再待下去，海角市刑侦处的颜面就让韩峰给丢光了。于是起身道：“这个案子，受到多方关注，而且已经拖了很长时间了，所以我们想先去恒福银行了解一下情况，尽快摸清楚事实。”

陈勇军道：“好吧。那江浩，你带着他们去一趟恒福银行总部，说明情况，要他们全力配合调查。关于上次你们来查那个交警孟青的案子——”他摇摇头道：“我们查了交警部门，没有人知道什么时候那名警员与别人取得联系的，那天出车的时候呢，他也没说明情况，所以查不出那天到底发生了什么情况，而他被杀之后，案子移交国际刑警，更是一点线索都没有。现在成了悬案了。”

冷镜寒道：“不用太灰心，我们现在查的这个案子，已经有四五起悬案了，总会有线索的。”

陈勇军道：“我们也希望早日破案，好对你们那桩大案有帮助嘛。好了，我还有点事，我就不能送你们了，记住，晚上吃饭！”

冷镜寒看了韩峰一眼，略有歉意，笑道：“今天晚上可能不行，我们可能要调查很久。改天，我请客。”

陈勇军道：“好，你说哪天就哪天，但是地主之谊我一定要尽，只是到时候不要推说公务繁忙就行。对了，你们住哪里？”

冷镜寒道：“我们自己有地方住，好，就这么说定了。”

江浩先要带二人去下榻的酒店，但冷镜寒说先去恒福银行。

望春路，有十七家金银玉器铺、三家证券交易所，天涯市的五大银行也都集中在这里，俨然是天涯市的华尔街。恒福银行总部大楼，高三十四层，呈拱瓦直立形，在烈日下熠熠生辉。

江浩将二人带到总部的贵宾室，给恒福银行职员交代了几句，留下自己的电话号码，也离开了，因为他们接到的命令只是提供方便，而上级要求他们尽可能少插手这件案子。

在这里，他们见到了客户经理于成龙，精瘦青年，两道明眉，一双炯眼，鼻修中正，唇齿分明，年纪不会超过三十五岁。但韩峰看他面带假笑，一脸奴相，对他非常厌恶。

冷镜寒还没有开口，于成龙进门就媚笑道："你们来了就好了，昨天那消息实在是太可恶了，竟然说我们公司高管侵吞公司资产。我们公司一定要查出事端的制造者，这简直就是污蔑，是诽谤。希望公安同志一定要替我们澄清事实。"

冷镜寒看了韩峰一眼，后者一脸茫然，冷镜寒道："于经理，我想你弄错了，我们不是来调查你说的消息的，我们是海角市来的。"

于成龙"哦"了一声，情绪稳定下来，笑容不再，道："上次我们不是已经和你们的两位警官交流过了吗？你们还要查什么呢？"

冷镜寒道："可是据我们的工作人员汇报，你们并没有给他们提供多少关于林政的资料，相反，你们将我们的工作人员拒之门外。"

于成龙冷冷道："是这样的，我们的大公司，有我们公司自己的章程，在没有接到省一级领导通知的情况下，我们有权不对任何单位和个人透露公司内部的消息。何况林政只是我们公司一分区经理，他在他自己的区域出现了意外，和我们总公司又有什么关系呢？我就不明白，你们不在你们当地找线索，却眼巴巴跑到这千里之外的地方来查案。所以我很怀疑，你们到底是来查林政的还是来调查我们公司的？"

冷镜寒道："话不能这么说，我们只是想从更多方面了解林政的情况，他不是你们公司十大股东之一吗，而且也在你们总公司工作了很长时间，他……"

于成龙不耐烦地打断道："是，林政以前是公司十大股东，现在不是了，因为他没有专门立遗嘱，所以他的股权已经被公司收回，除了他私自转让的那百分之五。这件事情，我们如果查到什么线索，自然会通知你们警方。"

冷镜寒道："什么？他的股权被公司收回？他不是还有子女吗？他的亲属也都健在。这是……"

于成龙已经站起身来，客气道："对不起，我作为客户经理，只能向你们透露这么多消息，别的事情，我一概不知。哦，对了，因为昨天晚上那事儿，今天审计部门的同志也要来查账，你们瞧瞧，不知道是谁把事情搞得这么大，你们警方就应该管管这样的事情。这才是关系国计民生的大事，不要老是为了芝麻大小的事情往这里跑。"他抬腕看表道："哟，他们该到了，我去看看。你们稍等一会儿，不好意思。"

说完转身就走，不给冷镜寒问话的时间。冷镜寒与不少人打过交道，前后变化如此之大，态度这样冷淡的，还是第一回，他气得把记录文件的文件夹往桌上一摔，道："难怪林凡和张艺回来带了一肚子气，他们的态度实在是太……这样的人怎么能当客户经理？"

韩峰笑道："这只是开始，这点气你都受不了，今后的工作你怎么做？哈哈！"

冷镜寒见韩峰没有一句安慰，反而幸灾乐祸的样子，为之气急道："你——"

这时门外有人道："庄经理。"

另一个声音道："听说海角市来了两名警务人员，董事会派我来接待他们，他们人呢？"

门外另一人道："在里面，于经理离开……"

庄经理道："知道了。"

听声音那叫庄经理的人非常年轻，进门后道："对不起，于叔性子急了些，昨天晚上公司出了件大事，于叔忙得焦头烂额，多有怠慢，还希望二位不要介意。"

那庄经理一副文质彬彬的学生模样，穿了一身笔挺的西服，看样子不会超过二十岁，只有一米六五左右。他也从冷镜寒他们的目光中读出了诧异，自我介绍道："我叫庄晓军，今年高中毕业就来这里了，再过两个月就满十八岁。还有很多地方不成熟，如果做得不好或是安排不周到，还请两位多多包涵。"

冷镜寒做了个介绍。

韩峰对这个年轻经理颇有好感，赞道："哇，那不是刚毕业？高中毕业就应聘经理，太厉害了吧。"

庄晓军不善言谈，还有些腼腆，他找张沙发，与冷镜寒对坐了，轻咳一声道：“不，不是这样的。是我父亲，我父亲叫庄庆隆，是恒福银行的十大股东之一，他死的时候将公司的股权转让给我了，所以我也就成了这家机构的大股东。江伯伯又是我父亲的好友，我这份工作，算是暑假打工，增长一些人生阅历，下半年开学后我将直接到英国去学习。后勤经理也就是个闲职，我不用做什么事情的。”

韩峰道：“哦，原来是这样，你父亲是怎么死的？”

庄晓军道：“我父亲心脏病，去世好几年了，我想和你们调查的案子没有关系的。”

冷镜寒怕韩峰啰里啰唆、和人家话起家常来，便直接问道：“那你刚到公司，对公司老员工的情况也就不十分了解喽？”

庄晓军道：“是的，虽然我不十分了解，但是我可以带你们去找人事部经理。公司员工的档案都在人事部里。虽说我是新来的，但是我是公司的十大股东之一，在董事会上有一席举手权，所以……”他浅浅一笑道：“怎么说呢，那些公司经理还是挺……算是巴结我吧。”

冷镜寒喜出望外，这个小伙子如此好说话，便道：“那好，我们先从你知道的谈起，然后再去人事部吧。林政的事，你一定有所耳闻，对他，你了解多少？”

庄晓军道：“其实，并不是公司每位员工都清楚这事的。我也是在公司董事会上才听说。林叔叔呢，以前是我父亲的下属，常听父亲提起他，说这个人非常务实，办事效率高，工作踏实。但是在生活上长期压抑自己，说他日后不注意，或许会因婚姻问题而身败名裂。”

韩峰道：“你父亲很厉害啊，看人看得很透彻。”

庄晓军疑惑道：“是吗？林叔叔是因婚姻问题而出事的吗？不是说他出车祸死的吗？”

冷镜寒道：“他是出车祸死的，但是死因我们还在调查，我们现在主要想听听你们公司对那百分之五股权转让的看法。”

庄晓军道：“我们咨询过律师了，那份股权转让合同是合法的，所以我们就等着那一位大股东出现，他现在已经拥有我们公司百分之五的股权，可以排到第九位。”

冷镜寒道：“对了，刚才你们于经理说，林政死后，他的股权被公司收回了？这是怎么回事？”

庄晓军道：“这个，我不是十分清楚，不过公司成立之初，好像有一份协议，如果公司大股东没有在遗嘱上明确标注将公司的股权转让给某合法继承人的话，公司将收回他的股权，将按比例分派到每一位股民身上。”

冷镜寒道：“什么？怎么会有这样一份协议呢？”

庄晓军微笑摇头，表示自己不知道，并道：“如果不是我父亲在去世前明确提出的话，我也是一份股权都没有。哪天江伯伯有空了，我带你们去见他，他和我父亲一样，也是公司建立的发起人之一。”说完，他起身拍一拍额头，笑道：“你看我，真对不起。”说着，倒了两杯水来，“请喝水。实在不好意思。”

冷镜寒接过水杯，道：“那么林政死后，对你们公司有没有什么影响？”

庄晓军道：“没有什么影响吧，因为公司除息除权都要到年报公布后才进行，林叔的死，公司低调处理，就像某部门分管经理生病那样，你们说能有多大影响呢。”

韩峰道：“公司让你独自担任后勤经理，不怕你弄出什么事情来？”

庄晓军忙道：“哪里哪里，我是副经理，我跟着秦姐做事，她才是公司的后勤经理呢。待会儿先带你们去见她吧，有她帮忙，你们查什么都会方便的。”随后压低声音，崇敬道：“她才是真正的女强人呢，初中就出来打工了，在打工时自学完成了工商管理学的本科教材，现在也是公司董事之一。”

“哦！”韩峰仿佛想起了什么，眼睛一亮，问道，“你管她叫姐，那她年纪不大啊，叫什么名字？”

庄晓军道：“二十四五岁吧？叫秦怡，名字和人倒是蛮配的，就是做事风格与名字不大相符。”

韩峰道：“那她在公司一定很忙吧，怎么顾得到家里呢？她老公可也在公司？”

庄晓军不明就里，道：“哪儿的话，秦姐还没有交往男朋友呢。”

“是吗！”韩峰已经站起来了，道，“那我们去看看她吧。”

冷镜寒暗道不好，知道要坏事，忙道：“我们先去人事部查林政在公司的档案吧。”

韩峰道：“先看过秦经理，让她带我们去人事部，不是要省事得多吗。”

庄晓军道：“是啊，秦姐带你们去，比我带你们去好。而且秦姐来的时间比我长，很多我不知道的事，说不定她知道。”

冷镜寒瞪了韩峰一眼，低声道：“你就不可以收敛点吗？”

韩峰将头并过去，也低声道：“人不风流枉少年。”

经理办公室，秦怡一身职业装，果然仪态万千，不可方物，韩峰就差没流口水了。韩峰眼中，秦怡身高一米七八左右，染了一头金色卷发，戴的是——嗯！好像没穿内衣！

可是人家对他似乎没多注意，听明冷镜寒道明来意后，秦怡道：“我知道了，我将手里的事处理完，亲自带你们去人事部，好吧？晓军，先带冷先生和这位小兄弟到隔壁等一下，我马上就来。”她看了看表道：“等我十分钟。”

旁边是会客厅，冷镜寒笑道：“果然办事雷厉风行，很有女强人作风。”

韩峰则失望道：“为什么叫我小兄弟？”他盯着冷镜寒道：“你说，我看起来真的那么小吗？”

冷镜寒端详了韩峰，随后肯定地点点头，道：“你现在看起来，不会超过二十岁。”

“是吗？”韩峰失望地摸着自己的下巴，为什么还是光秃秃的呢。

庄晓军又倒了两杯茶来，道：“请喝茶，秦姐说十分钟，那么十分钟她一定来。”

秦怡在门里道：“晓军啊，先通知一下人事部，让他们把档案调出来，不要耽搁公安同志太久时间。”

晓军应了一声，拨通了电话，道：“喂，人事部吗？我是庄晓军，你们孙经理在不在？让他接电话。什么！出去了，他什么时候回来？哦，哦，好，把他手机号给我，等我。”他找了支笔，道：“说吧，我记着。239……2343，好了，我记住了，239……2343对了吧。好的，好的。”

庄晓军道：“人事部经理出去了，我给他打个手机。”

冷镜寒道：“不用了，不麻烦经理回来，就让员工给我们调出林政的档案就可以了。”

庄晓军道：“哎呀，你们不知道啊，林叔是公司董事，公司的关键人物都是加密了档案的，普通员工根本就不知道密码，打不开他们的档案。我们的电脑设定有程序，每天换密码，一定要人事经理才有密码，别的董事都没有密码。而且，不知道程序的人，无法破解密码。”

冷镜寒道："这样啊，那打个电话也好。"

庄晓军打电话道："喂，孙经理啊，是我，庄晓军啊！你现在在哪里？在路上，哦，你马上就回公司了。好好，是啊，有要紧事找你呢。好的好的。"

庄晓军放下电话，道："孙经理已经在回来的路上，他马上就到。"

冷镜寒放下心来，韩峰道："希望不要出什么事才好。"

庄晓军道："他离这里很近了，不会出什么事吧？"

冷镜寒低声责骂道："你怎么说话的。"

韩峰冷冷一笑，道："我也希望我说错了。"

冷镜寒面色一变，道："有什么问题？"

韩峰话题一转，问庄晓军："怎么样，你感受这个社会，感受得怎么样？"

庄晓军腼腆一笑，道："其实我觉得也没什么，只是每天要面对不同的人。说话前呢，要先想想，要是坏了公司的声誉，就不好了。"

韩峰道："里面那位秦经理，是哪一年来的？"

庄晓军道："不知道啊，反正比我先来，有几年了吧。"

韩峰又道："你爸爸是公司的董事，那你是在公司里从小长大的喽，对里面的董事，你认识的有多少？"

庄晓军道："跟我父亲要好的几位伯伯，就是公司成立之初的那几位我都认识，后来他们有些走了，有些去世了。新来的我认识的不多，我也刚来一个多月，江伯伯我熟悉点之外，卓伯伯我也认识，其他董事我就不怎么熟了。现在呢，在公司里和我最熟的就是秦怡姐姐了，她很和蔼可亲，就像幼儿园老师一样，呵呵，或许这样说有些夸张了——"

这个时候，秦怡推开门出来，道："我们可以下去了，请。"秦怡比庄晓军高出半个头，细身的职业装更突出女人的风味，韩峰自然多看了几眼。

四人来到人事部，人事部职员一见来了两个董事，都有些惊慌失措，不知道该怎么招呼了。他们又等了约十分钟，韩峰一直问庄晓军的学习、生活，尽是些不沾边的家常。秦怡一向视时间为生命，她摸出手机，开始拨号，在耳边听了一会儿，疑惑道："孙向贤关机了？"

庄晓军道："不会吧，刚才我打给他，他还说都到了秋喜路，这会儿应该到了啊？"

秦怡起身道："真是不好意思，让你们久等了，我们和他联系一下，很快的。"说着，她拨通座机，显然是在询问什么人，一连打了好几个电话，突然声音变调，道："什么！现在在什么地方？好的。"她将话筒捂住，自己闭上眼睛，很快情绪就平静下来，又拿起话筒道："我这里还有点事，先这样，让于成龙过去，平安医院怎么行！先在平安医院进行急救，待情况稳定了马上转院。费用在公司财务部支取……"

冷镜寒听到这儿，知道事情不对劲儿了，看看韩峰，那小子若无其事，好像早就知道要出现这种情况似的。秦怡放下电话，轻咬住下唇，目光却十分坚毅，随后勉强笑道："实在是对不起，刚刚接到电话，我们的孙经理出了车祸，现在被送往医院急救。"

庄晓军一惊，随即难过道："都是我不好，如果不是我打电话催促，或许就不会发生这样的事了。"

韩峰突然急道："那林政的材料我们就调不出来了？"

秦怡歉意道："实在是没有办法，电脑的密码我也不知道，公司里只有孙经理知道密码的设定程序。"

韩峰道："那我们应该去看看孙经理，看他伤得怎么样了。"

庄晓军道："我也去。"

秦怡道："好的，现在他们在最近的平安医院进行抢救，晓军带两位警察同志过去吧。我还有些事情要安排，待会儿过去。"她嘱咐庄晓军道："到了医院，了解清楚情况，给我打个电话，知道吗？"

庄晓军点点头。秦怡在庄晓军的头上抚摸了一下，就像妈妈抚慰做了错事的孩子那样，庄晓军的表情很是受用，看来在他心里，秦怡就像是亲姐姐一样。韩峰默默地看在眼里，心中说不出的妒忌。

出门时，冷镜寒留意到，韩峰嘴角挂着一丝神秘莫测的微笑，他看见韩峰的这种笑容，心里踏实了不少。

第十四章
又一起车祸

他们路过车祸现场时，韩峰让车停了停，在拐角处，只见孙向贤的尼桑阳光20大半个身位全插进前面的大货车底座，而车后部已经因前面插得太深而翘了起来，车的前座部分被挤得严重变形，玻璃碴满地都是，血迹也清晰可见。一辆大吊车正吊起前面的大货车，而一辆拖车则将变形尼桑往后拖着。韩峰挥挥手，示意司机继续开车，开过去时，他发现，尼桑车的后指示灯也被撞坏了，有一部分油漆也被刮掉。此后韩峰开始沉默，低着头不知道在想什么，快到医院时，他突然叫道："不可能！"

车上加司机一共四人，另三人都被他吓了一跳。韩峰笑道："不好意思，睡着了，有时爱说梦话。"

医院里，孙经理还在抢救中，医生说："右股骨骨折，右膝粉碎性骨折，双手肱骨骨折，肘关节错位，从第十到第五肋骨全断了，脾破裂引起大出血，现在我们正在全力抢救。"

于成龙比他们先到，正和几个公司职员忙着交费，办理手续，以及联系专家会诊事宜。看见韩峰他们，连招呼也懒得打，只对庄晓军点了点头，手机一直就没离开过耳朵。

韩峰闭着眼睛想了想，道："医生，你们应该检查一下，他的左髋骨是否有线性骨折。"

那医生愣了一愣，随即返回抢救室，一会儿满头大汗地出来问道："你是医生吗？"

韩峰撇着嘴，摇摇头。那医生点头道：“不管怎么样，你说得很正确，我们一直都在找血压升不上来的原因，你帮了我们的大忙了。”韩峰笑笑。

庄晓军奇道：“韩警官，你怎么会知道的？”

韩峰道：“哦，我几个月前也出过车祸，只是伤得比较轻，恰恰就是髋骨线性骨折，我想这次你们孙经理伤得这么重，或许也有髋骨骨折吧。记得上次医生告诉我，髋骨骨折本身不十分严重，但是带来的后果比较严重。对吧，医生？”

医生道：“是这样的，髋骨骨折后，会压迫坐骨神经，导致下肢血液回流受阻。而下肢血约占了全身血液的三分之一，它的血不回流，血压就始终升不起来，严重的会影响生命。”

冷镜寒知道韩峰张着嘴乱说，他除了警车，哪里还开过什么车啊。

庄晓军若有所思道：“那孙经理现在还很危险吗？”

医生道：“你们放心，负责抢救的是我们医院最好的张大夫，而且，我们医院虽小，但是设备齐全，我们会尽全力保障患者的人身安全。”

不一会儿，几名大夫穿着白大褂，匆忙地走进手术室，会诊的专家来了。

韩峰他们等在外面，韩峰和庄晓军拉着家常，聊得十分开心。抢救室的红灯一直亮着，冷镜寒有些急躁起来，要是大老远跑来，一点线索都没有就回去，那不是和林凡他们一样吗？

半个小时过去了，红灯终于变成了绿灯，大夫们鱼贯而出，庄晓军问道：“大夫，我们孙经理的伤情怎么样了？”

一名上了年纪的大夫道：“我们对他进行了脾全切，现在各项生命体征都已经平稳，就看他能不能度过三天的危险期了。”

庄晓军提出想看看伤者，医生告知他，病人还需要休息，暂时不能被打扰。庄晓军说只是看一看伤者，并不是打搅他。医生把他们带到一个房间外面，透过玻璃窗，看见一个中年男子，身上插满管子、电线，在机器的帮助下维持着生命。庄晓军难过道：“前几天他还说考过驾照就带我去兜风呢。”

韩峰一瞪眼，道：“他刚学会开车？”

庄晓军点了点头。

这时候，秦怡赶来了，她也是匆忙探视了一眼，对冷镜寒他们表示道歉，邀请他们一起吃顿便饭。按照纪律，冷镜寒是绝不会同意的，但他还没开口，韩峰早就满口答应下来，颇有求之不得的嫌疑。冷镜寒无法，若是韩峰一个人去赴宴，自己不去的话，一是对海角市刑侦处的形象有损，二是不知道那小子会闹出什么乱子来。

韩峰点菜时毫不客气，不点好的，只点贵的，不过秦怡是殷勤招待，频频劝饮。本来是要喝白酒，冷镜寒坚决抵制，后来换了红葡萄酒。几杯酒下肚，气氛似乎融洽了很多，韩峰话更多了，与秦怡、庄晓军他们毫无顾忌地胡言乱语。

韩峰称庄晓军年少有为，敢闯敢做，庄晓军道："我算什么啊，人家秦姐才是年少有为呢。秦姐十八岁就在恒瑞电子公司担任部门经理了，是吧，秦姐。"

秦怡酒后，面色略红，笑道："别听他们瞎说，只是副经理。"

韩峰赞道："哇，真是厉害啊，才十八岁就做到副经理了，我十八岁还在吃奶呢。"

"咕！"冷镜寒喉咙里一响，差点没被红葡萄酒噎着，心中暗骂："超级无耻！"

庄晓军哈哈大笑，秦怡更是笑得花枝乱颤，道："韩警官可真会说笑，也不用这样夸张吧。"

韩峰正言道："有什么不对吗？我现在也在吃，每晚一杯，雀巢牛奶，强身健体，补充维生素C。"他又开始打广告了。

聊着聊着，韩峰笑着问道："现在孙经理出了车祸，公司里人员调动该怎么办呢？总会有人能开启电脑档案吧。"

秦怡道："只有董事长……"她突然意识到什么，不安地理了理头发，稍有收敛道："普通员工的档案与董事的档案是分开放的，他们不需要……"见韩峰一直看着自己，等着下文，又道："这本来是公司里的秘密，除了人事部经理，还有就是董事长知道开启密码，否则人事部经理出了事故，而又有高层人员调动的话，不是就没办法了嘛。为了董事长的安危着想，这个秘密不会传出董事圈之外，连晓军都还不知道。"

韩峰道："你放心，保守秘密是我们警务人员要掌握的基本课程，不该说的我们绝对不会说，不该问的我们也不会问。那你们董事长……"

秦怡道："我们董事长到马来西亚去考察了，昨天刚走的。"

冷镜寒道："公司出了这么大事，他都不回来吗？"

秦怡道："是啊，昨天晚上那事对公司的影响太大，但是马来西亚那边的事同样非常重要，董事长又刚过去，他今天已经打了不下十个电话回来，要我们配合做好各方面的工作。今天上午，我们就一直在为这件事忙碌呢。"

韩峰道："那他什么时候会回来呢？"

秦怡道："两三天，又或许，两三周。"

韩峰喃喃道："这么久。对了，上次我们有两位同事来，回去后告诉我们，恒福银行里有一位董事，不仅年轻漂亮，而且办事效率之高，处理问题的能力之强，实在是女中英杰，我第一眼看见秦姐你，就知道他们说的肯定就是你。"

秦怡歉意地笑道："关于上次的事，我很抱歉，确实是我接待的那两位同志。但是当时公司有规定，我也不能随意向他们透露公司的情况。"

韩峰道："那这次呢？"

秦怡道："这次董事长亲自通知了我们，要全力配合你们的查访。而且听说，省一级以上的领导，对你们调查的案子都十分关心。我能知道你们究竟是在查什么吗？"

冷镜寒马上道："这个暂时还不行，我们有纪律的。"

秦怡"哦"了一声，显得比较失望，韩峰瞪了冷镜寒一眼，也显得十分不满。

餐后，秦怡让庄晓军带冷镜寒他们去宾馆，说自己还有事得先走一步，并约定明天再一起进餐，韩峰又满口答应下来。

路上，庄晓军看了韩峰几次，每次都是欲言又止，韩峰脸上挂着笑容，显得喜滋滋的。半路上，韩峰不知道又犯了什么病，非要汽车在花市前停下，后来进了花市，他定要买仙人掌，冷镜寒不知道他葫芦里卖的什么药。韩峰买了三盆仙人掌、一盆天鹅蛋，抱上了车，冷镜寒掏钱。

庄晓军将他们带到华美大酒楼，并道："这家酒楼，是我们银行参与投资修建的，凡属贵宾，都安排在这里。"韩峰抬头看着酒楼内的奢华布置，庄晓军又道："是四星级酒店，我们和其他投资商准备把管理再搞一搞，明年参加五星级酒店的评选。"

韩峰他们被安排在十楼的豪华包间内，一半是公司要求配合警方，另一半则是庄晓军对韩峰的好感。房间里布置得和高级家庭一样，家电、欧式家具，应有尽有，甚至还有台上网电脑。

韩峰躺在柔软的大床上，再也不想起来了。庄晓军道："床头那个按钮，是通知服务员的，如果要什么就可以直接叫服务员。"

韩峰躺在床上，舒服地呻吟一声，随即指挥冷镜寒和那位司机道："仙人掌就放那里，窗台上，对对，仙人球放左边，好的。"

闲着无事，庄晓军和韩峰比较谈得来，他便自愿留下来多陪两人一会儿。韩峰好玩，便拿出一副扑克，与庄晓军玩起扑克来，冷镜寒不参与他们的游戏，独自拿着手机，与老朋友沟通去了。他站在窗边，又和李响他们聊了聊海角市的进展，一切如常。

韩峰与庄晓军边打扑克边聊，聊了一会儿，韩峰问道："晓军啊，你有女朋友没有啊？"

庄晓军面色一红，道："还……还没有。"

韩峰道："该找一个了，长得这么帅，怎么能没有个女朋友呢。要尝试着多与异性接触，以后你去了英国学习，就是外国人了，我觉得，你应该在这里找一个，出国后再找一个，这样才能够将中西方的文化交流融会贯通。"

庄晓军笑道："峰哥，你可真会说笑，现在我还没考虑呢。"

冷镜寒的手机已经收起，听到这话，生怕韩峰把别人也带坏了，连忙道："人家晓军还小，才高中毕业。"

韩峰道："高中都毕业了，还小！要是在古代——"

冷镜寒打断道："现在是现代。"

晓军支吾道："峰哥，你……是不是对秦姐有好感？"冷镜寒心道："废话，他不是对你们秦姐有好感，他是对稍有姿色的女人都有好感！"

韩峰笑嘻嘻道："好感？当然有好感！这样你都能看出来，果然厉害！"冷镜寒暗道："谁要是看不出来，那才有问题。"

庄晓军道："有句话，我不知道该不该说。"

韩峰道："什么话？说来听听。"

庄晓军道："本来我不该多嘴的，秦姐待我一直不错，有时觉得，她就像我亲姐姐一样。但是我觉得你也是个好人，这些话，我一直想找个人说，可是却没有机会。"

韩峰道："男子汉，说话要干脆利落，不要犹犹豫豫的，自己决定了的事，不管好与坏，想说就说，你首先就不能顾忌别人会怎么想。如果你有这种顾忌的话，那么你就不可能与别的人交谈了。”

庄晓军道：“公司里都盛传，秦姐是靠……靠某种裙带关系进入公司高层的。本来我是不太相信的，但是我也多次看到秦姐和市场开发部的陈经理很亲密。”

韩峰道：“哦，这种事情很正常啊，你秦姐又没嫁人——”

庄晓军急道：“可那陈经理是结了婚的人。”他低下头，嗫嚅道：“他也是十大股东之一。我听说，本来秦姐不可能成为董事的，可那陈经理转让了百分之一的股份给她，加上她以前在股市上收购的部分股票，才成为十大股东的。”

韩峰道：“哦，那只是听说而已嘛。”

庄晓军争辩道：“可是……”

韩峰道：“每个人都有自己的生活方式，这是人家的自由，你不能因为一个人的生活作风而说一个人是好是坏，不是吗？真正的情爱并不一定要用婚姻来束缚，而婚姻也不一定就代表着爱情。你是怕那陈经理成为我前进路上的障碍吗？还是怕我对你秦姐的生活方式有看法？那其实没有问题，其追寻的结果并不重要，关键是在于你敢于去追寻自己喜欢的东西，失败了并不后悔，成功了也不骄傲，说不定以后还有更好的等着你去追寻呢，人不能在一棵树上吊死。现在和你说这些，或许还太早了，但是你应该学会，一是理解，二是交流。你不要小看追女孩子，这是一门大学问，小子，你要学的东西还多着呢。”

冷镜寒听了都不禁咋舌，暗道：“这小子！”

庄晓军似懂非懂地点点头，仿佛解开了一个心结。韩峰用扑克牌刮刮额头，问道：“你刚才说的陈经理，是个什么人？”

庄晓军道：“怎么说呢，他是第二批成为公司大股东的……”

随着庄晓军的回忆，韩峰他们渐渐知道了恒福公司的来历，最初是四个企业家，为了使自己的企业做大做强，为了方便资金周转和不付银行的高额利息，所以联合起来，成立了一家类似信贷社的企业，启动资金也就在一百亿左右。当时规定，这四家企业在资金周转出现困难时，就可以动用这笔资金，而且不用付息，而平时这笔钱做小额贷款，以低息吸引小企业来贷款。由于贷款率高而坏账极少，加上四家企业也越做越大，四位老板便不断向信贷社追加投资，一直增加到八百亿左右，这就是恒福银行的雏形。那四位老板便是第一任董事长刘天鹤、现任董事长江永涛、庄晓军的父亲庄庆隆和庄晓军熟悉的卓诚焘卓伯伯。

后来国外风险基金也看中了恒福银行的发展潜力，准备入股恒福银行。当时四位企业家就认为，与其向国外基金开放，还不如向国内民营企业家募集资金，于是将信贷社改为股份制企业，向国内企业家发出了邀请。于是有了第二次发展。这次加入企业的便有陈天寿、林政等人，一共十位大股东，加上一位监督顾问，总共十一名董事。而银行的资金也因此充足到一千七百余亿元，在资金流动方面更具实力，于一九九六年上市，总股本一百七十七亿，发行流通股四十六亿，发行价为一十六块多，募集公众资金近八百余亿，股价最高上涨至四十多块，现在降至十元左右。

韩峰问道："公司业绩不好吗？为什么跌了这么多？"

庄晓军道："不是业绩不好，而是整个股市疲软，大盘从两千多点一直跌破千点大关，很多股票都跌破了净资产。"

"哦，"韩峰问道，"那么你的秦姐，她不是第二批的十大股东之一喽。"

庄晓军道："不是，后来有些股东将股票转让了，进行其他投资，有些去世了，反正十大股东换了好几位。"

庄晓军接了个电话，不好意思道："我妈找我了，我要走了。"

庄晓军离开后，韩峰笑道："虽然毕业了，但还是个高中生。"

冷镜寒马上道："你在做些什么？我们是出来调查的，现在吃人家的、住人家的，还怎么调查？住这样的酒店，我们的钱给人家小费都不够。"

韩峰一翻身爬起，就像睡足的夜猫，身手变得敏捷而迅速，他开始四处翻找，回答道："谁说我们要给小费了？要学会赖嘛，如果服务员来，我就不给，难道他会守着我们睡觉吗？吃人家、住人家有什么不对了？人家要帮助我们，我们为什么不能接受？今天吃他的，明天他犯罪，一样抓他，一事了一事嘛。谁都像你，死充面子，明明人家说给我们安排住处，还要挺着，说有地方住了，跟着你啊，和睡马路也差不多。"

冷镜寒苦笑道："要是像你这样的人多几个，那可怎么得了？"他叹息一声道："如果孙经理醒不了，我们岂不是要一直等下去？"

韩峰翻动床上，道："谁说的，等他们董事长回来不是一样的吗？"

冷镜寒道："要是他不回来呢？我觉得，如果孙经理几天都醒不来，我们还不如先回去，待在这里算怎么回事嘛。和林凡他们来一样，一点收获都没有。"

韩峰打开衣柜道："谁说的，我们有很大收获，人家不是明天又请我们吃饭吗？"

冷镜寒道："那是你的收获，不是案子的收获。"

韩峰检查橱窗和家用电器道："案子不也有收获吗，那孙经理不就出事了吗。"

冷镜寒回想起来，道："对啊，你怎么知道会出事的？"

韩峰掀开地毯，道："我只是按照对手的思路去设想。"

冷镜寒道："他们一直在制造各种事故，阻止我们查案的进程，也就是说，他们知道我们要查林政的档案，所以就故意制造车祸，让我们不能马上得到林政的档案。这样说来，林政的档案真的有什么我们还不知道的秘密咯？"

韩峰拿过一把凳子，站上桌面，看着吊顶灯，低头道："也许吧。"

冷镜寒仰望韩峰，道："你在做什么！"

韩峰从桌子上跳下来，拍拍手道："看看有没有监视设备，现在看来还没有。"

冷镜寒道："你怀疑他们监视我们？"

韩峰道："知己知彼，才百战不殆，这是他们安排的房间，有可能被监视监听了啊。"

冷镜寒道："这是庄晓军给我们订的房间，你怀疑他？"

韩峰道："不是，庄晓军看起来没有可疑的地方，他对林政的事毫不知情。你忘了吗，晓军说的，这家酒楼是他们银行投资兴建的，如果他们公司高层有问题，极有可能监视整座酒楼。现在看起来没有问题。"

冷镜寒问道："好吧，那么就算他们为了拖延我们的时间而制造孙经理的车祸，那么你是怎么知道孙经理的伤势的呢？"

韩峰道："想知道原因吗？先要知道车祸是怎么发生的。孙经理的车被别的车从后面撞了一下，或许他还接到了死亡通知书，他开始恐慌起来，加速，就在拐角处，一辆大卡车突然倒车横在路中间。孙经理看到大卡车，虽然避无可避，但他还是做出了第一反应。他的右脚死命踏着刹车，当然，在紧张的情况下，有可能错将油门儿当作刹车踏了，但是这个动作不会错。”韩峰将脚抵在地上，道：“肌肉收缩，小腿骨与股骨成135度夹角，当两车撞在一起时，‘咔’。股骨骨折，膝关节骨折，那是因为撞在汽车仪表盘上了，他要么没系安全带，要么系得太紧，这样力度的撞击下，肋骨首当其冲，断几根也正常。”

韩峰挪挪姿势，道：“现在，他是这个样子，腿骨和肋骨都断了，本身经过那样的撞击也在无意识期，现在后面再有一个冲力，他的身体向后与座椅发生撞击，汽车的这个地方放的什么？灭火器、安全带的铁扣，所以，他的髋骨会骨折。”

冷镜寒道：“你是说，他的车撞上大卡车后，被后面追来的车又撞击了一次！”

韩峰道：“是的。有可能是故意的，也有可能是连环追尾。”他按下按钮，对里面道：“服务员，我要杯牛奶！”

冷镜寒道：“你什么时候改喝牛奶了？”

韩峰道：“我高兴喝就喝，你管得着吗。”服务员上来后，韩峰果然不给钱，直接挥手让人家走人。服务员走了后，他却又不喝，拿着牛奶倒进仙人球内，喃喃道：“我听说，好像仙人球用牛奶喂养，长得不错的。”

冷镜寒愣道：“对了，你买这些仙人球是用来做什么的？”

韩峰狡黠地一笑道：“自有我的用处。”

冷镜寒道：“还有一件事，你在车上说的不可能，究竟是指什么？”

韩峰笑道：“我想，那秦怡这样年轻，又这么漂亮，打她主意的人肯定不少，而她要坐到这么高的位置，肯定也必须牺牲不少，所以庄晓军开始说她没有交往的男友，我认为是绝不可能的。事后晓军也自己说了出来，证实了我的想法。”

冷镜寒凝神道：“那庄晓军在说谎？”

韩峰淡然道：“那是很自然的，庄晓军对秦怡，有一种弟弟对姐姐的情结，他自然不希望秦怡是他听说中的那种坏女人。就算是亲眼所见，他也要为他的秦怡姐姐做掩护，他从内心不相信这是真的，所以，没有必要怀疑庄晓军。富家子弟，正统教育，性格内向，家教森严，少涉世事，从和他的谈话中就可以听出，他想撒个谎都难。如果我是策划者，我要选的，会是公司里权力大的，位置高的，容易犯错误，在财色酒气上面有贪欲的，作为自己的内部帮凶。而如果我是恒福公司员工，又是幕后策划者，我需要隐藏自己的身份，又要策划前面所有的案子，我也必须是十位董事之一。”

冷镜寒道：“你不会选江永涛吧？”

韩峰道：“不会，董事长通常不容易拉拢，但是我要选的人，一定会在剩下的十位董事之中。”

韩峰接着道：“年岁大的人看淡世事，难以打动；年纪轻的人做事不稳，而不会深谋远虑。所以庄晓军我们可以排除，他的卓伯伯可以排除，其余的董事，除了死去的林政，我们都要暗中调查。可是，最快的捷径，却让敌人堵死了。”韩峰又躺在床上，叹道：“啊！真希望明天早上，孙经理就可以醒过来，说出密码，让我们把每个董事的资料都详查一番。”

冷镜寒思索道：“这件事，我们可以与天涯市警方联系。”

韩峰笑道：“好啊，明天再说啦，先睡觉。”

冷镜寒道：“你为什么又那样笑？你还有什么没说出来？你又想到了什么？喂，别睡啊，喂！”

同时，在海角市，丁一笑走出办公大楼，正准备上车回家，他的手机响了，他打开手机，那个神秘的金属音调再次响起，冰冷而急促道：“你怎么搞的？叫你执行C计划，为什么只派出一个人就没有动响了！”

丁一笑没想到他居然会直接给自己打手机，忙道：“我想，那一个人已经够他们手忙脚乱的了，他们总还要处理好多天呢，没必要把事情闹大。”

金属声音生硬道：“就是要把事情闹大，我要海角市的暴力事件天天上报纸头条。你知不知道，你这边一松懈，他们马上就抽出时间，已经到了天涯市。现在我把他们拖在天涯市，但是不能拖多久，他们离真相已经越来越接近，我要你将C计划全部启动！听明白了吗！”

丁一笑道：“知道了。如果实在拖不住了，不如直接干掉他们。”

金属声音道：“不用你教我怎么做！我还要继续和他玩下去。虽然昨天晚上的事很突然，他做事总是让我们摸不着头脑，不过这次他却帮了我们的大忙。我们的大工程马上就要启动，这几天就是最关键的时刻，你抓紧时间布置，你一定要让他们把注意力转移回你们海角市去！

绝不能让他们做更深一步的调查！”

丁一笑道：“现在他们就在你眼皮子底下，为什么不直接做掉他们？这是大好机会啊。”

金属声音道：“你以为我不想吗，没有那么容易，那家伙买了几盆仙人球放在酒店窗台上，从窗户上去是不可能了。如果我在食物和别的地方做手脚，酒店不就暴露了吗？虽然酒店暴露是小事，但总归会让人怀疑的。更何况，能不能得手还是两说，直接派人去杀他们，根本就没有胜算。那家伙，本来就是个杀人的专家，他不杀人就已经是万幸了，你还想杀他，只有以后等机会再说。”

丁一笑道：“难不成，他比我们海角市的刑侦处还可怕？”

金属声沉默了片刻，随后道：“可怕得多！”

五分钟后，林凡激动地打电话告诉李响，道：“刚才丁一笑接听了一个外地电话，号码是239××××2348，我马上查一下手机的登记人，真希望就是那幕后黑手打来的手机。”

深夜，韩峰似乎突然醒了，他看了看身边熟睡的冷镜寒，再看看窗户，透过月光，窗户上正有道黑色身影。韩峰微微一笑，施施然走出房间，竟然没有发出丝毫声音。

天涯市，狭长而无灯的小巷，两道身影如兄弟般，紧紧拥抱在一起，其中一人瘦而高，好像是韩峰？

第二天，他们先去的公安局，又由江浩带着他们去查了恒福银行在工商局的备案，所得资料十分有限，在人事局查了公司高级管理的信息。公司除了董事长刘天鹤外，其余十位董事是：海角市分行行长林政、北京分行行长查孝礼、上海分行行长启开华、重庆分行行长丰秋实、山东地区总经理郝峰、广东地区总经理陈天寿、总行行长江永涛、财务总监庄庆隆、业务总监卓诚泰，还有一位是他们请的独立董事，社会名流孙逸兴先生。人事局的人员不好意思道：“这是几年前的资料，当时成立股份企业时备的案，后来公司的人员变动，我们都用电脑储存着。前几天我们的电脑机房电线短路，烧了起来，不少电脑都出现了故障，有些资料再也没有办法修复了，只好让那些公司再交一份资料，但是各个公司的情况不同，都还没有交齐。哎，那次事故，不知道给我们的工作带来多大麻烦。”

韩峰眼睛一转，问道：“你还记得电脑机房烧起来那天是几号吗？”

工作人员回忆了一下，说出一个号数，韩峰满意地点点头。

走出人事局，冷镜寒道：“也太不凑巧了，他们人事局的电脑居然坏掉了。”

韩峰道：“冷兄，这可不是一般的巧，他们电脑机房起火那天，就是林凡他们到天涯市那天。”

冷镜寒道：“你是说，他们怕林凡他们查出来什么，所以故意烧坏了人事局的电脑？”

韩峰道：“可以这样考虑，总之是要阻止我们查案的进程。你想想，我们走到哪里，哪里就出事故，我们想查什么资料，什么资料就没有，不然就不全，那个幕后策划者，总是考虑在我们前面。他们这样大规模地破坏资料，拖延时间，看来他要进行计划的日子，已经不太远了。”

冷镜寒道：“那我们还是只有从公司内部，慢慢查起。”

恒福银行门口，他们碰到秦怡，秦怡道：“我正准备找你们呢，医院说，孙经理已经醒了，现在情况比较稳定。我打算去医院看看他，问到密码，也好早点打开档案，或许对你们会有帮助。”

韩峰道：“走，先去医院。”

医院里，孙向贤身上依然插着各种管子，一旁的仪器显示，生命平稳。他睁开眼，想说话，但是声音非常低，秦怡不得不把耳朵凑到他嘴边，想听清楚他说什么。可刚俯下身，显示心跳的仪器就变得不规则了，就是不懂医的人也看得出，心跳明显加快，杂乱无章。秦怡和韩峰都喊了起来：“医生！医生！快来看看！”

几名大夫赶到重症监护室，一名戴眼镜的大夫道：“他不行了，快，准备肾上腺素！”

话音刚落，心跳就变成了直线，大夫又道：“准备电击！”

另一名矮一点的大夫疑惑道：“今天早上一直好好的？”

旁边染了些金发的大夫道：“你们几个，出去出去！不要妨碍我们工作！”

韩峰三人又等在门口，秦怡焦急道：“明明都是好好的，怎么会这样呢？”

三人等了十分钟，其结果是，大夫出门后一致摇头，道：“通知他的家人，准备后事吧。”

冷镜寒眼睛都瞪圆了，这人说死就死了，那线索不是全断了！韩峰拉住一位医生，问道："今天早上，还有别的人来过没有？"

旁边一名护士道："一位姓于的先生来过，他说是这位孙先生的好朋友。我还提醒他不要打扰病人的休息，他说他就是看看他的朋友，不会打扰的。"

韩峰马上走进重症监护室，两名护士正准备给孙向贤盖上白布，韩峰道："等等！"他一伸手，在冷镜寒的衣兜里把冷镜寒的证件掏了出来，道："我们是警察，现在要验尸，这儿没你们的事了，你们可以出去了。医生留下。"

韩峰开始检查孙向贤的尸体，同时问道："医生，你认为是什么原因导致他突然死亡？"

戴眼镜的那位医生留了下来，回答道："病人本身就还在危险期，随时都有发生猝死的可能，任何原因都有可能引起死亡，比如情绪的波动，空气冷热的变化，药浓度的变化，各种声响。所以不让你们随意探视病人，那是有道理的，来看他的人少一点，他的生命就有保障一些。"

韩峰看着吊瓶，问道："如果是用药的问题呢？"

那医生道："不会的，我们都是严格按照规格用药的，处方还在配药室，你不信可以查处方。"

韩峰道："我是说，如果有人添加了液体，或是更换了液体呢？"

医生哭笑不得，答道："你是说，有人想谋杀这位先生？"

秦怡正在一旁，也惊讶道："有人想谋杀孙向贤？为什么？"

韩峰道："他只是做了个脾全切手术，其余都是骨折一类的伤口，他正处于青壮年期，无论如何，不该这么突然地发生猝死的，对吧，医生？"

医生道："可是，昨天他输了一千六百毫升血浆，可能出现排异反应，或者形成血栓，导致突然死亡呢？这谁也不好说。"

韩峰道："血栓堵塞导致的心肌梗死，死前有痛苦征兆，而且也没有这样快速，排异反应更是全身体温升高，可我们进来后，从正常到心脏停止跳动，前后不过十秒钟，你不觉得太快了一点吗？医生。"

医生也并非省油的灯，他淡然道："还有很多因素，是我们目前无法解释的，以我们的技术水平，只能做到这些。病人曾大量失血，多处骨折，身体处于极度虚弱状态，就算是心肌梗死，他也没有能力做出太痛苦的反应。还有什么问题吗？警官。”

韩峰还打算说两句，但是终于还是道：“没有了。那瓶液体我们要带回去化验，尸体也暂时不要移动。”

秦怡道：“你怀疑孙向贤被谋杀？这怎么可能，他平日里没得罪过什么人啊。”

韩峰道：“是不是死于谋杀，要检查后才知道。”他又对冷镜寒道：“叫江浩过来。”

冷镜寒也怀疑道：“你有什么证据？”

韩峰指着孙向贤道：“他这副死相，就是被别人谋杀的。”

冷镜寒摇摇头，还是半信半疑地打了电话。秦怡道：“咦，这是什么？”

韩峰回头大喝一声道：“别碰任何东西！”

秦怡吓了一跳，赶紧缩手，指着床单一角。韩峰过去一看，半截纸片，卡在孙向贤的衣褶里，露出几个英文字母。

五分钟，江浩他们就赶到了，按一般的凶杀现场对重症监护室进行了处理，拍照、指纹查找、检查角落、取样。那半张纸片也被取了出来，上面写着“aoman”，冷镜寒道：“是什么标记吧？”

秦怡刚做完笔录，她又要赶回公司去了，韩峰问道：“孙经理平时很高傲吗？”

秦怡愣了愣，道：“呃，他是人事部经理，平时掌管着全体员工的生死，平时或许是不大瞧得起人，不过他可从来没得罪过人。好了，如果没有什么问题，我要先回去了，公司那边有点急事，今天有两家投资银行要和我们谈分化经营的事。孙经理的家人，还正从云南往这里赶，等他们来了，你们要做什么调查，最好还是和他们商量一下吧。”

韩峰点点头，目送秦怡离去。江浩道：“你能肯定这是一起谋杀吗？”

韩峰把头摇得像拨浪鼓，道：“不能，我只是猜测。”

江浩顿时就呆住了。冷镜寒道：“还是带回去化验一下吧，他有他猜测的理由。”

尸体暂时被警方运走，本来冷镜寒他们也该跟随而去的，但是一个电话，改变了他们的行程。冷镜寒接到电话后，心情比往常更加激动，拉着韩峰道：“走！他们查到一个号码，是天涯市一家普通的手机店卖出的这个号码。我们去看一看！”

那家小手机店只有个店名，韩峰他们四处问路，八方打听，总算找到了。

英杰移动通讯，这是只有二十平方米的小手机店，店老板是四五十岁的中年女性，这家小店所在的同一条街全是手机店，大家生意都不如以往了。老板娘看见冷镜寒他们进店，满脸堆笑，待得知是警察来查案时，笑容马上就消失了。老板娘取出一个账目，翻了翻，道："不错，这个号码是我这里卖出去的，这是他的身份证复印件。"

冷镜寒将地址抄了下来，那是天涯市郊区的一个村庄，乔明刚，男，一九七〇年生，天涯市上蔡家村三组。韩峰看着身份证复印件，怀疑道："他们究竟查得对不对啊？农村的？"

冷镜寒肯定道："不会错的，是昨天晚上丁一笑突然接到一个电话，号码在我们已经掌握的号码之外，所以他们马上展开了调查，查到是天涯市的手机店卖出的手机号码，马上就通知了我。"

韩峰道："现在又去上蔡家村吗？"

冷镜寒道："当然，这是重要线索，我们需要马上进行调查。"他又对老板娘道："请提供你的联系方式，我们随时还会和你核对信息的。"

那老板娘极不情愿地拿出一张宣传小店的名片，韩峰和冷镜寒步出手机店，向郊外而去。

可是郊区的小村庄，不少出租车司机都不知道，冷镜寒干劲十足，坐着出租车边走边问，好容易到了郊区，还下车走了老长一段乡村小路，结果却是打听错了，到了下蔡家村。冷镜寒想，既然到了下蔡家村，离上蔡家村就不会远了，没想到，村民是这样告诉他的："上蔡家村哇？那地头儿，正好和我们面对面，就在天涯市的对面。赶公车啊，就现在这公交速度，三小时你到不了。"

"啊！"韩峰的嘴半天合不上。

走了半小时小路，在公路上等了半小时也没等到有车，两人只能徒步进城，走了不到五公里，韩峰吊着冷镜寒的膀子道："冷兄，我不行了，我走不动了。"

冷镜寒道："谁叫你每天吃了睡，睡了又吃的。快了，前面就有公交车站了，再走半小时就好，坚持坚持。"

还好，他们提前打到了出租车。下午四点左右，两个疲惫不堪的人回到了天涯市公安局，还没有吃饭，韩峰直道太受罪了。在公安局吃着泡面，江浩道："那名死者的家属来了，他们不同意尸检，而在我们搜集的证物里，没有发现什么可以人为致死的物品，只能初步定义为身体伤后虚弱，抢救无效死亡。"

韩峰问道："输液瓶里的液体呢？"

江浩道："没有问题。"

韩峰又道："血液抽样呢？"

江浩道："没有问题。"

韩峰道："你们提取的是什么地方的血液？"

江浩道："末梢血啊。"

韩峰面也吃不下了，冥思道："不可能啊。尸体还在吗？"

江浩道："家属签字，领走了。不过我们有照片。"

韩峰大喜，道："拿来看看。"

孙向贤的尸体照片放在韩峰面前，韩峰一面看，江浩一面道："我们没有任何线索，人家亲属都说了，明明就是死于车祸，你们非要无事找事，人死都死了，人死为大，入土为安，死了还要被你们开膛破肚，不是遭罪吗。而没有线索可以支持我们继续调查下去，我们不能以权压人吧。"

韩峰道："那车祸呢？你们了解过是怎么发生的吗？"

江浩道："我们已经和交警部门作了了解，当时很多人都可以证明，大卡车是一直停在停车位里的，孙向贤自己开车撞上去的，与那货车司机一点关系也没有。由于孙向贤不按交通规则行驶，还造成了连环追尾事故。不过他人都死了，后面的司机也就不打算告他了。"

韩峰道："那么那张纸条怎么解释？"

江浩道："你是说那英文字母？上面没有指纹，我们估计是从窗外飘进去的。"

韩峰道："我不赞同这个观点。"

冷镜寒道："你们说的纸片就是那写有字母的？"

韩峰道："是拼音，傲慢，还记得我问秦怡，孙向贤是不是比较高傲吗？"

冷镜寒"唔"了一声，又继续吃面。韩峰道："难道你听到傲慢，就没有一点联想吗？"

冷镜寒看着韩峰道："这是巧合吧？傲慢，这能说明什么问题？难道有人认为孙向贤高傲，所以把他杀了？然后再留下纸条，说他是因为傲慢死掉的？”

韩峰泄气道：“你干了这么久刑侦，你都不看电影的吗？”

江浩笑道：“是七宗罪，韩峰说的是七宗罪，一部好莱坞大片。在宗教的信仰里，有七种罪恶，分别是暴食、贪婪、懒惰、淫欲、傲慢、嫉妒和暴怒。在七宗罪里，凶手按照这样的七种罪行杀人，杀人后都留下死者所犯的罪行。我就是觉得，韩峰看电影看太多了。”

韩峰道：“是吗，我看看纸条，就知道你们的猜测对不对了。”

韩峰拿着物证袋，指着纸片上一道月牙形印记道：“看到这道痕迹了吗？两面都有。”

江浩道：“这说明不了什么问题。”

韩峰道：“纸条经过裁剪，书写字迹方正而不乱，明显是事先准备好了的，傲慢又正是孙向贤的弱处，这还说明不了什么问题？那道痕迹，分明是凶手用镊子或类似的东西把纸片夹住，好放在死者身上而不留指纹。若是从外面飘落，必须有三个巧合：第一，楼上都是病房，没有摆正纸张写字的地方；第二，就算有地方写字，不留下指纹，这样大热之天，谁还戴着手套书写；第三，就算前两个条件都具备，要从那一尺见方的通气口飘进来，还要穿过窗外的阔叶大梧桐，谈何容易！”

江浩道：“既然如此，那么你能不能找出一种可以隐藏半小时以上不发作，一发作就要人命的毒药呢？要知道，于成龙去看孙向贤是你们到的半个小时之前，离开后有最铁的证据证明他一直待在公司，而据你和秦小姐说，你们看到孙向贤时他的监护仪器显示一切都正常。而这中间没有任何人去探视过伤者，除了医生，你认为，于成龙买通了医生下毒杀人吗？”

韩峰道：“看看这张照片，死者颈部有块红斑，虽然很不清晰，但我相信这不是自然生理死亡现象。”

冷镜寒吃完面，道：“现在尸体都没有了，你还能查出更多线索吗？这件事交给江浩他们做吧，走，我们去上蔡家村。”

韩峰如临大敌，怪声道：“还去！不去了，今天体力已经透支了，明天再去。”

冷镜寒道：“时间不等人！”

江浩道：“我们有一辆车空出来了，可以送你们去。”

韩峰翻着白眼，痛苦地跟着冷镜寒走了。车上，冷镜寒又接到林凡他们打来的电话，他道：“夏末已经出院了，那小子，积极性倒是挺高的。医生说没有什么大碍，张艺听说也急着要出院呢。现在刘定强的工作就轻松了。”

韩峰道：“得了吧，别高兴早了，去上蔡家村，那叫什么的，还不知道有没有线索呢。我不信他们会把这么明显的线索告诉我们。”

冷镜寒道：“智者千虑，必有一失。我想，他们还是因为我们出现在天涯市，被逼急了，才不得已使用备用电话，没想到一用就被我们查出来了。”

韩峰道：“如果真是他，他哪还会待在那里？又要走山路。”

冷镜寒道：“我也知道，我们不是去直接抓他，而是通过他周围的人了解他的一些情况。”

上蔡家村总算到了，乔明刚果然不在，据说是到姐姐家去了。但是村里人反映，乔明刚是个老实巴交的农民，一直是村里种地的一把好手，也没听说过有什么偷鸡摸狗的行为。大家都不明白，这公安同志怎么就会找上他了呢？他犯什么事了呢？

虽然没有找到乔明刚，但是冷镜寒还是觉得，乔明刚值得怀疑，并提出明天再去，韩峰百般狡辩，就是不想去了。

第十五章
察言观色

晚上吃饭时，韩峰一看庄晓军没来，在楼梯处就把冷镜寒推开道：“你在楼上去叫客餐吃，我要和她单独处一处。”

冷镜寒暗骂着上楼去了。

秦怡穿了件米色无袖连衣裙，紧腰窄摆更衬托出女性独有的曲线，对冷镜寒的缺席，她似乎也不介意，并没有多问。

两人寒暄了一会儿，韩峰独有的带有小流氓特质的诙谐言论，常常逗得秦怡掩口偷笑，这顿烛光晚餐也算吃得其乐融融。聊过一阵之后，韩峰不再开玩笑，而是提问题了，他道：“虽然现在暂时无法调出林政的档案，我想问一问公司里的一些情况，我想，我尽量不提有关商务机密的问题，好吗？”

秦怡点点头，说道：“我知道，今天发生的事情太突然，我也明白你们的心情，你问吧。”

韩峰问道：“我想先问问今天你们孙经理突然死亡的情况，于成龙和孙经理私交很好吗？”

秦怡皱起眉，摇头道：“我不是很清楚，你知道，客户部门、人事部门、后勤部门，我们都是比较独立的几个系统，我想，他们不该会有什么直接矛盾吧？”

韩峰略一沉吟，又问道：“现在你们公司里，还是十大股东吗？”

秦怡点点头，韩峰道：“还是以前那些人吗？”

秦怡道：“哦不，公司里的人一直都在换，有些职务都换了三四名经理了。”

韩峰道：“可以告诉我们现在的十大股东都有哪些人吗？”

秦怡想了想，道：“现在啊，有我，有晓军，董事长，名誉董事卓诚焘，广东地区总经理陈天寿，上海地区总经理单燕飞，她也是女强人，比我还小一岁吧，还有北京地区总经理麦迪，他可以算一名企业家了，重庆分行行长丰秋实，还有就是刚刚出事的海角分行的林政和人事部经理孙向贤。”

韩峰吃着一个丸子，烫得他从嘴里吐了出来，大吸几口气，道：“孙经理也是十大股东！以前没听你提过！”

秦怡低声道：“他是上任董事长侄亲，不过有传闻说他是董事长的私生子，他连家人都不敢迁到天涯市来，当然，这只是传言。事实上，因为在经商方面有头脑，老董事长是把他当作董事长人选来培训的，只是在人事部下放锻炼锻炼，可是老董事长走得突然，只把股权转让了，什么都没来得及交代，哎……”

韩峰道：“老董事长怎么死的？”

秦怡道：“据说是癌症，我来时江先生已经是董事长了。”

韩峰道：“呃，对了，我们来的时候听说，十大股东死之后，如果没有专门立遗嘱转让股权的话，公司就要收回股权，再按比例分配给每一位股民，有这么回事吗？”

秦怡道：“是的，这是最先公司成立时定下的规矩，但不是指十大股东，而是指十一位董事，当时的十一名董事很有远见，为了防止恶性收购，所以订下了这个十君子协议。”

韩峰道：“是为了防止恶性收购？”

秦怡道：“是的，这样就可以避免因突发事件而导致董事的仓促死亡给公司带来的影响。”

韩峰感兴趣道：“具体说说。”

秦怡道：“如果董事没有立遗嘱，而突然死亡的话，他的财产理应由他的继承人继承。这样，就容易让不法之徒钻空子，事先控制了继承人，再杀害董事的话，公司股权就落入不法之徒手中。有了十君子协议，没有明确声明股权转让给何人，股权将自动被公司收回，就是公司为了打击经济犯罪而实施的一条计策。而董事明确声明将股权转让给什么人的话，他们也要达成协议，事先签意向书，这样，公司对股权的转移也有了了解，往往可以事先通知股民，不至于引起股票市场上大的波动。”

韩峰听得一头雾水，茫然道：“不是很懂。”

秦怡显得很惊讶，问道：“你不了解股市？”

韩峰道：“没玩过，不知道。”但秦怡眼里不经意透露的嘲笑已经被韩峰看见。

秦怡笑道：“现在不知道股票的人，已经很少了，你没听说过吗？十三亿中国人，十亿在炒股，还有三亿人，都是发行商。”

韩峰道：“或许我是十三亿以外的吧。不过我还是懂一点点的。你们公司什么时候进行股改啊？”

秦怡抿嘴一笑，道：“这是最高商业机密，别说我，就是董事长也不知道啊。”

韩峰讶然道：“什么？连你们董事长都不知道？”

秦怡道：“第一批试点企业是哪几家，第二批又是哪几家，这都是由国家选定的，上市公司只需要做好股东大会和拿出股改方案就可以了啊。”

看着韩峰怀疑的目光，秦怡又笑道：“就算董事长预先知道我们股改的时间，我们也不知道啊。这样说你或许不太明白吧？”

韩峰摇摇头，完全不明白，随即改变话题道：“对了，你们公司是不是每个星期都要开个会议，到时候所有分区经理都要参加？”

秦怡道：“不能吧，天涯海角，这么远，每个分区经理，在他们的管辖范围内，都有很多重要的事要办，哪能每周都开会，一年能有一次就不错，有时三五年才有一次吧。”

韩峰似懂非懂地点点头，又开始大快朵颐，中间和秦怡闲聊一些公司内的事。对每一位董事都详加询问，特别是另一名女董事单燕飞，她是与老董事启开华的公子哥儿启金运交往后，其商业才能才被慢慢发现的。由于启金运好逸恶劳，没有什么本事，所以公司里的事大多交给单燕飞，以至于启开华病重后，将股权交给了单燕飞。启开华死后，单燕飞与启金运感情不和，打算给启金运一笔分手费，但启金运想不通，还自杀过几次，不过都没成功。

几杯酒下肚，秦怡面色红润起来，她看着韩峰，默默道：“你觉得，我这个人怎么样？”

韩峰瞪大了眼，惊讶道：“你嘛，不错的一个人啊。又有才华，又有能力，还很有爱心，如果不是看见你坐在经理的位置上，我还真要怀疑你是幼儿园老师。”

秦怡不经意地掩饰了一下，假装整理自己桌前的餐巾，随后道：“我知道，其实我在你们男人心里，不是十分受欢迎的。或许是因为我太成功，所以和我在一起的男人，会觉得没有自尊。”

韩峰道：“那是那些男人不懂得欣赏。”

秦怡自顾自道：“有时我也想，就在家做一名贤妻良母，何必出来闯自己的事业？可是命运选择了你这样做，你又有什么办法？你呢？你们当警察的，一定很忙碌吧？每天都要面对危险的犯罪嫌疑人。” 韩峰道：“不啊，就是玩儿嘛，小时候有没有玩过警察抓小偷的游戏？我们的工作和那个游戏差不多，就是假枪换成了真枪罢了。”

秦怡抿唇笑道：“你真风趣。”随即目光闪烁，盯着韩峰道：“不知道为什么，我一直想找一名警察作为未来的伴侣，或许，是他们能给我安全感吧。你知道吗，我心里也和别的女人一样，需要依靠。夜深人静的时候，我会害怕，家里布置得再华美，也不像一个家，总感觉缺点什么。”

秦怡慢慢起身，一面诉说，一面向韩峰靠近，吹气如兰，淡淡的幽香直钻入韩峰的鼻孔。韩峰眼珠转动着，不知道在想什么。就在秦怡快触碰到韩峰的时候，韩峰手一指，道：“还有个案情，要和冷处讨论讨论。先走一步。”竟然闪身走了。

秦怡看着韩峰逃离，喃喃道：“如果命运选择了你，你又有什么办法呢？”

韩峰以最快的速度逃回客房，把事情原原本本告诉了冷镜寒，冷镜寒笑道：“你逃什么？这样的事情，不正是你求之不得的吗？”

韩峰道：“我想了想，里面有问题。如果说一个女人向一个男人施展媚术是表示爱慕的话，那么她向两个男人施展媚术，那这个女人就有问题了。”

冷镜寒笑道：“你怀疑她是受过训练的女特工啊？”

韩峰望着窗外灯光闪烁，冷冷道：“没有相互了解，我不相信一见钟情。一个女人示爱，如果不是那个男人太软弱、太胆怯，通常必有所图，而且，她还在与另一个男人交往。”

晚上睡觉前，他照例要了杯牛奶。

冷镜寒照例和李响他们进行了联系。

李响汇报完当天的情况后，欲言又止，冷镜寒问道：“怎么了？”

李响道：“没，没什么……”便戛然挂机。

同时，丁一笑对着电脑屏幕，输入字符道：“C计划重新启动，现在开始向海角市警方施压。”

电脑另一头打字道：“好的，暂时不用制造太多事故，让他们感到紧张就可以了，现在我会将韩峰他们牢牢拖在天涯市的。看来那家伙除了搞搞阴谋，耍点小聪明，什么都不懂，哈哈，真是笑死我了。看来他们想岔了，我打算在天涯市多拖延他们几天，这对我们的计划非常有利。”

丁一笑看了阿八一眼，打字道：“不要玩火，我们不应该在最后阶段出现疏漏。”

电脑道：“你总是太胆小，这就是你为什么总是难成大器的原因。你只管做好自己的事，我们的新工厂是否已经投产？”

丁一笑道：“是的。”

电脑高兴道：“好极了。你应该感到骄傲，这是为我们未来的事业打下了良好的基础。”

丁一笑冷哼一声，打字道：“我对你的事业不感兴趣，我只要我该得的那份。”

电脑道：“放心吧，少不了你的。”

……

第三日，早餐之后，冷镜寒把韩峰拖上车，要再去看看乔明刚。韩峰道：“乔明刚如果回来了，就说明他没有怀疑的嫌疑；如果他没回来，我们再去有什么意思呢。你做事不动脑筋，瞎忙活。”

冷镜寒不理韩峰，接起了电话，道：“有线索了？好，好，飓风车行，好的，知道了。你们要加大调查力度，不仅要快，还要仔细，绝不漏过任何一个细节。他在这里，你要和他说话吗？哦，好，我们现在就赶过去，好的好的。”

冷镜寒挂机道：“龙佳打来的。”又对司机道：“先不去南郊，先去飓风车行，知道在哪里吗？”

司机道：“不知道啊。”

冷镜寒道：“哦，是汽车城，在汽车城里。”

韩峰道：“为什么不把手机给我！她说什么了？”

冷镜寒道："还记得夏末他们调查的那辆被火烧毁的汽车吗？就是深夜袭击我们那辆。"

韩峰道："记得，那台发动机的编码查到了？"

冷镜寒道："是啊，他们终于查到了，发动机是法国原装的，在国内组装成车，就是天涯市汽车城里的飓风车行卖出去的。我们现在就去那里，先看看有什么线索。"

汽车城里，各式豪华名车看得人眼花缭乱。飓风车行的推销员是个年轻小伙子，看来是汽车发烧友一族。冷镜寒道明来意，那小伙子拿出厚厚一本，翻阅良久，道："是这里了。三年前买的，你们看吧。"

冷镜寒和韩峰将头凑拢一看，两人都是瞪大了眼，登记本上写得明明白白："乔明刚，上蔡家村三组。"

冷镜寒笑道："用你的话说，一件巧合是巧合，几次巧合就是预谋了。现在你还有什么异议？上车吧！"

韩峰挠头道："这里面肯定有问题，只是我还想不明白，如果能见到乔明刚，哼，会知道真相的。"

山路荆棘，二人总算又到了上蔡家村，这次他们见到了乔明刚。乔明刚道："昨天听说有公安同志找俺，俺就回来了。有什么事吗？家里坐，家里坐。"

韩峰只看了乔明刚一眼，此人敦实，皮肤黝黑，便对冷镜寒道："我就不进去了。给你十分钟，你就可以和我回去了。这人绝没有可疑之处。"

冷镜寒把他们查到的资料拿出来，对乔明刚道："你看看这个。我们是海角市刑侦处的，我们正在查一个案子，案子的凶手使用的手机号码和他驾驶的车辆，都是你的名字，如果你不能给我们一个满意的解释，你将成为第一嫌疑人。"

乔明刚急道："俺可没有，俺可什么事也没犯啊！俺是守法的好公民，这全村人都可以作证的，俺长这么大，还从来未离开过天涯市呢。"

冷镜寒将他们收集的材料递给乔明刚看，乔明刚看了老半天，那身份证复印件确实是他的。他敲着头，想了老半天，恍然大悟道："俺想起来了！原来是这样的，前几年，不是政府有个什么规定吗？就是要上本地车牌照，得有本地身份证，那时，有很多人租用身份证，二百元一个，俺的身份证就是那时候借出去的。哎，又不止俺一个人借了身份证，我们村好多人都借过啊，你们干吗就调查俺呢？”

冷镜寒大失所望，又抱着一丝希望问道：“你还记得借你身份证的人长什么样吗？”

乔明刚叫道：“啊！俺们早就记不得了，都多少年前的事了。而且，那时来借身份证的人挺多的，如果不是一个身份证只能办一个牌照啊，我都借出去好几回了。”

冷镜寒叹息道：“你知不知道，你这样做，是犯法的，由于你的行为，使我们走了多少弯路。你不能走，必须随时接受调查，明白吗？”

乔明刚道：“俺……俺知道错了，俺保证不再犯了，俺保证。”

冷镜寒一言不发离开乔明刚的家，韩峰笑道：“我就知道你们那条路行不通，看来是他们故意让我们绕弯路呢。还是听我的，明天我们去成安钢材厂看看胡银信。”

冷镜寒道：“你怎么一眼就断定乔明刚不是我们要找的人？”

韩峰道：“呵呵，种地的人总有种地的痕迹啊。人家皮肤黝黑粗糙，指节粗大，手心布满老茧，脚板龟裂，一看就是长期在田间劳动的结果。人家总不能一边每天扛着锄头在地里劳动，还一边心里默想着：我怎么才能把冷镜寒这个老东西扳倒。哎哟。”说着一脚踩入了泥田里，冷镜寒一笑，又叹息着摇了摇头。

他们赶着车，先回飓风车行，询问是否还记得来办理购车手续的人的样貌，结果飓风车行的老板都换了三个了，哪里还有人记得那时候的事。他们又赶车到卖手机的老板娘那里，自然也没有结果。

下午回到酒店时，二人更是疲惫，不仅是身体上疲惫，更多的是案情完全没有进展而心中疲惫。在房间里，冷镜寒洗了把脸，灰心道：“现在只有成安钢材厂一处可去了，如果在那里我们仍然查不出什么线索，我准备明天就回去。”

韩峰叫道：“别价啊！难得出来一次公费旅游，好多地方我们都没去过呢，好多东西我都还没吃过呢。”

冷镜寒冷冷道：“要留下来，你自己留下，我反正要走了。海角市还有一大摊事没有解决呢。”音乐响起，他摸出手机，道：“喂，我是。什么！怎么可能？什么时候的事？里面连自杀的工具都没有啊，他怎么死的？撞墙！”

韩峰蹑手蹑脚准备开溜，冷镜寒淡淡道：“韩——峰——”

韩峰展露一个笑容，站在门口道：“我在这里！”

冷镜寒道：“洪阿根死了，你知道吗？”

韩峰眨眼道：“是吗？我不知道啊！”

冷镜寒一拍桌子，道：“最后和他见面长谈的人就是你，你会不知道！监视的人员说，正是与你谈话之后，洪阿根的情绪才变得很不稳定，你知道他怎么死的吗？撞墙死的！”冷镜寒知道，所有自杀的方式中，撞墙而死需要最大的勇气和力量，因为撞墙不同于其他死亡方式，它是靠自己的身体与坚硬的物体相碰撞而死，往往第一次力度把握得不会很好，常常需要忍受着剧烈的疼痛，撞击两至三次才会完全死亡，那需要多大的决心！

韩峰舔舔嘴，道：“就算他不自杀，也是难逃一死嘛，他枪杀了三条人命，还有制造公众事端，绑架人质，击打警务人员，随便一条都可以判他死刑的。”

冷镜寒道：“可是他为什么会走这么极端的路？你和他到底谈了些什么？”

韩峰跳到门外，道：“我们就是话话家常，人死都死了，我哪里还记得谈了些什么！”说完跑了出去。

韩峰回头看看楼上，扪心道：“还好，老乌龟没有追根问底。”不知不觉，已经下到二楼饭厅，闻着各式爆炒小菜，韩峰流着口水，摸着“咕咕”直叫的肚子，实在是垂涎欲滴。

一名女子从饭桌上起身，向门口走来，韩峰眼睛一亮，拉长了声音叫道：“美——女——！”

人家不理他，从他身旁经过时，他就撮起嘴吹口哨。这四星级酒店内，不少中外游客，韩峰这么一吹，人家的目光都集中过来。这时，与那美女一桌的一名男子站起身来，韩峰还以为那人要找自己的麻烦，但那男的激动道：“燕飞，你不能这样！爸爸已经把什么都给你了，你不可以离开我！”显然不是对韩峰说的。

韩峰看着那叫燕飞的美艳女子，燕飞却连头也没回，在韩峰面前停一停，冷冷道：“要怪，就怪你自己太懦弱，烂泥扶不上墙。公司里还有很多事等着我去处理，你就不要跟来了。”说完，竟意味深长地看了韩峰一眼。

韩峰自然不会怕和人对眼，一时手痒，竟然在燕飞经过时在她身上肥厚处大力拍了一下。燕飞横眉道：“别以为你是冒牌警察，就可以胡作非为。如果有第二次，我就让保安把你抓起来！”

韩峰笑道："美女，何必那么认真呢，玩玩儿嘛。"

燕飞冷哼一声，掉头就走。那男子全看在眼里，追了出来，趴在二楼雕栏上大叫道："为什么？燕飞！为什么别的男人都可以随便碰你，你却对我始终冷冷淡淡，为什么？"

韩峰走过去，拍拍那男人的肩膀，道："兄弟，天下美女如云，何必在一棵树上吊死？她这样做，就是看透了你得不到她所以才更在意她。"

那男人转过头来，一口酒气，喷在韩峰脸上，道："你知道什么，你什么都不知道！"

韩峰似笑非笑道："我知道，你是富豪子弟，可惜现在已经没落了，以前青睐你的女子，也都离开了你。你什么都害怕，不敢大胆地表露自己的情感，你没有什么专长，总认为自己一无是处，你害怕孤独，无法独自生活，你的童年受到了过多溺爱，在你父亲去世后，你孤苦无依靠，精神很空虚。想过自杀吗？还是害怕死亡？"

那男子瞪着惊恐的大眼睛，仿佛看见了大神，韩峰接着道："我说得没错吧？你的软弱写在你的脸上，可这并不代表你本身。如果你自己肯努力，哪有做不到的事？"

那男子道："我不认识你？"

韩峰道："我也不认识你，我叫韩峰，来自海角市。"

那男子平静下来，道："我叫启金运，上海来的。我爸爸曾是天涯市最大的金融机构恒福银行的大股东，现在他死了，股东却不再是我。"原来，这人就是启开华的独子启金运，方才那美女就是单燕飞。

"哦！"韩峰搭着启金运的肩膀，道，"我们边吃边聊。服务员，上菜！"

不到十分钟，两人就开始称兄道弟了，你一杯我一杯，韩峰不断点菜，反正有人给钱，就不用客气了。

韩峰大谈人生之道，无外乎坑蒙拐骗、吃喝嫖赌："……男人为什么在家里也是老大？就因为钱，要从你手上过，你有钱，你走到哪里都是老大，你没钱，你看着老婆也只有低着头装孙子！"

启金运喝得舌头都大了，道："兄弟，我告诉你。我长这么大，还从来没有喝得这么痛快过！以前父母在时，他们老管我，什么事都替我操办顺当，结果我什么都不会。听君一席话，胜读十年书，你告诉我那些道理，才是真道理。做哥哥的我，这些年都白活了，你说怎么不叫我早碰到你呢。”

韩峰道：“话又说回来了，你父母就你这么一根独苗，怎么会把公司的股权转让给单燕飞呢？”

启金运道：“她是我父亲给我找的对象，也不知道父亲从哪里找来的。她刚来的时候，确实对我父母都非常好，在公司业务上也是父亲的得力帮手。我记得父亲曾说过，燕飞是个人才，他要留住她，或许就是为了宽她心，暂时将股权的名字做了更改。他或许是想着，日后我们结了婚，怎么说也算夫妻共同财产，可他竟然走得那么快。”

韩峰道：“那她对你呢？她起初对你也一定非常好吧？”

启金运道：“好什么！她什么事都要管着我，和我父母差不多，就跟那学校里的老师似的。”

韩峰问道：“你父亲怎么死的？”

启金运道：“得癌症死的，我妈前年去世的，我父亲去年，都是得癌症。我父亲脾气不好，但身体一直很好，没想到说病就病了，还是不治之症。唉，最没想到的是，父亲一去，燕飞，那……那婊子，她对我竟然完全变了！”

韩峰道：“你父亲一直脾气不好吗，是很容易动怒吗？难怪你的性格如此优柔寡断。”

启金运道：“是啊，他就是一火暴脾气，不然也不会在他死后，灵柩上被人贴上暴怒的字条了。”

“什么！”韩峰大喝一声，从座椅上站了起来，把周围的人都吓了一跳，韩峰按捺不住道，“你是说，你父亲死后，灵柩上被人贴上了暴怒这两个字？”

启金运道：“是的，是写在一张小纸条上的，当时送灵柩的人很多，也不知道是谁贴上去的，多半是公司里对父亲有意见的人贴的。”

韩峰道：“你说你母亲也是死于癌症？与你父亲前后相隔不到一年？”

启金运道：“嗯，而且，都是很奇怪的癌症，我母亲得的是叫什么肾上腺内分泌癌？”

韩峰道：“肾上腺神经内分泌癌。”

启金运道：“对，我父亲得的呢，更稀奇，医生都说，是一种新的癌变，以前没见过的。你知道，上海的癌肿治疗在全国居首位，他们都没见过。而且发病真的很快，从发现到死亡，还不到一个月就……”

韩峰道："你和你父母是住在一起的吗？"

启金运道："以前是，不过燕飞来了后，他们很放心我，我就和燕飞搬出来住了。"

韩峰道："她什么时候来的？你们什么时候搬出来住的？"

启金运道："我认识燕飞，有三年了吧？半年后我们就搬出来独住了。"

韩峰道："对于你父母的死，你就从来没怀疑过？"

启金运傻乎乎道："怀疑？怀疑什么？难道癌症，还可以下毒使人得癌症？"

韩峰独自喃喃道："让人得癌症的方法，太多了。"再低头看启金运，他已经半醉不醒了，也没听见。

韩峰摇醒他道："你父母住的地方，没有被变卖吧？"

启金运道："没有，卖了我住哪里去？还在上海市郊。单燕飞这个婆娘，她躲在天涯市和情人鬼混，以为我不知道，我从上海巴巴地赶来，只希望她看在我父亲对她的栽培上能回心转意，没想到她竟然如此绝情。"

韩峰问道："你怎么知道在这里能找到她？"

启金运道："我怎么不知道，这酒楼是他们银行投资修建的，他们公司高管住这里不付钱，搞什么偷偷摸摸的事，不都在这酒楼里吗。"

韩峰又愣了半晌，若有所思，对启金运道："今天我们谈得很高兴，以后就照着我给你说的那样做，肯定能做一个顶天立地的大男人。你的手机暂时放我这里，你要走的时候与我联系。"说着，他把人家的手机拿了。

启金运道："我……我送，我送给你。这点钱哥哥还是有的。"

韩峰掂量掂量手机，道："我拿这个东西有什么用？只是你记得住这个号码，好与我联系。你要回去，一定要告诉我，因为这不仅关乎你父母的死因，还与你的性命有关！"

韩峰回到房间，冷镜寒又端了一桶面霸，韩峰先道："马上通知龙佳，把林政和卢芳的照片传真过来。"

冷镜寒疑道："传照片做什么？"

韩峰一把抢过他手中的面桶，道："打了再吃。"

冷镜寒打开手机，拨号，韩峰又道："你们怎么每顿都吃方便面？一点营养都没有，这营养跟不上，头脑就不好使，难怪总是破不了案，就算为了百姓安居乐业，我们也该天天山珍海味呀。”

冷镜寒接通电话道：“龙佳吗？我冷处，把林政和卢芳的照片准备好，传真过来，对，韩峰他要，不知道这小子要做什么！”

韩峰一把抢过手机，道：“拿来吧，你。喂，龙佳吗，照片，找快些，我这边电脑已经打开了。好，好，马上发过来。”“咔嚓咔嚓”，打印机打出二人的相片。

冷镜寒道：“那个洪阿根——”韩峰已经拿起纸冲了出去。

前台服务厅，韩峰假冒警察身份，又拿出林政的照片，问道：“认识这两个人吗？”

服务小姐笑道：“林经理和他情人嘛，常常到我们酒店来温馨回味蜜月的，我怎么会不认识呢。”

韩峰道：“他们都什么时候来？”

服务小姐道：“他们每个周末都来一次，不过，已经有两个月都没见到他们了。”

韩峰道：“这种情况持续了多久？”

服务小姐道：“有一年了吧？他们来的时候还怕人发现呢，每次都是林经理先来，把房间找好，那女人要等十分钟才进来。开始的时候，我们还以为他们是夫妻呢。”

韩峰道：“后来怎么又知道不是了呢？”

服务小姐道：“那是于经理，有一次无意说破了，我们才知道他们不是夫妻。”

“于经理？”韩峰问道，“是恒福银行的客户经理吗？”

服务小姐道：“对呀。不知道他和林先生有什么过节儿，那次醉酒后，嚷嚷着要把林经理杀了呢。”

韩峰马上道：“你还记得当时于经理怎么说的吗？我要原话。”

服务小姐回忆了半晌，道：“我要杀了那对狗男女。大致就是这样说的吧，我记不清了。”

韩峰满意地点点头，他似乎已经有些明白了。

回到房间，冷镜寒面色阴晴不定，韩峰先交代道：“不是我不告诉你洪阿根的事，而是告诉了你你也不明白。”

冷镜寒道：“不是为了洪阿根，刚才李响他们又来电话了，海角市的情况很不好。李响他们对丁一笑的跟踪也非常困难，已经跟丢了好几次了。”

韩峰由喜转忧，问道："怎么了？"

冷镜寒道："昨天李响和我通话时，我就发觉不对劲。那小子，今天才告诉我，说我们离开后，海角市的治安就开始混乱起来，警方人手不够，不得不再抽调监视丁一笑的人员，现在监视丁一笑的人，已经不足十人了。"

韩峰道："治安混乱？怎么个乱法？"

冷镜寒道："还要我将李响的话重复一遍吗，那好，你听好了。响谭子发生重大交通事故，六死十七伤；天马街连续两日发生入室抢劫事故，死了一人；星光河街发生械斗，五死九伤，其中三人重伤；安居小区发生强暴事故；临康小学附近连续发生抢劫小学生事故；还有……还有很多，反正就是到处都在发生事故，特别是刚才他说的，林教授的女儿也被人绑架了。"

韩峰道："林教授又是什么人？"

冷镜寒道："就是我们市的科研专家、中科院院士、工程院院士、国家特级津贴享受者，研究计算机工程的，他的新理论将改变计算机的核心技术。他可是我们市的重量级人物，他打个喷嚏，全市的专家级医生都要失眠好几天，你说，现在他女儿被人绑架了，那还得了。"

韩峰道："他们不断制造事端，无外乎想让我们无法安心在天涯市调查下去，不管他们。"

冷镜寒道："如果事态无法收拾的话，我们还是只能回去。"

韩峰扁嘴道："回去有什么用？"

冷镜寒道："如果真是他们制造事端，查出他们的老巢，制止事态继续扩大。"

冷镜寒追问洪阿根的死与他们那天的谈话，韩峰咬牙不说，要了杯牛奶，随后打开电脑，查了下股票资料，几分钟后又关上电脑，拉起冷镜寒，说去看看夜市。

街灯华彩。冷镜寒道："这么热的天，你不在房间里开空调，非把我拽这大街上来，到底要干什么？"

韩峰道："到了你就知道了。"

韩峰边走边问，不多时走到一家书店，韩峰进去选了好几本关于股票的书，随后对冷镜寒道："给钱。"这就是他拖冷镜寒出来的目的。

冷镜寒忍气吞声，掏钱满足这坏小子的私欲，出门道："你小子，为了泡妞这么努力？人家不就是笑你不懂股票吗？你查案什么时候这么努力过？”

韩峰没答话，却看着远处出神，街灯下，夜市里，一对对青年男女正不惧炎热，相互依偎着亲热。冷镜寒道：“你又看见什么了？”

韩峰猛地惊醒，道：“没，没什么。刚才看到一个女的背影，好面熟，会是谁呢？”

他看见一男一女，依偎着走过街对面，男的络腮胡，高而魁梧，女的却很娇小，玲珑可人。那男的兴高采烈地谈论着什么，女的却将脸深深埋在男人的胸口，只看得见一个身影。

这一夜，韩峰看股票书籍看到深夜，依然没睡好，太多的疑问，困在他心中。

又是一日过去，冷镜寒一觉醒来，却发现韩峰已经伫立在窗前，凝视着清晨中的天涯市，微红的阳光穿过玻璃，洒落在他那原本还算俊俏的脸上，那张带着稚气的脸，也藏着一丝令人不安的气息。

韩峰回过头来，道：“醒了？今天去成安钢材有限公司，随后再去恒福银行，怎么样？”

冷镜寒也察觉到，韩峰与昨天相比简直跟换了个人似的，他又发现了什么呢？可这家伙，最恼人的就是这地方，每每到了关键时候，他就开始保持缄默，什么也不说，直到最后才说出他的答案，任你怎么追问，他也不开口。

出租车在路上，韩峰也一直保持沉默，眼睛始终看着车地板，这个时候，谁也不知道他在想什么。

成安钢材有限公司，韩峰他们先对门卫道，是胡银信的朋友，来找胡银信的。门卫说：“等一等。”随后走进门卫室打电话，待再出来时黑着脸道：“没有这个人，你们找错了。”

冷镜寒道：“怎么会呢？请你再帮忙问问，他可是你们新来的总经理——”韩峰搭住了冷镜寒的肩，不让他说下去。

冷镜寒看着韩峰，韩峰改口道：“我们是警察，”说着摸出冷镜寒的证件，道：“叫你们负责人出来说话！”门卫一看吃不住，赶紧打电话叫人。

出来的却是一个光头老爷子，六十岁左右，微腆着肚子，满脸堆笑道：“不知道警察同志有什么事吗？”

韩峰道：“你是这里的负责人？”

老爷子笑道：“是啊，我叫黄贵亮，是这家公司的经理。”

韩峰笑道："老爷子，我们看见胡银信走进公司，他才是你们公司的新经理吧？"

黄贵亮闪着小眼睛，马上笑道："唉，呵呵，敢情是这位警察同志看错了吧？我们这里可从来没有过姓胡的经理啊？"

冷镜寒怒目道："若是知情不报，可是要犯法的！"

黄贵亮作势害怕，道："哎呀，我们可是规规矩矩的生意人，从来不做犯法的事的。"

韩峰笑拍着他背脊道："既然是规矩的生意人，那么老爷子，不妨带我们到工厂里走走？"

黄贵亮摸着脑门儿上沁出的油，道："好说，好说。"

韩峰走在前面，黄贵亮在后面有些跟不上，韩峰四处一打探，根本不用人带路，径直走向工厂的经理室。几名工人正在拆卸经理室的牌子，却不想韩峰他们来得这样快，韩峰问道："黄经理？这是——"

黄贵亮乐呵呵道："装修，装修。我早就想换一换门脸了，以前那土办公室，接待来宾也不够气派啊。"

韩峰"呵呵"一笑，却又在一名工人没有来得及藏起的纸篓里找出一个菱形的标牌，上面清楚地写着"总经理，胡银信"，韩峰笑道："黄经理，这个——"

黄贵亮眼珠子一转，佯装怒道："这是什么时候准备的？谁做的？我怎么不知道啊？"

旁边一个秘书样的人马上接口道："这是丁先生吩咐做的，还没来得及通知您老。"黄贵亮恍然大悟的样子，无奈地道："你们看，这本来就是丁先生的企业，他要任命谁当总经理，我也无权过问。唉，可他竟然不先通知一声，这可太过分了吧。唉，唉，唉……"

韩峰也马上变得同情起来，安慰道："别太难过了，老爷子，说不定丁先生已经替你安排了更好的工作，你年纪也大了，该享享清福了。"

黄贵亮满脸悲哀，道："我可是尽心尽力的，哪点对不起他丁一笑。竟然要把我换了，他可真没良心啊！"

韩峰道："别难过，我向你打保票，他丁一笑最少也得给你安排个顾问的头衔，这厂子，没有你，他们就别想玩转。嗯，我们想到生产车间去参观参观，不知道可不可以？"

黄贵亮突然又不伤心了，满怀激情道："走！我带你们去看看我们的厂子，看看我们的规模！”

韩峰先要看看原材料，黄贵亮便带他们去参观了堆积矿石的地方，韩峰又看了看拉矿的车，不时敲击着车厢，啧啧有声地赞叹车大斗大。

天气实在太热，他们便没有去转炉车间，只参观了连铸车间，以及成品钢码放仓库。黄贵亮指着一堆一堆的成品T型钢道：“我不是吹，我们的钢材质量是最好的，同等产品里，我们的价格也是最公道的。所以一直以来，销量持续增长，现在市场上……”老爷子吹嘘起他们的钢材来，就口若悬河，滔滔不绝。韩峰听得直点头，冷镜寒直皱眉，他不知道韩峰搞什么鬼，但是很明显，方才胡银信都还在，只是刚刚离开，韩峰和那老头子这样慢慢聊天，不是给胡银信制造逃跑的机会吗？

参观完工厂，黄贵亮又把两人带到办公室，要请二人坐下来慢慢聊，冷镜寒心道：“再聊，再聊胡银信都上飞机了吧？”

韩峰问道：“黄经理，你们每天的产量可大啊？”

黄贵亮道：“我们就是转炉还不够，每天产钢才三四百吨，要是产量能再提高一倍，那效益就更明显了。”

韩峰又道：“不错了，每天三四百吨，那需要多少矿料啊，我看见门口，排着队的拉矿车呢。”

黄贵亮得意道：“我们用的都是自己开采的矿，全是优质铁矿，含铁量在百分之六十以上，炼一吨钢，只需要两吨铁矿石呢。有钱人就是这点好，什么都可以自己搞。”

韩峰道：“可以看看你们的出货单吗？”

黄贵亮想了想，道：“行，完全配合警方调查工作。”说着，去铁柜里取出厚厚的一本，道：“这是公司的明细账，每天成钢多少吨，卖到什么地方，上面全有记录。”

韩峰略略一翻，上面不仅有产量、销量、销售到何处，还有原材料的量。韩峰边看边报数道：“3号进优质铁矿687吨，4号进矿641吨，5号进矿609吨，6号进矿622吨……”他合上账本道：“每天都有这么多吨矿进厂啊。那该多少辆车来拉啊。”

黄贵亮道：“我们是小企业，也就只有这么大的消化量，你没看人家大厂，都是用火车拉，谁用汽车啊。”

韩峰又翻开另一本账，仔细地查阅着，黄贵亮面有得意之色，大有任你怎么看也别想在账本里看出破绽来的神气。

冷镜寒已经看了三次时间，韩峰依然漫不经心地翻阅着账本，黄贵亮面带阴笑看着二人。

韩峰合上账目，仰头道："前年年产量75745吨，去年是92742吨，今年看来还要涨啊。"

黄贵亮道："大家都在发展嘛。"

韩峰终于起身道："非常感谢你的配合。"

黄贵亮客气道："唉，那是应该的。"

韩峰看看冷镜寒，道："那我们先告辞了，如果胡经理到了，请你一定通知我们。"

黄贵亮道："一定一定。那是自然。"

走出成安钢厂，冷镜寒终于忍不住问道："你明知道那老头儿是在故意拖延时间，为什么还在里面跟他聊那么久？"

韩峰微笑道："从门卫打电话开始，胡银信就算在，也已经跑了，这厂那么大，就算我们要找，也找他不到啊。"

冷镜寒道："那你是……"

韩峰道："我说过了，不要被对手牵着鼻子走。他安排胡银信出现在拍卖场内，其用意就是引起我们警方的注意，而后好到成安厂来调查他，但是查到最后，可能一无所获。"

冷镜寒道："你既然知道，那你还在里面耽误那么久？"

韩峰道："我只是做出调查胡银信的样子，其实并不是查他。"

冷镜寒奇道："那你查什么？"

韩峰道："我查的是成安厂！你瞧！"

韩峰也不知道从哪里摸出几块石头来。冷镜寒道："什么？这不就是几块石头嘛，哪儿捡到的？"

韩峰啧道："这不是一般的石头，可是人家车里的铁矿石。先收起来，带回去让胖子做个提炼试验，看看到底这些矿的纯度如何。对了，通知龙佳，让她先查一查那条送回法国修理的生产线，是否在法国。"

冷镜寒道："什么生产线？"

韩峰道："龙佳自然知道。我想，如果我们的对头够聪明的话，今天下午我们就可以拿到林政的档案了。"

冷镜寒道："你查出什么来了？这成安厂与林政的档案是怎么联系起来的？"

韩峰古怪地笑道："还只是一些碎片，当我把它拼出图形来，我再告诉你。我们可以去恒福银行了，我还有很重要的事情找庄晓军。"

第十六章
七宗罪之谜

在恒福银行门口，他们与庄晓军不期而遇。庄晓军一个劲儿地道歉，说一直想来看他们的，只是公司这几天太忙了，连他都没有空闲。庄晓军道："检察院的要来，审计署也要来，还有证监会的，更多的是记者，这几天公司股票大跌，信用等级也降低了，那个制造舆论的黑客也太黑了，干吗拿我们公司开涮。"他突然停住了，因为他发现韩峰没有听，只是看着公司大门方向。

韩峰指着远处从车里出来的人问道："那个男的是谁？"

庄晓军看过去，愤愤道："他就是那个陈天寿。广东地区的分行行长。怎么，你认识他？"

韩峰道："他怎么会来这里？"

庄晓军道："可能这几天董事长会回来，通知董事召开董事会，我们在马来西亚有个大工程，一直都在考察，这次说不定就会定下来。那家伙离天涯市最近，就提前过来了。你怎么会认识他呢？"

韩峰道："不认识，只是昨天晚上看见他和另一个女的在一起。"

庄晓军恨道："他本来就不是个什么好东西，以为自己有几个钱，就可以随心所欲。"

韩峰拍着他的肩，道："各取所需，这怨得谁来着。"

庄晓军无比憎恨地看了陈天寿一眼，恰巧看到秦怡春风般笑着迎出来，就更恼怒了，道："就是有这样的浪荡子，才有那么多弱女子落根终生。"

韩峰哈哈一笑，道：“是吗？可现在已经不是以前那个时代了，现在人与人是平等的，你要感情，我要金钱，两不相误。人们常常说某某男人如何坏，勾引了十个女人，可他们也不想想，要有十个女人给他勾引他才勾得到啊，那坏男人与坏女人的比例还是才一比十嘛。”

冷镜寒看了韩峰一眼，他也不知道韩峰为什么替陈天寿说话，或许是物以类聚、惺惺相惜吧？庄晓军看着秦怡挽着陈天寿的手臂走进公司，陈天寿高昂着头，就像一个皇帝似的，他张了张嘴，又闭上了眼睛，最后忍住了没有说话，好半天才回头道：“江伯伯还没有回来，你们这次是来找什么呢？”

韩峰看着庄晓军道：“我们这次是专程来找你的，晓军，我有很重要的问题要问你，我们找个地方谈谈吧。”

冷镜寒奇怪道：“是来找晓军的？我还以为你是查孙向贤的死呢。”

韩峰摇头道：“我想，我已经知道孙向贤是怎么死的了，没有必要多查。待会儿问一两个问题就可以了。有时间吗？晓军？”

庄晓军道：“有啊，我们去办公室谈吧。”

韩峰道：“不，我们去对面的咖啡屋谈。”

离开恒福银行那一瞬间，韩峰看到一名女子，与出门迎接的于成龙热烈地拥抱在一起，他心中疑道：“这个背影好熟悉啊，是不是昨天晚上那个女人呢？我在哪里见过呢？”

三人在恒福银行对面的一家咖啡屋里，韩峰问道：“你觉得于成龙与孙向贤两人的关系如何？”

庄晓军道：“虽然我来了不是多久，但是他们好像关系很对立吧。记得我刚来的时候，孙经理就告诉我于成龙不是什么好东西，世俗得紧，是靠拍马屁升上来的。平时他们也不会来往吧。为什么问这个问题？”

“没什么。只是了解一下，现在基本上清楚了。”韩峰啜着咖啡，像是品味了很久，才问道，“晓军，我要你如实告诉我，你父亲究竟是什么时候去世的？”

冷镜寒完全不明白，庄晓军自己说的，他父亲已经去世好多年了，韩峰问这个问题做什么？

庄晓军回忆道：“我刚上高一，父亲五十大寿那天。他……他的死，和你们查的案子有关系吗？”

韩峰道：“高一，也就是三年前？你说你父亲是死于心脏病？当时你在场吗？”

庄晓军陷入痛苦的回忆中，喃喃道：“当然，父亲五十大寿，请了很多客人，没想到，喜事会变成……”

韩峰道：“晓军，你听着，我现在要你详细地回忆一下，当时发生了什么情况，你能做到吗？”

庄晓军看着韩峰，冷镜寒也看着韩峰，韩峰道：“我知道，这样很痛苦，但是你应该勇敢起来，现在你已经踏上了独立的道路，逃避不是办法，再大的痛苦也要学会去面对，这样，才不会害怕痛苦的再次降临。”

庄晓军双手肘部撑在桌上，手指交错握成拳头顶着额头，好半天才道：“好吧，如果对你们有帮助的话。那天……”

庄晓军详细地将他父亲死亡时的情况述说了一遍。他父亲原本就有心脏病，平时都备着强心解痉药，那天大宴宾客，多喝了几杯，也是在突然间，心脏病发作，可是摸他的外套时，竟然忘了带他的药，救护车赶到时，就已经不行了。庄晓军还特意提到，当他父亲不行了的时候，秦怡还给老爷子做了心外按压，可惜依然无济于事。

韩峰道：“你父亲知道自己有心脏病，还喝酒？”

庄晓军道：“他是在生意场上，没有办法，但是一直都是控制着量的，或许是高兴，就……”

韩峰道：“你父亲也算是个公众人物，他的药物肯定都是随时携带的吧？那天药物怎么就突然不见了？当时你们就没有怀疑是有人故意设计？”

庄晓军道：“有啊，当时我们马上就报了案，可是警方没有查出任何问题，最后那瓶要命的药，在父亲的车里找到了。哎，我们已经接受这个事实了。”

韩峰突然又问道：“你父亲有没有什么特别的嗜好？比如说——美食？”

庄晓军眼睛睁得又圆又大，惊讶道：“你怎么会知道？你怎么什么都知道？你认识我父亲吗？三年前负责查案的警官不是你啊？不错，我父亲没有别的爱好，就是喜欢吃，他常以美食家自诩，他最自豪的事就是，全国各地都去吃过了，吃遍了大江南北。”

韩峰道：“好的，我知道了。最后再问两个问题，是大涯市公安局来查的案吗？还有，你父亲死后可有什么奇怪的发现？比如说有什么写着字的小纸条出现在你们看得到的地方？”

庄晓军道：“是公安局来查的，可没有什么小纸条啊？父亲死后，我和妈妈、姐姐，我们都很伤心，当时有什么奇怪的现象，我们也不能留意到吧？”

韩峰道：“好了，谢谢你的回忆，别太难过了，对不起，要你回忆这么痛苦的事情。关于这件事，我以后会给你一个答复的。还有，就是今天我们谈话的内容，希望你不要向任何人提起，包括你的家人、你最好的朋友和你认为最亲近的人。”

去公安局的路上，出租车里，冷镜寒百思不得其解，问道：“庄晓军的父亲的死，和这个案子有什么关系？是不是扯得太远了？”

韩峰道：“暴食。”

冷镜寒愣道：“啊？什么？”

韩峰道：“还记得七宗罪吗？是暴食，七宗罪里的一种罪恶。”

冷镜寒道：“但是那已经是三年前的案子，就算是什么七宗罪，都结案三年了，你还能查出什么线索？而且，我觉得和我们现在查的案子关系不大啊？”

韩峰扭头道：“是吗？你有没有想过，如果几十亿不能满足凶手的胃口，那么他可以利用林政的死夺取百分之五的股权等待出售，也就能用别的方法夺取别的股东的股权。”

冷镜寒这才怔住了，喃喃道：“几十亿，还不能满足胃口？”

韩峰道：“孙向贤的死因，傲慢；如果说是巧合的话，那么昨天我听到一个消息，就不是那么巧合了，启开华，恒福银行原上海地区总经理，死于暴怒；今天，庄庆隆，死于暴食。七宗罪，如果这样推下去的话——”

冷镜寒结舌道：“他想杀七个大股东，侵占的股权不是价值几百亿？那……那林政是因为什么死的呢？”

韩峰道：“应该是淫欲吧？先不管这么多，我要先确定庄庆隆的死究竟是怎么回事，希望陈局他们给我们留下了足够的信息。”

天涯市公安局内，还是江浩接待了他们。韩峰道：“三年前，恒福银行的董事庄庆隆因心脏病突发而死亡，听说在你们这里立了案。”

江浩道：“不错，那个案子是我查的，怎么说呢？人家有钱，想怀疑被人谋杀也无可厚非，可那家人实在太过敏了点。我查过了，完全是自然死亡，因突发心脏病来不及治疗，自己把强心解痉药落在车里了，这能怪谁呢。你们怎么会突然问起这宗案子？和你们现在调查的案子有关吗？”

冷镜寒道：“我们想看看卷宗，那些卷宗应该还在吧。”

江浩道：“好的，我给你们找找，不过我想对你们可能没有多少帮助，那肯定不是谋杀。”

韩峰接过卷宗，慢慢地展开，还不忘告诉江浩一句：“我们就在这里看一看，如果你忙，就忙你的去吧，不用管我们。”

江浩走后，韩峰粗略地翻了翻。前面都是在场人员的叙述、酒店人员的叙述、抢救医生的陈述等，韩峰直接跳了过去。中间有一份当时上菜的名单，以及桌上每道菜和各种饮品的检查结果，韩峰微微一笑道：“他们还挺仔细的，每道菜都作了化验。”

冷镜寒道：“可是化验结果都是正常的啊？”

韩峰往菜单上一指，道：“死者本来有心脏病，所以不用特意下毒，普通食物就可以吃死他。”

冷镜寒顺着韩峰手指看，上面写着：“菜名，金菇炖甲鱼；原料：法国大针菇、十年老河甲、鱼子酱、蟹黄、芡汁、辣椒丝、姜汁、蒜泥、小葱、干笋；检查结果：对人体无害。”

韩峰指的地方，正在法国大针菇上面，他解释道：“这种蘑菇，又叫黑伞盖帽、墨汁鬼伞，它含有鬼伞菌素，本身是美味，但是不能与酒同吃。”

冷镜寒“哦”了一声，道：“同吃会怎么样？”

韩峰道：“吃这种蘑菇的时候喝酒，会让你面红耳赤，心跳加速，但不会致命，普通人都能够承受这种不适应，不过心脏病患者就……”

冷镜寒道：“它与酒同吃，可以诱发心脏病！”

韩峰点点头，继续往下翻，后面有当时的照片、庄庆隆倒下的位置，他坐的位置，照片上都标得很清楚。韩峰指着一张照片道：“看见没有，庄庆隆坐的位置，后面五步，正对着柜式空调。九月份，天气还是很热，如果有人将空调调低至十摄氏度以下，像这样对着吹，还是可以引发心脏病，事后再将空调调回去，没有人会发现。”

韩峰继续往下看，与庄庆隆同车前来的共四人，司机小王，他的好朋友启开华和秘书，他的助手于成龙。冷镜寒不满道：“怎么又有这个于成龙？”

韩峰道："从材料看，那时候庄庆隆已经由财务总监转任业务总监，于成龙一直管理业务，当然是他的助手。同车五人，他的救命药最后却在车里发现，你看见这张照片没有，他穿的衣服是大风衣，这衣服口袋是非常深的，药瓶要掉出来，十分不容易啊。可他进餐馆，定会将风衣脱下，挂在挂衣服的地方，要拿走药，非常容易的，精心策划的阴谋啊。"

冷镜寒道："你是说，他们知道庄庆隆有心脏病，就故意上了那道蘑菇菜，还让庄庆隆坐在空调正对的地方，引发他的心脏病，而后又将他的药偷走，待警察来查的时候，将药瓶放回车内？这样就查不出痕迹了。"

韩峰点头道："是啊，虽然做得不露痕迹，可是这毕竟不是巧合啊，一件巧合是巧合，这么多巧合在一起，那肯定是预谋了。"

冷镜寒道："但是这次，你为什么就这么肯定？林政的死因，你却要想上那么久？"

韩峰道："将多种无毒的食物混合，制造成致命的毒物或是诱发某种疾病，这本来就是杀人常用方法，我当然清楚。可是照凶手的习性，他应该留下小纸条什么的，为什么没有呢？"

冷镜寒道："林政的死，不也是没有留下什么。"

韩峰道："那不同，林政死于小车爆炸，所以就算凶手留下了信息，也都被烧毁了。啊，我想起来了！"韩峰突然大叫道："还记得林政死的地方吗？街道都被扫得很干净，可我却找到了那黑色的像煤灰的东西。"

冷镜寒点头道："不错。"

韩峰道："为什么凶手会独独留那么一点线索在那里呢？我记得我看见煤灰的时候，它是像两个方形，原本应该是有字的，只是被人用脚踩了之后，那字——"

冷镜寒屏气道："被抹掉了。"

韩峰点头道："不错，这样就可以解释了，人家是给我们留了信息的，他真的是没把你们警方放在眼里啊。"

冷镜寒连呼吸也急促起来，道："可是，庄庆隆是三年前就死了的，这个案子岂不是三年前就——"他不敢相信。

韩峰道："不错，你别忘了，卢芳是三年前就把梁小童接走了，而丁一笑名下的企业也是三年前便成立了，还有洪阿根，他是三年前就已经被选中接受训练了的。”韩峰双手捂着脸，从额头抹到下巴，沉沉道：“这起简单的骗保案，至少是人家已经足足策划了三年的案子。”

冷镜寒感到一股寒意，低声道：“至少三年了，可竟然没有引起我们一点重视，他的手法，他的计划，实在是太诡异了。这个暗中藏着的人，究竟是谁呢？”同时心里想道：“如果不是韩峰将林政的死和梁兴盛的骗保案联系起来，那林政的死也只能是一宗悬案，永远也查不出真相。”

韩峰突然凝眉道：“如果我们的结论是正确的话，那么就很有必要将孙向贤的案子重新查一遍，我们亲自查！趁现在案发不久，而且，天涯市公安系统又做了立案调查，我们先看看现成的调查报告吧。”

冷镜寒马上去找江浩拿来孙向贤的卷宗，孙向贤的车祸案和疑似谋杀案都并在一起的。

韩峰翻动着卷宗，关于孙向贤死亡的卷宗他已经看过了，所以他直接翻阅起有关车祸的卷宗来。孙向贤驾驶的是尼桑阳光，车是旧车，但配置还是很不错的。车长4.49米，宽1.79米，高1.44米，轴距2.535米，前轮驱动，刹车是前碟后鼓，SR20发动机，排气量2.0升。后面是一排车内配置，什么安全气囊啊、ABS+EBD、扶刹、倒车雷达什么的。韩峰喃喃道：“又有ABS，又有扶刹，这样还能撞上？”

后面是现场照片，韩峰指着照片对冷镜寒道：“冷兄，你看，我说得没错吧，那家伙把油门儿当刹车了，自动挡，2.0升排气量，对初学者来说真是太容易出错了。”

冷镜寒看着照片，疑惑道：“你从哪儿看出他踩油门儿了？”

韩峰指着水泥地面道：“这儿，这是那个地段的示意图，他从十字路口东拐向北，在拐角这个地方，突然闯进逆车道，这个时候，就应该是刹车的时候了，可是你看这儿——”

冷镜寒看着地面，干干净净的，没有什么啊？他问道：“有什么？”

韩峰急道：“你这个笨蛋！在拐角处的突然急刹车，在那样热的天气条件下，汽车轮胎与地面的摩擦力和摩擦系数都是最大的，尼桑用的是普利司通的轮胎，还不是橡胶轮胎，这么明显的事你都——”

冷镜寒醒悟道：“哦，你是说与地面的摩擦痕迹！本该有痕迹的，可是却没有。”

韩峰翻到下一页，孙向贤驶人逆车道撞上大货车后，又导致后面一辆车发生追尾事故，所以孙向贤的车才会出现前后都变形的情况。后面是一些现场目击者的叙述，其口述内容大致相同，都是看见尼桑突然就拐了方向，然后猛地加速，冲向了卡车，只有街角一报亭的卖报老奶奶声称，她看见一小孩儿当时在马路中央玩球，那尼桑是为了避开小孩儿才冲向卡车的。那老奶奶还补充了一句，但是尼桑从拐角开始就不对劲了，就算没有小孩儿，它也是在逆车道行驶。再往下，是孙向贤家属的谈话记录，韩峰翻到这一页，“嗯？”问了一声。

冷镜寒也看着报告，问道：“有什么疑点？”

韩峰看了冷镜寒一眼，又看看隔壁房间的几名警员，淡淡道：“没什么。”他随意地将这页记录纸的前后翻动了一下，冷镜寒没有留意，韩峰一直看着纸张右下角，前一页记录纸的编号是0008110，中间这一页编号却是0003343，后面一页纸的编号又是0008112。韩峰看看做记录的笔迹，是同一个人写的，他向江浩问道：“这笔录是谁记录的？”

江浩不知道，他叫来一名这个案件的调查警员，问道：“这份笔录是谁记录的？”

那调查员道：“是——陈青，是他接待的孙向贤家属，笔录也是他做的。”

韩峰问道：“陈青？他是做什么工作的？”

江浩道：“是我们的侦查员，他与交警部门比较熟悉，现在去四川调查一宗走私案了，昨天刚走。”韩峰皱了皱眉头。

韩峰翻完报告，将它一放，道：“去现场吧，看看还有什么新的发现。”

冷镜寒对江浩道：“谢谢你们，非常感谢。”

江浩道：“哪里哪里，有什么需要尽管说，我们会尽全力协助你们的。”

报告上记录着，卖报的梅奶奶。韩峰很耐心地听着梅奶奶详细地讲述当时的事发经过。他退了几步，站在车道上，大声问道：“是从这里开始拐弯的吗？”

梅奶奶点点头，后面的司机都只能绕行，从韩峰身边经过时，有的破口大骂道：“找死啊！”

韩峰充耳不闻，沿着汽车行进的路线走了一遍，又退回报亭问道：“梅奶奶，当时除了那个小孩儿，你还看到什么特别的东西没有？”

梅奶奶枕着脸想了很久，摇头道：“应该没有了吧？”

韩峰道："那辆大货车呢？它有什么不同的地方吗？"

梅奶奶眼睛一亮，道："你这么一说，我倒是想起来了，当时那货车上有好大一幅画，好像是个明星的头像吧。我当时还在想，那是给什么产品打的广告呢？后来那幅画嗖地就不见了。"梅奶奶一边说着，一边托起左手，做了个火箭升天的姿势。

韩峰也跟着做了一遍火箭升天的手势，疑惑地重复道："嗖地就不见了？"他看了看梅奶奶的老花眼镜厚度，低声对冷镜寒道："你去那边站着，什么都别做。"

韩峰让冷镜寒站在了货车的位置，又问梅奶奶道："梅奶奶，你看到那边树下那个老头儿了吗？你看得清他穿的什么衣服吗？"

梅奶奶挥手道："唉，你以为我看不清楚啊，那哪里是什么老头儿，明明是个年轻姑娘嘛，穿的嘛——是件露肩连衣裙，现在那些丫头，打扮时髦。"

韩峰心里"噔"地跳了一下，不由得扬扬眉头，尴尬地笑道："哦，是，是。那打扰了，梅奶奶，以后有事还要来劳烦你老人家。"

梅奶奶挥手道："没问题，这附近的事我全都知道，尽管来问我。"

韩峰离开报亭，冷镜寒追上来问道："怎么样？有什么发现？"

韩峰道："唉，车祸可能是巧合，但孙向贤的死应该是谋杀，我看，我们还是再去找找于成龙吧。"

冷镜寒道："那家伙，实在是惹人讨厌，找他也多半问不出什么来吧？"

韩峰道："问不出也要问一问啊，如果他是凶手，总会有露出破绽的时候。虽然他确实很讨厌！"

两人又来到恒福银行，找到于成龙。于成龙冷冰冰地下逐客令道："我该说的已经都说过了，关于孙向贤的死，我已经接受了天涯市公安局的询问。我和你们没有什么好说的吧？"

冷镜寒微微有些动怒，当场便要发作。韩峰却微笑道："我们只问你两个小问题，你如实回答了我们就走，保证以后都不会再来打扰你工作。可是，如果你的态度不配合，我们就只有常常来了，你也不希望你们公司的员工，常常看到你被警察询问吧？"

于成龙拉长嗓音道："好，好，好，算我怕了你们了，你们问吧，我的时间可是很宝贵的，就两个哈，最好别问太多问题。"

韩峰道："第一个问题，听说你和孙向贤关系并不怎么好，为什么在他——"

于成龙打断道："这个问题，你们警方已经问过我好多遍了，我也回答了好多遍。是，我平时和孙向贤不怎么来往，但是身为同一个公司的员工生病了，我去看望看望有什么不可以。你们要是怀疑我在那段时间杀了人，你们拿出证据来啊！只要你们能证明是我杀了孙向贤，我就认了，要是不能，就别老是提这么无聊的问题。"

冷镜寒锁眉怒目，于成龙道："你瞪什么眼？我是纳税人，是合法公民。如果你们要是敢对我动手动脚的话，我可以投诉你们！"

韩峰道："好的，我再问一个问题，你是怎么知道林政和他夫人会出现在你们总部酒店的？"韩峰特意强调了"夫人"两个字。

这一来，于成龙可火了，他跳起来，指手画脚道："这关你们什么事？腿长在我身上，我高兴去哪里就去哪里！哦，你们该不是想把林政的死也扣在我头上吧？他死了活该，根本不关我什么事！我到底哪里得罪你们了？什么事都怀疑我？你们有证据吗？你们有证据吗？"于成龙说得唾沫横飞，韩峰和冷镜寒都直皱眉头。冷镜寒看看韩峰，韩峰道："好了，没有问题了。但是为了方便起见，你留一个常用电话号码给我们，我们有情况好随时找你了解。"

于成龙怒气冲冲地写了个手机号码，239×××2348，起身道："对不起，我工作很忙，没事就请自便吧。"

于成龙走出会客室门口，韩峰扁着嘴道："这样的人也能当客户经理，真是太过分了。"

冷镜寒道："我说别来吧，问出什么没有？这人根本就是个刺儿头，又像和我们警方有世仇似的，说不到两句便要发火。"

韩峰拎起写有手机号码的字条道："但是他的回答，从另一面告诉我们一些信息。"

冷镜寒道："什么信息？"

韩峰将那字条和在手机店拿到的名片放在一起，答道："现在还不是说的时候。"

冷镜寒道："我看，这个于成龙多半是做戏，他极有可能就是那个躲在幕后操纵整个案件的主谋人！"

韩峰道："不太像，他的条件不符合。"

冷镜寒问道："怎么说？"

韩峰道："年纪大了，职位低了，性格太乖戾了。"

冷镜寒道："年纪大了？当初你怀疑丁一笑的时候，怎么不说丁一笑年纪大了呢？他们年纪可差不多啊。相反，我觉得能构造这么隐晦的案件，他们的年纪应该是小了点吧？"

韩峰摇头道："你不知道，作为人来说，不管是体力上还是思维上，都有个巅峰时期，那是思维最活跃最敏捷的时期，并不是说年纪越大就越聪明，年纪越大，只能说或许能多积累一些知识，但说到思维反应，绝对比不上年轻人。这个案件一开始，凶手就一直洞察着我们的动向，并根据我们的行动做出下一步行动安排，所以我们目前都还有种被牵着鼻子走的感觉。哼哼，竟然将一系列连环谋杀和动辄几十亿资金的案件当作游戏，是个很特别的对手呢。"

冷镜寒道："到底是个什么样的对手呢？"

韩峰道："现在，还没有发现他的任何线索，来来去去，都是他手下的手下在和我们过招，而他，只坐在后排牵线操控着他的手下。我本以为，我已经掌握了他的一些线索，现在看起来，又全然不是这样的。如果是他的话，啧——又不像他啊？"

冷镜寒道："是谁？你说的是谁？"

韩峰淡然笑道："一个我们还没见过的人，江永涛。"

冷镜寒惊道："我们还没有见过这个人，他可是恒福银行的董事长，你怎么会怀疑到他头上呢？"

韩峰道："很简单，只有他才有能力做这些事情。"

冷镜寒道："什么？为什么只有他才有能力做这些事情？"

韩峰道："我只是怀疑，因为目前就我所知，还只有江永涛可能知道他们公司什么时候作为试点公司进行股改。要进一步下结论，还需要看他进一步的表现，看他是否下午便回到天涯市来。"

冷镜寒道："那有什么关系呢？"

韩峰道："今天早上你已经问过一次了，我说过，凶手安排胡银信出现的目的，就是希望我们去调查胡银信，可是事实上呢？我调查的是成安钢材公司。对于我们那狡猾的狐狸对手来说，我今天的行为，足以引起他的重视，他会担心，我们的调查会离开他原先设定的路线，而查出什么新的线索，不得已，他只能让我们离开。你难道没有发现吗？自从我们离开海角市之后，海角市的发案率频频上升，他就是利用我们两头的轻重关系，来回地调动我们，让我们在天涯市和海角市之间，疲于奔波。而要我们离开天涯市的第一要务，就是打开档案，让我们完成此行的目的，所以董事长就应该回来了。”

冷镜寒道：“我，我还是不太明白，你调查成安钢材公司，会触及他的什么呢？你不是什么也没查出来吗？”

韩峰道：“不错，我现在还没有明确的线索，但是我却布下了疑阵，让他以为我已经查出什么来了。因为在厂里，我是什么地方都到过了，而且一直很高兴的样子，你敢说，我什么都没查出来，会是这个样子吗？”

冷镜寒长吁一口气，笑道：“你小子，总是这个样子。不过，上次晓军就说了，他们董事长就在近几天回来，也有巧合的可能。”

正午，林凡给李响打电话道：“那个手机号码，又在和丁一笑通话了！”

李响愤然道：“该死，冷处他们昨天去查了，那个家伙用假身份证申请的号码，查不出来。要是那部手机有GPS卫星定位系统就好了，我们就能准确知道他在哪里打来的。”

丁一笑却是接电话前就想到了，没有急事，他是不会在自己下班时打电话的。那个冰冷的金属声音这次深沉而不乱，虽然丁一笑知道，这是那个家伙想掩饰自己内心的不安，但他听到那话后，还是吃了一惊，金属声音道：“那家伙，没有去追查胡银信，他调查了成安钢材公司，现在，还不知道他查出了什么。”

丁一笑面皮一跳，声音也变了调，道：“难道他已经知道了什么？”

金属声音道：“不可能，我们做得那么隐蔽。但是，不能让他继续调查下去了，他们开始越来越接近真相了。我准备打开档案，你那边加大C计划力度，让他们回去。我们就是跷跷板，他们就是板上的铁球，我这边重点，就让他们滚过来，我这边轻点，你那边重点，就让他们滚回去！哈哈。”

丁一笑收起手机，心道：“我已经不止一次提醒过他，不要玩下去了，他却不听，迟早要玩出火来。哎，是该为自己打算的时候了。”他斜睨一眼身边的阿八，阿八还是像那保镖一样，面无表情地看着前方。这要命的保镖。

下午，冷镜寒突然接到秦怡打来的电话，说江董事长回来了，请他们过去一趟。冷镜寒大惊失色，从来到天涯市那天起，所发生的事，都被韩峰说中了。而这一切，都发生在韩峰与洪阿根长谈之后，现在洪阿根也死了，他们究竟谈了些什么，韩峰怎么突然就可以洞悉对手的思路了呢？

恒福银行，秦怡在门口迎接他们，冷镜寒问道：“你们董事长不是很忙吗？怎么这么快又回来了？”

秦怡道：“为了配合你们警方的工作嘛，检察机关的同志也需要看我们公司高层的档案，所以，董事长不回来是不行了。不过，他在马方考察也已经基本结束了。”

四十六层，韩峰他们见到了江永涛，那是位五十开外的半老男子，微微有些发福，但面色森寒，眼如鹰鹫，让人感到一股威严。他面带笑容时，也让人感到那是一种严肃的笑，他同冷镜寒握手道：“实在不好意思，因为在国外有些事，让你们久等了，这位是我的秘书，毛小琴小姐。”

旁边的毛小姐，身材标致，巧面玲珑，但韩峰对这个女人似乎有些害怕，他反复打量这位佳人，脸上却没有一点笑容。人家和他握手时，他甚至不愿意伸手，毛小姐的手指很纤细，很冷，指间有茧，那是秘书长时间速记留下的吧，或许还是别的原因？

江永涛的话很少，但每句都很直接，属于下命令似的语言。江永涛打开了电脑，对冷镜寒道：“你们可以拷贝一份，我相信警方是不会将这些资料随意外泄的，对吧？稍后我们有个董事会议，我就不能多陪你们了。”

此举又出乎冷镜寒意料，他点头提取了电脑里的资料。江永涛打开电脑后，便回董事长办公室处理事务去了，余下的事，都是秦怡帮忙处理的。

两人走到大门口时，庄晓军追了出来，韩峰问道：“有什么事吗？晓军。”

庄晓军道：“你们拿到了档案，就要走了吗？”

冷镜寒道：“如果没有查出什么问题，我们就要离开了。”

庄晓军道：“关于我父亲的事……”

韩峰道：“如果我们查到什么，会通知你的，也不用太担心，或许不会改变什么。”

庄晓军低头道：“知道了。”旋即抬起头来，道：“那么，祝你们早日破案。我也要开会去了。”

韩峰微笑道："你也要开会？"

庄晓军不服气道："我也是十大股东，董事会怎么会没有我参加呢。这次董事长考察结束了，我们要做一项大的工程呢。"他的手机响了，庄晓军看看号码道："他们在等我了，我去了。"

韩峰目视庄晓军离去。

冷镜寒道："走吧。"

离开恒福银行，冷镜寒马上问道："江永涛，这个人你怎么看？"

韩峰道："不知道，没有露出一点破绽，我们见面的时间太短了，他说的话也太少了。但是，他的那位秘书，毛小姐……"

冷镜寒没好气地打断道："很漂亮，是吧？就知道你这样说。"

韩峰道："不是！你有没有注意她的手，比一般女性的手，可要粗糙一些。"

冷镜寒动容道："没有感觉到啊，不过很冷，这样大热的天，她的手却很冰凉，这里面有什么玄机？"

韩峰神秘地笑道："有没有听说过，传说中有一种功夫——九阴白骨爪！"说着，趁冷镜寒出神时，在冷镜寒当胸抓了一把。

冷镜寒一脚踹出去，骂道："小混球，跟我开这种玩笑。"

韩峰哈哈大笑，但那笑容，却有些僵硬。

回到酒店后，冷镜寒仔细地看了林政的档案，却毫无发现，不由得疑惑道："他们给我们的档案是否做了手脚？里面没有什么有价值的信息啊。"

韩峰道："是吗？那有可能啊，谁说林政的档案就一定对这个案子有帮助。"

冷镜寒道："可是，他们不是因为怕我们从林政的档案中查出什么来，才故意拖延时间的吗？"

韩峰笑道："他们是故意拖延时间，可谁说了他们是怕我们从林政的档案中查出什么来？他们知道我们想查林政的档案，就算档案里没有什么有用的信息，他们也可以利用档案来拖延时间，这档案对他们不就很有用了吗？"

冷镜寒气为之急，道："你，你既然早知道，为什么不早说，白白在天涯市耽搁这么多天。"

韩峰抱胸道："我说林政的档案或许对我们没有用，可我并没有说档案没有用啊。他们的失策，就是认为我们只是要查林政的档案，却未想到，我要查的是全恒福银行高管的档案。再说了，我们在天涯市并没有白白耽搁啊，起码我们知道，胡银信确实来过了，后来又跑了，而且购买汽车和手机，他们都用了假身份证，不是吗？”

冷镜寒铁着脸道：“不管怎么说，现在天涯市这边的线索，已经告一段落，我准备明天就回海角市去。”

韩峰道：“啊！可我觉得，天涯市的线索，才刚刚展开啊。”

冷镜寒问道：“还有什么线索，说来听听？”

韩峰悠然道：“线索嘛，就在我们拿到的这份档案之中。”

冷镜寒道：“那就是没有线索喽，现在海角市那边的情况已经不能再拖了，等你在这边琢磨出线索来，海角市那边的整个治安系统就已经瘫痪了。”

这时，手机响了，两人对眼一望，各自摸出一部手机，竟然同时响了。两人接电话后，对眼望了一分钟，冷镜寒才道：“我们必须马上就走，今天晚上就回海角市。”

韩峰道：“发生了什么？”

冷镜寒道：“安阳化工厂发生爆炸，全市饮水系统受到污染；海角市建行运钞车被持枪歹徒抢劫；新龙门区暴力冲突，双方火并，七死十三伤，整个海角市，已经乱成一锅粥了。对丁一笑的跟踪监视，也完全停了，根本就没有人手了。公安局，被记者围得水泄不通，据说海角日报已经以‘公安部门不作为’，‘海角市公安盗卖武器’，甚至‘黑社会保护伞’这样的标题来刊登近几日事件，再不打击压制这股猖獗的犯罪风头，海角市可就真的万劫不复了。”

韩峰略一沉吟，道：“我不能回去。”

冷镜寒道：“为什么？”

韩峰道：“我要去上海。”

冷镜寒惊道：“你要去上海！”

韩峰道：“是的，你回海角市，扼制他们的势头，我去上海，查有关这个案子的另一起谋杀。去了上海后，我或许还要去几个别的地方，获取更多的信息。打击犯罪，本来就是你们的专职嘛，这个不用我插手，只需留一份恒福高管的档案给我。还有，这个别忘了，让胖子好好查一查，它到底可以产多少铁。”他将在成安钢材厂偷来的铁矿石交给了冷镜寒。

冷镜寒收拾行装道：“你，真的不跟我回去？”

韩峰满不在乎道：“切，你担心什么，我就算找不到回家的路，难道还找不到你们刑侦处吗。如果没有意外，我明天会与你们会合的。”

冷镜寒道：“可是你身上没有钱啊。”

韩峰道：“我没有钱，就不会找一个有钱的，你太多虑了。不用假惺惺地管我，如果我真的想活下去，就一定会活得比你好。”

冷镜寒道：“那，我走了。”

韩峰道：“还说这些，博人感动啊。”

冷镜寒转身下楼，暗自好笑道：“这小子，真拿他没办法。韩峰，我不是担心你的生活问题，而是担心你不要惹什么祸事出来。”电梯下沉，冷镜寒闭上眼睛，不由得想起了那个冷雨的夜晚，那个疯狂而喧嚣的迪吧。

冷镜寒走了没多久，韩峰就在酒店二楼见到了启金运，韩峰道：“我以为你那天喝醉了，还记得我说的话啊。”

启金运道：“我是喝高了，但是与我性命有关的事，我还是很关注的。我想了一天，总算想通了。这样一直缠着单燕飞，也没意思，男子汉大丈夫，何患无妻，我要利用手中这点钱，开创自己的一番事业。”

韩峰笑道：“这倒有几分男子汉气魄。听说恒福银行最近召开董事会，你可知道酒店里都来了些什么人？”

启金运道：“是吗，我只知道燕飞是来开董事会的，但是别的人，我就不认识了。”韩峰汗颜，心道：“这个公子哥儿，确实对他父亲的事业一无所知啊。”

启金运又道：“别说这些了，现在公司里的事都和我无关系。对了，到了我那里，一定要好好住几日。”

韩峰道：“如果没事，住多久都可以，可我确实只能去你家看一看，还要马上去下一个地方。所以，我是恨不得今天晚上就走。”

启金运道：“我打算明天走，你说我家里会有什么致癌物呢？”

韩峰道：“要到了才知道，走吧，我们去吃饭，今天我请客。”他拍着空空如也的口袋，说得气势如虹。

启金运道：“那怎么行，我请，我请。”

韩峰道：“今天怎么能又是你，你的经济也不是很宽裕吧？”

启金运道：“你要这么说，就太瞧不起你哥哥了。我们是要做大事业的人，再说，这次你是去帮我的，吃这点东西，算什么。”

韩峰道：“唉，真是，拗不过你，好好好，你请你请……”

第十七章
步步为营

上海，启金运家。这是典型的欧式两层别墅，前面是游泳池，后面有一块小花园。家中也以古风的欧式家具为主，挂着仿制的著名油画，启金运苦笑道：“是不是觉得那女人对我还不错，还给我留下这么大一栋房子。”

韩峰却沉着脸，咬紧牙，皱起眉，并抬腕对启金运道：“你看！”

启金运道：“什么？”

韩峰道：“我的手，汗毛都立起来了，这屋里凶气很重啊。”他仰头看着天花板，上面画着类似西方宫廷的壁画，巨大的水晶吊灯悬挂在正中，韩峰的目光变得阴冷起来，语气也僵硬道：“是种不祥的感觉，到底是哪里不对呢？”

启金运道：“你不要吓我。你知道，我比较胆小。”

韩峰朝窗外一望，说道：“是了，这屋里太安静了，从进这别墅起，就没有任何声音。周围连一只鸟都没有，而你们家里更是没有任何昆虫，这不是屋里打扫得干净，而是屋里有什么东西。”

韩峰在别墅里四处查找起来，他细心地找过每一间房间，而后鼻翼翕动，嗅着各个房间的气息，如此走了一圈后，摇头自语道：“没理由，没有明显的毒物痕迹，看来是别的东西引起的。”

他来到花园，只见窗台上摆放的几盆花，不知是因为长久没有浇灌还是别的什么原因，都已经枯萎了，而花园里的几株无花果和银杏树，叶子已都枯黄。韩峰在花园里察看了植物枯萎的范围，正是沿大客厅的南墙，呈扇形分布。

韩峰回到客厅，他先敲击地板，问过地板的购买及其材质，再查过墙面所用的漆、家具的木材，最后目光锁定在一张大理石桌上。韩峰问道："这桌子是什么时候买的？"

启金运道："哦，是我和单燕飞搬家后，是于成龙送的。"

韩峰动容道："于成龙送的？"

启金运道："那时，他正好想升迁，便到处拉董事们的关系。我和燕飞搬家时，我一直中意家里那张大的楠木桌，所以搬家时父母就送给我们了，他们便少一张像样的餐桌，一直说买，可总是没有时间。于成龙不知道从哪里听到消息，就送了一张石桌来，这张桌子据说是用从法国进口回来的石料加工而成，值上万元呢。"

韩峰喃喃道："又是于成龙，为什么呢？"

启金运道："什么？"

韩峰伸了个懒腰，道："这样，大致不会错了。你去请两支专业队伍，给这个房间做个检查，他们会告诉你答案的。"

启金运呆道："什么？请什么队伍？他们给什么答案？"

韩峰道："上海市地质勘探队、市环保局，请他们为这个房间做一个检查，他们将告诉你你父母的死因。"

启金运奇道："真的吗？做什么检查？"

韩峰斩钉截铁道："放射性元素探测和空气质量评估。"

启金运道："韩峰，我当你是兄弟，你既然已经知道了，就告诉我，我父母到底是怎么死的啊？"

韩峰一字一句道："埃及法老的诅咒！就告诉你这么多，我先走一步了。记住，如果有了结果，通知我。还有，提醒你，检测结果出来之前，你最好去旅馆住几天，这个屋子，多住一天，就多一天危险。"

启金运去请地质勘探队时，韩峰已经在去北京的飞机上了。又过了几个小时，他乘坐上了去云南的飞机。

韩峰翻动着自己手中的资料，查孝礼，男，四十七岁，原恒福银行北京地区总经理。他翻阅下一份资料，孙向贤，男，三十四岁，恒福银行人事部经理，籍贯，云南元阳县。

孙向贤的家在山里，打开门的，是一位娴静的女子，穿着苗族的衣饰，背上包裹里背着一名嗷嗷待哺的婴儿，正沉沉地甜睡着，看来她就是孙向贤的妻子。韩峰第一眼看到这名女子，心中一阵突兀，那漂亮的脸蛋，好熟悉的感觉，总像是在什么地方看见过。

孙妻名叫古兰，她听明白韩峰的来意后，将韩峰请进家中，幽幽道："有什么用呢，人都去了。"

韩峰看着楚楚可怜的古兰，克制住内心强烈的冲动，冷静问道："我想知道，当你接到丈夫去世的消息时，是怎么考虑的？为什么那么急着把你丈夫的尸体领走？难道你没怀疑过车祸是出于人为原因？或许是有人想杀你丈夫呢？"

"啊！"古兰显得十分惊讶，显然从来没考虑过这方面的问题，她喃喃道："不会的。他那么好，从来不和人发生矛盾，怎么会有人想害他呢。那天听说他出了车祸，我……我就知道情况不好，可是还是没赶上……"古兰抽泣起来，轻轻道："在那之前他还很高兴地告诉我，说他通过驾照考试了，要开车带我去……我都对他说了，开车要小心，没想到他还是……警察同志，你告诉我，是不是有人要害他？他们为什么要害他呀？"

韩峰内疚道："我们还只是怀疑，他可能是被害的，但也不排除意外车祸。他是个好人，我想也不会有人要害他的。我来调查，就是要排除他是被人害的。兰姑娘，你回想一下，在你丈夫出车祸前，他有没有打电话告诉你什么或是说些与平时不大一样的言语？还有，他有没有留下什么比较隐秘的东西一类，让你交给什么人？"

古兰睁着一双大眼睛，摇头道："没有啊，他和平时一样，他没什么，没什么啊？"

韩峰道："那么出事前呢？他有没有给你打电话？"

古兰黯然道："不知道，那时我没开手机，是后来，才接到通知的。啊——"古兰似乎想起什么，忙问道："那天，我接到一个电话，说是电信部门调查信号覆盖范围，为了防止信号波动，让我关机一个小时。没多久座机又说我们的电话号码中奖了，让我去电信公司领奖，可后来我去电信公司，人家说没这回事，这……这会不会有什么关系？"

韩峰眼睛一亮，旋即恢复，安慰了古兰一番，才离开这坐落于半山坡的苗居。因为电信部门工作需要，请顾客配合，关机一小时，这是多么熟悉的骗局，如果用来杀人，他们是怎么做到的呢？

韩峰走在羊肠小道上，夕阳血红，如一轮火盘缓缓西沉，染红了半边天，那周边的霞云也似燃烧起来一般。韩峰回头望去，山腰上的苗居已小而远了，一缕炊烟正冉冉升起，与白云混为一体，不知道那孤儿寡母，今后的日子会怎么样呢。想起古兰那幽怨而凄怜的脸，韩峰心中也有一丝不安，蓦然，那摆烟摊的老奶奶说的话回响起来：“当时那货车上有好大一幅画，好像是个明星的头像吧！”那古兰的面容，好像也在电视上见过吧。

韩峰拭去额角微微的细汗，看着依旧毒辣的太阳，咬牙道：“好狠的心计，原来是这样的。”

海角市公安局，这里有如战时的阵地前沿，电话响个不停，冷镜寒的眉毛都快拧到一处去了。“喂，是公安局。安平小区有人抢劫？知道了。”

“喂，丁香花园，成义梦家被盗？是海角建开公司那个成义梦吗？什么！偷了五十余万，知道知道，我们马上就来。”

“滨江公园发生命案？三人被杀伤了？马上赶到！”

“龙星大酒楼出现集体中毒事件！有三十余名食客！已经叫救护车了吗？好的，好的。”

……

郭小川愁眉苦脸道：“老冷，再这样下去可不行啊。我们的负荷已经到极限了，周边几个城市的公安力量也都抽调过来了，我说，是不是请求军队来支援？”

冷镜寒道：“这到底是怎么回事呢？两天时间，发生了十余起持枪抢劫、二十多起数目巨大的偷盗，还有车祸、集体中毒事件、绑架、群殴不计其数，我们仅仅处理善后工作都人手不够了，这些案子是有预谋有系统的吗？竟然连一个活口都没抓住，丁一笑又放了吗？”

郭小川道：“我听了你的建议，先将他拘留起来，可是确实没有线索，二十四小时不放人行吗？我还准备等着人家起诉我呢。”

李响电话道：“完全失去丁一笑的踪迹了。”

冷镜寒道：“别管丁一笑了，你和夏末去成商百货公司，那里刚刚接到匿名电话，说里面安装有炸弹，小心点。”又对郭小川道：“我们是不是去最混乱的地方看看？”

郭小川道：“你看看门口，那些记者像蝗虫一样，把我们团团围住了。”

冷镜寒拍桌道：“该死，完全摸不透他们的企图。”

郭小川道：“那个小混混呢？他怎么没跟你一起回来？”

冷镜寒道：“韩峰？他去上海了，他说要查恒福银行内部问题，你说他这时候查什么恒福银行？有他在，或许还能想出一些办法来。”

电话依旧响个不停，接话员向郭小川汇报道：“第四派出所的同志在视察东平案发现场时被流弹打伤了。”

“第三特警分队截住了一股火并分子，双方开火了，打死三名匪徒，我们牺牲了一名特警，有一名重伤。”

“城西派出所的同志在检查爆炸后现场时，他们的警车又发生了爆炸，炸伤了三人。”

“梆”的一声，阿八站在窗户上，把那个条形监听器取了下来，丁一笑道：“好了，现在他们已经没有能力监视我们了，C计划可真是一个天才的计划，那家伙简直不是人。”

阿八望着丁一笑，露出微笑。丁一笑也似乎与三天前判若两人，充满了自信，他冷冷道：“既然他们摸不着我们的方向，那么，该是反击的时候了。”

这时，手机响起，丁一笑看看号码，喃喃道：“这个时候了，他又打来做什么？”

电话中，金属声音道：“我得到确切消息，韩峰那家伙，没有跟冷镜寒一起回海角，他去了上海！”

“什么！”丁一笑先是大惊，随即冷静下来，道，“这样也好，不是正好掉进你的另一个陷阱吗？”

“可是，这次有些不妙的感觉啊。”金属声音道。

丁一笑不置可否道：“是吗，可我们的计划不是接近尾声了吗，就算他知道了全部真相，也奈何不了我们了。”

金属声音道：“那你有什么计划？”

丁一笑道：“我准备把这里搅个天翻地覆，让那些蠢警察知道，他们所守护的这座城市，不是看上去那么安全的。然后我会离开，先去泰国，或者去越南，都可以。接下来的工作，就等着你那边的计划完成了。”

金属声音冰冷道：“记住我说的话，永远不要轻视你的对手！”

丁一笑挂机道：“这个家伙，阿八，我们准备离开这里，今晚就走。”

韩峰下午回到刑侦处，只见门口人山人海，挤都挤不进去，好在他身体瘦弱，好容易挤到门口，警卫将他拦下来：“对不起，任何人不能进去。”

韩峰道："你看看我，看看我的脸，好像我是除外的吧，我要是不进去，明天你们就守不住这门了。"

一名警卫道："哦，是你，冷处让你马上去公安局找他，我打个电话，你等等。"

十分钟后，韩峰从后门进入公安局，冷镜寒道："你看看，都乱成什么样子了。在街上你可看到了。"公安局内除了三名接话员没有离开，其余的人都匆匆忙忙，不断有警车出勤，也不断有警车回局，走廊里都是嘈杂喧闹的声响。连雷婷婷这样的实习法医，也不得不做起了电话接听员。她只看了韩峰一眼，发现韩峰正在看她，又不好意思地回过头去，专心接听电话。

韩峰笑道："看到了，不是说这里治安不错嘛，我看现在比伊拉克还危险。"

冷镜寒道："究竟是不是和我们那起案子有关呢？"

韩峰道："起因肯定是它，不过有没有人从中浑水摸鱼就不知道了。还记得吗，我说过，有第一支枪，就有更多的枪；有第一个疯子，就会有更多的疯子。"

冷镜寒道："我们查阅了近几年所有从海角市边防走私的枪械案件，可是从来没有哪起有这样大规模和数量。从他们制造的事件来看，至少有五支半自动步枪、九支微冲、十七支手枪在市内行凶，还有炸弹不计其数，好像海角市的所有黑社会势力都蠢蠢欲动。"

韩峰道："怎么你在这里坐镇指挥，其他人呢？"

冷镜寒道："都出勤了，到处都是等待处理的事故。"

"没有用。"韩峰见冷镜寒不明白，又重复了一遍，道，"没有用的，现在你们只是跟着他们后面跑，永远也跑不过对方。他们不断地制造事端，你们就不断地处理善后吗？要走在他们的前面，在他们行动之前拦截他们。还有，要找到他们的巢穴，打马蜂不能等被马蜂蜇了后，再打蜇自己那只马蜂，要直接把马蜂窝端掉。"

冷镜寒道："我们已经考虑过了，可问题是现在我们一个活口都没有抓住，现在城里已经戒严，两天前就开始宵禁，可是依然找不到他们啊。"

韩峰道："是吗？凶手没有留下线索吗？"

"线索？"冷镜寒沉思着。韩峰道："记得吗，这个案子从一开始，我们就跟在凶手的背后追逐，按照凶手布置好的路线前进，他总是在关键时候给我们留下足够的线索，让我们可以继续查找下去。梁兴盛死的时候，他留下了屋顶上假的自杀证据，又留下了梁兴盛的衣服让我们可以查找证据；林政死的时候，他留下那一撮矿物质；梁兴盛的厂里，他留下了半个零件；而梁兴盛工厂拍卖时，他故意使用胡银信的名字；汽车留下发动机号码。不是这些线索，我们查起来会更加困难。”

“啊！”冷镜寒不可置信，惊讶得不知道说什么好，他喃喃道，“你是说，他故意留下了线索，引我们警方去查！”

韩峰点点头，浮现笑意，道：“我很早以前就说过了，他一直在和我们玩游戏，这个游戏中，警方扮演的是老鼠的角色。”

冷镜寒按着太阳穴，道：“线索？线索？可是这几天天天案发不断，就算他留下了线索，我们又怎么快得过他们的新行动？”

电话又响起，雷婷婷道：“什么！锦江区又发生了爆炸？怎么会这样？不是有不少警力了吗？估计是狙击手？击中了汽车的油箱？”

冷镜寒喃喃道：“已经是第五次在这个地方爆炸了，怎么他们老是袭击那一个地方呢？有什么意义吗？”

韩峰眼睛一眨，马上道：“拿地图来！”

一幅硕大的海角市全地图，挂在了公安局办公厅里，韩峰道：“把发生过案件的地区都标出来吧。”

雷婷婷照着记录，将发生过案件的地方都标注在地图上。

“咦？”随着韩峰一声怀疑，冷镜寒也看出问题来了：地图上，大部分发生案件的地方，都处于同一横线和直线上，诸如龙星大酒楼、丁香花园、安平小区、广贸大厦等，全都是顺着横安路一字排开，而天香剧场、伊义金铺、太和古玩店、茗品茶楼等，又是以一环路竖向排开，其中每两处案发现场在地图上，相隔的距离也几乎相同。

韩峰拿着激光笔，在地图上指点着，问了那些不合规律的犯案地点，究竟是发生的什么案件。雷婷婷念出记录，那些地方全是些抢劫小摊贩、偷盗等案件，韩峰道：“把这些地方去掉。”

去掉那些不协调的犯案现场后，那些案发现场仿佛形成了一个正方形，所有的现场在方形内星罗棋布，冷镜寒呆道：“这……这是？这难道是在布阵作战？”

韩峰瞄来瞄去，总结道：“不太像啊，你看，正正方方的，很规则啊，如果把这些空格都填满，倒像个什么东西，棋盘？横九格，竖十格，有没有这样的棋盘？”

"象……象棋！"雷婷婷道，"象棋棋盘就是横九格、竖十格的。"

"象棋？"韩峰一愣，问冷镜寒，"怎么下的？"

冷镜寒道："以后，以后再告诉你，是中国很早就有的一种棋，现在比较普及了。"

雷婷婷越看越惊讶，道："没错啊，你们看，他们以中间的护城河为楚河汉界，将城南区和城北区分作两方，这真的是一个象棋棋盘。可是，为什么不是按棋子摆放的顺序来制造案情呢？"

韩峰"嗯"了一声，道："查一查，这些案发现场中，第一起案件是哪一起？"

雷婷婷看了看记录，道："是这里，城南望江花园小区的，啊——"她突然张大了嘴，合不上来，她看了看第二起接到的报案，喃喃道："怎么会这样？竟然是这样的！太……太不可思议了！"

冷镜寒问道："怎么了？怎么了？"

雷婷婷道："第二起案件，是城北中心公园；第三起，城南天和大厦；第四起，城北广贸商城……"

随着雷婷婷不断地念下去，冷镜寒眼睛越睁越大，额头也沁出了细汗。韩峰道："你们是怎么啦？为什么这样紧张？"

冷镜寒抓住韩峰的手臂，激动道："他……他们，他们竟然是在下棋！你看这里，炮二平五，炮八平五；车一进一，马八进七；这里，这里是马二进三，车九平八，这是顺炮开局。"

韩峰不解道："你在说什么啊？什么顺炮开局、反炮开局的？"

冷镜寒急道："哎呀，跟你说你也不懂，是象棋里一种开局形势，他们现在走到哪一步来了？快，快拿棋盘来！"

雷婷婷道："等一等，我想想，这个走法我在哪里见过？让我想一想。"

雷婷婷突然道："想起来了，是上周末的大师杯赛，宁夏对天津的比赛里。"

冷镜寒马上道："查棋谱！"

很快，雷婷婷在电脑上调出棋谱，道："你们看，和他们走的一模一样，后面是车一平六，车八进四；马八进七，马二进三。这是盘和棋！"

冷镜寒道："看看，现在他们走到哪一步来了。"

雷婷婷道:“马六进四，下一步是车四平六。”

冷镜寒道:“车四，在这里，平六，是这里了，普天广场，有谁在那边?”

雷婷婷道:“郭局。”

冷镜寒马上接通电话道:“老郭吗?普天广场，马上会有暴力事件发生，你注意警戒!”说着，就听到“当”的一声从手机里传来，冷镜寒不由自主缩了缩头。

郭小川道:“你早点说啊，我们已经接上火了，他们利用高楼作掩护，我们还没找到他们在哪里。喂，你是怎么知道有案情要发生的?”

冷镜寒道:“现在说不清楚，我会调派警力到你那里去的，就这样，待会儿再说。”

冷镜寒关机道:“下一步。”

雷婷婷道:“马四退五，炮七退三。”

冷镜寒道:“天梦园小区，还有辅江路商城，布置警力，严密防守。”

韩峰摸着雷婷婷的头道:“婷婷不愧是优秀的实习警察啊，竟然找到了线索呢。”

雷婷婷脸一红道:“凑巧罢了，昨天才看了那一局比赛的实况转播。你，你还记得我的名字啊?”

韩峰道:“哈，婷婷是不错的女生，我一直比较关注呢。”

冷镜寒目光一寒，心道:“只要是美女的名字，他都是过耳不忘的吧。”

雷婷婷拨开韩峰的手道:“人家已经不是小孩子了。不要用这样的态度和我说话，好吗?”

“是吗?”韩峰的手又搭在雷婷婷的肩上，道，“这样说话就可以了吧。那么，你能告诉我，你下一步会怎么做呢?”

雷婷婷红着脸，嗫嚅道:“这个，这个，我不知道。”

韩峰望向冷镜寒，冷镜寒道:“如果我们知道对方下一步要在哪里下手，那么就可以提前部署，把他们生擒，然后让他们招出他们的老窝在哪里，就可以一网打尽了。”

韩峰“嗤嗤”一笑，道:“你把对手想象得太简单了呢。他竟然敢用上周的比赛来做文章，当然是有恃无恐，你们未必就能抓住他们的人。而且，棋是死的，人是活的，要是他发现了问题不按你想的那样走呢？”说到这里，韩峰笑意消失了，拍拍雷婷婷的肩道：“去接听电话吧，可不能有丝毫松懈。”

“嗯。”雷婷婷点了点头。冷镜寒心道：“这个家伙，已经开始形成案件第一位、女人第二位的习惯了吗？”

韩峰冷静道：“要从根本上解决问题，还需要回到问题本身。这一系列的案件，都是我们的对手为了拖延时间，让我们无法应付制造的混乱场面，姑且不谈那些浑水摸鱼的，也不管他们究竟有多少人，有多少武器，其根本的原因还是不希望我们有足够的时间去查他们的内部。所以，这些普通的案件，就让他们公安局里的人去处理就好了，我们，还是要回到刑侦处去，把我们正在调查的案件整理清楚，从案子的源头去制止案件的发生。”

冷镜寒道：“可是，他们已经都派出去维持治安和勘查现场了。”

韩峰跳起来，道：“什么！那丁一笑呢？你别告诉我，监视丁一笑的人也撤掉了吧？”

冷镜寒道：“昨天就告诉你了，丁一笑无法继续监视了，他们前天就停止了监视。”

韩峰双手抱头，怪叫道：“啊！真是笨啊！”

冷镜寒道：“不过，我让老郭把丁一笑拘留了二十四小时，也就是今天才出去的，我们又没有什么证据可以起诉他。”

韩峰嘴角鼓着气道：“既然已经这样了，那么好吧，把我们的人召集回来，重新分配任务，该调查的还是要调查，该做实验的还是要做实验，不能耽搁！”

冷镜寒道：“这样，好吗？”

韩峰道：“什么好不好的，如果不这样做，你永远也别想制止案件的继续发生。”

冷镜寒道：“那么，好吧，让他们都回来。”

韩峰道：“现在，才是我们要开始工作的时候。”

当刑侦处的精英都回到刑侦处时，个个灰头土脸，蓬头垢面，眼里布满血丝，就像多少天都没有睡觉了一般。韩峰指点道：“看看你们，我就是成天吃了睡、睡了又吃的人，你们精神竟然比我还差，那么忙碌，可有什么收获？”

大家无言以对，这些天四处奔波，确实收获甚少，也可以说没有收获。李响道：“我们确实每次都落后那些凶犯一步，那么，你把我们叫回来，你有什么好的建议？”

韩峰点出李响、林凡、夏末三人道：“你们，马上重新组织起对丁一笑的监视，一定要快。”

韩峰又询问道：“我们离开了四五天，你们难道就没有什么新线索要说一说吗？”

韩峰转过头，只见每个人都心急如焚的样子，他慢慢道：“强哥，你先说说，让你做的那个实验怎么样了。”

刘定强道：“还……还没来得及。”

韩峰道：“什么！那还不快去！”

刘定强道：“好的，这个很快的。”

韩峰道：“那么，你的弹道实验可有什么结论？”

刘定强道：“还在比对。”

韩峰转向冷镜寒道：“将新缴获的武器，让强哥继续做他的实验吧。”

冷镜寒点了点头，心中暗道：“这小子，到底在做什么？”

韩峰又道：“那么，我的龙佳，你调查的结果呢？”

龙佳道：“结果？什么结果？丁一笑的那五家企业吗？”

“啊！”韩峰眼珠都快掉出来了，带着哭腔道，“你别告诉我，在天涯市让冷兄打电话告诉你的，查那条坏了的生产线是否回了厂，你还没查吗？”

龙佳吐了吐舌头，显然没查，她敬个礼道：“马上去查。”

韩峰怒视冷镜寒，道：“你看你们都做了什么！完全成了赈灾救灾的工作人员了，尽忙些没有实际意义的事情。”

冷镜寒道：“从回来到现在，你一直在安排这个那个的，到底你是刑侦处处长，还是我是刑侦处处长？我还没问你呢，你去上海，又查出些什么？”

韩峰又浮现出那古怪的笑容，道：“我查出很多线索，但还不到说的时候，气歪你的鼻子。”

冷镜寒重重地呼吸，真的把鼻子气歪了。

那条专线电话，偏偏在这个时候响起，冷镜寒脸色一变，接电话时竟有些犹豫，会是哪位领导打来的呢？

冷镜寒一接听电话，竟然不自主地立正挺胸，道：“是，是的。现在情况有些复杂，现场很混乱。我知道，是。我们会尽一切努力平息事态，制止恐怖分子继续逞恶。我保证。是！那个……我认为我们可以解决。今天一定扼制住他们的势头。明白，是！那个，不用，不……"

看来对方挂线了，韩峰笑道："难得这么严肃地接听电话，哪位领导打来的？"

冷镜寒默默道："是……最高层领导。已经下了最后通牒，三天之内，一定要解决海角市的暴力事件，必须把这个案子拿下。上层说了，为了维护地方秩序，已经派出了第234军区的部队，最迟明天就能赶到。"冷镜寒语重心长道："这件案子，已经惊动最高层了。"

韩峰兴奋道："闹得这么大，不惊动也不行啊。不过，不用等到明天，今天晚上，或许就可以把海角市的问题解决了。"

手机又响，冷镜寒开机道："是我。好，好，你们先回来。"他关机道："李响打来的，丁一笑不见了。"

韩峰拧着鼻子，道："不见了是什么意思？"

冷镜寒道："李响他们赶回监视地点，发现丁一笑并不在办公室，而他家里也没有人，而且，他还把安装在窗户上的监听器拔掉了。经过寻访后得知，今早丁一笑从拘留室出去后，只去了一次办公室，便匆忙离开，相信就是去取那个监听器的。"

韩峰冷笑道："取你个头，傻瓜才会专门为取那个监听器而回去。他专门取监听器做什么？哦，好告诉你们警方，我早就知道你们在监视我了，他回去，肯定是有什么重要的东西留在办公室里。"

冷镜寒道："他会去哪里呢？"

韩峰凝眉道："那家伙，想溜了，多半是出海。要知道，他们不仅有个四合院，他们还有个码头呢。李响他们呢？"

冷镜寒道："我让他们先回来。"

韩峰道："也好，先看看这几天监视的情况。丁一笑现在应该还不会跑。"

冷镜寒又开始联络各处边防，严密观察各地界情况，特别是注意丁一笑，他给他们发去了丁一笑的图像传真。

李响三人回到刑侦处，林凡道："只是一个疏忽，竟然让他溜了。"

夏末道："现在城里这么混乱，他趁机溜走，确实不好查找。而且，我们监视了这么多天，也没有什么效果。"

韩峰道："放心，溜不了。还是让我们先看看这几天你们的监控录像吧，有什么可疑之处没有？”

林凡道：“那家伙，镇静得滴水不漏，根本没有线索。”

李响道：“对了，有一个地方，那天你说丁一笑藏起的左手，我们拍到了。你看，这里……”

李响拖动鼠标，将画面定格在一幅图上。丁一笑正和阿八激烈地争论什么，无意中他抬起了左手，他的左手背上，竟然贴了块纱布。虽然相隔很远，但是拍得十分清楚。

韩峰问李响：“那天你说将阿八的手背抓伤了，是不是这个位置？”

李响纳闷儿道：“是啊，没错啊。可是明明抓伤的是阿八呀？”

韩峰突然面色一变，喃喃道：“难道，他们用的是那个——”

李响一惊，问道：“是什么？”

韩峰严肃道：“伤痕转移大法。”

所有的人都很吃惊，他们从来没听说过这种称谓，夏末道：“伤痕转移大法？是什么意思？”

韩峰转着眼珠道：“就是把你的伤口转移到他的身上啊，或者把他身上的伤痕转移到你的身上。”

夏末等还没听说过有这样的技术，不禁肃然起敬，林凡道：“真的可以这样吗？他们是怎么做到的呢？”

韩峰“嘻嘻”一笑，道：“当然可以了，不仅是伤痕，就是身体器官也可以转移呢。诸如把龙佳的胸转移到你林凡的身上，哇，那会是怎么样的呢？”

大家这才知道，这小子又在胡言乱语了。“啪”的一声，从龙佳处飞过一本大书。

“哎呀。”韩峰抱着头，跳起道，“不要每次都打我的头，会打笨的！”

龙佳冷冷道：“已经和法国那边联系过了，他们说，根本就没有接到通知说有条生产线坏了，他们保证他们的产品质量是绝对合格的。”

韩峰道：“知道了，和我想的一样。”

冷镜寒道：“什么知道了，你究竟知道什么，你倒是快说啊。”

韩峰道：“马上答案就揭晓，关键就在那些矿石身上，可胖子做实验，也太慢了。”

夏末道：“我去帮忙。”

韩峰看看实验室，道："现在，该同公安局的同志们联系了，冷兄，开通现场擒凶答疑热线；李响、林凡，你们会不会下象棋？还有，龙佳，把你这些天调查的丁一笑名下五家企业的具体资料给我看看。"

龙佳将材料递到韩峰手中，韩峰含情脉脉地看着龙佳，道："另外，再帮我做件事情，好不好？"

龙佳已经对这张好色的脸习以为常，淡然道："说吧！"

韩峰笑道："你先闭上眼睛。"

龙佳道："少来这套，说！"

韩峰嘟囔道："那么好吧。你在网上帮我把有关恒福银行的重大新闻信息，都提出来。我待会儿看。"

韩峰翻着材料，但见李响不知从哪里，真的抱出一盒象棋，韩峰道："等等，下棋的事，交给我和你们冷处就可以了，现在你有非常重要的任务去做，去东林河大桥，在桥头等我消息。"

李响走后，冷镜寒问道："做什么这样神秘？还要等他到了地方才告诉他。"

韩峰笑而不答，一面看材料，一面道："这象棋，是怎么走的？"

韩峰一面看材料，一面问冷镜寒象棋的走法，另一面通过电话，不住询问勘查现场的警员，并提醒他们，哪里可能藏有狙击手，警车应该停靠在什么地方比较安全，根据对方的部署和火力，最好采取什么进攻方式……

半小时后，刘定强道："基本结论出来了。激光分析表明，这是高铁矿，其含铁量在百分之七十至百分之七十五之间。"

韩峰道："抛开一切可以抛开的因素，用最普通的转炉炼钢，这样的一吨矿能炼出多少钢来？"

刘定强道："就算用平炉炼，一吨这样的矿，最少也能炼出六百公斤钢来。"

韩峰闭目道："知道了。果然和我想的不差，那么，那些枪，你们有什么发现吗？"

夏末探头道："都是些国际普遍装配的枪械，没有什么新发现。"

韩峰道："是吗？请拿两支样枪出来吧。"

夏末拿出两支枪来，道："我把它们全拆下来，一个部件一个部件地检查过了，确实没有发现。"

韩峰接过枪，细细查看，道："不可能，以我们对手的性格，肯定会留下点什么。”

他自己拿了支手枪，也递给林凡一支，林凡接过枪，不假思索道：“仿FN-9mm手枪，威力大，可靠性高，这是目前世界应用最广泛的手枪之一，有近50个国家使用或仿制。”

韩峰扬扬手中的枪，林凡微笑道：“这就不用说了吧？62mm突击步枪AK-47式，前苏联著名枪械设计师卡拉什尼科夫设计。AK-47式突击步枪动作可靠，勤务性好；坚实耐用，故障率低，尤其在风沙泥水中使用，性能可靠；结构简单，分解容易。该枪采用导气式自动原理，枪机回转闭锁结构，其突出特点是动作可靠，故障小，能在各种恶劣的条件下使用，而且武器操作简便，连发时火力猛。我有什么遗漏吗？”

韩峰道：“不错，你说到了它们的问题，但是你没有看出它们的问题。”

林凡道：“是什么？”

韩峰道：“拆掉它。”

林凡手一动，熟练地拆掉FN-9mm，也就是常说的勃朗宁，夏末看看表，道：“四十五秒，又提高了。”

韩峰不置可否，拈起枪管，道：“看看，有什么不同。”

林凡和夏末端详枪管，枪管光滑油润，怎么看也就是一根钢管，实在看不出有什么不同之处。韩峰道：“里面。”

林凡将小指触及套筒，面有惊色。李响接过枪管，也是一触之下，面色微变，喃喃道：“竟然是这样的吗？”

冷镜寒按捺不住，也接过枪管，一摸之下，问韩峰：“你怎么知道的？”

韩峰道：“在观察了张艺的伤口和其余警员的伤口后，就发现了，虽然很难察觉。”

龙佳疑道：“到底是怎么回事？”

林凡道：“这枪管的膛线，是反时针方向的。”

韩峰道：“膛线，也就是枪筒里的螺旋线，子弹打出来，为了达到其精确性和最大破空速度，必须旋转着飞行。这个旋转，便是随着膛线行进的，本来向左旋还是向右旋，都是一样，但传统造枪法，就已经习惯了右旋膛线，这种反向膛线，正是我们对手留给我们的一条线索。”

冷镜寒道：“什么线索？”

韩峰道：“不着急，很多我们尚未解决的问题，我想，今天都有答案了。还记得我们都有哪些没有解决的问题吗？”

夏末挠头道：“太多了，每个案子都有没有解决的问题啊。”

韩峰道：“就这起案件而言，首先的问题是，我们怀疑的丁一笑，他名下有五家企业——有两个建筑公司、两个矿场、一个钢厂，对吧，我曾经疑惑过，对手每一步都有他的用意，他为什么要借丁一笑的名设立五家企业呢，而且为什么要是这样的五家企业呢？第二个，我们调查梁兴盛的工厂时，守门的葛老伯被人杀了，凶手为了引我们出来，故意在晚上打开电灯，好引起人们的注意，而我们在现场共查到两个看似没有用的东西，半张被烧过的碎纸片，还有半枚残缺的零件，在葛老伯手中发现的。还记得我的问题吗？既然得出的结论是没有经过激烈搏斗，凶手就直接杀害了葛老伯，那么他手里为什么会有半枚零件呢？还有，当时凶手有一下午的行动时间，他们还在厂里抽过烟，可他们为什么连文件都不烧完就匆忙离开呢？偏偏要给我们留下一小截纸片。”韩峰说到这里，对夏末道：“麻烦你，帮我把这两样物证取出来，待会儿有用的，谢谢。”

他扫了其余人一眼，继续道：“第三个问题，凶手不惜暴露恒福银行这条线索，也要买下梁兴盛的工厂，这工厂对他们有什么特殊的意义呢？”

夏末已经取出了两样物证，放在桌上。

韩峰盯着冷镜寒，道：“第四个问题，那就是你现在都还在怀疑的，他们哪里来那么多武器？为什么比警方设备还先进？虽然这里是走私的绝对集散地，可是从来没有发现过那么大规模的武器走私行动。如果真的有那么多武器走私进来，早就引起高层的重视了吧？”

这四个问题好像毫无联系，众人一时不知道该如何回答。韩峰道：“表面上看，这几个问题都是独立存在的，可有一件事，可以把它们联系起来。”

他拿起那半张图纸，询问林凡道：“你能看出，这个像什么吗？”

林凡仔细辨认后，摇头道：“太少了，只有一个角落，看不出来。”

韩峰又拿起那半枚零件，问林凡：“这个呢？你认识吗？”

林凡看了看，又摸了摸，还是摇头。

韩峰冷笑，道：“对于你这个武器专家而言，都看不出来，更何况别人。现在，你再看看，这个像什么东西。”

韩峰将那半张图纸和那半枚零件同时放在桌上，中间留一些空隙，由纸片和零件共同构成一个东西，林凡圆瞪双眼，吃吃道：“这——这个是——”

韩峰看着冷镜寒，举起手中的枪管，缓缓道：“这就是联系那几个问题的唯一答案——他们生产武器！”

韩峰此语一出，在场的人无不震惊，愣了好长时间，竟然没有人能说话。

韩峰盯着林凡道：“想必你已经看出来了，这两样东西中间，再打上螺洞，冲出方孔，那就是枪里的座床块，分开来还真不好认呢。”

过了半晌，冷镜寒才道：“你说，你说他们生产武器，你，你是什么时候开始怀疑的？”

韩峰道：“还记得那晚突袭四合院吗？”

冷镜寒点头道：“嗯，是开源建筑公司。”

韩峰道：“当时我说过，有第一个疯子，就有更多的疯子，有第一把枪，就有更多的枪。那晚的突袭，证实了我的想法，他们是有组织、有计划的战斗部队，不仅有普通武器，还拥有远距离狙击枪、反直升机炸弹、改装过的汽车、遥控直升机。这一系列的案件正表明，他们拥有很多武器，甚至还有非常规武器。而出于你对自己的自信，你不止一遍地告诉我，你敢肯定没有大的走私枪械案发生在海角市，于是，当梁兴盛的工厂第二次出现在报纸上的时候，我就开始怀疑，他们是否在自己生产武器。当这个思路一出现，我所需要做的，就是证实我的想法，所以，我曾重新去看过洪阿根留下的物证，并详细询问了他接受训练的细节。他告诉我说，他们曾在一处山坳里接受过武器射击练习，那里四面环山，像是一个军事基地。那个时候，三年前，他们就拥有自己的武器了，但是根据洪阿根的说法，他们的武器并不多，常要几个人轮流使用一把枪械练习，所以，当时的武器，是走私来的。我想过了，他们接受训练，却隔了三年才派出行动，那么，极有可能接受训练的人，不止一批；而前面设计林政汽车爆炸案时，也需要很多人协同作案，所以，他们在不断地招募新人，他们需要更多的武器。”

林凡惊恐道：“那么多人，那么多武器，他们到底想做什么？”

韩峰道：“先不讨论这个问题，我先问你们，招募新人，你们从这里想到什么？”

林凡看着龙佳，龙佳看着冷镜寒，夏末看着刘定强，从招募新人能想到什么呢？

韩峰微微一笑，提醒道："洪阿根，可是从建筑公司被挑选的啊。"

"啊！"夏末似乎想到什么，艰难地吞咽一口唾沫，道，"招募新人，是招募农民工吗？"

韩峰点头道："总算有人想到了，招募农民工，因为他们来自农村，有力量，能耐劳，而且思维单纯，好控制，而且——"韩峰做了个手划喉管的姿势，道："容易清理。"

韩峰道："当我想到他们生产武器时，那么以前的看似没用的线索，就都变得十分重要了。首先，是夏末告诉我的，那零件并不是纯钢材料，含镍含铬，还有塑性材料在里面，硬度好、强度大、轻便、耐腐蚀耐磨，并下结论说可以用来造飞机；事实上，这种零件除了可以作为飞机零件，还可以——造枪械。"

林凡点头道："如果当时就告诉我，我马上就能想到。"

韩峰笑道："可惜那时候你在监视丁一笑。还有一条线索，我和可欣去那家以丁一笑的名义开设的矿场时，当时有位老大爷告诉我们，这个矿场开山放炮，都为当地百姓考虑得很周到，都是很早，或是吃午餐时，要么就很晚才放，而且都只是像放鞭炮一样的声音，现在想起来，是我大意了。"

冷镜寒道："怎么大意了？"

韩峰道："开山放炮，都是震耳欲聋，地动山摇，哪里会是没有动响，就像放鞭炮一样的炸山采矿技术，而且，都挑在山上没有什么人活动的时候做。"

冷镜寒道："那你的意思是说？"

韩峰道："我记得有部老电影，叫《小兵张嘎》，当时他们没有武器，为了打鬼子，就把鞭炮放在桶里，鬼子竟然真的以为是打枪呢，吓得掉头就跑，哈哈。"

冷镜寒心悸道："那么，他们早中晚三个时候，并不是在开山放炮，而是在——"

"练习射击。"韩峰补充道，他目光一寒，沉声道，"更深一步推测，我想到一条计划链。本来，矿场采铁矿采石矿，钢厂炼钢，炼出建筑用钢，再由自己的建筑公司进行施工建筑，而加入梁兴盛的器械加工厂，就可以生产加工钢材原料，这是一条很好的经济链，可以最大限度地扩大盈利，可是，如果不用来正常运作，那么这根链条，就变得很可怕了。”

龙佳道：“你是说——”

韩峰道：“建筑公司作为幌子，骗招农民工成为其打手；钢厂炼钢，作为制造武器的原材料；矿场两个，可以作为培训新人的基地；而梁兴盛的工厂，就是武器加工制造车间。这样一来，这条线就连接完成了。”

冷镜寒抓住韩峰的双肩，急声道：“这样的事，为什么你现在才说出来？你为什么不早说？”

韩峰道：“早说，早说我也不能肯定啊。刚才我让胖子和龙佳做的两件事，才使我肯定了他们的计划。”

冷镜寒望向刘定强。韩峰道：“去天涯市成安钢厂的时候，我就告诉过你，我只是假装顺着对手的思路，去查胡银信，其实是查成安钢厂，这个你还没忘吧。我曾仔细察看过成安钢厂的进矿量和产钢量。由刚才强哥的炼钢试验说起，百分之六十的含铁矿，一吨矿最少产六百公斤钢，那么请龙佳用电脑算一算，成安钢厂去年一共进矿是154612吨，他们最少能产多少钢呢？”

龙佳马上敲打计算机，然后和韩峰同时报数道：“92767.2吨钢。”

韩峰道：“可他们去年的产钢量，却是92742.1吨钢，很不起眼的数字，完全可以被忽略，而我们算的是最少量，他们似乎比我们抛撒的还要多呢，中间少了二十吨钢，而且只是我们可以估算的，实际的吨位只会大于这个数字。这还只是一年的缺口，而他们进行了三年，如果这些钢全部用来制造武器的话……哼哼哼。”韩峰冷笑起来。

其他人就笑不起来了，每个人都在算计着，那到底是多少武器，那到底能制造多少武器？大家的呼吸都急促起来，胸口剧烈地起伏着，这究竟是一个什么样的案子啊。

终于，龙佳道：“够了，就算我们都相信你说的话，你也不用慢吞吞地在这里推理，现在城里一片混战，不用说也知道他们有很多武器吧？现在我们要做的，是该如何制止城里的混乱局面。”

韩峰起身道：“既然这样，好吧，谁去找一张搜查令，我们出发。”

林凡道：“去哪儿？”

韩峰笑而不答，然后道：“去制止混乱啊。”

第五部

内奸暴露，韩峰追捕丁一笑

第十八章
矿场激战

韩峰、冷镜寒、林凡三人一辆车，龙佳、刘定强和夏末一辆，两辆车一前一后，在韩峰指挥下前进。

林凡开着车，问道："我们就这几个人，够吗？"

韩峰道："足够了，我们是去搜查，又不是去打仗。"

林凡道："到底是去哪里？"

韩峰道："反正顺着这条路一直开就是了。到了你就知道了。好好开你的车。"

于是，两辆车开出了城，驶进大山中，冷镜寒道："你想去丁一笑的矿场？"

韩峰笑道："姜还是老的辣。"

林凡道："可是，上次我们已经来查过了，没有什么发现啊？"

韩峰道："上次是上次，这次不同了，这次是我——宇宙无敌超级霹雳大侦探——韩峰带队来搜查。"

冷镜寒道："你到底想查什么呢？"

韩峰道："丁一笑应该在那里。"

"什么！"冷镜寒低呼。林凡却道："找到丁一笑又有什么用？"

韩峰道："我相信丁一笑就是凶手在海角市的代言人，所有关于海角市的计划都是他负责实施的。所以，抓住丁一笑，我们就制止了一半暴动。而且，要想抓住那个幕后的凶手，就必须先抓住丁一笑，从他嘴里套出口供，他才是掌握线索的重要证人。以前，我们不敢动他，是因为我们没有证据，现在，我们证据确凿，他还有什么可辩驳的呢！”

林凡道：“什么！他是计划的实施者？我们可是二十四小时监视着他呢。”

韩峰道：“唉，可你们只能监视他的办公室啊，而且，现在的科技太发达了，他可以利用网络，远程通信，怎么传递消息都可以，就是因为监视得不完全，而他又知道你们在监视他，所以才没有起到什么监视的作用啊。”

“什么！丁一笑知道我们在监视？他怎么知道的？”林凡问道。

韩峰一捂嘴，知道自己说漏了，转换话题道：“这地方，我和可欣去过，防范得确实很严，高压电网，三重铁门，以提炼高科技钢材为幌子，里面实际是个军事基地吧。丁一笑不敢把自己的钱存银行，因为一旦泄露，财产被查封，他就一无所有了，而且他的收入来源，如果存银行的话，很容易引起人们怀疑吧？所以他在海角的资金，都放在了这个军事基地里，对他来说，这里很安全。”

冷镜寒反问道：“你怎么敢肯定？”

韩峰道：“因为，我看见过运钞车进出这个矿场，你见过运钞车开到露天采矿的厂里去吗？”

林凡道：“既然防范得很严密，恐怕我们还是需要多调些人手吧？”

韩峰道：“是吗？他们不都在城里各处制造骚乱吗？这个时候，应该是这里防守最薄弱的时候吧？”

到了矿场门口，警卫将车拦下，问道：“证件呢？”

林凡道：“我们是刑警，这是搜查令，我们要对这矿场进行搜查。”

那警卫看了看搜查令，道：“对不起，这是市政厅颁发的搜查令，我们这里是国家级秘密科研项目，所以，请你们出示省厅级搜查令。”

林凡愣住了，没想到还有这要求，他问道：“我们没有接到通知，说你们这是国家级科研项目。”

那警卫道：“我们刚刚申请成为国家级科研项目，如果不信，你们可以打电话去市政府问田副市长，而且，你们……”

警卫突然停住了，因为韩峰从后座探身，将林凡的佩枪拔出，从驾驶员的座窗前递出去，抵住了警卫的脑袋。韩峰道：“你就当什么都没看见，不就结了，啰哩叭嗦的，给我闭嘴。”

警卫大吃一惊，这究竟是警察，还是土匪？又听韩峰对林凡道：“冲进去就是了，还管这些制度做什么。”

冷镜寒微微一笑，暗道：“这小子，总是这个样子。”但他也对林凡下命令道：“冲进去。”

两辆车破门而入，那警卫赶紧跑回警卫室，想是打电话去了。

林凡驾车道：“这样好吗？冷处？”

韩峰道：“城里是如火如荼，哪还有闲工夫跟他讨价还价。两军交战，碰到敌人，你难不成还问人家，喂，我手里有枪，我想干掉你，你同意不同意啊？”

冷镜寒道：“不错，有些情况，可以灵活处理。”

进入矿场后，大家才发现，那矿场比他们想象中更大，巨大开阔的平地，正前方便是矿山，红褐色的矿石在矿山脚下堆积起几处小矿山，大型卡车来来往往地拉着矿石。采矿机、碎石机，轰鸣着响个不停。秘密科研的工厂在矿场左边，占地约一万平方米，右边是职工宿舍，四层的楼房少说也有十栋。韩峰透过车窗，道：“好奇怪的矿山。”

冷镜寒顺着韩峰的视线看去，韩峰说的是紧邻矿山的一座山脉，上面林木葱郁，不像是有矿的样子。冷镜寒道：“那不是矿脉，只是规划时将那片山划入矿场了。”

韩峰疑惑道：“为什么规划时要多划半座山给它呢？”

冷镜寒道：“上次调查时，他们说是美化环境，改善员工生活条件。”

韩峰冷笑道：“这种笨理由，只有傻子才相信。”

林凡径直将车开到厂房外，六人下车，进了研发厂房。果然，厂里没有几名工人，看见外人来了都望着他们，也没见什么机械设备在运作。一个矮胖的中年男子从经理室跑了出来，油光满面，不住擦拭额头的汗。

矮胖的男人自称姓崔，叫崔茂才，他擦着汗问道：“不知道你们来搜查什么呢？”

韩峰握着枪，抵住崔经理的头，问道：“保险柜在哪里？快带我们去！”

崔经理诚惶诚恐道：“不，不，不知道啊。”

林凡心里很不是滋味，这架势，怎么看怎么像在打劫啊，而且，还是开着警车来打劫，这家伙，太牛了。冷镜寒道：“丁一笑在这里吧？

让他出来。”

崔经理眼中还有惊慌，但是神情已经自若多了，他整了整衬衣，道：“我都不知道你们在说什么，丁老板平时业务就忙，根本顾不上这边，这个项目开工以来，他从来就没来过。”

林凡正准备说我们是警察，没想到韩峰先说了，他冷笑道：“嘿嘿，你以为我们真是警察啊，告诉你，我们是来打劫的！”说着，韩峰对天放了一枪。那崔经理吓得一缩头，眼里又全是惊慌神色了，到底这群人是做什么的，他根本就摸不清方向。

韩峰面色一变，枪口对准了崔经理那硕大的油头，狰狞道：“别以为你不说，我们就找不到保险柜。”

崔经理吓得双腿直抖，颤道：“别，别开枪，我带你们去。我们，我们这里没钱，真没钱！”

这次，连龙佳也皱起眉头，心道：“韩峰这小子，确实比较像罪犯啊。唉，我们刑侦处，在他的带领下，彻头彻脑，成为一犯罪集团了。”

林凡和夏末他们心里想着：“这小子，他到底要干什么啊？哪里有这样办案的？”

冷镜寒心道：“怎么了？还在怀念以前那段时光吗？韩峰？”

崔经理战战兢兢带着几人，来到经理办公室，里面有半个房间那样大小的一保险柜，崔经理哆嗦道：“我，我没有钥匙。”

“嗯……”韩峰语调一重，崔经理马上改口道：“我开，我开。”他从裤兜里摸出一串钥匙来，韩峰却道：“滚一边去。”他将头向后一摆，对着刘定强和夏末把嘴往保险柜一努，二人会意，马上各拎着刑事鉴定取证箱上前，龙佳也上前帮忙。

崔经理一看这阵势，心中只想道：“这是要炸开保险柜吗？可里面真的没钱了啊，他们该不会……不会杀了我吧？”

结果刘定强和夏末只是从箱子里拿出一些绒毛刷，还有些粉剂，涂在保险柜把手等处，用刷子刷了，用薄膜一贴，便将一枚完整的指纹取下。韩峰把枪还给林凡，将薄膜与指纹纸放在一起，道：“比对结果，这是丁一笑的指纹，你还说他没来过这里吗？”

林凡凑在韩峰耳边道：“为什么？不说我们是警察？”

崔经理没有直接回答问题，反问道：“你们，你们究竟是什么人？”

夏末笑道："我们当然是警察，刚才是跟你开玩笑呢。"

崔经理面色一变，气势汹汹道："开玩笑！有些玩笑是不能开的！知道吗？警察先生们！我告诉你们，我要控告你们，我要告你们上级，我要告你们单位，你们简直就没有执法者的纪律和章程，你们这是在威胁、逼迫，这是酷刑！"

韩峰回答林凡道："你看吧，在这个以人为本、法制立国的年代，还有谁怕警察啊，大家都怕土匪呢。"

崔经理还在喋喋不休地念叨："我现在不管你们是什么人，你们没有经过允许，请马上离开！否则，我们就不客气了。"门口已经集中了几名工人，都虎视眈眈地盯着韩峰他们。

"砰！"出人意料地，韩峰又从林凡那里拔出枪来，一枪打在一名工人的小腿上，所有的人全呆住了。韩峰像西部牛仔般吹着枪管，低声道："你别弄错了，他们是警察，我可不是。"

崔经理哆嗦道："你们，你们怎么能让他，让他这样胡来？"

冷镜寒和林凡几乎同时喝道："韩峰，你在做什么！"

林凡伸手准备夺回自己的枪，韩峰枪口一转，竟然对准了他，他一时不敢妄动。韩峰又向前走去，到崔经理面前时，枪口对准崔经理的额头，一点机会也没给林凡，他冷笑着对崔经理道："没有人可以阻止我杀人，你知道吗？"

崔经理汗如雨下，林凡准备有所动作，冷镜寒制止了他，低声道："你看。"

那名中枪的工人，倒地后外衣轻撩，竟然露出半截枪来，不注意竟然难以发现。

韩峰对夏末他们道："愣着干什么？工作啊。"

韩峰问崔经理："你的工人，怎么会有枪呢？"

崔经理喃喃道："那是厂里的保安，有持枪证。"

韩峰道："那么，那枚指纹？"

崔经理道："那保险柜只有丁老板才有钥匙，平时他开过之后，我们没有人去动过，当然只有丁老板的指纹。"

龙佳却道："这个杯子上也有指纹。"

刘定强也道："椅子上也有他的指纹。"

韩峰道："你该不会说，这房间，你们丁老板进来后，你们就把它封起来了吧？"

崔经理面部抽搐道：“唔，他，他昨天来过，后来又走了。”

“哼，”这次连冷镜寒也冷哼起来。韩峰笑道：“何必呢？崔经理。你竟然没有一句实话，难道你不知道，昨天你们丁老板，在警察局被拘留了一天啊。”

崔经理眼珠转动着，说道：“他，他，他……”一连说了七个他，却说不出下文来。

韩峰一诧，忽然道：“不好。”将枪向林凡一扔，冲了出去。林凡紧随其后。龙佳也要追出去，冷镜寒道：“就让他们去，他们追不上，我们也追不上的。留在这里，把这里的情况先摸清楚，崔经理，现在，请你打开保险柜吧。”

两人追至大门口，只看见一辆红色的小车绝尘而去，离他们已经有两三公里远了。厂门口的车辙还清晰可见。韩峰喘息道：“我以为他早就走了，没想到他还没走。”

林凡也喘息道：“快，上车追！”

韩峰道：“没用，那警车追不上。”

林凡不管，上车发动，汽车刚启动，“乓”的一声，爆胎了。林凡探头出来，狠狠道：“你们这是阻碍执法，是犯法的，知道吗？”

两名警卫漠然道：“我们没有看见，不知道你们的车胎是怎么被扎破的。”

韩峰走到车前，对林凡道：“望远镜。”

林凡从车里递给他，韩峰看了看在山路上盘旋的红色小车，对林凡道：“走吧，先回去看看厂里的情况。”又对两名警卫道：“你们为什么还不逃跑呢？待会儿，可就没机会了。”

两名警卫面面相觑，不知道韩峰在说什么。

林凡喘息道：“没想到，你还跑得挺快的。”

韩峰笑道：“是吗？我瘦嘛，没什么重量，当然就跑得快了。”看看四下无人，才对林凡道：“接通李响，我要告诉他。”

林凡一愣，还是拨通了李响的手机。只听韩峰对李响道，在大桥严密监视，注意一辆红色的奔驰VITO，车牌、外观特征，都说得十分详细，林凡暗叹道：“这小子，只看了一眼就……”

最后，韩峰声音突然低了下来，不知道他吩咐李响什么事。关机后，韩峰对林凡道：“这件事情，你不告诉任何人，行吗？”

林凡道：“不告诉任何人？你叫我不告诉任何人？”

韩峰道：“保守秘密，是特种部队训练的项目之一吧？我相信你一定会做得很好的。”

林凡道：“可是，我并不属你管辖啊？是什么原因要我保守这个秘密呢？”

韩峰道：“这是我玩的一个小把戏，如果让第三个人知道，这个把戏就不灵了，这对破这个案子大大不利。我会告诉冷镜寒的，由他来下达命令让你保守秘密就没有问题了吧？”

林凡道：“对。那么，连冷处也要保密吗？”

韩峰眼里闪着光芒，道：“对，除了你和我之外的任何人，都不会知道我给李响打电话这件事，包括，你们的冷处。”

回到厂里，刘定强三人继续取证搜集工作，保险柜已经被打开，冷镜寒正询问崔经理一些事情，同时韩峰注意到，那几名工人，已经不见了。冷镜寒见他们这么快回来，问道：“跑了吗？”

韩峰将冷镜寒拉至一旁，低声道：“我让林凡做一件保密工作，可他说只听你的，你去下命令吧。”

冷镜寒疑道：“保密工作？连我也不能说吗？”

韩峰道：“尤其不能告诉你，你只管吩咐他严格保密就行了，别问那么多。”

冷镜寒道：“你又在玩什么鬼把戏？”还是吩咐林凡照做了，他知道，韩峰总是会用别出心裁的方式破解悬疑。

冷镜寒叮嘱完林凡，将韩峰带到保险柜前，道：“你看。”

韩峰打了个响哨，道：“这么大个保险柜，如果全部被钞票填满，肯定在八位数以上吧？”

刘定强道：“从保险柜横档的受压变形情况，以及积尘和柜里的油墨浓度测定，几乎是被钞票填满了。”

崔经理道：“这是老板要将现金存放在这里，我们做下属的，只能按照老板的吩咐去做，这里到底放了多少钱，我不知道。我们这里可是国家级科研单位，我们没有做任何违法的事，上次审查机关已经来这里查过了，如果你们没有别的事，就请便吧。”

夏末道：“基本取证完毕，除了丁一笑的指纹和一个空了的保险柜以外，没有发现更多线索。”崔经理面有得意之色。

“哈哈，”韩峰乐道，“上次查过了就没有问题了吗？这次可不同，一进这矿场我就觉得浑身不自在，这里面有很多冤魂吧？”

崔经理变了脸色，道："什么！你说什么？无凭无据，你不要乱说！"

韩峰道："你以为我们只在这厂里看看就完了吗？我们要察看整个矿场呢。"

崔经理冷笑道："是吗？这矿场占地三万余亩，囊括了三座山，你们要查，就慢慢查吧，恕我不能带路。"

韩峰道："那可不行，我们怕你跑了呢。"

出了工厂，冷镜寒问道："查哪里？"

韩峰道："看到那片林子了吗？就从那里开始吧。工具带齐了吗？胖子？"

刘定强晃了晃手里的工具箱，道："专门准备了。"

龙佳道："那是金属探测仪，用它做什么？"

韩峰道："这次我们是来收废铜的，我想，总不至于空手而归吧。"再看崔经理时，他已面无人色。

半小时后，林凡等人收集了三公斤弹头，用几个布口袋装了，放在崔茂才面前，韩峰道："这是怎么回事呢？崔经理不是想告诉我们，这里盛产天然熟铜吧？"

崔茂才道："这……这是弹头吧？好像是弹头呢。不过，这也没有什么稀奇的，这一片地方，曾是国民党最后负隅顽抗的地方，有大量子弹头也不稀奇。"

龙佳怒道："好利的一张嘴。"

韩峰道："是这样啊，那么——"他环顾四周，有几名工人还在高架车上操作，对他们的到来似乎熟视无睹，他又看看崔经理，崔经理赶紧低下头去。韩峰回头看道："那林子后面有块土，可是很肥呢，连野草都长势汹涌，不如，我们挖开来看看吧。"

崔经理这次才真变了颜色，掏出一块小手绢，擦着满头大汗。韩峰低声对林凡道："看来，要开战了。"

林凡一愣，道："什么？"

话音未落，一声惊天巨响，震耳欲聋，每个人只觉得头"嗡"的一下就大了，大地一阵颤抖。韩峰在第一时间，用小指轻轻地堵上了龙佳的耳朵，搂着她扑倒在地。龙佳回头望来，韩峰正仰面朝天，张大了嘴来抵御巨响。冷镜寒林凡等人，虽然也及时捂住了耳朵，但明显呈现出痛苦的神色，都蹲在地上。

响声过后，冷镜寒吼道："谁在放炮？谁在这个时候放炮炸山？"

韩峰大声道："崔茂才跑了，快去追！"

冷镜寒也大声道："你说什么？"

韩峰更大声地说道："崔茂才跑了！林凡追去了！"

"砰！"的一声，子弹打在旁边的矿石上，韩峰一缩头，揽过龙佳，对冷镜寒大声道："快，找个地方躲起来。"

龙佳拔出佩枪，将韩峰挡在身后，道："你没有枪，你先躲起来。夏末，左边！"

刘定强边打边退道："右边也有，躲在那辆叉车后面的。"

冷镜寒道："林凡一个人追出去了，你们掩护我，我去和他会合。你们三个人一组，注意高处的敌人。"

龙佳问道："那韩峰怎么办？"

冷镜寒道："别管他，遇到这种情况，他是躲得最快的一个，如果他都找不到安全的位置躲藏的话，那么你们也找不到。"

韩峰早早蹲在矿石山之间，听到外面"噼噼啪啪"的枪响，他找了块干净的大石头坐下来，觉得不够舒服，干脆仰面躺在矿石山上，头枕着双手，仰望着蓝天白云，心道："这天怎么这么热呢？"他挪了挪身后的石头，让自己躺得更舒服点，心道："要是能抱着龙佳躺在这里，那就更惬意了。"

外面枪声突然更急促了，韩峰心道："不知道他们打得怎么样了。"刚一探头，一颗流弹打在矿石上，溅起火花，韩峰赶紧缩回头来，还是仰面躺下，道："先睡一觉，睡一觉差不多就该结束了。"

待冷镜寒把韩峰敲醒的时候，他竟然真的睡着了。韩峰睁开眼睛，看看一身尘土的冷镜寒，问道："打完啦？"

冷镜寒点点头，"唔"了一声。韩峰道："崔茂才呢？"

林凡道："死了。"

冷镜寒道："你这混蛋，什么时候通知的特警支队，也不通知一声，害得我还担心该如何突围。"

韩峰道："是吗？就在我和林凡追出去的时候，顺便通知了他们一下。"

林凡道："哦，原来你那时……"

韩峰指着林凡道："唉，保守秘密。"

向天齐敬了个礼，道："活捉了三个，其余的人，全被击毙。"他向韩峰笑了一下，道："你也在这里啊？刚才怎么没看见你？"

韩峰懒洋洋道："我又不是战斗人员，这种普通场面，我通常不轻易出手。"

龙佳跑来道："在一间地下室里，还发现少量武器。"

刘定强和夏末也回来道："我们在东边房间内，发现大量现金，还有未来得及装现金的蛇皮袋，估计有五百万左右。"

冷镜寒道："喂，还有很多问题等着你来回答呢，别在那里装深沉。"

韩峰摸摸下巴，道："这样啊，进厂之前，我就说过了，这个矿场是他们练兵的地方，但是还不敢肯定，是不是所有的工人都有嫌疑。我以为，他们既然能躲过上次的检查，那么工人应该是不知情的才对，所以就没必要带太多人来。可进厂后才发现，这些工人都不是很友好，那么，我就通知了特警来支援啦。"

林凡道："你怎么知道，他们要对我们下手呢？"

韩峰道："因为他们的秘密被揭穿了，他们不动手，难道等着我们动手啊。我只是没想到，崔茂才会用小手帕来作为发动攻击的信号。"

冷镜寒道："可是，他将这个谎圆得天衣无缝，我们原本是没有什么有力证据的啊？"

韩峰道："是吗？"他顿了顿，又对龙佳道："龙佳，嗯，你先带向警官去地下武器库看看。"

龙佳和向天齐走后，韩峰才道："林凡，把那挖掘机开过来。老冷，你们几个，最好有个心理准备，因为，让崔茂才不得不对我们下手的原因，是很残酷的。"

冷镜寒道："是什么原因？很残酷？"

刘定强道："不会是死人吧？"

韩峰道："有口罩没有，给我两个先。"

林凡开来挖掘机，韩峰开始戴口罩，对林凡道："看见那片土了吗，把它挖开！"

挖掘机声音轰鸣，随着林凡第三铲下去，已经有些衣服了；再挖下去，出现了十几具尸骨；再挖，更多尸骨。

挖到最后，林凡从挖掘机上跳下来，跑到一边大声呕吐起来，连刘定强这样常和尸体打交道的人，也忍不住作呕。韩峰道："人们只听说过南京大屠杀，有万人坑，现在，你们看到的就是一个现成的百人坑吧。”

冷镜寒只觉得自己的胆汁都快吐尽了，那阵阵恶臭，那狰狞的尸骨，实在是惨不忍睹。尸骨分三层，最下面的一层已经尽数化作白骨，中间一层半骨半肉，最上面一层高度腐败，但还能辨其形，有的尸体，埋在里面还未超过半年时间，各类虫蚁，于尸骨七窍之中穿梭往来。

几人实在受不了了，离开那地方数百步远，依然觉得恶臭熏天，韩峰解开口罩，道："你说，这样的秘密被人发现，他们能不杀人灭口吗？"

冷镜寒捂着胸口，艰难问道："你怎么会知道？"

韩峰道："在和洪阿根谈话时，我大概知道了他们的训练方式，那是一种残酷的淘汰制地狱式训练。当不能完成训练任务的时候，受训者唯一的下场，就是死。既然死了那么多人，总要处理尸体吧，这个矿场占地面积极广，又有挖深坑的设备，远在深山，人迹罕至，我想，多半就埋在这里的。"韩峰将脸别向一边，看着远山和落云，心中沉寂下来，往日的记忆，仿佛又历历在目：残酷的训练，无情的淘汰，如果不能完成任务，死亡——将是唯一的结果。

刘定强呕得似乎腰身都瘦了一圈，勉强问道："这里这么大，你怎么就能肯定是这一片地呢？"

韩峰中断沉思道："肥土之下，必有腐肉。这一片草长得很好，而且，一片土如果经常翻动，那么它与周围的土是有区别的，更何况，崔茂才自己也承认了。"

冷镜寒惊道："什么？"

韩峰道："他虽然尽力克制着，可他依然掩饰不住对那片土的恐惧。他不是惧怕那片土下的尸体，而是怕我们发现那片土下的尸体。所以，当我说完要挖开那片土时，就知道，他们要动手了。"

夏末搀扶着林凡走了过来，林凡中毒最深，呕得都快昏厥过去了，面色惨白得像纸一样，他指着韩峰，有气无力道："你早就怀疑是尸体，为什么不早说？要是我早知道，肯定不会去。"

韩峰拍着林凡的背脊道："没事了，没事了。这件事，总要有人做嘛。你说，我明知道里面可能有很多尸体，我怎么可能亲自操刀上阵呢？而且，我看你体格健硕，品相不俗，以为你一定扛得住，所以——"

这时，龙佳带着向天齐过来了，一看林凡这个样子，急忙问道：

“怎么了？发生了什么事情？”

林凡白了韩峰一眼，忽然道：“那边，有条重要线索，只是场面太过骇人。”

龙佳道：“什么重要线索，我过去看看。”

韩峰一把拦腰抱住龙佳，急道：“别过去，他，他，他没安好心呢！”

龙佳手刚刚扬起，又放了下来，自从在开源建筑公司遇伏之后，她对韩峰的种种举动已经很少反抗了。她拿开韩峰的手，问道：“到底怎么回事？”

韩峰摸摸头，道：“唉，是很多尸体。”他又将刚才的解释重复了一遍。夏末补充道：“至少有一百具尸体，都堆在一起。”

龙佳听了，也是觉得从头凉到脚，更不要说过去看了。韩峰瞄着向天齐看，看了一下，问道：“怕不怕死人？”

向天齐眼角一阵跳动，道：“还，还是等专业人士来解决吧。”

韩峰叹息道：“看来也只能这样了，把尸体都掩埋了吧，都这个样子，要认尸也不可能了。”

冷镜寒道：“收拾残局，马上突审那三名嫌犯。对了，城里怎么样了？”

向天齐道：“现在掌握了他们的基本思路，我们几乎每次都能提前做好准备，形势已经逆转了，否则我也不可能来帮你们。”

韩峰道：“不着急审理，我们还要去下一家工厂呢。”

冷镜寒道：“哪里？”

韩峰看看天，太阳已经下山，他道：“兴盛机械加工有限公司，现在叫金鑫机械加工厂。”

一行人马不停蹄地赶到金鑫机械加工厂时，厂门紧闭。破门而入后，只见满地狼藉，器械散落一地，却一个人都没有。韩峰恨恨道：“来迟了一步，已经跑了。”

他回过头，只见冷镜寒、林凡、刘定强、夏末、龙佳，都气喘吁吁，他知道，消息的透露者，就在这几人之间，可是，到底是谁呢？

回到刑侦处，天已经黑了，累了一天，所有队员都筋疲力尽了，只有韩峰好像精神不错。

冷镜寒问道：“那三名嫌犯，留给特警审吗？”

林凡道：“是的。”

冷镜寒沉吟道："这么久了，难道还没有审出什么线索来？喂，韩峰，你说金鑫机械厂怎么会人去楼空了？"

韩峰道："这个很简单嘛，丁一笑逃走时，通知了金鑫工厂那边，将一些生产好的零件转移了。丁一笑以为我们会先应付城里的混乱局面，所以根本就没有考虑我们会突然搜查他们的基地，他还在基地里慢慢数他的钱，分发武器和分配人手，所以我们赶到那里时，他连钱都没装完就匆忙逃离了。"

冷镜寒道："他会逃到哪里去呢？"

韩峰道："丁一笑要逃的话，可只有水路呢。"

冷镜寒道："为什么？"

韩峰道："他带着大量的现金，走陆路必须驾车，那可是不安全之极，首先要过边防这一关，就算侥幸能过，还要防止强盗黑吃黑。而且，在中国周边国家，哪个地方不认识人民币啊？你携带那么多人民币，就算路人不抢你，地方政府也会扣押吧？如果他走海路就不同了，首先，海岸线就比边防线长许多，只要能闯过巡逻海事船，到达公海，他就可以高枕无忧了，然后在沿海某个国家登陆，或者直接让他的上级派船来接他。丁一笑是个聪明人，两条路的取舍，他自然知道。"

冷镜寒道："那么要通知海防人员高度注意了。而且，我们也要高度注意，案件已经进入关键阶段，所有人员都得待在刑侦处二十四小时待命，随时准备出发。"

韩峰双手抱头，在沙发上伸了个懒腰，舒服道："今天晚上，可能是个不眠之夜呢。"

冷镜寒道："林凡，你和向天齐联系一下，问问他们的审讯情况。刘定强和夏末，你们负责通知各海事巡逻船，提高警戒级别为橙色警戒，今天当值的每一位船长，都必须打起十二分精神来。龙佳，在电脑上调出海角市的GPS地图，分析丁一笑可能走的每一条路线。韩峰，韩……你可不可以不睡觉？"

韩峰睁开眼道："啥？有没有搞错，跟着你们东奔西走，东西没有好吃的，还要我不睡觉，你当我是铁打的啊？还有啊，你也体谅体谅你的部下好不好？你看他们一个个，眼睛都跟熊猫一样，现在不休息，如果晚上十二点有情况，他们拿着枪也会走神儿吧？"

冷镜寒愣了一下，果然个个队员都已经显出疲态，他们都有三四天没有休息过了。冷镜寒道："这样，联系之后，大家抽空休息一下，下午的枪战还只是个开端，今天晚上可能有硬仗要打呢。”

韩峰向冷镜寒竖起大拇指，又闭上了眼睛。

冷镜寒和公安局联系，郭小川道：“很奇怪啊，下午案情突然就少了，好像犯案的人一个个都撤走了似的。老冷，我可有不好的预感啊，这些人，分散开来，只是犯普通的案件，诸如杀人、绑票，可要是他们都集中起来，那可是要和我们硬干一场啦，而部队昼夜兼程，也要明天才能赶到啊。”

冷镜寒道：“我知道了，不管怎么样，我们都要制止他们的这种行为，就算没有部队，我们也能打败他们。我希望所有警务人员，都能佩枪待命。就在我们眼皮底下，他们还能纠集起这么大的犯罪团伙，我们真是失职啦。”

郭小川问道：“再说吧，对了，我听雷婷婷说了你们分析他们行动的计划，那个小流氓到底是什么来头？他比我们都更为了解罪犯啊，他的推理是从哪里学的？”

冷镜寒道：“这个，以后再和你谈吧，他总会有千奇百怪的想法。”

林凡道：“那三名嫌犯嘴很紧，一句话都没说。我们早该想到，他们和洪阿根是一样的。”

冷镜寒点点头，道：“知道了，你先休息一会儿吧。待会儿才是行动的时候。夏末，你们怎么样了……”

九点，龙佳在刑侦处浴室内冲凉，已经三天没有洗澡了，浑身上下早就不舒服了，今天如果不是韩峰，恐怕现在也没有机会可以冲凉呢。想到韩峰，龙佳脸不禁又红了，那个家伙！

突然，她清楚地看见，落地玻璃门外面，有一个人影，龙佳心头一惊，随即冷静下来，怒喝道：“韩——峰！”

“嗯！”门外传来十分惊奇的声音，就像在讯问“你怎么知道？”一样。

龙佳裹上浴巾，将门拉开一线。果然，韩峰站在门外，套了件浴袍，赤裸着上身，只穿条短裤，嘴里叼着一根牙签，手上拿两个铁胆，看见龙佳拉开门探出头来，笑嘻嘻地挥手道：“嗨！”

龙佳恼道：“嗨你个头，你想挨揍是不是？你以为你穿成那样，就像周星驰啦！”

韩峰厚着脸皮问道：“你怎么知道是我？”

龙佳没好气道："除了你，还有谁会干这种事？不用想也知道是你吧。"同时她心头一凛，韩峰这个样子，她竟然没法真的生气，她知道，这不是什么好兆头，可是，为什么会是这个样子？为什么自己心里时时想着的，竟然会是韩峰？他为什么会是这样一个人？

韩峰正言道："可千万不要把我想成是那种人哦，我是来找你谈正经事的。"

龙佳心道："你是哪种人，谁都看得出来，那还用想吗？谈正事也不用找到这种地方来谈吧。真是太无耻了，居然会有脸皮这么厚的家伙。"她冷冷道："趁我打算动用武力前，你还是消失的好。"

韩峰居然向前迈了一步，道："这件事情，很重要，对你，对我，都很重要。"

龙佳虽然举起了拳头，心中却慌乱得很，"如果他再上前一步，我该怎么办？"想来想去，也拿不定主意，只得敷衍道，"什么事情？"

韩峰直视龙佳，面不改色。只见龙佳左手抓着浴巾，右手捏了个拳头放在心口，一身洁白的肌肤如雪凝脂，乌黑的头发瀑布般垂至胸前，那水滴还如断线的珍珠不住滴落。尤其那双眼睛，韩峰觉得，龙佳的眼里，分明带着几分赞许。

韩峰觉得有机可乘，又向前一步，已经站在龙佳面前了，他想了想，道："这件事情，一开始，你或许会很痛苦，但是你一定要忍受，我保证，一旦成功，就会很快乐，我们都很快乐。我们现在就可以……"

龙佳终于无法忍受了，她挥起手掌。可这次，不知怎么的，手腕竟然被韩峰捉住了，龙佳的身体，突然颤抖起来。

韩峰轻轻拥过龙佳，问道："你——没事吧？难道很冷吗？"

龙佳靠在韩峰的胸口，听着韩峰的心跳，只感觉自己的心快跳出胸口了，她明明是想打韩峰一巴掌的，可是力量使不出来，脑子里只有一个念头，反复地询问着自己："为什么会这样？为什么会这样？为什么会是这样的？"

韩峰看着龙佳惊慌失措的样子，娇不胜收，毫不犹豫地，亲了下去。龙佳挣扎着，可身体的力量，仿佛一下子就被抽空了似的，怎样的反抗都无济于事。那种来自身体的亲密接触，使她的心跳动得比以往任何一个时候都快，面颊像火烧一样滚烫，自我的意识，已经被来自韩峰热烈的拥吻，完全地熔化了。不知过了多久，龙佳才从那空白的意识中清醒过来，慢慢想着："情愿就这样，依附在他身体上，成为他身体的一部分，那样的感觉可是自己从来都不曾想象到的。不！这家伙不是什么好东西，他可是个到处留情的花花公子——"一想到这儿，龙佳猛地一挣，就从韩峰怀里挣脱出来。

韩峰也是一怔，用手指碰了碰自己的嘴唇，仿佛不敢相信，刚才自己双唇碰到的，真的是龙佳的肌肤，可是口有余香，他竟然有些脸红。好在龙佳只顾理自己的头发，感觉心乱如麻，面红耳赤，哪里敢正眼看韩峰。

韩峰喃喃道："那件事情——"

"别说了！"龙佳敏感地轻声道，"别再说那件事情了。你……你还是走吧，让别人看见了，就不好了。"

韩峰想一想，退了一步，关上玻璃门，隔着门道："那件事情，我还是要说完才走。"

……

韩峰回到自己的房间，仰躺在床上想："刚才自己，真的亲了龙佳一下吗？是不是亲到她了？怎么像在做梦一样？那种感觉，究竟是真实的，还是在做梦？"

韩峰翻来覆去想了半天，冷镜寒推门而入，问道："睡着了吗？"

韩峰翻身坐起，道："怎么，有丁一笑的消息了？"

冷镜寒道："算是有吧，老郭他们那边又有新的命案，要我们一定过去看看，就你、我和刘定强三人。"

韩峰想了想，道："走吧，去看看。"

第十九章
无关的命案

三人驱车到了临安路，这里已经接近郊区了，这条路左边是高楼，右边却是一排平房，大多数房子都贴上拆的字样，看来是准备拆迁重建的小区。郭小川指着旁边一位老大爷道："这就是报案人，莫大爷，他在下午七点遛街时，就发现两个人很可疑，大热天却有意无意地遮着脸，戴着很低的太阳帽。"

郭小川递过来一张素描，上面画了两个人，身高差不多，两人都刻意戴着时尚的小帽，准确地说，那是高尔夫球帽和太阳镜，看不清面貌。右边一人拎着一个大皮箱，左边一人明显更健壮，而且还戴了口罩。郭小川道："他提供了很重要的一条信息，他说，这两个人是坐着一辆特长的车来的，他知道那是奔驰。"

"哦。"韩峰又拿起图画看了一遍。郭小川道："通过这一细节，从左边这人的体形和大致面貌特征来看，他可能就是丁一笑。"韩峰将图纸递给冷镜寒，道："去现场看看吧。"

郭小川边走边道："他们是七点进入这边的平房的，然后一直开着灯，莫大爷就住旁边五单元三楼。"韩峰仰头看了看右边三楼，而凶案现场是左边的一间平房内。

郭小川道："大约是十一点钟，莫大爷听到一声呼叫；他起初没留意，但当他准备睡觉关窗时，风将这边的窗帘吹开了，他看见了尸体，马上就报了案，那时是十一点十五分；我们赶到这边时，是十一点半。"说着，推开了凶案现场的门，道："你们进去吧，我和冷处在外面等你们。”

房间内打扫得非常干净，水泥地板上有扫帚留下的痕迹，除了一具尸体以外，几乎什么都没留下。一男一女正在勘查尸体，女的正是见习生雷婷婷，男的韩峰不认识，但那人抬起头来，向刘定强打招呼道：“教……教授，你也亲自来啦？”

韩峰挥手道：“嗨，婷婷，我们又见面了。”

刘定强道：“小波，有什么发现吗？”

雷婷婷红着脸道：“这，这是我师傅，周小波。”

那周小波看上去三十岁不到，戴着眼镜，体形较为瘦弱，面色有些焦黄，蓄着小须，对刘定强道：“初步判断，这里是第一案发现场，但是凶手打扫了房间，并且将受害人毁容了，估计是强酸造成的。致命伤是背后捅的一刀，从伤口看估计是匕首一类的凶器，死者的姿势也比较奇怪。从尸体僵硬程度看，死亡时间在三小时前。”

“三小时前？”韩峰已到了尸体旁边，看了看尸体，皱起眉头道，“可那莫大爷是在十一点听到惨叫的啊？”

刘定强道：“我们待会儿还要做检查，这里留两个人就足够了。”

“哦。”雷婷婷知道是说自己，她无辜地站起来，向门口走去，韩峰笑呵呵地搭上雷婷婷的肩头，道：“走，我们出去聊聊，等他们在这里检查。”

刘定强道：“你，你也走了？”

韩峰笑道：“这个现场有什么好看的，虽然凶手用水冲洗了地板，移走了房间里的东西，但是这里长时间没有人居住，很多痕迹都很明显嘛。”他指着周小波道：“尸体之所以是那样的姿势，是因为你站的地方原来有一个桌案，或是类似桌案的东西，比较重，四条腿，死者死后第一姿势是扑倒在那桌案上的；在你身后是矮组合，靠窗一方是沙发，沙发旁边是废纸篓，右边有一个饮水机，在桌案旁边，用一个支架撑起一个重物，估计就是他们拿进来的那个大皮箱。”韩峰仰头道：“还有，屋里的灯泡，被换过了，而你说的尸体已经死亡三小时，很值得怀疑。”

直到韩峰离开房间，周小波还待着，他已经在房间里忙活了快半小时了，可韩峰从进屋到离开，不超过两分钟，他看着曾经教过自己的教授，也擦着细汗，不由得暗中惊呼道：“这究竟是什么人？他是凶手吗？”

韩峰在门口对刘定强道："你查了之后，再来叫我，如果不能肯定的地方，千万别乱动。"又对雷婷婷道："走，我们出去办我们的正事。"

刘定强点点头，拿出酒精布擦干净手，开始戴手套。周小波更加惊讶了，心道："这人到底是谁？是教授的老师吗？可是，他看起来比我，不，比雷婷婷还年轻许多啊！"

雷婷婷早在梁兴盛厂门口就已经知道，这个家伙不是普通人，可还是非常吃惊，她边走边问道："你怎么知道屋里的家具摆放位置？"

韩峰道："其实很简单嘛，沙发放过的地方，墙上留下了绒毛的痕迹；重重的桌案，在地上留下了四条腿的痕迹，甚至将水泥地板都蹭破了，所以它不轻；纸篓放过的地方，有纸屑留在地板上，凶手走的时候匆匆打扫，还没来得及完全扫干净；矮组合、饮水机，都在墙上留下了它们的等高线，这些，都是非常明显的痕迹，所以，只需要看一眼就知道了。关键不在于你看不看得到，而是在于你想不想得到。其实，真正的勘查现场，和考古学是一样的，如果你能想到那个东西，就有那个东西，如果你想不到，那就发现不了。"

雷婷婷问道："怎么说？"

韩峰道："比方说头顶那盏吊灯，现在灯光昏暗，而窗户上又有窗帘，那老大爷从对面三楼上，不仔细看是看不到灯光的，而且在七点还是白天，就算到了晚上，周围都是灯光时也很难发现这屋里亮着灯，可他却说了，那两个神秘人进屋后，一直亮着灯，那么从实际情况来说，当时屋里的灯，肯定比现在这盏亮许多。一旦你想到这一点，就会去查看灯泡，那么你就会发现，吊灯泡的电线，留下了被抹过的灰迹，也就是说，刚才有人用手抓住电线，抓住电线做什么呢？"韩峰笑嘻嘻地比画着道："换灯泡。"

雷婷婷有些失望道："就这么简单啊？那么，我们现在做什么呢？"

韩峰捏着雷婷婷的脸蛋道："别瞧不起这样的推理，在魔术师揭秘后，你也会说就这么简单啊，我也会，可是人家不告诉你，你一辈子也想不到呢。现在，我们在房子周围走走，看看有什么发现没有。"

雷婷婷嘟着嘴，拨开韩峰的手道："别老拿人家当小孩子。"

韩峰道："可是，你毕竟还是见习生啊，如果现在就骄傲的话，以后就很难有进步了。"

雷婷婷道："那你是在什么地方学习的呢？为什么你会知道这些？"

韩峰绕着雷婷婷的头发，略作沉思，道："我啊，天生的。"又笑道："羡慕吗？"

雷婷婷扑哧笑道："贫嘴，你啊，你对每个女孩子都是这样吗？"

"什么？"韩峰愣道。

雷婷婷摆弄着衣角道："你，反正不像一个正人君子的样子。"

"嗯！"韩峰一扬头，道，"我不像君子！你是没到我家去过。咦，这是什么？"他突然发现，墙角有一堆灰烬。

雷婷婷问道："你家又怎么样了？"韩峰蹲下身子，仔细地查看起那灰烬来。

雷婷婷蹲在旁边，问道："是凶手留下的吗？"

韩峰道："还不能肯定，拿工具来。"雷婷婷马上取工具去了。

韩峰戴上手套，拿起镊子，细细地拨弄着灰烬。雷婷婷问道："这些灰烬有什么特别吗？"

韩峰道："灰烬有灰烬的学问，像这堆灰烬，至少由四种物质组成，有化学纤维的灰烬，有塑料制品的灰烬，有纸制品的灰烬，还有棉制品的灰烬。不同材质的灰烬，燃烧后留下不同形态，就算你不能用肉眼观察出来，也可以在实验室用化学的方式分析出来。尤其是这种没有燃烧完全的灰烬。"他镊起一块较大的燃烧后的塑料，闻了闻，放进证物袋，对雷婷婷道："这堆东西燃烧前，还混合有化学物质，有点像酒精类的易燃物。"

韩峰取证完毕，站起身来，搓搓手道："好了，现场周围没有什么新发现了，现在，我们该去询问询问证人了。"

雷婷婷突然想起什么，道："上次你说的那葛老伯，死亡时间在十四小时左右，后来我师傅参与了解剖，告诉我说，那样的尸体，不解剖绝不可能得出那样精准的答案，你是怎么知道的？能告诉我吗？"

韩峰想起葛老伯，竟有些难受，收起笑容，道："有些事情，关键在于信息的搜索，你得到的信息越多，就能做出越准确的判断，我告诉你原因，你又要说原来这么简单。"

雷婷婷闪动着大眼睛，道："不会的，你说吧，我真的是各种可能都考虑过了，就是不知道你是怎么知道的。"

韩峰微笑道："那天早上，我们调查案件时去过那家工厂，十四个小时之前，我们还和葛老伯在一起呢。”

雷婷婷道：“哦，原来——”突然捂着嘴住口不说了。

韩峰接口道：“这么简单！就知道你想这么说。”

雷婷婷嗫嚅道：“我想，我不想跟着小波师傅了。”

韩峰扭头道：“哦，为什么呢？”

雷婷婷道：“我想跟着你。”她目光流动，咬着嘴唇解释道，“你比小波师傅更肯说，而且也解释得更详细，我想多学点东西。”

韩峰悠悠道：“现在我查的这个案子已经快要结案了，跟着我，你连饭都没有吃的。”

雷婷婷道：“这个案子结案了，还有下个案子啊，你们刑侦处不是每年要接很多大案要案吗？”

韩峰笑道：“我又不是刑侦处的，这次是他们请我来帮忙的，否则，谁来查这么复杂的案子啊。”

雷婷婷愣道：“你，你不是刑侦处的？那你是做什么的？”

这个问题不好回答，韩峰想得直挠头，最后道：“其实，我没有做什么，每天就是吃和睡。而且，我也不想做什么，做什么都没有意思。”

雷婷婷道：“骗人的吧？你还这么年轻，会做什么都没有意思吗？不想告诉我就算了，我知道，你心里只有龙佳姐姐，只把我当作一个不懂事的小妹妹，哼——”

韩峰心中怦然一动，思索道：“难道我心里真的有了龙佳？这不可能，我的心里怎么会有普通人的影子？只是玩玩而已吧？”可是，龙佳的影子很清晰地占据了思绪，韩峰皱起了眉头。

雷婷婷道：“被我说中了吧！哼——”

韩峰不屑一顾道：“切。”他将雷婷婷的双肩扳转过来，眼里流露出诚恳的神色，严肃道：“婷婷，做我的情人吧。”

雷婷婷瞪着韩峰，咬着牙，从牙齿缝里吐字道：“你就不怕龙佳姐姐撕了你的嘴？”

韩峰眼睛望着头顶道：“她，我什么时候怕过？”

雷婷婷脸色一变，惊喜道：“龙佳姐姐，你也来啦。”

韩峰立马将头一缩，然后再回过头去，身后哪里有人，扭头回来，雷婷婷狡黠地笑着，道：“你看，怕了吧。”

韩峰道：“她老是敲我的头，我不是怕她，我是怕痛。”

雷婷婷“咯咯”娇笑着跑开了，韩峰喃喃道：“现在的女孩子，心眼儿真多啊。”

韩峰带着雷婷婷，走到冷镜寒他们那里，冷镜寒问道：“你们怎么出来了？有什么发现？”

韩峰道：“胖子在里面检查，我们待会儿进去，现在我要问大伯几个问题。”

郭小川道：“去吧。”他对韩峰低声道：“但是我警告你，不许打我们警员的主意，你这个家伙，做事是很不正经的。”

韩峰哈哈大笑，搅着雷婷婷向莫老头走去。郭小川看着直摇头，对冷镜寒道：“你在哪找来这么个人，你不知道，他在我表姐家，简直是孙悟空大闹天宫一般。”

冷镜寒笑道：“其实，你要说我有多了解他也谈不上，反正他有时候做事，是你绝想不到的就是了。”

韩峰看了看记录员递过来的笔录，问道：“莫大爷，他们进屋后就一直开着灯的？”

莫大爷道：“是啊，我出去时他们就进了屋，把灯就点上了，后来我八点左右回来的，灯也一直开着。”

韩峰道：“你怎么那样肯定惨叫是十一点传来的？而你看见尸体时是十一点十五分吗？”

莫大爷道：“我每天晚上看中央三台的整点新闻，十一点开始的，那时候听到的声音，声音也不是很大，我就没有留意。后来新闻完了，我准备关窗户睡觉时，正好就看见一个人，躺在那屋里，新闻就是十五分钟时间，那肯定是十一点十五分咯。”

韩峰道：“你有没有听到汽车发动的声音，或是别的什么声音？”

莫大爷道：“没有。”

韩峰道：“周围还有没有别的人住？你肯定就只有他们两人进去吗？”

莫大爷道：“你看，这周围的房子都是快拆迁的，哪里还有人住，所以他们进去后，还开着灯，我才会特别留意，否则晚上我也不会发现了。警察同志，我可以去睡了吗？这么晚了。”

韩峰道：“谢谢你。你可以走了。”

韩峰喃喃道：“这样说来，死者的死亡时间不足一个小时。”

雷婷婷问道：“为什么那么相信那老伯伯的话？”

韩峰道："这个是常识，有的叫习惯性谎言，有的叫习惯性真实。这套学问一时说不清，里面综合了太多因素，要从各方面考虑才能得出结论。举个简单的例子吧，诸如你买鸡蛋，那卖鸡蛋的小贩不可能告诉你，他的鸡蛋是上个月的，他肯定都会告诉你，他的鸡蛋是今天刚刚拿出来的，这就叫习惯性谎言，他也不是故意要骗谁，那只是一种必需的技巧。今天这位大爷呢，他本来就住在这里，是不是这样的，一问周围的邻居就知道了，从他们做的笔录来看，他对周围也非常熟悉，一些具有地域性特征的特殊地名，只有当地人才会那样叫，他也都说得很详细。而且这样的情况，凶手也没有必要专门安排一人来说谎，他已经尽量做到不留证据了。在谈话中你也可以发现，老爷子的听力和视力都很好，那么姑且认为，他说的都是正确的，又有什么不可以呢？"

雷婷婷凝眉道："好复杂。"

韩峰微笑道："那么先前我推论的，或许有些错误，走吧，我们去别的待拆房间看看。"

雷婷婷道："看什么？人都没有，我害怕。"

韩峰道："怕什么，把我抱紧点就不怕了。"

雷婷婷从韩峰手下挣脱出来，蹙鼻道："就是怕你。"

韩峰呵呵一笑，拉着雷婷婷的手，两人提着探灯，察看周围的房屋去了。每一间房屋都空空如也，只留下少许垃圾。雷婷婷问道："你说你刚才推论有些不对，是哪里不对了？"

韩峰道："我先认为，屋里摆满了普通家庭用品，现在看来，是不对的。虽然屋里曾经放过那些东西，并留下了痕迹，但是一定在今天以前，更早的时候移走了，最多只有一张桌案或者再加个纸篓而已。"

雷婷婷好奇道："为什么？"

韩峰大笑道："哈，你不是会说原来这么简单吗？我不告诉你，你自己想吧。"

雷婷婷不依，缠着韩峰非说不可，韩峰只笑不答，道："好了，我们也差不多该回去了，看看刘定强他们有什么发现。"

雷婷婷心道："原来教师傅的教授叫刘定强，那好，我一定让他告诉我你住什么地方，到时候不怕你跑掉。"

韩峰和雷婷婷回到门口，韩峰举腿欲跨，同时问道："还没完成吗？"

刘定强惊呼道："别动！"

韩峰只能抬着半条腿，一动不动。刘定强道：“快了，最后一道工序。”他拿着放大镜从韩峰脚下细细地察看一遍，随后道：“果然如此，好了，你可以放下来。”

韩峰痛苦道：“哎哟，哎哟，不行了，腿抽筋了，啊啊啊，嘶——”

刘定强道：“才让你抬腿几秒钟，你就抽筋了，看来你缺乏锻炼啊。”韩峰道：“腿抽筋了，婷婷，帮我按摩一下。”

雷婷婷踢了他一脚，道：“想得美。”

韩峰挪动了几步，问道：“有什么发现？”

刘定强笑道：“有啊，刚才你说的不十分准确哦。”

韩峰道：“我知道，这房间里原本没有那么多摆设，就一桌案而已，还有个纸篓。”

刘定强面露佩服之色，道：“你倒是转变得挺快的，正是如此。”

雷婷婷惊讶道：“你们怎么知道？为什么你们都知道？”

刘定强道：“你也进屋来看看，不就知道了。”

雷婷婷进屋一看，屋里不知道什么时候，到处都是血迹，和刚才完全两个模样。刘定强道：“你看，这些都是血迹直接溅在墙上的，如果这些地方，原来有家具摆设的话，血迹是不可能以这样的方式溅在墙上的。”

韩峰道：“哇，开屠宰场啊。”

雷婷婷道：“这些血迹是——”

周小波解释道：“血迹一旦与物体表面发生接触，通过分子扩散，就会在物体表面留下信息。虽然被清洗过了，但是通过特殊的溶液，依然可以提取出血液的痕迹来。不管隔了多长时间，这些痕迹都是存在的。这种溶液，是今年三月才从国外引进的，可以将非常微量的血液元素显现出来。跟着教授一起勘查现场，每次都能学到新知识。”

刘定强道：“这种液体叫艾莫可氏液，欧美国家早在二十世纪九十年代末期就开始使用了，我们已经落后了，而且，现在我们用的还是从法国进口的，我们自己还不能生产。”

雷婷婷道：“可是，韩峰没有看见这些血迹吧，他是怎么知道的呢？”

韩峰道：“很简单，如果当时屋里有很多大型家具的话，那么按照犯罪心理学，凶手在行凶之后，要把那么多家具都搬出去，肯定会发出很大的声响。可莫大爷却说，他没有听见什么响声，那就只能是，那些家具在两名可疑人进屋后，或者是进屋前就被转移了。刚才我说过了，死者的姿势是曾伏倒在桌案上留下的，所以桌子是存在的，而我们在房间后面发现那被烧过的塑料灰烬，想必就是烧过的纸篓，所有的事情，都有一定的联系，你仔细一些，就不难发现。事实的真相只有一个，不管用什么方法，得出的结论也只有一个。”

雷婷婷发愣的当儿，刘定强对韩峰道：“你来看看，这个。”

韩峰一看，喃喃道：“连手也被强酸泡过了呢，这下也没有办法比对指纹了，下手可真干净呢。”

刘定强道：“不仅如此，死者的衣物被换过了，这地板经过两次冲洗。致命伤背后一刀，直接刺杀心脏，没有挣扎痕迹，找到一些毛发、纤维，搜集了一些血液，都要带回实验室才知道结果。你说，两人同时进入房间，离开时，一个却把另一个杀死了，而到处都是微小的血迹，他们到底在里面干什么呢？”

韩峰道：“我知道了。”

屋里的三人同时竖起耳朵，大家都没想到，韩峰这么快就把谜题破解了，只听韩峰道：“两位绝世高手，约好了，今天晚上在这小屋内进行决斗，其中一人先发动攻击，并频频得手，那受伤的一位血迹四溅，也就不稀奇了。但真正的高手，却是受伤的那位，从始至终，他只出了一剑，一剑穿心，这是真正的致命杀招。”

雷婷婷紧张道：“真的吗？那赢了的人为什么把死者毁容了呢？”

刘定强没好气道：“那家伙胡乱说呢，别信他的。”

韩峰“嘿嘿”一笑，雷婷婷气道：“你呀，难怪龙佳姐姐老是打你，我也想打你呢。”

韩峰一瞪眼道：“你敢。”

雷婷婷却不怕他，叉腰道：“别以为你比我高，我就怕了你。”

韩峰做了个鬼脸，同时道：“话说回来，我并不认为来这里的两个人其中的一个就是丁一笑，想来是弄错了，这是另一起案件吧。”

刘定强道：“你怎么敢肯定？”

韩峰一笑，道：“很简单，因为他来不了。”

冷镜寒也来了，他问道：“你们好了没有？我们去下一个地方。”

韩峰叫道：“不是吧！又怎么了？”

刘定强道：“已经取证完毕，只需要带回实验室了。”

冷镜寒道："上车再说。"

韩峰拉着雷婷婷的手，依依不舍道："我走了，婷婷。"

雷婷婷笑道："别装得那么委屈，你去吧，我会来找你的。"

韩峰一指婷婷，道："你说的。"上车前，他又做了个美式军礼，露出酷酷的笑容，雷婷婷心道："韩峰，你如何才能叫人忘记，难怪龙佳姐姐会选择你。"

车上，韩峰道："去哪里啊？"

冷镜寒道："医院，那三名嫌犯不行了。"

韩峰道："嗯？"

冷镜寒补充道："就是今天下午在矿场抓住那三人。"

与雷婷婷一分手，韩峰的精神马上就没有了，他打着哈欠道："有没有搞错，这样的事也让我们去。冷兄，你不是不知道，我每天十点要定时睡觉的，第二天十点才起床，自从被你骗来接了这个案子，我连一天好觉都没睡过。"

冷镜寒道："这个案子结案后，有再大的案子，我都不去烦你，让你睡个够。"

刘定强道："我这里有强心针，要不要打一针？"

韩峰掐着刘定强的脖子道："胖子，你好嚣张啊，我好欺负是不是，连你也敢动我！"

刘定强呵呵大笑。冷镜寒道："别闹了，车要被你弄翻了。"

医院里，三名嫌犯被绑了手脚，可还是在病床上死命挣扎，口角有白沫涌出，医生一直在观察三人的心率、血压。

韩峰道："哇，受了酷刑啊？"

刘定强道："好像中毒了，毒物呈毒蕈样征象，皮肤潮红，流涎，针尖样缩瞳，嗯，还有谵妄吧？"

冷镜寒道："什么谵妄？"

韩峰道："简单地说，就是深度幻觉。"他摇头道："看来不像啊。"

刘定强道："什么不像？"

韩峰道："他们的血压升高了，心跳也在加速，不像毒蕈样中毒，有一点可以肯定，他们处在交感神经高度兴奋状态。再这样下去，心脏会因无法负荷自身的跳动而罢工，不跳了，他们的生命也就走到尽头了。"

冷镜寒问向天齐："他们是怎么了？"

向天齐道："不清楚，我们是分开隔离审讯的。他们一直一言不发，后来突然就发作了，三人先后发病的时间相差不大，前后不到十分钟，三人都倒下了。"

韩峰道："问问医生。"

来了一位值班医生，姓刘，严肃道："这种情况没见过，他们刚送来时，处于高度亢奋状态，他们皮肤潮红，从毛细血管到大血管全都处于极度扩张状态，身体可以储存的血液增加了一倍，体内要完成血液循环，心脏就必须更快地跳动，而他们的心肌收缩，也比平时增强了很多倍，再这样下去，迟早会血管爆裂而亡。"

韩峰道："放血怎么样？"

刘医生道："不行，放血他们的心脏会跳得更快，会因无法承受负荷而停跳，在这样的情况下，就像一个爬雪山的人突然在雪山上睡着了一样，一旦停跳，将无法再恢复。如果我用缩血管药的话，会使前心负荷增加，如果我用钙拮抗药的话，又会使心脏负荷增加，你们两位都是医生，相信不用我解释了吧？"

韩峰头痛道："怎么会这个样子呢？以前从来没见过这样的情况呢。"

刘定强道："从我多年的经验来看，他们有点像毒瘾发作。但是目前通行的毒品，还没有哪种可以导致这样的症状，会不会是——"

韩峰猛地回过头来，与刘定强对视了半天，韩峰目露精光，刘定强眼如闪电，半晌，韩峰才道："强哥，你可真行啊。"

刘定强笑道："彼此彼此。"

韩峰道："那我们动手吧。"

刘定强道："好啊。"

刘医生道："哎，你们要干什么？"

刘定强戴上手套，取出针筒，道："我要给他抽血。"

刘医生道："以病人目前的情况，一旦刺破血管，后果怎么样，是可想而知的吧？既不能收缩血管，也不能扩张血管，很棘手呢。你，你又要干什么？"最后一句话，却是问韩峰的。

韩峰取出了针筒，在刘定强的箱子里取出药剂，道："给他注射麻醉剂。血管的改变，是因为中枢系统受到了破坏，机体对自身的调节功能已经完全紊乱了，现在要阻止中枢系统继续发出信息。"说着，一针扎了下去。

冷镜寒和向天齐还不觉得有什么，可刘医生和刘定强完全呆住了，就像一个初生婴儿，看见了飞碟一样吃惊，韩峰那一针，直接刺在病人后脑，颈椎的位置。韩峰推完针，看着两人呆若木鸡的样子，微微一笑，道：“颈椎进针，高位麻醉，这——没有什么好奇怪的吧？”

可刘医生和刘定强都知道，颈椎是大脑通往全身各处的中枢地段，里面的神经最为丰富，稍不留意，就有可能造成患者终身瘫痪。通常麻醉师实施麻醉时，若是全身麻醉，则采用吸入的方法，若是某一器官的手术，则选用局部麻醉，就算是胸腹及以下的大中小手术，需要连续给药的硬膜外麻醉，也都选择腰椎为进针点，就是因为腰椎以上的进针位置非常难把握，稍有差错就可能造成呼吸肌麻痹，而最终导致病人因呼吸衰竭而死亡。可韩峰随随便便一针，就插进颈椎里面去了，这已经不再像是行医，倒像是在杀人。

好半天，刘医生才发现，自己的衣衫都湿透了。刘定强仔细地看着那犯人颈部的针眼，竟然连一滴血都没有，他惊恐地问道：“你这打针的技术，跟谁学的？”

韩峰喃喃道：“怎么了？有什么问题？”

刘定强道：“没有，我就是想知道，你在哪里学的。”

韩峰道：“我为什么要告诉你，又没有扎错。”

刘定强叹息一声，准备采血，他知道，韩峰这看似随便的一针，要扎得像他这样准确，至少经过了上万次练习，可每个人的组织结构和外形都是不同的，那样的扎针技术，绝不可能在木头上练习得出。

韩峰翻动犯人的眼皮，道：“不行了。”

刘定强一看，犯人的瞳孔已经开始散大，这是生命走向衰竭的迹象，另两名犯人也出现了同样的情况。他赶紧采了一管血，用恒温箱保存，对冷镜寒摇摇头。

韩峰道：“我说不用来吧，来了也没用，还是救不回来。早知如此，还不如回去睡觉呢。”

刘定强道：“那么今天又白忙乎一天，好容易抓住三名嫌犯，依然没留下什么有用的线索。”

向天齐道：“那可未必，我们在城里反暴力时，也抓获了不少犯罪嫌疑人，现在正在审讯他们，总会找到他们的老巢在哪里。”

冷镜寒道：“谢谢你通知我们，那么，大家各自回去工作吧。”

这时，值班医生才回过神来，追问道：“请问，你是在哪家医院实习的？不，你是在哪家医院进修的？你能不能告诉我？请问怎样和你联系？”

第二天，韩峰起床的时候，正巧赶上冷镜寒他们吃午饭，韩峰痛苦道：“为什么？又吃方便面？”

冷镜寒道：“还给你留了一桶，你爱吃不吃。”

韩峰抱怨道：“为了这个案子，常常半夜两三点不能睡觉，却连一点犒劳都没有，为什么跟着你，顿顿都吃方便面呢？难道你们除了方便面，就想不出其他更好的食物了？”

林凡道：“有方便面吃就不错了，你想想，你住的那个地方能找出什么吃的来？我去给你泡。”

夏末道：“对了，李响去了哪里？”

韩峰道：“哦，执行任务去了。”同时心道：“这家伙，我以为他昨天晚上会打电话来，怎么到现在都没有消息。”

刘定强道：“昨天我们带回来的物证，都做过检测了，公安局那边也发来了尸检报告，报告在实验室里。”

韩峰想了想，问冷镜寒：“那个老郭有没有和你联系？他们那边的多起暴力案件怎么样了？”

冷镜寒道：“还在审理吧，234部队来人了，他那边也是忙得不可开交。好像某位领导，最近也要到海角市来，看看到底发生了什么情况。”

韩峰道：“来了多少人？”

冷镜寒道：“来了一个团。”

韩峰道：“哟，那我们的力量可就大大地充实了，这样都抓不住丁一笑的话，我才不信。”

冷镜寒道：“可是，现在还不知道丁一笑藏在哪里。”

韩峰眼中闪过慧光，道：“会找到的。”林凡给他端来方便面，韩峰扭头道：“对了，强哥，你的血液分析出来没有？”

刘定强道：“没有。可能取样太少了，没有分离出有价值的东西。”

夏末道：“从矿场缴获的枪械，经过对比，可以认定，与洪阿根和先前几起暴力事件使用的枪械，是由同一家工厂生产加工制造的。”

林凡道：“另外，我们在梁兴盛的厂里还找到部分来不及转移的零件，经辨认，有一部分是击锤和未完成加工的闭锁结构。”

冷镜寒道：“我们去过丁一笑设在本市的福兴建筑有限公司了，所有相关人员，还留在公司里的，都被扣押接受审问了。丁一笑果然厉害，从公安局一出来，就将他名下企业的资金全部划走，而平时也常有大批现金的调动，看来，他早就为自己准备好退路了吧。关于丁一笑名下的企业，公安局已经另外立案调查，里面涉及了太多政府官员，我们现在要做的事，就是将丁一笑缉拿归案，并找出那个幕后的操纵者。”

韩峰道：“哇，你们上午做了这么多事情啊？”

林凡道：“当然，你以为谁都跟你一样啊。刚才张艺也回来了。”

韩峰道：“他的伤好了吗？”

冷镜寒道：“没有，但是他想归队，我又让他回去养伤了。”

韩峰道：“你真是古板，人家这么积极地要求归队，何必断了人家的后路呢？”

冷镜寒道：“你懂什么，他的伤还没恢复，贸然参加行动的话，后果不堪设想。”

韩峰鼓鼓眼，不说话了。过一会儿，冷镜寒又细语细声道：“我们做的工作，在你看来不算什么，可对我们来说，都是很危险的，如果身体没有恢复到最佳状态而参加行动的话，很可能付出生命的代价。我要对处里的每一位成员负责，不像你，动动嘴皮子就可以了。”

林凡和夏末在一旁悄悄道：“你看，那家伙像不像冷处的儿子？”

夏末道：“这话可不能乱说，要是冷处知道了，那你就完了。”

林凡道：“你什么时候听见冷处这样轻言细语地和人说话？而且，那家伙的来历不明，岁数也和冷处的女儿差不多，我看，八成就是冷处的私生子。”

夏末道：“可是他和冷处不大像啊？”

林凡道：“这叫外向，你看冷处的女儿像他吗？”

夏末愣道：“还是，还是比较像吧？”

林凡道：“像什么？以前我们见过的，那个小丫头，比冷处乖巧多了。这种外向，生儿生女，都不像他的。”

夏末挠头道：“是吗？我，我忘了。”

冷镜寒面色一沉，道：“夏末、林凡，你们两人都在说什么呢？有时间还不快去干活！”

夏末和林凡吐吐舌头，赶紧离开。冷镜寒这才问韩峰：“昨天你说的那些尸体，我还是不太明白，你怎么知道的？”

韩峰道：“事实上，就在洪阿根被捕的第二天，我就觉得没那么简单，和他一同受训练的有两队人，而和他一起看守梁小童的也有几队人，所以他们人数并不少。既然有那么多人受到训练，那他们接受训练时会不会有失踪记录呢？我去了一趟民政局，查了失踪人口，可是，近几年来，从各地来海角的失踪农民工，被亲属确认是到海角打工的，有好几千人。”

冷镜寒面色一变，韩峰道：“吓了一跳吧？看到这个数字时，我也吓了一跳。有那么多失踪的农民工，我想他们不可能收留那么多人的，就算有偶然因素在里面，大多数农民工应该是被他们掳走了，可是究竟被掳到哪里去了呢？他们的企业也不可能容纳那么多人的，所以我才会再次详细地询问洪阿根，当我听到他们的训练过程后，意识到那是一种非常残忍的淘汰式训练。所以我想到，必定有大量的人没有通过训练而死亡，死亡的人被他们掩埋了。”

韩峰稀里哗啦喝着面汤，接着道：“我第一个想到的就是那矿场，因为它具备处理尸体的能力，只是不知道具体埋在哪里。进入矿场后，我就发现那片树林的不同之处，后来大致就像我在那里说的那样了。”

冷镜寒道：“那些尸体，一经曝光，恐怕全国都会震惊。现在这件事暂时还压着，但是瞒不了多久。所以，必须尽快地抓住丁一笑和那幕后主使，现在边防、车站、机场和海关都已经严密布控，丁一笑不可能跑得掉。现在，我要去公安局和老郭商议布控范围，你也去吗？”

韩峰道：“我不去了，让我理清头绪，昨天刚回来，还有很多你们做的调查工作我没看呢，里面说不定还有惊人发现。”

韩峰吃完面，来到刘定强的实验室，刘定强还在做实验，韩峰拿起实验报告看了起来。

夏末道：“喂，韩峰，龙佳今天怎么了？你有没有发现她不对劲啊？”

尸检报告写着：男，身高一米七四，体重六十公斤，血型O，亚洲裔，年龄三十至三十二岁间……

韩峰道：“没有啊。”

夏末道：“可是从你一出来，她就没和你说过一句话，甚至看都不看你，以前可不是这样的。”

可另一份报告上却写着，昨天他们在墙上发现的血迹是AB型，而死者尸体上的毛发也不能同死者做同一认定。

韩峰道："也许是这几天太忙了，她太累了吧？"他继续看报告，夏末讨了个没趣，默不作声地做实验去了。韩峰合上报告书，看着夏末左手拿着玻璃棒，右手端着烧杯，正在搅动液体，他突然一凝眼，道："其实龙佳，我一直怀疑——"

夏末和刘定强都扭过头来，夏末问道："怀疑什么？"

韩峰迟疑道："也，也没什么，我怀疑她，可能真的爱上我了。"

夏末不置可否地摇摇头，刘定强"哼哼"一笑，道："这样的话，也只有你才说得出来吧。"

韩峰问道："关于昨天晚上的报告，就只有这么一点吗？"

刘定强道："我觉得昨晚的案子与现在我们查的案子无关，是不是该先把昨天晚上的案子放一放？"

韩峰道："不，不用，你继续做你的。毛发不是死者的，地上的血迹也不是死者的，难道都是凶手的，当时究竟发生了什么呢？"

刘定强道："从尸检报告来看，死者的胃内容物基本消化完全，所以已经死亡三小时以上的说法值得质疑，除非死者没吃晚饭。还有呢，尸体小腿静脉轻微曲张，脚垫厚实，应该是一个长期从事站立劳动的人。"

夏末道："站立劳动？莫非是下苦力的？"

刘定强道："还有，他的右手尺侧肌肉群非常发达，应该是长期锻炼腕力的一个人，这样的人，诸如网球选手、羽毛球选手，等等。"

韩峰道："可是我不明白，为什么凶手要将死者的手也用强酸毁掉？难道死者以前有案底，留了指纹备案？"

刘定强道："毛发可能是别处遗落的，而墙上的血迹也不一定是昨天晚上留下的。要提取更多的线索比我想象中需要更多的时间。现在我在做残留物成分实验，你带回来那些灰烬，我已经分离出几种物质了。有纸制品的灰烬，有棉纱，有人工合成化工产品，其余的还在分析中。"

夏末道："昨天从矿场带回来的开山炸药，成分比和玩具直升机携带的炸药相同。"

韩峰道："这种硝胺炸药，市面上到处都有吧？看来这里是没有什么信息了，我去龙佳那里看看她那里还有什么信息。"

龙佳坐在电脑前，神情有些恍惚，韩峰出来时，她正在看短信。韩峰悄悄走到她身后，拍了拍她的肩。龙佳的第一反应，却是将手机放入了口袋，然后才回过头来。韩峰道："什么东西？这么秘密啊？"

龙佳理了理头发，道："有什么事，说吧。"

韩峰道："我要看一看你们这几天的调查报告，上次你做的林政的调查报告也一起拿来吧。"

龙佳抱出厚厚的一沓报告，韩峰坐在龙佳旁边的桌子上翻阅报告，一边看报告，一边看龙佳，他道："还在为昨天晚上的事生气啊？"

龙佳道："你不要这个样子好不好。你到底想让我怎么样，你就说出来嘛。"

韩峰道："还没到时候。"他的脸色阴沉下来，道："如果真的到了时候，唉，你可不要怪我哦。"

龙佳道："莫名其妙。"

韩峰眼睛一亮，他看到了龙佳曾调查过的，那个林政死前接到的神秘手机号码，是239开头的号码，尾号却是2348。韩峰思索着，这个号码也好像在哪里见到过。他拿着报告微笑着走开，对龙佳道："我把这些报告拿到里面去看看，没问题吧？"

龙佳道："都编了页码的，你只要不弄丢了就行。"

韩峰来到实验室，刘定强正在看收缴武器的材料分析整理报告，韩峰道："喂，你可知道，除了李响和夏末外，还有谁知道我的家在哪里？"

刘定强道："你那里难道还有什么值得夸耀的吗？谁会到处去替你宣传啊。"

韩峰道："哦，那没什么了。"

他刚刚走到门口，刘定强又道："不过……"

第二十章
谁是内奸

韩峰将整个案件的线索从报告里重新捋了一遍，将它们写在纸上。

韩峰做完这一切，已经下午四点左右，冷镜寒赶回刑侦处，道："有丁一笑的消息了，大家准备一下。"

韩峰道："你怎么知道？"

冷镜寒道："三小时前，丁一笑使用手机与他的部下联系，通过信号发射定位仪器，我们可以锁定手机使用者的位置，精确在二百米范围内。走吧，这次他跑不掉了。"

他们赶到信号发射的范围时，向天齐他们已经先到一步了，向天齐报告道："他们昨天晚上是住在这里的。走得很匆忙，有路人说那辆奔驰车刚刚走不到十分钟。我们已经派人去追击了。"

刘定强他们搜集证物去了，韩峰一看，小屋里被褥凌乱，酒瓶扔得七零八落，烟头四散，屋里烟味犹存。他露出冷酷的笑容，问道："他开的是奔驰吗？"

向天齐道："肯定是，那种车在我们市只有三部，无论谁都认得出。"

韩峰道："可是他不是开的奔驰商务车吗？"

冷镜寒道："他们一定换车了，奔驰的性能比商务车更好吧。"

韩峰道："可是那些钱呢？他们可装了一车的钱呢。"

冷镜寒一愣，刘定强道："床上有毛发，有指纹。"

"哦。"韩峰怀疑道，"不会有错吧？"

夏末道："墙脚有摩擦的痕迹，有纸屑。"

龙佳道："厨房有做过晚餐的痕迹，可是只有一副碗筷。"

韩峰道："难道只有他一个人？阿八没有和他在一起吗？"

向天齐突然按住耳麦，道："什么，已经追到奔驰车了？好，马上拦截，在青辉路设置路障。"

韩峰问道："青辉路？不是去码头的路吧？"

冷镜寒道："不是，是去公安局那条路。"

韩峰笑道："哈哈，他该不会是带着巨额现金去自首吧？"

向天齐又道："拦下了？什么！是市政府的车？这是怎么回事？你们是朝那个方向追的吗？"

冷镜寒对韩峰道："市政府也在那条街。"

向天齐问了几句，对冷镜寒道："弄错了，那辆是市政府的车。但是司机说，是市政府办公室的电话叫他到这里来的，说程市长在这里，他在这里等了十分钟，才被通知说地点错了，让他回市政府。"

韩峰道："原来如此。"

冷镜寒道："是怎么的？"

韩峰道："利用奔驰车型相同，借用政府机关的内线打电话，通知政府的车开到这个地方来，吸引人们的注意力，而后自己开着商务车离开，人们都注意奔驰车去了，所以就注意不到商务车了，被误导了。"

冷镜寒道："该死，又白跑一趟。"

韩峰道："没有，至少他到一处，就暴露一处藏身地点，狡兔也只有三窟，我就不信，他在城里到处都有房子。"

韩峰走进厨房，对龙佳道："你们这样查是没用的，如果是有反侦查能力的人，你们所查的明显的线索，有可能误导你们，要查就要查暗中的线索。"

龙佳道："怎么算是暗中的线索呢？"

韩峰道："比如……"他拉开排水管，对龙佳道："镊子。"

他从排水软管内镊起一截面条，道："看来真是在这里吃过饭了。再比如……"

他又将厨房里的垃圾袋打开，将垃圾摊在地上，细细地摆弄着，龙佳捏住了鼻子。

韩峰找了一会儿，从垃圾包里提起一些比头发更细的纤维，龙佳问道："这是什么？"

韩峰道："丝。"

龙佳道："这些线索有用吗？"

韩峰笑笑，将那些丝放进物证袋，道："这不像衣服上的纤维，我也想不出这屋里什么地方会有这样的东西，你说这样的东西有没有用？查证第一法则，现场不该存在的东西，第一怀疑对象。"

搜集证据完成，大家又回到刑侦处，刘定强和夏末马上投入了紧张的实验。冷镜寒道："又扑了个空，真是伤脑筋啊。"

韩峰笑笑，道："就是扑了空才正常，如果一去就抓到的话，我都怀疑是不是真丁一笑呢。"

冷镜寒奇道："怎么会这样呢？"

韩峰道："你好像忘了一个人，那个人在我们之中，却和他们保持着联系。"

冷镜寒张大嘴，半天才合上道："你不说，我还真的忘了。你是说，他还在透露着消息？"

韩峰笑道："恐怕是的。"

冷镜寒道："那好，让他们把手机都交出来，这样他们就不能透露消息了。"

韩峰道："不用，我想，我已经有一些线索了，回来后，我一直注意着这件事。用不了多久，我们就可以把他找出来了，何必在这个时候打草惊蛇。你知道为什么我们会在矿场堵住丁一笑吗？"

冷镜寒道："不是让他跑了吗？"

韩峰道："他是跑了，那是因为我一开始就没留意，我认为他早走了，谁知道他竟然没有走，失算了。可是，我们去的时候，他还在矿场里，说明他没有得到消息，也根本没想到我们会突然检查他的矿场，那就是因为我们的突然性。丁一笑一直认为，我们还在为城里的各处暴力事件而大伤脑筋，而当时的神速，也让他们安插的人来不及向外透露消息。所以，一旦掌握证据，我马上就会把那个内奸抓出来，现在的问题就是证据，我还没找到证据。"

冷镜寒道："你已经知道是谁了？是谁？是不是龙佳？"

韩峰道："我为什么要告诉你？告诉你以后，你肯定不能装作若无其事，一定会暴露的。"

冷镜寒道："好吧，暂时还是不透露为妙。"

韩峰从冷镜寒的办公室走出来，刘定强道："指纹比对，是丁一笑的指纹。”

夏末也道：“那些纸屑，经过化验，里面含有油墨，应该是钱。”

龙佳道：“没有发现第二个人的指纹，以及任何有第二个人存在的证据，当时应该是只有丁一笑一个人。”

韩峰皱起眉头，道：“不可能啊，难道是我想错了？”

凌晨一点，冷镜寒突然将韩峰摇醒，道：“快点，发现丁一笑的踪迹了。”

韩峰气愤道：“为什么会在半夜发现他的踪迹呢？难道他们就不能早上发现吗？”

冷镜寒道：“谁知道呢，丁一笑现在才打电话啊。”

汽车上，韩峰抓紧时间睡觉，冷镜寒将他第二次摇晃醒来时，他们又到了一家旅店，店主什么都不知道，但值班的服务员看见过一辆红色的商务车，已经走了。大家在旅店搜查一番没有任何发现，只能回到刑侦处。韩峰道：“看吧，又白跑一趟。”

冷镜寒道：“可恶，又去晚了一步。”

韩峰道：“没用的，他每次都是开车前打手机，你们警方有些什么方法，他们早就摸清楚了。”

林凡和夏末都打着哈欠，说先睡觉要紧。龙佳却说：“我们应该看看地图，从这两次的信号范围查找出丁一笑的行动路线，说不定能找到什么线索。”

韩峰走过去，拍着龙佳的肩，叹息道：“我已经不再想替你隐瞒了，你想把大家都折腾得无法入睡，这样就好让丁一笑乘机溜走吗？”

龙佳茫然道：“你说什么？什么不想隐瞒了？你什么意思？”

韩峰转身道：“对不起大家，有一件事我和你们冷处商量了很久，但是一直没有告诉你们。今天晚上，这个谜要揭开了。那就是，我们一直怀疑，在我们的队伍之中，有一人与这次犯案的主谋是串通的。也就是说，我们里面有内奸。”

“啊！”夏末张大嘴，不敢相信道，“不会吧？你会不会弄错了？”

韩峰道：“我也希望我弄错了，可是这个案子的很多事实都表明，我们的行踪，被我们的对手掌握得很清楚。首先，我和冷处第一次去他家的时候，那是他办案时专用的休息地方，他告诉我，很少有人会知道那里，除了刘定强和林凡这两位老队员，就连你们也都不知道，对不对？”韩峰问夏末。

夏末道：“我确实不知道。”

韩峰道：“可是凶手知道，并且知道我们那天晚上就住那里，如果不是我睡不着，今天站在这里讲话的就不是我和冷处了。第二次，是梁兴盛的工厂，我们去查的时候好好的，为什么我们一离开，守门的葛老伯就惨死？而且，我们半夜去查案时，还被人第二次偷袭，如果不是我警惕性高，今天站在这里讲话的，也不是我和你们冷处了。”

冷镜寒在一旁悄悄道：“别把自己说得那么伟大。”

韩峰一笑，接着道：“第三次，在我家里，这件事你们谁都不知道，除了凶手。有人把一条蛇放在我家里去了，可是，知道我家在哪里的人实在是少之又少，除了冷兄，还有夏末和林凡来过，别人是根本不会知道我家在哪里的。而且，我是半路来查这个案子的，就算凶手将你们刑侦处的人调查得很清楚，他也不可能知道我是从哪里来的，更别说放蛇了。”

韩峰顿了顿，眼睛扫过每一个人，又道：“后来，我们发现，丁一笑在被监听后的第二天，就开始保持说话的警惕性了，你们没有发现，是因为我们没有告诉你们。就在我们安装了窃听器之后，丁一笑说话前，要思考三秒钟，而以前不会，这些小小的细节，几乎难以察觉，但它给我们提供了一个信息，凶手得知我们安装了窃听器这件事，只用了不到半天时间。还有，你们调查丁一笑的矿场时，为什么没有发现，就是因为走漏了消息，他们早做好了准备。为什么我们这两次行动都以失败告终，也是因为，有人将我们的情况泄露给了丁一笑，他知道我们什么时候在什么地方，而我们却毫不知情。”

林凡道：“那么，难道你怀疑的人就是——”

韩峰道：“不错，刚才我已经说过了，这个藏在我们身边的人就是你——龙佳！”韩峰将手指着龙佳。

龙佳睁大了眼睛，嘴角因激动而颤抖着，她叫道：“我没有！不是我！”

夏末也道：“会不会弄错了，不会是龙佳吧？”

刘定强也道：“你为什么会怀疑她呢？”

韩峰冷笑，道：“那好，我就把我怀疑的原因告诉大家。从第一起事件说起，当时知道冷镜寒住处的，只有刘定强、李响、我和冷镜寒——”

夏末打断道：“对呀，龙佳不知道冷处住什么地方啊？”

韩峰道：“错！你忘记了，那天是龙佳开车送我和冷处去那里的，所以，不仅她知道冷处的住所，而且，也只有她和与我们同车的潘可欣知道，那天晚上我和冷处是住在那个住所里面的。”

刘定强看了龙佳一眼，不错，那晚冷镜寒也没有特别表示要住那专用的办公小屋，如果不是与冷镜寒和韩峰一同到那里去，根本就不知道冷镜寒要住在那里。

韩峰又道：“第二件事，也就是梁兴盛工厂的事，当时我是委托龙佳去调查梁兴盛的工厂，可是她调查的结果却是没有任何线索，她隐瞒了事实，梁兴盛工厂有一条生产线被移动了，她也没告诉我。而且，当我们去查过梁兴盛工厂后，葛老伯马上就遇害了，其实当时我还根本没发现什么，可龙佳怕我已经发现了零件的秘密，所以马上通知了凶手，让他布置人转移了零件，杀害了守门人。”韩峰冷冷看着龙佳，道：“当葛老伯当面向我提起厂里的生产线被转移了一条的时候，你就下了杀他的决心了吧？”

龙佳红着眼睛，低声辩解道：“我没有，我没有。”

韩峰道：“那天晚上，也是你一个人最先接到公安局的电话，你是早就知道他们会来电话，所以才留在刑侦处没走吧？而等我和冷处到了现场，你再通知你的同伙，让他们用玩具汽车炸弹，想把我们轰上天。你好歹毒啊！”韩峰一面说一面挥动着手指。

龙佳噙着泪，只是摇头。韩峰接着道：“第三件事，也是一直让我怀疑的事，当时冷处也在场，我们询问了我住的地方的老板娘，她说，有位身高大约在这里、短头发的女警官来过，我没说错吧？”韩峰比画着身高，冷镜寒点点头，正是龙佳的高度。

韩峰道：“龙佳可以把长头发盘起放在帽子里，看上去就是短头发了，可是我不明白的就是，我的家，只有冷镜寒、李响、夏末和潘可欣知道，龙佳是不知道我住在哪里的。”

夏末道：“对啊，龙佳不知道你住哪里。”

刘定强低头沉思着，韩峰对他道：“但是，有一件你们不要忘记，并不是一定要到过才知道，有些人的表达能力很强，而有些人的理解能力也很强，而李响和龙佳，恰恰就是表达能力强和理解能力强的两个人。李响，他曾经详细地告诉过龙佳我家的地址和我房间里的情况，对吧。”

刘定强无奈地点点头。韩峰道："所以，能做到这三件事的人，只有龙佳。"

夏末道："不，不对啊。照你这么说，那位记者小姐，潘可欣，她也有嫌疑才对。"

龙佳感激地看了夏末一眼。韩峰毫不留情道："是吗？可我们从动机上分析的话，可欣就毫无嫌疑了。关于这一点，我想，冷兄来给你们解释，恐怕比我说得更清楚。"

冷镜寒道："潘可欣是我干侄女，所以和我比较亲近，我不是偏袒，因为你们还不知道她的身世。她的爷爷，叫潘胜国。"

林凡道："啊，是那个，就是那个潘胜国吗？"

冷镜寒道："对的，就是那个九州集团的董事长，潘胜国。他们家族的财产，保守估计在三百亿至五百亿之间，可这次的凶手，其目的也是钱。可是你们知道吗，当个人资产上亿之后，钱对他们而言，就只是一个数字了。潘可欣是潘胜国唯一的孙女，此外潘胜国再没有别的后人，那么，可欣她会为了几十亿，而弃自己千亿身家于不顾？这一点，很难站住脚吧？"

韩峰接着道："可你，龙佳就不同了，你是孤儿院出身，从小贫苦，而刑侦处的津贴也不是很高，你看你们，每天只能靠吃方便面度日，迟早营养不良，所以，为了自己的容貌，为了自己吃得更好，铤而走险也不过分吧？你说吧，他们答应给你多少好处？"

龙佳头一扭，冷哼道："就凭你这样的推断，很难服人吧？"

韩峰道："那好，我再说几件事，你是两年前才到刑侦处的吧？在刑侦处里，你是最后一个进来的，而其余人员，最少都有四年工龄，而我们这个案子，凶手是从三年前开始谋划的。昨天晚上丁一笑并不急着走，是因为你通知过他，晚上我们已经加强戒备了吧？而今天我们屡屡扑空，也是因为他已经知道我们的行动了吧？"

龙佳道："你这样血口喷人，在你说的事件中，也都有你的参与，那为什么不是你通知凶手的呢？"

韩峰道："那好，我就告诉你原因，证据就在你身上——"

所有人的目光，一下子全集中在龙佳身上，韩峰一字一句道："请你，拿出你的手机来吧。"

龙佳这才变了脸色，韩峰道："如果是发送过短信，没有时间删除的话，那么短信是会保留在手机里的，你是想回到房间睡觉后再删除短信吗？已经没有机会了。”

龙佳摸索着拿出手机，喃喃道：“这，不是，我不知道它会是，难道……”

韩峰拿过手机，拨弄道：“是这里了，这条手机短信，是发给239××××2345的机主的，这个号码，你们或许很陌生，但是我再说出另一个号码，你们一定都知道。239××××2341，还有印象吗？林凡？”

林凡突然一个激灵，惊讶道：“那是，那是怀疑丁一笑与幕后主谋通话的那个号码，难道这两个号码间，有什么联系？”

韩峰道：“不错，上次你们给我们那个号码，让我们去调查，结果在天涯市查出了借身份证给人家的农民乔明刚。当时并没有引起我的注意，可是今天在查看资料时我才发现，那天龙佳调查的林政死前，打给林政的手机电话号码是239××××2349，而我们在天涯市调查时，曾经记录过孙经理的手机号码是239××××2343，所以，我相信这批号码间，一定有某种联系，所以，我拨打了卖手机的老板娘的电话号码，她查过后告诉我，当时用那张假身份证办理的，共有十个手机号码，都是239开头，直到倒数三位数也都是234，最后一位是从0到9。那么，龙警官，请你告诉我，这个短信息是发给谁的呢？”

龙佳惶恐道：“我，我不知道。”

韩峰道：“哈哈，你不知道？那好办，我们只需要拨通这个号码，那么，就真相大白了不是？拿音箱来，我要让所有人都听到，这个手机号到底是谁在使用。”

林凡似乎不大情愿，但是他还是拿出了一对小音箱，接在手机耳机接口处。随后，大家都屏住呼吸，静静等待着，黑夜本来就悄无声息，此刻更是只有电子拨号的声音“嘀嘀嘀嘀嘀嘀嘀嘀嘀嘀嘀”。

号码拨通后，一个声音急迫道：“怎么？难道你们又发现我了？怎么不发短信？喂，说话啊——”

韩峰飞快地用纸写下“按错了”三个字，让龙佳回答，龙佳鼻子酸酸的，强忍着道：“按错了。”

手机那头道：“怎么这么不小心，被发现了就不好了，好，我关了。”

大厅里鸦雀无声。林凡、刘定强、韩峰和冷镜寒，谁都听得出，这是丁一笑。

关机的声音传来，韩峰道："那么，你还想解释什么？"

龙佳默然道："我不想解释了，总之不是我，你们信也好，不信也好。冷处长，你相信会是我吗？"

韩峰打断道："还要狡辩，我告诉你，最先怀疑你的人就是他！"

龙佳那一双无助的大眼睛，仿佛不敢相信这是真的，惨然问道："是这样吗？冷处长？"

冷镜寒伤心地扭过头去，答道："是的。"

龙佳环顾林凡、刘定强、夏末他们，问道："你们，你们呢？你们相信是我做的吗？"

每个人都低下了头，诚然，谁都不愿相信这是事实，可是，这是不容辩驳的事实。

韩峰道："我就说到这里了，剩下该怎么办，你们看着办吧。"

沉默良久，冷镜寒道："这样，龙佳，你，你先除去警徽，我会派人二十四小时照顾你，等案子结了，如果是有其他人，我们不会冤枉你的。"

韩峰不客气道："干吗说得这么含蓄？龙佳，从现在起，我们要解除你的武装，并拘留你，可以不给你上手铐，但是一天二十四小时，你必须在我们的人员的监控下，等这个案子结了，我们再给你定罪量刑。"

龙佳没有反抗，先进了禁闭室，冷镜寒叹道："唉，今天晚上我是睡不好了。"

韩峰打个呵欠，道："这是件好事啊，总算把内鬼揪出来了，我可以睡个好觉了。"

冷镜寒道："对了，你是怎么知道她发的短信还没有被删除的？"

韩峰道："很简单，但是我不告诉你。"

……

第二天，韩峰又睡到太阳快至中天才醒来。冷镜寒道："我们又监视到三次手机信号，因为怕抓不住，所以就没有叫醒你。"

韩峰道："那么，看来是没有进展了。你们是不是将两个手机信号都监视起来了？"

冷镜寒道："是的，丁一笑那家伙，果然用两个手机呼叫，但是，中途他第二次呼叫龙佳，我们已经掌握龙佳的消息可能已经暴露了。他在车里拨打手机，我们每次都没追到他。本想各处监视，设置路障，单行道放行的，可是，城里又出现几起暴力事件，将我们的兵力分散了。而公安部那边还在调查案件涉及的政府部门，部队呢又把重点放在对各个码头的守护和监控。那家伙，竟然能在城里堂而皇之地来去自如！”

韩峰道：“他无外乎是想把你们拖垮，就像红军长征那样，胖的拖瘦，瘦的拖垮，然后他就可以平安地从码头出海了。而且，现在你们监视到的手机信号，究竟是不是丁一笑打的还不清楚呢。他可以把手机交给任何人，并且安排一架红色商务车把警方的视线引开，这样是没用的。”

刘定强拿了一份文件过来，问道：“那我们现在该怎么办呢？我们总不能就这样被他拖得东奔西走吧？”

韩峰道：“其实，这次我回来的真正目的，并不是抓捕丁一笑，我只是想把我们中那个内奸捉出来而已。说实话，最不愿指认龙佳的人，就是我了，可是不指认她又没办法啊。我们的行动都被对方掌握着呢。”

冷镜寒疑道：“你只是想指认龙佳？那下一步怎么办？”

韩峰道：“丁一笑只是他们设在我们海角市的一个分部经理级人员，我们要抓的，可是整个案件的幕后策划者。”

冷镜寒道：“幕后策划者，难道你已经知道是谁了吗？”

韩峰冷笑道：“不错，我大概已经知道了，否则我为什么去上海呢。”

冷镜寒道：“究竟是怎么回事啊？”

林凡和夏末气喘吁吁地回来了，恨恨道：“又让那家伙跑了。”

韩峰正在道：“这次计划，幕后的策划者利用七宗罪为原型，将恒福银行与这件事相关的人一一杀死，大概准备收集百分之三十左右的股票，准备在证券全流通的时候全部抛售，这样就可以获利三百个亿左右。第一个死者是庄晓军的父亲庄庆隆，恒福集团的财务总监，他死于暴食，由于庄庆隆本身有心脏病，所以他们设计得很巧妙，连天涯市公安局也没有查出线索；第二个，上海地区总经理启开华，他死于暴怒，关于他的死因，我还只停留在猜测阶段，我在等那边的人给我证据，他会给我电话的；第三位，便是北京地区的总经理查孝礼，他死于嫉妒；第四位才是林政，他应该是死于淫欲；第五位，梁兴盛，他死于贪婪；第六位，孙向贤，他死于傲慢。随着全面股改的日期越来越近，凶手的步伐也越来越快，如果我们只是在海角市想办法抓捕丁一笑的话，那么真正的主谋，很可能就将大批的巨款转移了。丁一笑手里的几千万，和整个案件的三百亿比起来，就不算什么了。”

林凡道：“虽然我们都已经听冷处说过你们在天涯市调查的情况了，可是你们不是一直还没有结论吗？到底那个幕后主谋是谁呢？”

韩峰打量着每一个人，道：“如果龙佳还在这里，我可不敢说，不过，现在我可以告诉你们，真正的幕后主谋，就是现任恒福银行董事长——江永涛，而替他设计杀人阴谋的人，是他们的客户经理于成龙。”

“啊！”“怎么会是他们两人？”“不可能吧？自己卖自己的公司？”一时间，众口纷纭。

韩峰道：“不错，好像江永涛担任了这家公司的董事长，他便没有嫌疑了，可是事实上，他在公司所占有的股份，只有百分之二十三而已，十大股东中，任何两大股东的股份加起来，就可以超过他。而他最近的几次投资计划，也都遭遇了失败，国外的亨利银行不断施压，要求他出售集团股票，同时放出董事长这个位置。江永涛如果不控制更多的股份，他将跌入谷底，而且，他的家人也都安排到了国外，看来他是早做好准备，随时准备外逃。而且，只有他才知道公司的股权什么时候进行改制，也只有他才有能力控制整个案件的进展。”

冷镜寒道：“可是，不是七宗罪吗？好像你只说了六个人。”

韩峰道：“不错，因为还有一个尚且没有被杀，我们也不知道他们下一个目标是谁。”

冷镜寒道：“那，在天涯市警局时，你也说过，没有能让人在一分钟内死亡而前半个小时却毫无反应的药物呢，于成龙是怎么杀死孙向贤的？”

韩峰道：“那天我忽略了，有那样的药物。胶囊，当时孙向贤根本就处于无意识状态，连进食也必须用鼻饲，所以，将胶囊通过鼻饲管灌入孙向贤腹中。前半个小时，胃液未溶化胶囊，所以不会有毒性反应，可胶囊一旦破溃一个小孔，致命的毒素很快便能吸收入血，加上孙向贤那时的身体处于极度虚弱状况，很小的变化就能让他死亡。一旦心脏停止跳动，血液也停止了流动，所以毒物并没有遍布全身，查末梢血当然没有任何效果。”

冷镜寒道：“那现在，我们先去天涯市吗？”

韩峰道：“唔，这个……让我想一想。龙佳说了什么没有？”

冷镜寒摇头道："没有。她始终不肯承认，可她也无法解释那手机号码的原因，我也不知道该怎么办了。"

韩峰道："原来如此，那么，我们看看她的物品吧，或许能从里面发现些什么。"

林凡道："没用，我们已经查过了，龙佳的生活用品没有什么特别的发现，就只有她的电脑，可是她本身是个高手，我们打不开她电脑的密码，她也拒绝透露密码，现在还没有说服她。"

韩峰道："是吗？那我们去看看。"

电话响了，冷镜寒接起电话，韩峰和林凡来到龙佳的办公桌前。

林凡打开龙佳的电脑，道："这个三重密码系统，普通的解码软件是没有用的。"

韩峰道："可是，如果把电脑放电，任何密码不都是没有效果的吗？"

林凡道："但是我们刑侦处的电脑，都有地雷木马，只要一被放电，那些设定为删除的秘密级文件，就会被自动删除。"

韩峰道："好的，你让开，我来看看。"

韩峰坐在电脑前，林凡惊道："可是，你，你不是不会电脑吗？"

韩峰道："不是不会，是不能操作太久了。"

就在三人惊讶的目光中，韩峰的手指如拨琵琶般快速地弹动起来，双手就像有二十根手指一样，根本看不清指头的动作。只有冷镜寒，心中默念道："这个小子，到底还要带给我们多少惊讶？"

不一会儿，韩峰道："好了。可以打开了。"

林凡抬腕一看表，一分三十秒，比解码软件快多了。林凡道："你怎么做到的？"

韩峰道："现在需要问这样的问题吗？你打开她的电脑看看有什么特别的地方。"

他起身让座，林凡不由得更奇怪了，心道："你自己打开看看不就可以了吗？为什么要让我来呢？"但他还是打开了电脑，开始在浏览器里搜索起来。

林凡道："这些是她经常浏览的网站，这是她的电子邮箱接收的邮件，这些是她发送的邮件，她不用即时通信软件与别人联系。看上去也没有特别的地方啊。"

韩峰道："她有没有什么特别爱好？"

刘定强回忆道："对了，龙佳特别喜欢去一家谜题网，里面包括各种字谜，那网名叫什么来着？"

刘定强用手指着自己的额头，想了半天，终于道："想起来了，是这个。"他指着屏幕上一个网址，林凡马上打开，里面有传统字谜、诗谜、纵横字谜、藏头谜、数独，等等。

林凡又从电脑上读出龙佳的账号密码，登录上去，一看，龙佳解开的谜题已经不少了，她最常去猜测的，便是一种叫数独的游戏。韩峰道："原来是字谜网，倒像是很容易用来传播消息呢。"

林凡盯着屏幕道："可是这些是什么，我们根本就不知道，这是什么游戏？"

韩峰瞪眼道："别问我，我也不知道。"

夏末道："数独，是十八世纪欧洲数学家欧拉发明的一种填数字游戏，要用到唯余论的数学方法，就像玩魔方一样，看起来很简单，要完成实在不容易。最近在网上似乎比较流行。"

刘定强道："说说看，是怎么玩的？"林凡也道："说来听听。"

夏末道："由九个小方格，拼成一个正方形，叫一个九宫格，再由九个九宫格，拼成一个大正方形，这就是数独表格。那是一个横九格、竖九格的正方形，所要做的是，在每个小方格内填入一个数字，数字从一到九，在横格与竖格中的九个数字，不能重复，而在每个小九宫格里的数字，也需要填入一到九，也是不能重复的。数独的谜面，会事先留下一些数字在表格内，玩家所需要做的，就是填入剩下的数字。"

刘定强道："听你这样说起来，不复杂啊。就是在每一横排九个方格里，填入一至九九个数字，每一竖排也是填一至九九个数字，将这九九八十一格全部填完就算完成？"

夏末补充道："还有，每个九宫格内也是一至九九个数字，而且，每一横排和每一竖排中，不能出现同样的数字。"

林凡看着龙佳前面完成的数独游戏，道："这里还有一张新发过来的数字表格，是昨天的。你说，这里会有什么信息吗？"

韩峰道："如果是数字密码，那倒是可以传递一些信息，看一看前面她完成的就知道了。"

林凡随意调出一张龙佳填过的表格，韩峰道："将她填上的数字提出来，从上往下，从左往右，全部排做一排。"

林凡排列之后，得到一组数字。

韩峰道：“二十七位数？这么复杂？”

夏末道：“这还算简单的，留下的空格越多，填入的难度就越大。”

韩峰道：“不是这样的，我是说如果这是信息的话，可不好破解。龙佳喜欢看书吗？”

林凡看看刘定强，刘定强道：“她喜欢看电脑书籍。”

韩峰道：“你怎么什么都知道？”

刘定强憨厚一笑。林凡道：“你不知道，我们强哥平时都在刑侦处做实验，是最敬业的一位，所以，我们中不管是谁的生活习惯，都是强哥最了解。”

韩峰道：“噢，那快把她的那些书籍找出来。”

夏末道：“我去拿吧。”

不一会儿，夏末抱来厚厚一沓书籍，全是关于电脑的。韩峰道：“找一找，看看有什么字码一类的东西没有。”

四人又开始翻找龙佳看过的书籍，刘定强最先有发现，他从一本电脑报合集里抖出一张纸来，惊喜道：“这里有一张字码，居然全是字。咦，还有一张。”

林凡也有发现了：“我这里也有。”

夏末道：“我这里也有两张。”

韩峰举起手来，道：“强哥手里三张，林凡那里两张，夏末那里两张，我这里两张，一共有九张字码，现在就齐了。字码有了，那么我们就试试破译密码吧。”

刘定强看着电脑上的数字，问道：“这些数字毫无规律，怎么破译呢？”

韩峰道：“我刚才已经说过了，一共有二十七个数字，要破码，首先是断码。”

“啊！你是说断码？”林凡接口道，“我怎么给忘了。”

韩峰笑道：“因为你没用过，所以，曾经学会的事会慢慢忘记。”

夏末道：“什么是断码？”

林凡道：“像数字密码，因为始终都是〇到九个数字，所以要找出它们的规律来，如果那些数字是紧连在一起的，那么，就要把它们分开，至于几个数字为一组密码，除了编码人，别人是不知道的。不过，单独一个数字是不能表达什么意思的，所以，断码通常选二、三、四、五个数字为一组，然后再寻找数字组与数字组之间的秘密。如果有字码的话——”

韩峰道：“那么就非常明显了，二十七个数字，能被通除的只有三和九。如果九个数字为一组密码，那么总共才得到三组密码，不可能表达出任何意义，所以，这次断码，应该是三个数字为一组，我们一共可以得到九组密码。在字码的帮助下，每组密码将对应一个汉字，九个字应该可以表达很多意思了。”

夏末道：“可是，得到每三个字一组的密码后，我们又该怎么办呢？”

林凡道：“有字码表，这就是最基本的密码了，几乎不用破解，你看看，一共九张字码表，这每张字码表上都是横九排、竖九行地排列着，也就是说，第一个数字，代表字码的页数，第二个数字是行数，第三个数字表示在那一行的第几个数。”

刘定强道：“字码表上就这么几个字，能够准确表达出要传达的意思吗？”

韩峰道：“别小看这几张字码表，虽然每张表只有八十一个字，可九张表共有七百二十九个汉字，七百二十九个常用汉字，已经可以准确表达出任何意思。汉字，是世界上最有独立性也最有复杂性的表达印迹，真正全盛时期的汉字，多达五万个之多，而通用汉字，不过一两千而已。能熟练掌握五百个汉字，就可以理解社会上的所有事情；能熟练掌握一千个汉字，就可以当作家；能熟练掌握两千个汉字的人，就可以当思想家了；如果已经可以熟练掌握五千个汉字，那就是哲人！”

刘定强打个哈哈，道：“那么，韩峰，你掌握了多少个汉字啊？”

韩峰道：“我？我早就会上万个汉字了。”

林凡道：“别开玩笑了，破解密码吧。”

夏末道：“可是，这些字码上没有标明哪一张是第一页、第二页啊，我们怎么破解？”

韩峰道：“你也太笨了吧？这可不像你哦。把九张页码，都当作第一张来试一遍，将第一组数字密码对应的那个字写出来，然后依次类推，最多九九八十一遍，总有一句话是通顺的。”

夏末道：“那如果没有一句话是通顺的呢？”

韩峰道：“那就说明我们的密码破解得不对。开始吧。”

四人齐动手，前面的句子都是毫无意义的九个字凑在一起，可是在试到第五十九句话的时候，便得到这样一句话："通知冷镜寒去梁工厂。"

"啊，这是——"大家都惊呆了。刘定强道："果然是密码。"

韩峰道："既然知道了字码表页数的顺序，那么我们就再试一组数字吧。"

他们又选了一张数独表格，这次共填了三十九个数字，依然按照三字一组划分，就得到十三个汉字："设法探听韩峰家已准备好毒蛇"。林凡道："可恶，真是利用网络来传递消息，就在我们眼皮前面，我们竟然一点也不知道。"

韩峰道："现在说这些没用，我们先完成最近一张数独表格吧，那才是最重要的。昨天才发来的消息，他们要告诉龙佳什么呢？"

林凡道："可是，我们又没玩过这种填表的数独游戏，该怎么办呢？"

刘定强道："这还不容易，很快就填上去了，我来。"

夏末道："我也玩过，我来。"

韩峰道："别争了，一人抄一份数独表格，大家一齐动脑，这样完成得快些。"

冷镜寒走出来，问道："怎么了？查到什么没有？"

韩峰道："我们已经查到他们利用网络互通消息的秘密了，正准备破解昨天发来的密码消息。"

冷镜寒道："刚才老郭他们打电话来，说是又发现丁一笑的行迹了，他们已经派人去查了，虽然知道可能性不大，但是不查也不行啊。陈团长也和我了解了一下这个案件的具体情况，他对你提出的那个钢铁数字差距被用来生产武器的说法，感到非常震惊，认为应该马上报告上级，申派增援兵力。"

韩峰道："好啊，这次可是真的要打硬仗了。那么，我们又去画地图吧。"

冷镜寒道："什么？"

韩峰看看正在埋头填数字的林凡三人，笑道："从意想不到的地方，可以有意想不到的发现呢。"

二人来到贴在墙上的海角市详细地图处，韩峰道："麻烦你，将得到的丁一笑出现过的地方都用标记标出来。"

很快地图上多了八个红色的标记，韩峰道："你看，他先是顺着江淮路向北，然后顺着江阴路转西，转了一圈，又回到马安路，再顺着入海江的江滨路掉头往南。”韩峰指着地图道：“这就有个问题，沿海线在东方，所有的码头都是靠海修建的，他朝这个方向走，岂不是离海越来越远了吗？”

冷镜寒吸口气道：“确实是在与码头背道而驰啊。”

韩峰道：“如果他驾车频频出现在你们的视线范围中，你们会怎么办？”

冷镜寒道：“还能怎么办？还不是设置路障，沿路封锁，出动警力，围追堵截。”

韩峰道：“是的，可是你看他走的这条路，如果在入海江大桥上游乘船呢？”

冷镜寒道：“这航游本是绕市旅游和向上深入内陆的，可是如果入海的话，前面确实没有任何关卡，你是说，他要从江入海，然后再顺海远逃吗？”

韩峰道：“可是钱怎么办？”

冷镜寒道：“对呀。他携带大量现金，他要从入海江那里坐船的话，只有环城游艇是入海的，可是他不可能带那么多钱上游艇的。如果是他的自驾艇的话，一是没有地方停靠，二是水警会搜查他的。”

韩峰道：“对啊，所以说，只有一个可能，那就是，他根本就没有携带现金，还记得我们第一次搜到丁一笑手机信号范围那次检查吗？在那里只发现了丁一笑的指纹和一个人的生活用具，那么阿八呢？从我们这么多天的监视情况来看，他们可是形影不离的啊！”

冷镜寒道：“你是说，丁一笑在那里留下油墨纸只是一个假象，钱早让阿八转移走了，丁一笑只有一人，其目的是吸引我们警方注意，好让他们在不知不觉的情况下安全出海并带走现金？可是，他自己怎么办？丁一笑也不是省油的灯，他总不能什么好处都不拿白忙一场吧？”

韩峰道：“别着急，听我说完啊。丁一笑单身一人，没有携带现金的话，其中有一个好处就是，他更加容易隐藏身份，也更方便逃走。现在的他，就算要走边防线出国也不是没有可能，但是，就如你所说，他是不可能放弃那些钱的，那是他的最终目的呢。所以，钱肯定是被转移到安全的地方，并且有可供出逃的工具，从这里乘坐游艇，避开警方的检查，那么游艇会经过哪些码头呢？”

冷镜寒道：“东方国际最繁华，目前也是货运量最大的码头，游艇都会停靠在那里的。”

韩峰道：“那么，事先准备好高速的游艇，并且准备好现金呢？”

冷镜寒道：“我知道了，他是在用陆上交通尽量吸引警方注意力，好让他的同伙替他转移现金到他们选择好的码头，然后趁我们将注意力都放在陆上和码头的时候，利用游艇到最近的码头，再利用事先准备好的游艇逃走！”

韩峰道：“到了公海上，他可以乘坐国际船舶，警方是无权过问和干涉的，这，就是他南辕北辙的逃亡路线之谜。”

冷镜寒道：“我马上通知老郭，让他们加强对东方国际码头的防御和检查！”

韩峰道：“等一等，还不能确定他是否选定了东方国际码头，如果贸然集中兵力的话，有可能被他们从另一处码头突破。”

冷镜寒道：“那该怎么办呢？”

韩峰道：“那么，我们就要看林凡他们是否已经破解了数独之谜，毕竟龙佳也是他们的一分子，总不能丢下同伴逃跑吧？他们还要小心龙佳出卖他们呢。”

冷镜寒冲出房间，问道：“你们填得怎么样了？”

刘定强满头大汗道：“看起来简单，这东西还真难破解，单单是每一横排和每一竖排不能有重复的数字就已经很考验人了，还要要求每九个方格的正方形中不能有重复的数字，比我做化学鉴定难多了。”

林凡把笔一抛道：“不做了，这根本就不是人能填上去的，也只有龙佳这种弄电脑的天才才会玩这样的游戏，我又不是数学家。”

冷镜寒看着时间道：“已经快两点了，你们快一些。丁一笑不可能拖得那么久的，时间越久对他越不利，现在他离入海江大桥已经非常近了。今天晚上，他们多半就要逃跑。而且，今天也是限期破案的最后一天。”他又对韩峰道：“你也帮着看看啊。”

韩峰道：“你又不是不知道，这种东西，我确实不会啊。不如直接问龙佳，对了，龙佳被你们关哪里去了？”

冷镜寒道：“龙佳现在在她宿舍，我带你去。那他们——”

韩峰笑道：“放心，就算我们去了又回来，他们也未必就破解了数独的谜题。”

林凡道：“别小看人。”

韩峰哈哈一笑，与冷镜寒出门而去。

第二十一章
黎明前的战斗

龙佳是住在公安局的职工宿舍内，现在一切都没变，只是门口多了两名警察。龙佳家中也被搜查过了，她正在整理房间，见到二人，便道："我已经说过了，我什么都不知道，你们到底还想问什么？"

韩峰拿出林凡他们画的数独表格，对龙佳道："请你为我们破解这个。"

龙佳一看，道："这是什么？数独！为什么拿这个给我？"

韩峰道："这可是证明你无罪的大好证据，所以，请一定完成它。一定要亲自算，一定要算对哦。"

冷镜寒心中一愣，暗道："韩峰这小子，又在玩什么花样？龙佳填的数字，就是他们的秘密联系方式，那只能证明龙佳有罪啊？为什么是证明龙佳无罪呢？"

龙佳道："那好吧，我试试，呃，这个难度比较大，属于高难度数独题，给我一些时间。"

冷镜寒道："我们就是没有时间了，你一定要在天黑前完成它。"

韩峰拉拉冷镜寒的衣服，道："喂，去吃饭。"

冷镜寒愣道："怎么？你，你还没吃饭？"

韩峰双手一叉腰，道："我就睡在你们刑侦处，你让我到哪里去吃饭？"

冷镜寒一拍头道："糟糕，吃午饭的时候你还没起床，我忘了。现在我哪里还有心思陪你去吃饭，给你十块钱，自己出去吃。"

韩峰冷笑道："十块钱？吃方便面啊？你也太抠门儿了吧？"

冷镜寒道："不要拉倒。"

韩峰冷冷道："这可是你说的，那我去吃了。"

"哎，等等。"冷镜寒好像想起什么似的，马上翻着衣兜，总算找了张百元大钞，恭恭敬敬地交给韩峰。龙佳注意到，韩峰走后，冷镜寒擦拭着额头的汗。

龙佳拿出一个笔记本和一支签字笔，开始演算起来，她问道："冷处，为什么容忍那个家伙自由散漫地待在刑侦处里？"

冷镜寒道："啊？你是说他睡觉的事？你不知道，那家伙，一定要保证睡眠的，如果没睡够时间，他就没有敏捷的思维。"

龙佳道："为什么你要给他钱？难道你欠他什么？"

冷镜寒道："唉，你不知道，那个家伙，他的眼里根本就没有我们所谓的正义和道德，如果不给他钱，他就会做出非常可怕的事情。"冷镜寒不由得想起这个案件刚开始时，请韩峰吃饭的事情，那家伙要无赖，竟然当着服务员小姐的面脱衣服，想着想着，他忍不住一笑。

龙佳边演算边问道："竟然是这样一个人，那么，你们是怎么认识的呢？"

冷镜寒陷入了深深的回忆，那是他未曾想象过的恐惧、血腥、杀戮、阴谋、诡计，他最无法忘记的，就是韩峰那句平淡的话"我来自地狱"。每当想到这里，他都会忍不住打个激灵，好像身体已经习惯以这样的颤抖方式来表达自己的恐慌，根本不受大脑指挥。

龙佳注意到这个细节，便追问了一句，道："嗯？是很离奇的经历吗？"

"啊！"冷镜寒回过神来，这才想起自己是在和一个嫌疑犯对话，这个人只是曾经是自己的下属，他答道，"你专心破题吧，如果有机会的话，或许以后你会……或许还是没有机会的好。"他说着模棱两可的话，又摇了摇头，似乎不希望那段经历被人提起。

"看来韩峰身上的秘密，比自己想的还要大呢。"龙佳这样想着，不由得露出了微笑。

冷镜寒看在眼里，心中也是充满疑惑："按理说，如果一个内奸被揭发出来，她应该感到紧张、恐慌才对啊，可龙佳竟然在笑，根本就不像是被怀疑的对象一样，这是怎么回事呢？"

一辆红色的商务车，停靠在江边，一个身材高大、体格魁梧的男人从车里走出来，他驻足江边，看着那滚滚波涛东去。这浩浩的大江，发源于青藏高原，最终将流进大海；大海，那似乎是万物的归宿，不管是什么，一旦进入大海，被找到的可能性就很小了。

这时，那男人的手机响了，他摸出手机，手机里急促的金属询问声传来："怎么样了？"

这男人答道："很好，Y计划已经启动，一切顺利。"

金属声道："好，就在今天晚上，从那个地方出发，向东偏南十九度航行，到时候有一艘巴拿马籍的油轮会在公海接应你们，祝你成功。"

这男人道："你们的董事会应该结束了吧？我听到广播了，你们公司经过调查，好像没有发现什么问题吧，现在股票的价格又开始攀升了，你也应该已经离开天涯市了吧？你现在在哪里呢？"

金属声音哈哈笑道："你猜呢。"

韩峰这一餐，吃了足有两个小时，可是他回来的时候，龙佳依然没有破解开谜题，韩峰大声地招呼门口那两名警察道："我回来啦，辛苦你们了。"就好像那两名警察在替他保管什么东西一样。

冷镜寒听到他的声音，走到门口，却看见韩峰突然扬起拳头，准备击打其中一名警察。那名警察一把抓住韩峰的手腕，问道："你要干什么？"

韩峰道："看看你们是否穿了防弹衣。"

旁边一名警察道："有你这么看的吗？"

韩峰笑道："我可提醒了你们哦，一定要注意哦。"

冷镜寒挥手招呼韩峰过来，然后看着龙佳，问韩峰："她还没做出来，刚才问林凡他们，他们也没做出来，怎么办？"

韩峰道："走，吃饭去。"

冷镜寒一呆，问道："又吃？你不是刚吃过吗？"

韩峰道："刚才是午饭，现在吃晚饭，我们吃完饭回来，他们也就差不多做出来了。"

冷镜寒道："现在不是做这种闲事的时候，我们必须在太阳落山之前破译这个密码。"

韩峰轻松道："喂喂，别生那么大气嘛，如果我告诉你我已经破解了密码呢？”

冷镜寒一惊，随即道：“原来你已经破译了密码，为什么不早说？”

韩峰道：“还没呢，但是，只要回到刑侦处，我马上就可以破解密码。”

冷镜寒拖起韩峰就走，道：“那我们马上赶回去。你这个家伙。”

龙佳起身道：“冷处——”

冷镜寒走到门口，冷冷道：“这两天，你还是留在这里比较好，不要到处乱走，否则，就不会是这样的拘禁了。”

龙佳又无助地坐了回去，心道：“到底还是怀疑我啊。”

冷镜寒加大油门儿，拉响警笛，在马路上风驰电掣般往回赶。韩峰看着沿路城景，远处一栋高层建筑已初具雏形，就像一个庞然大物屹立在城中央，韩峰心想：“那就是潘氏企业的象征性建筑了吧？全市最高的建筑。对了，最近好像很多天都没看见可欣了，那个小丫头，虽然矮了点，不过还是很有情趣的。”他挠挠头，突然想到原来是自己不让潘可欣对这件案子进行跟踪报道的。

前面一位中年妇女，穿着朴素，冷镜寒开着车，那女子走在天桥上，原本只是一晃而过，可是韩峰脑海中一个激灵，好像突然捕捉到了什么一样，他不由得思索起来：“那个女子的背影，究竟给我留下了什么呢？”渐渐地，韩峰将那晚在天涯市看到的那个女人的背影与刚才看到的那个妇女的衣裳结合起来，大喊一声道：“我知道了！”

冷镜寒给他吓出一身冷汗，呵斥道：“你一惊一乍的，呼喝什么？你又知道什么了？”

韩峰道：“还记得我们在天涯市吗？我说那天晚上我看到一个熟悉的背影，是个女人的。”

冷镜寒道：“嗯，你想起来那个女人是谁了吗？”

韩峰道：“是的，我想起来了，当时没有想到，就是因为她的衣服突然华丽起来，那个女人，就是我只见过一面的卢芳！”

“吱——”冷镜寒将车刹停在路边，只想用手掐着韩峰的脖子，愤怒道：“你这家伙，你怎么现在才想起！”

韩峰用手指着前面道：“快，快开车，不然今晚就破不了案了。”

冷镜寒一轰油门儿，韩峰身体也向后靠了靠，他继续道：“可是，那天晚上我们看见她和陈天寿在一起，第二天在恒福银行门口，她却又和于成龙亲切地抱在一起，这是怎么回事呢？”

冷镜寒分析道：“看来，于成龙要对陈天寿下手了，你不是也说过，他的七宗罪还有一宗懒惰没有执行吗？”

韩峰坏笑道：“是这样吗？可陈天寿看起来，并不懒惰。”

冷镜寒心中不快，于是加快了开车的速度。他最喜欢看到的，就是韩峰眼睛像狼眼一样开始闪光的时候，那表示，韩峰要准备认真了；而他最不喜欢看到的，就是韩峰坏坏的笑容，通常这种情况，表示韩峰已经知道一些真相，与别人想的不同，可他就是不打算告诉你，而且，他那种坏坏的笑容，可以让你恨得直咬牙。

到刑侦处门口时，韩峰叫道：“停停停停停，那不是可欣吗？她在这儿做什么？”

只见潘可欣一人在刑侦处门口低头沉思，冷镜寒将车开过去，打开车窗问道：“可欣，你在这里做什么？”

潘可欣一惊，抬起头来，欣喜道：“你们总算回来了，还担心碰不到你们呢，我打你手机又打不通，找你他们又不让进去。”

韩峰从另一头探头过来，问道：“找我们什么事？”

潘可欣道：“你让我监视的开源矿业公司，前天有好几辆密闭大车开出去。我想可能有什么东西运走了，所以我就跟上去了，发现车里全是人呢，他们都集中在东方国际码头。”

冷镜寒面色一变，韩峰忙问道：“他们有没有发现你？”

潘可欣摇头道：“我想没有吧，我是跟得很远的。他们乘坐的都是大卡车，很容易跟的。”

冷镜寒对韩峰道：“与我们的结论一致。”

韩峰道：“怎么现在才说？”

潘可欣噘起嘴道：“我怕他们会坐船出海嘛，等发现他们安顿下来才想到告诉你们，可要和你们见一面比登天还难。是你叫我去监视他们的，我觉得他们的形迹很可疑，所以专程来提醒你们的，连一句好话都没有，下次不帮你了。”

冷镜寒道：“现在怎么办？通知老郭和陈团长他们？”

韩峰道：“不忙，没有布置妥当，会打草惊蛇的。待信息确定后再行动吧，既然他们已经安顿了两天，那么他们不急于一时行动的。”

他对潘可欣道：“可欣，你提供的消息很重要啊，谢谢你，你能不能再帮我查一件事？”

潘可欣道："什么事？"

韩峰道："你以记者的身份，先去查一查丁一笑名下的五家企业，不，现在应该是六家企业的账目、货单，不要引起别人怀疑，就说是做企业调查报告吧。最近审计署的人也一定在那里，从他们嘴里套取一部分情况，再从企业财务人员那里得到一部分，这样比较准确，你知道该怎么做。"

潘可欣喃喃道："那你们要做什么？还是不能让我参与啊？"

冷镜寒道："可欣，现在正是最关键的阶段，以后这个案件结了，没有什么危险了，我们再让你来报道，好吗？走吧，我们赶着回去呢。"

潘可欣走后，冷镜寒问道："老郭那边已经对丁一笑的企业成立了专案组，为什么还让可欣去查？"

韩峰浅浅一笑，道："这样不是多一层保险吗，就可以防止他们内部也有敌人的内线啊。如果两边的情况符合，那么就更具有真实性。"

回到刑侦处，冷镜寒马上问道："你说一回来就可以解开密码，现在说吧，打算怎么解开？"

韩峰先打声招呼道："大家好，你们破解出密码了吗？"

夏末来不及拭去额头的汗，道："还，还没有呢。"

韩峰道："拿来，我看看你们的成绩。"

夏末填了三行数字，刘定强填了两行，而林凡呢，面前演算的草纸有一大沓，可他连第一行都没填出来。

韩峰道："不用填了，有更方便的方法可以完成这张数独表格。"

"什么！什么！是什么？"算了一下午的三人一齐问道。

韩峰笑道："其实，电脑里有专门破解这种数独表格的软件，用电脑来演算，可比你们算起来快多了。"

夏末痛苦道："该死，我怎么就没想到？我早该想到的，没错，电脑上是有这种软件的，可我从来也没用过，竟然没想起来，我实在是太……"

林凡道："你——你这家伙，你既然早知道，还让我们在纸上演算什么！"

韩峰道："别生气，我这不也是刚刚才知道的吗，你快去开电脑吧。"

林凡打开电脑，刘定强道："什么叫刚刚才知道？你起初并不知道？”

韩峰撇嘴道：“是的。”

刘定强道：“那你又是怎么知道的？谁告诉你的？”

韩峰道：“你们啊，还有龙佳啊。”

夏末奇怪道：“什么？我们？我们什么时候告诉你了？”

林凡已经打开电脑，他打开百度搜索，同时道：“搜索一个破解软件，马上下载。”

韩峰道：“不用了，龙佳的电脑上有现成的，你找一找，应该不是很难发现才对。”他又转向夏末道：“是这样的，我并不知道数独是个什么东西，但是今天看见你们这么辛苦地演算，也没有算出结果来，而且，龙佳也算了一下午，依然没有结果。我就想，既然是即时通信，没有理由要算上一天才能破解密码啊，使用网络这样方便的交流工具来发送信息，本就是为了追求时间，要是只算密码就要用半天，岂不是白白浪费了很多时间？所以，我认为，它应该有种破译的工具，可以在短时间内将数字自动填入空格，既然是用网络来传送数独表格，那么破解的工具，自然也该在网络上有。”

冷镜寒道：“原来你说的回来就能破解密码，指的就是这件事啊。”

韩峰道：“我以为，这种破解密码的工具，是专门特设的，别的地方没有。不过，听夏末的说法，好像破解软件到处都可以下载。”

夏末汗颜道：“是啊，我只是想着怎么快点破解密码，根本就没有想起用破解软件，都怪我，如果我能早一点想起，大家就不用白忙活一下午了。”

韩峰安慰道：“哎，别丧气，就算现在才发觉，也不晚啊。”

林凡道：“找到了。”

一个小型的破解软件，点开程序，便出现一张空白的数独表，将现有数独表上的数字按顺序填在空白的数独表格中，点击开始，电脑便开始自动演算，并将正确的数字填入空格，填完他们得到的数独表格，前后不到一分钟。

林凡愤愤道：“该死，这么快就完成了，我们竟然——”

冷镜寒道：“现在不是说这个话的时候，现在你们赶紧把密码对应的汉字找出来吧。”话音刚落，就听到电话响，他马上去接电话了。

冷镜寒从办公室里出来，林凡道：“已经破解密码了，它显示的是，明晚九点东方国际码头三号港一六三五号集装箱。这份密码是昨天传来的，明晚就是今晚！”

冷镜寒道：“和我们分析的一样，东方国际。刚才是陈团长给我来电话，说接到报案，有名店主在东方国际码头看见有可疑人员向他购买食品，那些人衣服内装备有武器。全体注意，马上换装准备，立刻出发！夏末，分发武器；林凡，通知各单位准备；刘定强，检查车辆！韩峰——”他语气一变，换了副笑容道：“你待会儿再吃饭，好吗？”

夏末分发武器完毕。冷镜寒道：“行动中，要保持警惕，这次我们的敌人，是经过特殊训练，配备有精良武器的恐怖分子，现在各部门都已经分头调配兵力，我们要与他们配合好。向天齐主要负责对残匪和小股武装抵抗力量的剿灭工作；夏末，你和部队的马营长一个小组，你们负责拦截欲图逃往海上的恐怖分子；刘定强，你去104号海事巡逻艇，一是你对案情比较了解，也负责监视过丁一笑，二是在巡逻艇上比较安全，你们的任务是追击已经逃到海上的恐怖分子，并抓获丁一笑他们。我会和陈团长以及郭局长一起指挥这次战役，韩峰，你——和我待在一起。”

“嘀嘀嘀，嘀嘀嘀，嘀嘀嘀。”不知道谁的手机响了起来，冷镜寒怒道：“我不是说过吗，行动的时候，任何人都必须关掉手机。”

大家一阵慌乱，纷纷查找自己的手机，可是，每个人的手机都关得好好的，只听那“嘀嘀嘀，嘀嘀嘀”的声音还是响个不停，大家仔细一听，这声音好像是从韩峰那里发出来的。

韩峰这才醒悟过来，在身上到处拍拍，唉，还真摸着一个硬东西，他把手机取了出来。

大家顿时傻眼，韩峰这家伙，连穿的衣服都没有，竟然有手机，而且还是三星最新款手机。原来，是韩峰顺手拿的启金运的手机响了。

韩峰见所有人的目光都怒视着自己，笑着挥手打个招呼道：“嗨。”接起了电话，只听他答道：“哦，已经找到了吗？好的，暂时就放在我那里吧，明天我回来拿。是的，现在没有时间，行动要开始了。好，就这样，拜拜。”

冷镜寒问道：“怎么回事？哪来的手机？”

韩峰若无其事道：“一个朋友的，我去上海时，让他帮我查一些资料，我一直不能确定，是不是于成龙作下的这些案子。上海那位朋友说，好像不是于成龙作的，不管怎么样，我要回去看了证据才知道。好了，现在还是抓丁一笑要紧，于成龙离我们太远了。”

冷镜寒一声令下：“出发！”

韩峰最后一个走出办公大楼的门，他仰头望天，只见霞光满天，红似火烧，他喃喃道：“还没有完全天黑呢，难道就要开战了？”

城里的警笛已经四下响起，商家店铺似乎都知道有什么大事即将发生，天还没完全黑，便早早关上了门面。林凡坐在后面，喃喃道：“连商店全都关门了。”

韩峰道：“装甲车都开上街了，想瞒是瞒不住的吧。”

走到十字路口，韩峰的手机又响了，他听过电话后，问道：“是不是各路口的检查都撤了？”

冷镜寒道：“嗯，是啊，他们都去增援东方国际码头了，既然已经知道他们要在什么地方出海，就不用再设置检查站了吧？”

韩峰道：“知道了，最好别让所有兵力都去东方国际。”

冷镜寒道：“怎么？难道还有什么地方不对劲？”

韩峰道：“是的，他们可能不会在东方国际码头出海，而是别的什么地方。”

林凡一惊，道：“不会吧？我们这里已经没有内奸了，而他们也在无意中泄露了行踪，应该就在东方国际码头才对啊，而且，我们通知的警方已经封死了码头的出路，就算要转移他们也没有机会啊？”

韩峰道：“要是一开始就不是在东方国际码头呢？”

“什么！”冷镜寒一惊，问道，“那是在哪里？”

韩峰拿出手机，放在耳边，聆听了一会儿，道：“追踪到了，在武安路，是通往哪个码头的？”

冷镜寒道：“是——是滨海码头，海角市最大最现代化的集装货运码头，去年才修建完工的。他们会去了那里？”

韩峰道：“不错，我们转向吧。”

冷镜寒道：“那，我们的布置怎么办？重新布置已经来不及了。”

韩峰道：“继续往东方国际码头前进，我想，他们是在那里设下了陷阱，就像我们在开源建筑公司那里一样，通知大家小心点就是了。最后的武装恐怖势力，应该都集中在东方国际那里，而丁一笑，一定在滨海码头！为了不引起怀疑，让大家继续按原路线前进，而我们三人去滨海码头就足够了。”

林凡道：“你怎么知道他们会去滨海码头？”

韩峰道："到了那里，就知道了。"

冷镜寒道："我们三人还是太单薄了，叫向天齐派一个小分队到滨海码头与我们会合吧。"

韩峰补充道："还有，我们这边的行动一展开，天涯市那边肯定会知道，让天涯市的陈局配合，将江永涛、于成龙等拘留起来，明天我们就赶过去。"

冷镜寒道："什么原因呢？"

韩峰不耐烦道："随便安一条罪名先，就说被举报私吞公款，总之不能让他们跑掉了。"

前面是十字路口，冷镜寒打过方向盘，车朝另一个方向驶去。很快手机响起，冷镜寒将手机递给林凡，刘定强问道："冷处，你们是往哪里去？"

林凡道："你们继续往前开，我们走另一条路，一切按计划进行，知道了吗？"

林凡又打电话给向天齐，告诉他们多加小心，并派一支小分队前往滨海码头。冷镜寒告诉林凡号码，让林凡拨通了天涯市公安局陈局长的手机，他亲自和陈勇军通了话，向陈勇军说明了事态的严重性。挂机后，冷镜寒长出了一口气，道："他已经答应了，并马上行动，我说，你的计划能不能早一点公开，非到这个时候才说。"

韩峰道："我自有我的道理。"

开上三环立交桥，韩峰对林凡道："你看！"

林凡往桥下一看，没有什么可疑情况，韩峰道："那辆黑色捷达前面。"

林凡道："是辆白色宝马啊。"

韩峰道："丁一笑在里面。"

林凡惊愕道："你怎么知道？"

韩峰道："追上去看看不就知道了。"

冷镜寒道："坐稳了，我们追上去。"

冷镜寒加大油门儿，北京吉普大力追了上去。

前面的车并没有留意，只是以常速在开，不过毕竟相隔较远，追了三个街区后，才远远看到黑色捷达的背影。林凡道："那辆黑色捷达也一直跟在后面，里面坐的什么人？是不是他们的手下？"

冷镜寒道："不会，相隔太远，好像也在跟踪。我们上去看看。"

枪。”

只见两名手下将车开走了，丁一笑和其余五名手下四处望望，朝另一个方向走去。冷镜寒他们小心地跟在后面。韩峰倒退着走，仰望着四处高地，道：“还真有信心呢，连放哨的都没安置。”

林凡道：“如果安置哨兵，会被发现的吧？”

冷镜寒道：“噤声。”

只见丁一笑和阿八分走两条路，丁一笑带着几个人奔向私人游艇停靠的码头，阿八却朝一个集装箱区走去。冷镜寒道：“分作两组，李响和林凡去盯阿八。韩峰，跟在我后面。”

韩峰耸耸肩，对李响他们做了一个“祝你好运”的手势，两队分开行动。

冷镜寒与韩峰离丁一笑他们越来越近了，他们看见，丁一笑笑着和一名手下谈论什么。韩峰道：“肯定是在笑你们警方无能。”

冷镜寒道：“小声点，你怕他们不知道我们在这里啊？”

韩峰道：“他们要上游艇了，怎么办？”

冷镜寒望着码头入口处，道：“小分队怎么还不来？”

忽然，风中传来了“呜呜”的警笛声，只见丁一笑脸色一变，和那几名手下焦虑起来。冷镜寒马上跳出来，双手握枪，蹲好马步，先朝天鸣枪，然后大声道：“不许动，你们已经被包围了，举起手来！”

岂料，那几个人，竟以飞快的速度钻进了游艇，并开始发动游艇，冷镜寒甚至来不及开枪。

冷镜寒说了声：“追！”却见韩峰右脚往自己左脚上一靠，左手捏起拳头顶住自己的额头，摆了个很酷的姿势。

冷镜寒气急败坏道：“你这是做什么？”

韩峰模仿冷镜寒刚才的动作，蹲了个马步，双手做持枪状，道：“你这又是做什么？你直接开枪不就结了，你摆这么专业的姿势做什么，以为我没见过警方握枪的姿势，给我显摆显摆吗？”

冷镜寒一跺脚道：“还说这么多做什么，快跟上。”

韩峰跟着冷镜寒跳进一艘汽艇，这艘汽艇居然是插着钥匙的，冷镜寒发动马达，向海中追去。冷镜寒道：“快，与海事部门联系，一定要阻截他们。”并告诉了韩峰号码。

韩峰联系过海事部门后，道：“他们已经派出三艘缉私艇和两艘巡逻艇，正朝这边赶来，并进行网式封锁，不过——”

第六部·大结局

天涯市“七宗罪”命案告破

第二十二章
乘人之危

那气垫船说话了，一种干瘪尖锐的声音笑道："哈哈哈，你们感到害怕吗？在这茫茫的海中，无依无靠，任人宰割，你们现在知道和我们作对的下场了吧？破坏我们计划的人，都得死！再见了，我们的警察同志！"

接着，韩峰从喧嚣的潮涌中听到了大量气体被释放的声音，不得已，他也纵身跳入海里。

韩峰刚入海，"轰"的一声，他们的汽艇被炸得粉碎。韩峰探出头来时，冷镜寒笑道："你又推断错了。"

韩峰气极道："可恶，竟然这么近距离放鱼雷。"他看着远处，又道："那究竟是什么东西？以前我没有见过啊。那好像是无人驾驶的武装船，那种东西，只有美国才搞得出来吧？"

冷镜寒道："现在别管它是什么，你在水里能坚持多久？"

韩峰道："不知道，怎么，你该不是想游回吧？"

这时，远处又有笑声传来，依然是尖锐的声音，笑道："哈哈，这里离码头二十四海里，能游回去也算是铁人了，两位警官，你们就这样在水里泡着吗？那我们可要走了。咦，怎么回事……"

韩峰骂道："岂有此理，他们看得见我们，那小气垫船上有摄像头，还带夜视功能的。"

冷镜寒道："只要他们没有办法再攻击我们就好。"

只听船里另一个声音道："你怎么弄的？快弄好它。"

那尖锐的声音道：“我正在找原因，怎么无法控制了呢？它，它完全是自动操作了。”

另一个声音道：“笨蛋，我们这是油轮，不要搞出什么事情来。”

尖锐的声音道：“是，是，我正在调整程序。马上就好，马上就好。”

韩峰突然一指前方，道：“快看，那船转向了。”

冷镜寒道：“嗯，它要回去了吗？”

韩峰笑道：“可是，好像他们也无法控制那船了呢，呵呵，这就是高科技的好处。”

船上的另一个声音道：“你在做什么，怎么回事？它掉转过来了，它！它！它准备做什么！该死，快停下，快让它停下来。”

尖锐的声音道：“没有办法，停不下来了。没有办法了！”

韩峰突然道：“快快快快，快往回游。”

冷镜寒道：“又怎么了？”

韩峰道：“跟着我游就是了，如果你不想喂鱼的话。”

两人朝油轮的反方向游去，冷镜寒仍在后面问道：“究竟怎么了？”

他们还能听到小气垫船扬声器里传来的声音：“来了！天哪！”

韩峰道：“不要停，只管游，能游多远算多远，直到你完全游不动为止。”

“轰！”那巨大的响声震耳欲聋，海洋突然被映红了，冷镜寒回头一看，只见巨大的油轮拦腰截断，就像喷火的怪兽，正做着最后的垂死挣扎，冲天的火光伴随着隆隆的巨响一次比一次猛烈。那无人驾驶的小艇里，还不时传出阵阵尖叫和惊呼，那仿佛是世界末日来临时的惨号悲鸣。那艘小艇，也朝着油轮的方向驶去，消失在火光之中。

冷镜寒大叫道：“快看，那油轮爆炸了！天哪，这是怎么回事啊！”

韩峰狂声疾呼道：“不要回头看，快向前面游，油轮沉没时的气旋，会把我们都拖到海底的！”

油轮慢慢沉没，虽然气旋没有到达韩峰他们的位置，但巨大的海浪还是将两人掀得一上一下，将两人折腾得够呛。风浪终于渐渐平息后，韩峰喘着粗气道：“总算熬过来了，这就叫风里来、雨里去吧？”

冷镜寒道：“刚刚捡回来半条命，你还有心情说笑话，快告诉我，为什么他们的船沉了？”

韩峰道：“因为，来接他们的船不是别的，而是油轮。就凭这一点便可以断定，那艘船会被炸沉，否则，这片海域，来往的国际船只那么多，为什么独独派出一艘易燃易爆的油轮呢。”

冷镜寒看着海面的茫茫大火，道：“看来，他们逃不掉了。”

韩峰道：“这么剧烈的爆炸，就算跳海也来不及。”

冷镜寒道：“飞鸟尽，良弓藏；狡兔死，走狗烹。我们早就该想到幕后策划者不会给我们留下任何线索的。现在我们怎么办？”

韩峰道：“虽然他炸死了自己的手下，不过也救了我们一命。”

冷镜寒道：“这又是怎么一说？”韩峰一笑，道：“很快你就知道了。”

当他们被巡逻艇救上船的时候，救援人员道：“如果不是看见起大火，我们还真的找不到你们。”

韩峰和冷镜寒换掉湿漉漉的衣服，冷镜寒问道：“现在码头的情况怎么样了？”

一名水警道：“码头那边正激烈交火，我们有三艘舰艇过去增援了。听说东方国际那边打得更激烈。”

冷镜寒道：“好，我们马上回去看看。”

韩峰瘫在地上道：“我认为我们该去医院休整。”

艇长道：“好，我们派一艘汽艇送你们回去。”说完，他又指挥着船只搜寻幸存者，控制火势。

回到滨海码头，冷镜寒跳下小艇，询问参战人员道：“情况怎么样了？”

带队的警员姓张，他道：“局势已经被我们控制，击毙了大量恐怖分子，现在剩下的小股匪徒分散逃了，我们的人已经分头堵截去了。他们的基地竟然在一个集装箱里，真是让人想不到呢。”

冷镜寒道：“走，去看看。”

被改造过的集装箱内，一地的烟头，四架三层铺的上下床占去了一半空间，一张安放有台灯的桌子，几个酒瓶，一些生活用品放在床下。集装箱墙壁上到处都钉着挂钉，看上去像放武器的，箱子一角还有大量未使用的弹药，警务人员正在清查。

张队长道：“我们还发现了这个，好像是他们来不及装运的现钞，你们看看。”

说着，分别抛给韩峰和冷镜寒一人一捆，都是百元钞票。韩峰轻轻一翻，问道："怎么会这样？"那些钞票，竟然只有头面上和最后一张是真的，中间全是只有边缘花纹的白色纸张。

张队长道："不知道，我们抓获的犯罪分子交代，他们只负责看守这批钞票，并不知情。他们都是直接听命于丁一笑，别的情况还在审讯。"

冷镜寒道："为什么会是假钞呢？难道真的钞票已被人转移了？"

韩峰道："去看看俘虏吧。"

张队长道："请跟我来。"

三人步出集装箱，部队的三辆装甲车，似乎刚完成任务，在码头空地上停了下来，其中两辆车上的队员跳下车来，向别的指挥官报告任务完成情况。

突然，冷镜寒指着远处道："有人！"只见一个身影一闪。

张队长道："是个小孩儿？"

韩峰道："这个身影很熟啊？"

相隔太远，他们看得并不十分清楚。这时，李响左手按着右肩追了过来，大喊道："是阿八，快追，别让他跑了。"

冷镜寒迎上去，问道："怎么了？你没事吧？林凡呢？"

李响道："我没事，别管我，林凡受了点伤，后面有警员在给他做及时处理。有几个匪徒跑掉了，我一直追着阿八，让他打伤了，那家伙，比上次又更厉害了。不过他也被我打伤了，跑不快的。"

这时，一辆银灰色的欧宝轿车从警车的封锁中生生挤过来，一溜烟儿向前蹿去。韩峰和李响，几乎同时奔上一辆军部的装甲车，冷镜寒大喊道："别让他开车！"

可是已经迟了，韩峰坐到了驾驶席，笑道："我们会追上他们的。"车如箭般疾驰出去。

李响捂着自己的手臂道："那家伙，这几天我一直都在研究你说的八极拳，这次他不知道又改用了什么拳，技击性太强了。你们看见他跑哪里去了？"

韩峰道："放心，这辆车肯定是去接他的，跟着它跑不掉。"

前面的欧宝车转弯时速度一慢，就看见一道身影"嗖"地钻入了车窗，随后欧宝车加快时速，向前疾驰而去。韩峰也动容道："好快！"

李响道："是啊，就是电影里也没这么快的动作。"

韩峰已经将推杆推到头了，可是看着看着，那欧宝车就没影了，韩峰急得直跺脚，问道："这是什么装甲车！开这么慢！"

李响道："ZSL92轮式装甲车，最大时速88千米，最大爬坡度32，过垂直墙高550毫米。"

韩峰道："啊，时速才88公里，那怎么追得上？"

李响道："可刚才那儿附近只有这种车啊，我们有五辆警车在战斗中被击毁了，他们火力实在太猛，否则也不用调装甲车来。"

韩峰道："原来是这样，我知道了，你坐稳了！"

李响大叫："你做什么！前面没路了。"

"谁说的没路？"韩峰加大马力，"轰"的一声，从一家小卖铺的门外冲了进去，撞塌半堵墙，又从后面冲了出来，来到另一条街区。装甲车剧烈地晃动着，他得意道："这不是路吗？"

李响瞠目结舌道："天，你把人家的店铺撞塌了。"

韩峰道："是吗？坐稳了！""轰"的一声又横穿一条街区。那辆欧宝车似乎也看到了韩峰他们的装甲车，两辆车呈平行前进之势，所不同的是，欧宝车走的马路，装甲车一直是撞着民宅开出一条路来。

饶是如此，欧宝车还是比装甲车快速一些。

李响道："他们上了桥了。"

韩峰道："没关系，追得上。"

李响惊呼道："做！做！做什么！前面是入海江，没路了。"

韩峰道："放心，哟嗬——"装甲车就像一只折翅的大鸟，从几十米高的防潮堤上，"扑通"一个猛子扎进了入海江。

一会儿，装甲车又从水里探出头来，底部"噗噗噗"冒出气泡，顺江而下，李响浑身湿透，吐着嘴里的江水，道："虽然这是水陆两栖，你也不能这样开啊。从那么高的地方扎下来，要是翻了车怎么办！"

韩峰只顾开车，笑道："这不还没翻吗，相信我的技术。"

李响道："你以前究竟是做什么的？有你这样开车的吗？"

韩峰咬牙笑道："抓稳了，我们上岸了！"

欧宝车见前面被拦截了，后面还有别的车追来，无路可走的它，一掉头钻进一个地下停车场。装甲车从停车场的另一面撞墙闯进去，毫不松懈地追赶。

总算追上了那辆车，韩峰将车停了下来，对李响道："他们有武器，你的枪呢？"

李响头搭在车窗旁，倒着酸水，只感到胃里翻江倒海，心中暗道：“冷处说的话都有道理，以后再也不能坐这小子开的车了。”

很快别的车也追了上来，四下将出路堵住，有两辆车还打开探照灯，才有人下车喊话道：“喂，里面的人听着，你们已经被包围了，下车投降吧！”

喊了三遍，没有反应，韩峰忍不住了，试着将装甲车靠近，还是没有动响，李响这才道：“里面好像只有一个人？”

韩峰定睛一看，里面一人，歪歪斜斜地靠着车窗，他道：“难道已经死了吗？”

李响道：“小心些，可能有诈。”

其余车里的人也慢慢靠近，都没有异动，韩峰跳下车来，走到欧宝面前，道：“里面没有别的人了，只有一个死了的。快，四处搜一搜，别让另一个人跑了，你们要注意，那人可能是个侏儒。”

他拉开车门，一个人便滚跌到车门旁，韩峰变了脸色，呼道：“是阿八！”他一摸阿八的颈部大动脉，又道：“已经死了。”

“什么！”李响不敢相信，也跑上前来。果然是阿八，胸口的血迹已经有些干涸，竟然已经死去一段时间了。

阿八的衣服已经破损，瞪着两只大眼睛，仿佛死也不相信凶手会杀死自己一般。

韩峰看了一眼，道：“一刀插进胸口，根本来不及反应，显然是熟悉的人干的，应该是上车之后马上就被干掉了，从血迹来看，至少已经死了二十分钟了。”

李响最是想不透，阿八是个非常厉害的家伙，武学造诣完全在自己之上，虽然受了点小伤，可是要想伤他谈何容易。可韩峰却说他死时根本来不及反应，那凶手下刀时要多快的速度。韩峰朝车内扫了一眼，道：“这是什么？”

突然他的鼻子猛吸几口气，一边对李响道：“快卧倒。”一边自己翻身跃出，同时撑在李响头上，将李响也压倒在地，做完这一切，别的警员都还在十米之外。

“轰——”大地震动着，欧宝车先是垂直飞上天，落地后又炸裂为两半，所有人员纷纷卧倒。好半天，大家又才纷纷爬起。韩峰叹息道：“真可惜，现在一点线索都没有了。”

李响道：“刚才你发现什么了？”

韩峰道："应该是阿八写的字，留在坐垫上，我看见的是一个'三'字，正准备进一步查实，就闻到了火药味。"

李响道："什么人，竟然杀了阿八。啊，哎哟。"他一激动，挥动了膀子，不得不又痛苦地压住右手手臂。

韩峰道："看来，这里的战斗已经结束了。"

李响道："是啊，不知道夏末那边的情况怎么样了。"

韩峰叹道："可惜，真正的幕后策划者的手下都被他杀了。"

李响道："什么？丁一笑也死了吗？"

韩峰道："嗯，他们的船被炸了，大概是活不了了吧。既然没什么事，那我得先走一步了。"

李响道："你不等冷处了吗？另外一名杀了阿八的凶手还没找到呢。"

韩峰道："找不到的，他走这条逃跑路线早就设计好了的，这个停车场好像有不少出口，根本无法封锁。"

李响问道："那你去哪里？"

韩峰咧嘴一笑，道："我该去休息了。"

此刻，警局里一片静寂，几乎所有的警员都参与了晚上的行动，家属区里也是毫无声息。一条黑影钻入了警局的家属小区，刚刚上到六楼，突然发现，有两名警卫站在楼道里，站得笔直。黑影退了退，将一根管状物装在了一支枪上。

"嗞嗞"两声，还来不及反应，两名警卫倒地。那黑影将两名警卫拖至楼角垃圾箱旁，用垃圾桶装了，再上六楼。602室，室门紧锁，他掏出一串铁丝，悄悄捅开门，没有发出丝毫声响。黑影持枪进屋，环顾屋内，没人！

屋里开着灯，卫生间里也有灯光。这是一个马脸小须的人，身着黑色T恤，手里拿了把消音手枪。他轻轻地，一步一步，向卫生间挪去，猛地拉门指枪，还是没人，卫生间内还有积水，看来屋里的人刚刚洗过澡。那马脸持枪者将头转向了卧室，卧室的门关着，但从门缝里还是透出光来。里面究竟有没有人呢？持枪者犹豫了一番，就在此时，他听到一阵脚步声，他马上跨过客厅，在黑暗的阳台上躲了起来，拉过半块毡布盖在自己身上。

又是一阵窸窣的声音，又有一人轻轻地推开门，探头探脑地走了进来。这次进屋的人又瘦又高，穿着一件被烧得千疮百孔的白色T恤，一头乱发，就像刚打过越战回来的人。那持枪者心中一惊，暗道："韩峰！"

韩峰也四下张望了一番，喃喃低声道："看守的警卫都跑哪里去了？不过也好。"他在客厅看看，只见卫生间亮着灯，卧室也有灯光透出，不由得欢喜连连，搓手道："原来刚刚洗过澡，那可太好了。"

持枪者以为韩峰会去卧室，岂料他也径直朝阳台走来。持枪者将枪口的位置对准了出阳台的门，心想："只要稍有不对，先解决他再说。"

韩峰来到阳台，显然没有发现持枪的人，他只是俯身向阳台外看了看，面有喜色，自言自语道："太好了，果然阳台外就是邻楼的天台，待会儿被发现了就从这里跳下去，她肯定看不到我。"

持枪者几次准备开枪，可那韩峰一刻也不得安生，身体上就像被装上弹簧似的，不住来回摇晃，如果不能一枪致命，那就会惊动屋里的人。韩峰片刻也没停留，蹑手蹑脚又朝卧室走去，持枪者稍微松了口气，心道："原来是先给自己找好退路。这家伙又是来干什么的呢？"

只见韩峰趴在卧室门缝上，眼睛紧贴着门缝，看得津津有味，持枪者心中冷笑道："原来是来偷窥的。最好就趴在那里别动，让我一枪结果了你。"

他将枪从毡布里伸了出去，对准玻璃窗户，瞄着韩峰。这时，韩峰艰难地吞了口唾沫，喉咙里发出"咕噜"一声，卧室里的人马上警觉，呵斥道："是谁？"

只见韩峰以极快的速度冲过卧室，想也不想，一下就从阳台跳了下去。持枪者全都看在眼里，心道："这倒是条逃生的好路子。"

突然看见一名女子，手捏着浴巾从屋里冲了出来，头发上还挂着把梳子，看来刚刚是在梳头。持枪者明白，这名女子就是他的目标，刑侦处的女警官，龙佳。

龙佳来到客厅，周围都没有动静，屋门被打开了。她从门缝往外一看，看守自己的两名警察不见了踪迹。她立刻明白是怎么回事了，正准备提高警惕，有人低声道："就待在那里别动。"

龙佳稍稍偏头，看见一马脸汉子站在阳台门口，正拿着消声手枪对着自己。那持枪者一手握枪，左手伸进裤兜里，摸出一张照片来，对了一下，微笑道："对不起了，龙佳警官。"

"叮——"突然阳台外传来一阵声音，好像有人从楼上往下扔什么东西。持枪者一分神，龙佳哪里会放过这机会，她一伸腿，将沙发踢了过去，跟着顺手就将头发上的木梳扔了过去。沙发撞在持枪者腿处，持枪者吃痛，马上射击，但是打偏了，跟着一把梳子砸在手上，也不知怎么的，枪就掉了。而此时，龙佳已经两步跃上沙发，飞起一脚，踢在马脸汉子下颌上。马脸汉子仰面后倒，跌在阳台上，他站起来靠着阳台时，龙佳手里已经握着枪了。

龙佳冷冷道："说，是谁派你来杀我的？"

马脸汉子"嘿嘿"冷笑，也不答话，突然身子向后一仰，一个倒翻便跃出了阳台。他知道，阳台下面就是相邻大楼的顶层天台。

龙佳面色一变，制止道："别跳！"已经迟了，约摸过了三四秒钟，只听"啪"的一声，就像一个大水袋，从六层楼高度，直接掉在了马路上。龙佳并不急于去追凶手，没有人能从这么高掉下去还不死，更何况那人是倒着下去的，她面无表情道："出来吧，韩峰！"

没有人回答，龙佳又道："如果你不出来，我就用这枪打断你的手，让你和刚才那杀手一样掉下去。"

"嗯——"疑问声拖得又大又长，只见阳台的栏杆上伸出一只手来，紧紧抓着栏杆，接着，一个大头带着尴尬的笑容，露出半张脸来。韩峰跳进阳台，拍拍手道："唉，怎么又被你发现了。"

龙佳冷冰冰地答道："偷看别人换衣服，除了你，没有人会做这样无聊的事吧。"

韩峰答道："不管怎么说，我又救了你一命，你要报恩也不用给我这副表情吧？"

龙佳咬着下唇，高举起手枪，想了想，才换作左手，狠狠地在韩峰的头上敲了一下，道："不是为了你，我也不用吃这么多苦，连今晚的任务都没法参加！"

韩峰挤出笑容道："话可不能这么说，怎么是为了我，那是为了这个案子，说到底，还是为了你们自己嘛。我说过，只是开头会痛苦一些，以后会慢慢好起来的。"

龙佳黯然道："现在连冷处都怀疑我了。"

韩峰道："是证据太充分，没办法不怀疑你吧。"

龙佳眼角涌出泪花，凄冷道："你总是欺负我。"

韩峰忙道："怎么是我欺负你呢，你是柔道五段，你不欺负我就算好的吧。"

龙佳道："可是现在，杀手也在追杀我，处里的人也都怀疑我，要是到时候你也不承认，那我……"

韩峰大为怜悯，道："怎么会呢。我知道你是清白的，我也知道那杀手为什么要杀你，这你不用担心。"

龙佳问道："他怎么会自己跳下去？"

韩峰道："刚上楼，就发现了看守你的警察同志的尸体，我提醒过他们要穿防弹衣的，他们就是不听。杀手把他们藏在过道的垃圾桶里掩人耳目，却忘了那些垃圾桶都很破烂了，血是可以渗出来的。我上楼时又看到了有人正慢慢地关门，门缝透出的光正慢慢消失，我怕他对你不利，所以走出脚步声。开门后，我一眼就发现那家伙躲在阳台上，他用一块破布遮住了自己的眼睛，却将自己的头发露在外面。于是，我故意到阳台上去说，这阳台外面就是另一栋楼的天台，一跳就可以跳过去，而且，我还亲自跳了一遍给他看，他便信以为真了，唉，是个笨蛋杀手。不过，这个杀手的枪法确实很准，那两名警察都是一枪命中头部。"

龙佳长吐了一口气，准备去捡地上的木梳，一面道："那需要给警方打一个电话。呀！"她皱起眉头，轻呼了一声。那杀手枪法非常准，虽然打偏了，只是偏离了致命的部位，还是打在龙佳的手臂上，龙佳手一动，就露出了痛苦的表情。

韩峰立刻上前一步，伸出双手，关切道："你受伤了？"

龙佳如临大敌，娇呼道："你别过来！"同时后退一步。韩峰那一步，正好踩住了龙佳的浴巾，龙佳一退，那原本就不怎么牢靠的浴巾，"哧溜"一声就滑落在地，龙佳那玉洁的胴体，完全暴露在韩峰眼前。那一刹那，韩峰张大了嘴，倒吸一口冷气，几乎忘记了呼吸，呆若木鸡地保持着伸出双手的姿势，被定格在那里。

龙佳反应也算迅速，她在第一时间，并没有遮掩什么地方，而是马上举枪命令道："闭上你的眼睛，否则我开枪了！"

这句话本来极具震慑力，但是对韩峰似乎没有什么效果，韩峰的眼睛鼓得比铜铃还大，别说让他闭上眼睛，恐怕就是用针来缝也缝不上吧。龙佳将枪一扔，"啪"的一记耳光，韩峰面不改色，依然目不转睛，唯恐眨一下眼睛，眼前一个大活人就会变没了似的。

龙佳这才伸手拿起浴巾，挡在胸前，可是那钻心的疼痛，竟然让她无法握稳，浴巾又掉在了地上。她第三次准备拾起浴巾时，韩峰先她一步，握住了浴巾。

龙佳抬起头来，看着韩峰，韩峰也正看着她，丝毫没有眨眼的意思。两人对视良久，龙佳无可奈何地闭上了眼睛，胸口剧烈地起伏着，她只感到心脏“怦怦怦”地跳，不，是全身都与心脏一起，被一种什么冲动带动着，在“怦怦怦”地跳着。

韩峰贪婪地多看了两眼，再缓缓地将浴巾搭在龙佳的胸前，龙佳已面如火烧，韩峰的手指每次接触到她的肌肤，她都会不由自主地轻轻颤抖。韩峰看了一眼龙佳的伤口，子弹应该是击在防盗门锁上，反弹入龙佳的左后肩部，并卡在了里面。韩峰看了看龙佳的背脊，子弹并没有打穿，可是那光滑如缎面、洁白如润玉的背脊，韩峰又不忍心将浴巾完全地包裹住龙佳。

韩峰只觉得口干舌燥，五心不做主似的，他的手一抖，那浴巾又从一头滑落。韩峰看着自己的右手，那手竟然不受控制，手指轻轻弹动着，他总算明白了，手足无措，竟然是这种感觉。

韩峰颤巍巍的手拎着浴巾的一角，手不知道又碰到了什么地方。龙佳羞不可抑，细声道：“你还没看够吗。”

韩峰一时口吃，竟然答道：“没，没有。”

“你——”

韩峰道：“我，我还是先帮你把子弹取出来吧。”他将龙佳拦腰抱起，横放在床上，手中又是一阵柔滑之感。龙佳始终闭着眼睛，就好像任凭韩峰如何摆弄她，她都默默地认可了。

韩峰放下龙佳，马上冲进厨房，用自来水浇在自己的脸上、头上，告诉自己，要冷静，要冷静！可是不管怎么冲凉，始终觉得体内有一股热气，令他非常难受。

韩峰简单地准备了一下，拿来了一个瓷碗、酒精、小刀和镊子。进入房间时，龙佳轻咬住下唇，娇美地横了他一眼，韩峰打了一个激灵，道：“别这样看着我好吗？我的手会发抖。”

龙佳温顺地闭上眼睛，韩峰竟然也闭上了眼睛，深深地吸了几口气，才开始动刀，他说道：“忍着，有点痛。”

龙佳将浴巾咬在嘴里，红唇白齿分外妖娆，她缓缓转过身去，那浴巾等同若无，那是一具成熟女人的胴体，完美地展现在韩峰眼前，浑身上下，都散发着动人的魅力。韩峰将伤口消毒两遍，用小刀轻轻一挑，拔出子弹来。“啊！”龙佳还是忍不住叫出声来。

韩峰道："好，好了，得去医院打针。"

龙佳转过头来，看着韩峰手里的东西，用青霉素瓶子装着的有酒精的棉球，带钩的镊子，纱布棉条一一俱全，她问道："你怎么会有这些东西？你是医生吗？"

"啊——这个嘛——"韩峰答道，"因为今晚要交火嘛，我怕会受伤，所以自备了一些应急处理工具。"

龙佳微微一笑，道："你这个人，为什么总是那样神秘？有时像什么都会，有时又像什么都不会。你能告诉我，你以前究竟是做什么的吗？我去过你住的地方，那里的老板娘告诉我，你到那里去的时候，就是一无所有，而你的房租，几乎都是冷处帮你交的。她们几乎从来没见到过你外出活动；也没见过你与什么人联系；你每天除了吃饭和睡觉以外，很少做别的事情；看电视你从来都只是看新闻和各种广告；每天睡觉的时间在十四个小时以上；你从来不劳动，如果没有人给你送饭，你可以好几天不吃东西；你也从不讲卫生，再乱再脏的地方都没有关系，你住的那地方简直就是一个垃圾堆。我从老板娘那里得到这些消息时，根本无法想象，一个人怎么能在那种环境中生存。你躲在那种地方，是在逃避什么吗？以你的本事，好像在这个社会生存下去不是那么困难吧？嗯？你有没有听我说话呢？"

龙佳扭头一看，韩峰含笑看着自己，就像在打量一尊唯美的艺术品，她这才想起，浴巾被自己压在身下，自己的背脊根本就是光溜溜地暴露着，毫无遮羞物。龙佳赶紧将头扭向一边，唯恐韩峰看出自己内心的秘密一般。韩峰的手指从龙佳颈项顺着脊梁一直滑下，如触电般的感觉从指尖一直传遍全身，他的目光炙热起来，俯身在龙佳脸庞轻轻一吻，龙佳的面颊早已如天边的红霞……

此时，丁一笑的律师事务所里，一个黑影正检查着丁一笑的个人电脑，他喃喃自语道："哼，丁一笑，你这头养不熟的狼，竟然背着我攒了几千万了。早知道这样，今晚真不该炸沉那艘船，虽然几千万只是个小数字，但是还是蛮让人心疼的。"

这时，手机响了，那黑影摸出一支笔一样的电子发声器，将它凑在自己的喉部，再接手机时，声音就如机械的电子发声。那拿手机的手，纤细得像女人的手一样。他声音尖锐道："什么！你竟然失败了！"

电话另一头有气无力道："对不起，老板，本来我就要得手了，韩峰突然进来了。”

金属声音道：“你是说，韩峰突然闯进房间破坏了你的行动？”

傅凯道：“嗯，我刚进屋他就跟了进来，偷看那女警换衣服，并且还惊动了那名女警，害得我没有得手，还骗我从六楼跳了下去。”

金属声音道：“不可能啊，他现在如果不在码头，就该在地下停车场，那边的战斗还没有结束呢，他怎么会突然回到警局家属宿舍去？”

傅凯道：“不知道，可是真的是他回来了。我从六楼摔下来，幸亏四楼的遮阳板挡了一下，又被二楼的衣架挂住，这才捡回一条命来。我早就提醒过你，请黑网才是万无一失，现在说什么都晚了。”

金属声音道：“笨蛋，请黑网要花多少钱你不知道吗？我养着你们有什么用！”他气愤地关掉手机，坐在丁一笑的电脑椅上闭目养神地靠了一会儿，疑惑道：“不对啊？难道他已经看出了什么破绽？不可能啊。偷看龙佳换衣服？哼，那家伙，找到了龙佳心理防线的弱点吗？只是想乘虚而入吧？竟然会有这样的巧合。既然这样，那可没有办法了，趁他还没有发现前——”

黑影熟练地输入网址，电脑一片闪烁的黑色屏幕，黑影移动着鼠标，输入方式，选择“中文”，随后在暗杀目标一栏中，填入了“龙佳”两个字。幽蓝色的光芒照亮屏幕，映照着一张嘴，正狰狞地笑着。他心道：“韩峰肯定追问龙佳是什么人要杀她，可龙佳只能咬定牙说不知道，她确实不知道啊！这样一来，只会更大地增加韩峰的猜疑，哈哈！”想到得意处，那人情不自禁地拍起手来。

韩峰拥着龙佳的腰肢，睁着眼睛，昨晚仿佛是一场梦，可龙佳温柔地躺在自己的怀里，发丝粘在自己的脸上，脸旁余香。韩峰手轻轻一动，龙佳便醒了，她只是不愿睁开眼，也不愿移动，唯恐稍许的动作，破坏了这样的感觉。这种感觉，就如全身都在温泉包裹之中，一种说不出来的舒坦，情愿让这种感觉永远保持下去。这还是她第一次，这样近距离接触另一个陌生的生命。韩峰摩挲着龙佳光滑的背，轻声道：“既然醒了，还想装睡吗？”

龙佳睁开眼，看着韩峰那一张大男孩儿似的脸，将手搭在韩峰的肩膀上，问道：“为什么，你什么都知道？”

韩峰笑道：“在醒来的那一瞬间，你的心跳和呼吸都发生了改变，这么近距离的变化，是骗不过亲密的人的。”

“如果不是亲自到过韩峰的住处，怎么也无法相信他会住在那种地方吧，韩峰，你应该是比别人更优秀的，可是，你究竟想隐藏什么？”龙佳幽幽地想着，她贴在韩峰的胸膛上，问道：“韩峰，你愿意改变吗？为我。”

韩峰亲吻着她的额头，道：“其实，我一直都在改变。”他仰望着天花板道：“说不定哪一天，我会变得连我自己都不认识自己呢。”他长叹一声，道：“其实，做什么样的人并不重要，人活在这个世上，只要开心就好了，是这样的吧？”

龙佳不禁又好奇地问道：“那么，以前的韩峰，到底是什么样的呢？”

韩峰搂龙佳的手紧了紧，没有直接回答，而是反问道：“你可知道，为什么冷镜寒会成为我的朋友吗？”

龙佳摇头，韩峰道：“那就是因为，他从来不问我的过去。虽然他知道一些事情，但是也并不比你们知道的多多少。”

龙佳有些失落，问道：“连我也不能知道吗？”

韩峰道：“不是不让你知道，而是怕你一时接受不了，你知道吗，冷镜寒接受我存在的事实，也足足花了三年的时间。以后你慢慢就知道了，时间还早呢。”

听韩峰这样一说，龙佳心里乐开了花，捂嘴窃笑。看着龙佳露出女孩儿的模样，韩峰大为爱怜，手指梳理着龙佳那柔顺的秀发。龙佳轻声问道：“就算那样，难道你不能穿戴一下吗？你这个样子，怎么能追到女孩子啊！”

韩峰笑道：“我不是追到了吗？”

龙佳道：“你这个人，如果换了别的环境，根本不可能有女孩子与你接触。”她点了点韩峰的额头，娇嗔道：“你是以这样另类的装扮，来吸引别人的注意吗？”

韩峰道：“你是知道的，我通常不与别人接触，我还没学会怎么和别人交往呢。”

龙佳道：“那你怎么和我又，又和我……”

韩峰道：“我计算过了，你喜欢我。”

龙佳脸色一变，道：“这个也要计算？你怎么计算出来的？”

韩峰笑道：“不能告诉你，说穿了你恨死我。”

龙佳抓住韩峰的手，放在嘴边，作势欲咬，道：“你说不说！”

韩峰道："我说我说，但是说了你可不能咬下去哦。"

龙佳道："如果说得不好，看我不咬你。"

韩峰深吸一口气，道："其实，男人和女人，那是注定了要相互吸引的，这是作为种族遗留的基本因素，谁也改变不了。接触是慢慢产生的，从一开始摸摸头，搭搭肩膀，如果对方不表现出特别的反感，那就是一种接受的表示，随着身体接触的频繁增加，可以刺激异性双方的荷尔蒙分泌增加，甚至发展到一看到对方就产生兴奋效应，以现在的道德观点来说，如果亲吻、抚摸都可以接受，那么……那么……也就可以那样了。从平时接触你的反应，你对我交代事情的态度，以及平时的言语，不难推断出，你是确实喜欢我的，虽然或许你不知道自己为什么会喜欢，但是你对我的出现和靠近，身体会做出明显的反应。首先，你的瞳孔会出现收缩后放大，那是体内自主神经做出应激的条件反射，而后，你的呼吸心跳都会改变频率，只要细细观察就不难发现，不管你怎么掩饰，身体是不会说谎的。由于长时间的接触，你我和身体接触部分的分子会出现相互融合，负离子会和正离子相互吸引。而且，更进一步说，你的生理周期是每个月二十七号左右，在生理周期的前十五天，就是你的发情期，那是作为动物存在时而遗留在每个女性体内的，也是为了繁衍而必备的条件。到了发情期，你的体温会超出平常体温一至二摄氏度，荷尔蒙分泌出现峰值，对感官刺激的兴奋点和刺激平台，都会超越平时的阈值，而兴奋的缓释区缩短，兴奋时间延长。在这种时候只需要轻微刺激，都不用什么言语挑逗，你会难以自持，也就是说——"韩峰戛然而止，感到身边一股强烈的杀气，他甚至不敢直视龙佳的目光。

龙佳冷冷道："用这种推理算法，你得到了不少女人吧？"

韩峰喉头发出"咯"的一声，竖起两根指头，道："没……没有，你，你是第一个，我发誓——我、我发誓！"

可是韩峰竖起那两根指头，怎么看也像是一个胜利的手势，龙佳道："有你这样发誓的嘛！"说完狠狠地一口咬下去！

"啊——"韩峰惨叫一声，再抬手看时，伤心道，"流，流血了。"

龙佳抚摸着那手上的伤口，露出牙齿，问道："疼吗？"

韩峰强笑道："不，不怎么痛。"

龙佳幽怨地看了韩峰一眼，怅然道："我知道，你原本和我们不是同类人，我不可能留得住你。可是，我希望你能常常想起我。"

韩峰捧着龙佳的脸，一双大眼睛看着龙佳，道：“为什么这样说呢，好像我一定会离开你似的。”

龙佳微微一笑，转而一脸惆怅，楚楚可怜道：“那还用说吗。我曾一直幻想，我将把自己托付给怎样一个男人，我本不希望他很优秀，也不希望他长得如何，只希望他平平淡淡的，有一份比较安稳的工作，可以养活自己和家庭，最重要的是要爱家，爱我，也就足够了。可是，当我看到你的时候，我还是不能克制自己，每当你做出思考的时候，我都叹息自己不能跟上你的思维。当你和别的……别的女人在一起的时候，我都会无缘无故地发怒，我不知道自己是怎么了，就像着魔了一样。你的身份太过神秘，你的身上有太多的谜团，我迫不及待地想要知道你的一切，想知道你的过去，想知道你的生活。明明知道你是一个大坏蛋，可是还是那样想和你在一起，哪怕只能共同待上一天，我便立即死去，那也足够了。”龙佳说到这儿时，已经有些哽咽，她伏在韩峰身上，轻轻捶打着韩峰的胸膛，嘤嘤哭道：“韩峰是个坏蛋，坏蛋，大坏蛋！”

“呵。”韩峰长长吐出一口气，紧紧搂着龙佳，贴着她的脸，温柔地许诺道，“放心吧，虽然我或许与你想象的不一样，但是，我不会让你失望的。”两人又是一番耳鬓厮磨，龙佳谈着她的过去，小时候在孤儿院里受到的关爱和照顾，她轻轻道：“小时候，福利院里的老师们，虽然她们年纪都有些大了，相貌也可以说不是很好看，但她们都有一颗慈爱的心。在我的童年，她们既是我的老师，又是我的亲人……”

韩峰的手在龙佳脸庞掠过，道：“你再说一遍，刚才那句话！”

龙佳一抬头，看见韩峰充满疑惑的表情，问道：“怎么啦？我就是说小时候福利院那些老师，又像我的老师，又像我的家长啊。”

韩峰道：“不知道，我觉得我在什么地方听到过同样的话，但我想不起来了。到底是谁说过这句话呢？”韩峰捋过一丝秀发，让那淡淡的幽香留在鼻端，突然抛出一个问题，他问道：“佳儿，你可知道，为什么会有刑侦处的存在？为什么别的地方都没有刑侦处，独独海角市有？”

龙佳的嘴凑到韩峰的耳边，吐气若兰道：“不知道。”

韩峰道：“那是海角市特殊的地形决定了的。海角市三面环海，剩下一面又被大山脉和原始森林占据，不管是走水路还是陆路，都极易越过边境。所以，海角市就成为各国犯罪分子涉足中国的门户城市，也成为各种违法违禁品的集散地和中转站，特别是九七香港回归之后，它更是一跃成为东南亚最大也是最活跃的犯罪市场。这是一座罪恶之城，震惊全国乃至震惊世界的大案特案，这里往往都是首发地。为了有力地打击犯罪，才在八十年代末特别成立了刑侦处，类似于香港的重案组和日本的特高课。它是一个独立于执法部门之外，又有权调动执法部门的，专门针对超重大特殊案件而设立的执法机构。它的前身叫特别侦查大队，九九年改名刑侦处，它的成立，确实遏制了一些毁灭性的犯罪。可是，就算如此，世界各国的罪犯们，依然视这里为他们的天堂。因为现在，全亚洲甚至是全世界最大的市场，就是中国，对普通商品如此，对非法商品亦是如此，而这个港口城市，就是他们将黑手伸向全国的唯一大门。”

龙佳愕然道：“你怎么会知道这么清楚？连我都不知道这些事。”

韩峰道：“冷镜寒说了一些，另外我知道一些。总之，这个地方，处处都是犯罪现场。”

龙佳道：“你就是因为这个原因，才到这里当侦探的吗？”

“侦探？”韩峰哼哼一笑，叹息道，“我不知道，这还是我第一次查案子呢，没想到会碰到这样棘手的案子。唉，看来案子太小了没意思，太大了也麻烦，弄不好小命都不保了。”

龙佳笑道：“我可以保护你啊，别忘了我是柔道五段。”

韩峰靠在龙佳的胸膛上，幸福道：“我知道，有你在身边，我好安全的。”

“啪”的一声，龙佳在韩峰头上敲了一下，心中暗道：“这算什么男人。”

韩峰“哎哟”一声，叫道：“我以为我们的关系有所改善，你下手还是那么重，跟打仇人似的，脑子会被敲坏的。”

龙佳道：“我刚刚想到一个问题。我问你，那个进行跟踪报道的记者，为什么这几天没看见她？”

韩峰一愣，谨慎地看看龙佳，正看到杀气腾腾的目光，心道不好，这个时候，回答一定要小心，稍微说错一个字，就有无妄之灾。他哈哈道：“她呀——我把她赶跑了。”

“为什么？”龙佳淡淡问道。

“因为……因为……”韩峰嗫嚅着，突然道，“因为她没有你长得漂亮。”

龙佳本来板着个脸，也忍不住笑了一笑，她马上恢复严肃道：“她没有来，跟她和我谁更漂亮有什么关系，胡说八道。”

韩峰继续道：“虽然她模样很乖巧，但是喜欢装饰，并不像你，比较朴素，有一种天然的美，她的美那都是化妆的效果；她热衷于社交场所，她有时比较随便，但这也暴露了她的个人生活肯定有问题，就不如你那样清纯；她是富家小姐，除了生活奢华外，也比较开放，我可以断言她肯定曾拥有很多男朋友，她的自理能力与自我保护能力也不及你。你们俩虽然都很美，但无论从气质还是素质上，她都比你差得远。”

龙佳终于笑道：“你嘴上涂了蜜糖啊。你什么都用推理吗？”

韩峰心中早捏了一把冷汗，这时一块石头才落地，暗叹一声：“过关。”

龙佳突然惊呼道：“哎呀，昨天晚上那两名警官你有没有报警？”

韩峰翻着白眼道：“忘了。”

龙佳道：“快起来，马上要通知公安局。还有，你一晚上没回去，冷处他们肯定到处找你呢。而且，你也该替我洗脱冤屈了吧。”

韩峰道：“是这样啊，不过，我认为你暂时还是被怀疑的好。”

“什么！”龙佳不满道，“你说过的，抓住丁一笑后，你就能找出那个真正的内奸，然后替我说清楚，洗脱我的嫌疑。你想说话不算？”

韩峰道：“别着急，我还需要利用你的身份替我查一些事情，那些事情只能暗中调查。你的事，我会对冷镜寒说，但其他人还是要保密。记住，你要调查的事，对整个案子都很重要。”

龙佳道：“什么事很重要？”

韩峰道：“你去查一查……”

龙佳动容道：“为什么要查这件事？”

韩峰道：“你别管为什么，到时候看守你的警察会放你走的。我们今天可能会去天涯市，我希望，在我回来的时候已经查清楚了。记住，你查的事情，千万不能告诉任何人。”

龙佳点点头，道：“嗯！”

韩峰起身道：“我走之后，你再打电话报警，你知道该怎么说的，别的事情，自然有人会处理。”韩峰走到门口。“韩峰。”龙佳叫住他，含情脉脉道，“你小心点。”

韩峰露出自信的微笑，道：“放心吧。”他看着天边初升的朝霞，充满了希望道：“这个案子，在我眼中，已经结束了。”

第二十三章
真正的内奸

韩峰回到刑侦处，冷镜寒正急得团团转，看到韩峰回来，气就不打一处来，喝道："昨天晚上，跑到哪里去了？"

韩峰伸了个懒腰，道："案子不是已经告一段落了吗，就回去睡觉去了。"

冷镜寒道："怎么就叫告一段落了？你知道吗，你跑了之后，我们又和小股武装发生了枪战，一直持续到凌晨三点左右，我还以为你出了什么事情呢。"

韩峰指着冷镜寒布满血丝的眼睛道："看你眼睛知道了，一晚没睡啊，今天还能出远门吗？其他人呢？"

冷镜寒道："一夜激战，战后又还有那么多事情要处理，战斗途中，又有两名队员突然莫名其妙地失踪了，你叫我怎么睡得着。连张艺都回来帮忙了，大家都没睡呢。"

韩峰道："两人失踪，哪两个？"

冷镜寒指着韩峰道："一个是你！还有一个是夏末。"

"嗯？夏末不见了吗？什么时候不见的？"韩峰问道。

冷镜寒道："据陈队长说，夏末是带领一支小分队沿后面包抄的，与匪徒交火后不久，就与他失去了联系。战斗结束后，只有副队长回来了，副队长说一接上火，他们分队就打散了，夏末就是在那个时候失去联系的。好了，现在不是讨论这个的时候，还有很多事要做呢。你先了解一下昨晚的全面战况，然后跟我去一趟医院。昨晚的所有俘虏，好像都不大对劲，和我们在矿场俘虏的三名嫌疑犯出现了同样的症状。还有，昨晚追捕阿八时，你是第一目击证人，我想，你一定有很多重要的线索没有提供出来吧？我先去和老郭老陈开个碰头会，你自己整合整合信息，看看对案子有什么帮助。”

韩峰道：“好吧，我先去实验室看看。”

冷镜寒走路带风地出门而去。

刘定强忙着尸检，看见韩峰进来，道：“两具尸体，阿八和车后备箱一具，骨龄十岁，估计是梁小童，不过已经面目全非了。”韩峰挥手制止道：“你忙。”

林凡正拆卸着一台什么仪器，韩峰道：“那是什么？”

林凡道：“不知道，是在你们去的滨海码头发现的，已经被完全炸毁了，现在看起来，好像是一个控制平台。”

韩峰疑道：“控制平台？那看来昨晚正是某人利用这个平台操纵并炸沉了油船。”

林凡道：“而且，我们意外地发现了一个巧合。”

韩峰道：“巧合？”

林凡道：“是的，我们在控制平台上，取得半枚残留的指纹；恰恰在昨晚被炸毁的车零件上，也发现了残留的指纹。其中有一枚指纹，与这半枚指纹完全吻合，但都不是阿八的指纹。”

韩峰道：“也就是说，操纵控制平台炸死丁一笑和在车上杀死阿八的，是同一个人？”

林凡道：“可以这样说。”

韩峰道：“凶手有没有前科？”

林凡摇头道：“没有，指纹库里没有这枚指纹，但是这指纹也有个特点，你看看。”

韩峰看着林凡拿来的塑料指纹膜，道：“有点像女人。”

林凡点头道：“不错，从指纹的横断面可以看出，这个人的手指纤细，指肚不大，通常情况下，男人的手不呈现这种细而长的手指形态。那么，这就带出一个问题。”

韩峰道：“一个女人，杀死了攻击性很强的阿八，而且，还是一刀致命，这确实有些让人觉得不可思议。”

林凡道：“从李响两次与阿八接触的情况来看，那是一名经过超强训练的武技者，别说女人，就算一个强壮的男人，要想一刀杀死他，也是不可能的。”

韩峰道：“会不会是趁他上车时，那一瞬间发出的攻击？要知道，那时他身体卡在车窗，双手要按住窗框，很容易受到攻击的。”

刘定强道：“但是这种死法被排除了。因为那时下刀的话，伤口不是这个样子的。很明显，凶手是等他坐稳之后，突然刺入的，阿八甚至来不及有什么动作，心脏就停止了跳动。而心脏在受到突然刺激停止跳动后，刀被拔出，胸腔内甚至没有积血。”

韩峰一鼓眼，道：“好快的刀！”

林凡道：“我们甚至怀疑，只有机器才能做到这么精准的动作。”

刘定强道：“你是最先发现阿八死亡的人，现在他已经被炸得支离破碎，只有看你当时有什么发现了。李响说，你看见阿八在座椅上留下了痕迹？”

“嗯。”韩峰点头道，“好像是个‘三’字，但是，如果是手落下时在座椅上顺势画出的，也没有什么实际意义。”

刘定强摇头道：“你错了，那个字肯定是用手指写的。”

“什么！”韩峰一惊。

刘定强道：“你来看。”他拿起半只手臂，是阿八的右手，也正是留下痕迹的那只手。刘定强指着手指道：“五个指头，只有食指蘸了血迹，绝不是顺势落下时画出的痕迹。心脏被扎之后，虽然停止了跳动，但是人的意识并没有丧失，他是用手蘸了自己胸口的血趁凶手不注意留下的痕迹。而且，我在他的手心还发现了胶状物质，经测定，与汽车方向盘上的皮套表面物质相同。”

韩峰道：“你是说，他被刺后，还和凶手抢夺过方向盘，并不是刺后就死了？”

刘定强道：“虽然根据西医学理论，心脏停搏后，人也就失去了意识支配身体的能力，但是阿八是一个受过传统武学训练的高手，从中医学的观点看，一个武林高手，完全可以在心脏停搏的情况下，自己封住自己的经脉，保持意识的空冥，而延长大脑缺氧缺血时间，并能指挥身体做出相应的动作。更有甚者，有的高手，在心脏停搏之后，还能一击击杀敌人，那就是常称的最后一击，也称绝杀。当然，那只是在武侠小说中出现过，可我在实习时，真的见过一名八卦掌宗师，在心脏停搏后五分钟，等他儿子赶到时，还和他儿子说了最后几句话。而且在临床中，也常有吊着最后一口气这些说法，只是从西医角度找不出科学的依据来罢了。”

韩峰道：“你们搜集到多少残留的肢体？”

刘定强道：“不多。如果多的话我早就分析出当时发生了什么状况了。虽然刚才我说的有一定科学佐证，但是，从他身体的其他部位来看，他心脏停搏后，不像是做过激烈搏斗的样子，所以就算抢方向盘也只是突然一下而已，后来就没有力气了，只能趁凶手不注意，在汽车颠簸时偷偷用自己胸口的血留下了最后的痕迹。所以你一定要仔细回忆当时你看到的那个字到底是什么。”

韩峰闭上眼，想了想，道：“没错，是个‘三’字，只是最后一笔有些上提。”

刘定强取来一张纸，模糊写了三画，问韩峰：“是这个样子吗？”

韩峰道：“大致差不多，最后一笔没有那样斜，要平一些。”

林凡道：“有些像三，但也可能是某个字的一部分。”

刘定强道：“这个写法有点像斜王旁。”

韩峰道：“不会，王字旁是先写两横，然后写一竖，这样的写法不合乎笔画顺序。而且，如果这是阿八留下的信息，他一定会想向我们表达什么，而最直接的表达方法，莫过于将凶手的名字写下。我们目前调查的人员中，也没有姓王的或是带王字旁的姓名。”

林凡突然道：“如果笔画短一点的话，可以看作三点水，江永涛！”

刘定强眼睛一亮，仿佛有所突破，道：“嗯！在无力的情况下，无法准确地控制手指移动，这种情况完全可以发生，或许他想写的就是江永涛。”

韩峰道：“未必未必。如果是麦字呢？有可能是麦迪，他也是恒福银行董事之一。”

韩峰这样一提醒，林凡也道：“如果是想写个丰字呢？也有可能是丰秋实。”

刘定强道：“如果是毛字的话，毛小琴也有嫌疑。”

林凡仰天叹道：“唉……以为你能给我们带回什么线索呢，结果还是一头雾水。”

韩峰道：“谁说的，起码我们可以根据这一条线索，偷偷取得所有嫌疑人的指纹，如果真是他们，只需要做个比对就真相大白了。还有，可以查一查他们现在在什么地方，如果还在天涯市，那么再看看他们在机场是否做了登记，这样就可以排查很多人了。”

林凡道：“我马上去办！”

刘定强道：“夏末那小子不在，现场所用的炸药什么的，我就没法确认了。”

韩峰道：“没关系，你继续做你的尸检就好。”

刘定强道：“好的，前晚的那三名死囚，我也正准备给他们三人做一做尸体解剖。”

韩峰拍拍刘定强的肩膀，走出实验室，张艺吊着左手，仅右手在电脑上操作着，韩峰道：“你在查什么呢？”

张艺道：“我正在搜索根据冷处形容初步画出来的那个无人驾驶汽艇，网络上没有什么有用的信息，我现在是在与我们内部情报系统联络。”

韩峰左右看看，奇怪道：“怎么才你们三个人？李响呢？”

张艺苦笑道：“那家伙进医院了，他还想硬扛，可是身体吃不消了，肋骨断了一根，否则我也不会吊着个膀子在这里帮忙了。真是的，我出来，他进去，对了，龙佳她怎么样了？你有没有去看过她？我觉得你对龙佳的怀疑，啧，怎么说呢，反正我始终觉得龙佳不像那种人，但是你又找出了那么确凿的证据，唉……怎么会这样呢。”

韩峰将脸扭向一边，背对着张艺道：“龙佳？我没看见她啊，不知道她现在怎么样了。”如果张艺转过身来，就会发现韩峰满脸坏笑。

韩峰的笑容突然僵硬在脸上，他看见冷镜寒铁青着脸回来了，他问道：“这么快就开完会啦？”

冷镜寒道：“我还没有走呢，我刚刚接到老郭一个电话，他说龙佳报了警，昨天晚上看守她的两名警察被杀了，还有凶手想袭击她。我估计，他们是要杀人灭口，好让我们完全不能从龙佳嘴里套出什么话来。可龙佳又什么都不肯说……”

韩峰心道：“她什么都不知道，你让她说什么。”嘴上笑道：“不用着急，加强保护就可以了。”

冷镜寒道：“现在碰头会暂时取消了，我们先去医院吧。”话音刚落，电话又响了，冷镜寒接听电话后，以不可思议的目光瞪着韩峰，脸色变得更加难看，突然向实验室暴吼道：“刘定强！带上工具，走！出现场！”

刘定强大声回应道：“来了！”

张艺微微一颤，冷处发怒的样子，还是这样恐怖啊。韩峰毫无惧色，问道：“干吗瞪着我？难道你今天才发现我这么帅？”

冷镜寒气得手指都有些发抖，指着韩峰，好一会儿，才放下手指，道：“待会儿再和你说，你必须给我说清楚。”

韩峰将眼睛睁得浑圆，一副无辜的样子，道：“说什么啊？你别以为你马着个脸我就真怕你了，看你那样，就像我偷了你老婆似的。”

冷镜寒回头看了张艺一眼，张艺赶紧扭头看电脑，心中寒道：“冷处真的发怒了，韩峰这小子，满口胡说八道。”

刘定强拎着工具箱出来，道：“好了，我们走吧。”

冷镜寒拽着韩峰就往门外走，同时吩咐道：“刘定强，你开车，我要和这小子谈一谈。”

车上，韩峰嬉皮笑脸道：“我们不去医院了？去哪里啊？停、停，是可欣。”他打开车门，跳了下去。

潘可欣道：“总算等到你们出来了。”冷镜寒对刘定强道：“先等一下。”他也下了车。

潘可欣将她调查的丁一笑的企业情况大致说了一遍，将一份报告交给韩峰。韩峰点头道：“唔，看来审计局的同志调查得挺仔细的。”

潘可欣道：“审计局的同志将丁一笑名下的企业都查处了，你看，这就是他们发现的。”

韩峰看着资料，惊讶道：“果然不少啊。”

潘可欣道：“不错，丁一笑名下的五家企业都是小型企业，就算马力全开，十倍盈利，也不可能凑到这么多钱的。仅仅是几家企业的私立账目，就有好几千万，而且就在前几天，突然将这笔资金全调走了。”

“哦。”韩峰眼神有些怪异，他翻动着报告道，“看来就是集中在矿场的那笔资金了。”

潘可欣道：“真不敢相信，丁一笑利用转账倒账，一来二去，就从账目中扣除下一部分，存在自己的私人金库里，还不用上税。”

韩峰摇头道：“应该不是这个原因，仅仅是逃税吗？你看前面的账单，虚报账目，可是他们却不是报少了，而是报多了，他们哪里是在逃税，分明是在增税呢。”

潘可欣不理解道：“可是，一面在账目上做手脚，从账目中克扣下一部分私藏，另一面也是在账目上做手脚，增加缴税的数额，这太奇怪了。”

韩峰笑道："毫不奇怪，丁一笑这样做，本来就有两个目的。"

冷镜寒动容道："两个目的？"

韩峰扭头道："还记得吗，在你们安装监视系统的时候，我说过，丁一笑是被另一股势力监视着，他的身份很特殊。一方面幕后策划者需要他来帮自己完成在海角市的工作部署，另一方面幕后策划者又很不放心丁一笑，要把他监视起来，还派了一个名为保镖实为看守者的阿八，一直跟在丁一笑身边。所以，丁一笑从反复倒账的程序中扣下一部分，就是为了瞒着阿八和那个幕后策划者，给自己留一条后路。俗话说得好，连老百姓都知道给自己留点棺材本儿呢，丁一笑这种人自然不会让自己空手而回。不过，他没想到背后的黑手比他的动作快多了，他还没有离开海角市，他的后台老板就对他下手了。"

冷镜寒道："那第二个目的呢？"

韩峰道："你看看，这些账目，在丁一笑名下的五家企业中来回倒账的同时，账目越来越大，而这些企业的实际生产能力根本没有这么大产值，有一部分钱是从外面加进来的，他想让它们合法化，方便企业运转和资金流动而已，他们的目的是——洗黑钱！"

潘可欣张大嘴道："原来是这样，可是他们那些钱又是从哪里来的呢？总不能凭空从天上掉下来吧？"

韩峰道："看来你的信息掌握得还不够清楚。你不知道，他们生产武器呢！而每年几十吨的钢铁，那么多武器，他们用得过来吗？有更多的武器，通过他们的手，转卖给了别的犯罪分子，这就是那批资金的来源，也只有这种暴利生意才能给他们积聚那么多财富。"

冷镜寒道："原来是这样。等一等，先让张艺将丁一笑名下企业的调查报告整理出来，看看对老郭他们那边的政府受贿案有什么帮助。"

冷镜寒再从刑侦处出来时，脸色又沉了下来。潘可欣低声问韩峰道："冷伯伯怎么了？"

韩峰道："更年期综合征。"

冷镜寒拉着脸，对韩峰道："上车！"

潘可欣道："你们要去哪里啊？我也要去！"

冷镜寒看着潘可欣执著的眼神，本来憋了一口气，又重重地吐了出来，潘可欣一笑，跟着钻进了警车。冷镜寒坐在了副驾驶座对刘定强："直开。"

冷镜寒看看路面，没有多少车辆，才严肃道："你知道吗？夏末死了。”

“嘎——”刘定强一声刹车，冷镜寒命令道：“没有你的事，你继续开车！走泰安路。”又转头对韩峰道：“刚刚才接到的消息。”却瞅见潘可欣圆睁双眼，愣在那里。

韩峰头向后一靠，虚着眼蔑视冷镜寒，道：“我不知道啊，你干吗凶着我？好像我杀了他似的。”说着，他毫不介意地将手搭在了可欣的肩上。

冷镜寒板着脸道：“发现夏末的死亡现场，你绝对想不到是在哪里。”

韩峰轻蔑地笑道：“哼，我当然知道。”他停了一停，再一字一句道：“就在我家里！”

“嘎——”刘定强第二次刹车。“啊！”潘可欣也发出惊呼声来。

冷镜寒道：“你现在先听着就可以了，开车要小心点。”又问韩峰：“你早就知道了？你小子，为什么刚才不告诉我？你到底在隐瞒什么？”

韩峰无奈道：“我也是刚才才知道的，我没想到他会死啊。”

冷镜寒道：“说详细点！”潘可欣急道：“怎么了？到底发生了什么事？为什么夏末会死在你家里？”

冷镜寒对潘可欣道：“可欣，现在很多情况你都不了解，你暂时别说话，听我们说就可以了。韩峰，你说，你刚才知道夏末死在你家里，是怎么回事？”

韩峰道：“你刚才说夏末死了，我就知道了，他肯定死我家里了，否则你也不用那么样瞪着我了。不错，是我设计让夏末去我家里的，但是我忘了一件事，我家里养着一条饿了好几天的蛇呢。它多半也饿得心急火燎了，夏末那一去，它明知道自己吞不下，也会忍不住想咬几口。”

冷镜寒急了，道：“我让你说正事，夏末为什么会去你家？”

韩峰慢条斯理道：“因为他去过我家，他认识路呗。”把冷镜寒气得七窍生烟。

韩峰挥动双手道：“别，别生气。这事说来话长，首先我们要从另一件事情说起，那就是——龙佳不是内奸！”

“你说什么！”冷镜寒和潘可欣同时惊呼。

“嘎——”刘定强已经是第三次刹车了，韩峰对车前的刘定强道：

“强哥，你是法医，你知道的，老是这样一惊一乍的，容易让我们血压升高，你就当没听见不行吗？”

汽车继续前进，韩峰解释道：“那晚是我和龙佳在演戏。我早就怀疑了，幕后策划者习惯用种种隐晦的信息提示我们，凶手就是某某人，但是，同样的招数，对我用第二遍就不灵了。你还记得吗？洪阿根的事，通过他我们找到了开源建筑公司，结果上了当，吃了大亏，所以，当凶手还想用同样的方法让我们怀疑龙佳时，我先他们一步与龙佳接触，并在那晚给真正的内奸演了一出好戏，让我们的对手以为我已经上当了。”

冷镜寒道：“你是说，那真正的内奸是——”

“对。”韩峰道，“真正的内奸是夏末。但是我一直没有证据，所以，在拘留龙佳后，我特意在行动出发前布了个局。我让人给我打电话，说有一份可以证明于成龙不是凶手的证据，放在我家里。当时行动已经开始，我不留给内奸有考虑的时间，就像我们去矿场时一样，内奸根本没有机会通知丁一笑撤离，因为我是突然从城里的象棋案件中抽出身来，调查丁一笑名下的企业，并破解了梁兴盛厂被盗之谜。内奸考虑到那份证据会对他们不利，而且一旦我接触到那材料就会知道内情，而东方国际码头离我家恰好又很近，所以枪战开始后，趁人不备逃离战场，去我家里拿了资料再回来参加战斗也不会引起人怀疑吧。这就是我布的局，真正的内奸在那样的情况下听到那样的消息，虽然谁都没有留意，但他只有一个机会能比我先拿到资料，那也是他能想出的最好的办法。他却不知道，所谓的材料根本是子虚乌有。”

冷镜寒道：“这只是解释了夏末为什么死在你家里，可是你对龙佳的分析非常有道理啊，根本就没有破绽，你是怎么发现龙佳只是被人陷害的呢？”

韩峰道：“不，里面有破绽。但是他们也确实非常细心，从这个案件一开始，就一直设计让龙佳成为主要被怀疑对象。正如你所说，如果稍微调查，就知道龙佳是从孤儿院出来的，她和丁一笑有相似的经历，或许这就是她被选为替罪羊的原因吧。然后，从龙佳开车送我到你家里，我们被直升机炸开始，一系列的证据都对龙佳不利，很容易就让人联想到她是头号嫌疑犯，但是我从来就没怀疑过她。”

冷镜寒道：“为什么？”

韩峰扭头对刘定强道：“不许刹车了！”然后警惕地看了看潘可

欣，才背着可欣对冷镜寒悄悄道："因为她好漂亮，我好喜欢哦。"

这次刘定强没有刹车，但是看得出来，他全身微微一颤，实在是无法控制。

冷镜寒无语道："这样的白痴理由。"潘可欣竖起耳朵，但好像没有听清韩峰对冷镜寒说了些什么，她皱起了眉头。

韩峰道："事实上，我不怀疑她的原因就是这样简单，没有什么好复杂的。但是，你仔细想一想就知道了，如果龙佳是内奸，她干吗那么着急在送我们回去当夜就命令下手，这样不是引人怀疑吗？如果她是内奸，她不会有意提到丁一笑那一环节，没有丁一笑，我们的案件现在还是无头公案呢，好多线索都会因此中断。如果她是内奸，她何必自己将那个手机号码写出来？如果她不将调查的手机号码写在报告书上，我也不能联系上手机号码的问题。如果她是——"

冷镜寒打断道："好了，你停一停，我来问你，如果夏末是内奸，那么，他怎么知道我住的小区？"他知道，韩峰要找起理由来，会没完没了。

韩峰道："很简单，他虽然不知道你住在哪里，可是他毕竟也是来这里四年的人了。如同龙佳知道我住在哪里一样，他也可以通过询问知道你住在哪里。"

冷镜寒道："好吧，那么你指证龙佳的第二个嫌疑，梁兴盛的工厂被盗，我们被第二次袭击，夏末不可能事先预见吧？他怎么知道你们那天就去了梁兴盛的工厂？那时他可是在全力监视丁一笑。"

韩峰道："这件事，是我强加给龙佳的，根本就是一个巧合。龙佳接到老郭的电话，纯属偶然，而我们被袭击，则是凶手早就计划好了的。我在发生这件事之后就已经分析过了，你不会忘记了吧？"

冷镜寒点头道："那好，龙佳去你家里放蛇，是我们一起询问老板娘的，这件事，夏末又怎么能——"

韩峰哈哈笑着打断道："正是这件事，你还记得吗，我们为什么排除了可欣的嫌疑？就是因为她身高不够，一个人什么都可以伪装，就是身高不容易伪装。那么，夏末的身高——"

冷镜寒讶然道："和龙佳差不多！"潘可欣指着自己的鼻子道："什么！你们怀疑我？"

韩峰笑道："那是以前嘛，我对接触的每个人都要怀疑的。我连他都怀疑过，现在如果还怀疑你，就不会让你帮着我们调查那些证据啦，也不会当着你的面说穿啦。”

冷镜寒沉着道：“别打岔，你听着就是。”

韩峰道：“不错，他戴上假胸罩、臀垫，伪装一个女警岂不是非常容易，而且，那时候他在医院，也有足够的时间作案。他又是到过我家的，轻车熟路。”

冷镜寒道：“那好，你最终指证龙佳的证据，就是那手机短信，而且，当时我们也拨通了手机，这个又是怎么回事？”

韩峰道：“这个也是他们事先设定的圈套，同时是他们留下的破绽。你想，哪里有迫不及待地回答未经确认的手机信息的人，再怎么说也要先听一听龙佳说话然后才会回答吧？其原因就是，丁一笑已经知道，我开始对龙佳产生了怀疑。”

冷镜寒道：“他怎么会知道的呢？”

韩峰道：“我事前在夏末面前，有意无意地向他透露了，我已经开始怀疑龙佳。”他转向刘定强道：“那时候你也在场，你还记得吗？我说过，我对龙佳，一直怀疑，中间我停下了。”

刘定强道：“嗯，后来你说是怀疑龙佳喜欢你啊？”

韩峰道：“那是因为，你不是真正的内奸，真正的内奸，已经能从我的话里领悟到我的意思，所以，他们准备开始行动。那天我刚刚出你们实验室的时候，龙佳正好收到一条短信，那时候，他们就准备进一步提升我对龙佳的怀疑程度，时间计算得刚刚好呢。那时候，夏末是不是在实验室打了个电话呢？”

刘定强道：“好像是的，我没怎么在意。”

韩峰道：“你当然不会在意，谁又会想到，夏末是打电话给丁一笑，而丁一笑又发信息给龙佳呢。”

冷镜寒道：“可是，龙佳为什么又会与丁一笑联系呢？”

韩峰道：“她可不知道对方是什么人，那是个神秘电话号码，以前谁都没见过，不是吗。他们是利用了龙佳的调查，因为龙佳一直都在调查我，还有李响、刘定强他们几个。夏末当然知道这件事情，所以，丁一笑也知道这件事情，他们就利用了人的好奇心这个弱点。他们发送的第一条短信是，想知道韩峰的过去吗？这些短信，在我揭发龙佳之前，我早就看过了，所以我才会设计出和龙佳的那场演戏。如果龙佳真是内奸，她会蠢得将凶手的号码保留在手机上吗？恐怕早就删除了吧。当时我的心里和那个真正的内奸恐怕是同样紧张的，我很担心有人会在那个时候把疑点提出来。不过还好，那时候大家都非常疲惫，而且处于强烈的临睡眠状态，没有人考虑到这些问题。”

刘定强忍不住问道：“可是，还有那么多别的信息啊，我们在龙佳的电脑上查找到的数独解码、字码表，这些东西可都是龙佳才有机会接触的啊？”

韩峰道：“哦？是这样吗？你知道的，龙佳可不是普通的数独迷，她早就不满足于那些经典的数独表格了，所以她做的数独表都是别人制作发送给她的。所以，如果凶手想让我们相信龙佳就是内奸的话，自然从那时候起便开始制作带密码的数独表，龙佳只是解题而已，她当然不会发现自己填的数字有什么特别的地方。”他问冷镜寒：“你知道昨天我为什么要叫你去看看龙佳，让她来解读数独表吗？”

冷镜寒道：“你不是——”

韩峰道：“不，并不是因为龙佳是破解数独表格的高手，如果她真的是内奸，这样做不是很明显地告诉她，我们已经发现了数独表的秘密，她完全可以拖延时间。而事实上，我第一眼看见数独表，就知道这不是一般的游戏，这需要应用到数学上的高等理论，不是短时间就可以破解的。我把你叫走，是为了让凶手有时间在龙佳的电脑上安装破解数独器，否则他们的设计就不合逻辑了。我们走后，夏末是不是单独去看过龙佳的电脑？”

刘定强道：“没有，我们一直在一起。”

韩峰道：“看来是早就装好了，难怪信心十足的。但是，他们还是留下了明显的破绽。破绽一，虽然电脑上的数独表，看起来很隐蔽，增加了神秘感，也让我们经过努力破解后，有一种确信无疑的感觉，但是，既然他们通过短信联系，那么又何必再通过电脑传递信息呢？这不是多此一举？破绽二，龙佳如果真的利用破解器破解了数字谜后，需要用到字码表，她自然会将这些明显的线索仔细收藏，怎么会那么容易就被我们发现了，还藏在书里，那不是告诉我们快去怀疑她吗。”

刘定强道：“难道那些字码表——”

韩峰道：“你别忘了，是谁争着去取的那些书籍。”

刘定强道：“夏末！”

韩峰道：“不错，他完全可以在取书的途中，将那些早准备好的字码表藏在书里。”

冷镜寒道：“难怪那天晚上，你会突然改变目的地。”

韩峰道："不错，他们利用了三条暗线：第一条，通过丁一笑的手机信号，让我们在地图上发现他们可能会从东方国际码头出海；第二条，故意让人在东方国际码头隐约暴露自己藏有武器，让我们更加确定他们从那里出海；第三条，也就是通过龙佳的电脑解密读出的密码内容，清晰地写着在东方国际码头等她。有了这三条线索，没有人会怀疑他们的企图，肯定立即将重兵部署在东方国际，他们就可以轻松地从滨海码头出海了。而且，他们也确实派了大量的人力守护在东方国际码头，所以连我们安插的暗哨潘可欣小姐也上当了。"

冷镜寒摇头叹道："太狡猾了，弄这么多玄虚，竟然还是骗人的。"

韩峰道："可是，他们没有想到，我会在丽江大桥上设置电子眼，并派李响二十四小时监视着。"

冷镜寒道："可是，你怎么能判定，丁一笑一定会走桥上过，而不会走水路呢？"

韩峰道："哼，丁一笑这个人，小心谨慎，而且，胆小得紧，之所以他不敢走水路，那是因为，他不放心自己的钱暴露出来，那么大一笔钱，他一定要亲自带着才放心。"

冷镜寒道："到了。"

屈燕早等在巷口了，看见韩峰他们下车，马上迎了上去，快语连珠道："哎呀，我说韩峰，你们到底办个什么案子啊，连死人都死到你家里来了。还好是在楼上啊，要是在楼下，你叫我怎么做生意啊。我一发现不对劲，就打电话给公安局了，他们说转给你们，总算等到你们了。那到底是什么人啊？要自杀也不用找到这里来啊？你看都这时候了，我还不敢开门，按摩小姐也都不敢去后面了。"

冷镜寒赶紧道："燕姐燕姐，你听我说，我们就是来把他移走的，你别担心，你不说，没有人会知道。"

屈燕眼珠一转，道："这个月加房租！"屈燕看着潘可欣亦步亦趋地跟在冷镜寒身后，心中纳闷儿道："怎么回事？难道这小妞儿真是冷处养的二奶？"

冷镜寒苦笑。刘定强就纳闷儿了，这韩峰住的地方加房租，冷处苦笑，韩峰好像没那回事，这怎么回事？屈燕和潘可欣不敢看死人，送三人到楼梯口便不敢上楼。

二楼，推开房门，刘定强猝不及防，吸入一大口灰，连连咳嗽，冷镜寒早就用衣袖遮住了嘴巴。夏末横躺在地板上，灰迹明显地看出有挣扎过的痕迹，眼睛圆凸，脸色晦暗，在颈背部还留有清晰的蛇齿印。刘定强很快做出判断，道：“被蛇毒死的，没什么好怀疑。”

韩峰却在床下、墙角搜索起来，边找边问道：“我的蛇呢？我的蛇到哪里去了？唉，在这里了。”

一条绿色的尺长小蛇从床下游了出来，刘定强看得分明，他心中狂颤，惊呼道：“快躲开，别碰！”话没说完，韩峰已经将蛇捉在手里，问道：“怎么了？你认识这种蛇？”

刘定强出了一身冷汗，道：“你怎么捉住的？真是太悬了。这蛇就是竹叶青，现在已经濒临灭绝了，原产于四川、云贵一带，生活在亚热带温带季风气候区，喜好潮湿叶密的环境。因为身体碧绿，好似竹叶而得名，它的毒性，绝不在五步蛇、眼镜王蛇之下。”

“哦。”韩峰看着手中的蛇，惊讶道，“这蛇有这么毒吗？”

刘定强扶了扶眼镜，道：“现在各大医院，通常都有常用解蛇毒的血清，但没有哪一家医院有解竹叶青蛇毒的血清。这竹叶青本身稀少是一个原因，而更重要的原因，是因为还没有人能活着赶到医院去的。就算被咬伤后，马上做常规吸毒、压迫止血等处理，那人的生存极限也只有五分钟，五分钟内配不到血清，必死无疑。像夏末这样被咬到后颈的，恐怕十秒钟也挨不到吧。”

韩峰出门在走廊上大声问道：“燕姐！你什么时候发现他的？”

屈燕在楼下答道：“今天早上！”

韩峰道：“不知道他什么时候来的吗？”

屈燕道：“不知道。昨天没有人来啊！”

韩峰走到屋内，看了看被打开的窗户，道：“好家伙，爬窗进来的。”

冷镜寒皱起眉头，道：“别拿着那条蛇晃来晃去的，要是不小心咬着我们了……”

韩峰笑道：“怎么可能。”他捏着蛇嘴，递给冷镜寒看，说道：“你看，没有毒牙了。蛇都是生倒齿的，咬了夏末后，夏末用力把它摔在地上时，已经把毒牙扯掉了。”

刘定强道：“别！别到处递！虽然毒牙断掉了，但是毒腺还在，它可以不用毒牙而直接喷射毒液的。”他打开一个塑料盒子，对韩峰道：“把它交给我吧，我带回去做实验。”

韩峰犹豫了一下，道：“好吧，你把它说得那么危险，我也不敢养着它了。夏末怎么样？”

刘定强道：“死得很痛苦，不过从地面的痕迹来看，他并没有挣扎多久。”

冷镜寒道：“唉，真没想到，他竟然被自己放的蛇给咬死了。他也是一个跟了我四年的老队员了，怎么会这样呢？”

韩峰细眼斜睨，脸上露出一丝难以察觉的凝重。

冷镜寒的手机响起，他接听后，说道：“医院里的嫌犯们，都快不行了。”

刘定强道：“这里交给我，你们去医院吧。”

韩峰道：“难道他们还是什么都没交代？”

冷镜寒道：“走，去看看再说，这次他们都交代了，可是他们交代的对我们已经没有多少用处了。”

韩峰在后面追问道：“为什么？他们都交代了什么？”

潘可欣道：“等等我！”

屈燕在门口道：“你们怎么又走啦？”

冷镜寒道：“里面不是还有一个人吗，我们有要事先走。”

屈燕跺脚道：“我这里什么时候才可以开门啊？”

冷镜寒已经上车，韩峰道：“你们白天哪里有什么生意，今天关门算了。”

第二十四章
天涯市的命案

宜兴人民医院，所有犯人都在监护室里，潘可欣举起数码相机，冷镜寒劝解道：“案子完了才能发。”

潘可欣道：“知道啦。”

副院长张绍东介绍道：“昨天晚上送来的死了十四个，今天送来十七个。我们也只是尽力而为，因为他们的身体受到的是不可逆损害，根本没有办法挽救。”

冷镜寒不明白道：“不可逆损害？”潘可欣习惯地拿出笔记本速记起来。

张绍东道：“嗯，是的，就是一些器官受损伤后，由于它们自身的修复功能极差或者根本不具备自我修复功能，那样的损害，便是不可逆的，无论怎么努力，只能延缓病情或者控制病情，而不能治愈。像糖尿病、高血压，这些都是现在比较常见的不可逆损害疾病。”

韩峰道：“那么，他们什么地方出现了问题呢？”

张绍东指着头道：“这里，大脑组织被破坏了。而神经胶原组织，正是毫无再生能力的一种。”

韩峰道：“你认为是什么造成这样的损害呢？”

张绍东旁边一位上了年纪的医生道：“是一种药物，那种药物破坏了他们大脑内部细胞结构。但是你们应该知道，大脑组织是人体最复杂的器官，用我们现在的知识来解释大脑出现什么样的损伤会带来什么样的后果，还是不能够的。我们在他们的血液中分离出了一些变异细胞，正在做基因排序工作，希望能从中获得什么发现。”

张绍东介绍道：“这位是吴承开老师，我们医院神经内科主任医师，也是我的老师。”

韩峰道：“如果是药物的话，血液中应该可以分离出来的。”

吴承开道：“如果是类抗体药物，经肝肠循环后，几乎是没有药物残留的，因为它们作为抗体补体，已经全部成为细胞的一部分了。”

韩峰道：“如果用基因修补和对比检测，应该可以查出来是哪部分被改变了吧？”

吴承开这才将目光从病人身上转移到韩峰身上来，观察了好几分钟，才道：“国际医学领域最权威的机构，对这种提法尚且处于理论研究阶段，你是怎么知道的？你是哪个医学院校毕业的？”

韩峰赶紧咬住了自己的舌头，看看冷镜寒，然后答道：“我，自学的。”

吴承开马上道：“不可能！这种提法，任何杂志、任何学术会，都没有提出来过，我也是上周在德国召开的医学研讨会上，才第一次听到这种提法，如果你没有参加那个研讨会，你根本就不可能知道基因修补检测这种理论。”

韩峰急得拼命挠头，想了好半天，才突然道：“你——胡说！早在六年前，德国的普林顿实验室就已经提出来了，基因可以修补，细胞可以再造，只是因为太前卫了，所以没有引起人们注意。”

吴承开动容道：“哦，是吗？他们发表在哪本杂志上的？你还记得吗？”

韩峰道：“我、我哪里还记得住。很多在当时太前卫的科学，都需要几十上百年，才被人们逐渐认识了解并应用。”潘可欣用怪异的目光看着韩峰，好像第一次认识他似的。

吴承开赞许地点了点头。冷镜寒问道：“李响在哪里？我们去看一看他，马上就要走了。”

张绍东带路道：“跟我来吧。李警官左胸第七肋骨线性骨折，多处软组织受伤，不过都不是很严重，休息一段时间就好，昨天晚上是因为太疲劳才会晕厥。他的身体条件很好，休息了一晚后，就像没事一样。今天他一醒来，就吵着要出院呢。”

冷镜寒对韩峰道：“他是个闲不住的家伙，和你正好相反。”

李响在病房里守着窗户，显得非常不安，看到冷镜寒和韩峰进来，兴奋道："冷处，你可来了，我身体没什么，真的没什么，就让我出院吧。"

韩峰道："好啊，我们就是来带你出院的。"

冷镜寒道："长时间的疲劳状态，你的身体需要恢复，我觉得你还是休息几天比较好。"

李响苦恼道："我哪有什么问题，待在这里和坐牢一样，我出去做点杂活也好啊。"

张院长道："他可以做一些轻体力活，只要不做激烈的运动，应该没问题。"

冷镜寒道："哦，既然医生说你可以出院，那好吧，昨天晚上的案子还有很多后续工作要处理，张艺一个人忙不过来，你去帮忙。"

李响敬礼道："收到！"他飞快地办理出院手续去了。

这时，一名年轻医生进入病房道："张院长，总算找到你了。"

张绍东道："什么事？"

那医生道："梁医生已经三天没来上班了，很多病人对此都有意见。"

张绍东问道："梁医生？哪个梁医生？梁清儒？"

那医生点头道："啊，是啊。"

冷镜寒的手机响了，他走到窗边去接听手机。

张绍东道："我不是告诉过你们吗，梁医生的作息时间由他自己安排，他想什么时候上班就什么时候上班，他没来时把休息的牌子挂上不就可以了？"

那年轻医生道："可是，病人意见很大，我们解释他们也不听啊。"

张绍东道："这种事情，你们想办法解决。"

韩峰道："那位梁清'茹'医生，很漂亮吗？享有这么多特权。"

张绍东笑道："哪里，他是名男医生，清水的清，儒家的儒。他是我们从法国聘请回来的整形外科大夫，拥有很高的国际声誉，属于我们医院整容整形科的权威专家，不给特权不行啊。"

冷镜寒已经打完电话过来，对韩峰道："于成龙被保释了，刚刚离开天涯市公安局。"

韩峰惊道："什么！连二十四小时都无法拘留吗？"

冷镜寒道："他在大涯市关系很复杂，陈局已经尽了最大努力了，现在我们马上赶过去吗？”

韩峰道：“是的，事不宜迟，他们肯定会有所行动。马上查一查，去天涯市最快的班机什么时候起飞。”说着，他们向张绍东告辞，快速地离开了医院。潘可欣收起笔记本，跟在后面跑。

在医院门口，碰到李响，李响问道：“你们这么急，去哪里？”

冷镜寒道：“我们去天涯市，现在我们这边的情况基本已经进入尾声，可是天涯市那边的情况还不太清楚。”

韩峰道：“如果我没想错的话，那么他们准备开始收线了。如果于成龙死掉的话，很多信息都会被隐藏起来，通知陈局，秘密保护于成龙，他是我们找出那个幕后指挥者的最后的线索。”

潘可欣毫不犹豫道：“我也去！”

冷镜寒道：“你有你的事情。”

韩峰道：“你去告诉李响，就说我们先走一步了。”

潘可欣拿出手机，摇晃着手机道：“可我有买到特等票的方法哦。”

韩峰笑道：“我们回来，马上向你汇报！”

冷镜寒也道：“可欣，不是我们不带你去，而是这次去天涯市确实太危险，带你真的不合适。你帮我们联系好票，我们马上就走了，不要耍小孩子脾气，好吗？”

潘可欣跺脚道：“好啦，就知道你们是这样的人，需要人家帮忙时，嘴甜得跟抹了蜜似的，不需要了，就把人家当累赘踢到一边去。韩峰就是这样的人！冷伯伯也是！”

冷镜寒微笑道：“不要这样想嘛。下次，下次有案子一定带你去！你快些帮我们联——”

潘可欣噘着嘴道：“知道啦！知道啦！我给你们联系机票就是了。”

三人去了机场。登机后，韩峰向潘可欣做着再见的手势，突然想起什么，对冷镜寒道：“对了，我差点忘了，现在既然龙佳不是内奸了，是不是放她出去，我有些事要让她去办。”

冷镜寒道：“可是，你的证据只能证明龙佳有嫌疑，并不能洗脱龙佳的嫌疑啊。”

韩峰道：“笨蛋！我知道你的意思。我的意思是说，现在你应该相信龙佳没有嫌疑了吧，她依然在你们警方的监控下，但是她可以有一些行动自由，好让她可以去做一些别的事情。你知道应该怎么做，这方面你比我熟悉嘛！”

冷镜寒摸出了手机，韩峰催促道：“快点，飞机要起飞了！”

三个小时后，天涯市，陈勇军等在门口，道：“我们确实找不到什么真凭实据，人家业务繁忙，取保外出，我们也没有办法。他究竟和你们的案子有什么联系？为什么你们没有任何证据就要拘留他呢？”

冷镜寒道：“可能是这起案件的另一个执行者。如果他回去了，恐怕对我们查案不利。”

陈勇军道：“没关系，我已经派人把他监视起来了。另外，江永涛今天早上回到天涯市了，由于没有证据，我们现在也只是把他监视起来而已。”

冷镜寒道：“于成龙现在在哪里？”

陈勇军道：“放心，我已经派江浩去监视他了，绝不会有意外发生。既然你们说他们有重大嫌疑，你们有什么证据没有啊？”

李响望着冷镜寒，冷镜寒望着韩峰，韩峰抓耳挠腮，最后道：“没有。”

陈勇军道：“你们一点证据都没有，怎么查他们呢？”

冷镜寒看着韩峰，问道：“你不是又跑了上海北京，又说发现了很多证据，怎么现在说没有了？”

韩峰道：“那都是陈年旧事，只有口头证据，没有真凭实据啊。”

冷镜寒道：“那你倒是说说，你究竟查到些什么啊？在海角市的时候，你说要等海角市的案子做一了结后再告诉我，现在正是时候。”

韩峰道：“那我就告诉你们吧。在上海，启金运的父母都是死于癌症，而且都是非常罕见的变异症状，所以，我怀疑，他家里有放射性物质。我让他请来环境质量监测局的人做个空气质量检测，他打电话通知我，他家里的氡严重超标，而污染源正是于成龙买来送给他父亲的一张大理石桌。”

陈勇军面色凝重，沉思道：“用这样的方法来杀人吗？我以前倒是从来没听说过。”

冷镜寒和李响的表情，又何尝不是如此。韩峰解释道：“这是间接杀人法，不直接置人于死地，但是危害却更大，直接杀人，被杀者不感到痛苦，而这样的杀人法，却要让你受尽病痛的折磨后死去。就算没死，等你发现潜伏在身边的危险时，你的身体已经发生了不可逆转的病变，活着比死了还痛苦。而且，不容易让人掌握证据，就算警方抓住嫌疑人，他可以拒绝承认，他不知道那石桌含超高的氡啊。以你们的法律，很难定他的罪。但是，这样的凶手在杀人前，首先必须自己掌握足够的知识，其次要有足够的耐心。有个很典型的例子，他没有杀人，他用的间接夺妻法：说的是甲、乙两家邻居，关系很好，常在一起吃饭；但是乙看上了甲妻，他并不是杀甲夺妻，而是在饭里放入少量的雌激素，久而久之，甲的性功能减退，身体特征女性化，加上乙的耐心追求，两年之后，终于甲妻与甲离婚，和乙在一起了。后来是乙在酒后吐真言，否则甲怎么也想不明白自己是怎么回事。”

冷镜寒道：“现在的人心真是越来越险恶了。”

韩峰道：“好了，还是说正事。后来我去了北京，查孝礼的妻子吴氏，已经改嫁给当时的经理助理麦迪。查孝礼据说根本就不管事，恒福银行在北京的业务，基本上都是麦迪在替他打理，所以他不是死于嫉妒，而是懒惰。他是怎么死的呢？他死于意外，前年有一架支线客机发生意外，你们还记得吗？他就是死于那次空难。可是，他生前喜欢养花，而又是于成龙送给他很多铁脚海棠和银盏凤仙花。”

陈勇军道：“这又有什么讲究？”

韩峰道：“铁脚海棠和银盏凤仙花，它们的气味和花粉，都是极易导致鼻咽癌的物质。这种致癌杀人法，分为两种：有药物致癌法、放射性致癌法。利用植物致癌，属于前者。而从时间上分，慢的是接触性致癌法，快的有注入式致癌法。不管哪种方法，都极难发现。”

终于，陈勇军也问道：“你怎么知道的？”

韩峰一撇嘴，一皱眉，赶紧向冷镜寒使眼色。

冷镜寒忙解释道：“哦，他呀，他是个私人侦探，以前专门做过这方面的研究，他就喜欢研究些奇奇怪怪的问题。虽然出道晚，但是我都不得不承认，在一些我们尚未涉及的方面，他确实也取得了一些进步。”韩峰暗中向冷镜寒竖起了大拇指。

陈勇军道：“原来是私人侦探，那就更了不起了，真是后生可畏啊。那么，这两起案件都对于成龙不利啊。”

韩峰道：“不止，还有我们上次来天涯市的时候，孙向贤的车祸案，事发突然，虽然死者家属不同意做尸检，但是我们初步判断，死者是死于急性中毒。而事发前半个小时，也是于成龙到过死者的病房。还有庄庆隆之死，三年前的案子，他死于心脏病突发，但是根据我们分析，那是有人故意引诱他的心脏病发作，又故意拿走了他随身携带的救心丸，导致抢救无效死亡。当时紧挨着庄庆隆坐的人，就是于成龙！”

陈勇军道：“他设计杀的人，可都是恒福银行里的老董事啊，他到底想干什么呢？”

韩峰道：“所以这件事我才要和江永涛联系起来。那时的江永涛还根本不是董事长，他手里的股权也少得可怜，所以派于成龙四处行凶，将别的十大股东中的股权恶意收购过来，不惜一切手段，好让他坐上董事长的位置。现在，他终于如愿以偿了，可他还不满足，他设计的七宗罪谋杀案，还没有杀够七个人呢，他还要继续想办法弄到别的股东的股权，利用股权分置改革的机会，抛出大量股票，从中获取巨额利益。从他明面上拥有的股权和他暗中操纵着的股权看，等恒福银行股改之后，他只需留够继续做董事长的股票数，其余悉数抛售，估计可以从中获利三百多亿元，纯利！”

陈、冷二人目瞪口呆，韩峰接着道：“而且，这还只是他现在完成了计划的，我不敢肯定他会不会继续杀下去，直到将恒福银行的十大股东统统杀光。”

陈勇军道：“真是一个老谋深算的家伙。”

韩峰道：“这次，在杀林政的问题上，他可谓煞费苦心，设计了诸多谜团，企图拖延我们查案的时间，能争取到一天算一天，只等股改消息一发布，就万事大吉！所谓的梁兴盛工厂偷盗杀人案、疯子杀人案、四合院陷阱案、武器制造案，以及我们刚刚告破的偷渡出海案，都是他为了拖延时间而给我们设定的一系列障碍。而且，他的线收得非常好，至今为止，我依然只是在凭空推测他的目的和计划，我根本没有一点点证据。他在海角市的所有部署，都由丁一笑代为打理，那些武装恐怖分子也都听从丁一笑指挥，所以丁一笑一死，所有的线索就全断了。我怀疑于成龙与多起杀人案有关，可有些案子时间太久，有些案子因为海角市局面完全失控的关系，我都没能掌握到有力的证据。”

冷镜寒道：“总不能让他们就这样逍遥法外！”

陈勇军道：“放心，如果江永涛将大量的股权转移到自己名下，审计局的同志很快就会查出来的。”

韩峰道：“不是那样容易的，他会通过种种途径，掩饰自己的行为，在做账上面肯定也有非常高明的手段。”

陈勇军还准备说什么，电话响了，他接听电话，面色一变，道：

“恒福银行有名董事，死在华美大酒楼了。”

“什么！”冷镜寒和韩峰同时惊呼起来。“叫什么名字？”韩峰问道。

陈勇军道：“叫陈天寿，市中区派出所的同志已经赶往现场了。”

韩峰道：“快，我们也去，叫他们保护现场。”

陈勇军招呼二人上车，一面用手机与现场的警员取得联系。

车上，韩峰喃喃道：“这么快就开始收线了吗？比我想的城府还深呢。”

冷镜寒问道：“收线？这次收的是什么线？”

韩峰道：“不知道，我们还没有调查到那里去，唉，都怪这个案子涉及太广，有时候有些地方被忽略了。还记得吗，那天晚上，我看见了陈天寿，我肯定是他没有错，而和他在一起的那个女人——”

“卢芳！”冷镜寒突然惊叫起来，那个女人是在林政之死一案中扮演过重要角色，而后又失踪的女人。

韩峰道：“不错！因为是回到海角市我才想起那个女人是卢芳，一时没有把陈天寿和整个案情联系起来，但是凶手害怕我们会从陈天寿那里查出什么来，所以先下手了。要是我早一点想到这个人就好了，可他一共就在我眼里出现过两次。啧……”韩峰伸出两根手指头，似乎很不满意。

这时，陈勇军道：“要保护现场好像不太可能了，据说已经有很多人去房间里参观过了。”

“嗯？死人还有这么多人参观？”韩峰不太相信地问道。

陈勇军道：“不知道，我们去看了就知道了。”

他们赶到现场时，还有很多人想挤进房间看一看，不过都被警察拦住了，韩峰他们看到现场，也是大吃一惊。

人有很多种死法，可陈天寿的死法有些特别，一男两女，赤身裸体，同时倒在床上，也难怪很多人在警察赶到前就进入房间参观过了。派出所的副所长耿一名亲自带队，和七名民警执行着守护工作。

韩峰看着与陈天寿一同死去的两名女性，变了脸色道：“难怪要掐断这条线，这里面可隐藏着十分重要的线索，可惜我们没有早点注意到。”

冷镜寒道：“这两个女人是——”

韩峰指着左边一具胴体，道：“卢芳。”

冷镜寒道:“哦，那这个是？”

韩峰道:“单燕飞，也就是继承启开华股权的那个女人，真是奇怪，为什么他们三人会在一起？”

三具尸体分开蜷曲着，嘴里有唾沫，但从床上的凌乱和污物来看，三人死前发生过性行为。这时，一名拎着工具箱的中年男子走进案发现场，他一进门就呵斥道:“你们几个，为什么离尸体那么近？这样会破坏现场的，你们不知道吗？”

韩峰回头打量来者，三十四五，一米七左右，尖嘴猴腮，圆形高度近视眼镜，瘦骨嶙峋，拎箱子的手，掌骨和韧带都看得一清二楚。韩峰心中道:“太离谱了吧，竟然有比我还瘦的人。这是怎么长出来的？”

那人一看见陈勇军在那里，马上换了副笑脸，道:“陈局，我不知道你会亲自来现场，真是不好意思。”

陈勇军不介意道:“这位就是我们公安局的首席法医汪莫良，当然没法跟你们刑侦处的法医相比。莫良，这位就是海角市刑侦处的冷处长。”

汪莫良放下箱子，伸手道:“原来您就是冷处长，幸会幸会。”

冷镜寒道:“你好。”

陈勇军又道:“这位是韩峰，私家侦探，也是冷处长的好朋友。”

汪莫良只是点了点头，韩峰心道:“这家伙，竟然比我还高傲，什么玩意儿！”

汪莫良又问道:“冷处长，听说曾在海角医学院教学的刘定强刘教授在你们那里，不知道是不是真的？”

冷镜寒道:“不错，是在我们那里。他是海角市的首席法医。”

汪莫良肃敬道:“原来刘教授真的在你们那里啊，请代我向他问好，我是他的学生。有机会，我一定亲自去拜访他。”冷镜寒点头。

韩峰心中唏嘘道:“切，原来是胖子的学生，我还以为是什么来头呢。”

陈勇军道:“客气话稍后再说，开始工作吧。”

汪莫良边检查边报告结果道:“死亡已经十小时以上，是昨天晚上死亡的。死前发生过性行为，初步断定，是药物中毒致死。没有挣扎痕迹，是在睡梦中死亡的。”

“没有挣扎痕迹？”韩峰问道，“如果没有挣扎痕迹，他们不会这样光秃秃地躺在这里吧？至少应该有一个床单搭着吧？”

汪莫良道："或许是前来看热闹的人弄丢了。这里，床下不是吗？"

趁汪莫良不注意，韩峰将一张酒店免费提供的擦手小餐巾放入了口袋中，冷镜寒看到了。

韩峰对冷镜寒道："这种死法我们见过。"

冷镜寒道："啊，你是说那些被抓的犯人。"冷镜寒想起来，那些犯人口吐白沫，但死前非常痛苦地挣扎着。

汪莫良还在收集毛发、指纹等证据，韩峰已经对冷镜寒道："走吧，请陈局长带我们去于成龙那里。"

陈勇军道："怎么，不等莫良的检查结果了吗？"

韩峰道："不用了，这里的结果已经不重要了，他们开始收线，就一定会对于成龙下手，我怕去晚了，又落后一步。"

陈勇军道："不用太担心，江浩是我们局里最优秀的干警，你也看到了，他那一身肌肉，而且有十多年的办案经验。要想从他那里杀人，还需要动一些脑筋的。"

陈勇军坐在驾驶员副座，韩峰和冷镜寒坐在后面。三人上车后，冷镜寒才道："你刚才拿的什么？"

韩峰掏出手巾，白色的手巾上面用血迹写着两个字："淫欲"。

冷镜寒道："还……还是七宗罪，竟然一次杀了三个人！"

韩峰道："陈天寿才是主角，而卢芳和单燕飞都只是配角而已。我们遇到一个非常狠的对手呢，即便是对自己的手下，也是以欺骗和设计对待，毫不留情。"

陈勇军道："七宗罪？不是已经杀了七个人了吗？"

韩峰道："不知道，可是我们目前真正掌握了的只有暴怒、傲慢和这次的淫欲，其余的都只是我的推测，不能肯定。"

冷镜寒道："如果陈天寿是淫欲，那么林政就不是淫欲了，他又是为什么死的呢？"

韩峰道："不知道，或许也没有什么原因，现在那个幕后策划者已经不用计较什么七宗罪了，他只是想尽快清除所有我们已经掌握的知情者，一旦所有的人都死光了，我们也就没有线索了。于成龙是我们所掌握的最后一条重要的线索，仅次于丁一笑，他们没理由放过于成龙。啊！我总算想起来了！"韩峰摸出一张小纸片，就是于成龙写给他的手机号码，他拿着号码道："这个号码，正是林政死前接听的最后一个手机号啊！”

陈勇军笑道：“放心，这次一定可以赶在他们前面到于成龙那里。”他一面笑着，一面接听刚打来的手机，听着听着，那笑容就僵固在脸上，随后目光变得深沉，韩峰低声对冷镜寒道：“情况不妙。”

果然，陈勇军最后一脸歉意道：“江浩来电话说，于成龙死了！”

“什么！”冷镜寒惊呼，韩峰张开五指，将脸遮了起来，发出了叹息声。

“他怎么死的？”冷镜寒大声问道，陈勇军摇摇头，用手一指路旁道：“就在前面了。”

“他怎么死的？”韩峰大声问道，一名眼镜警员答道：“我们一直跟踪于成龙到这里，他进屋后就一直没出来。我们就在他的楼下守着，后来我们发现一个形迹可疑的女人，大热天的戴着墨镜和纱巾，进了对面的大楼。当时我们谁都没注意，后来听到窗户破碎的声音，江局说对面有人，马上让我们分作两队，一队去对面四楼查可疑分子，另一队则跟着江局冲上去。我们上来看时，于成龙已经中弹了。另一队在对面大楼的房间里发现了一枚G3SG1的弹壳，现在江局正在那里。”

陈勇军顿足道：“江浩一向都很小心的，为什么发现可疑人员，却不拦下检查？”

那警员道：“那可疑的人出现时，正好江局离开了一会儿。”

“什么！”陈勇军一瞪眼，那警员赶紧道：“他，他去买烟了。”

陈勇军摇头道：“这个江浩，什么都好，就是烟瘾太大，特别是这几年，烟瘾越来越大，一天就是一包烟。早告诉过他，要戒，他就不听，这次竟然出了这么大纰漏，唉……”

韩峰怀疑道：“他为什么要自己去买？”

陈勇军解释道：“你不知道，他总说现在卖假烟的多，他从来就是自己买烟。这次看我不批评他！”

两名警员抬着于成龙的尸体下楼来，韩峰道：“咦，法医都还没来，人怎么就抬下来了？”

两名警员一愣，抬在后面的一名稍矮的警员道：“大家都看见的，枪击身亡，还、还用法医吗？”韩峰看了看于成龙的伤口，头部中枪，子弹贯穿头颅，前额穿进，后脑打出。韩峰又凑上前去，闻了闻伤口，挠了挠头，似乎有什么地方不太明白。

韩峰转向冷镜寒，问道：“你们的规矩都是怎么定的？”

冷镜寒道："这个……"

"是我让他们抬下来的。"一个洪亮的声音在远处响起，江浩，那个身形魁梧的大汉阔步走来。

不知怎么的，韩峰看着江浩，总有种说不出的感觉，他的肌肉实在是凸得太厉害了，已经发达得有些变形。那江浩在韩峰面前一站，韩峰就更像根压榨过的甘蔗了。江浩道："现场已经勘查过了，也留了人形图，我是怕引起人们的恐慌，所以才提出及早处理尸体的。趁现在还没人看见，快，抬车上去。"

两名警员赶紧抬着于成龙的尸体向车走去。

陈勇军道："这样也好，如果让市民知道发生枪击案的话，尤其是你们海角市刚刚发生过特大暴力案情之后，现在大家都人心惶惶的。"

韩峰道："我上去看看。"

陈勇军道："我们在下面等你，江浩，你带着小刘陪他上去。"

于成龙的家在四楼，内跃层，韩峰进门就问道："门给打坏了？"

江浩道："是我开的枪。当时我心里着急，冲在前面，他们都没跟上，我敲了三次门，没反应，我就直接开枪了。然后冲进去，就看见于成龙躺在地下，就在那儿。"很多警员都表示，听到了枪声，那时他们还在二楼呢。

韩峰道："不是吧，你们怎么跑这么慢！"

小刘道："你不知道，我们江局可是参加过市锦标赛的短跑冠军，在爬楼上速度更是快，他上一层楼只需要两步。人家有草上飞、水上漂，我们江局真正的是楼里飞。"

江浩笑道："哪里，都是以前追捕毒贩，在原始森林里跑惯了。"

外面是一个露天阳台，有个小花坛，种了些花，花坛正下方就是警察守候的地方。韩峰趴在花坛栏杆向外看，还可以看到楼下警察忙碌着。整个露天阳台都用玻璃窗装饰起来，人形图表示，于成龙就躺在窗下，显然是在阳台上看风景时被枪击中的。韩峰指着南面酒店四楼道："凶手是在那里开枪的吗？"

江浩道："对的。当时我们都听到玻璃的碎响，因为于成龙回家前，没有人进入过房间，我马上想到可能是狙击手干的，所以就向对面大楼四楼看了一眼，也只看到人影一晃。我马上派人包抄那酒楼，但还是让那人跑了。"

韩峰看着玻璃上的枪孔，问道："你们都听到玻璃响声了吗？"

几名警员都道："是的。"

韩峰又问道："你们都看到对面楼上有人影吗？"

几名警员相互望望，有的沉思，有的摇头，还是那眼镜警员道："只有江局看见了，我们都没看到。"

江浩道："嗯，我发现得很快，而那凶手离开得更快，我都只看到一个背影。唯一能确认的就是她是女的。"

韩峰道："是名女性？你肯定？"

江浩点头，韩峰又问道："是长头发还是短头发？"

江浩迟疑道："她裹着头巾呢，不过，我想想，应该是长头发，嗯，是长头发。"

韩峰又问："她头发是什么颜色的？"

一名警员接口道："是金黄色的。"

韩峰道："你这么肯定？"

那警员道："嗯。她在楼下的时候，我就看见了。"

韩峰看看房间环境，又问道："你们找到子弹没有？于成龙的头部可是被击穿了的。"

警员道："还没有找到。"

江浩指着阳台另一头道："这没有什么好奇怪的，子弹直线飞行，那边的窗是打开的，很有可能飞出去了。"

韩峰四下走了一圈，点头道："嗯，没有什么了，我们再到对面去看看吧。"

临走时，韩峰看了一眼客厅电视机上面，那里摆放着一张照片。韩峰趁人不备，将照片连相架一同取走了。那是一张于成龙与卢芳的合影。

酒楼四层，韩峰趴在窗台上看，怎么看都觉得不对劲，他问道："子弹壳是在哪里发现的？"

江浩道："那里。"他手指之处，是一个装饰用的大花瓶。

韩峰道："花瓶后面？"

江浩点点头。韩峰突然探出头去，在窗户外面的壁缝里取什么东西，大半个身子都悬空在窗户外。韩峰眼看要够着那东西了，突然有人拉住了他的脚，他低头一看，江浩正握住他的脚呢，江浩道："小心点，你快掉下去了。"

韩峰退回来，对江浩道："我看见上面有什么东西，我想把它取下来。"

江浩道："我来吧。"

韩峰在一旁指挥道："上点，上点，再上去点，对，就是那里，是什么？"

江浩道："是一枚钉子，可能是修房时留下的。插太深，拔不出来。"

江浩也退回房间里来，道："就是枚铁钉，有小半截露在外面，全是锈。"

韩峰又探头看了看，道："我说是什么呢，原来是铁钉，铁钉上有什么东西没有？"

江浩道："没有了。"

韩峰点头道："好了，谢谢你。"

江浩道："哪里的话。"

韩峰下得楼来，在街角处，仰头看看，那墙角应该是铁钉的正下方，他蹲下去，用手指捻起地上的一撮灰。这撮灰，除了尘土，还有一丁点儿铁锈。

韩峰拍干净衣服，回到陈勇军他们那里，冷镜寒问道："怎么样？有什么发现没有？"

韩峰摇头，冷镜寒叹息道："这样一来，我们的线索又全断了。我们真的是一点证据都没有吗？"

韩峰忽然笑道："也不是一点证据都没有，证据，还是有一点的。"

江浩正好下楼来，听到最后一句，问道："你找到什么证据了？"

韩峰道："不是这起凶杀案的证据，我的证据，是指证江永涛的。"

江浩不是很明白，问道："指证江永涛？恒福集团董事长？他有什么问题？"

陈勇军将韩峰的分析大概说了一遍，江浩道："啊！这可糟糕了。"

韩峰敏感地问道："怎么啦？"

江浩道："去监视江永涛的是阿龙，那小子做事总是丢三落四的，如果江永涛真的是主谋，他肯定会想办法逃走，阿龙多半要跟丢。"

陈勇军道："车站、机场、海关、边防，都已经布下罗网，不怕他想逃，就怕他不逃！"

韩峰道："最好还是打个电话确认一下，免得我们又白走一趟。"

陈勇军马上摸出手机来，道："喂，我是陈局，阿龙，你们那里跟踪监视情况怎么样？什么？他进了香奈儿俱乐部？进去多久了？有没有人跟进去？要会员卡？你们难道没有出示证件吗？你们到底在干什么！进去那么久了，你们竟然没有想到去打听一下！马上进去查！有什么情况立刻汇报！"

韩峰摇头道："看来已经跟丢了。"

陈勇军道："江永涛进入了香奈儿俱乐部，那是一个高级俱乐部，需要会员证才能进入，他们跟到门口，就守在那儿。可是，已经过了快两个小时了，他们既没向我汇报，也没有进去查看，这个阿龙，他怎么办事的。"

手机响了，陈勇军赶紧接听，他勃然大怒道："什么！已经走了一个多小时了！你看看你们，都在干什么！马上打听清楚，江永涛到底去了哪里！"他又对江浩道："马上派人，去江永涛常去的地方查！"

冷镜寒提醒道："还有没有我们没有想到的地方？"

陈勇军道："不可能，他只有这么多条路。他是在香奈儿俱乐部失踪的，那里离火车站最近，他会不会乘火车离开？"

韩峰笑着伸手，道："手机借来用用。"

他拿过陈勇军的手机，拨通后问道："喂，是我，韩峰。看见江永涛董事长没有？……哦……一直单独待在房间里吗？已经有一个小时了……没什么，我们有点事，想找他谈谈……好，我们马上过来。暂时不用通知他……好，拜拜！"

冷镜寒道："跟谁打电话？"

韩峰将手机交还，道："上车。希望江永涛别做傻事。"

陈勇军问道："去哪儿？"

韩峰道："恒福银行——总部大厦！"

江浩也上车道："大家都去，这次可不能让他再跑了！"

几辆警车呼啸着，鱼贯而过。

车上，冷镜寒道："刚才那人是？"

韩峰道："庄晓军。"

冷镜寒奇怪道："你怎么知道江永涛会回到总部大厦去？"

韩峰道："很简单，他逃得太仓促了，连丁一笑都知道携款潜逃，江永涛总不能两手空空就走了吧？因为今天一直是被监视着的，所以他必须想个办法，回到总公司，为了不引起警方怀疑，还不能太着痕迹。所以，他选择靠近车站的地方失踪，好让警方着急寻找，替他回公司调集资金争取时间。”

冷镜寒道：“这些人也太笨了，难道他们不知道，先逃了人要紧。”

韩峰道：“那是你的想法，对于一个处心积虑多年、精心设计一系列谋杀和经济阴谋的人来说，钱，比他们的命更重要。”

他们来到恒福银行时，正好看到一辆救护车也开到恒福银行门口，警察和医生几乎同时下车，韩峰苦笑道：“又来晚了一步吗？”

庄晓军在门口，看到韩峰他们下车就跑了过来，急着对韩峰道：“你给我打电话后，我也觉得事情不对，江伯伯从马来西亚考察回来后，就心事重重的样子，昨天晚上又有警方来询问。刚才你又突然打电话给我，我马上就意识到可能有什么事要发生。所以我想直接去问江伯伯，问他到底发生了什么事！可是他……可是他……”庄晓军抽泣起来，道：“他竟然服毒了！”

韩峰道：“别着急，我们去看看。”

冷镜寒道：“你快带我们去！”

庄晓军在前面带路，一众警察跟在后面。韩峰蓦然发现，一个金发窈窕身影，正往他们反方向走去，韩峰微微一笑，掉头而去。

冷镜寒他们与医生们一起，走进了房间。

江永涛伏倒在桌上，办公桌上的东西七零八落。一名医生上前去探探鼻息，听听心跳，又摇摇头。冷镜寒上前问道：“能判断出是什么中毒吗？”

医生道：“要做分析。”

陈勇军道：“看来，他也知道自己逃不掉，所以才畏罪自杀吧。”

冷镜寒看着江永涛的尸体，道：“怎么会这样呢？难道最后的主谋，竟然这样容易轻生？你说呢？韩峰。韩峰？人呢？”

江浩道：“我以为他一直跟在我后面，你们看见没有？”

其余警员都说没有，最末一名警员道：“大家都想早点到案发现场，没有注意到他。”

冷镜寒道：“快找，那杀人凶手说不定有武器！”

地下停车场，秦怡迈着轻快的步伐走来，心道：“一群笨警察，等你们搞清楚江永涛的尸体是怎么回事时，我早就自由了。”

前面便停着她心爱的法拉利跑车，可车旁已经站着一个人。那人高而瘦弱，双手抱胸，面带微笑，双眼一直凝视着地板，听到脚步声，头也不抬，径直道："秦小姐，我们又见面了。让那帮笨警察去查江永涛的尸体吧，等他们查明白，我早就远走高飞了。你是这样想的，对吧！"

秦怡愕然道："韩……韩峰！"

第二十五章
结 案

韩峰道："门口有大量警察，而楼上的警方也会很快察觉江永涛不是自杀的，他们会封锁这座大楼并盘问所有员工，到时候，你很容易就会因单独进入过董事长的房间而被查出。地下停车场的门开在总部大厦另一侧，这里是你唯一的逃跑路线了。"

秦怡笑道："逃跑？你说什么呢？我为什么要逃跑？我刚刚联系了一名权威医生，他让我开车去漠河路接他，你拦在我车前面做什么，要我送你一程吗？"

韩峰也笑道："不用演戏了，如果真是要江永涛永远闭嘴的话，是不可能有机会让他再次开口说话的吧？就像你们杀死庄庆隆一样！"

秦怡环顾左右，不可置信道："你说什么？我怎么越听越糊涂？什么杀死庄庆隆？他是我很尊敬的一位老董事，我怎么可能杀死他呢？我对庄晓军也一直都很不错，我说警察先生，你的脑子是不是有问题？"

韩峰道："如果我脑子真有问题就好了，可惜，它有时候太好使了，连我自己也不知道，它怎么就记住了那么多东西。哦，那件案子已经过去三年了，或许你已经忘了，那我来告诉你好了。三年前，你们设计杀死了庄庆隆，因为他不仅是财务总监，也是恒福银行的创行元老之一，还是十大股东里股权拥有仅次于董事长的大股东。要想侵吞恒福银行的资产，你们就得从他下手。你们知道他有心脏病，又喜好美食，所以在食物中选用了美味的黑伞菌，与酒精混合后，使庄庆隆的心脏受不了。而后又在他身后将空调开至低温，使他的心脏负担更加加重。诱发心脏病后，将他的药物藏了起来，使他病情恶化。但饶是如此，庄庆隆当时的身体素质，坚持到救护车前来，应该还是没有问题的吧？可他为什么死了呢？关键因素就在于你！你当时非常热心地第一个拨打了120，是因为你知道，他根本不可能坚持到救护车赶到现场。你那么主动地做胸外按压，表面上看，你是想救他，而事实上，你是在杀他！我说得对吧？”

秦怡眼里闪过寒光，道：“不知道你在说什么！”

韩峰道：“是吗？那我就再说得详细一点好了。心外按压，是在没有仪器时，抢救心跳停止的人的最佳办法，与人工呼吸同用，被称做复苏，可是，它同时也是柄双刃剑。当人的心跳还没有停止时，使用心外按压，如果与心脏保持同一频率，尚且可以减缓心脏负担，如果与心跳的频率相反呢？心脏想要舒张时，你拼命往下压，抑制心脏跳动，最终使心脏不堪重负，停止了跳动！当你感到庄庆隆的心跳停止之后，增加按压频率，却减少按压力度，使心外按压形同虚设，根本不起任何作用。终于，庄庆隆在你的心外按压下，等不到救护车开来就死掉了！而后，你们又故意将他的救心药物扔在他来时乘坐的汽车上，同时想要将线索指引到于成龙头上，因为与庄庆隆同时乘车来的人里面，就有于成龙！这也只是你们想为后来陷害于成龙打下的伏笔。那时候，于成龙是庄庆隆的助手，他当然会和庄庆隆在一起。我起先一直有一点疑惑没有想清楚，你怎么能接近庄庆隆的车并把他的药物偷去而扔在车里呢？但是，你们自己告诉了我答案。”

秦怡目光闪烁，淡淡道：“哦？”

韩峰道：“当你自认为计划已经完成，开始收线的时候，那些对你没用的人，自然就在你的清除之列。所以，我还没有调查过的人，你认为他们对你构成了潜在的威胁，还是将他们除去了。陈天寿就是这样的牺牲品吧？还有卢芳和单燕飞。你认为他们一死，就再也没有线索可以指证你了，你可以堂而皇之地带着巨款潜逃。但是，你这样的做法，恰恰暴露了一些我未曾考虑到的线索。当单燕飞与卢芳同时死在陈天寿的床上时，我就明白了，单燕飞也是你们的人，这样一来，就很容易解释庄庆隆的药物为什么会掉落在他自己的车内了。警方的调查报告上写着，与庄庆隆同车的人，有于成龙、启开华和他的秘书。而他的秘书，当时就是单燕飞。她有机会便在车上动手脚，拿掉庄庆隆的药。同时，单燕飞的死，也解开了我心中的另一个谜。那就是，于成龙为什么要送那张致癌的大理石桌给启开华夫妇。当时，庄庆隆死后，他想升迁，就必须联络所有的董事，而要接近董事，必须从他身边的人下手。所以，于成龙找到的不是别人，正是启开华的秘书兼未来的儿媳——单燕飞。单燕飞自然可以指导于成龙，启开华夫妇喜欢大理石制品，并引导他购买那你们早就准备好的，含有放射性元素的桌子。如果当时于成龙没有那么冒进的话，送石桌的人就是单燕飞了吧？”

秦怡嗤之以鼻道：“哼，有意思。”

韩峰又道：“同样的方法，你利用麦迪给于成龙建议，查孝礼喜欢养花，所以送他铁脚海棠和银盏凤仙花，只可惜，查孝礼是死于空难，才没有在痛苦中死去。所以我看到陈天寿的死因，马上给麦迪的夫人、查孝礼曾经的妻子打电话，确认麦迪的行程，你们开完董事会，他根本就还没回去，或许尸体被掩埋在哪处了吧？正是因为分开犯案，而于成龙这只无头苍蝇又到处乱闯，才成为你们的替身道具。所以，每次案件的明面，都有于成龙的身影，而你们自己的人，却很好地掩藏了起来，我说的对不对呢？”

秦怡摇头道：“无稽之谈！你凭什么怀疑我？于成龙是个没有修养、为人处世很世俗的家伙，你们和他见过一面，应该知道，他是个很惹人讨厌的家伙。每一起案件，他都是最大的嫌疑人，你为什么不怀疑他呢？”

韩峰道：“当孙向贤死的时候，我确实怀疑过于成龙，因为当时只有他有作案时间。而且，我从别人那里听说，他和孙向贤的关系很差，而两人的脾性又都很冲，两人在公司的分工，有明显的利益冲突，所以，他也有作案动机。而后，这个人的名字又一再出现在我的调查范围之内，虽然每次他都是最大的犯罪嫌疑人，可是——”韩峰顿了顿，道：“他的行为太冒失，也太明显了。好像他生恐别人不知道，他就是凶手似的。就拿启开华的案子来说，只要有人怀疑到房屋内的环境有问题，一查就能查出问题出自大理石桌。而于成龙并没有掩藏什么，反而是大肆宣传，唯恐别人不知道石桌是他送的。这与我们调查的一系列案件中的那个幕后主使人的脾性一点都不符合。还有林政的案件，他非常明显地跟踪林政和卢芳，还故意向服务员小姐提起林政和卢芳是夫妻，还说，迟早要杀了那对狗男女。这等于是在告诉警方，如果林政死了，他于成龙绝对就是凶手，别作他人想了。以后的调查，于成龙出现的次数越多，他犯案的嫌疑越明显，我对他的怀疑就越小。可是有一点我始终没弄明白，他为什么每次都会出现在你们想利用他的时候，充当你们的替死鬼。直到今天，他死了，我才终于知道，你们所用的一系列手段，真可谓高明！”

秦怡眼里闪着狡黠的目光，道：“哦，那是怎么回事呢？”

韩峰道：“那就要从林政之死和他转移股权这件事说起了！”

秦怡也不向前了，斜靠在石柱上，也学韩峰般双手环抱，如小女孩儿般轻咬住下唇，得意地笑道：“说说看。”

韩峰道：“林政是因为汽车里加入了易燃易爆的低燃点油，并且路面上涂抹了一层聚热材料，终于汽车的油缸被路面的高温所点燃，汽车自爆而导致死亡。但是我们一直没有想明白，林政为什么就要把他的百分之五的股权转交到梁兴盛手中，他为什么就要走那条老国道。直到我来到天涯市，住进那家属于你们银行控股的五星级酒店，并接触到那服务员小姐，我才明白。林政与卢芳交往之后，可谓如鱼得水，深陷男欢女爱的激情生活而不能自拔。可是，林政自己知道，他的出头，他的地位与名誉，全凭他妻子以及他妻子家族的势力，而他现在做的那件事，是绝对见不得光的。一旦东窗事发，他失去的将不仅仅是名誉和地位，身份或工作，他将失去所有他所拥有的一切，他会从巨富和商界名家，变得一贫如洗。林政为了不被他夫人发现，所以谎称每周要到天涯市开一次会议，其实只是幽会佳人。他觉得，两地相隔这样远，应该不会被发现了吧？可是，他只注意到了妻子，却没有注意到自己的其他同事，所以，他的行踪，终于被你发现了。而事实上是，从他认识卢芳一开始，他的行踪都在你们掌控之中吧，你让他往西，他就不曾往东走过。于是，你在适当的时机出现，揭穿他的家庭背景，并威胁要告发他，他不得不向你妥协，只得听你的吩咐。林政不甘心，他本不是受制于人的人，可是，一面是带给自己名誉金钱和地位，并为自己生育了两个子女的妻子；另一面是带给自己激情、快乐，满足自己欲望，已经和自己好得如胶似漆，自己再也不能离开的情人，林政陷入了两难的境地，难以做出抉择。在这种情况下，他的情人——卢芳，给他出了个主意，让他将股权转让到梁兴盛头上，并告诉他，梁兴盛早年夫妻不和，早已离异，但是只有一个儿子，现在梁前妻已死，那个孩子是个孤儿，如果她卢芳，以抚养的名义领养那个孤儿，她就成为梁小童唯一的监护人，一旦梁兴盛死亡，那百分之五的股权，还是在他们手上！这样做，只是以防万一，那时，他们就算一无所有，可手里还握有百分之五的股权，等到恒福银行进行了股权分置，那百分之五的股权就可以变成几十亿。”

秦怡忍不住拍手道：“精彩！”

韩峰一口气说下去，道：“但是，林政却万万没有想到，卢芳只是一个情欲工具，被你们利用来勾引那些自命风流的男人上当的蛇蝎美女，与她的交往，常常伴随着致命的危险。被林政认为已经想绝了的办法，只是你们随意布下的一步棋子，不错，梁小童是在卢芳手中，可他并不是给林政储备金钱的工具，他是给你们用来储备金钱的。所以，梁兴盛一死，林政也得死，他根本就享受不到什么。”

秦怡道：“你说的这个故事很精彩，可似乎和于成龙没有什么关系。”

韩峰道：“你忘了？我前面说过，于成龙也曾在酒店里追踪到了林政和卢芳，并告诉服务员小姐说他们不是夫妻，还扬言要杀了那对狗男女。于成龙是怎么知道这件事的呢？那是因为，卢芳在接近林政之前，原本是于成龙的女友！”

韩峰从怀里摸出了在于成龙家中找到的照片，说道：“这就不难解释，为什么于成龙总会出现在你们想让他出现的时候了。这张照片是自带日历的，它上面的时间显示，早在三年前，于成龙就和卢芳的关系非常密切。于成龙到什么地方，给什么人送礼，都是出于卢芳指点。而卢芳，正是你们的肉体工具，她周旋于众多男人之间，利用美色和高超的性爱技巧勾引那些自控能力低下的男人。你们利用这一工具，往往事半功倍，战无不胜，攻无不克。于成龙是最近才得知卢芳和林政在一起的，所以，他跟踪到林政和卢芳后，非常愤怒地表示，要杀了那对狗男女。可是以后，林政死了，卢芳又回到于成龙的怀抱，因为于成龙还有利用的价值，所以那天，我才会看到那个熟悉的背影和于成龙拥抱在一起。同时，卢芳还担负着勾引并控制陈天寿的任务，但是陈天寿是个大色鬼，仅凭卢芳还不足以控制他，所以你们又搭上了单燕飞，可那家伙还不知足，最近竟然直接向你发起攻击，不知道你是不是也……”

秦怡柳眉一横，道：“哼！”她停了停，突然转换话题道：“你说了这么多，生拉活拽地非把我强加入林政的案子里，你的调查，哪条证据表明，我参与了林政的案件？”

韩峰道：“不错，你一直隐藏得很好，几乎滴水不漏。可是，自从我知道了于成龙与卢芳的关系，那么，于成龙也只是一个被你们利用的人，他就不可能是设计杀害林政的凶手，那么，除了于成龙，还有谁接触过林政呢？林政的座机电话，是有谈话录音的，里面有一名女子，曾在他死前与他进行了最后的通话，虽然通话没有涉及重要线索，可是却隐晦地指出，她有林政的尾巴，林政不得不听她的话。当时我根本不知道这个女子是谁，就是见过你之后，我也不能将那女子与你联系起来。”

秦怡自信地笑了，她抛了个媚眼儿，对韩峰道：“那你，是从什么时候开始怀疑我的呢？”

“刚才。”韩峰淡淡道，“就在你杀于成龙的时候。虽然你伪装得很严密，又披了纱巾，又戴了墨镜，可还是有警察注意到你那金色的头发。由于在我目前了解的女人中，只有你一个人是染了金发的，所以我很快联想到你，加上发现了于成龙和卢芳的合影，让我想明白了他为什么会尾随林政和卢芳。而且，昨天晚上你杀阿八的时候，阿八并没有立即死去，他在座椅上留下了三横。虽然我猜不出那是个什么意思，但我们已经锁定那是某个字的一部分，而你的秦姓，正好是三横开头的，于是，顺藤摸瓜，我便想起了我依然疑惑的孙向贤的死！”

秦怡露出感兴趣的表情，眨着眼道：“孙向贤的死？那可是意外事故，就算是他杀，也只可能是于成龙干的啊，和我又有什么关系？”

韩峰淡淡道：“那要先从车祸说起。那是一起人为制造的车祸，被你们巧妙地伪装成自然发生的车祸，是这样吧？”

秦怡撇撇嘴道：“是吗？”

韩峰道：“当你知道我们与于成龙见面后，你就知道了我们的来意，因为这次我们是带着上级领导的批准来的，你们无法拒绝，为了拖延时间，你便开始准备这起意外的车祸了，对吧？因为孙向贤是公司员工，所以你们对他的身世背景都很了解，对你们实施计划也就非常有利。你们知道，孙向贤刚学会开车，你们便开始在开车上做文章。车祸普遍高发人群，便是年轻男性，在情绪波动或是醉酒之后。由于是大白天，还不到进餐时间，于是你们要想办法使他情绪波动。而你们事实上也成功了，我去云南时，孙向贤的妻子告诉我一个很奇怪的现象，就在孙向贤出事前一小时，有人给他们家里打电话，说电信局线路检测，请他妻子配合关闭手机一小时，随后家里的座机又响了，说他们家电话号码中了奖，请他妻子去电信局兑奖，并且规定了兑奖时间。通常情况下，这是一种骗子行骗的手法，可是用来杀人，也毫不含糊。由于孙向贤他们家里有位老太太耳朵不好，他儿子刚满周岁，所以他妻子一定带着孩子出门，又关上了手机，孙向贤在那一小时内是无法与家人联系的。我可以想象，你们马上匿名打电话给孙向贤，说他家里出了大事，或许人命关天。孙向贤，这位初学开车的年轻人，情绪波动了，这是第一步！”

秦怡捋着耳际的金发，饶有兴致地听着。韩峰竖起两根指头，道：“第二步，引起开车者的注意力！你们当时将货车停在那里，在货车车厢上挂上孙向贤妻子的巨幅照片，而他妻子长得非常像一名影视明星。当我去询问一名当时在场的老奶奶时，她曾向我提到这一细节，可当时我认为她眼花了，没看清楚。不过，幸好这个大脑有时记性好得惊人，我第一眼看到孙向贤妻子时，马上就想起了老奶奶的话，我开始意识到你们的杀人计划。作为一名初学车司机，在情绪本身极不稳定的情况下，突然看到自己妻子的照片出现在大街上，他无疑会被吸引过去。所谓眼为手向导，当他看见那个方向时，他的手也就不经意地转了过去，这时候——”

韩峰竖起三根指头，道：“第三步，转移注意力，那幅画或许用了橡皮绳，或许是拉簧，总之突然就弹了起来，是自动卷了起来，也就是老奶奶告诉我的，嗖地就不见了。孙向贤的注意力马上重新由那照片集中到马路上来，他发现自己开错了方向时，前面马路上，出现一名儿童。你们可以用扔小球、扔纸飞机，或是别的很多办法，诱使那孩子跑去马路中间。作为一名正常人来说，遇到这种突发事件，第一反应便是避开儿童，在这种紧急情况下，人的大脑无法做出全面的判断，他的思路完全集中在一点上，也就是别撞人！由于孙向贤的尼桑车使用自动挡，就只有左右两个脚踏，一个刹车，一个油门儿，这种自动挡也是最容易出错的。在那种情况下，孙向贤情绪不稳定，视觉受到冲击，路面出现突发事件，他大脑判断出错，将油门儿当作刹车并一踩到底，汽车就像箭一样蹿向了货车。也正是因为情况分外紧急，所以孙向贤才会死命地踩着油门儿，以致髋关节脱位。”

秦怡握小挎包的手紧了紧，道：“明明是一起意外事故，你非要说成是蓄意谋杀，那我也没办法。”

韩峰道：“听我说完，你原本以为，孙向贤应该死在车祸现场，可惜事与愿违，孙向贤侥幸捡回一条命。眼看他在医院的救治下渐渐苏醒，只要他将电脑密码说出来，你们的戏就唱不下去了，也就无法继续拖延我们的时间。所以，你们又计划了对孙向贤的第二次谋杀，就是医院里的那次！”

“关于那次谋杀，”他仰头望天，稍稍回忆了一下，才道，“好像于成龙有作案时间和动机，他理所当然是最重要嫌疑人。可是，如果是利用胶囊，延长毒药在胃内扩散的时间的话，一是通过鼻饲管不容易灌入，二是毒药发作首先是在胃内，应该先出现非常强烈的胃部刺激症状，而不是直接出现全身休克症状，而家属又强烈要求不做尸检，所以我们不知道死者究竟是怎么死的。事后，我单独去云南调查过，孙向贤的家属告诉我，他们确实受到过公司的变相威胁，当时尸体已经火化，我好像也不能从尸体中得到什么线索。”

韩峰说到这里，看了秦怡一眼，秦怡笑道：“对呀，你们没有调查出什么线索，而拥有作案动机和作案时间的人，也只有于成龙一人，和我有什么关系啊？”

韩峰斩钉截铁道：“不对！还有一个人有作案时间！”他抬起手来，缓缓指向秦怡，道：“那就是你！秦小姐。我非常清楚地记得，当时你独自靠近死者，并凑到他耳边，想听他诉说什么，然后他突然心跳和脉搏就发生了变化，医生赶到时，急救也来不及了。而事后，虽然没做尸检，可是警方人员给尸体拍摄的照片，照片上十分清楚地显示，在孙向贤的颈部，有小小的红斑。你在凑近孙向贤的时候，用身体挡住了我们的视线，用事先准备好的淬过毒的针，刺入了他的颈部动脉。由于颈部动脉是给大脑提供血液的，如果你用的是氰化物或神经毒素一类的毒药，那么药一入脑，就可以直接破坏人的中枢神经，导致心跳和脉率出现强烈的变化，加上本身刚被抢救回来的孙向贤，身体本身就虚弱不堪，所以很快心脏就停止了跳动。而你，根本就是当着我们的面在杀人！”

秦怡眼里放光，就像得到了极高荣誉的赞扬一般。

韩峰接着道：“那时毒素根本就只停留在大脑，所以末梢采血，根本查不出任何有价值的化学药剂。而出现在尸体旁的那张小纸条，写着傲慢的拼音，也是你事先就准备好了的，纸条上有弯牙形的压痕，那是因为你害怕留下指纹，用两个指甲掐住纸条，趁医生进入房间，混乱时放在孙向贤的身上的。而你的目的，就是让孙向贤永远不能开口讲话。因为那时候，你们只是想把我们留在天涯市里，为了争取更多的时间，可是你们没想到，我们在天涯市的调查，会对整个案件有重大突破，所以后来，你们又频频在海角市制造事端，就是想让我们赶回海角市。我承认，你们确实做到了，可是，我所掌握的信息，也已经超出你们的限定范围。现在，我们再来谈谈林政那起案子，卢芳在你的安排下，先后接近于成龙、梁兴盛、林政，利用她那特殊的身份，将这三人都带入了你们早已设好的圈套之中。当你们需要于成龙出现在酒店的时候，你只需要不露声色地透露出，看见卢芳与林政在酒店，于成龙自己也会去那里的吧？而那个手机号码，你也可以随便找个借口，借用于成龙的手机打给林政，对吧？用同样的方法，你们利用单燕飞来对付启开华，利用单燕飞和卢芳来对付陈天寿，还有江永涛身边那秘书，想必也是为了他老人家而特意准备的吧？麦迪则是为查孝礼准备的，至于背后是利用谁在操纵麦迪，我也就没有兴趣知道了。”

秦怡颔首道：“你无凭无据，只是靠想象推测罢了。我姑且当作听了一个疯子的胡言乱语。”

韩峰道：“哦，你认为我真的没有证据吗？其实，如果这些股权都落入一个人口袋，只需要核实银行上的账目，就一清二楚了吧？还有，当你去海角市杀丁一笑的时候，机场那边，总会有出入记录的吧？而且，你认定我们不会查到你头上来，竟然狂妄得留下了指纹。这些，不都是证据吗？”

秦怡叹息道：“难怪有人说，你是个很可怕的人物！一点证据都没有，仅仅凭猜测，就能将我们两三年前的办案手法说得八九不离十。你果然是很厉害的人，加入我们吧，让我们一同开创我们的事业。那天晚上，我已经向你做过表示了，只要你点头，我就是你的人。”

韩峰冷笑道：“不错，我承认你的姿色对我来说是一种诱惑，难以抗拒的诱惑。”

秦怡温柔地望着韩峰，轻轻伸出舌尖舔着上唇，极尽诱惑。韩峰脸色一沉，道：“但是我最讨厌用两性的关系来做买卖。对于女人，我有我自己喜欢的标准，你的那种美，太过妖艳，说实话，我看不上眼。”

秦怡眉头一皱，拉下脸来，露出了凶相，恶狠狠道：“你的眼光好高啊！”

韩峰笑道：“不是我的眼光高，是你长得不入流罢了。”

秦怡突然怒目举手，她的手中，已经多了一支黑黝黝的女式手枪，她奸笑道：“你那么能推测，难道就没推断出我的武器是随身携带的吗？我给过你两次机会，但你都不领情，既然这样，那可不能怪我。”

韩峰毫无惧色，笑道：“你开枪试试，可要打准了，你这种小手枪，只有两发子弹，要是没能打死我，又惊动了上面的警察，可能会被抓个现行哦。”

秦怡道：“说实话，像你这么优秀的人才，跟着我们干，迟早会发大财的。真可惜，我没有时间和你多费唇舌了。”

“砰——”枪响了，但是倒下的却是秦怡，韩峰愕然抬头，江浩气喘吁吁地站在门口，枪口还冒着青烟。秦怡挣扎道：“命运选择了你，怎么能改变。我本……”她还想说点什么，终究没了声音。

江浩喘息着过来，道：“好险，你怎么一个人出来，我们找遍了整个大楼，还以为你遇害了呢。”

紧接着，又有几名警察顺着枪声找过来，冷镜寒和陈勇军也到了。冷镜寒看见秦怡的尸体，惊讶道：“怎么会是她？”

韩峰道：“是啊，怎么会是她呢。还是先搜查一下她的随身物品和她的办公室吧，看看有什么发现。”

陈勇军马上安排警察去搜索，韩峰将他的推理重复了一遍，冷镜寒道：“真是没想到，原来背后搞鬼的竟然是她，你一开始不是就说，这起案件的幕后主使者，不可能是女人吗？现在怎么自己又推翻了自己的结论呢？”

韩峰道：“她要控制那么多下属，原本是不可能的，可是如果使用了毒品，那情况又不一样了。如果她使用的是一种只有她那里才有，别的地方买不到，普通毒品吃了也没有效的新药的话，那她控制别人就相对容易得多了。而且，她非常善于利用女人自身的优势，毒品加性欲，用来控制男人，真是再好不过的办法了。”

冷镜寒道：“你看这个，江永涛办公室里搜到的。”

物证袋里，有一张悔过书，内容全是江永涛忏悔自己，曾妒忌同为四大董事的刘天鹤、庄庆隆等人，设计杀死了庄庆隆和刘天鹤，自己坐上董事长的位置，由于权力的欲望日益增大，所以想控制更多的股权，加上最近股权改革迫在眉睫，一旦改制后，很多大股东都可以通过股票交易市场的收购和并购，超越自己而成为董事长。由于自己不甘心，所以设计杀害了自己看不顺眼的董事。末了，说由于穷途末路，警方已经怀疑到自己头上，为了不连累家人，所以只好一死了之。

冷镜寒道：“我们询问了几个与江永涛关系密切的办公室成员，都认定这就是江永涛的笔迹，如果不是你在别处有发现，我们似乎就要在江永涛这里画上句号了。”

韩峰道："看来她还是个模仿笔迹的高手。"

冷镜寒叹道："人为财死，鸟为食亡啊。谁能想到，这样一个妙龄女子，竟然有这样深的心机和这样狠的手段。"

韩峰道："不管怎么说，这次总算可以结案了。余下的事情，就交给陈局长他们办理吧。"

两人回到海角市，潘可欣来接机，也不知道她用了什么法子，竟然到了停机坪。不等韩峰他们走下舷梯，潘可欣早已忍不住问道："怎么样？怎么样？有没有找到那个幕后黑手？"

冷镜寒乐呵呵地给她解释，一路上潘可欣不住地提问，冷镜寒和韩峰一人答她一句。潘可欣兴奋道："太好了，我一定要把它写成最好的纪实报道，刊发出去，肯定会惊动全国的。这真是一起旷世奇案啊，这个案件太大了。"

回到刑侦处，大家都在，只是少了夏末一人。张艺汇报道："在丁一笑家查出一本账簿，那家伙，死了也会咬人一口，根据那账目记载，仅我们海角市，收受他贿赂的市政府官员就有三十多人，还不包括其他地方的行政人员。没想到，田副市长竟然也和他们有联系。"

韩峰道："早就该想到了吧，竟然没想到。"

李响也道："查过根据你们回忆画出的那小艇了，根据我国机密信息处提供的信息，那不是美国生产的，而是以色列生产的，代号拉斐尔的无人驾驶巡逻艇，配备有武器和夜视摄像头等先进仪器，操作人员可以远程操作。但是，这种巡逻艇至今还处于实验阶段，属于以色列的秘密产品，估计要到十月份才会面世，不明白他们是在哪里买到的。"

刘定强也道："夏末的尸体经过检查，确实死于蛇毒。那些犯罪分子，一个都没抢救过来，现在医院还在对血液进行分析，希望能提取出那种我们未知的药品成分。"

龙佳兴冲冲地从外面跑进来，欣喜道："你们回来啦！"但进门一看，却看到潘可欣站在韩峰身边，立刻停住了脚步，依然笑道："你们回来啦。"

韩峰看看潘可欣，又看看龙佳，勉强点了点头，笑道："回来了。"龙佳仍站在门口，脸上神色有些扭捏，韩峰拍拍手，张开双臂，向龙佳招了招手。龙佳终于一个箭步，飞身扑入韩峰的怀里，紧紧地抱着他，再也不愿失去他一般。潘可欣站在一旁，立刻感觉到了，自己似乎已经失去了什么。李响看着龙佳那种神情，也知道，自己不太可能有什么希望了。

冷镜寒道："现在还不是高兴的时候，等我把结案报告交上去，领导审定了，那才是万事大吉呢。韩峰，快进来帮我回忆一下细节。龙佳，把以前的报告都拿进来……"

韩峰吃着泡面，气愤道："现在已经结案了，怎么还吃这个！"

冷镜寒道："我们就抓紧一点时间，把这个案件的结案报告交上去，然后你就可以随意休息了。"他看了龙佳一眼，又道："你想让我的哪个队员放长假，我也可以答应你。"

龙佳的脸腾地就红了，却拉了拉韩峰的衣角。冷镜寒笑道："这个条件不错吧？"

韩峰端着面桶，佯作思索道："唔，还是那句老话，知我者，冷兄也！"

下午三点后，总算把结案报告整理好了，冷镜寒道："太好了，我们一起去省府吧。"

韩峰道："为什么要陪你去？"

冷镜寒道："因为那里才有你向往已久的罗记炒田螺，不去那里，我怎么请你的客呢？"

韩峰笑道："好啊！总算能吃你一顿了！"

出门时，做跟踪报道的潘可欣又来了，四人便一起去了省府。

天色已经渐渐晚了，霞光如缎带挂在天边，阵阵凉风从江上吹来，铁手站在一栋十八层的高楼顶端，他喜欢享受这阵阵晚风。生命，本来就是用来享用的，如果不懂得享用生命，那么，在生命结束时，岂非一无所有。铁手有足够的时间和金钱，他可以享用他想要享用的任何东西，但是，他这种享用，却是建立在对别人生命剥夺的基础上的。他是一个杀手，顶级的杀手。他曾经创下亚洲一个小国家内最高的刺杀赎金纪录，但是，他在他们的组织里，就算不得什么了，因为组织里，像他这样厉害的杀手，实在太多了。

他，是黑网中的一名杀手。

此刻，铁手擦着手里的枪，一把非常漂亮的枪，对着阳光，他开始欣赏自己的手，这是一双非常稳定的手，握住枪的扳机一动不动，可以坚持三小时以上。最佳的时机，最佳的位置，最佳的角度，这只手会毫不犹豫地扣动扳机，那时，一切便已经结束。

省公安厅六楼，韩峰倒退着走在前面，潘可欣和龙佳在中间，冷镜寒走在最后，公安厅采用的是栈道式楼道，栏杆外面是巨幅玻璃墙。夕阳将影子斜斜地投到楼道中来，天空一片碧蓝。

冷镜寒笑道："怎么样？韩峰，你不是说只查惊天的大案吗？这种普通车祸的小案子还对你胃口吧？"

韩峰无力地挥手道："算了，算了。以后我再也不查这种大案了。我告诉你，以后什么命案、谋杀啊，都不要来找我；谁家的小狗走失、钱包丢掉了，我只查这样的案子了。"

冷镜寒哈哈一笑，随即道："我干了几十年刑侦，还从来没碰到过这样大、涉及金额这样多的案子，可你小子，才第一次查案，就碰到这样的案件，以后更不可限量啊！"

韩峰看着冷镜寒擦着额上的汗，笑道："想不到你也有擦汗的时候啊！这次算完结了吧？"

冷镜寒长出一口气，道："不错，这个案子暂时就这样了，其余的事情我都可以转交给老郭去办理。"

潘可欣道："原来，你们只负责破获案件的关键环节啊？"

冷镜寒道："不是，是因为这个案子涉及面太广，如果要将案子全部了结的话，没有两三个月结不了案的，可是目前，我们又有那么多案件积压了，所以剩下的任务只有转交给老郭了。"

龙佳道："而且，我们只有六个人，现在的涉案人员已经不能用几十来数了，至少涉及上百人，十几个省市，这个时候转交案件，是最合适不过的。"

韩峰道："唉，交都交了，还讨论那些做什么。冷兄，说说，到哪里去吃东西？"

冷镜寒道："你就关心着吃，对了，有件事我一直没弄明白。你和龙佳什么时候达成默契的？就是你指证龙佳是叛徒之前，你们可没有时间来商量那件事啊？"

韩峰笑道："就在揭发佳儿的前一天啊。我们还排演了好多遍，才能演得那么逼真呢。"

冷镜寒疑惑道："不对啊？那天我们都在刑侦处，各自回各自的房间，难道你跑到……"

龙佳的脸微微有些红了，潘可欣指着龙佳的脸道："哦，龙佳承认了！"

冷镜寒微微一笑，不料韩峰道："没有，我们是在浴室排演的。"

冷镜寒一愣，潘可欣"啊"道："哇，原来你们。"

龙佳的脸红得像熟透的番茄一样，韩峰笑道："你哇什么哇，你好像还欠我什么东西呢？"

潘可欣疑道："我欠你东西？我欠你什么？"

韩峰不怀好意地笑道："这个案子开始前，你答应过我的，让我亲一下！"

冷镜寒心道："这种事情，他倒是记得很清楚。"

龙佳脸色一变，眼里杀气腾腾。

潘可欣指着自己的腮帮子道："奇怪，我记得好像已经亲过了。"

冷镜寒又开始擦汗了，龙佳眼里杀气更盛，韩峰目瞪口呆道："什……什么时候？我怎么不记得了？"

潘可欣噘起嘴道："你忘记啦？在你家里！"

韩峰道："啊！原来是那次啊！那也能算？好像事先我们商量的是让我亲一下吧？"

潘可欣笑道："我是没问题啊，可是你要当心哦，我劝你今天晚上最好不要吃东西，否则回去后可能会吐。我们这里可是有位柔道五段哦！"

韩峰哈哈大笑，蓦然神色一变，后面的三人都看到，韩峰的笑意凝固在脸上，变得说不出的狰狞。他突然狂暴地吼了起来："趴——下！"

铁手的手指动了，子弹带着火药的气息旋转着飞离枪管，奔目标直线而去。铁手站起身来，准备收枪回家，没有任何疑义，他对自己的枪法拥有绝对的信心。

"哐……"玻璃墙被击穿了，子弹夹着玻璃的碎屑穿了过去！韩峰睁大了眼睛，身体还在半空，却只能眼睁睁看着子弹穿透了龙佳的头发。"不——"他发出了绝望的吼声。

此时，冷镜寒身体刚刚有屈身的动作，韩峰一手拔出了挡在他身前冷镜寒的佩枪，对着对面的大楼顶部，疯狂地开枪射击，另一只手准确无误地搂过了龙佳的身体。虽然子弹根本到不了对面大楼顶部，但韩峰毫不犹豫地打光了所有的子弹，玻璃墙被打得成块掉落。而此时，冷镜寒才刚刚倒在地上。韩峰喊道："佳儿！佳儿！回答我！你没有事的！快叫救护车！快呀！"

冷镜寒已经惊呆了，韩峰拔枪接人，开枪射击，直到他吼叫着找救护车，他才摸出手机来。

潘可欣更是被韩峰那种疯狂的表情完全震慑，她第一次看到，一个男人，突然像野兽一样地疯狂，比闪电更快的动作，比兽嗥更恐怖的叫声，一切发生得太快，太突然，她根本来不及做出反应。

潘可欣再看冷镜寒，拿手机的手竟然微微颤抖，她心中更是惊奇："就算韩峰现在情绪有些失控，冷伯伯也不用怕成这样啊？"冷镜寒心中的震撼，却是潘可欣无论如何也想不到的，他战栗着，因为在这一刻，他清楚地感觉到那种悲恸，使韩峰发生了可怕的变化，他心中不由自主地呼喊道："回来了！他又回来了！那个地狱深处的恶魔！难道已经无法克制了吗？韩峰，不要让愤怒令你失去理智啊！"

就在此时，韩峰搂着龙佳的脖子，拇指一按颈旁，惊喜道："她还活着，她还活着！医生什么时候到啊？你快点啊！"此刻一脸惶然，六神无主，再也没有那睿智的眼神，他又呼唤道："佳儿，佳儿，你没事的，你说话啊，你说话啊！你回答我！佳儿——"他号啕大哭起来。

潘可欣没想到韩峰说哭就哭，而且是毫无遮掩的放声大哭，只觉得这个男人突然伤感，那种痛哭，好像可以感染身边的人一样，潘可欣只觉得自己的鼻尖一丝酸楚，抬眼望时，天边残阳，血一样的红。

"啊——"韩峰发出了一阵阵咆哮，就像那莽原的狼，一声比一声凄厉！那一刻，潘可欣清楚地看到，韩峰的眼中布满血丝，眼神如恶狼般凶悍、残忍、冷酷，她从未见过这样杀气腾腾的眼神，不由自主打了个寒战。

医院，张绍东摇着头，指着龙佳的CT片说道："你们看，子弹穿入头颅，现在嵌在这个位置，而从子弹入口，到子弹停留的这个位置中间，脑组织完全被破坏了。现在都是知道的，大脑是人体最复杂、最精细的器官，一条脑部毛细血管被堵塞，都可能造成中风，轻则身体不适，重则全身瘫痪，更何况这次是子弹直接造成的伤害。"

韩峰哭道："张医生，张院长，你一定要救救她啊，你们一定行的，你们不是海角市最好的医院吗？你们也是省里最好的医院啊！"

张绍东道："说实话，她能活下来，本身就已经是个奇迹了，我从医这么多年，还从来没有见过谁能被子弹直接击中头部后还没有死亡的。我想，她一定有什么放不下的事情吧。"

韩峰眼里噙着泪水，回想起龙佳躺在自己胸口说的话来："哪怕只能共同待上一天，我便立即死去，那也足够了。”他怀着最后的希望，问道：“医生，难道真的一点办法都没有吗？别的医院呢？别的医院有没有希望？”

张绍东道：“我们会尽快安排手术，但是只能把子弹取出来，受损的脑部组织，那是不可能再恢复了。现在国内最好的脑外科医院，一是上海的协和医院，一是北京的301医院，我们已经将脑部CT片传入网络，请两家医院的专家会诊过了，他们说……”张绍东长长地出了口气，似乎极不愿意将那话说出来，终于道：“没有希望！最好的情况，就是保持现状！”

冷镜寒问道：“张院长，你的意思是，她会成为植物人？”

韩峰如坠冰窟，突然一把将张绍东的衣领抓了过来，红着眼睛，如魔似鬼，颤声道：“张院长，你！一定要想办法！她才二十岁啊！不能让她一直这个样子活下去的！”

张绍东只感到心中的寒意，这个一直都不怎么起眼的男子，怎么突然像变了个人似的，变得那么可怕！他艰难地哽咽道：“不是，不是我不想办法，而是，现在的医学只有这样的水平，我真的无能为力。我，我会打电话给我在德国的老师，请他看看有没有什么办法。”

韩峰那通红的眼睛，好似快要滴血一般，周围的人都望而却步，甚至没有人敢靠近他。潘可欣这才发现，那个成天嘻哈笑乐的大男孩儿一样的人，会变得如同魔鬼一样可怕，她心中狂乱地疑问着：“他到底是谁？他来自哪里？为什么会这样可怕？”

冷镜寒劝慰着：“韩峰，接受事实吧，不用太难过了，她还活着，不是吗？活着，就有希望！”

韩峰转过身来，那凶恶的眼神，咬牙切齿的表情，冷镜寒不禁退了两步，再也不敢说什么了。他心中颤道：“韩峰，你不会因为这件事，而变成以前那个样子吧？请你，千万不要啊。”

张绍东马上安排手术。手术之后七天，韩峰一直在医院，除了上厕所，没有离开龙佳一步。龙佳恬静地躺着，好似睡着了一般。每天仪器都显示，她的呼吸、心跳、血液，多么正常。韩峰却知道，龙佳这次，要睡很久，她再也不会对自己笑了，再也不能敲自己的头了，也不会脸红了。潘可欣来看时，韩峰双颊深凹，面色焦黄，双目无神，形同槁木。潘可欣每天都要来看他们三次，每次都能带来一些好消息。

“从那个叫秦怡的女人家里，搜出了几份转让协议，果然，都是死去的大股东们写下的转让给秦怡的股份，加在一起好几百个亿呢。那女人太厉害了，真是不可思议。而她所做的和你推论的完全一致，你更不可思议呢。”

“田副市长已经被正式拘捕了。”

“被捕的罪犯已经交代了，他们被迫服用了一种叫命运的药物，听说十分可怕呢。”

“胡金诚在山西被抓住了。”

“傅凯被抓住了，他交代了曾经暗杀龙佳的事。”

“那些匪徒都死了，医院尽了最大努力还是无济于事，那种毒品真可怕！”

“今天正式对海角市的行政机关受贿人员提起公诉。”

“恒福银行的账目审计工作已经结束了，从账目上来看，除了几亿坏账外，其他还没有什么大的变动。”

“我为这个案子写的专题报道已经刊发了，我知道，你不想上报，我隐去了你的名字。虽然很多地方做了改动，但还是引起了轰动呢。”

“韩峰，我给你唱个歌吧？”

“韩峰，冷伯伯说，案子就快结束了，公审结果一出来，这起案件就算彻底结束了。”

韩峰的反应很淡漠，有时嘴角不经意地抽动，好像是笑了，但那双眼中，却不再有曾经明亮的眼神。潘可欣也常常从护士那里听到一些韩峰的事。

“他对他妻子真好，他们是从小就认识的吗？”

“每隔两天要换一次导尿管，每天要灌肠一次，翻身、擦洗，他都是自己做的，我们还很少看见这样的家属。”

“他不上班吗？他是做什么的？他的操作很专业，他是医生吗？”

“不仅如此，他每两天还要用针刺穴位，接通电流做理疗。中医部的主任都常常亲自来看，他说，那个人刺穴的手法和对穴位的认识程度，远在他之上呢。”

“从来没看到他离开过床边，就是睡觉都趴在那里睡的。我真担心，这样下去，他的身体迟早会垮掉。”

“真是很羡慕，要是我能找到那样一个老公就好了。”

第七天，张绍东又一次来到监护室，韩峰还是那样坐在那里，只是精神更差了，张绍东道：“这样的事情，我们也很同情，但是你知道，每天要这样维持，需要很多费用，嗯，那个，你是不是先把一些费用补交了？”

韩峰猛地抬头，张绍东虽然早就做好了心理准备，还是不由得一惊，他勉强笑道：“你也应该理解我们的难处，医院不可能无缘无故地支出这样大一笔开支，如果每位病人都像你这样，我们医院也就关门大吉了。”

韩峰眼神一凛，道：“我没有钱。”他转过头来，逼视张绍东，问道：“难道钱真的有那么大用处？”

张绍东心中奇怪，勉强笑笑，却比哭还难看，说道：“因为金钱是衡量一个人实际价值的体现，它的多少，决定着一个人活在这个世界的价值到底有多少。”

韩峰冷冷道：“胡说。”

张绍东道：“可是你生活在一个靠金钱衡量价值的社会中，并不只是你一人，你要想得到社会的认同和别人的帮助，就必须证明，你有创造价值的能力。而这种能力，要换成实体物质，才能和别的能力作等价交换，金钱，有幸成为这种实际载体。你的观点是什么呢？说出来听听？”

韩峰刚张口，门开了，这次不是潘可欣，而是冷镜寒，他带着笑容道：“案子结了，这起案件，共涉及一百多名政府和非政府人员，涉嫌五百多亿元的资金挪动，如果不是你，他们造成的破坏到底有多大，还不知道呢。上级给我们拨了批专项资金，你知道，本来照规定，破获这样的大型经济案件，是给予百分之一作为奖励的，可是这次案值实在太大了，上级只能给我们拨了五十万。”他拿出一张纸条，那是张写着二十万数值的现金支票，递到韩峰面前道：“这是你应得的。”

韩峰看也未看一眼，两指夹住，转手递给了张绍东，冷冷道：“先预付这么多，能维持多久就维持多久，哪天没有了，提前一个月通知我。”

张绍东笑道：“好的，好的。那我，先出去了。你们慢慢聊。”

张绍东走后，韩峰漠然问道：“那个人，有没有找到？”

冷镜寒叹息道：“没有，不过从手法看，或许也是黑网做下的，你知道，他们本就和黑网保持着联系。”

韩峰冷漠道：“知道了。”

冷镜寒道：“我看，你也该回去休息休息了，你看你自己，才几天工夫，把自己搞成什么样子了。”

韩峰闭上眼睛，拿起龙佳的手，贴在自己的脸上，如若无人道：“知道了。”

冷镜寒又说了一些话，不过看韩峰就像没有听到一样，又摇着头走开了。冷镜寒走后，韩峰只感到好累，好累，他从来没有这样疲惫过，那是种精神上的压抑，不是睡眠就能缓解的压力。他枕在龙佳床边，不知不觉地睡着了，他做了个梦，梦见龙佳在远处轻盈地飘着，轻轻地呼唤着他："回去吧，回去吧。还有很多事要做呢。回去吧，回去吧……”那身影，越飘越远，声音却一直回响在耳边。

后记

来自地狱的男人

第二十六章
最后的调查

韩峰猛地惊醒，只见龙佳平静地躺在床上，就像睡着了一样，她的嘴角，似乎还挂着一丝甜蜜的微笑。韩峰轻轻道："佳儿，你说得对，还有很多事情要做呢，不管是谁向你开的枪，我们都该加倍地让他偿还！"他恋恋不舍地站起身来，道："我会来看你的，你等着我！"

他向护士和医生们交代清楚后，赶回刑侦处，冷镜寒道："终于肯回来了？"

韩峰对冷镜寒道："将有关黑网的资料，都给我找出来！"

冷镜寒道："我们这里有关黑网的资料，都交给国际刑警组织去了。我们自己留下的，都是些碎片，没有多少价值啊？"

韩峰道："那送我回去，我自己想办法！"

冷镜寒道："想办法可以，但是你不要乱来啊！"

韩峰回到发廊，屈燕惊讶道："你们查的什么案子？你人都变形了。"

韩峰双手搭在屈燕的双肩上，恳求道："燕姐，这几天，你不要和我说话，让我好好休息一下，我好累！"

屈燕道："好好，我不和你说话就是了。"

韩峰回到房间，屋里竟然整洁了不少，原本随处堆放的书籍被整齐地码在了一起，桌椅板凳也被擦过了。韩峰看着房间奇异的变化，眼睛又落回了床上，他一屁股坐下，喃喃道："还是自己的床躺着舒服啊！"他一头躺下去，马上"哎哟"一声又坐了起来。

韩峰掀开枕头一看，枕头下竟然被人垫了块砖，而砖的下面，压着几张纸。韩峰将纸抽出来，看着纸上龙佳的娟秀字迹，眼里的火焰开始燃烧，愤怒道："原来是这样！"

屈燕看着刚上楼的韩峰，突然间换了个人似的冲了下来，抓起电话筒就开始拨号。

韩峰道："喂，是国际机场吗？我想问一下，十五号和十六号抵达和离开海角市的航班都有哪些班次？请替我查那两天中，有没有一位叫秦怡的旅客，对，秦朝的秦，心旷神怡的怡，女性，二十来岁，身高一米七四，金发，是卷过的。哦，没有啊，好的，谢谢！"

韩峰又拨通另一个号码，道："喂，华东机场吗？我想问一下，十五号……"

韩峰又与庄晓军取得了联系，他问道："晓军吗？"

庄晓军惊喜道："韩峰！"

韩峰道："我问你，还记不记得一星期前，就是江永涛死的前一天，你和秦怡见过面吗？"

庄晓军道："不是已经结案了吗？怎么突然想起问这个问题？"

韩峰道："你不管为什么，只管回忆一下，看看你是否还能想起那天的事情。"

庄晓军道："我想想。哦，想起来了，那天我们一起在世豪吃的晚餐，当时，我并没有感觉到秦怡姐姐有什么不对劲的地方啊？"

韩峰惊呼道："晚餐！你再想想，千万别记错了。"

庄晓军道："不会错的，因为她答应我，第二天还带我去世博园，可是第二天她就……"

韩峰又问道："你们是什么时候去吃的？"

庄晓军道："晚上九点左右吧，我记得天黑了我们才去的。"

韩峰道："果然是这样的。"

庄晓军道："你说什么？"

韩峰道："哦，没有什么。谢谢你。对了，我再问你一个问题，我们第一次来天涯市的时候，你们不是刚开过一次董事会吗？你能不能告诉我你们董事会的内容？"

庄晓军道："这个，这个是违反公司规定的。"

韩峰道："那次会议，和整个案件有非常重要的关系，你回忆一下，你参加了董事会吧？应该知道的。"

庄晓军道："……"

屈燕不知道这小子又怎么了，她摇摇头，注意力又被电视吸引去了。没多久，就听见韩峰急匆匆地说道："燕姐，快，帮我办一张去天涯市的机票，我马上去天涯市！"

天涯市，安康小区，也就是于成龙的家所在小区，同一单元，三楼的住户门被敲开了。屋内的莫大爷有些迷糊，这年轻人是谁啊，都没见过，又瘦又高。

莫大爷问道："小伙子，你找谁？"

那人掏出一小本儿，道："我是侦探，我叫韩峰。大爷，我找你问点事情。"

莫大爷扶正老花眼镜，看着那绿色小本儿上的名字，怎么没照片？他再抬头看看小伙，那自称韩峰的家伙一双大眼睛倒是显得蛮真诚的。

韩峰道："大爷，在一周前，也就是七号，下午你是否在家？"

莫大爷想了半天，朝屋里喊道："老伴儿啊，上周三下午，我们没去什么地方吧？"

出来一老奶奶，围着围腰，揩着手道："瞧你那记性，上周三我们参加了老年门球大赛，还得了个第三名呢，你忘啦！"

莫大爷一拍脑门儿道："对，对。我想起来了，那天下午我们不在家，不知道是哪个小混蛋，竟然把我家窗户玻璃打碎了。你说我们三楼上也有这么高啊，谁扔石子也不可能扔这么高吧？喂，小伙子，你怎么就走了？你到底想问什么啊？"

四楼，于成龙家的门不知道怎么被打开了，韩峰看着阳台上的窗户，窗户上那个枪口还留着，他仔细地看了看那枪口，最后点点头，好像已经找到什么了。

公安局，在陈勇军办公室。陈勇军笑道："这次又是什么案子？"

韩峰四处打量，道："没事儿，来玩玩儿，怎么，不欢迎？"

陈勇军道："说笑了，说笑了。我可是一直欢迎你们海角市刑侦处的同志来的。你们每次都给我们带来一些新的思维、一些新的办案理念，这就是传道授业来了嘛。"

韩峰道："对了，那位大块头局长呢？怎么没见他？"

陈勇军道："大块头？哦，你说江副局吧，他啊，他去马来西亚讲课去了，他是缉毒模范嘛，常去周边国家教当地警方一些缉毒要领。"

韩峰“哦”了一声，又开始闲聊……

第二日，海角市刑侦处，几乎所有的人都出去查案了，只有刘定强一人还在做实验。蓦然门一响，刘定强很惊讶地看着韩峰站在门口，他心悸道：“哇，这么不声不响地突然站在门口，想吓死人啊。你知道，我是搞尸检的，我还以为诈尸了呢。”

韩峰道：“帮我取一样证据，关于恒福银行那个案子的。”

刘定强道：“什么？”

韩峰道：“听说在秦怡家里发现了各个大股东临死前签下的股权转让书。”

刘定强道：“对呀。”

韩峰道：“我想看一看。”

刘定强道：“那个案子不是已经结了吗？你又想起什么了？”

韩峰道：“那你不用管。”

刘定强道：“你等一下，我先洗手。”

一会儿，刘定强拿着几个物证袋出来，疑道：“咦？你看这个证据，怎么没有了？”

韩峰拿起那个物证袋，看着物证袋上面写着：“未知丝线。”

刘定强补充道：“就是那天晚上，你在怀疑是丁一笑出现过的地方取的，垃圾袋里取得的那丝线啊！你看，不见了。”

韩峰道：“或许是有人拿去检验，忘了拿回来了吧。不管它。”他话是这样说，还是仔细看了看袋子，塑料袋里好像有些液体。韩峰放下那袋子，拿起另一个，里面是一份麦迪写的将股权转让给秦怡的转让书。韩峰道：“通过墨迹的残留量和化学变化，鉴别文书是什么时间书写的，这个你会吗？”

刘定强道：“如果年代久远，好鉴定，但如果时间太短了就不好办了。我们通常可以精确到月份。”

韩峰皱眉道：“这么粗略？”

刘定强突然道：“不过没关系。我可以交给我的同学，她是痕迹鉴定专家，我国的绝对权威，我可以让她过来，或者快递给她寄去。”

韩峰道：“需要多长时间？”

刘定强道：“两天。”

韩峰道：“全部做一个时间鉴定。”

刘定强看着几份股权转让书，问道：“全部吗？”

韩峰已经走远了。

繁忙的建筑工地，韩峰看着那高楼大厦，一个工头模样的人走过来，呵斥道："什么人，来这里干什么？没看见那牌子吗？"他所指的，是一块"施工重地，闲人免进"的牌子。

韩峰在他耳边，轻轻说了些什么，工头的态度大为改观，赔笑道："呵呵，原来是……原来是……不知道您来这里有什么贵干呢？要不，我把徐总工程师还有张经理他们都叫来？"

韩峰道："不用，我只是想知道一些小问题。这大楼什么时候动工的？还有多久才能完成？"

那工头献媚道："是前年，好像是一月份动工的，现在已经进入扫尾工程，大概还有三个月便可以交付使用。"

韩峰道："怎么是好像？"

工头疑惑道："怎么，您不知道？大楼去年不是停了近半年时间吗。我们是今年四月才接手的。"

韩峰问道："为什么停工？"

工头转头望向即将完工的大厦，有些感怀沧桑地说道："据说去年，公司东南亚的事业受到前所未有的打击，几乎陷入资不抵债的局面，公司就要破产，上层的老总们，哪里还有心思和能力来完成这么大的建筑。都说风云突变，世事难料，谁能想到蒸蒸日上的事业，能在一夜之间，尽数被毁。不过他们公司的老总也真是厉害，据说在最困难的时候也能取得银行的贷款，没有那笔贷款，他们公司彻底玩完儿，更别说现在东山再起了。照理说，您对这些情况应该比我了解啊，哎——"工头再回过头来，身后连个人影都没有，他暗道：难道自己大白天见鬼了？

韩峰与一名慈祥的中年妇女亲切地交谈着，他拿出两张照片，问道："您帮我看看，认识她们吗？"照片正是秦怡和单燕飞的。

那中年妇女看了一眼，"咦"地吸了口气，向身后招呼道："小玲，小玲，你过来一下。你看看，这两人是不是有点像秦二妹和单丹啊。"那位叫小玲的年轻女子看了看，也疑惑道："是有点像以前在我们这里的护工，但是又不像，她们没那么漂亮呢，可是，神态又有些像。"

韩峰微笑着收起相片道："哦，好的。对了，丁院长，我可不可以再看看梁小童的资料。"

中年的丁院长道："上次你们不是有位女记者已经来过了吗，她还把资料复印了一遍。"

韩峰解释道："是的，但是最近比较忙乱，那份资料一时找不到了，所以我想来这里再看一看。"

院长叫另一名护工取来资料，韩峰眉头皱了起来，喃喃道："怎么会这样？"他仔细看过，将资料还给院长，并表示感谢。

韩峰抬头看看古老的门楣上几个斑驳的水泥字迹"天赐福利院"，带着冷漠的笑意，渐渐离开。

火葬场，两名叼着烟的领导般的人物正在办公室翻找资料，一边找一边对韩峰道："潘小姐不愧是做记者的，人又长得漂亮，小伙子，你可……嗯……呵呵。"说着，露出一个会心的笑容。韩峰点头。

不一会儿，其中一个领导般的人物拿出一沓纸质存单，道："喏，你要的那几天死亡名册，都在这里了。"

韩峰细细地一张一张看了起来。

冷镜寒发现，韩峰似乎又慢慢变回去了，他回到了他家里，虽然也常去看龙佳，但也常与潘可欣一起出去。冷镜寒对韩峰这样的变化，实在是感到吃不消。韩峰常常突然失踪，然后又突然出现，连潘可欣也不知道他的行踪，没有人知道他去了哪里，也没有人知道他在做什么。

一天，韩峰突然拿了个东西找上门来，对冷镜寒说让张艺给他改装一下，只交代严格保密，除了他们两人，谁也不能说。

当晚，公安系统开了个小小的聚会，庆祝恒福银行特大金融案成功告破，作为专题报道记者，潘可欣也来了。在一旁，潘可欣悄悄地问冷镜寒："冷伯伯，你觉得韩峰这个人怎么样？"

冷镜寒道："韩峰？他就是他啊，有什么怎么样的？"

潘可欣不好意思道："我是说，你觉得我们两人怎么样？"

"不，不，不。"冷镜寒将头摇得像拨浪鼓，连声道，"如果你们在一起，觉得激情涌动什么的，你们年轻人的事，我管不了。可是如果你想和他在一起，那绝对不行。你根本就不了解他，你看他的屋子，你不知道，他懒得出奇，能坐着绝不站着，能躺着绝不坐着。而且，他是出了名的一穷二白，你知道吗，他住那个地方，每月的房租，都是我给他出的。"

潘可欣道："那有什么关系嘛，他穷，我有钱啊。他懒，可以请用人嘛。我觉得，他真的很有才华，而且，对人也蛮不错的。"

冷镜寒道：“你知道多少，你对他的过去又知道多少？他这个人，反正和他在一起，你绝不会幸福的，你也应该看到了，他是个浪荡公子，别看他现在对你好，只要是漂亮的女孩儿，他都是这个样子的。”

潘可欣道：“可是，你又对他知道多少呢？冷伯伯。”

冷镜寒一愣，只听潘可欣道：“他只是多情的人，并不是薄情的人。你可知道龙佳在病房中，他是怎么照顾她的吗？你可曾见过，一个男人为一个女人所做的事情，那不是能装出来的吧？就算是多年的夫妻，也未必就能做到像他那样，何况他和龙佳也没有交往多久啊？他是真的很喜欢龙佳的，虽然有时行为有些过分，那只是他表达喜爱的方式与普通人有所不同而已。我看他这几天渐渐恢复了一些，已经和他约好，出国去旅游一趟，他是什么样的人，我慢慢总会知道的。”

这时，李响过来邀请潘可欣去跳舞，潘可欣欣然接受了。

冷镜寒不明白，韩峰到底有什么好，这些小姑娘对他那么钟情，他摇了摇头，心道：“现在的年轻人啊。”

张艺端着饮品，走了过来，道：“冷处，没去跳舞啊？”

冷镜寒没回答。

张艺掏出一块东西，像一小块瓦片，橡胶做的，两寸长，一寸宽，交到冷镜寒手里，道：“东西做好了，在五百米以内有跟踪效果。而且，我还加了个东西在里面。”

冷镜寒若有所思，点点头，出神道：“唔。”他接过那东西，看了看，放进口袋里，还是不明白，韩峰用这个东西来做什么。

张艺猜度冷镜寒的心思，道：“在想什么呢？韩峰吗？他今晚没来。或许他在医院里。我认为他会在那里的。”冷镜寒道：“嗯，那个家伙，与以前相比，变了很多呢。我都没想到，为了龙佳，他会那么伤心。”

张艺啜着饮料，道：“冷处，问一个不该问的问题。你说，如果没有他的加入，这个案子，我们能破吗？”

冷镜寒自信道：“当然。那是迟早的事，只是没有他这样快速而已。破案对于他来说，又和呼吸空气有什么区别呢。”

张艺“噗”的一声，随后大声咳嗽，显然是呛住了，他喘息道：“冷处这样说，未免太夸张了吧？不过话说回来，我觉得，他掌握了超越我们常用手段的侦破理念和侦破技巧。你看，他对法医学的了解，他对痕迹侦探学的了解，他对犯罪心理学、技巧杀人，以及对各种枪械、武器的了解，我相信，他是经过专业训练的类似特工的人物。但从另一方面来讲，他几乎又完全不具备特工的能力，他没有强健的体魄，没有敏捷的身手，听他们说，他不了解股市，甚至连下象棋都不会，他到底是个什么样的人呢？”

冷镜寒道：“那是我和他之间的协议，我不能对任何人透露他的过去。”他看了张艺一眼，又补充道：“不过，如果你也是从小便被训练观察各种现场和各种痕迹，我想，你也能做到他那样好的。”

张艺感兴趣道：“怎么？难道他从小就被作为侦探来培训吗？”

“侦探？”冷镜寒轻轻一笑，用含混不清的话回了一句，“事实上恰恰相反。”舞曲旋律渐渐更加优美，更加激情，正如同那个冷雨夜，冷镜寒面色一寒，不愿回忆。

同时，医院内，龙佳的监护室里，除了仪器的响声，静得似乎听不到别的声音了。韩峰看着天上的明月，伫立良久，又回到病床前，亲吻着龙佳的手臂，缓缓道：“佳儿，今天新闻都公布了，这个案子已经结束了。公安系统开了个庆功会呢，他们邀请我过去，我没有去。我只是想多陪陪你。现在，除了凶手，就只有我们两人，只有我们两人才知道，这个案子并没有结束。”

他抚摸着龙佳微暖的面颊，道：“傻瓜，竟然将报告放在我床上，如果我不回去呢？岂不是一直都发现不了它？谢谢你，谢谢你最后的调查报告。”

两行泪，无声滑落，韩峰擦干滴在龙佳手背上的泪水，道：“你知道的，我不会掩藏自己的感情，总是想笑就笑，想哭就哭的。你瞧，今天的月亮真圆啊，可是，马上就要下雷雨啦，谁知道呢，大气永远都是变幻莫测的。这个案子，也该做个了结了。”

他的目光变得坚毅起来，慢慢道：“我答应你，一定不让他们好过！”

他拢了拢身上的衣服。他穿了件很奇怪的衣服，就像笔筒一样的风衣，黑色的，丝绒般光滑，从颈部到膝盖，一共十三颗纽扣，韩峰离开病房时，扣好了最后一颗纽扣，正好将自己的脸完全遮挡在衣领内。一名换药护士从他身边经过，竟然打了个冷战，惊讶地看着这个人。他进来时就像个落魄书生，有气无力的样子，而现在这个人，浑身散发出一种寒气，尤其是那双眼睛，就像来自地狱的魔鬼。

潘可欣和一些住得较远的人已经回去了，但聚会仍没结束，冷镜寒和老郭闲聊了几句，送走了老郭，正准备回屋子，突然呆住了。好熟悉的气息，那来自深寒之处，涌上心头的一阵战栗，好像死神降临一般，冷镜寒待在门口，他缓缓转过身来，就看到了韩峰。

冷镜寒看到韩峰这身装束，不由得又想起了那个冷雨夜。冬季的冷雨，比雪还寒冷，在那地下的舞厅，却如盛夏般闷热，疯狂的音乐和炫目的灯光，仿佛要让人迷失在这人流之中。那个侍者，将代表座位的号牌交给自己时，号牌背面有这样一句诗不像诗、偈语不像偈语的话：“他从黑暗中走来，带出地狱的色彩；他走进黑暗之中，好似那一阵寒风。”

随后，他便看见了，那个有一双大眼睛的大男孩儿，脸上挂着永远让人捉摸不透的笑容。虽然做了最坚强的心理准备，冷镜寒还是大吃一惊，这就是那幕后的主谋？那个犯罪不留痕迹，有如魔术师般诡异的家伙！那深如海的城府，数学家般缜密的思维，多如冷雨的计谋，灵动如艺术般的犯罪技巧，简单却不得不令人佩服的心理诱导，难道真的就出自这样年轻的头脑？

“我叫韩峰，来自地狱。”他便是这样介绍自己的。

当他们双手相握时，冷镜寒从心底泛起一阵寒意，虽然强忍着没有动弹，可他的内心，是一直颤抖的。这个大男孩儿，笑容是那般无邪，看上去是那般瘦弱，可冷镜寒知道，眼前这个人，只要他愿意，可以轻易地让舞厅里的所有人死亡。

这是个永远抓不住的罪犯。

那冰凉的手，指骨分明，仿佛要将自己带入地狱。当时，他就是这身衣裳，是的，长而窄的黑色风衣，刚好遮住膝盖以上的部分，共有十三颗纽扣，完全系上的话，衣领甚至可以将脸遮掩起来，只露出死神般的眼睛。

突然一道闪电袭来，闷雷滚滚而至，韩峰那无情的脸，在闪电的映衬下更加惨白。冷镜寒心底咯噔一下，暗道：“他为什么要穿成这个样子？难道又回到了以前那个时候？终于还是变回以前那个样子了吗？他想做什么？他究竟想要做什么？”

屋内灯火通明，不住传来欢声笑语，韩峰冷冷道：“给我吧。”

冷镜寒摸了摸口袋，自从东西做好以后，冷镜寒就一直猜测这是个什么，可他还是没能想到。冷镜寒看着自己手中的东西，迟疑了一下，韩峰重复了一遍：“给我！”

没有一句多余的话，却冷酷得让人无法拒绝。冷镜寒手一动，将那东西抛给韩峰。韩峰并不伸手，只略一侧身，那东西便顺着抛物线落入了他的口袋。韩峰沉着脸，默默地往来的方向走去。

“韩峰！”冷镜寒声嘶力竭地吼叫起来，虽然他不知道将要发生什么，但他知道，那是很可怕的，他全力喊道，“你答应过我！不会再杀人了！”

韩峰停下来，滞留片刻，转过身来，冷冷道：“我是答应过你，可是，我要提醒你一句，别把人的性命，看得那么高贵。他们，在我眼里，仅是一种动物，仅此而已，不管什么人！既然他们从我这里夺去一些东西，我就会让他们失去更多！”说完，韩峰转身而去，风驰电掣地奔跑起来。没有见到的人，绝对想不到，竟然会是那样的奔跑速度，风撕起那黑色的衣摆，发出裂帛之声。韩峰的身影，就像一只黑色的嗜血蝙蝠，消失在茫茫夜色之中。

第二天，冷镜寒去机场送行，在潘可欣登机的前一刹那，冷镜寒才看清，韩峰给他们的那东西，不就是潘可欣脚下穿的，那高跟鞋的瓦状鞋跟吗？

回到刑侦处，冷镜寒越想越不对劲，突然间，他猛地拍案而起，叫道：“不好，那家伙还有事情瞒着我们，他想独自解决。”

这时，只有李响和刘定强留在刑侦处里，两人闻声而来，几乎同时问道：“怎么啦？冷处？”

冷镜寒道：“走，去韩峰家看看。关于恒福银行的案子，一定另有内情！”

一个小竹篓，一堆纸制品的灰烬。“不要放过任何细节，有时就算在垃圾里，也能发现意想不到的信息。”这话本是韩峰说的，现在冷镜寒正照着做而已。

李响却伫立在窗边，他发现了什么？窗户下的蛛网内，李响发现很多报纸的碎片，是谁撕碎了这些报纸，上面又写了些什么？李响拈起一片，上面是“伯鲁克患”，又拈起一片，写着“老”，还有“马里兰”“罗定市”，但是这些碎片，却怎么也拼不到一起。

烧成灰的纸张什么也看不见，韩峰能从灰烬中辨认字迹，但那需要纸灰保持完整，那需要一双很稳定的手才能做到。冷镜寒不能，他只能从未完全烧毁的纸片上获取信息。一部分是刑侦处内部专用的打印纸，每一张上面都有归档的编号，现在只有两张纸片上还有些许字迹：一张上只有一个字，是“股”字；另一张则有五个字，加上两端还可以辨认的两个残字，应该是“给东南亚地区造”。刘定强几乎将头伸进那竹篓里，他在看灰烬上残留的字的痕迹，冷镜寒让他这样做的，因为他知道，这位法医有着鹰一样的眼睛。

刘定强辨认了半天，只能认出前面一个时间，二〇〇四年十二月二十六日。冷镜寒凝神道：“你确信是这个时间？”

刘定强仍微微有些气喘，但肯定道：“没错。”

李响转过身来，喃喃道：“十二月二十六日，我怎么觉得这时间很熟悉？”

刘定强半肯定道：“是上帝的生日？”

“那是——”冷镜寒虎躯一震，随着他一声喝，刘定强和李响也都马上醒悟过来，同时感到身体微微发颤。那是一场足以载入人类史的大灾难，数千万人流离失所，数不清的尸体横陈，它汹涌而来，它无人可挡，它改变了一切。但是冷镜寒不明白，那场大灾难和这起银行的股权变更案有什么关系呢？韩峰究竟有没有在潘可欣的鞋上安装跟踪器呢？如果有，他这样做又是为什么呢？一想到潘可欣，冷镜寒双目一瞪，呆呆地看着那竹篓，他马上把那场大灾难联系起来了，终于明白了！

那场大灾难，改变了无数人的命运，又岂非同样改变了许多企业的命运呢。冷镜寒一想明白这件事，心头又沉重起来，韩峰那家伙，到底还有多少事没说出来呢？

李响见冷镜寒愁眉深锁，忙问道：“怎么啦？冷处？”

冷镜寒语重心长道：“我担心那家伙，会干出不理智的事来。”

“谁？韩峰吗？他能做什么不理智的事情？”刘定强笑笑。

冷镜寒却笑不出来，扭头道：“你不明白的。”

李响道：“难道冷处想说，他很厉害？那个瘦得还剩一把骨头的小子？”

冷镜寒正色道：“他的厉害就在于，当你知道他很厉害时，你已经死了！”说到这里，他不由得回想起和韩峰在一起的那段日子，虽然只有短短几天，却留下了难以磨灭的印记。

韩峰，以及那些追杀他的人，他们都不是人，是魔鬼，来自地狱的魔鬼！冷镜寒多么想忘记，可他忘不了。

“啊？”刘定强表现出非常强烈的怀疑。

冷镜寒露出类似怜悯的神色，看着他，淡淡道：“还记得夏末死的时候，韩峰去抓那条蛇吗？你非常惊恐地阻止过他。”

刘定强马上回想起来，道：“是啊，当时真是危险万分，我现在想起来，还为韩峰捏把冷汗。要是他没抓牢，被那蛇咬上一口，除非当时就把被咬的地方切掉，否则，恐怕挨不到医院呢。”

冷镜寒这时却摇头道：“完全不是那样的。他根本就不怕那蛇。”

刘定强一愣，心道：“难道他事先注射了血清？”

只听冷镜寒继续道：“因为他的手比蛇快。”

小木屋里顿时鸦雀无声，刘定强屏住呼吸，一双眼睛分外突出，就像被一只无形的手卡住了脖子。冷镜寒说的这一切，让人难以置信。“他的手比蛇快！”这几个字，在常人听起来没什么，捉蛇的人虽说不多，但也不少，那些人岂非都比蛇快？

可刘定强知道，完全不是这样。捉蛇的人，通常借助工具，也会绕蛇走，在它背后，趁其不备下手。没有人会在蛇蓄势准备攻击的时候捉蛇，因为他们知道，他们不可能比蛇快，永远不可能。而作为一名职业军人，李响更能明白这句话的含义，他怀疑地看着冷处，与其让他相信这句话，不如让他相信世界末日到了，可能性还要大些。

马六甲市往南，青云亭，又名观音亭，是中国式庙宇，据说庙内的雕像、木器都是从中国运来的。观音阁内，一男子正虔诚膜拜，久久不愿离去。一老僧过来，正为佛像上香油，突然目光注意到那名跪着的男子，他高而瘦的身材，一身薄风衣非常打眼，衣领已经将脸完全遮掩起来。可是，真正吸引僧人的，是那双眼睛。那漆黑的瞳孔，仿佛装着整个宇宙，那人在这大殿之中，整个大殿仿佛比别的地方凉很多，不，那不是一种凉意，那是一种寒冷，发自心底的寒意。

老僧走过去，用马来语轻轻说道：“施主……”

那人扭过头来，老僧竟然抵不住那眼神，手握降魔杵，搁在胸前，才能压制住那股邪恶的气势。那人冷冷问道：“你说什么？”

老僧夹着降魔杵，双手合十，改用中文道：“施主，你身上杀气太重，还望放下屠刀，回头是岸。”

“哼。”那男子冷笑，站起身来，并不说话，望了观世音菩萨的眼睛一眼，迈步走出大殿。

老僧顺着那男子的眼神望去，大惊失色，那观世音菩萨像，眼睛竟出现了裂纹。老僧只觉气血上涌，心头翻滚，竟然站立不稳，左右摇晃一下。两名小沙弥赶紧过来，一左一右扶住老僧，同时问道：“师父，你没事吧？”

老僧将左右小沙弥推开，朝着那男子离去的背影，双手合十，喃喃念道：“我佛慈悲，大慈大悲，普度众生。南无阿弥陀佛，南无阿弥陀佛，南无阿弥陀佛……”

马来西亚吉隆坡的旅行团导游介绍道：“‘吉隆坡’马来语的意思是‘泥泞的河口’。一八五七年，华侨来此开采锡矿，后逐步发展为城市。吉隆坡市内风景秀丽，巴生河以东为商业区和住宅区，以西为政府机关区，城市街道整齐，典型的伊斯兰建筑和中国式住宅……”

潘可欣照了几张相片，对韩峰道：“我想上洗手间，不知道这里有没有？”

她左右顾盼，又道：“啊，那里有标志，你去不去？”

韩峰摇摇头，潘可欣把手提挎包交到韩峰手中，道：“你在这里等我一下，我很快就回来。”

潘可欣刚走，韩峰就摸出一个小仪器，上面清晰地显示着一个小红点，正顺着潘可欣走过的路线移动着……

潘可欣没有去厕所，而是绕过厕所，突然加快速度离去。韩峰微微一笑，也招来一辆出租车，顺着仪器的指引，跟随而去。红点的移动停止了，韩峰下得车来，眼前那高耸入云的建筑物，便是吉隆坡最高的建筑双子塔。

司机用流利的中文道：“我们吉隆坡的双子塔，高一千四百八十三英尺，八十八层。这两座高楼于一九九八年完工，也是目前世界上最高的双子楼。”

韩峰下车，将潘可欣刚替他买的一个玉制扳指当作车费递给司机，随后离去，不理会司机在后面大喊：“喂，这是暖玉的，我不能要这个东西，太贵了！”

韩峰径直向双子塔走去，一边走一边系上衣领上的纽扣，笔挺的风衣，终于将脸完全遮掩起来。

左塔，正大门有不少旅客和旅游团体进出，旁边一道小门，却厚重而诡秘。这道门，是不对游人开放的，通往双子塔金融机构的隔离通道，潘可欣没有发现有人跟踪，出示卡片，进入电梯，直达八十六层。走过安静而悠长的走廊，潘可欣推开两扇镶金白玉门，如同宫殿般的房间就呈现在眼前。汉白玉的石柱，猎奇的巨大鹿角和熊头挂在两边墙上，正中是一方大如乒乓球桌的铸铜办公桌，一张电脑椅背靠在办公桌前，后面正对着巨大的落地玻璃，墙外只有蓝天白云，再看不见别的建筑了。

背对着潘可欣的电脑椅发出了声音，询问道："没有被跟踪吧？"

潘可欣微笑着，踢掉高跟鞋，柔情似水地答复道："没有呢。人家怎么也是你亲自训练过的，被跟踪还能不知道。"

电脑椅道："那他呢？"

潘可欣笑道："他？韩峰？他身上又没有钱，让他在马来西亚自生自灭好了。"

"呵呵，也只有你能想出这种办法。"电脑椅背后的人笑了。

潘可欣绕过电脑椅，伏下身去，似乎已躺入电脑椅上的人的怀里，呢喃道："为什么叫我们到这里来呢？难道你准备在这里建立——"

电脑椅上的人打断道："不，这里不是我们的基地。我是没有办法……"说着，语音一变，恨恨道："当初杀林政时，没想到他背后的关系那么复杂，如果早知道那些情况，我是不会对他下手的。"

潘可欣道："什么组织？竟然追得你也……"

电脑椅背后的人道："不要提了，以我们目前的实力，是无法与他们抗衡的。不过，这里的保安公司，是我暗中集聚的，现在我们暂时比较安全。可恨的恒福银行，我们为计划准备的几个转账资金程序被锁死了，怎么也破译不了，否则我早就拿到钱，去发展我的王国了。"

双子塔楼下门口，两名荷枪实弹的警察拦住韩峰，用马来语查询道："证件。"见韩峰没反应，左边的警察又用英语重复了一遍，道："请出示你的通行证。"

那警察看到这个遮住脸的男人——那个男人的眼睛笑了。突然，他右边的同伴瞪大了眼睛倒下，他的第一反应，毫不迟疑地握住手中的枪，他的手指刚碰到枪托，就看到了——拳头，不，那是闪电。随后，他与他的同伴，以同样的姿势倒下。

三十六层，是管理中心的指挥系统，保安的调配和监测都在这里完成。主管叫卡帕·皮伯特，熟悉的人都管他叫伯特。他走遍世界，学习过各种竞技技艺，包括中国散打、美英拳击、柔道、跆拳道，甚至瑜伽、泰拳，等等。他曾是以武学第一作为自己一生的修为，参加过各种比赛，连续几次被别人击败后，才静下心来，受石油公司的重金聘请，出任双子塔金融系统的保安总管。助理是强生，一个美籍黑人，宽脸阔口，虎背熊腰，身高两米，体重一百一十八公斤，曾取得过重量级拳王的资格。

当大厦内的警报器响起来的时候，强生大步跨过来，吼道：“怎么回事？谁触发了警报？”

伯特拍着强生的肩，让他安静下来，这管理室里也只有他能让强生安静下来。伯特淡淡道：“每个保安的衣服上都配备一个抗震仪，一旦身体受到超常规的攻击，就会自动记录下信息。如果超过十名保安受到这样的攻击，警报系统将自动启动。”

一阵“呜——呜——”声中，所有保险柜自动上锁，安全通道自动打开，所有金融系统的人员开始有条不紊地撤退。

安全系统管理室中，几名保安正紧张地盯着他们面前的显示屏，大厦中每十步便有一台摄像头，三百六十度旋转，每名保安监控五层楼。屏幕画面快速切换着，但所有的保安瞪大了眼睛，只看到撤退的人，没有发现可疑分子。

八十六层，那只手抚摸着潘可欣，问道：“这是怎么回事？”

潘可欣蜷缩在一人的腿上，眼里充满了惊恐，道：“不知道啊，我也不知道。”

椅上的人说道：“是他来了吗？”

潘可欣肯定道：“不会的，不可能的！绝不可能。”

大厦里的人们已经从安全通道撤离，大厦的警报依然如鬼哭狼嚎般响个不停。

两名保安拎着防暴棍从侧面闪出，从后面袭来。韩峰似乎早有准备，不偏不倚，后退一步，刚好闪过棍击，两只持棍的手臂砸在他的肩头。保安自己擒拿不稳，棍子脱手。与此同时，韩峰的双肘已经击在二人小腹，痛觉未过，他双拳后扬，两名保安面门中拳，顿时失去知觉。而更多的保安，已经聚拢过来……

韩峰面无表情，复仇的火焰已经熊熊燃烧，那压抑已久、来自黑暗地潜伏在体内的邪恶力量，早已蠢蠢欲动，此刻，终于再无拘束地爆发出来。“砰砰”两拳，又两名保安的太阳穴被击，如同去了骨架的稻草人般软倒下去，韩峰闪身反击，又一名身后的保安倒下。保安们相互呵斥，也不知说的什么，韩峰一律用拳头回答，在拳头的世界里，语言是共通的。

三十六层，强生与伯特盯住摄像头，看着电视屏中那团黑色的烟雾，所到之处，必有人倒下，而无论怎样的铜墙铁壁，那黑影总是一闪而过。伯特心中一悸，暗道："那是一个人吗？不，简直就是一阵风，那密不透风的人墙，那人竟视若无物。是什么怪物来的？"

黑影停下，那一层楼的保安已经全数被击倒，强生和伯特这才看清，这是个黑发黑眼的黄皮肤人。那人穿着一身套筒般的黑色长衫，只露出头发和一双眼睛，当他直视摄像头时，强生和伯特同时感到了凛冽的寒意。那双黑色的眼睛，仿佛透过电视屏，直视到他们心底，要夺取他们的灵魂，将他们带向地狱。蓦然，屏幕一抖，变成了雪花。强生道："倒回去，看看是怎么回事。"

慢镜头定格，只见那双眼睛突然变得模糊不清，接着屏幕便花了。强生不解道："怎么会这样？"

伯特冷冷道："是拳头。我们看见的，是极快的拳头发出时，肩部耸动的模糊图像。"

强生喃喃道："摄像机每秒抓拍二十四帧图像，竟然拍不到清晰的图像，好快的拳头……"

伯特道："我们需要更多的人。"

强生一把抢过扩音器，大声道："他们在三楼，底层附近的保安，马上赶到三楼。"

另一名保安也叫了起来，道："我看到了，他在六楼！"

伯特惊呼道："这么快！调出来看看！"

只见屏幕上黑影闪过，只看到一个人影从楼梯向上，画面定格，也只能看到那人一袭黑色的衣服，一头黑色的头发。伯特道："怎么？真的只有他一个人吗？"

"他在八楼！"

"他在十四楼！"

强生道："不可能，一个人怎么可能？"

伯特道："这么快的速度，还有那么多拦截的保安，他真的是一个人吗？"

消息仍然不断报来："他在十八楼。"

"二十"、"二十一"，两个分管不同楼层的保安同时叫出来。

伯特道："知道了，通知所有保安，在三十层集结，快！开启电梯，送他们到三十层！一定要拦住他！"他看了强生一眼，皱眉道："这是什么人啊？"

强生则兴奋地压着指骨关节，笑道："好啊，好久没有和这样的人动手了！”

保安都集中在楼梯上，韩峰几乎没有看过他们一眼，不管是谁，伸手到他面前，只一击，无比迅捷的一击。试图攻击韩峰的人，要么躺下惨号，要么失去知觉。不管对谁，韩峰都只出手一次，一次，便足以让挡路的人丧失攻击的能力。

韩峰依然保持着高速向上攀爬，身上又涌出了那熟悉的阵阵快感，这些人，在他面前，都只是软弱的动物，根本不堪一击。他带着冰冷的寒气，散发出可怕的凉意，毫无顾忌地走在楼道上，人挡杀人，佛挡杀佛！复仇者的血，正在他体内沸腾，而挡在前面的人，都有罪。

三十层，保安组成的人墙已经堵塞了楼道，形成一道道铜墙铁壁。韩峰依然是那样的速度冲了上去，那道墙，如大水决堤般，被生生撕裂一道口子。在韩峰面前的人，不管与他有没有身体的接触，无一例外地倒了下去，尚未出手的人，看着韩峰身后那由惨叫的人铺成的地毯，全都吓傻了。敌人只有一个，但他就像幽灵一样，看得到，摸不着，只能感受他带来的阵阵寒意。当他经过的时候，这炙热的夏天，仿佛一下就进入了冬季，那人简直就是一道风，寒冷的风。

保安惊呼道：“他已经突破三十层的所有拦击了。”

强生问道：“他现在在哪里？”

保安一看屏幕，那人站在一间房间门口，房间内人头涌动，电子仪器和屏幕闪个不停，保安扭动着僵硬的脖子。韩峰，就站在门口。

“啊！”几十名保安呼喊着，冲了上去，随后倒在韩峰身边，倒了一圈，就像英国庄园的麦田怪圈一样，整整齐齐朝一个方向倒下。没有人看清发生了什么，没有人看到那人是怎么出手的。

强生怪叫一声，蛮力涌出，大力一拳击去，他的拳头拥有三百公斤的力度。伯特却看到，在强生接触到那黑衣人之前，他硕大的身躯，就像断线的风筝，摇摇晃晃地飞出门口，飞过楼道，直接飞下了楼梯。那黑色风衣的男子，摇了摇头，发出“咯咯”的响声，伯特的手摸在腰间的手枪上，但他不能确定，自己的枪是否能在那人过来之前拔出来。

伯特从来没有像这样紧张过，在日本时，他曾面对近三十个魁梧大汉，那时他非常自信，因为他知道，自己可以战胜他们。可现在他手中有枪，却无法感到安全，自己的生命好像掌控在对面那人手中，灵魂如剥壳的蜗牛，暴露在光天化日之下。他手中握着枪，心里却反复地呼喊着：“为什么手发抖，为什么手发抖！”那黑色风衣里裹着的，简直不是一个人，那是魔鬼，来自地狱的魔鬼。

蓦地眼前人影一闪，伯特感到什么力量斩在自己的后颈上，身体便不受控制地倒下了，那人穿过自己时，充满怜悯地看了自己一眼。那一双眼睛，他一辈子也忘不了。

“啪——”屏幕一片雪花，电脑椅上的人淡淡道：“不是他还是谁呢，他将三十六楼里的管理中心毁掉了。奇怪啊！他为什么只是让他们丧失了战斗力，而不把这些人都杀了呢？这不是他的性格。”

潘可欣想要坐起来，那人的手轻轻地压在她的头上，绕弄着她的头发，道：“不要害怕，他本来就不是你能摆脱得了的，如果他一开始就怀疑你的话。可是，他为什么会怀疑到你呢？”

潘可欣急得都快哭了，忙道：“我……我不知道啊！”

那双手温柔地抚摸着潘可欣的头发，呵呵笑道：“没关系，没关系。”他按下一个键，说道：“他上来了，现在是看看你有多强大的时候了。拦住他！”

潘可欣却吓得瑟瑟发抖，连话都不敢说了，她知道，他微笑和蔼说话的时候，往往便是最可怕、最凶残的时候。

管理室里已经没有一台控制器是好的了，韩峰看着自己的作品，满意地拍拍手，又继续向上，偶尔还有零星的抵抗，他毫不介意让那些抵抗者失去活动的能力。

八十三层，已经没有新的保安出现了，但有一个庞大的身影横在楼道间。韩峰的脚步停了停，看着那肌肉发达的背影，淡淡道：“不用装神秘了，看你的肌肉就知道了，很难伪装的吧？江浩！”

那高大的背影微微一震，淡淡道：“你怎么知道的？”

韩峰冷冷道：“你杀秦怡的时候，眼神里的那一丝悲哀出卖了你！你本不该悲哀的，秦怡是你的情人吧？你也无法摆脱女人的诱惑。你杀于成龙的时候，我就发觉不对劲了，但是还不能肯定。在天涯市调查江永涛时，他的家人都送出国了，而你的女儿和妻子，也都出国了，那个时候，我就更怀疑你了。于是，联系起我以前未能解开的谜团，如果把你也加上去，一切就都能解开了。”

江浩道：“以前没解开的谜团？”

韩峰道：“不错，从庄庆隆的案子开始，从后面的几宗案件来看，凶手每犯下一起案子，都会给被害者留下象征七宗罪的标记，可庄庆隆没有。那是因为，那时候你还不能完全明白你老板的意图，在办案的过程中将那标记销毁了吧？并且，草草结案，也是怕露出什么破绽吧？还有，孙向贤的案子，还有很多细节没有搞清楚，你也不该那么快就让家属领走尸体的，你是怕我们回来，让事情节外生枝吧？而孙向贤的车祸案，你更是隐瞒了最重要的细节没有告诉我们，就是孙向贤的家属提到的他们的手机被骗关机一事，那可是引发孙向贤车祸的重要线索。你偷换了笔录纸张，伪造重新编排了一份询问笔录，又借故将笔录员调到外地，都是想隐瞒可能对我们有用的证据吧？你的这一隐瞒，让我推迟了好几天时间才想明白孙向贤是怎么发生车祸的。后来，查抄秦怡家的时候，因为她已经死了，所以才把一切罪过都嫁祸给她，那几封伪造的法律文书，也是你放在她家里的吧？虽然很难发现，但是痕迹鉴定专家却告诉我，那几封文书，都是同一天，同一个人，仿照不同笔迹写成的。我差点忘了，你就是痕迹鉴定科里的。”

江浩冷笑一声：“哼！”

韩峰负着手，说道：“如果不是你接到命令，仓促之间要杀死于成龙，还真的很难发现明显的破绽。”

江浩凝眉道：“明显破绽？杀于成龙留下了明显的破绽吗？”

韩峰道：“不错，或许你自以为自己做得很高明，但是在我看来，破绽实在太明显了，只是当时，我一心思索着那个幕后操纵的人到底是谁，根本就不关心于成龙是怎么死的而已。让我来说说你的计谋吧，对于成龙的家，你肯定是观察过的了，因为你担负着随时要杀死于成龙的任务。所以，你当然知道丁字形路口的酒楼四层，有极佳的射击位置，你就是利用射击位置，来制造假象，迷惑别人的，连所有的警员，都被你骗过去了。当时，你借买香烟的机会，偷偷地潜入酒楼四层，利用墙外的锈铁钉和橡皮绳，制造了一个小的弹弓发射器，使用石子一类的设备，发射器的另一头，用细绳拴着，细绳一头拴橡皮绳，一头绑在窗户上，中间缠绕着一截点燃的蚊香。然后，你将事先准备好的弹头扔在明显的位子，布局便大功告成了。”

江浩“嘿嘿”冷笑两声。

韩峰继续道：“巧合的是，那时恰巧有一个穿着很神秘的女子出现在警员的视线之中；并引起了他们的注意。相信你刚回到你们的监视点时，警员就告诉了你这一不寻常的人吧？你在于成龙家的楼下，等着听声音，一听到声音，你马上向全体队员灌输于成龙已经中弹的信息，同时说看见一个人影，大致就把其他警员怀疑的那女人作为描述对象，并把警员分作两组，还派一组去酒楼搜查。你自己则一马当先，你必须有比别人快很多的速度，正好你有这个身体优势，所以，当你跑到于成龙家门口的时候，警员们都还在二楼。你用枪打坏门锁，那时候，于成龙在家里根本不知道发生了什么事情，是你，马上装上了消音器，将于成龙击晕，然后将于成龙拖到露天阳台上，对准他的脑门儿开了一枪。那一枪穿透于成龙的头颅后，又打穿了阳台的玻璃，那时候，一部分警员还在去酒楼的途中，另一部分警员也在楼梯间，所以，他们都没听到窗户第二次破碎的声音。别的警员赶到时，只看见你勘查着尸体，说于成龙已经死了，根本就不会想到，于成龙就是你杀的。然后，你又马上赶到酒店，趁人不注意，打扫干净窗台上的灰烬和剩下的橡皮绳，这样一来，再勘查现场时，谁也发现不了你的作案方法了。”

江浩道：“明显的破绽又在哪里？”

韩峰道：“虽然一切都做得很巧妙，但是你观察得还不够细。首先，于成龙的家和酒楼都是四层，你想当然地认为两边的高度应该是一样的，可是，你没想到，酒楼只是普通楼层，而于成龙的家却是内跃层式，酒楼层高三米三，这是楼层通用高度，而于成龙他家的楼层高五米，同样是四层楼，相差却有七米，这样的差距，不管是什么枪手，在酒楼射杀于成龙，子弹穿过于成龙的颅骨时，也不可能是平行飞行的吧？可于成龙的头颅两侧弹孔，分明就是水平直线。第二，现场没发现子弹，因为你是从内向外射击，子弹已经不知道掉在什么地方了，但是，G3SG1的子弹造成的伤痕，根本就不会是那样，那分明就是手枪弹造成的伤痕。而且，于成龙的枪伤处，还残留有火药的气息，那根本就是被人用枪抵在头上开的洞，不可能是从百米以外的地方射击的。第三，虽然警员没有听到第二次玻璃破碎的声音，但是，作为痕迹鉴定科的你也该知道，子弹从内向外穿越和子弹从外向内穿越，给玻璃留下的痕迹，是不同的吧。第四，你把布置过的房间收拾得很干净，可是房间外却忘了打扫，楼下有铁锈，而窗缝里也有蚊香灰，而门的下方，也留下了线头烧过的灰迹。这些破绽，难道还不够明显吗？”

“哈哈哈！”江浩仰天大笑道，“有人一直提醒我，你才是我们最大也是最可怕的敌人，我一直都不相信，你看上去，只不过像一个吸毒已深、精神萎靡的没落青年。现在我才算知道了，你果然很厉害！”

江浩转过身来，他胸口插着三支针筒，药物早已经注射完了，显然利用韩峰说话的时机，他已经将药物完全吸收。韩峰扬眉道：“兴奋剂！”

江浩道：“来吧，让我看看，你还有什么本事，别把我当作楼下的保安，强生、伯特那些人，我都还没放在眼里。”

江浩的肌肉注射药物之后，显得更加可怖，硬如钢筋，更多的地方皮肤胀裂开来，露出鲜红的肌肉，颈部的血管像树根一样扭曲着爬满颈项，直到脸的下三分之一处脖子以上，像醉酒一样憋得通红，他爆发出可怕的号叫，整个人已经如同野兽一般。

江浩看着自己布满青筋的拳头，自己仅用左拳，就击败过那个高出自己一个头的强生。“当”，肉臂和钢制的楼道扶手相碰，扶手竟然变了形，他挥动着手臂，将墙壁砸得“嗡嗡”直响，大块大块的水泥从墙上剥落，他向韩峰展示着肌肉和力量，同时道：“来啊，来！”

忽然，不知怎么回事，韩峰就从楼下出现在江浩面前。江浩一拳击出，却感到拳头落空了，只觉得一阵凉风扑面而过，那韩峰不知道怎么的，就从自己面前穿了过去。江浩突然觉得脖子像是被一根针刺了一下，魁梧的身躯不由自主翻滚下楼，身体竟然无法动弹！江浩看着在黑色风衣包裹下的韩峰，他只能看到那一双眼睛，那眼神落寞、孤寂、凄凉，那是一种什么眼神啊，仿佛看穿世间的悲凉，把生人带向地狱。

只听韩峰冷冷道：“没有用的，不是你自己的力量，再多也没有用，你无法驾驭，更不配拥有！”

江浩不服气，怎么会这样，连对方衣角都没摸到，就这样败了？他想动一动，只活动一只手臂，他要自己站起来，他还要和韩峰战斗，他不甘心，这么瘦弱的一个年轻人，自己怎么会无法战胜？这绝不可能！

江浩咬牙切齿，让自己的肌肉在自己的意识下收缩，让自己做出自己想做的动作。韩峰道：“没用的，在你颈动脉的后方，风池穴的旁边，有一根神经，它负责将大脑发出的指令传递给你身体的肌肉，并让肌肉做出相应的反应。如果它被麻醉了，你虽然清醒，但你的身体无法动弹，连一根指头也无法动弹。一个小时后，你才能恢复。”

江浩狂怒地喊道：“不——啊——啊——啊——啊——”突然，他瞪大了眼睛，身体有节奏地抽搐起来。

韩峰继续道：“如果你要强令身体动弹，只会导致脑部血管的爆裂，你将会进入极乐世界！”韩峰说完，头也不回地上楼，只留下江浩仍在继续抽搐的身体。

电脑椅上坐着的人，有些不耐烦起来，唠叨道：“韩峰那家伙，将监控室终端给毁坏了，他现在到了哪里呢？不知道有没有遇到江浩啊。如果我是江浩的话，应该早早地逃掉才对，不能去惹那个地狱里来的魔鬼。”

潘可欣蜷缩在这人腿上，睁着一双大眼睛，担忧地问道：“他真有那么可怕吗？我怎么一点也看不出来？”

电脑椅上坐着的人道：“那正是他的可怕之处，等你看出来时，一切都晚了。我都差点上他的当，如果不是有你在，我们的计划，还真有可能无法完成呢。看来丁一笑果然厉害，他早就劝过我，不要去惹那个家伙，是我太大意了。没想到，他比我想象中还要厉害，难道真和传说中是一样的吗？”

第二十七章
真相

“当……当当”声音在门口响起，那是警棍落地的声音，电脑椅上的人并不转身，只是道：“没想到你这样快，从三层到八十六层，仅用了十五分钟时间，还要干掉数以百计的保安。韩峰，你果然和传闻中一样厉害！早就听闻韩峰的格杀技，只需要一击，不管多强大的对手，便会失去行动的能力，而且还不会死。以为你疏于练习，早就不会使用了，没想到，技艺还是这样娴熟。那么，二十分钟内警方便会赶到，你还剩多少时间呢？”

韩峰伫立在门口，淡淡道：“转过身来吧，不用故弄玄虚了，我已经知道你是谁了。”他一字一顿道：“梁，小，童！”

“哈哈哈哈哈——”一阵笑声传来，一支金属发声笔被扔在地上。电脑椅上的人转过身来，赫然便是梁小童，他那带着孩子气的脸，和那双与年纪不符合的眼睛，而他的腿上，赤身裸体地蜷曲在上面的，不是潘可欣又是谁？潘可欣第一次在韩峰面前毫无遮掩，她似乎也没料到他们会在这样的情况下见面，她想拿什么东西挡住自己，可梁小童抓着她的双手，让她无法动弹。

梁小童笑道：“没想到吧？你得不到的女人，只能像奴隶一样被我玩弄于股掌，我让她趴着，她就不敢坐着，我让她躺着，她就不敢站着。”

韩峰不说话，看着潘可欣，看着她的眼睛，潘可欣也看着韩峰的眼睛，那是什么样的眼神呢？是愤怒，是失望，还是别的什么？潘可欣竟然流下了眼泪，她恨不能找个地缝钻进去。

梁小童笑道：“韩峰，喜欢看吗？那就看个够吧。这只是供我娱乐的一只宠物罢了，你何必那样大费周章地讨好她，看这肌肤，吹弹即破，看这奶子，丰腴沉甸。这样好的宠物，我原本想送给你，又怕你太穷了，养不起，啧啧啧，养宠物是很费钱的。”

潘可欣早已泪流满面，她忍受不了这种讥讽和羞辱，终于大叫起来：“别说了，别说了。求你，别再说了！”

“害羞了吗？有什么好害羞的，你本来就是一只脱光了衣服、供人玩弄的母狗！”梁小童站起身来，潘可欣滚落在地，梁小童踢了她一脚，将她踢到韩峰脚下，笑道，“我早说过，韩峰比我高大，人也比我好，他比我聪明，又比我有本事，可是你不信，那我可没办法了。”

潘可欣不敢直视韩峰的目光，只盯着韩峰的脚面，哭泣道：“韩峰，对不起！我……我不是有意的，我也是没有办法……”

“砰，砰，砰。”梁小童毫不犹豫地连开三枪，潘可欣顿时横趴在地，不再动弹，梁小童开到第三枪的时候，韩峰淡淡地说了句：“够了！”

梁小童收枪，笑道：“既然你说够了，那就够了。你知道的，没有用的棋子，我向来都不懂得怜惜。”

韩峰注视着梁小童，开始解开衣领上的纽扣，一颗，两颗，三颗，那张掩藏起来的脸，出现在梁小童面前。韩峰淡淡道：“这起案件，一开始就是针对我来的吧！”

梁小童道：“哦，终于发现了吗？说实话，一开始，我对你的表现很失望，非常失望。我甚至怀疑，你真的是那个传说中的人吗？但是，你进入角色非常快，很快就让我感兴趣了。特别是在林政之死的谜团上，你破解得比我想象的更快。你到天涯市调查的时候，我认为，你是个旗鼓相当的对手，但主动权还是掌握在我手中。当你开始怀疑龙佳时，我隐隐感到有什么不对劲，但是却找不出来，那时候，攻守已经开始转向，是这样的吧？直到你设计杀死了夏末，我才知道，你已经掌握了主动权，再和你周旋下去，我很可能被暴露出来。幸好我收线够快，那时候你依然没有怀疑到我头上吧？”

韩峰道：“不错，一开始，你制造的小型车祸案，确实不能引起我的什么兴趣，像那样的案件，每天发生一百次也不算过分。可是，当我察觉到那不是简单的车祸骗保案的时候，我开始佩服你这个案件的设计者了。”

梁小童左手按着胸口，谦卑道：“能得到你的佩服，我三生有幸。”

韩峰接着道：“我马上意识到有大事发生，接着便是林政之死，当时，我确实费了番脑筋，才弄明白你是怎么把林政烧死在车内的，虽然十分隐蔽，可不管什么方法，都会有迹可寻。”

梁小童微笑道：“专门为你准备的，我想看看，到底那个传说中的高手，需要花多少时间来理解并掌握一种新的杀人伎俩。”

韩峰道：“后来梁兴盛的工厂失窃案，是为了防止我发现你们制造武器吧？那时你们只有偷运出的一条生产线，所以武器的制造量并不大，所以丁一笑担负着将梁兴盛的工厂收购过来的任务。那时候你已经开始急了。”

梁小童道：“是的，我知道，我们就算二十四小时开足马力生产也不行，你已经很接近真相了，当你在丁一笑的钢厂查过账本后，我意识到情况不妙，一方面派出武装分子骚扰治安，一方面转移已经加工好的成品武器。你们警方查获的武器和那些武装人员，只是一小部分，我真正的力量，已经转移到国外了。”

韩峰动容道：“就在马来西亚？”

梁小童道：“我没有那么蠢，他们分布在亚洲的某个小国家里，你找不到他们的。”

韩峰道：“你们这样做，究竟是什么目的？为什么？为什么生产那么多武器，为什么训练那么多民工？是学校的计划，还是你自己的计划？”

梁小童一愣，转而笑道：“既然话已经挑明了，那我也就不隐瞒了。不错，那是我自己的计划，我花了三年时间来准备的计划。韩峰学长！”

韩峰道：“原来是这样，可惜我后来才想到，类似的手法，应该来自那里。”

梁小童道：“我很奇怪，学长是怎么知道，我是从学校里出来的呢？”

韩峰道：“还记得开源建筑公司吗？你使用了蓝牙制造的炸弹。虽然是蓝牙早期制造的，但那种炸弹，已经没有人能拆卸了。我知道，世界各国的军方力量，都在收购蓝牙的炸弹，那种炸弹在军火市场上也有销售，但那还只是引起我的猜疑而已。真正让我怀疑你与我来自同一个地方的是，那天晚上，冷镜寒告诉我，那个幕后凶手的犯案手法，与我曾经的作案手法，极其相似。我马上意识到，你也许和我来自同一个地方。第二天便提审了洪阿根，他交代出接受训练的细节，毫无疑问，你只是在照搬学校那一套办法。那种通不过训练便处死的淘汰制训练法，也只有学校还在沿用吧。所以，我去天涯市查案时，一切就容易多了，你的杀人方法，全都是教科书上的内容，你甚至懒得去变通。”

梁小童道：“噢，原来是这样啊。可是，那一切都只能证明我是来自和你同一个地方的人，并不能告诉你我是谁啊，你是怎么怀疑到我的呢？我还以为，你永远都不会知道我呢。”

韩峰梳理了一下头发，平静道：“我承认，在这个案件中，我怀疑过我所接触的每一个人，唯独就是没有怀疑到你，你的身份，成为你最大的伪装。”韩峰伸手挤捏着眼内角，慢慢道：“我现在才知道，你根本不是梁小童，你也不止十岁，对吧？”

梁小童持枪的手上下挥动着，说道：“说下去，说下去。”

韩峰道：“你长成现在这副样子，是因为你得了一种奇怪的病症。那种病，与普通的侏儒症不同，侏儒症是人的内分泌腺受到损害，破坏了生长激素，使人的躯体停止发育，但那人的四肢、头颅，还是会像成人一样变化，最终看上去，就有些怪异。可是你得的这种病，同样是破坏了生长激素，却是使整个人都停止了发育，你的生命，被定格在十岁那一年。这种病，现在医学上还无法拿出明确的解释，只是把它称作‘不老症’。”

梁小童黯然道：“果然不愧是韩峰学长，连这种病都知道。”

韩峰凝神道：“不过有一点，我始终不很明白，在开源建筑公司，你为什么会把自己绑在那里？用生命来冒险，这不是你的做法。”

梁小童得意笑道：“绑在我身上的那个炸弹不会爆炸的，所以我并不担心。至于动机嘛——呵呵，我只是想看看韩峰学长你而已。我希望看到，你那迷惑的眼神，慌乱、不安，学校里高高在上的学长啊，你被一个差劲的拖尾生玩弄于股掌呢。你可知道，与你面对面而不被你发现，那种兴奋是多么的刺激。而且，如果那时候不被你怀疑的话，我就更有信心瞒过学长你。”

韩峰道：“正是因为你是这一罕见疾病的患者，所以才一次次从我眼皮下溜走，否则我早该怀疑你了。也不用通过潘可欣，费这么多周折来找你！”

梁小童道：“你是怎么怀疑到潘可欣的呢？她是隐藏得比秦怡还要好的，几乎就没露过什么破绽。”

韩峰道：“错了，她有破绽，要怪只怪冷镜寒那个老东西，反复向我强调，潘可欣不可能是内奸，所以我才没有去怀疑她。我也懒得把事情想得太过复杂。美色、懒惰，看来你十分清楚我的弱点呢。”

梁小童道：“错了，是极度的好色，出奇的懒惰。”

韩峰冷哼一声，道：“我来告诉你，她什么地方露出破绽了！你从一开始，就设计陷害龙佳，像陷害于成龙一样，所以一切责任，都打算推到龙佳头上。可是，我既然相信了龙佳——”

“等等！”梁小童制止道，“我一直就很奇怪，夏末本是不可能被你发现的，而且，你对怀疑夏末的解释也十分牵强。当时出发前，你就已经肯定了内奸便是在剩下的几人中，不是吗？当时李响也不在场吧？”

韩峰道：“哦，看来你们对我们整个案情了解得挺透彻嘛！”

梁小童哈哈笑道：“潘可欣是一名出色的记者，她对你们案件的报道也是非常翔实呢。”

韩峰道：“不错，我早就开始怀疑夏末了，而且，我知道，夏末只是从医院出来以后才开始工作的，前面的工作全都是潘可欣做的。当你们意识到案件继续发展，潘可欣不太有机会近距离深层接触这个案件时，你们就想好办法，需要重新安插内线在刑侦处吧？那个夏末，可是你们另找人替代的？”

梁小童道：“可是，你是怎么发现的呢？”

韩峰道：“早在案件之初，我和李响去章玉玲夫人家的时候，夏末负责单独调查林政的外围关系。我和李响在回程途中，发现一个背影和夏末十分相近的人，可是，他对我们的招呼置之不理。那时我们认为是认错人了，可事实上是，那时候你们就准备将夏末换掉，对吧。只是因为被我们发现，而且没有更好的机会，所以，你才利用了开源建筑公司那起案子，将夏末换掉了吧？我当时就很奇怪，为什么同时留下来的两名警员都死掉了，唯独夏末只是头部受伤，而且伤势并不很重。所谓的间歇性遗忘、逆行性遗忘，那只是为了掩饰夏末记忆力的不足吧。因为你们那个夏末，所拥有的关于夏末的信息，只限于潘可欣给你们提供的材料。我问你，真正的夏末在什么地方？”

梁小童微笑道："你应该知道的，失去了用处的棋子，那只能被掩埋。学长不用太在意，忘记学院的教条了吗？在真正的强者面前，人和老鼠，原本是没有区别的。"

韩峰眉头微微一皱，喃喃道："难道！那废墟中的人体骸骨就是——"

梁小童满不在乎道："这个我不知道，但是好像我们并没有带走夏末，当时他应该还留在开源建筑公司里，不过那时他已经没有生命的迹象了，一点也感觉不到恐慌、痛苦。可是，假夏末与真夏末，到底有什么不同呢？竟然让学长看出了端倪。"

韩峰道："你那个计策非常巧妙，利用头部受伤而制造让人遗忘的假象，可是，有些东西是不会被遗忘的。诸如习惯——"

梁小童一皱眉，凝神道："看来我在人体学上的知识还有很多欠缺，没有学长了解得那么详细。"

韩峰道："习惯，又称为身体记忆，是重复了无数次的动作后，由身体细胞直接记忆下行动流程，大脑根本不需要去刻意回想，那也是最深层次的记忆。如果连习惯都忘记并发生了改变的话，那么，那个人也就没留下什么记忆力了。由于你们的夏末，只是根据潘可欣描述而练习出来的夏末，所以他有些细节，跟真实的夏末并不相同。这就是你们所未知的地方，夏末小时候调试剂时，拿烧杯的左手曾被炸伤，所以后来一直都是右手拿烧杯，左手拿玻璃棒，可你们那个夏末，很明显不知道这件事，我也就是那个时候，对他产生怀疑的。而后来他暴露之后，我依然隐瞒了他是替身的事实，是因为，我还不能确定，是否只有他一人被安插在刑侦处里，而且，潘可欣一直是我的怀疑对象，我不得不小心些。"

梁小童道："这样一来，我就算明白了，可是，我还是不明白，潘可欣又是如何暴露身份的呢？"

韩峰道："我既然相信龙佳，并排除了龙佳的嫌疑，那么，梁兴盛工厂失窃案，以及冷镜寒住处的爆炸案，就只能从潘可欣想起了。但是她的身份又十分特殊，整起案件都是围绕着一个钱字在转，如果真是从钱字下手，潘可欣确实是嫌疑最小的一个。"

梁小童道："那为什么还怀疑她？"

韩峰道："那是因为，我们一直把这起案件涉及的金额，设定在几百亿这个范围内，在这个范围，潘可欣的嫌疑是最小的，可是，如果超出这个范围，她的嫌疑，就由最小上升为最大了。因为，她曾经亲口向我提起过一条线索，那条线索，正是让我识破她真实面目的关键所在。”

梁小童看了看躺在地上的潘可欣，轻蔑道：“原来是她自己暴露了自己，可到底是哪一点呢？”

韩峰道：“潘可欣为了打消我的猜疑，曾特意带我去他们家族正在修建的海角市最高的建筑，想向我炫耀他们家的财力。殊不知，一旦猜疑到她，那栋建筑，就是她最值得猜疑的地方。”

韩峰低头看着潘可欣道：“大象体形庞大，可是若一条腿坏了的话，它便无法移动，只能待在地上等死！那栋建筑，对投资的需求，恰似让潘氏家族的金融大象迈入一条腿进去。我派人去调查了那栋建筑的投资情况，潘氏家族在投资修建那栋建筑之前，原本是资金丰裕的，可恰好建筑开工后的半年，爆发了谁都没意料到的印度洋海啸！潘氏企业在东南亚投资修建的酒店、旅馆，开发的旅游线路，几乎全面受到打击，同时股市上风云波动，有人故意打压，导致潘氏控股的企业股价全跌到净资产之下，股指面临崩盘。那个时候，潘氏家族八方请求援助，可银行拒绝贷款，下级经销商拒绝付款，下级供货商拒绝供货，全都是落井下石的人。唯一能够支撑潘氏家族，并让潘氏家族在短时间内复苏的，便是修建在海角市繁华路段的那天威大厦，可那建筑需要追加投资，第二阶段，投资额四十亿，那时潘氏企业到哪里去找四十亿的资金？这个时候，恒福银行伸出了援手，四十亿，我想，你也是那个时候控制了潘可欣的吧？为了家族的荣誉，不得不放弃一切——人格、灵魂、尊严。”

梁小童拍手笑道：“哈哈哈，果然不愧为韩峰学长。只是他们不知道，在股市上打压他们家族控股企业的，就是我！我需要一个人，来打入海角市警方内部，也需要一个人来接近学长你，否则，我怎么能掌握案情发展的主动权。可欣是个不错的女孩子，为了他们家族，真是什么都愿意做。”

韩峰皱起眉头，只听梁小童道：“你认为你是怎么加入这个案件的？为什么潘可欣邀请你参加的舞会上，会有人使用和卢芳同样品牌的香水？为什么梁兴盛的尸体火化了，可他的衣物却留在了警察局？以至于后来的林政死亡现场剩下那一小撮聚热材料拼写的贪婪两个字，梁兴盛工厂那个看门老头儿手里的半截零件，那都是我想让学长加入这场游戏而特意安排的，为了学长，我特意将计划做了少量修改。”

韩峰道：“从一开始，我就察觉，你是在挑衅，但我一直认为，你是在向当地警方挑衅，没想到，你是在向我挑衅呢。我认为你在冷镜寒家里实施的爆炸，是针对冷镜寒来的，可事实上是，每次刺杀行动，都是我与冷镜寒在一起时发生的。而且，当我怀疑你和我是来自同一地方的人之后，你的行动针对迹象，越来越明显，当夏末在我家放蛇之后，几乎就可以肯定，那是针对我来的了。”

梁小童道：“我只是想试探学长，是否已将体能训练荒废了，没想到学长身手还是那么敏捷，反应还是那么迅速。我只是不知道，学长从什么地方怀疑到我的身上的。”

韩峰道：“从开始怀疑你的身份，是与我来自同一个地方的人，既然是来自那个地方的人，任何可能都会发生。不过那时候，我依然没有确定的目标，恒福银行的几个董事，都有重大嫌疑，特别是于成龙。直到排除了龙佳的嫌疑之后，我不得不怀疑潘可欣，所以，我让龙佳替我做了最后一项调查，也是最重要的调查。”

梁小童道：“就是怀疑潘可欣的调查吗？”

韩峰道：“不错，龙佳留给我的最后一份调查报告，非常清楚地证实了，潘可欣的家族与恒福银行，有着不可分割的关系，潘可欣的嫌疑，几乎是可以肯定的。龙佳查到潘可欣的资料后，非常惊恐，因为潘可欣与冷镜寒之间的关系也不一般，她害怕冷镜寒也参与其中，所以将材料放在我家床头枕下。她知道，那肮脏的床，除了我，是不会有第二个人去睡的。为了引起我的注意，她还特意在材料上压了一块砖。回家发现那份调查报告后，一切就得从头开始。因为我懒，常不愿意亲自去询问调查，只是依赖潘可欣或龙佳得出的调查报告，所以，既然潘可欣不可信，那么她做的一切调查报告都必须重新经历一遍。很幸运，我调查的第一个地方，就发现了问题。”

梁小童笑道：“哼，是天赐福利院吗？我以为你不会去查。”

韩峰道：“是啊，谁会查一个在案件中看似毫不起眼的小孩儿呢。可我查你，也不是没有原因的。”

“哦。”梁小童露出怀疑的神色。

韩峰道：“我看过你的照片，上面有两点可疑之处：其一，你的外形相貌，与梁兴盛夫妇不合；其二，你的眼神，与你的年龄不合。这是暗藏的疑点，不容易引起人的注意。可是，在天涯市调查时，我从两个不同的人那里，得到了一组相同的信息。庄晓军和启金运都告诉我，秦怡和单燕飞，这两名女子对他们，既像亲人，又像老师。而龙佳也曾告诉过我，她小时候在福利院时，感觉那些阿姨就像自己的妈妈，又像自己的老师！这些毫不起眼的信息却告诉我，福利院，可能有什么不寻常的地方，而且，将你从福利院里领出来的人，不就是我们重点查找对象卢芳吗。”

梁小童笑。韩峰道：“当我去福利院时，得到了惊人的结果，福利院院长交给我的梁小童原始档案，其照片与潘可欣交给我的你的照片，完全是两个人。而且，福利院院长还告诉我，曾经有两名助养师，在梁小童离开后不久，也先后离开了福利院。看了照片后，果然，秦怡和单燕飞曾经是福利院的助养师，她们改了名字，做了美容，才变成现在这个样子的。这样一来，你就成为重点怀疑对象了。你和我一样，都是没有身份的人，不管在哪个国家落脚，都必须先找一个身份。你是用梁小童这个身份来借尸还魂吧，真正的梁小童，一直被你们监禁起来，也就是洪阿根他们看守的那个小孩儿。后来，被你们放在汽车后备厢里成为你的替死鬼。”

梁小童扁嘴道：“仅凭福利院里的信息，是不足以怀疑我的吧？”

韩峰道：“不错，可是，如果将你放入已经发生过的所有案件中，那些一直都不能解开的谜团正好迎刃而解。我们去开源建筑公司时，是你第二次出现在我面前，你在那里放了炸弹，蓝牙制作的炸弹。我知道，那样的炸弹不能拆卸，也不能移动，但是我不明白，它为什么会过了那么久才爆炸？现在我知道了，那是因为你也在那里，你害怕过早爆炸，自己也无法逃脱。还有，李响追逐的一个黑色身影，他曾坚信不疑地认为，那人就是阿八，可是后来从监视中发现，阿八手背并没有留下李响所说的伤痕。击伤李响，并且被李响击伤的那人，是你吧？而通过那次你与阿八的会晤，你觉得，赋予丁一笑的权力太大了，那时就下了除去丁一笑的决心了吧？”

梁小童道：“丁一笑那个人，不是你所看到的那样简单，他很善于伪装，他没有通过专业学习，但他的计谋几乎可以和我们相媲。在海角市，他帮过我不少忙，他与别的人不同，我们是属于分摊合作的形式，而别的人，都只是我们的奴隶。他的能力很强，有时强大得我也有些吃不透，所以不得不派阿八监视着他。就如那句常言，刀，磨快了好使，但是容易折断，也容易伤到自己。说实话，我至今都还觉得，杀他太容易了，他不该是那么容易被杀死的人。”

韩峰道：“那阿八呢？他只知道你要杀丁一笑，却没想到你连他也要杀吧！”韩峰脸色一寒，问道：“我问你，阿八是不是也来自那里？是你的同学吗？”

梁小童眼神一变，问道：“你……你怎么知道的？”

韩峰道：“阿八曾和李响交过手，单从武技而论，他应该是在你之上的。”

梁小童道：“那个特警，果然是受过非同寻常的训练，我没想到，在外面也有这么难对付的人。”

韩峰道：“你知道，除了你没有别的人能杀得了阿八，因为从同一个地方来，你才能把最放心的人安排在丁一笑身边，而阿八做梦都没想到，你会突然对他下手。如果不是阿八，最后要确定疑凶，还真是很难。那天晚上，我们看到的身影，应该就是你吧？而那时，开车的才是阿八，由于阿八要集中精力开车，又全然没想到你会对他动手，所以才被你一刀刺穿了心脏吧。你或许不知道，阿八在死前，留下了三横的记号，我曾怀疑过那是江永涛的江字，也想到了那或许是秦怡的秦字，后来才发现，梁小童的梁字，也是三点水开头的。”

梁小童仰头道：“原来是这样啊，没想到死人还能留下信息。因为他是放在明面的暴露者，不除去他，你会穷根追底地从阿八那里得到我的信息，我也是没办法呢。”

韩峰道：“你没想到的事情还多着呢。自从怀疑到你之后，我对整个案件又有了新的怀疑，因为你本身没有直接出面成为恒福银行的董事，所以转换股权看来只是你的一种需要，要将他们全部变现并且安全销售，恐怕不是那么容易的事，你也不知道那一天何时会到来。但是你的杀人计划却一刻都没有停止过，那么你的真正目的是什么呢？整个案件用了三年时间，你利用七宗罪杀了七个人，那七个人应该全都是恒福银行的十大股东，并且都是恒福银行的董事，担任着银行的重要工作。庄庆隆，暴食；查孝礼，懒惰；启开华，暴怒；林政，贪婪；孙向贤，傲慢；陈天寿，淫欲；江永涛，嫉妒，这才是完整的七宗罪，对吧？”

梁小童道：“不错，看来学长已经察觉到什么了。”

韩峰道：“那要感谢秦怡，因为她曾嘲笑过我，说我不懂股票，于是我不得不花了近一天的时间，专门来钻研中国的股票市场和恒福银行的董事机制。三年前开始，每隔三个月，股票交易市场上就有一次很隐蔽的收购行为，收购恒福银行的股票，而后，公司的董事开始遇害，他们手中的股票被平分到大股东手里，加上变相威胁和非法转让，你们就是利用这些让江永涛坐上了董事长的位置吧？而这只是你们开始的第一步，接着，别的董事也被你的人替换掉了，江永涛开始在马来西亚考察项目，修建新兴工业城？不，那只是你们的幌子，你替换掉别的董事，其目的就是在董事会议上，以超过三分之二的投票通过那项修建决议吧？所以，你必须换掉至少七名董事，因为那是一项动用金额占恒福银行储蓄总额百分之十的大项目，什么专款专项，那都是借口，你的真正目的，就是将那一笔钱，转入你的私人账户。我说得没错吧？其准确的数额是，二千七百六十三亿九千八百三十四万零六百七十五块三毛二，也只有这样的数额，才能满足你的胃口吧？有什么比利用百分之五十一的控股，来掌控一家银行更划算的事情呢。”

梁小童情不自禁地拍手道：“学长就是学长，我辛苦经营三年的计划，学长不到三周时间，就完全破解了。不错，为了那个项目，我规划了三年。”

韩峰冷冷道：“拿那么大一笔钱，准备干什么呢？”

梁小童微笑道：“我招募了两千多人，在海角市制造事端，被抓获的有三百四十八人，他们都属半淘汰品，本来就准备放弃的。我有近千吨的轻武器，全是枪械，绝对不包括装甲等重型武器。那些人和武器，都在亚洲某个小国家里。实话实说，我打算成立自己的帝国，我不仅需要人、武器和钱，我还需要一笔启动资金。如今的国际市场上，中国的人民币汇率稳定，在国际金融市场上地位正逐步提升，而它的股票市场和各种新兴的私营企业又十分不成熟，有很多漏洞。所以，我看中了中国货币，并在适当的时候以适当的方式进入了中国市场。由于仅仅是制造金融风波，太平淡，太无趣了。所以，当我在制造第一起命案时，也就是杀庄庆隆的时候，就留下了明显的罪证，希望有人能陪我玩一玩。可是，江浩那个笨警察，竟然没能领会我的意思，还以为有人走漏风声，把我写着暴食的字条给藏了起来。后来我又不停地设计杀人，并不停地留下信息，可是竟然没有一起案件能引起警方的高度怀疑，就算怀疑了，也只停留在表面。”

梁小童说着，神色黯然道：“我很失望，这么有意思的游戏，竟然没有一个人能加入进来。我准备在海角市杀林政时，每一个公安系统的人员我们都要摸一摸底的，听说海角市有个刑侦处，独立于公安系统之外，又比公安局还要厉害些，所以我们重点查了一下他们的底细。在调查一个叫冷镜寒的人时，我无意中发现了，韩峰学长竟然也藏身于海角市。当时我实在是太兴奋了，没想到那个传说中的人会出现在我面前。我一直以为，韩峰学长离开学校后，早就该把这个世界搅得天翻地覆了，可一直都没听到有什么大事发生。前些年，'9·11'事件爆发，我就以为是韩峰学长的杰作，没想到不是；后来，车臣的武装冲突，我又认为是韩峰学长在幕后策划，结果又不是；我甚至怀疑去年的印尼大海啸是韩峰学长制造的，但是都不是。我一直很困惑，我们学校最出色的破坏者，来到这个世界，怎么会一点音讯都没有呢？我有时想，是不是学长的手段太隐秘了，以至于没有人能识破。可当我在海角市看到学长那副模样时，我简直不敢相信，那竟然会是学长，那就是传说中来自地狱的人吗？远远地看是不够的，我想近距离看看学长，所以，我毫不犹豫地邀请学长加入了这次的游戏。"

梁小童长出一口气，赞道："随着学长对这个游戏的态度越来越认真，我也渐渐感到了压力，学长的反应速度太快了，我设计的计谋跟不上学长的思维。终于被学长发现了所有的秘密，还被学长发现了我的身份。学长果然是学校里的高材生啊，加入我们吧，学长，我会让你成为风云天下的人物。如果有学长做我的军师的话，我们建立的帝国，将改变现在世界的版图，不，有学长在的话，我们征服世界也没有问题吧。"

"哼哼——"韩峰轻蔑地笑道，"看来你还没弄明白我来找你的目的吧？"他的眼神冷峻起来，道："金钱、权力，那些东西对我来说，根本就没有任何意义。你对我的了解，仅停留在传闻阶段，你根本不知道，我要的是什么。我是作为一名复仇者而存在这个世上的，我找寻自己想要找寻的东西，只是当我从那里离开以后，没有想到复仇竟然那么容易。复仇之后，我开始感到那种无尽的空虚，我一直所探索的人和生命的意义，到底是什么呢？我们为什么要活着？我们为什么要活在这个世上？我们是因什么而存在的？"

梁小童答道："我们不就是为了破坏这个世界而被培训出来的吗？我们是毁灭者，我们是终结者，我们在残忍的条件下被训练杀人技巧，密谋陷害，我们生存的意义何在，我们的存在，不就是为了见证这个世界的毁灭吗？"

韩峰道："是这样吗？或许我不这样想。不过，就现在而言，那些事情，我已经没有兴趣去想了。可是，你既然邀请我来参加这个游戏，我当然就要把游戏进行到底，看看谁才是最后的胜利者！”

梁小童大惊，道：“难道，难道学长竟然是来抓我的吗？”

韩峰笑道：“你说呢？本来，以你的身体条件，是不足以控制这么多人为你做事的吧？所以，你在海角市安排了丁一笑代替你出现，而在天涯市，是秦怡吧？为了控制众多的手下，你选择了——毒品。我想，江浩也是在缉毒的时候，被你用毒品控制了吧？”

梁小童黯然垂头，暗自冷笑，道：“不错，你不知道，当一名曾经的缉毒干警，在毒品面前交出自己的全部灵魂时，那种快感，真是无以复加。”梁小童摸出一粒胶囊，黑白的外壳颜色，他微笑道：“这种新药，可以带来更大的快感，更持久的时间，而且，前期戒断症状和前期疑似毒物症状都相对很轻，几乎无法察觉。一旦察觉到这种药物的效用时，你已经一辈子离不开它了，它将跟着你进入坟墓。只要你沾染上它，要么自杀，要么选择它，这就是你的命运。这种药物，它的名字真是极具哲理性，我称它为命运。所以，不管江浩也好，秦怡也好，卢芳、单燕飞也好，这是他们自己做出的选择，是依靠毒品活下去，还是离开这种药物而痛苦死亡。他们最终选择了命运。”

韩峰喃喃道：“原来，被命运选择是这个原因。可是，一旦离开这种药物的控制，没几天好活吧？”

梁小童得意道：“不，你说的是那些被俘虏的武装分子吧，他们所服用的，只是第一代药品，那种药物还不是很成熟，一旦停服，只可以坚持五天。死亡的时候异常痛苦，如果不是手脚被束缚，他们会咬噬自己的躯体来减轻这种痛苦。在训练新兵的时候，我总要选一两个被淘汰的学员，让他们在新学员的面前表演断药症状。啧啧，看着他们自己撕开自己的胸腹，掏出自己内脏来吞噬，真是惨不忍睹啊！不过，这样一来，新学员总是会听话很多。听说洪阿根在监狱自己撞墙死了吧？他肯定是害怕毒发时自己无法忍受，所以才选择逃避。”

韩峰道：“那江浩他们呢？”

梁小童道：“他们服用的是第二代新产品，副作用小，吸收快，进入兴奋时间短，持续时间长，而且，它还有额外的功效哦。女人吃了它，都会越发娇美，而男人吃了它，便会越来越强健。你看到江浩了，还有我那些士兵，个个肌肉都很发达，那就是药物的功效了。还有秦怡、单燕飞、卢芳，这些女人，能不算美吗？”

韩峰道："想不到你还会调配药物——"

"呃，不！"梁小童狡黠地笑道，"不是我制造的，我没有那个时间，也没有那个本事。这些药，都是我买的。"

韩峰一皱眉，梁小童摇头啧啧道："学长真是越来越孤陋寡闻了，那生产药物的公司，可是与黑网齐名，并称为世界三大犯罪集团中的一员哦。真不知道学长这么些年都在做什么。我需要这些药物，而他们也需要一批试验品，试验品嘛，我有的是。说到这里，我不得不问学长一句，最近有没有感到性欲高涨啊？"

韩峰道："什么意思？"

梁小童道："学校里教过，不要在不经意间透露自己的生活细节，学长似乎忘记了呢。学长不是说每天要喝一杯奶吗？那奶水里，可也是含有命运成分哦。"

韩峰冷哼一声，道："我以为是什么事呢。我才不喝奶呢。对不认识的身份可疑的人，我从来没有真话可说。"

梁小童变了脸色，道："那你每晚还叫牛奶？"旋即笑道："哦，学长是怕受制于我，所以不肯承认吧。没有关系，那命运，只需要沾一丁点，绝对会产生终生效应，而且不可恢复。"

韩峰若有所思道："我是听人家说，仙人掌喝了牛奶长得特别壮，所以每天叫一杯奶用来养仙人球了。可惜，它们吃惯了素的，吃不惯荤的，全都死了，真是失败！"

梁小童眼里放着光芒，道："不管学长的推理多么高明，终究还是来晚了一步。毕竟我已经将两千多亿转到我的户头上了，而且，我也不在中国，我可以去我想去的任何国家。在那里开疆拓土，兼容并蓄，屯垦发展，日益壮大，吞噬邻国，然后，然后，然后将这一切，完全掌控在我手中！"

韩峰无奈道："你在做梦吧？你有那个能力去享受那一切吗？"

梁小童垂头道："那就没有办法了，原本以为，学长知道了一切，会很欣喜地站在我这一边。"他突然抬头举枪，开枪的速度可谓快如闪电，"砰砰砰"三枪，几乎只发出同一枪的声音。随后"哗啦"一声，他身后的落地玻璃墙坍塌了一片，八十六楼外猛烈的风刮进房间。

冷风如刀，梁小童手里举着枪，他的右手握枪处，虎口已经开始渗血，他没有想到，竟然会有可以在这么近距离躲开子弹的人。第一枪，韩峰头向左一偏，避开子弹；第二枪时，他顺势滚到门后铁皮椅旁；第三枪，韩峰已将铁皮椅扔出，擦伤了梁小童的手，又将那玻璃墙砸落了一大片。

梁小童惊恐地看着韩峰，韩峰那一双闪亮的眼睛，像来自地狱的幽灵，可以洞穿一切内心。梁小童这才明白，眼前这个人，根本就不是自己所能战胜的，两人虽然同在一个地方学习，但两人间有着天渊之别，他心中一颤，回想起来，内心震动道："是真的，传说是真的，那竟然是真的！"他仿佛又回忆起那些曾经萦绕在耳边，像咒语一般对韩峰的评价："他，是来自地狱的一股寒风，是被地狱的魔王所惧怕所诅咒的人，是连地狱的魔王也因害怕而要驱赶的人。他带来杀戮与血腥，他是邪恶与恐怖的化身，他所走过的地方，都将变成冰凉的地狱。"

梁小童喃喃道："为什么？为什么学长要……"

韩峰道："原本，你要设计从恒福银行调走两千亿的金额，那与我何干，你要杀死恒福银行的董事们，要破坏海角市的治安，也都跟我没关系。可是！"韩峰突然提高了音量，道："你请来的蹩脚杀手，那一枪为什么不能打准一点，兴许一枪打死她，还会好一些，可是，为什么要让她这么痛苦地活着？"

梁小童这才醒悟道："是……是龙佳吗？那个女警？"

韩峰眼里，双瞳如妖冶的星辰，他黯然闭眼道："她可是我的女人！你当时一定认为，我依旧在怀疑佳儿，只是想趁她精神受到打击时，乘虚而入吧？所以，如果我质问佳儿那个杀她的杀手是谁，她一定无法回答，那样，我就只会更怀疑佳儿，对吧？佳儿一死，内奸也除掉了，我的线索也全断了，就是这样简单的想法，促使你一定要请杀手，趁早杀死她吗？你没想到，我从来就没怀疑过她吧？"

梁小童颤声道："我、我没想到！我原以为，学长、学长是不会动情的。学、学长怎么会，怎么会对一个普通的人……他们都是低等的生物，只是一些化学方程式和有机物的融合体而已。我们，我们才是生物链里进化的顶端，是最优秀的生命体，我们接受过最残酷的生存训练，学校外面那些人，根本就只是被淘汰的对象。他们在我们眼里，就是老鼠，就是蚂蚁啊。"

韩峰淡漠道："是吗？那你又算什么东西，还不是一只长不大的怪物，你别忘了，在我眼中，你和老鼠也没有什么分别。"

梁小童点头哈腰道："是、是。在强大的学长面前，我原本和蚂蚁就没有什么区别。但是，作为学校的骄傲，拥有最优秀破坏能力的学长，怎么能对一个普通人动情呢？学长拥有最强大的破坏力、最完美的杀人技巧，难道，学长不打算用它们来杀人，反倒想用它们来救人吗？学长，我所崇敬的学长啊，你原本是最凶恶的豺狼，难道只因为掉进羊圈里，吃了几天青草，你就认为自己是羊了吗？你别忘了，你还是一只狼，你需要羊的血肉，来满足你饥饿的野性。”

韩峰看着自己的手，淡淡道：“是吗？原来我是狼吗？那么，狼是怎么样的呢？在我面前说教，我让你知道，什么叫作野性！”他向前迈进一步。

“不！”梁小童心胆俱寒，尖叫道，“别过来！”他突然跪道：“我知道错了，请你放过我！那个杀手，那个杀手是黑网里的，我可以替你把他找出来。我知道错了，请学长放过我！”

韩峰又向前迈进一步，道：“不需要，黑网，我迟早也要去找他们。不仅是那一个杀手，他们全部，都要为此付出代价！”

梁小童心中又是一阵颤抖。凭一人之力，去挑战国际化杀手网络，那个连世界各国刑警都拿他们没有办法，比基地组织更可怕的恐怖组织，也只有韩峰，才能说出这样的豪言壮语吧。梁小童站起身来，赶紧退了一步，惶恐道：“你不能杀我，我、我也是学校里的，我是你学弟！按照学校的规则，你是不可以杀害同学的！”

韩峰笑道：“哈哈，规矩？别忘了，我可是从学校里叛逃出来的，在我的世界里，没有规矩！”

梁小童站上高凳，狂乱地吼道：“不！我不甘心！我才是这个世界上最强大的男人！我可以支配一切！为什么？为什么要有学校，为什么要训练那么多同学？如果只有我一个，如果只有我一个，我就可以控制一切！控制一切！”他鼓圆了眼睛，看着韩峰道：“为什么？为什么你们那样优秀，为什么你们可以塑为铜像让所有的学员来膜拜，为什么我却注定了是被淘汰的命运？”

韩峰淡淡道：“所以说你不清楚自己的状况。让我来告诉你，为什么你那么喜欢当皇帝吧。你先天残疾，身体永远也长不大，在成长的过程中，肯定受到许多另类的目光、辱骂和嘲讽，你不甘心，所以在训练的时候，也是怀着一定要成为可以命令他人的人这样的思维来训练的。可惜，身体条件的限制，你注定了只能当一名差生，也注定了必须在学校忍受屈辱和冷眼。你知道，你在学校永无出头之日，所以，当你出来的时候，便想要更多的钱、更多的权力，想控制更多的人，让他们成为你的奴隶，让他们听从你的命令。哼，真是愚蠢的想法。你以为，你成为皇帝，就可以为所欲为了吗？就在你营营算计的时候，你却忽略了最重要的一点——时间！就算你侥幸成为某国的国王，你也享受不了多久了。你知道吗，像你这样的病症，根本就不可能存活太久。你的生命已经显出终末的迹象，而且，没有任何办法制止你的死亡。更何况，你也根本当不了皇帝，游戏，结束了！”

梁小童忙道：“学长，韩峰学长。我可以，我可以让你当上王，至高无上的王！我已经打好了基础，只要学长愿意，我们就可以干一番大事业，让我做你的助手也好，我会成为一颗，非常好使的棋子。”

韩峰道：“笨蛋！我已经告诉过你，金钱和权力，那是我最不感兴趣的东西。还有，你以为你真的成功了吗？”

梁小童不明白道：“什么？”

韩峰的手指从办公桌上的电脑屏幕滑过，道：“你以为，你真的有两千多亿了吗？我来告诉你好了，在我第一次去天涯市的时候，由于秦怡暗示过我，说我不懂股票，所以那时我就查询了很多书籍，并考察了恒福银行在股票市场的股指波动，虽然当时还没有清晰的线索，但是我怀疑你们必将进行大规模的资金调动。非常凑巧的是，我碰到了星辰……”

梁小童喃喃道：“星辰？十八塑像中的星辰？那个号称电脑幽灵的人？”

韩峰回忆起那夜的情景，天涯市内，狭长而无光的小巷，韩峰和星辰紧紧地拥抱在一起。星辰没有变，依旧一头卷曲的棕色短发，方面阔耳、短鼻厚唇的端正五官，微黑的古铜色肌肤，深深凹陷的眼窝内，藏着一双棕色的瞳仁，他身上有着印第安血统，人亦如祖先一样热情奔放。他比韩峰矮一些，一米七八左右，但身体壮实，孔武有力，没人能想到，那双布满青筋的虬龙大手，可以创造每秒掀动按键八十四次的纪录。星辰激动道：“我真的没想到，能在这里找到你，听说，他们一直追逐你到中国境内，才失去你的下落。这些年，你还好吗？”他说的是德语。

韩峰笑道：“你看呢？”他亦用德语回答。

星辰的眼睛放出光芒，细细打量后道：“你瘦了，高了。但精神不错，不像吃过苦、受过伤的样子。我还担心过，你会不敌学校派来追杀你的人，看来我的担心多余了。你现在在做什么？”

“我？”韩峰突然放声大笑起来，答道，“我给你一万次机会，你也猜不出来。我现在是一名侦探。”

“啊！”星辰微黑的皮肤沁出细汗，在夜色中黑得发亮，他用不可思议的目光盯着韩峰，眼珠快凸显出来，就好像韩峰脸上正长出一朵花来。良久，才喃喃道：“这不是真的吧？”

韩峰含笑点点头，星辰才张圆了嘴，捂着胸口，吃惊道：“噢，天哪！太不可思议了！噢！我不是在做梦吧！”随即看着韩峰，同他一起大笑起来，笑得喘息道：“如果学校里那群老头子知道，他们千辛万苦训练出来的犯罪天才，竟然成为犯罪克星，他们会气疯的！哈哈哈哈！你怎么会……你，在你身上到底发生了什么事？怎么会变成这样的？我只听说，你在寻找一样东西，你找到了吗？”

韩峰神色黯然一变，回避道：“不讨论那个问题，既然你找到了我，不如帮我做件事吧。”

星辰道：“什么？”

韩峰道：“明天，审计局的人会到恒福银行查账，他们一定会要求银行确认电脑终端信息，我想让你帮我编一个木马，它的功用要是这样的……”

韩峰看着梁小童茫然的眼神，道：“木马拦截程序，直接注入恒福银行的核心电脑，所有的大额转账业务，都被记录在案并制造假象，要解开木马后才能重新被确认。你看到的成交记录，都是假的，你分作十三次转移到你私人账户的两千多亿元，其实并不在你的账户内。很遗憾，在我来这里之前，已经将那些交易删除了，你还是一个身无分文的穷光蛋！”

梁小童声嘶力竭道：“不，你不能这样！我花了三年时间！我花了整整三年时间啊！”

“呵！”韩峰眨巴眨巴眼睛，道，“你事先没告诉我。不过，那些东西和生命比起来，好像你应该更担心你目前的处境吧？我想过了，现在我不打算杀你了。”

梁小童道：“好吧，我认栽了，看来丁一笑说得不错，我本不该惹学长的。”

韩峰道：“等等，我还没说完呢，我打算把你交给警方！”

梁小童道：“如果是交给警方的话……”

韩峰道：“没有证据是吧？你又错了，你忘了，因为你根本就没有想到自己会暴露，所以非常明显地在海角市行动，在拉斐尔无人巡逻艇操作器上，已经被炸毁的阿八乘坐的汽车里，都留下了你的指纹，是你的吧？在中国，这两条罪，随便一条都够判死刑吧？而且，你这样的病人，对医学来说——”

梁小童这才呆住了，他惊惶地道：“不，我不想被他们当作老鼠，关在实验室里，不！”

“别动！”韩峰突然身形一动，人如疾风一般荡了过来，梁小童双眼透着惊恐，又向后退了一步，恰好退到了窗边，脚下一踏空，整个人向下坠落。韩峰跃出墙外，脚背钩住地板，他的手指，钩住了梁小童的手指，烈风袭人，两人就贴在八十六层的高空墙壁上荡秋千。

“为什么？”梁小童吊在下面，风吹得他睁不开眼睛，他也感到，手指与手指之间，正慢慢地滑落。

韩峰道：“虽然你杀了你的同学，但我还没这个习惯。到时候你的教官找我要人，我最怕那种麻烦的事情了。”

梁小童微微一笑，那手指终于无法坚持了，整个人快速向下坠去，他反而没有了害怕，张开双臂，用熟练的手语打出手势道：“你本是我们的人，为什么要帮助他们？”

韩峰倒吊在双子塔外，气愤地挥动着拳头，到底还是没能抓住梁小童。他双手贴在玻璃墙上，向下一撑，脚一曲，整个人忽然倒立着站回了八十六层。他斜靠在玻璃墙边，看着梁小童的身体渐渐变小，渐渐变小，最后消失在云里，心中暗道：“手语？该死，竟然是残部的人，这次捅到马蜂窝了。得了这种病也能算残疾吗？”

他转过身来，潘可欣依然一丝不挂地躺在地上，这办公室里的字画文件被风吹得四处乱飞，整座双子塔大厦，此刻竟然死一般寂静，到处都是躺着的人。韩峰看着自己的手，心道：“佳儿，对不起。这是一双杀人的手，要杀人，是那么容易，杀多少都可以；要救一个人，却那么难！不管是自己想救还是不想救的人，竟然一个都救不了。”

“嘀嘀嘀……嘀嘀嘀……”梁小童办公桌上的电话这时响了，电话铃声夹杂着风声，在这空旷的办公室里竟然有一些让人惊心。韩峰犹豫了一下，然后接起手机来，只听手机的另一头，一人用熟练的中国话说道：“你以为你找得到我，我就找不到你吗？我不要别的，我只要我的那份……”

韩峰心头一惊，这个声音好熟悉，就在这时候，地上的潘可欣悠悠醒转，呻吟道：“韩峰，救，救我——韩峰！”

电话那头，马上挂掉了电话！韩峰听着电话里的忙音，无奈地放下电话，转身向门口走去。到了门口，潘可欣依然微弱地喊着：“救我，救我，韩峰！”

韩峰长长地叹息一声，终于还是回头，将电话放在潘可欣面前，把话筒搁在潘可欣嘴边，低声道：“这是当地的急救系统，你自己跟他们说吧。”说着，他将潘可欣的衣服披在潘可欣身上，最后道：“别再让我看到你，丑陋的一面。”头也不回地走了，他仿佛已听到，警车的鸣笛声……

终

“新华社最新消息，一艘巴拿马籍万吨级油轮在我国南海触礁沉没，所幸并无人员伤亡。我国海事部门在第一时间派出了救援船只……”冷镜寒看着新闻，莞尔微笑。旁边一女人织着毛衣，四十岁左右，眼角有些鱼尾纹，烫过的头发卷曲着，容貌依然姣好，这就是冷镜寒的妻子孙梅婷女士。她问道：“是你们办的那个案子吗？”

冷镜寒道：“是啊，报道成这个样子了。”

孙梅婷道：“唉，可欣和那个叫韩峰的，到底去了哪里？今天可欣她爸爸又打电话来问了。”

冷镜寒道：“是去东南亚一带旅游吧，据说是刚经历了海啸，现在那边有很多优惠旅行者的措施，加上他们潘氏名下有很多企业在那里，应该不会出什么事的。”嘴上这样说着，心中却老想着潘可欣那天穿的高跟鞋，到底韩峰那家伙要对可欣做什么呢？他起身道：“我还有些事，先回刑侦处一趟。”

孙夫人道：“今天不睡午觉了？”

冷镜寒道：“今天不睡了。”

孙夫人道：“才清闲几天哪，这就又忙上了。你年纪已经大了，别老像年轻人那样。唉！你的水杯。天气这么热，坐出租车去吧。”

冷镜寒笑笑，挥手道：“知道啦！”

冷镜寒来到刑侦处，这时正是午休时间，刑侦处里多少有些冷清，冷镜寒想起龙佳和夏末，这一个案子就牺牲了两名部下，虽说以后还会有新人来，但毕竟还是老队员好啊，都已经合作惯了，大家都彼此熟悉并了解了。冷镜寒在刑侦处大厅走了一圈，突然想道：“自己到底到这里来做什么呢？”他推开自己办公室的门，就看见韩峰，像只大猫一样蜷缩在沙发上。韩峰又换上了那有些破旧的T恤，一截平角短裤，光着脚丫，就像从哪里逃饥荒的难民。

韩峰听到开门声，转过头来，对冷镜寒道：“我找不到回去的路了。”

冷镜寒低声惊呼道：“你怎么回来了？可欣呢？”

韩峰将头扭向一边，道：“她啊，她要多玩几天才回来。”

冷镜寒知道有什么不对劲了，但他不点破，只是说：“去看看龙佳吗？”

韩峰坐起身来，道：“去吧，去看看，然后你送我回去，我已经累了。”

三天后，冷镜寒到发廊时，屈燕和小姐们正看电视。“新华社国际时讯：前日，马来西亚著名的双子塔石油大厦响起了警报，大厦内的所有金融机构均安全撤离。事后，当地警方称，那是一次对石油大厦安全系统的测定，并没有恐怖袭击，没有人员伤亡……”

冷镜寒径直向屋内走去，到屈燕身边时，问道：“他还在吗？”

屈燕吸了口烟，道：“还在睡觉呢，不过他这次回来，好像有些变了，你们到底遇到了什么事情？”

冷镜寒不答，直接上二楼。

冷镜寒又来到韩峰那个所谓家的地方，韩峰依旧躺在床上睡大觉。冷镜寒敲醒他，说道：“别当我们警察都是吃干饭的，你什么时候才肯说出真相？”

韩峰眯缝着眼睛，问道：“你说什么？”

冷镜寒晃动着右手，他右手食指和中指间夹着一个小小的东西，仅有拇指指甲大小，他道：“这是一盘磁带，高密度磁带，可以记录长达一百八十分钟录音，就放在你交给我的那只鞋跟里面。一旦跟踪器被打开，这个录音带也自动开始录音。除了我，目前还没有第二个人听过这盘录音带，我想让你听听！”

说着，冷镜寒拿出一个特殊的放音器，将小磁带放进去，磁带里放出了潘可欣的脚步声，与出租车司机说话的声音，走路声和电梯声，随后是和梁小童的对话音。冷镜寒放完前面一段，关掉放音器，道：“后面，就是你和梁小童的对话了，不用我再放一遍了吧。”

韩峰躺在床上，掏着耳朵道：“那又怎么了？反正那个案子已经结了，你何必弄那么清楚。”

冷镜寒忽然凑到韩峰的耳边道：“学校是怎么回事？你从来没向我提起过。那个假梁小童，那个策划了整起案件的人，那家伙是你同学吧？你们本是来自同一个地方吧？”

韩峰道：“学校？学校就是读书写字的地方啊。这不到处都有学校吗？哪个国家没有学校。”

冷镜寒道：“你们那学校，是专门教人如何杀人，专教人如何设计陷害人的吧？”

韩峰白冷镜寒一眼，没好气道：“都知道了还问。”

冷镜寒道：“那到底是个什么样的地方？能透露点吗？”

韩峰反问道：“你能打得过李响吗？”冷镜寒不再言语，韩峰的话很明白，他们学校随便出来一个人，就是李响都不是对手，自己就更不用说了，如果知道了太多的秘密，那么无疑是在自寻死路。

冷镜寒道：“我来是想告诉你，可欣她……可欣她爷爷通过关系，已经将可欣带回国了。”

韩峰淡淡道：“哦。”

冷镜寒道：“可是，她下半辈子，或许都得在轮椅上度过了。”

韩峰眼里闪过一抹忧伤，怅然道：“哦，那她恨死我了吧？”

冷镜寒道：“不会吧？我想，她应该知道她自己做了些什么，这种惩罚对她来说，已经很轻了。”冷镜寒坐在韩峰的床头，拍着韩峰的肩膀道：“总之，谢谢你！”

韩峰翻起白眼道：“你不用谢我，这个案子还没完呢！”

“什么！”冷镜寒就像被针扎了屁股一样，跳了起来。

韩峰望着冷镜寒，道：“有件事我还没告诉你，丁一笑，他并没有死。”

冷镜寒瞪大了眼睛，道：“你说什么！丁一笑没有死？不可能啊，那天我们是看着他上的船，那船在我们眼皮下爆炸，那种程度的爆炸，根本没有人能活下来！”

韩峰道：“是啊，那天我们是看着丁一笑上船了，但是，那个丁一笑是假的，整容来着。”

冷镜寒急道：“怎么会这样？你怎么知道的？”

韩峰指着冷镜寒手里的录音带，说道："在后面一点，你应该听到了，我接了一个电话，那是丁一笑打来的，他找梁小童，是想分他应得的那部分钱。梁小童可以利用替身换掉夏末，丁一笑为什么就不能利用替身来换掉自己呢。这样一来，我心中最后的谜团也都全部解开了。"

冷镜寒道："怎么回事？"

韩峰道："还记得吗，在开源建筑公司，我们被袭击的那一晚，李响被梁小童所伤，他说，他自己也伤了阿八。后来，在他们的监视录像中，我们发现，阿八的手背上并没有伤，反而是丁一笑的手背有包扎的痕迹，而且，他一直有意掩藏自己手背的伤痕。那天我去找丁一笑时，恰好在天元大厦内碰到一名医生，拎着器械箱。实际上，那是丁一笑做整容手术前，需要试皮，在手上，看看需要换上的皮肤与他自己的皮肤是否会排斥，他之所以要掩藏，就是怕我们或梁小童看出其中的破绽。后来有一起看似与我们查的案子无关的案子，就在临安路的小区那里，还记得吗？现在肯定还没结案吧？"

冷镜寒点点头，道："嗯，老郭告诉我，那案子快成悬案了，因为混杂在众多的暴力案件中，一时也无法清理出头绪。"

韩峰道："有人说看见了加长的奔驰车，所以怀疑是丁一笑，而那时我认为，丁一笑根本就不可能在城南，但是我没有想到，会同时出现两个丁一笑。他们就在那个小区做了整容手术，那张大桌子不是乒乓台，而是手术台，所以到处都是丁一笑的血液，而不是被杀死那人的。之所以丁一笑不仅要将死者面部毁容，还要将那双手也毁去，是因为外科医生的手指，常常会留下打绳结的线迹，他怕我们从那细节推断出死者的身份来。而尸体的僵硬时间提前，除了天气因素外，还有就是，手术本来就是一项异常费体力的活儿，一台精细手术下来，不亚于同时间的一场网球赛。所以那具尸体，提前僵硬了。如果我没想错的话，那做手术的医生就是梁清儒。"

冷镜寒道："没错，梁清儒医生失踪好多天了，家属和医院方面都已经报警，只是这一段时间要清理的尸体就成百上千，我们也不知道有没有梁医生的尸体。"

韩峰道："后来，我们不是在丁一笑曾经待过的房间发现了他的指纹和一些别的东西吗？我找到了一些黑色的丝线，一直装在证物袋里，后来那些丝线突然不见了。那不是有人偷走了，而是因为，那本来就是面部整容手术常用的可降解包埋于皮下的手术线，因为当时线上沾有血迹，所以丝线自己被溶解了。而我们去滨海码头时，发现那些武装分子看守的钱币，全都是假钱，也正是因为真正的丁一笑早把钱币转移了，那笔钱就是他的命根子，他不可能丢在别人手上的。”

冷镜寒动容道：“看来我们都低估他了。”

韩峰微笑道：“或许是因为在监视他的时候，他表现得太好了吧。事实上，正是我们的监视，给他提供了条件。”

冷镜寒不解道：“为什么？”

韩峰道：“你想啊，原本他被梁小童派去的阿八牢牢盯着，根本就不敢妄动。可是，当他们知道警方也开始监视他们的时候，阿八就会因为警方的监视而有所顾忌，丁一笑利用这个机会，多次单独外出。因为警方一直监视着的，所以阿八不敢拿他怎么样。而警方对他们两人的监视，又使阿八不敢轻易暴露身份，不能直接采取行动，所以丁一笑才能多次外出呢。”

冷镜寒道：“果然很狡猾啊，他现在在哪里？”

韩峰摇头道：“不知道，但是肯定不在国内了。他带着那笔钱，可以去任何国家，总之够他生活一阵了。而且，这个案子再追查下去，也不是你能追查得了的。”

冷镜寒道：“什么意思？”

韩峰叹息道：“中国股市，仅上半年，就发生了十三起上市公司高管侵吞公司资产的案件，其中，七人外逃，携款总计三十多亿，如果不是证券监管部门的不严格和法律法规的不健全，梁小童也没有机会制造那么大规模的资金转移，我也就不用动用别的力量来解决恒福银行的问题了。中国股市，从二〇〇二年开始，就一直低迷，百分之三的股票跌破其每股净资产，资金缩水已经接近一万亿，今年的股改固然是导致股指再创新低的一个原因，而市场机制尚不健全，上市公司良莠不齐，不法分子有机可乘，那便是另一个原因。国家经济持续增长，股市持续走低，这种两极分化，在股票历史上，还从未有过，这些事，你管得了吗？”

冷镜寒面色一赧，道：“这、这不在我的职权范围之内，我确实管不了，不过，我相信会好起来的。”

韩峰伸着懒腰道：“那不知道要哪一年去喽！而且，事态的结果可能比我们想象的更为严重。”

冷镜寒凝目皱眉，问道：“怎么说？”

韩峰打着哈欠道："你可别忘了，我们在海角所清理的恐怖分子，只是梁小童不需要的残兵败将，本来就要被他淘汰的人。而他的精锐部队，已经潜伏到亚洲某个国家里去了。而丁一笑极可能知道那批部队的下落，说不定已经接过了那批部队的管理权，加上他本身携带的几千万元，未来亚洲的局势……很难预料啊！"

冷镜寒擦拭着额角的汗水，愣了很久，终于长叹一口气，无奈道："那我先去找老郭，先把那两件未了结的案子结了。"他走到门口，又回头道："对了，上次我跟你说过的，林教授女儿林茜被绑架那个案子，已经过去两周了，绑匪再也没提出什么要求，也没和教授联系过，我们怀疑，人质多半已经遇害，但是警方一点线索都没有，你……是不是去看看？"

韩峰盯着冷镜寒，看了半晌道："关我屁事！睡觉！"他拉过被单，将脸遮住，只露出一个鸡窝似的头来。冷镜寒叹了口气，终于没再说什么，转身向门外走去……

《暗黑神探》全文完。韩峰到底有没有答应冷镜寒的要求？那又是一个什么样的案件呢？欲知后事，详情请看拙作《暗黑神探2：定时死亡》。

激发个人成长

多年以来，千千万万有经验的读者，都会定期查看熊猫君家的最新书目，挑选满足自己成长需求的新书。

读客图书以“激发个人成长”为使命，在以下三个方面为您精选优质图书：

1、精神成长

熊猫君家精彩绝伦的小说文库和人文类图书，帮助你成为永远充满梦想、勇气和爱的人！

2、知识结构成长

熊猫君家的历史类、社科类图书，帮助你了解从宇宙诞生、文明演变直至今日世界之形成的方方面面。

3、工作技能成长

熊猫君家的经管类、家教类图书，指引你更好地工作、更有效率地生活，减少人生中的烦恼。

每一本读客图书都轻松好读，精彩绝伦，充满无穷阅读乐趣！